国家社科基金项目《中国现当代侦探小说研究》（10BZW087）阶段性成果

百年中国侦探小说精选

100（1908—2011）

第六卷

黑色愤怒

任翔◎主编

北京师范大学出版集团
BEIJING NORMAL UNIVERSITY PUBLISHING GROUP
北京师范大学出版社

图书在版编目(CIP)数据

黑色愤怒／任翔主编.—北京：北京师范大学出版社，2012.10（2013.7重印）
（百年中国侦探小说精选：1908–2011）
ISBN 978-7-303-15267-4

Ⅰ.①黑… Ⅱ.①任… Ⅲ.①侦探小说–小说集–中国–当代 Ⅳ.①I247.5

中国版本图书馆CIP数据核字（2012）第189527号

营销中心电话 010-58802181 58805532
北师大出版社高等教育分社网 http://gaojiao.bnup.com
电子信箱 gaojiao@bnupg.com

出版发行：北京师范大学出版社 www.bnup.com
北京新街口外大街19号
邮政编码：100875
印 刷：北京京师印务有限公司
经 销：全国新华书店
开 本：170 mm × 240 mm
印 张：28.75
字 数：499千字
版 次：2012年10月第1版
印 次：2013年7月第2次印刷
定 价：48.00元

策划编辑：赵月华 责任编辑：王一涵
美术编辑：毛 佳 装帧设计：耿中虎
责任校对：李 菡 责任印制：孙文凯

采得百花成蜜后

(代序)

侦探小说源于西方的启蒙时代，自1841年美国作家爱伦·坡开创侦探小说的写作范式以来，经柯南·道尔、克里斯蒂、奎因、勒布朗、西默农、埃科等作家的不断拓展与创新，侦探小说已不再是一种仅供读者消遣的通俗读物，而是作为一种雅俗共赏的文类跻身文学经典之林，并以其独特的艺术魅力吸引了现代世界的广大读者。

一

中国侦探小说是典型的"舶来品"，它发生在特定的历史语境里，经历了译作、仿作到自创的演变过程。梁启超主办的《时务报》和《新小说》是译介侦探小说的倡导者和理论实践的先行者。1896年，《时务报》刊发了由张坤德翻译的柯南·道尔的侦探小说《歇洛克呵尔唔斯笔记》，这是中国最早引入的侦探小说。此后，西方侦探小说源源不断地输入中国，其中影响最大、最受读者青睐的当属《福尔摩斯探案》。除《福尔摩斯探案》外，其他西方著名侦探小说家的作品也被译介到中国。在众多的译介侦探小说中，法国著名侦探小说家莫里斯·勒布朗创作的侠盗加侦探亚森·罗宾，在当时读者中的知名度仅次于福尔摩斯。在不到20年的时间里，几乎将西方著名的侦探小说全部引介到中国。

随着侦探小说被越来越多的中国读者所接受，译介西方侦探小说出现了一片新天地。正如阿英所描述的，"由于侦探小说与中国公案小说和武侠小说，有许多脉搏互通的地方，先有一二种的试译，得到了读者，于是便风起云涌互应起来，造成了后期的侦探翻译世界。与吴趼人合作的周桂笙是这一类译作能手，而当时的译家，与侦探小说不发生关系的，到后来简直可以说是没有。如果说当时翻译小说有千种，翻译侦探小说要占五百部以上"。[①] 在侦探小说的翻译热潮中，有些译作几乎与西方原创的侦探小说同步上市。"抛开日本这

---

① 阿英：《晚清小说史》，217页，上海，东方出版社，1996。

个中转站，直接取法欧美，步伐甚至走得比日本还快，在这个特殊的艺术领域里基本上与世界文学潮流同步。”[①]译介西方侦探小说的热潮直至辛亥革命爆发后才渐渐降温。

西方侦探小说为什么会在中国读者中产生如此狂热的阅读效应？从文学发展规律看，一种类型的文学模式能够存在，总是以其自身的审美趣味与读者达成某种默契，从而获得其独特的欣赏价值，只有这种文学模式和读者的期待视野、欣赏习惯和审美心理相吻合，读者才会全身心地投入，并保持持久的热情。笔者认为，造成这种狂热的阅读效应，除了西方侦探小说呈现的新颖的故事、惊险的场景、曲折的情节、神秘的悬念、智慧的侦探等审美特性外，还在于西方侦探小说隐含着诸多的人文意趣。一是神学的意境。英国早期侦探小说批评家玛乔丽亚·尼柯尔森(Marjorie Nicolson)带着极嘉许的口吻肯定侦探小说的生命意义。读者对侦探小说的兴趣体现了一种“因宇宙社会和人生的激变而出现的精神动荡，在没有秩序的环境里生活总是让他们苦恼。所以，对侦探小说的兴趣往往还体现了读者想返回到简单安宁而又秩序井然的宇宙的强烈渴望，他们想生活在一个有秩序的宇宙就像生活在家里一样”。[②] 读者在现实生活中无法实现的安全感却在侦探小说里找到了寄托。因为侦探小说隐含着一种异样的精神景观——罪恶终将被惩服，混乱的秩序终将得以恢复，侦探小说在遥深的意旨上接近了神学。二是哲学的意蕴。侦探小说的内容充满着理性与非理性、健康心态与变态精神之间的矛盾冲突，而这些问题持久地刺激着读者的兴奋点，甚至把理性带到了极限——认识世界和认识人类的根本问题，这样的困惑及其化解，使人类自身得到了精神上的抚慰。三是文化的意味。侦探小说作为一种大众文学读物，其深层也深刻地触及人类的终极眷注。从历史发展看，犯罪的发生几乎与人类历史同等悠久，犯罪现象遍及世界的每个角落，从公共领域到私人空间，每时每刻都有神秘的死亡发生，而人类又是那么无力地拒绝神秘的诱惑。侦探带着科学的探索精神和宗教般的情怀，去揭破死亡之谜和为制服犯罪而进行的努力。侦探小说不仅呈现了人性的秘密，而且也揭示了人类的命运。四是符号学的意义。“不论是男性还是女性侦

---

① 陈平原:《中国小说叙事模式的转变》,44页,北京,北京大学出版社,2010。

② *Whatever Happened to Sherlock Holmes*: *Detective Fiction*, *Popular Theology*, *and Society*, By Robert S. Paul, Carbondale and Edwardsville: Southern Illinois University Press, 1991, p. 17.

探小说作家，他们都特别善于从文化上改写占统治地位的辩证法。”①因为侦探小说文类坚定执著地偏爱一种场景——犯罪场景与侦破场景——的书写。这个场景不仅是一个封闭的世界，而且还是一个具有高度智慧的世界。侦探与罪犯在这个密闭的世界里，进行着人类的智力、毅力与信念的博弈。正是因为西方侦探小说蕴藏着如此深邃的人文意趣，它一踏入古老的中国大地，就以其独特的魅力征服了亟待启蒙的中国读者。

二

西方侦探小说的译介为中国侦探小说的诞生吹响了号角，但必须明确中国侦探小说是深深地根植于中国现实社会的土壤里，浸润在中国深厚的传统文化里。毋庸置疑，中国侦探小说与传统公案小说有着亲密的血缘关系，虽说侦探小说宣扬的是法治而非人治，要求的是科学实证而非主观臆断，讲究的是人权而非皇权，但是两者却有着诸多共同的喜好和交替互渗的表现。首先，侦探小说与公案小说不仅“形似”而且“神似”。虽说公案小说源于中国，经历了几千年的历史沉淀，而侦探小说则诞生于西方工业革命之后，历史也仅区区的百余年。但两者既有着“形似”又有着难以割舍的“神似”。“形似”——两者都在运用人类的智慧，昭示案件的真相。“神似”——探案者都坚持不懈地追求正义，惩恶扬善是他们共同的主题。如果说西方侦探小说对中国侦探小说的影响是显性的，它为中国侦探小说的诞生提供了一个可供借鉴的模式，那么传统公案小说对中国侦探小说的影响则是隐性的，它是中国侦探小说诞生的精神传承。其次，侦探小说与公案小说同属“乐感文化”，有相似的审美趣味。传统公案小说有着悠久的历史和广泛的读者基础，并形成了一个相对稳定的审美接受心理，普通读者阅读公案小说，更多的是偏重于其娱乐功能，希望作品中最终都能出现一个“报应分明，昭彰不爽”的圆满结局，在阅读过程中享受拍案称快之乐，而无凝思长叹之忧，这种传统的“乐感文化”不仅制约着普通读者的审美选择，而且还积淀于中国知识分子的深层意识之中。以启智娱乐为开端的西方侦探小说也可归属于“乐感文化”——扣人心弦的悬念设置、严密细致的逻辑推理和案犯必遭惩罚的完美结果，它能够带给中国读者紧张而不疲惫、轻松而不乏趣味的审美享受。再次，侦探小说汲取了公案小说的精髓，完

① *The Art of Detective Fiction*, Edited by Warren Chernaik and Robert Vilain, New York: ST. Martin's Press, INC., 2000, p. 12.

成了从传统到现代的转型。从侦探小说文类生成看,反映了中西两种文化的碰撞与认同的复杂过程。侦探小说的译者在翻译西方侦探小说之初,其目的是希望借助侦探小说以引进新思想来变革中国的社会现实。但事实上,这些深受传统礼教影响的文人在观念上仍然保守。他们在译介和创作侦探小说时都会渗入中国传统的道德规范。从早期的侦探小说译本看,很多译者都使用章回体的形式和文白相杂的语言,作品中既反映出译者浓厚的传统法文化思想,又传递出译者对西方现代法治文明的渴望。而在最初的中国原创侦探小说里,不难发现,作者可允许侦探在侦破案件时有失误,但不容许侦探在道德上有瑕疵,这正是当时中国知识分子徘徊于现代与传统之间的思想写照。他们既羡慕侦探的理性精神,又摆脱不了传统的青天意识,因此,他们希望塑造一个可与西方侦探相媲美却带有中国传统道德观念的新侦探形象,这是当时中国侦探小说作家的一个理想目标。

虽说侦探小说承传了公案小说的血脉,从内容到形式完成了一次完美的现代转型。但是,不可否定的是,诞生在中西两种不同文化语境里的侦探小说和公案小说,它们有着完全不同的价值体系。侦探小说体现的是现代的理性思辨精神,讲究的是科学与民主,弘扬的是法治思想和社会正义。作品中的私家侦探带有强烈的个性色彩,他是现存法律制度的叛逆者,试图在当下法律规范下建立公平与正义,以实现个体的价值与理想,本质上从属于"民间立场"。而公案小说呈现的是政治的伦理和道义上的因果关系,体现了一种在王权统治之下的群体思想,不论是包公、于公还是狄公,他们对于现存意识形态都带有先天的维护意识,本质上从属于"官方立场"。

三

西方侦探小说大规模的引入,为中国侦探小说的发生打造了绝佳的模板,而传统公案小说的伦理价值则为中国侦探小说的诞生提供了重要的思想基础。在两种各具特色的文类催化下,作家们的创作意识被激活,他们开始借鉴西方侦探小说的叙事技巧进行创作。当然,借鉴并非只是机械的模仿,这里面隐藏着侦探小说作家在遭遇中西两种文学观念时的艰难抉择。不可否认,最初的侦探小说作者基本上都是"旧式文人",他们大多以写言情小说起家,在创作过程中,一方面极力模仿西方侦探小说的艺术技巧,另一方面又很难摆脱传统小说观念的影响。在经历了一系列富有成效的"交往"与"对话"中,中国侦探小说作家开始逐渐领会并有选择地"拷贝"西方侦探小说,最终形成有中国风味的侦探小说。

根据现有的文献，中国最早的侦探小说是1901年由剑铓创作的《梦里侦探》[①]，至1904年以后，中国侦探小说的创作才有所发展。1905年，《江苏白话报》第一期刊载了由挽澜创作的《身外身》和《美人脂》。同年，《广益丛报》第六十五号刊载了冷血（陈景韩）的《歇洛克来游上海第一案》。1906年，广智书局出版了吴趼人的《中国侦探案》。1907年，《月月小说》第七号刊载了周桂笙的《上海侦探案》。1908年，《月月小说》第二十一号刊载了黄翠凝的《猴刺客》，该作品是目前能见到的早期比较成熟的中国原创侦探小说。这是张坤德首次译介福尔摩斯探案十余年后，出现的现代意义上的侦探小说。这一方面是因为侦探小说文体太先锋，叙述内容太丰富，逻辑要求太严谨，而使众多意欲创作侦探小说的作家望而却步。侦探小说的写作不但要求作者具备文学的素养，还应兼备文学之外的诸多知识，比如逻辑学、心理学、犯罪学、化学、医学等。另一方面，在于作家的价值趋向。作家在进行文学创作时往往受制于自身的文化背景。中西文化有着截然不同的价值趋向，中国文化属伦理型文化，注重以社会为主动、个人为受动的关系连接起来的社会秩序，西方文化属科学型文化，追求个人与社会的和谐发展而引出的社会结构。侦探小说作家对法律的诉求、对科学的期盼、对正义的瞩望都带有特定的文化印痕，而晚清作家尚未完全挣脱伦理型文化的“羁绊”，他们在“东张西望”中渐渐成熟。

吴趼人和周桂笙是当时著名的小说家与翻译家，但无论是吴趼人的《中国侦探案》，还是周桂笙的《上海侦探案》，从文体到内容仍属公案小说的范型。尤其是吴趼人，他试图革新中国传统的公案小说，以适应新的时代和新的读者，《中国侦探案》就是他革新的结果。周桂笙的《上海侦探案》尽管也是“公案体”，但其在叙述内容上明显汲取了“西洋文明”。从吴趼人和周桂笙的创作中，可以发现这么一条规律，中国最初的侦探小说创作经历了由“公案体”到“侦探公案体”的演变过程，这也印证了中国侦探小说的生成深深地根植于本民族的文化土壤，而非纯粹“西风东渐”的结果。

随着“侦探公案体”作品的增多，中国侦探小说作家开始在模仿中反思，在

---

① 据日本学者樽本照雄编的《新编清末民初小说目录》所示，剑铓创作的《梦里侦探》发表在1901年的《启蒙通俗报》上。《启蒙通俗报》于1901年由傅樵村在成都创刊，1906年改为《通俗日报》。笔者查阅了国内多家图书馆与档案馆，均未发现1901年的《启蒙通俗报》，现存文献只查到1903年后的《启蒙通俗报》及更名后的《通俗日报》，未见剑铓创作的《梦里侦探》。因此，对《梦里侦探》是否有此作存有疑虑。

反思中创新，在创新中成长，逐步形成了具有中国时代特色的侦探小说。至20世纪20年代中期，文坛上出现了第一个侦探小说作家群，主要作家有程小青、孙了红、陆澹庵、俞天愤、张碧梧、赵苕狂、何朴斋、徐卓呆、胡寄尘、张无铮(张天翼)等，产生了一批像霍桑、鲁平、蝶飞、李飞、宋悟奇、胡闲等"中国式"的侦探，这些"新新侦探"在读者中享有盛誉，其中被称为"中国福尔摩斯"的大侦探"霍桑"更是声名远扬，成为上海市民心中的英雄偶像。创作的繁荣与读者的接受，使得中国侦探小说得到了长足的发展。在早期的原创侦探小说中，读者反映强烈的主要作品有：程小青的《霍桑探案》、孙了红的《侠盗鲁平探案》、俞天愤的《蝶飞探案》、陆澹庵的《李飞探案》、张碧梧的《家庭侦探宋悟奇新探案》、赵苕狂的《胡闲探案》、张无铮(张天翼)的《徐常云探案》、王天恨的《康卜森探案》、何朴斋和俞慕古的《东方鲁平奇案》等。

至此，已完全摆脱传统公案小说束缚的中国侦探小说呈现出与西方侦探小说一致的审美特性——神秘、惊恐与悬疑。侦探小说鲜明的审美特性是神秘性，案情扑朔迷离，案犯踪迹不明，结局指向莫测。作者与读者似乎在不断地进行着设谜和解谜的游戏，从而也就在不断地进行着建构、颠覆、重构、再颠覆的解密过程，使读者在"奇诡突兀"、"刿心怵目"[①]的高峰体验中揭开谜底。侦探小说最具刺激性的是强烈的惊恐性。侦探小说总会牵涉谋杀、抢劫、爆炸等暴力场景的书写，而暴力行为的描写往往能够使处在相对安全环境里的读者的"暴力"本能得以导泄。人类的心理中都有一种"暴力"的本能，阅读侦探小说能使读者产生"惊骇错愕、目眩心悸"[②]的心理体验。侦探小说最具吸引力的是悬疑性，悬疑也即作家在作品中营造的紧张而神奇的悬念，悬念成为侦探小说作家营建情节的枢纽，启迪读者心灵的钥匙，悬念也成为读者对人物命运和情节推进的预测和充满激情的期待。

四

中国侦探小说是中西文化融构的宁馨儿。它的诞生与中国社会的变动、文化的变迁、文学观念的变化紧密相连。考察中国侦探小说发展的全过程，可将其视为百年来中国社会的政治、文化、思想以及文学的一个缩影。侦探小说的出现，不仅改变了中国近现代作家的创作观念，丰富了中国现代文体的类

---

① 周桂笙：《歇洛克复生侦探案·弁言》，载《新民丛报》，第3卷第7号，1904。

② 同上。

型，加快了中国小说的现代化进程，而且使古老的犯罪题材文学获得了现代性——从对犯罪的政治伦理关注转向对公共秩序和个体生命的关注，从而促进了中国现代启蒙思想的形成、科学精神的传播以及法文化的建设等。

当今的中国文坛甚是热闹，各种主义、现象、流派层出不穷，然而，却绝少有文学研究者与批评者光顾侦探小说。在已有的中国近现代文学史里几乎难觅侦探小说的踪迹，即使在中国"通俗文学"史里，对侦探小说的阐述亦是浮光掠影，这一切严重地影响了中国侦探小说的健康成长。更可叹的是，作为一种大众文化形态，为读者提供独特的审美与情感体验的侦探小说亦被"公安小说"、"法制小说"、"犯罪小说"以及"侦破小说"等称谓取代，私家侦探的独特个性与超凡的智力也被人民警察的群体形象与集体智慧所替换。这不能不令人深思。迄今为止，能风行全球长盛不衰的文类之一便是侦探小说。融情、智、理、趣为一体的侦探小说有其独特的范式，故事中的侦探通过追踪蛛丝马迹而重构犯罪现场，以牢牢控制犯罪，以此抚慰被惊扰了的心灵秩序，恢复被损毁了的社会秩序。侦探是和平年代里读者心目中的英雄，这一形象是别的文类所不具有的。

笔者挚爱侦探小说，愿为中国侦探小说的发展尽力。因为此，笔者历时两载查阅了1896—2011年间的近千份报纸杂志，搜集并阅读了中国大陆及港台地区近千部侦探小说作品，并对清末民初的侦探作品重新录入、断句并进行以繁化简的文字处理。"百年中国侦探小说精选(1908—2011)"共十卷，110篇作品，400余万字，因篇幅所限，长篇小说未在其列。为体现"史"的脉络，所选作品均按发表或出版的时间排序。其中1908—1949年三卷：第一卷为中国现代著名侦探小说作家程小青作品；第二卷为中国现代著名侦探小说作家孙了红作品；第三卷为中国现代著名作家刘半农、张天翼、俞天愤、陆澹庵等人作品。因馆藏的清末民初期刊弥足珍贵，难轻易示人，一些选文想必是第一次与当代读者会面。读者可从中阅览中国侦探小说从滥觞期到兴盛期的整体创作风貌。1950—1976年一卷：收录中国当代著名作家白桦、公刘、陆石、文达等人作品，这些作品以苏联的"反特防奸"为蓝本，融入"剿匪"、"肃反"的题材，作品明显地烙上时代的印痕，读者可真切地感受到新中国成立初期波澜壮阔的斗争画面。1977—1999年二卷：中篇卷收录中国当代著名侦探小说作家蓝玛、李迪、钟源等人作品；短篇卷收入中国著名作家叶永烈、余华、叶兆言等人作品，读者阅读这些作品，可体验到改革开放以来中国的政治、经济、文化出现的新变化，犯罪问题犹如一面镜子，映照出错综复杂的社会世相。2000—2011年二卷:中篇卷收录中国当代著名作家莫怀戚和新锐侦探小说作家鬼马星、冯华、既晴的作品;短篇卷收录中国著名侦探小说作家蓝玛、郑炳南、孙丽萌及新锐侦探小说作家水天一色、周浩晖、林斯谚等人的作品。读者可领略到新世纪中国侦探小说无论是叙事内容还是叙事方式均添加了新元素,网络、毒品、腐败等题材已成为侦探小说的热点。除以上八卷外,还为小读者编选了两卷创作于1980—2011年间的优秀儿童侦探小说作品。深受小读者喜爱的儿童侦探小说作家谢鑫、杨老黑、许方等人的作品均在选集里,这些作品以小读者的视角叙写了神秘、悬疑与恐怖的侦破故事,不仅让小读者从中感受到侦探身上超凡的智慧,而且可从中体验到侦探身上传递出的刚毅与正气的精神品性。

"百年中国侦探小说精选(1908—2011)"丛书的出版,希望能为读者提供一个全面而系统的中国侦探小说读本,为研究者提供一幅清晰的中国侦探小说作品图谱,为当下中国侦探小说作家的创作提供可参照的范本,为系统而深入地研究中国侦探小说打下坚实的基础。同时也希望"百年中国侦探小说精选(1908—2011)"丛书的出版能拓展中国现当代文学研究者的视野,为当下的中国文学和文化研究提供一个新的生长点。

任　翔

2012年8月18日于北京养木轩

目　　录

纸醉金迷

叶永烈

非同一般的案件

“小李，你把案情写一下，马上向市公安局报案!”凌晨一点，在电话里，滨海市银行行长老唐对技术员小李这么说道。

银行，一向是盗贼、骗子瞩目的地方。在世界各国的银行里，曾发生过多少桩抢劫案、偷窃案、诈骗案，然而，这一次在滨海市银行里发生的案件，却非同一般。

事情是这样的：

小李，叫李建中，细挑个儿，文绉绉的，白净脸，配上一副深紫色秀郎架近视眼镜，益发显得像个文人。他已是四十开外的中年人了，但是人们仍喊他“小李”。这一方面出于习惯，因为李建中大学毕业后就到滨海市银行工作，大家都叫惯了“小李”；另一方面是由于小李长相年轻，脸上连皱纹都没有。

李建中是电子计算机系的毕业生，在银行里既不当会计，也不当出纳，而是担负一种特殊的工作——他花了十年工夫，设计、制造了“纸币鉴定机”。

纸币，也就是俗话所说的“钞票”。钞票，一向“谨防假冒”。如果银行从回收的钞票中发现一张假钞票，那就非同小可——因为有一就会有二，有二就会有三，大量的假钞票将会扰乱整个市场，后果不堪设想。

为了“谨防假冒”，钞票可以说是世界上最为精致的印刷品。那纤细的花纹、那多变的线条、那众多的色彩、那特殊的纸张以及票面上严格的编号、那精美的图案和中华人民共和国国徽……确实，骗子们可以伪造出足以乱真的名画，而想伪造钞票却谈何容易！没有高超的镌版术、印刷术、造纸术，无法制造假钞票。

为了“谨防假冒”，各国银行还在钞票上印了只有自己的技术专家们才知道的鉴别记号。在放大镜下，专家们细心查看这些隐藏在图案、花纹之中的鉴别记号，便可以断定钞票的真伪。就拿英镑来说，钞票上便有160个鉴别记号！

尽管钞票不易假冒，不过，“钱迷心窍”的人总还是有的，他们处心积虑，想方设法伪造钞票。正因为这样，在世界上还是不断发生伪造钞票的案件。

为了“谨防假冒”，各国银行都十分警惕假钞票，许多银行设立了专门的检查员，检查回收的钞票。检查员手持放大镜，寻找着一张张钞票上的鉴别记号，辨别着钞票的真伪。不过，每天回收的钞票数以万计，犹如整囤整囤的粮食，而检查员只能一粒一粒地检查，每查一粒要花好长时间……正因为这样，检查员们只能进行抽查，从成千上万张钞票中抽出一张进行检查，而且一般是检查大票，对于角票、硬币，就睁一只眼闭一只眼算了。

李建中的贡献，是在于制成了“纸币鉴定机”，用电子计算机自动、快速鉴定纸币。这台机器有好多条输送带，一张张钞票整齐地排列在输送带上。钞票经过杀菌灯消毒之后，从一只只电眼下方经过。这些电眼能够在一百万分之一秒钟内，把钞票跟事先输入的钞票图像进行核对，辨别真伪。一旦发现假钞票，那条输送带就不动了。假钞票旁边的红灯一闪一闪地亮着，蜂鸣器不断发出嘟嘟声，把假钞票在哪里告诉检查员。检查员一揿电钮，比乒乓球桌面还大的屏幕上，立即会显示出假钞票的图像，检查员用不着拿放大镜，便可以看出假钞票的破绽。输送带是无色透明的，上、下都装着电眼，可以同时检查钞票正、反面图像。

这么一来，银行里每天回收的大小票额的钞票，都要从“纸币鉴定机”的输送带上经过，一方面进行消毒杀菌，一方面辨别真伪。

这台“纸币鉴定机”建成好几年了，一直太平无事，红灯从未闪亮过，蜂鸣器也从未响过。时间久了，在人们心目中，只把它看做是一台“纸币消毒机”罢了。尽管如此，李建中每天总是坐镇控制室，监视着像流水般从身边流过的钞票。人们开玩笑地说，小李年过四十而脸上没有一条皱纹，大抵就是由于“纸币鉴定机”一向太平无事，他没有遇上什么伤脑筋的事儿。

然而，今天他总算碰上棘手的事儿啦：红灯在闪亮，蜂鸣器嘟嘟响了，他一揿电钮，巨大的屏幕上出现那张钞票的图像。经过逐一核对鉴别记号，证明确实是一张假钞票！

金明出马

凌晨一点一刻，滨海市公安局侦察处处长金明接到银行的报告，知道这是一桩重大案件，决定亲自出马侦察。他让助手戈亮打电话给银行行长老唐，嘱咐他们在公安人员到来之前，千万不要去碰那张假钞票！

滨海市公安局大楼高达50层，矗立在滨江边上。金明的办公室在第49层。金明和戈亮只花了一分钟，就从办公室来到楼底，坐进了那辆乌亮的“慧星”牌轿车，直奔银行。

夜，黑蒙蒙的。尽管已是春风送暖的时候，夜风仍夹带着几分寒意。细雨绵绵，在清冷的路灯下，街上几乎没有车辆或行人。戈亮驾驶着轿车在宽广的沿江公路上飞驰。滨海市银行也在滨江边上。

十分钟之后，金明和戈亮来到了滨海市银行。大门紧锁着，经过检查证件，他们俩从唯一的一扇小小的边门，步入戒备森严的银行。

紧接着，门口又响起了喇叭声，一辆轿车停下。从车里钻出一个五十多岁的男人，秃头、矮胖。他就是行长老唐。深更半夜，接到李建中的告急电话，从床上爬起，急匆匆开车赶到银行，想不到竟落在金明后边。

老唐陪着金明和戈亮朝纸币鉴定室走去。一路上，每经过一道大门，都要检验证件。他们走入地道，打开一扇厚厚的铁门，里面灯光通明，仿佛是一个钞票世界：在几十条透明的传送带上，成千上万张拾元、伍元、壹元的钞票正在徐徐朝前移动。看上去，五颜六色，令人眼花缭乱。其中只有一条传送带停在那里。

一个身材颀长、面孔白皙的中年人跑过来，跟金明、戈亮握手，道歉道：“想不到，你们这么快就来了，我还没来得及到门口去接你们！”

很显然，他就是李建中，他总是上夜班，在夜里启动纸币鉴定机，把白天回收的钞票进行消毒、鉴别，然后由机器自动点数、包扎、入库，便于第二天发放。金明一眼看出因为他很少晒到阳光，所以脸色显得苍白。

李建中领着金明、戈亮和唐行长，去看那张假钞票……

一张“拾圆”假钞

他们来到那条停止移动的传送带旁。遵照金明的吩咐，李建中在电眼查出那张假钞票之后，没有碰过它。

金明俯下身子看了一下，那是一张印着“拾圆”字样的人民币，画面当中是各民族人民的形象，笔触细腻，看上去跟真的钞票一模一样！金明注意到，这钞票很新，只有正当中有一条折纹，四角平整，既无卷曲，也无磨损。

金明凭借自己丰富的经验，知道这符合假钞票的一般规律：一是票面大。伪造一张拾圆的钞票，可以抵得上伪造一百张一角的钞票，伪造者当然要印制票面大的假钞票。二是比较新。如果一张假钞票被用得很旧，就说明假钞票非常逼真。多次使用而未发觉，不过，如今用电眼检查，假钞票不易蒙混过关，不大可能被多次使用。

金明打开了手提包，从中拿出一双薄如蝉翼的尼龙手套，戴好，这才去拿那张假钞票。

“我可以把它带走吗?”金明问李建中道。

“可以。”李建中点头道，“我已经把它用录像机录下来了，而且翻拍成放大的彩色照片。”

李建中说着，领着大家来到中心控制室。李建中一按电钮，巨大的屏幕上就出现了那张假钞票的放大图像。在这张放大到被单那么大的假钞票图像上，内行人也几乎很难看出破绽。

李建中调节旋钮，左半屏幕出现假钞票的局部放大图像，右半屏幕则出现真钞票的相应局部放大图像。李建中手持细长的木棒，指出左、右图像的差异之处，金明和戈亮这才看出两者之间的不同。

李建中告诉金明：“刚才，我用电子计算机查出，这张假钞票是夹杂在第1078卷钞票中。我们这里，把拾元的钞票按100张一卷分开的。这第1078卷钞票，是高岳路营业所送来的，经手人是营业员朱兰香。”

戈亮一边听着，一边打开微型录音机，录下了李建中刚才提供的线索。

除此之外，李建中谈不出更多的线索。

行长老唐补充说道："从这张假钞票的伪造技术来看，相当高超。伪造者手头一定有精良的印刷机，有一整套足以乱真的镌版技术。因此，伪造者可能是一个集团，不可能是某一两个人。"

金明一边听，一边点头。他很同意老唐的分析，说道："也正因为这样，伪造者花了那么多的工本，决不会只印制这么一张假钞票。这张假钞票只是一个讯号。还应当继续仔细进行检查。如果再发现假钞票，立即告诉我们。另外，对于假钞票，尽可能不要去碰它。即使要拿，一定要戴上手套，避免留下指纹。"

金明和戈亮告别了李建中、老唐，带着那张假钞票回去了。

当他们俩回到市公安局第49层的办公室，传来了海关大钟的"咚、咚"钟声——已是凌晨两点了。

金明并不急于去找朱兰香。他跟戈亮作了分工：戈亮负责查验那张"拾圆"假钞票上的指纹，而他则去查阅有关假钞票的档案。

"柏恩哈特"假钞案

金明不愧是一位"警察博士"。在他的办公室里，除了南面是窗、北面是门之外，东、西两壁书架林立，摆满了各种各样、五花八门的书籍。金明一有空闲，喜欢博览群书。在东墙的两个大书架之间，有一块白色的屏幕，它是电子计算机的终端显示屏。这块白色的屏幕，也是一个"书库"。滨海市公安局没有电子档案室，把许多与公安工作有关的资料信息输入电子计算机，加以分类、贮存。金明在破案时，常常按动终端显示屏下方的电钮，以便能从屏幕上读到有关的参考资料。

此刻，金明在显示屏下刻有"A"、"B"、"C"、"D"之类字母字样的电钮上，先按了一下"J"。再按了一下"i"、"a"、"h"……很快的，在屏幕上就出现了这样一行字："jiachaoan"。

"jiachaoan"是什么呢？它既不是英文，也不是法文，而是"假钞案"三字的汉语拼音。

金明再按一下标明"显示"的电钮，屏幕上马上出现了这样的标题——

“柏恩哈特”假钞案。

字幕渐渐向上移去，出现了介绍“柏恩哈特”假钞案的文章。字幕向上移动的速度是可以调节的。金明的阅读速度甚快，一般总是把旋钮拨在“快”字上。

这篇文章如下：

“柏恩哈特”假钞案

在形形色色的假钞案中，最为著名的要算是“柏恩哈特”假钞案了。“柏恩哈特”假钞案发生在第二次世界大战中。假钞票的制造者是德国特工组织，把这项秘密工作称为“柏恩哈特行动计划”，策划者为德国“国家保安总部”第六处处长华特·舒伦堡及其副手威廉·霍特尔，德军“最高统帅”阿道夫·希特勒亲自过问了这个计划。希特勒指示舒伦堡，首先着手伪造英镑。特工人员把全德国最优秀的雕刻家们都召来了，把大学的数学教授们也请来了。这些人举行了绝对保守秘密的宣誓仪式之后，分头开始工作。雕刻家们用放大镜仔细观察英镑，找出其中的鉴别记号，然后拿出看家本领，精雕细刻，为制造伪钞镌版。

数学家们干什么呢？原来，英国银行印行的英镑，那票面上的号码不是连续的。这样，如果伪造者在假钞票上，印着同一号码，则很容易被查出；如果印上连续的号码，也容易查出——因为其中有的号码是故意不用的，一旦出现了这些号码，英国银行一看便知道是伪造的，不过，用什么号码，不用什么号码，是有一定规律的。德国的数学教授们，从成千上万张英镑中研究这一特殊的“数学课题”，找出其中复杂的数学公式！

经过两年多的紧张工作（伪钞制造者们分三班日夜工作），终于制成了酷肖的伪英镑。特工人员拿着这些伪英镑在黑市中使用，大量购进黄金，居然未被英国察觉！这么一来，德国特工人员们更加起劲地大量印制伪英镑。另外，还开始伪造美元。

大量印制的英镑，使德国花很少的“本钱”，赚来了大量的黄金，再用这些黄金（也有的直接用伪英镑）向国外购买武器和各种战略物资。为了奖赏那些伪英镑的制造者们，德国特工组织给他们赠送了大批伪英镑——伪造者们自己制造的“产品”。

希特勒在战场上屡遭败北，加紧了印制伪币的工作。希特勒打算把数以吨计的伪英镑，用飞机撒落在伦敦上空！这么一来，可以搞垮英国。因为英国人一旦手中持有大批伪币，将可把英国的商品抢购一空，造成极大的混乱，其影响远比掷几颗炸弹深远！

然而，希特勒来不及实现这一阴谋，就战败了。当英军从德国埃本西集中营里抄出大量伪英镑时，不禁目瞪口呆！他们用好多辆货车运走这些伪币，在半途，交通阻塞，押运者图省事，把成箱的伪币扔进陶恩西湖。谁知箱子在湖里散架，数以十万计的伪英镑漂在湖面上，许多人闻讯前来捞伪币，又惹了一场新的风波……

金明看到这里，不由得笑了起来。

正在这时，戈亮进来了，他的嘴角也挂着笑意。显然，他从那张“拾圆”伪币上的指纹中，找到了线索。

假钞票上的指纹

戈亮确实从那张伪造的“拾圆”人民币上，找到了线索。

原来，戈亮在金明的培养下，也成为一名能干的“痕迹专家”，善于从指纹、脚印、血迹、头发之类蛛丝马迹之中，寻找破案的线索。刚才，戈亮往“拾圆”假币上喷了“显迹水”，指纹就变成黑色，清晰地呈现出来了。

戈亮查出了谁的指纹呢？在那张假钞票的正面和反面，总共查出二十多个指纹。其中，有好几个指纹是陌生的，是电子档案中所没有的。戈亮与侦察中心电子档案室联系，那里储有全国居民指纹档案，也未查到。有几个是银行营业员的指纹，其中有 4 个指纹是朱兰香的。使戈亮感到高兴的是，其中还有几个指纹是“青山饭店”服务员赵佩珍和会计马平的。这显然是极为重要的线索，因为青山饭店正好坐落在高岳路上，说明那张假钞票可能是从青山饭店收进的，然后交到高岳路营业所，汇总到滨海市银行。也就是说，作案者可能在青山饭店吃过饭。

“青山饭店？”金明一方面对助手能够独立工作、查出重要线索而高兴，一方面在脑海中闪现出青山饭店的形象：它是滨海市十大饭店之一，高达 20 层。除了第 1、2、3 层是大餐厅以外，其余均是小间餐室，清静雅致。青山饭店是粤菜馆。由于滨海市的广东人不算太多，所以这家饭店不像别的饭店那么拥挤。不过，华侨们常喜欢上这儿聚餐，因为在华侨之中，广东籍的倒是不少。

在假钞票上，还发现一个模糊的指印。从指印的大小来看，是女人的指印。不过，看不清指纹便无法断定那女人是谁，就在这时，电话机响起了嘟嘟声。金明拿起耳机一听，电话是公安局门口的警卫室打来的——银行行长老唐来访。

金明和戈亮在会客室接待了老唐。老唐那光秃的前额沁出亮晶晶的汗珠，大抵发生了什么急事，匆匆赶来。

“又找到了假钞票?”金明问道。

果真，老唐拉开公文皮包那长长的拉链，戴好手套，拿出三张假钞票，这三张也是拾元假钞，不过，票面上的号码并不连续。

老唐又拿出一张纸头，说道：“经我们查对，这张Ⅷ ⅥⅣ 243875，也是高岳路营业所交来的，这张Ⅰ Ⅳ Ⅹ 7747854，是江边路营业所交来的，这张Ⅷ Ⅱ Ⅰ 3369568，是古城营业所交来的。”

老唐长期在银行工作，养成了严格、细致的作风。金明从老唐手中接过那张写着秀丽、清晰的字的纸头，十分赞赏，连声道谢。

送走老唐之后，金明和戈亮忙着鉴定那三张拾元的假币。

金明的鼻子是经过特别训练的，嗅觉特别灵敏。他闻了一下假钞票，发现其中有两张散发着一股奇特的香味。

戈亮闻了一下，也闻出来了，说道：“好像是一股檀香味?”

金明点点头，把那奇特的香味输入电子计算机。一秒钟后，显示屏上出现这样的字幕：“檀香橄榄味。另外，还有少许奶油五香豆味。”

接着，戈亮又鉴定了指纹，从电子档案中查出：在一张假钞票上，有朱兰香的指印，还有青山饭店服务员卢鸣和会计马平的指印；在另一张假钞票上，有江边路营业所郑国贤的指印，也有滨江游览艇售票员刘斌的指印；在第三张假钞票上，则有古城营业所鲁滇和古城食品商店营业员陆燕芳的指印。另外，在每一张假钞票上，有的指纹模糊，无法查出，也有的指纹虽然清晰，在电子档案里却找不到。

这许许多多指纹，说明了什么？金明背剪着双手，踱着方步，戈亮则浓眉紧蹙，沉默不语。他们俩都陷入了沉思。

一个怀旧的人

在金明和戈亮面前，是一串杂乱的珠子。要找到一根线，把这些珠子串起来！

“咚，咚，咚，咚”，从窗外又传来海关大钟的钟声。金明猛地停下了步子，戈亮一看，便知道金明大约找到了那根串珠子的线。

金明的眼睛里射出了兴奋的光芒，他从乱麻中理出了头绪，作了如下推理：

从那模糊的纤小的指印判断，作案者是女的，她可能在手指、手掌上涂了一层塑料薄膜。

不久前，金明曾从一个间谍身上查出一瓶速凝塑料，那个间谍在作案前便在手上搓了一层速凝塑料，凝成薄膜，作案时避免留下指纹。

作案者在青山饭店向两个服务员付过钱，说明她可能曾在青山饭店吃过两顿饭，作案者很喜欢粤菜，可能她在广东住过。

作案者可能在古城食品商店买过食品。古城是滨海市的故址，古城商场富有地方色彩，有着悠久的历史，犹如上海市的豫园商场、北京的东风市场。那里，出售滨海市特产——檀香橄榄和奶油五香豆。也许，作案者在那里买了这些特产，放在手提包中，使包里的假钞票沾上了檀香橄榄味和奶油五香豆味。

作案者买过滨江游览艇的船票，游览了滨江两岸的媚人风光，这说明作案者大约已经很久没来过滨海市了。另外，也说明作案者前来滨海市，“工作”是比较单一清闲的，以至于还可以有工夫逛逛古城商场、坐坐游览艇。当然，也可能那里有她的同伙，乘机接头。

戈亮听了金明的推理，觉得他确实是从一团乱麻之中理出了头绪。

戈亮又补充说道：“我以为，作案者可能是一个离开祖国多年，有一种怀旧、恋乡感情的人。她在国外的生活可能不错。正因为这样，她一回到故土，尽管手中持有大量假钞票，并不急于用这些假钞票套购高档商品，却要买檀香橄榄、奶油五香豆之类富有故土气息的特产。”

金明十分赞赏助手对作案者的面目的勾画，说道：“不过，刚才你我所说的，只是主观的推想，只是一大堆‘可能’。至于彻底弄清作案者的情况，还得‘上靠天，下靠地’啰!”

“上靠天，下靠地”，这是金明经常挂在嘴边的话。所谓“天”，就是党的政策、国家的法律；所谓“地”，就是人民群众。金明认为，“上靠天，下靠地”，再加上现代化的科学侦破技术，这是破案的三大法宝。

此时，金明和戈亮开始着手确定走访的对象。金明认为，像朱兰香、郑国贤、鲁滇这三位银行的工作人员，暂且不必去访问，因为他们只不过是经手这四张假钞票而已，并未直接与作案者接触；同样，青山饭店的会计马平也暂且不必访问，因为他也只是经手其中的两张假钞票而已。青山饭店已实现电子算账，服务员从顾客那里拿到钱，放入电子算账机，这架机器能自动找给零钱，并把收到的钱自动汇总到会计马平那里。这么一来，需要走访的对象只有青山饭店的服务员赵佩珍、卢鸣，古城食品商店营业员陆燕芳和滨江游览艇售票员刘斌。当然，饭店服务员、商店营业员、船票售票员一天要接待成百上千顾客，与顾客只是“一面之交”，不一定能留下印象。另外，他们当时也没有看出是假钞票，不大可能注意作案者。因此，尽管从假钞票上的指纹找到了一些破案线索，但是能否借此破案，还很难说。

金明笑着对戈亮说：“尽管当年包公曾从铜钱上找到线索，破了一桩疑案，如今，从这假钞票上破案，比包公遇到的案子要复杂得多了!”

戈亮对古代的案例也很熟悉，一听，便知道金明所说的是“包公审钱案”：一个小偷偷了油条小贩的钱，被小贩发觉，小偷死不承认，说那些铜钱本是他自己的。此案告到包公那里。包公把那些铜钱一个个扔进一盆水中，水面上顿时飘起油花。包公断定那些铜钱是油条小贩的，因为他一边炸油条，一边收钱，钱上沾着油。这下子，小偷无言可答，不得不承认自己偷了小贩的钱。

如今，金明和戈亮面临的假钞案，远不是几星油花所能判断的，即使是包公再世也会感到棘手。

穿铁锈红上衣的女人

凌晨四点半，金明和戈亮准备出发了。在出发前，金明给银行打了电话，老唐说没有发现新的假钞票。金明建议老唐在今天白天也开动纸币鉴定机，使银行中回收的钞票随收随鉴定，可以及时发现假钞票，为破案提供线索。老唐跟李建中商量之后，同意了。

金明和戈亮坐上轿车，朝着高岳路驶去。金明很重视青山饭店，因为在四张假钞票中，有两张是从这儿来的，所以金明外出走访，第一站就是这家饭店。

天已蒙蒙亮，牛毛细雨依旧在那里不停地下着。街上已有稀稀落落的行人，汽车也开始多起来了。在高岳路转弯处，金明看到巨大的广告牌上画满一盘盘色彩鲜艳的粤菜，写着醒目的发光的字："青山饭店粤菜粤点名师烹调服务周到环境幽雅清洁卫生历史悠久欢迎光临"。

在高岳路上，一眼就可看到青山饭店那二十层高楼，高大的、由霓虹灯组成的"青山饭店"四个字，不断闪耀着红色的光芒。高楼各个房间里的灯，下面十层此暗彼明，上面十层一片黑暗。金明一看，便知道饭店里的服务员已在准备早点，由于吃早点的人总不如吃中、晚饭的多，所以上面十层餐室未开。

金明和戈亮来到青山饭店，见大门紧锁，上面写着"5：30 开始营业"。金明和戈亮来到边门，看门人一见他俩穿着公安制服，便很客气地让他们进门了。刚一进门，迎面扑来一阵醉人的香味，厨房里放着一盆盆绿、白、红三色相辉映的点心。金明曾领略过这著名的粤点——"绿茵白兔饺"的风味：饺子皮选用洁白的富强粉做成，用鲜虾肉做馅，饺子做成兔子形状，兔头上有两只长耳朵、一对红眼睛。那红眼睛，是两颗火腿粒。饺子放在翠绿的芫荽上，看上去犹如一只只白兔在绿茵地上奔跑。这"绿茵白兔饺"既美丽动人，又味鲜可口。过去，全靠人工制作，如今已用机器制造，可以大量供应，招徕了大批顾客。

金明和戈亮找到了饭店经理。这位经理只三十多岁，一清早就已经在店里忙碌了。他一听金明要找赵佩珍和鲁鸣，便说正巧两人都上早班，就打电话找人。没一会儿，响起了噔噔脚步声，进来一胖一瘦两位姑娘，胖的叫赵佩珍，是三楼服务员；瘦的叫鲁鸣，是九楼服务员。

她们俩听了金明、戈亮介绍的案情之后，抓耳挠腮，一时摸不着头脑。她们成天迎来送往，怎能记得那么清楚？

金明提醒她们："在顾客付钱时，你有没有见到戴着手套拿钞票的？"

"唔！"赵佩珍猛然有所醒悟。

"喔！"鲁鸣似乎也记起了什么。

谁知，此时金明却连连摆手，说道："你们先别讲！"

金明附在戈亮耳边，吩咐如此如此。

于是，戈亮带着鲁鸣，到隔壁的房间里去。

在这边，赵佩珍对金明说："昨天早上，几点钟记不清楚了，有个华侨打扮的女人来吃早点——'绿茵白兔饺'。付钱的时候，我记得，她的手上戴着一副漂亮的半透明肉色尼龙丝手套。"

金明问道："这个女人是什么样的？多大岁数？怎么个打扮？有什么特征？钱包是什么样子的？"

赵佩珍沉默了一会儿，思索道："我只记得她戴着一副宽镜片眼镜，四十多岁，人长得很漂亮，穿着一件铁锈红色的两用衫，好像烫头发……钱包什么样子，我记不得了。"

金明又问："还有什么特征？什么口音？是独自来的，还是两个人？"

赵佩珍答道："别的特征，记不清楚了，口音也不记得了。当时，我并没有特别注意她。她是独自来的，坐在大厅的一个角落里。她吃得津津有味，吃了三两。"

在另一个房间里，戈亮正在询问鲁鸣，用录音机录音。

鲁鸣依稀记得如下情况："那女人是来吃中饭，开了单人餐室。我们九楼是专门供应蛇菜的。蛇菜，是粤菜中的名菜。那女人点的菜是'双龙出海'——蛇片炒虾片，要了一瓶广东产的金奖白兰地。对了，还要了一盆粤点'象生雪梨果'。她坐在那里，惬惬意意、慢条斯理地独酌。喔，还有，她还要了一个冷盘——'孔雀开屏大拼盘'，这也是著名的粤菜，用鸡、鸭、皮蛋、虾和蟹肉等原料拼成孔雀开屏形状。她起码有四十来岁，浑身一股香气，穿一件红棕色的上衣，嗯，戴着一副宽镜片眼镜。她要了那么多的菜，每一种都只吃了一半或者三分之一，酒也只喝了几杯。后来，把筷子一撂，就走了。"

"她的菜钱一共多少？"戈亮问道。

"是十几块钱。具体多少，记不清了。"鲁鸣答道，"对了，我在收拾盘、碟的时候，看到桌上还有一些奶油五香豆。好像是她自己带来的，我们饭店不卖五香豆。"

走访青山饭店，就这样结束了。刚才，金明把赵佩珍和鲁鸣分开，为的是比较一下她们各自讲述的内容。她们所说的那女人的形象十分相似，这说明那女人极可能就是作案者。

不过，当金明、戈亮走访古城食品商店营业员陆燕芳和滨江游览艇售票员刘斌，却毫无收获。甚至当金明、戈亮说出了作案者的具体面貌，她们仍一直摇头，说没有印象。金明以为，这也难怪，因为买食品或买船票，营业员与顾客只接触几秒钟，不易留下印象，而饭店服务员与顾客起码接触几十分钟，容易记得顾客的面貌。

到哪里去寻找那个穿铁锈红上衣的女人呢？

新的线索

真是“春天孩儿面，一天变三变”，当金明和戈亮离开了滨江游览艇售票处，雨住了，太阳居然从云朵的缝隙里露了出来。金明看了一下电子手表，已经八点二十分了。

戈亮驾驶着轿车，朝公安局驶去。

“先别回局。”金明对戈亮说，“我们再到青山饭店去一下。”

到了青山饭店，大门刚刚锁上。那里的早餐，从五点半供应到八点半。赵佩珍和鲁鸣脱下了白色的工作服，取下白帽和口罩，坐上金明的轿车，一起驶往公安局。

金明把赵佩珍、鲁鸣带到公安局二楼的一个房间。一按电钮，黑色的窗帘就自动拉上。这房间看上去像个小型电影放映室，墙壁正中挂着白色的银幕。金明又一按电钮，房间里的灯灭了，一束光线投到银幕上。没一会儿，在银幕上出现方脸、马脸、鸭蛋脸、柿子脸……

原来，这是金明和戈亮共同研制成功的“电子画像机”。它存有各种各样的脸形、眉毛、胡子、头发、眼睛、嘴巴、鼻子、耳朵、皱纹……逐一放映，让现场目击者辨认，以确定罪犯的形象。逐一认定之后，还可以移动眉毛、眼睛之类的位置，或用电子画笔进行某些修改，使银幕上的画像更加接近于罪犯的真面目。二十分钟之后，银幕上出现了这样的画像：椭圆脸、云纹式烫发，新月般细眉、丹凤眼，稍高的鼻子，宽镜片眼镜，两颊稍丰腴，一副妩媚的神态。

赵佩珍、鲁鸣端详着银幕上的画像，都说：“真像！真像!”

戈亮按了一下另一个电钮。半分钟后，数百张这样的画像就自动印出来了。

通过电视电话，作案者的画像很快就被传送到滨海市各旅馆。

当海关大钟敲了十下，金明接到滨海宾馆经理的电话，有一个面目与画像相似的女人，曾在那里住过两天——前天与昨天。此人年约四十多岁。不过，不是穿铁锈红上衣，而是穿蟹青色上衣。她住在1703号高级套间，一个人住，每天房费50元。从旅客登记表上查出，她的姓名叫舒展，是《星岛日报》记者，来华采访。她于今晨离去，去向不明，行李为一只手提箱，一只背包。

这个舒展，会不会就是作案者呢？金明以为，可能性很大。至于上衣的颜色不同，那倒是无所谓的。这类事是属于间谍们的“小技”：外出时，走进厕所，套上一件衣服，回旅馆前，再脱去外衣。两件外衣的颜色，通常是明显的不同。

金明和戈亮赶往滨海宾馆，迅速地取到五样东西：

一、金明料定，舒展在滨海宾馆住了两天，房租100元，势必会用10元大票支付。宾馆在收到10元大票之后，是不会找出去的——只有5元、2元、1元票额的钞票才可能找出去，因此，金明取走滨海宾馆会计今天收到的所有10元票额的钞票，送银行李建中鉴定；

二、取走舒展填写的旅客登记表，以查找舒展的指纹。了解她的笔迹特点；

三、从舒展所住的十七楼1703室中的茶杯、漱口杯、玻璃板、门把手等处，查取舒展指纹；

四、从舒展睡过的床上，抽取舒展的气味；

五、从舒展睡过的枕头上，拣到几根波浪形长发。因1703室属于高级房间，每住进一位新旅客，床上所有用品要换洗一次。舒展刚走，这房间又未住入新旅客，因此断定这头发系舒展的头发。

金明和戈亮取到这五样东西，心中十分高兴，觉得破案又有了许多新的线索。

一波未平一波又起

经过一阵子忙碌，取来的五样东西的鉴定结果，都得出来了：

一、经李建中鉴定，滨海宾馆今天收到的10元票额的人民币中，确有10张是假币。这10张假币都比较新，票面号码不连续。经戈亮鉴定，票面上同样有女人的模糊指印，形状、大小与前五张假币上的模糊指印相同。这说明这 15 张 10 元假币，是从同一个人手中花出去的。

二、把舒展床上的气味，与假钞票上的气味，经电子计算机鉴定，证明是一样的。这一点十分重要，说明使用假钞票的人，就是舒展。

三、查到了舒展的指纹。她似乎很小心，在填写旅客登记表时，都戴着薄薄的尼龙手套。不过，她大约没有想到。茶杯和漱口杯上留有她的清晰的指纹。

四、查出了舒展的笔迹。金明立即把这一笔迹用电子传真机发送到全市各旅馆，以便对每一个前来登记的旅客的笔迹进行核对。

五、舒展的头发经化验，查出她的血型为 A 型。

这时，窗外传来十二下“咚、咚”钟声。金明抬起头来朝外一看，天空飘着乌云，云层迅速地移动着，太阳时隐时现，窗外的景色时暗时明。

金明双眉紧锁，在思索着：舒展的面目、身份已经初步弄清，然而，她跑到哪里去了呢？她如果在滨海市没有落脚点的话，势必要住旅馆。她带着一只手提箱，是不可能整天在街上逛的。只要她住旅馆，很快就会知道她的踪迹。然而，她在早晨离开滨海宾馆，直到现在还没消息，如果她悄悄溜掉，断了线索，那就麻烦啰！

在吃中饭的时候，戈亮狼吞虎咽，他忙得连早饭也没吃（尽管当时他和金明正在青山饭店调查），而金明却一边慢慢地吃，一边在考虑着案情。

当金明和戈亮回到办公室，电话机上的小红灯亮了。金明一看就知道，有人来过电话了。这是一只录音电话，当主人不在的时候，它能把电话内容录音，并点亮小红灯。

金明一个箭步走过去，急切地拿起录音电话的耳机。他想，大概是哪个旅馆发现舒展的踪迹了。

真是一波未平，一波又起，出乎意料之外，电话是银行行长老唐打来的，报告了新的案情：“发现假黄金！”

原来，老唐是一个精细的人。自从发现假钞票之后，他要求银行各部门都提高警惕，来个大检查。老唐在银行工作多年，除了曾经发现各式各样的假人民币之外，还发现过假汇票、假外钞、假黄金、假白银等。

一查，就查出了新名堂：金库保管员发现，混进了假黄金！

在金库里发现假黄金，这还是第一次！为什么呢？因为金库有一整套现代化的检验技术，能够准确地判断黄金的真伪、测定黄金的成色，所以假黄金总是在入库之前就会被发现的。

这次发现的假黄金，经激光显微光谱分析仪分析，其中竟含有许多铅！激光显微光谱分析仪专门用来化验一些贵重物品的化学成分。它用透镜把激光聚焦，集中在一个直径只有几微米到十几微米（头发的直径约为70微米）的小点上。在这么小的区域内，激光能量高度集中，温度可达一万摄氏度左右。然后，根据光谱分析查出物质的成分。这种方法既灵敏，又几乎无损于被检验的贵重物品。当年，人们在湖北楚墓发掘出极为珍贵的文物——越王勾践剑。这把古剑经历二千多个春秋，依旧寒光逼人，为了查清原因，科学家们用激光显微光谱分析仪分析古剑，发现古剑中含有大量的铜、锡，以及少量的锰、镁、钛等金属，终于揭开了古剑不锈之谜。如今，银行里也配置了激光显微光谱分析仪，用来检查黄金、白银之类贵金属。

行长老唐和金库保管员查阅了这批黄金入库时的化验记录，上面却明明写着："纯黄金，含金量99.9%"。

难道是入库之前的化验不准确？不会吧！入库之前，除了用激光显微光谱分析仪化验之外，还用多种方法检验，甚至还精确地测定了比重——19.3克/厘米^3，这一切都说明确实是黄金，不可能是假的。

难道入库之后，被人偷偷换走？这似乎也不大可能。金库是闲人莫入的重地，防守严密，外人很难潜入。除非是内部有人作案……

朱霞是谁？

金明在听完录音之后，给银行行长老唐打了电话，请他迅速查清这批假黄金是什么客户支付的，嘱咐他对此事要严格保密。

确实是"春天孩儿面，一天变三变"。此刻，窗外彤云密布，又淅淅沥沥地下起雨来了。

案情复杂化了，假钞案尚未侦破，又来了一个假金案。

下午一点，金明桌子上的电话机响起了"嘟嘟"声。这电话是松明县县城的居安旅社打来的，说是在中午来了一个女旅客，脸有点跟电子画像中的女人相近，笔迹极为相似，但是发型、服装、姓名、身份不同。这个女人扎发髻，穿深蓝色灯芯绒普通两用衫，名字叫朱霞，绿山市百货商店采购员。居安旅社经理郑树德在电视电话中出示了朱霞填写旅客登记表，金明立即用录像机把它记录下来。

朱霞是谁？金明是一位笔迹专家。他开始用放大镜仔细比较舒展和朱霞填写的旅客登记表。他嘱咐戈亮挂长途电话给绿山市百货商店，查问有没有朱霞这个人。

滨海市与绿山市之间，相隔千里。绿山市是一个边远的山区城市。在十秒钟之后，载波电话就接通了。绿山市百货商店人事科告诉戈亮，店里确实有一个采购员叫朱霞。她是先进工作者，《绿山日报》曾报道过她的事迹。不过，她最近没有出差，今天还在店里。

金明听了戈亮讲述的情况之后，脸上露出了严峻的神情。住进居安旅社的朱霞，显然是一个冒名顶替者！敌人的间谍机关，是很注意收集我国的各种报刊、杂志，就连市、县的报纸，也尽量收集。他们常常把见报的人名分类整理，编成“人名档案”。他们显然从《绿山日报》上看到了关于朱霞的报道，于是，就借用她的名字、身份进行活动。万一进行查对，那边也确有其人，不易露出马脚。另外，借用采购员的身份，对于四处活动的间谍来说，也是比较适合的。在一个间谍身上，常常有好几个不同身份、不同姓名的伪造的工作证。对这个“朱霞”应该引起高度的重视，必须马上对她进行全面的监视。

金明又研究了笔迹，舒展和朱霞的笔迹虽有变化，但是从钩、折、撇这些笔画来分析，非常相似。

金明决定立即赶往松明县。正当戈亮站了起来，准备出发的时候，金明却朝他一笑：“你去叫一下小方，一起执行任务！”

“叫小方？”戈亮这个彪形大汉，顿时像姑娘般腼腆起来。

“嗯。去一个女同志，方便些。”金明说道。

小方，就是方芳，戈亮的对象。方芳也是侦察员，二十二三岁，一位娴静端庄的姑娘，看上去几乎很难使人相信是身佩手枪的公安人员，特像个电影演员。不过，她胆大心细、办事泼辣，正因为这样，金明把这个本想报考电影学院的姑娘，招进了公安学校，毕业后成为他的得力助手。方芳与戈亮是在公安学校认识的，戈亮比她高两年。金明认为，培养一批女侦察员是很重要的。在侦破某些案件时，女侦察员有着她的特殊的作用。

春雨绵绵，下个不停。金明换了一辆挂着出租汽车公司车号牌的灰色轿车，朝松明县急驶。公安局里有好几辆轿车装上了出租汽车公司的车号牌，为的是执行任务时不引人注目。

松明县是滨海市附近的“卫星城”之一。它位于滨江入海处附近，是一个比较僻静的小城市。

水湿的柏油马路，显得格外黑。戈亮驾驶着轿车，沿着江边公路笔直前进。一路上，金明轻声地向方芳介绍了案情。

下午两点半，金明一行到达了松明县城。金明和他的助手们都换了便衣。轿车停在离居安旅社二三百米的地方，金明和戈亮下了车，穿着尼龙雨衣，手中拎着旅行袋，朝旅馆走去。方芳则去县电话中心了解有关情况。

居安旅馆是一家三层楼的小旅馆，虽然小，倒十分清静。令人感到纳闷的是，那个女人为什么会来到这样远离滨海市的小旅馆？她想干什么呢？

打了三次电话

金明和戈亮像两位旅客似的走进居安旅馆，径直来到旅客登记处。

服务员给金明一张空白的旅客登记表。金明拿出自来水笔，在登记表上写道：

“我们是公安局的，找郑树德同志。”

服务员是个机灵的小伙子，他把旅馆住宿证交给金明时，证里夹着一张纸条，写道：

“郑在114。”

金明和戈亮拎着旅行袋，来到了114房间。那是经理办公室。金明和戈亮进去后，随手关上了房门。

郑树德是一个四十多岁中年男人。他见到金明和戈亮，仿佛心头的一块大石头落了下来，显然，他一直焦急地等候着金明和戈亮的到来。

郑树德低声地汇报了情况：

最早发现朱霞可疑，就是门口旅客登记处那位机灵的小伙子。

朱霞向小伙子说，她有点神经衰弱，夜里睡不好，最忌嘈杂，希望分她一个安静点的房间。小伙子就把301房间钥匙，给了朱霞。

301房间在第三层楼最东头的一个房间。它隔壁的303房间与对面的302房间，都空着没人住。小伙子把朱霞安排在301房间之后，不再让302、303房间住人了。这位机灵的小伙子知道，如果朱霞真的是公安局追捕的对象，那么302、303房间肯定要另派用场的。

小伙子在安排好朱霞的住宿之后，马上向经理郑树德报告了敌情。郑树德一方面给金明打了电话，一方面关照旅馆里有关工作人员密切注意朱霞的动向。

郑树德正说着，方芳推门进来了，提着一个收录两用机，说道：

“朱霞在 301 房间，打过三次电话。这是录音。”说完，播放了录音：

第一次是打给“4976065”。

“哪里?”女声。

“手套一厂技术科。找谁?”男声。

“找黄海生同志。”

“黄海生？他到二厂去了。”

“喔……”电话挂断了。

第二次是打给“7408876”。

“哪里?”刚才的女声。

“你哪里?”女声，反问道。

“我找王德远同志。”

“他在开会。你有什么事，我可以转告。”

“过一会儿，我再打电话给他吧。”电话挂断了。

这下子，又突然冒出来两个新的嫌疑对象——黄海生和王德远。

第三次是打给“5123975”。

电话接通之后，先是沉默了一会儿。

“是延龄吗?”女声。

“喔，你是永生！我已经在路上。”低沉的男声。

“我住在‘市委’，103 房，电话 7129408。”电话挂断了。

在这三次通话中，显然，最后一次的内容最为重要。意味着一个名叫“延龄”的男人，正朝松明县进发，要与朱霞接头。

“朱霞正在 301 房间里，是不是先把她抓起来?”郑树德十分焦急地问道。

“不，切切不可惊动她。”金明摇头说道，“她已是瓮中之鳖，不必抓她。我们应当放长线，钓大鱼!”

黄海生是谁？王德远是谁？那个名叫“延龄”的男人又是谁？他赶到松明县要干什么?

“电子114”

金明将微型半导体报话机的拉杆天线收好之后，又从口袋里掏出一只香烟盒大小的方盒子。一揿按钮，盒盖自动揭开，露出一排刻有“0”、“1”、“2”、“3”、“4”、“5”、“6”、“7”、“8”、“9”等数字以及英文字母的按键，还有一个暗绿色的显示屏，看上去很像一只微型电子计算器。

其实，这是金明和戈亮研制成功的微型电子资料查索器，简称“电子114”。差不多每一个公安侦察员身边，都备有这么一只小方盒，以备在执行侦察任务时迅速查索有关资料。比如，案情与某某路某某号的居民有关，只消把某某路用汉语拼音字母写出来，按动字母键和数字键，显示屏上立即出现亮绿色的文字，告知这户居民的姓名、性别、年龄、工作单位、电话号码。又如，查获某一个与案件有关的电话号码，欲知这是哪儿的电话，只消照电话号码按动数字键，从显示屏上可以迅速获知这个电话用户的名字。再如，一辆与案情有关的汽车一闪而过，侦察员看见了车号，欲查是谁的汽车，只消照汽车车号按动数字键，便可获知汽车驾驶员的姓名……这只小小的方盒，能像电话局的查号台“114”一样解答有关问题，所以被侦察员们誉为“电子114”。

此刻，金明用“电子114”查询什么呢？

金明先是旋钮拨在“电话”两字上，查询“7408876”——朱霞第二次拨的电话号码。

显示屏上出现了答案：“滨海市中医学院打字室”。

奇怪，朱霞找中医学院干什么？

接着，金明查询了“5123975”——朱霞第三次拨的电话号码。

显示屏上出现了答案：“80—2567649号汽车上的电话。”

这是一辆什么汽车呢？金明把旋钮拨在“车号”两字上，然后照“80—2567649”按动数字键。

显示屏上出现了答案：“黑色‘奔鹿牌’轿车，私人汽车，驾驶员韩玉麟，临潮县丰收渔业公司。”显然，那个自称“延龄”的人，就是韩玉麟。金明又把旋钮拨在“人名”两字上，照“Hanyu—lin”按动字母键。由于在汉语中，“玉”、“麟”两字同音异字甚多，显示屏上逐一出现许多人名：

韩玉林	男	34岁	滨海市山岳路786号	中山医院内科医师
韩育琳	男	44岁	滨海市向明路8号9室	
韩雨霖	男	78岁	松明县秀风路799号	松明中学退休教师
韩郁陵	男	已故	宝海县九湖路441号	宝海盐场工人
韩瑜玲	女	17岁	滨海市江边路4379号303室	外语学院学生
韩玉麟	男	32岁	临潮县中心路467号	丰收渔业公司调度员

在这长长的名单中，金明终于找到了那个“韩玉麟”。金明以为，朱霞打了三次电话，分别找黄海生、王德远和韩玉麟，其中韩玉麟这线索最为重要。目前，应当全力以赴做好准备，“迎接”韩玉麟的到来。朱霞来到这僻远的小县城，其目的恐怕就在于与韩玉麟接头。至于黄海生、王德远，看来不是当务之急。何况间谍们常常爱摆迷魂阵，故意把一些毫不相干的人拉扯进去，把水搅混。

戈亮有点不解，问金明道：“刚才，朱霞在给韩玉麟的电话中，说自己住在‘市委’，这是什么意思？”

金明笑道：“刚才我一听，也有点不解。不过，仔细琢磨了一下，似乎朱霞在电话中，一直在讲‘反话’。比如，她住在‘301’，说成‘103’；她房间里的电话号码是‘8049217’，说成‘7129408’。这‘市委’是什么意思呢？中国有句成语，叫做‘居安思危’。我们这个旅馆叫居安旅馆，她用这成语的另两个字——‘思危’，听上去就成了‘市委’了！”

经金明这么一点，谜底揭穿了，戈亮和经理郑树德才恍然大悟。

金明指出，既然那个韩玉麟能够听懂朱霞的暗语，可见他们之间早有联系，而且当朱霞——也就是舒展来到滨海市的时候，已经用电话与韩玉麟联系过。朱霞如今赶到松明县来，显然，她要与韩玉麟见面，或者把什么东西交给他，或者有什么事需要当面密谈。

看来，破案的关键，就在于摸清朱霞与韩玉麟见面的情况……

半途抛锚

雨，越下越大了。铅灰色的云，低低地压在田野上空。一切景物都变得模糊起来。

在居安旅馆301房间，一个中年女人不时望着窗外。尽管雨滴不时从窗口被风吹进屋里，她依旧把窗敞开。

她的心情，也确如“春天孩儿面，一天变三变”。说实在的，当她去吃“绿茵白兔饺”的时候，当她在滨江游览艇上游览两岸迷人风光的时候，她的心情是轻松的；然而，当她一想到自己肩负的使命，心情马上变得紧张、沉重起来。此刻，她不安地在房间里来回踱着，她几次走到电话机旁，想拨号打电话，可是，当那双戴着尼龙手套的手一碰到拨号盘，又放了下来。

301房间，确实很安静。三楼的旅客很少。就这一点来说，她感到十分满意。她来到这里之后，一切平安，似乎没有任何不祥的征兆。

突然，电话“嘟，嘟”响了。她急切地拿起电话耳机

“‘市委’103吗?”打电话的人，有着浓重的苏北口音。

“嗯，我是老朱。”

“我是老韩。雨太大了，车子在路上出了点毛病。”

“能修好吗?”

“问题不大。”

挂断电话之后，她的脸色就像窗外密布的乌云一样灰暗。她不由得想起一句谚语：“屋漏偏逢连夜雨!”怎么搞的！韩玉麟的汽车偏会在半路上抛锚？唉，在这么大的雨中修车，能修得好吗?

不过，她是一个很善于自己安慰自己的人。她转念一想，韩玉麟晚一点来也好。再过一个小时，天就黑了。在黑夜中，行动更方便些。

天黑了。她开灯之后，关上了窗户，拉上了窗帘。她没有去吃晚饭，守候在电话机旁，生怕在自己离开之后来了电话。她从箱子中取出雨衣，放在桌子上，随时准备外出。

5点20分，电话机终于“嘟，嘟”响了。

电话是韩玉麟打来的，他说自己的轿车修好了，马上开到旅馆。

她没有同意韩玉麟的意见，而是告诉他，她穿一件白色的尼龙雨衣，在公路上与他见面。

她离开了301房间，锁上了门。不过，她没有关灯。在房门前，她弯下腰，把裤脚管塞进半高筒套鞋。

这时，正是开饭时间，旅客们差不多都在餐厅里吃晚饭。她很庆幸，在这个时候外出，最合适不过了。

直到走出了大门口，她才从衣袋里掏出一件又轻又薄的白色尼龙雨衣，在风雨之中快步朝前走去，消失了。

雨中洽谈

朱霞在离开居安旅馆之后，长长地舒了一口气。她不时回头看看，透过粗密的雨帘，几乎见不到什么行人，显然，她的后面没有“尾巴”。

清冷的雨滴溅在脸上，使人感到几分寒意。不过，对于在小房间里闷了一下午的朱霞来说，却觉得非常舒服。她依旧快步走着。当她拐了个弯，离开了县城，走上临潮县通往松明县的公路，步子开始放慢，她的眼睛紧盯着正前方。

公路上的汽车不多，偶尔驶过几辆大卡车。突然，迎面驶来一辆黑色的轿车。司机似乎也发现了这个穿白色雨衣的女人，降低了车速。

轿车缓缓地停在朱霞身旁。她看清这是一辆奔鹿牌轿车。在车灯照耀下，车号牌“80—2567649”清晰可见。

朱霞一瞧这正是韩玉麟的车号，便朝车内看了一下，车里只有一个中年男司机，朝她点了点头，主动打开了车门。

朱霞一边脱雨衣，一边朝车里钻。坐定之后，在微弱的车灯下，她看清了司机的模样：古铜色的脸膛，大抵是长期生活在海上的缘故，虽说是32岁，看上去已有四十岁的样子；前额和眼角皱纹不少，两颊消瘦，头发浓密，双眼布满血丝，目光倒十分明亮；两道扫帚眉又浓又黑，右眉尖有一颗黑痣，扁平的鼻子，宽厚的嘴唇……

朱霞虽然是第一次亲眼见到这个人，可是，她早就见过他的照片，熟悉他的面貌，知道此人明显的特征——右眉尖上的黑痣。

接着，两人互相核对接头暗语：

“你贵姓?”

“我姓韩，萧何月下追韩信的韩。你贵姓?”

“我姓朱，明太祖朱元璋的朱。有烟吗?”

“三角牌的。你有火柴吗?”

“熊猫牌的。”

朱霞一听，暗语丝丝入扣，天衣无缝，便又说道：“我钱不够用了，能借我拾元吗?”

“很抱歉，我只有半张拾元。”

朱霞把那半张的拾元人民币拿来，与自己的另半张拾元人民币合拢在一起。这是一张假币，横着剪成两半。朱霞的是上半张，韩玉麟的是下半张，锯齿形剪开，这锯齿也是丝丝入扣。朱霞特别注意看右下方那钞票号码，经拼合后，正好为“IV V III0637807”。

这下子，朱霞脸上露出了笑容。她确信，坐在她面前的是韩玉麟。

她环视四周，黑茫茫的，风更狂了，雨更大了，路上不见车，也不见人。朱霞让韩玉麟把轿车调了个头，朝临潮县方向缓缓驶去，在行驶中轻声交谈。

朱霞心中十分得意。本来，她想约韩玉麟到居安旅馆洽谈的，然而，旅馆进出要登记，人来人往眼杂得很。现在，改成在轿车中边驶边谈，神不知，鬼不晓!

韩玉麟呢?他一边开车，一边与朱霞洽谈着“生意经”。他掩饰着内心的兴奋，似乎朱霞是一个不大老练的“经纪人”，她几乎没有讨价还价，任凭韩玉麟开价。就这样，朱霞和韩玉麟很快就谈妥了交易，商定了交货日期和地点。

雨，依旧在哗哗下着。朱霞完成了使命，让韩玉麟把轿车调头，朝松明县城驶去。

韩玉麟送朱霞来到松明县城附近，朱霞就下车了。她依旧穿上那件白色的尼龙雨衣。举目四顾，唯见黑夜茫茫。

朱霞回到了旅馆，似乎一切正常，谁都没有注意她。当她来到301房间门口，拿出钥匙开门时，似乎是一不小心，钥匙落到了地上。她弯腰拣起钥匙，在这一刹那之间，她的脸上又浮现满意的笑容：原来，当她离开301房间时，关上了门，曾在门前弯下腰来，把裤脚管塞进半高筒套鞋，趁机以极为迅速的动作，把一小块透明的胶纸贴在门缝下方。此时，她装着拣钥匙，查看了一下透明胶纸，见胶纸好好的。这说明在她走后，没有人来过301室——如果有人来过，透明胶纸就破了！这种透明胶纸，谁也不会注意的，然而，它却是一张小小的“封条”!

301室的灯，依旧亮着。朱霞把门反锁，来到卫生间洗了个热水澡，然后，睡了个难得的安稳觉……

国籍不明的轮船

第二天，风停了，雨住了，太阳暖洋洋地照着大地，气温明显地回升了。

傍晚，晚霞映红了海面。微风吹拂，金波点点。海上的船影渐渐稀落了。

在海面远处，有两艘轮船待在那里，随波逐流。看样子，大抵是渔轮，等待着天黑之后，用灯光围网捕鱼。

就在这时，一艘国籍不明的轮船朝那两艘轮船驶来。信号灯不时闪烁，那艘轮船与渔轮交换着暗语。

渔轮甲板上，站着一个中年妇女，用望远镜观察着渐渐驶近的轮船，脸上堆满了笑容。她就是朱霞，此刻怎能不心花怒放？

朱霞的身边站着那个韩玉麟，注视着前方，满脸严肃的神色。

在另一艘渔轮甲板上，站着一个熊腰虎背的大高个和一个细高个子的姑娘。

轮船的指挥台上，一位络腮长胡、红棕色头发的大汉，不时看着荧光屏。当荧光屏上清晰地出现朱霞和韩玉麟的特写镜头时，大汉的嘴角浮现了笑意。轮船和渔轮靠拢，朱霞手舞足蹈，兴高采烈，第一个跳到了轮船上去。紧接着，韩玉麟、大高个和那姑娘，还有十来个渔民也跨过船舷栏杆，来到轮船。朱霞把韩玉麟带到了指挥台，站在两人中间，介绍道：

“这是威廉先生!”

“这是韩玉麟先生!”

威廉欣喜地伸出双手，紧握着韩玉麟的手。说时迟，那时快，韩玉麟以迅雷不及掩耳之势，“咔嚓”一声，给大汉的双手带上了手铐。

威廉正想用脚踢韩玉麟，一个冰冷的东西碰到了他的脑袋。身后，传来严厉的声音：“不许动!”

这时，朱霞感到莫名其妙，当她还未明白过来，那姑娘已经利索地给她戴上了手铐。

紧接着，那些渔民纷纷掏出手枪，逮捕了轮船上的船员。

威廉恶狠狠地用生硬的中国话对韩玉麟骂道：“姓韩的，你想抢劫？当心，我的潜水艇正在水下游着！”

那姓韩的无动于衷，竟然说道：“放心，我们的潜水艇也正在水下巡逻！”

威廉感到惊讶，你们这些走私贩子，哪来什么潜水艇？

过了一会儿，直到威廉和朱霞看到那些渔民全都换上雪白的中国公安制服，这才明白是怎么回事！

威廉用愤怒的目光逼视朱霞，仿佛在责怪她的无能。朱霞恐惧而惭愧地低下了头……

天才的演员

这是怎么一回事情呢？

那韩玉麟不是别人，正是金明！而大高个和姑娘，则正是戈亮和方芳。

原来，昨天下午，金明让戈亮穿上服务员衣服，坐在居安旅馆三楼服务台前，监视着301房间。他自己则与方芳一起，坐着那辆挂着出租汽车公司车号牌的灰色轿车出发了。金明打扮成司机，方芳则以极快的速度化装成朱霞模样。公安侦察员们都学会了电影化妆师的本领，手提包中总是带着化妆用品。

此刻，戈亮通知县电话局，切断了朱霞房间里的那只电话——外边打不进，而朱霞要打出去则总是遇上忙音。

方芳用轿车内的电话，拨“5123975”——韩玉麟车内的电话。方芳装扮成朱霞，通知韩玉麟在半途中接头，她已坐了一辆灰色出租汽车迎面驶来，车号为“80—6437695”。

审讯朱霞结束之后，戈亮来了。他悄悄告诉金明，在轮船船舱里发现成箱成箱的人民币和黄金。经他仔细查核，那人民币是假的，至于黄金是真是假，一时无法判定。

接着，开始提审威廉。

威廉一问三不知，头像拨浪鼓似的摇个不停。他表示自己听不懂中国话——他似乎忘了，当他被捕时，恼怒至极，曾用生硬的中国话骂过金明。

金明深知，威廉在拖延时间，他仍寄希望于水下的潜水艇。

出乎意料之外，威廉面前的这位中国警察，竟操着流利的英语开始对他进行审讯。这下子，威廉无可奈何，只得用英语作了答复。

威廉承认自己是一个投机商。这一次，他派出俞珊来到滨海市，为的是同韩玉麟进行一笔巨额黑市交易，他们倾慕于中国的珍贵文物、麝香、人参、杜仲、白药、天麻、蟾酥、牛黄……

威廉说："警察先生，你只要检查一下我的船舱和韩玉麟的船舱，就可以证明我的话没有半分假。在我的船舱里，装的是人民币和黄金，用来购货；在韩先生的船舱里，装的是文物、麝香、人参……"

金明听了，冷冷地说："你的话没有半分假？我想提醒你一下，你的船舱里的人民币，经我们鉴定，全是假的！我想用一句中国的歇后语来形容，你们不过是'猪鼻孔里插葱——装象'而已！"

威廉迫不得已，只好承认了奥罗斯财团伪造人民币的罪行。他说，伪造人民币，一是用假币在黑市市场上大量套购物资，从中渔利；二是扰乱中国的经济建设。为了逃避罪责，他们只把假币用于黑市交易，通过走私贩流入中国市场。这时，金明请威廉抬起头来，看看窗外的"风景"。

威廉透过左右两舷的窗口，都看到了灯光，他知道，这意味着，轮船已经进入滨江。也就是说，他们那些潜水艇，早就被中国的潜水艇赶走了。

威廉露出了惊惶不安的神色，鼻尖上冒出了冷汗。

金明抓住时机，又紧紧追问了一句："你的人民币是假的，难道你的黄金是真的？"

威廉一听，像触电似的猛然一震，他这才明白，站在他面前的这个瘦削、中等个子的中国警察，是一个非同凡响的人物。威廉这一辈子，不知在黑市中做过多少次交易，跟各式各样的警察打过交道，都被他滑过去了，至今仍是好汉一条，想不到这一次落到这个貌不出众的中国警察手中，却感到日子不好过，如坐针毡。

威廉不得不承认，他的黄金如同他的人民币一样，也是假的！

然而，奥罗斯财团用什么办法制造假黄金呢？

威廉对此守口如瓶……

反面的启示

当金明、戈亮和方芳回到滨海市公安局，窗外传来海关大楼十一下

“咚、咚”钟声。

金明走进办公室，见电话机上的小红灯亮着。这意味着有人来过电话。金明拿起耳机，里面传出了录音：

“金明同志，我是滨海银行的李建中。自从发现假黄金以后，我找到一些线索。你回来以后，请给我挂一个电话。在没有破案之前，我日夜都在银行。”

金明一听李建中找到了新线索，立即打电话请他来。

没一会儿，李建中和行长老唐一起坐着轿车来了。

李建中夹着一个黑色的文件包。打开以后，拿出好多份论文复印件，说道：“这就是新线索！”

原来，在发现假黄金之后，李建中百思而不解：黄金，怎么会变成铅呢？这些假黄金，是怎么制成的？

在滨海市银行，装有图书终端设备。利用这终端设备，可以查阅滨海市图书馆那浩如烟海的藏书。滨海市图书馆是用电子计算机管理的，几乎每一个工厂、企业、学校以至许许多多家庭，都装有图书终端设备。查阅者按动终端设备上的电键，显示屏上便会出现所需要的资料。如果查阅者要留存这些资料，按动标明“复印”的电键，一份份复印资料就从终端设备中送出来了。李建中想，金变为铅，属于“元素转变”。于是，他便查阅起关于“元素转变”的文献。

呵，关于“元素转变”的文献，真是多如牛毛：有的是讲述放射性元素如何蜕变、裂变，变成别的元素；有的是讲如何使原子核聚变，变成新的元素；有的用回旋加速器，有的用静电加速器，有的用同步加速器，有的用直线加速器……在这令人眼花缭乱的科学文献中，唯有一篇法国内务劳动卫生局环境卫生科科长克尔福兰先生写的题为《生物和原子转换》，引起了李建中的注意。

在这篇论文中，克尔福兰引述了著名瑞典化学教授柏齐利阿斯在1849年出版的《论动植物与矿物化学》一书谈到的例子：1844年，一个名叫福格尔的人曾把莴苣种子种在一个不含硫酸盐、硫化物的玻璃罐里，只浇蒸馏水，莴苣长大以后，烧成灰，发现灰里的含硫量比种子中多了一倍！这些硫从哪儿来的呢？

克尔福兰还引述了许多奇特的事例：有人用不含镁的土壤里种植庄稼，用不含镁的水浇灌，庄稼仍绿叶满枝。要知道，在叶绿素中含有2.72%的镁！这些镁从何而来？

又如，人们又发现非洲撒哈拉沙漠附近的矿工，食物中含镁很少，每天每人只摄入263.8毫克，却排出380毫克镁，相差116.2毫克。这些镁，又从何而来？

克尔福兰提出了他的新学说，认为生物体有一种特殊的本领，能使一种元素转变为另一种元素！那些奇怪的硫、镁，就是别的元素转变而来的。

李建中又查到一篇新的论文，作者叫詹姆斯。他声称掌握了生物的秘密，用普通的金属锡，制成了贵金属银！不过，这种白银不大稳定，在几个月后又变为锡。

尽管李建中没有查到关于人造黄金的论文，可是，他以为詹姆斯的方法能够制造银子，当然也能制造黄金！

金明听罢，又细读了詹姆斯的论文，觉得这确实是一条重要的新线索。金明用公安局的图书资料终端设备查阅了詹姆斯的著作目录，发现那篇关于用锡制造银子的论文，竟是他的最后一篇论文——发表于三年前，从此詹姆斯这名字便从科学杂志中消失了！

金明一看，便明白了其中的奥妙……

金明决定立即重新提审威廉。威廉依旧对制造假黄金的秘密，保持沉默。直到金明问他是否认识詹姆斯博士，威廉这才乱了阵脚，不得不作了如下交代：

奥罗斯财团的科学间谍们，很注意各国的科学论文。当他们看到了詹姆斯博士的论文，喜出望外。他们立即派出间谍，悄悄地绑架了詹姆斯博士，并用潜水艇把詹姆斯博士运到了他们的总部所在地——怪岛。在那里，他们逼迫詹姆斯博士，用类似的方法，以铅为原料，制成了黄金。不过，这种黄金不大稳定，在几个月后又变为铅。

奥罗斯财团的间谍们一边大量印制假纸币，一边成批生产假黄金，做着“纸醉金迷”的美梦……

威廉抬头看到他面前的中国警察的严峻目光，低头看到手上那银光锃亮的手铐，终于从“纸醉金迷”的美梦中惊醒过来了。

此时，窗外传来“咚”的一下钟声，意味着已是凌晨一点了。金明长长地舒了一口气——从银行行长老唐打电话报告发现假钞票，到现在案情真相大白，正好48小时！

尽管金明已经两夜未合眼了，但是他并没有去睡觉，而是跟戈亮一起，忙着摘录克尔福兰、詹姆斯的论文和威廉的交代，以便转交中国科学院。金明认为，奥罗斯财团的间谍们从反面给了我们有益的启示，用生物方法促使元素转变，这是一种很值得重视的新技术呵！

原载《科学生活》，1981 年

河边的错误

余　华

第一章

一

住在老邮政弄的幺四婆婆，在这一天下午将要过去、傍晚就要来临的时候发现自己养的一群鹅不知去向。她是准备去给鹅喂食时发现的。那关得很严实的篱笆门，此刻像是夏天的窗户一样敞开了。她心想它们准是到河边去了。于是她就锁上房门，向河边走去。走时顺手从门后拿了一根竹竿。

那是初秋时节，户外的空气流动时很欢畅，秋风吹动着街道两旁的树叶，发出“沙沙”那种下雨似的声音。落日尚没沉西，天空像火烧般通红。

幺四婆婆远远就看到了那一群鹅，鹅在清静的河面上像船一样浮来浮去，另一些鹅在河岸草丛里或卧或缓缓走动。幺四婆婆走到它们近旁时，它们毫无反应，一如刚才。本来她是准备将它们赶回去的，可这时又改变了主意。她便在它们中间站住，双手支撑着那根竹竿，像支撑着一根拐杖，她眯起眼睛如看孩子似的看起了这些白色的鹅。

看了一会，幺四婆婆觉得时候不早了，该将它们赶到篱笆里去。于是她上前了几步，站在河边，嘴里“哦哦”地呼唤起来。在她的呼唤下，草丛中的鹅都纷纷一挪一挪地朝她跑来，而河里的鹅则开始慢慢地游向岸边，然后一只一只地爬到岸上，纷纷张开翅膀抖了起来。接着有一只鹅向幺四婆婆跑了过去，于是所有的鹅都张开翅膀跑了起来。

幺四婆婆嘴里仍然“哦哦”地叫着，因为有一只鹅仍在河里。那是一只小鹅，它仿佛没有听到她的呼唤，依旧在水面上静悄悄地移动着，而且时时突然一个猛扎，扎后又没事一般继续游着，远远望去，优美无比，似乎那不是鹅，而是天空里一只飘动的风筝在河里的倒影。

幺四婆婆的呼唤尽管十分亲切，可显然已经徒劳了，于是她开始“嘘嘘”地叫了起来，同时手里的竹竿也挥动了，聚集在她身旁的那些鹅立刻散了开去。她慢慢移动脚步，将鹅群重又赶入河中。当看到那群被赶下去的鹅已将那只调皮的小鹅围在中间后，她重又“哦哦”地呼唤起来。听到了幺四婆婆的呼唤，河里所有的鹅立刻都朝岸边游来。那情景真像是雪花纷纷朝窗口飘来似的。这时幺四婆婆感到身后有脚步走来的声音。当她感觉到声音时，那人其实已经站在她身后了，于是她回过头来张望……

他觉得前面那个人的背影有些熟悉，但一时又想不起究竟是谁。于是他就心里猜想着那人是谁而慢慢地沿着小河走。他知道这人肯定不是他最熟悉的人，但这人他似乎又常常见到。因为在这个只有几千人的小镇里，没有不似曾相识的脸。这时他看到前面那人回头望了他一下，随即又快速地扭了回去。接着他感到那人越走越快，并且似乎跑了起来。然后他看不到那人了。

他是在这个时候看到那一群鹅的，于是他就兴致勃勃地走了过去。但是当他走到鹅中间时，不由大惊失色……

初秋时节依然是日长夜短。此刻落日已经西沉，但天色尚未灰暗。她在河边走着。

她很远就看到了那一群卧在草丛里的鹅，但她没看到往常常见到的幺四婆婆。她漫不经心地走了过去。走到近旁时那群鹅纷纷朝她奔来，有几只鹅伸着长长的脖颈，围上去像是要啄她似的，她慌忙转过身准备跑。

当她转过身去时不由发出了一声惊叫，同时呆呆地站了好一会，然后她没命地奔跑了起来。没跑出多远她就摔在地上，于是她惊慌地哭了起来。哭了一阵后，她才朝四周望去，四周空无一人。她就爬起来继续跑。她感到两腿发软，怎么跑也跑不快，当跑到街上时，她又摔倒了。

这时一个刚与她擦身而过的年轻人停下脚步，惊诧地望着她，她坐在地上爬不起来，只能惊恐地望着他。他犹豫了一下，然后才走上去将她扶起来，同时问："你怎么啦？"

她站起来后用手推开了他，嘴巴张了张，没有声音，便用手指了指小河那个方向。年轻人惊讶地朝她指的那个方向看去，什么也没有看到。而当他重新回过头来时，她已经慢慢地走了。他朝她的背影看了一下，才莫名其妙地笑笑，继续走自己的路。

那孩子窝囊地在街上走来走去，刚才他也到河边去了。当他一路不停地跑到家中将看到的那些告诉父亲时，父亲却挥手给了他一个耳光，怒喝道："不许胡说。"那时父亲正在打麻将，他看到父亲的朋友都朝着他嘻嘻地笑。于是他就走到角落里，搬了一把椅子在暗处坐了下来。这时母亲提着水壶走来，他忙伸出手去拉住她的衣角，母亲回头望了他一下，他就告诉她了。不料她脸色一沉，说道："别乱说。"孩子不由悲伤起来。他独自一人坐了好一会儿后，便来到了外面。

这时天已经黑了，弄里的路灯闪闪烁烁，静无一人。只有孩子在走来走去，因为心里有事，可又没人来听他叙述，他急躁万分，似乎快要流下眼泪了。

就在这个时候，他看到有几个年轻人走了过来。他立刻跑上去，大声告诉了他们。他看到他们先是一怔，随即都哈哈大笑起来。有一个人还拍拍他的脑袋说："你真会开玩笑。"然后他们就头也不回地走了。

孩子望着他们的背影，心想，他们谁也不相信我。

孩子慢慢地走到了大街上，大街上有很多人在来来往往。商店里的灯光从门窗涌出，铺在街上十分明亮。孩子在人行道上的一棵梧桐树旁站了下来。他看到很多人从他面前走过，他很想告诉他们，但他很犹豫，他觉得他们不会相信他的，因为他是个孩子。他为自己是个孩子而忧伤了起来。

后来他看到有几个比他稍大一点的孩子正站在街对面时，他才兴奋起来，立刻走了过去。他对他们说："河边有颗人头。"

他看到他们都呆住了，便又补充了一句："真的，河边有颗人头。"

他们互相望着，然后才有人问："在什么地方？"

"在河边。"他说。

随即他们中间就有人说："你领我们去看看。"

他认真地点点头，因为他的话被别人相信了，所以他显得很激动。

二

刑警队长马哲是在凌晨两点零六分的时候，被在刑警队值班的小李叫醒的。他的妻子也惊醒过来，睁着眼睛看丈夫穿好衣服，然后又听到丈夫出去时关门的声音。她那么呆呆地躺了一会儿后，才熄了电灯。

马哲来到局里时，局长刚到。然后他们一行六人坐着局里的小汽艇往案发地点驶去。从县城到那个小镇还没有公路，只有一条河流将它们贯穿起来。

他们来到作案现场时，东方开始微微有些发白，河面闪烁出了点点弱光，两旁的树木隐隐约约。

有几个人拿着手电在那里走来走去，手电的光芒在河面上一道一道地挥舞着。看到有人走来，他们几个人全迎了上去。

马哲他们走到近旁，看到不远处有一个刚刚用土堆成的坟堆。坟堆上有一颗人头。因为天未亮，那人头看上去十分模糊，像是一块毛糙的石头。

马哲伸手拿过身旁那人手中的手电，向那颗人头照去。那是一颗女人的人头，头发披落下来几乎遮住了整个脸部，只有眼睛和嘴若隐若现。现场保护得很好。马哲拿着手电在附近仔细照了起来。他发现附近的青草被很多双脚踩倒了，于是他马上想象出曾有一大群人来此围观时的情景，各种姿态和各种声音。

这当儿小李拿着照相机从几个不同的角度拍下了现场。然后法医和另外两个人走了上去，他们将人头取下，接着去挖坟堆，没一会儿一具无头女尸便显露了出来。

马哲依旧在近旁转悠。他的脚突然踩住了一种软绵绵的东西。他还没定睛观瞧，就听到脚下响起了几声鹅的叫声，紧接着一大群鹅纷纷叫唤了起来。然后乱哄哄地挤成一团，又四散开去，这时天色开始明亮起来了。

局长走来，于是两人便朝河边慢慢地走过去。

“罪犯作案后竟会如此布置现场。”马哲感到不可思议。

局长望着潺潺流动的河水，说：“你们就留下来吧。”

马哲扭过头去看那群鹅，此刻它们安静下来了，在草丛里走来走去。

“有什么要求吗？”局长问。

马哲皱一下眉，然后说：“暂时没有。”

“那就这样，我们每天联系一次。”

法医的验尸报告是在这天下午出来的。罪犯是用柴刀突然劈向受害者颈后部。从创口看，罪犯将受害者劈倒在地后，又用柴刀劈了三十来下，才将死者的头劈下来。死者是住在老邮政弄的幺四婆婆。

小李在一旁插嘴："这镇上几乎每户人家都有那种柴刀。"现场没有留下罪犯任何作案时的痕迹。在某种意义上，现场已被那众多的脚印所破坏。

马哲是在这天上午见到那个孩子的。

"所有的人都不相信我。"那孩子得意扬扬地对马哲说，"父亲还打了我一个耳光，说'不许胡说。'"

"你是什么时候发现的？"马哲问。

"所有的大人都不相信我。"孩子继续在说，"因此我只能告诉和我差不多大的孩子了，他们相信我。"孩子说到这里还装模作样地叹了口气，"本来我是想先告诉大人的。"

"你是在什么时候发现的？"马哲问。

这时孩子才认真对待马哲的问话了。他装出一副回忆的样子，装了很久才说："我没有手表。"

马哲不禁微笑了。"大致上是什么时候？比如说天是不是黑了？或者天还亮着？"

"天没有黑。"孩子立刻喊了起来。

"那么天还亮着？"

"不，天也不是亮着。"孩子摇了摇头。

马哲又笑了，他问："是不是天快黑的时候？"

孩子想了想后，才慎重地点点头。

于是马哲便站了起来，可孩子依旧坐着。他似乎非常高兴能和大人交谈。

马哲问他："你到河边去干什么呢？"

"玩呀。"孩子响亮地回答。

"你常去河边？"

"也不是，我想去哪儿就去哪儿。"

孩子临走时十分认真地对马哲说："你抓住那个家伙后，让我来看看。"

幺四婆婆离家去河边的时候，老邮政弄有四个人看到她。从他们回忆的时间来看，幺四婆婆是下午四点到四点半的时候去河边的，而孩子发现那颗人头的时候是七点左右。因此罪犯作案是在这三个小时左右的时间里。据查，埋掉幺四婆婆死尸的地方有一个坑，而现在这个坑没有了，因此那坑是现成的。所以估计罪犯作案时间很可能是在一个小时以内完成的。

下午局长打电话来询问时，马哲将上述情况做了汇报。

幺四婆婆的家是在老邮政弄的弄底。那是一间不大的平房，屋内十分整洁，尽管没有什么摆设，可能让人心情舒畅。屋内一些家具是很平常的，引起马哲注意的是放在房梁上的一堆麻绳，麻绳很粗，并且编得很结实。但马哲只是看了一会，也没更多地去关注。吃过晚饭后，马哲独自一人来到了河边。河两旁悄无声息，只有那一群鹅在河里游来游去。

昨天这时，罪犯也许就在这里。他心里这样想着而慢慢走过去。而现在竟然如此静，竟然没人来此。他知道此案已经传遍小镇，他也知道他们是很想来看看的，现在他们没有人敢来，那是他们怕被当成嫌疑犯。

他听到了河水的声音。那声音不像是鹅游动时的声音，倒像是洗衣服的声音，小河在这里转了个弯，他走上前去时，果然看到有人背对着他蹲在河边洗衣服。

他惊讶不已，便故意踏着很响的步子走到这人背后，这人没回过头来，依然洗衣服。他好像不会洗衣服似的，他更像是在河水里玩衣服。

他在这人身后站了一会儿，然后说话了："你常到这儿来洗衣服？"他知道镇里几年前就装上自来水了，可竟然还会有人到河边来洗衣服。

这时那人扭回头来朝他一笑，这一笑使他大吃一惊。那人又将头转了回去，把被许多小石头压在河里的衣服提出来，在水面上摊平，然后又将小石头一块一块压上去，衣服慢慢沉到了水底。

他仔细回味刚才那一笑，心里觉得古怪。此刻那人开始讲话了，自言自语说得很快。一会儿轻声细语，一会儿又大叫大喊。马哲一句也没听懂，但他已经明白了，这人是个疯子。难怪他怎么会在这种时候到这里来。

于是马哲继续往前走。河边柳树的枝长长地倒挂下来，几乎着地。他每走几步都要用手拨开前面的柳枝。当他走出一百来米的时候，他看到草丛里有一样红色的东西。那是一枚蝴蝶形状的发夹。他弯腰捡了起来用手帕包好放进了口袋。接着仔细观察发夹的四周。在靠近河边处青草全都倒地，看来那地方人是经常走的。但发夹刚才搁着的地方却不然，青草没有倒下。可是中间有一块地方青草却明显地斜了下去。大概有人在这里摔倒过，而这发夹大概也是这个人的。"是个女的？"他心想。

"死者叫幺四婆婆。老邮政弄所有的人都这样叫她，不管是老人还是孩子。谁都不知道她的真实姓名，知道的那个人已经死了，那人是她的丈夫，她是十六岁嫁到老邮政弄来的，十八岁时她丈夫死了，现在她六十五岁。这四十八年来她都是独自一人生活过来的。她每月从镇政府领取生活费，同时自己养了二十多年鹅了。每年都养一大群，因此她积下了一大笔钱。据说她把钱藏在胸口，从不离身。这是去年她去镇政府要求不要再给她生活费时才让人知道的。为了让他们相信她，她从胸口掏出了一叠钱来。她的钱从来不存银行，因为她不相信别人。但是我们没有发现她的尸体上有一分钱，在她家中也仔细搜寻过，只在褥子下找到了一些零钱加起来还不到十元。所以我想很可能是一桩抢劫杀人案……”小李说到这里朝马哲看看，但马哲没有反应，于是他继续说：“镇里和居委会几次劝她去敬老院，但她好像很害怕那个地方，每次有人对她这么一提起，她就会眼泪汪汪。她独自一人，没有孩子，也从不和街坊邻居往来，她的闲暇时间是消磨在编麻绳上，就是她屋内梁上的那一堆麻绳。但是从前年开始，她突然照顾起了一个三十五岁的疯子，疯子也住在老邮政弄。她像对待自己儿子似的对待那个疯子……”这时小李突然停止说话，眼睛惊奇地望着放在马哲身旁桌子上的红色发夹。“这是什么?”他问。

“在离出事地点一百米处捡的，那地方还有人摔倒的痕迹。”马哲说。

“是个女的!”小李惊愕不已。

马哲没有回答，而是说：“继续说下去。”

三

幺四婆婆牵着疯子的手去买菜的情节，尽管已经时隔两年，可镇上的人都记忆犹新。就是当初人们一拥而上围观的情景，也是历历在目。他们仿佛碰上了百年不遇的高兴事，他们的脸都笑烂了，然而幺四婆婆居然若无其事，只是脸色微微有些泛红，那是她无法压制不断洋溢出来的幸福神色。而疯子则始终是嘻嘻傻笑着。篮子挎在疯子手中，疯子不知是出于愤怒还是出于与他们同样的兴奋，他总把篮子往人群里扔去。幺四婆婆便一次一次地去将篮子捡回来。疯子一次比一次扔得远。起先幺四婆婆还装着若无其事，然而不久她也像他们一样嘻嘻乱笑了。

当初幺四婆婆这一举止，让老邮政弄的人吃了一惊。因为，在此之前他们一点没有看出她照顾过疯子的种种迹象。所以当她在这一天突然牵着疯子的手出现时他们自然惊愕不已。况且几年来幺四婆婆给他们的印象是讨厌和别人来往，甚至连说句话都很不愿意。尽管如此，他们还是觉得她这不过是一时的异常举动。这种心血来潮的事在别人身上恐怕也会发生，可是后来的事实却让他们百思不解。有那么一段时间里，他们甚至怀疑幺四婆婆是不是也疯了，直到一年之后，他们才渐渐习以为常。

此后，他们眼中的疯子已不再如从前一样邋遢，他像一个孩子一样干净了，而且他的脖子上居然出现了红领巾。但是他早晨穿了干净的衣服而到了傍晚已经脏得不能不换。于是幺四婆婆屋前的晾衣竿上每天都挂满了疯子的衣服，像是一排尿布似的迎风飘扬。

当吃饭的时候来到时，老邮政弄的人便能常常听到她呼唤疯子的声音，那声音像是一个生气的母亲在呼喊着贪玩不归的孩子。而且在每一个夏天的傍晚，疯子总像死人似的躺在竹榻里，幺四婆婆坐在一旁用扇子为他拍打蚊虫。

从那时起，幺四婆婆不再那么讨厌和别人说话。尽管她很少说话，可她也开始和街坊邻居一些老太太说些什么了。

她自然是说疯子。她说疯子的口气就像是在说自己的儿子。她常常抱怨疯子不体谅她，早晨换了衣服傍晚又得换。

"他总有一天要把我累死的。"她总是愁眉苦脸地这么说，"他现在还不懂事，还不知道我死后他就要苦了，所以他一点也不体谅我。"

这话让那老太太十分高兴，于是她继续数落："我对他说吃饭时不要乱走，可我一转身他人就没影了。害得我到处去找他。早晚他要把我累死。"说到这里，幺四婆婆便叹息起来。

"你们不知道，他吃饭时多么难侍候。怎么教他也不用筷子，总是用手抓，我多说他几句，他就把碗往我身上砸。他太淘气了，他还不懂事。"

她还说："他这么大了，还要吃奶。我不愿意他就打我，后来没办法就让他吸几下，可他把我的奶头咬了下来。"说起这些，她脸上居然没有痛苦之色。

在那些日子里，他们总是看到幺四婆婆把疯子领到屋内，然后关严屋门，半天不出来。他们非常好奇，便悄悄走到窗前。玻璃窗上糊着报纸，没法看进去，他们便蹲在窗下听里面的声音。有声音，但很轻微。只能分辨出幺四婆婆的低声唠叨和疯子的自言自语。有时也寂然无声。当屋内疯子突然大喊大叫时，总要吓他们一跳。

慢慢地他们听到了一种奇特的声音，而且每当这种声音响起来时，又总能同时听到疯子的喊叫声，而且还夹杂着人在屋内跑动的声音，还有人摔倒在地，绊倒椅子的声响。起先他们还以为幺四婆婆是在屋内与疯子玩捉迷藏，心里觉得十分滑稽。可是后来他们却听到了幺四婆婆呻吟的声音，尽管很轻，可却很清晰。于是他们才有些明白，疯子是在揍幺四婆婆。

幺四婆婆的呻吟声与日俱增，越来越响亮，甚至她哭泣求饶的声音也传了出来，而疯子打她的声音也越来越剧烈。然而当他们实在忍不住，去敲她屋门时，却因为她紧闭房门不开而无可奈何。

后来幺四婆婆告诉他们："他打我时，与我那死去的丈夫一模一样，真狠毒啊。"那时她脸上竟洋溢着幸福的神色。

小李用手一指，告诉马哲："就是这个疯子。"

此刻那疯子正站在马路中间来回走着正步，脸上得意扬扬。马哲看到的正是昨天傍晚在河边的那个疯子。

四

那女孩子坐在马哲的对面，脸色因为紧张而变得通红。

"……后来我就拼命地跑了起来。"她说。

马哲点点头："而且你还摔了一跤。"

她蓦然怔住了，然后眼泪簌簌而下。"我知道你们会怀疑我的。"

马哲没有答理，而是问："你为什么要去河边?"

她立刻止住眼泪，疑惑地望着马哲，想了很久才喃喃地说："你刚才好像问过了。"

马哲不动声色地看着她。

"难道没有问过?"她既像是问马哲，又像是问自己。随后又自言自语起来，"好像是没有问过。"

"你为什么去河边?"马哲这时又问。

"为什么?"她开始回想起来，很久后才答，"去找一只发夹。"

"是吗?"

马哲的口气使她一呆，她怀疑地望着马哲，嘴里轻声说："难道不是?"

"你是什么时候丢失的?"马哲随便地问了一句。

"昨天。"她说。

"昨天什么时候?"

"六点半。"

"那你是什么时候去找的?"

“六点半。”她脱口而出，随即她被自己的回答吓呆了。

“你是在同一个时间里既丢了发夹又在找。”马哲嘲笑地说，接着又补充道，“这可能吗？”

她怔怔地望着马哲，然后眼泪又流了下来。“我知道你们会怀疑我的。”

“你看到过别的什么人吗？”

“看到过。”她似乎有些振奋。

“什么样子？”

“是个男的。”

“个子高吗？”

“不高。”

马哲轻轻笑了起来，说：“可你刚才说是一个高个子。”

她刚刚变得振奋起来的脸立刻又痴呆了。“我刚才真是这样说吗？”她可怜巴巴地问马哲。

“是的。”马哲坚定地说。

“我怎么会这么说呢？”她悲哀地望着马哲。

“你为什么到今天才来？”马哲又问。

“我害怕。”她颤抖着说。

“今天就不害怕了？”

“今天？”她不知该如何回答。她低下了头，然后抽泣起来。“我知道你们会怀疑我的。因为我的发夹丢在那里了，你们肯定要怀疑我了。”

马哲心想，她不知道，使用这种发夹的女孩子非常多，根本无法查出是谁的，“所以你今天来说了。”他说。

她边哭边点着头。

“如果发夹不丢，你就不会来说这些了？”马哲说。

“是这样。”

“你真的看到过别的人吗？”马哲突然严肃地问。

“没有。”她哭得更伤心了。

马哲将目光投向窗外，他觉得有点累了。他看到窗外有棵榆树，榆树上有灿烂的阳光在跳跃。那女孩子还在伤心地哭着。马哲对她说：“你回去吧，把你的发夹也拿走。”

五

一个星期下来，案件的侦破毫无进展。作为凶器的柴刀，也没有下落。

幺四婆婆家中的一把柴刀没有了，显而易见凶手很可能就是用这把柴刀的。据老邮政弄的人回忆，说是幺四婆婆遇害前一个月的时候曾找过柴刀，也就是说那柴刀在一个月前就遗失了，作为一桩抢劫杀人案，看来凶手是早有准备的。马哲曾让人在河里寻找过柴刀，但是没有找到。

这天傍晚，马哲又独自来到河边。河边与他上次来时一样悄无声息。马哲心想：这地方真不错。

然后他看到了在晚霞映照的河面上嬉闹的鹅群。幺四婆婆遇害后，它们就再没回去过。它们日日在此，它们一如从前那么无忧无虑。马哲走过去时，几只在岸上的鹅便迎着他奔来，伸出长长的脖子包围了他。

这个时候，马哲又听到了那曾听到过的水声。于是他提起右脚轻轻踢开了鹅，往前走过去。

他又看到了那个疯子蹲着的背影。疯子依旧在水中玩衣服。疯子背后十米远的地方就是曾搁过幺四婆婆头颅的地方。

在所有的人都不敢到这里来的时候，却有一个疯子经常来，马哲不禁哑然失笑。他觉得疯子也许不知道幺四婆婆已经死了，但他可能会发现已有几天没见到幺四婆婆，幺四婆婆生前常赶着鹅群来河边，现在疯子也常到河边，莫不是疯子在寻找幺四婆婆？

马哲继续往前走。此刻天色在渐渐地灰下来，刚才通红的晚霞现在似乎燃尽般暗下去。马哲听着自己脚步的声音走到一座木桥上。他将身体靠在了栏杆上，栏杆摇晃起来发出“吱吱”的声响。栏杆的声音消失后，河水潺潺流动的声音飘了上来。他看到那疯子这时已经站了起来，提着水淋淋的衣服往回走了。疯子走路姿态像是正在操练的士兵。不一会儿疯子消失了，那一群鹅没有消失。但大多爬到了岸上，在柳树间走来走去。在马哲的视线里时隐时现。他感到鹅的颜色不再像刚才那么白得明亮，开始模糊了。

在他不远处有一幢五层的大楼，他转过身去时看到一些窗户里的灯光正接踵着闪亮了。同时他听到从那些窗户里散出来的声音，声音传到他耳中时已经十分轻微，而且杂乱。但马哲还是分辨出了笑声和歌声。

那是一家工厂的集体宿舍楼。马哲朝它看了很久，然后他像是想起了什么，便离开木桥朝那里走去。

走到马路上，他看到不远处有个孩子正将耳朵贴在一根电线杆上。他从孩子身旁走过去。

“喂！”那孩子叫了一声。

马哲回头望去，此刻孩子已经离开电线杆朝他跑来。马哲马上认出了他，便向他招了招手。

“抓到了吗？”孩子跑到他跟前时这样问。

马哲摇摇头。

孩子不禁失望地埋怨道：“你们真笨。”

马哲问他：“你怎么在这儿？”

“听声音呀，那电线杆里有一种‘嗡嗡’的声音，听起来真不错。”

“你不去河边玩了？”

于是孩子变得垂头丧气，他说：“是爸爸不让我去的。”

马哲像是明白似的点点头，然后拍拍孩子的脑袋，说：“你再去听吧。”

孩子仰起头问：“你不想听吗？”

“不听。”

孩子万分惋惜地走开了，走了几步他突然转过身来说：“你要我帮你抓那家伙吗？”

已经走起来的马哲，听了这话后便停下脚步，他问孩子：“你以前常去河边吗？”

“常去。”孩子点着头，很兴奋地朝他走了过去。

“你常看到过什么人吗？”马哲又问。

“看到过。”孩子立刻回答。

“是谁？”

“是一个大人。”

“是男的吗？”

“是的，是一个很好的大人。”孩子此刻开始得意起来。

“是吗？”马哲说。

“有一次他朝我笑了一下。”孩子非常感动地告诉马哲。

马哲继续问：“你知道他住在什么地方吗？”

“当然知道，”孩子用手一指，“就在这幢楼里。”

这幢耸立在不远处的楼房，正是刚才引起马哲注意的楼房。

“我们去找他吧。”马哲说。

两人朝那幢大楼走去。那时天完全黑了，传达室的灯光十分昏暗，一个戴老花镜的老头坐在那里。

“你们这幢楼里住了多少人？”马哲上前搭话。

那老头抬起头来看了一会马哲，然后问："你找谁?"

"找那个常去河边的人。"孩子抢先回答。

"去河边?"老头一愣，他问马哲，"你是哪儿的?"

"他是公安局的。"孩子十分神气地告诉老头。

老头听明白了，他想了想后说："我不知道谁经常去河边，你们自己去找吧。"

马哲正要转身走的时候，那孩子突然叫了起来："公安局找你。"马哲看到一个刚从身旁擦身而过的人猛地扭回头来，这人非常年轻，最多二十三岁。

"就是他。"孩子说。

那人朝他俩看了一会儿，然后走了上去，走到马哲面前时，他几乎是怒气冲冲地问："你找我?"

马哲感到这声音里有些颤抖，马哲没有回答，只是看着他。

孩子在一旁说："他要问你为什么常去河边。"孩子说完还问马哲："是吗?"

马哲依旧没有说话，那人却朝孩子逼近一步，吼道："我什么时候去河边了?"

吓得孩子赶紧躲到马哲身后。孩子说："你是去过的。"

"胡说。"那人又吼一声。

"我没有胡说。"孩子可怜地申辩道。

"放你的屁。"那人此刻已经怒不可遏了。

这时马哲开口了，他十分平静地说："你走吧。"

那人一愣，随后转身就走。马哲觉得他走路时的脚步有点乱。

马哲回过头来问老头："他叫什么名字?"

老头犹豫了一下，说："我不知道。"

"真的不知道吗?"马哲走上一步。

老头又犹豫了起来，结果还是说："我真不知道。"

马哲看了他一会，然后点点头就走了。孩子追上去，说："我没有说谎。"

"我知道。"马哲亲切地拍拍他的脑袋。

回到住所，马哲对小李说："你明天上午去农机厂调查一个年轻人，你就去找他们集体宿舍楼的门卫，那是一个戴眼镜的老头，他会告诉你一切的。"

六

“那是一个很不错的老头。”小李说，“我刚介绍了自己，他马上把所有的情况都告诉了我。仿佛他事先准备过似的。不过他好像很害怕，只要一有人进来他马上就不说了，而且还介绍说我住在不远，是来找他聊天的。但是这老头真不错。”

马哲听到这里不禁微微一笑。

小李继续说：“那人名叫王宏，今年二十二岁，是两年前进厂的。他这人有些孤僻，不太与人交往。他喜欢晚饭后去那河边散步。除了下雨和下雪外，他几乎天天去河边。出事的那天晚上，他是五点半多一点的时候出去，六点钟回来的，他一定去河边了。当八点多时，宿舍里的人听说河边有颗人头都跑去看了，但他没去。门房那老头看到他站在二楼窗口，那时老头还很奇怪他怎么没去。”

王宏在这天下午找上门来了。他一看到马哲就气势汹汹地责问：“你凭什么理由调查我？”

“谁告诉你的？”马哲问。

他听后一愣，然后嘟哝着：“反正你们调查我了。”

马哲说：“你来就是为了说这些。”

他又是一愣，看着马哲有点不知所措。

“那天傍晚你去河边了？”

“是的。”他说。“我不怕你们怀疑我。”

马哲继续说：“你是五点半多一点出去六点钟才回来的，这时间里你在河边？”

“我不怕你们怀疑我。我告诉你，我是天不怕地不怕的。你可以到厂里去打听打听。”

“现在要你回答我。”

他迟疑了一下，然后说：“我先到街上去买了盒香烟，然后去了河边。”

“在河边看到了什么？”

他又迟疑了一下，说道：“看到那颗人头。”

“你昨天为何说没去过河边？”

“我讨厌你们。”他叫了起来，“我讨厌你们，你们谁都怀疑，我不想和你们打交道。”

马哲又问："你看到过什么人?"

"看到的。"他说着在椅子上坐下来。"我今天就是来告诉你们的，我看到的只是背影，所以说不准。"他飞快地说出一个姓名和单位。"本来我不想告诉你们，要不说你们就要怀疑我了。尽管我不怕，但我不想和你们打交道。"

马哲点点头，表示知道了他的意思，然后说："你先回去吧，什么时候叫你，你再来。"

七

据了解，王宏所说的那个人在案发的第二天就请了病假，已经近半个月了，仍没上班。从那人病假开始的第一天，他们单位的人就再也没有见到他。

"难道他溜走了?"小李说。

那人住在离老邮政弄有四百米远的杨家弄。他住在一幢旧式楼房的二楼，楼梯里没有电灯，在白天依旧漆黑一团。过道两旁堆满了煤球炉子和木柴。马哲他们很困难地走到了一扇灰色的门前。

开门的是一个三十来岁的男子，他的脸色很苍白，马哲他们要找的正是这人。

他一看到进来的两个人都穿着没有领章的警服，便知道发生了什么。他像是对熟人说话似地说："你们来了。"然后把他们让进屋内，自己在一把椅子上坐了下来。

马哲和小李在他对面坐下。他们觉得他非常虚弱，似乎连呼吸也很费力。

"我等了你们半个月。"他笑笑说，笑得很忧郁。

马哲说："你谈谈那天傍晚的情况。"

他点点头，说："我等了你们半个月。从那天傍晚离开河边后，我就等了。我知道你们这群人都是很精明的，你们一定会来找我的。可你们让我等了半个月，这半个月太漫长了。"说到这里，他又如刚才似的笑了笑。接着又说，"我每时每刻都坐在这里想象着你们进来时的情景，这两天就是做梦也梦见你们来找我了。可你们让我等了半月。"他停止说话，埋怨地望着马哲。

马哲他们没有作声，等待着他说下去。

“我天天都在盼着你们来，我真有点受不了。”

“那你为何不来投案?”小李这时插了一句。马哲不由朝小李不满地看了一眼。

“投案?”他想了想，然后又笑了起来，接着摇头说，“有这个必要吗?”

“当然。”小李说。

他垂下了头，看起了自己的手。随后抬起头来充满忧伤地说：“我知道你们会这样想的。”

马哲这时说：“你把那天傍晚的情况谈一谈吧。”

于是他摆出一副回忆的样子。他说道：“那天傍晚的河边很宁静，我就去河边走走。我是五点半到河边的。我就沿着河边走，后来就看到了那颗人头。就这些。”

小李莫名其妙地看看马哲，马哲没有一点反应。

“你们不相信我，这我早知道了。”他又忧郁地微笑起来。“谁让我那天去河边了。我是从来不去那个地方的。可那天偏偏去了，又偏偏出了事。这就是天意。”

“既然如此，你就不想解释一下吗?”马哲这时说。

“解释?”他惊讶地看着马哲，然后说，“你们会相信我吗?”

马哲没有回答。

他又摇起了头，说道：“我从来不相信别人会相信我。”

“你当时看到过什么吗?”

“看到一个人，但在我后面，这个人你们已经知道了。就凭他的证词，你们就可以逮捕我。我当时真不应该跑，更不应该转回脸去。但这一切都是天意。”说到这里，他又笑了起来。

“还看到了什么?”马哲继续问。

“没有了，否则就不会是天意了。”

“再想一想。”马哲固执地说。

“想一想。”他开始努力回想起来，很久后他才说，“还看到过另外一个人，当时他正蹲在河边洗衣服。但那是一个疯子。”他无可奈何地看着马哲。

马哲听后微微一怔，沉默了很久，他才站起来对小李说：“走吧。”

那人惊愕地望着他俩，问：“你们不把我带走了?”

八

那人名叫许亮，今年三十五岁，没有结过婚，似乎也没和任何女孩子有过往来。他唯一的嗜好是钓鱼。邻居说他很孤僻，单位的同事却说他很开朗。有关他的介绍，让马哲觉得是在说两个毫不相关的人。马哲对此并无多大兴趣。他所关心的是根据邻居的回忆，许亮那天是下午四点左右出去的，而许亮自己说是五点半到河边。

“在那一个多小时里，你去了什么地方？”在翌日的下午，马哲传讯了许亮。

“什么地方也没去。”他说。

“那么你是四点左右就去了河边？”马哲问。

“没有。”许亮懒洋洋地说，“我在街上转了好一会。”

“碰到熟人了吗？”

“碰到了一个，然后我和他在街旁人行道上聊天了。”

“那人是谁？”

许亮想了一下，然后说：“记不起来了。”

“你刚才说是熟人，可又记不起是谁了。”马哲微微一笑。

“这是很正常的。”他说，“比如你写字时往往会写不出一个你最熟悉的字。”说完他颇有些得意地望着马哲。

“总不会永远记不起吧？”马哲说。

“也很难说。也许我明天就会想起来，也许我永远也想不起来了。”他用一种无所谓的态度说，仿佛这些与他无关似的。

这天马哲让许亮回去了。可是第二天许亮仍说记不起是谁，以后几天他一直这么说。显而易见，在这个细节上他是在撒谎。许亮已经成了这桩案件的重要嫌疑犯。小李觉得可以对他采取行动了，马哲没有同意，因为仅仅只是他在案发的时间里在现场是不够的，还缺少其他的证据。当马哲传讯许亮时，小李他们仔细搜查了他的屋子，没发现任何足以说明问题的证据。而其他的调查也无多大收获。

与此同时，马哲调查了另一名嫌疑犯，那人就是疯子。在疯子这里，他们却得到了意想不到的进展。

当马哲一听说那天傍晚疯子在河边洗衣服时，蓦然怔住了，于是很快联想起了罪犯作案后的奇特现场。当初他似乎有过一个念头，觉得作案的人有些不正常，但他没有深入下去。而后来疯子在河边洗衣服的情节也曾使他惊奇，但他又忽视了。

老邮政弄有两个人曾在案发的那天傍晚五点半到六点之间，看到疯子提着一件水淋淋的衣服走了回来。他们回忆说当初他们以为疯子掉到河里去了。可发现他外裤和衬衣是干的，又惊奇了起来。但他们没在意，因为对疯子的任何古怪举动都不必在意。

“还看到了什么?”马哲问他们。

他们先是说没再看到什么，可后来有一人说他觉得疯子当初另一只手中似乎也提着什么。具体是什么他记不起来了，因为当时的注意力被那条水淋淋的衣服吸引了过去。

“你能谈谈印象吗?”马哲说。

可那人怎么说也说不清楚，只能说出大概的形状和大小。

马哲蓦然想起什么，他问：“是不是像一把柴刀?”

那人听后眼睛一亮，说：“像。”

关于疯子提着水淋淋的衣服，老邮政弄的人此后几乎天天傍晚都看到。据他们说，在案发以前，疯子是从未有过这种举动的。而且在案发的那天下午，别人还看到疯子在幺四婆婆走后不久，也往河边的方向走去。身上穿的衣服正是这些日子天天提在他手中的水淋淋的衣服。

于是马哲决定搜查疯子的房间。在他那凌乱不堪的屋内，他们找到了幺四婆婆那把遗失的柴刀。上面沾满血迹。经过化验，柴刀上血迹的血型与幺四婆婆的血型一致。

接下去要做的事是尽快找到幺四婆婆生前积下的那笔钱。“我要排除抢劫杀人的可能性。”马哲说，看来马哲在心里已经认定罪犯是疯子了。

然而一个星期下来，尽管所有该考虑的地方都寻找过了，可还是没有找到那笔钱。马哲不禁有些急躁，同时他觉得难以找到了。尽管案件尚留下一个疑点，但马哲为了不让此案拖得过久，便断然认为幺四婆婆将钱藏在一个不为人知的地方，而决定逮捕疯子了。

当马哲决心已下后，小李却显得犹豫不决。他问马哲：“逮捕谁?”

马哲仿佛一下子没有明白这话是什么意思。

“可是，”小李说，“那是个疯子。”

马哲没有说话，慢慢走到窗口。这二楼的窗口正好对着大街。他看到不远处围着一群人，周围停满了自行车，两边的人都无法走过去了。中间那疯子正舒舒服服地躺在马路上。因为交通被阻塞，两边的行人都怒气冲冲，可他们无可奈何。

第二章

一

河水一直在流着，秋天已经走进了最后的日子。两岸的柳树开始苍老，天空仍如从前一样明净，可天空下的田野却显得有些凄凉。几只麻雀在草丛里踱来踱去，青草茁壮成长，在河两旁迎风起舞。

有一行人来到了河边。

“后来才知道是一个疯子干的。”有人这么说。显然他是在说那桩凶杀案，而他的听众大概是异乡来的吧。

“就是我们刚才看到的那个疯子。”那人继续说。

“就是一看到你就吓得乱叫乱跑的那个疯子?”他们中间一个人问。

“是的，因为他是个疯子，公安局的人对他也就没有办法，所以把他交给我们了。我用绳子捆了他一个星期，从此他一看到我就十分害怕。”

此刻他们已经走到了小河转弯处。那人说：“到了，就在那个地方，放着一颗人头。”

他们沿着转弯的小河也转了过去。“这地方真不错。”有一人这么说。

那人回过头去笑笑，然后用手一指说：“就在这里，有颗人头。”他刚一说完马上就愣住了。随即有一个女子的声音哨子般惊叫起来，而其他的人都吓得目瞪口呆。

二

马哲站在那小小的坟堆旁，那颗人头已经被取走，尸体也让人抬走了。暴露在马哲眼前的是一个浅浅的坑，他看到那翻出来的泥土是灰红色的，上面有几块不规则的血块，一只死者的黑色皮鞋被扔在坑边，皮鞋上也有血迹，皮鞋倒躺在那里，皮鞋与马哲脚上穿的皮鞋一模一样。

马哲看了一会儿后，朝河边走去了，此刻中午的阳光投射在河面上，河面像一块绸布般熠熠生辉。他想起了那一群鹅，若此刻鹅群正在水面上移动，那将是怎样一幅景象?他朝四周望去，感到眼睛里一片空白，因为鹅群没有出现在他的视线中。

“那疯子已经关起来了。”马哲身旁一个人说，“我们一得到报告，马上就去把疯子关起来，并且搜了他的房间，搜到了一把柴刀，上面沾满血迹。”

在案发的当天中午，曾有两人看到疯子提着一条水淋淋的衣服走回来，但他们事后都说没在意。

“为什么没送他去精神病医院？”马哲这时转过身去问。

“本来是准备送他去的，可后来……”那人犹豫了一下，又说，“后来就再没人提起了。”

马哲点点头，离开了河边。那人跟在后面，继续说：“谁会料到他还会杀人。大家都觉得他不太会……”他发现马哲已经不在听了，便停止不说。

在一间屋子的窗口，马哲又看到了那个疯子。疯子那时正在自言自语地坐在地上，裤子解开着，手伸进去像是捉跳蚤似的十分专心。捉了一阵，像是捉到了一只，于是他放进嘴里津津有味地咀嚼起来。这时他看到了窗外的马哲，就乐呵呵地傻笑起来。

马哲看了一会儿，然后转过脸去。他突然吼道：“为什么不把他捆起来？”

三

死者今年三十五岁，职业是工人。据法医验定，凶手是从颈后用柴刀砍下去的，与幺四婆婆的死状完全一致。而疯子屋里找到的那把柴刀上的血迹，经过化验也与死者的血型一致。那疯子被绳子捆了两天后，便让人送到离此不远的一家精神病医院去了。

“死者是今年才结婚的，他妻子比他小三岁。”小李说，“而且已经怀孕了。”

死者的妻子坐在马哲对面，她脸色苍白，双手轻轻搁在微微隆起的腹部。她的目光在屋内游来游去。

此刻是在死者家中，而在离此二里路的火化场里，正进行着死者的葬礼。家中的一切摆设都让人觉得像阳光一样新鲜。

“我们都三十多岁了，我觉得没必要把房间布置成这样。可他一定要这样布置。”她对马哲说，那声音让人觉得她似乎有些不好意思。

也不知是什么原因，在下午就要离开这里的时候，马哲突然想去看望一下死者的妻子。于是他就坐到这里来了。

“结果结婚那天，他们一进屋就都惊叫了起来，他们都笑我们俩，那天你没有来吧!”

马哲微微一怔。她此刻正询问似地看着他，他一时间不知该如何回答。她仔细看了一会儿马哲，然后说：“你是没有来。那天来的人很多，但我都记得。我没有看到你。”

“我是没有来。”马哲说。

“你为什么不来呢?”她惊讶地问。

这话让马哲也惊讶起来，他有点不知所措地看着她。

“你应该来。”她将目光移开，轻轻地埋怨道。

“可是……”马哲想说他不知道他们的婚事，但一开口又犹豫起来。他想了想后才说：“我那天出差了。”他心想：我与你们可是素不相识。

她听后十分遗憾地说：“真可惜，你不来真可惜。”

“我很后悔。”马哲说，“要是当初不去出差，我就能参加你们的婚礼了。”

她同情地望着马哲，看了很久才认真地点点头。

“那天他喝了很多酒，一到家就吐了。”她说着扭过头去在屋内寻找着什么，找了一会才用手朝放着彩电的地方一指。“就吐在那里，吐了一大摊。”她用手比画着。

马哲点了点头。

“你也听说了?”她略略有些兴奋地问。

“是的。”马哲回答，“我也听说了。”

她不禁微微一笑，接着继续问：“你是听谁说的?”

“很多人都这么说。”马哲低声说道。

“是吗?”她有些惊讶。“他们还说了些什么?”

“没有了。”马哲摇摇头。

“真的没有说什么?”她仍然充满希望地问道。

“没有。”

她不再说话，扭过头去看着她丈夫曾经呕吐的地方，她脸上出现了羞涩的笑意。接着她回过头来问马哲：“他们没有告诉你我们咬苹果的事?”

“没有。”

于是她的目光又在屋内搜寻起来，随后她指着那吊灯说：“就在那里。”

马哲仰起头，看到了那如莲花盛开般的茶色吊灯。吊灯上还荡着短短的一截白线。

“线还在那里呢。”她说，“不过当时要长多了，是后来被我扯断的。他们就在那里挂了一只苹果，让我们同时咬。”说到这里，她朝马哲微微一笑。“我丈夫刚刚呕吐完，可他们还是不肯放过他，一定要让他咬。”接着她陷入了沉思之中，那苍白的脸色开始微微有些泛红。

这时马哲听到楼下杂乱的脚步声。那声音开始沿着楼梯爬上来。他知道死者的葬礼已经结束，送葬的人回来了。

她也听到了那声音。起先没注意，随后她皱起眉头仔细听了起来。接着她脸上的神色起了急剧的变化，她仿佛正在慢慢记起一桩被遗忘多年的什么事。

马哲这时悄悄站了起来，当他走到门口时，迎面看到了一只被捧在手中的骨灰盒。他便侧身让他们一个一个走了进去。然后他才慢慢地走下楼，直到来到大街上时，他仍然没有听到他以为要听到的那撕心裂肺的哭喊声。

当走到码头时，他看到小李从汽艇里跳上岸，朝他走来。

“你还记得那个叫许亮的人吗?”小李这样问。

“怎么了?”马哲立刻警觉起来。

“他自杀了。”

“什么时候?”马哲一惊。

“就在昨天。”

四

发现许亮自杀的，是一个二十五六岁的年轻人。

“我是许亮的朋友。”他说。他似乎很不愿意到这里来。

“我是昨天上午去他家的，因为前一天我们约好了一起去钓鱼，所以我就去了。我一脚踢开了他的房门。我每次去从不敲门，因为他告诉我他的门锁坏了，只要踢一脚就行了。他自己也已有两年不用钥匙了。他这办法不错，现在我也不用钥匙，这样很方便。而且也很简单，只要经常踢，门锁就坏了。”说到这里，他问马哲，“我说到什么地方了?”

“你踢开了门。”马哲说。

“然后我就走了进去，他还躺在床上睡觉。睡得像死人一样。我就去拍拍他的屁股，可他没理我。然后我去拉他的耳朵，大声叫着他的名字，可他像死人一样。我从来没有见过睡得这么死的人。”他说到这里仿佛很累似的休息了一会，接着又说，“然后我看到床头柜上有两瓶安眠酮，一瓶还没有开封，一瓶只剩下不多了。于是我就怀疑他是不是自杀，但我拿不准。便去把他的邻居叫进来，让他们看看，结果他们全惊慌失措地大叫起来。完了。”他如释重负般地舒了口气，随后又低声嘟哝道，“自杀有什么好大惊小怪的。”

然后他站起来准备走了，但他看到马哲依旧坐着，不禁心烦地问：“你还要知道点什么？”

马哲用手一指，请他重新在椅子上坐下，随后问：“你认识许亮多久了？”

“不知道。”他恼火地说。

“这可能吗？”

“这不可能。”他说，“但问题是这很麻烦，因为要回忆，而回忆实在太麻烦。”

“你是怎样和他成为朋友的？”马哲问。

“我们常在一起钓鱼。”说到钓鱼他开始有些高兴了。

“他给你什么印象？”马哲继续问。

“没印象。”他说，“他又不是什么英雄人物。”

“你谈谈吧。”

“我说过了没印象。”他很不高兴地说。

“随便谈谈。”

“是不是现在自杀也归公安局管了？”他恼火地问。

马哲没有回答，而是摆出一副认真听讲的样子。

“好吧。”他无可奈何地说，“他这个人……”他皱起眉头开始想了。“他总把别人的事想成自己的事。常常是我钓上来的鱼，可他却总说是他钓上来的。反正我也无所谓是谁钓上的。他和你说过他曾经怎样钓上来一条三十多斤的草鱼吗？”

“没有。”

“可他常这么对我说，而且还绘声绘色。其实那鱼是我钓上的，他所说的是我的事。可是这和他的自杀有什么关系呢？他的自杀和你们又有什么关系？”他终于发火了。

“他为什么要自杀？”马哲突然这样问。

他一愣，然后说：“我怎么知道？”

“你的看法呢?”马哲进一步问。

“我没有看法。”他说着站起来就准备走了。

“别走。”马哲说，“他自杀与疯子杀人有关吗?”

“你别老纠缠我。”他对马哲说，“我对这种事讨厌，你知道吗?”

“你回答了再走。”

“有关又怎样?”他非常恼火地重新在椅子上坐下。“你们既然已经知道了，为什么还要问我?”

“你说吧。”马哲说。

“好吧。”他怨气重重地说，“那个幺四婆婆死时，他找过我，要我出来证明一下，那天傍晚曾在什么地方和他聊天聊了一小时，但我不愿意。那天我没有见过他，根本不会和他聊天。我不愿意是这种事情太麻烦。”他朝马哲看看，又说：“我当时就怀疑幺四婆婆是他杀的，要不他怎么会那样。”他又朝马哲看看。“现在说出来也无所谓了，反正他不想活了。他想自杀，尽管没有成功，可他已经不想活了。你们可以把他抓起来，在这个地方，”他用手指着太阳穴，“给他一枪，一枪就成全他了。”

五

当马哲和小李走进病房时，许亮正半躺在床上，他说：“我知道你们会来找我的。”仍然是这句话。

“我们是来探望你的。”马哲说着在病床旁一把椅子上坐下，小李便坐在了床沿上。

许亮已经骨瘦如柴，而且眼窝深陷。他躺在病床上，像是一副骨骼躺在那里。尽管他说话的语气仍如从前，可那神态与昔日相比简直判若两人。

“怎么办呢?”他自言自语地说着，两眼茫然地望着马哲。

“你有什么话就说吧。”马哲说。

许亮点点头，他说：“我知道你们要来找我的，我知道自己随便怎样也逃脱不掉了。上次你们放过我，这次你们一定不会放过我的。所以我就准备……”他暂停说话，吃力地喘了几口气。“这一天迟早都要到来的，我想了很久，想到与其让一颗子弹打掉半个脑壳，还不如吃安眠酮睡过去永远不醒。”说到这里他竟得意地笑了笑，随后又垂头丧气起来。“可是没想到我又醒了过来，这些该死的医生，把我折腾得好苦。”他恶狠狠低声骂了一句。“但是也怪自己。”他立刻又责备自己了。“我不想死得太痛苦，所以我就先吃了四片，等到药性上来后，再赶紧去吃，可是已经来不及了。我吞下了大半瓶后就不知道自己了，我就睡死过去了。”他说到这里竟滑稽地朝马哲做了个鬼脸。接着他又哭丧着脸说，“可是谁想到还是让你们找到了。”

“那么说，你前天中午也在河边?”小李突然问。

“是的。”他无力地点点头。

小李用眼睛向马哲暗示了一下，但马哲没有理会。

“自从那次去河边过后，我就再也没有去过，但后来越想越觉得不对劲。我怕自己要是不再去河边，你们会怀疑我的。”他朝马哲狡猾地笑笑。“我知道你们始终没有放弃对我的怀疑。我觉得你们真正怀疑的不是疯子，而是我。你们那么做无非是想让我放松警惕。”他脸上又出现了得意的神色，仿佛看破了马哲的心事。“因此我就必须去河边走走，于是我又看到了一颗人头。”他悲哀地望着马哲。

“然后你又看到了那个疯子在河边洗衣服?”小李问。

“是的。”他说，然后苦笑了一下。

“你就两次去过河边?”

他木然地点点头。

“而且两次都看到了人头?”小李继续问。

这次他没有什么表示，只是迷惑地看着小李。

“这种可能存在吗? 会有人相信吗?”小李问道。

他朝小李亲切地一笑，说：“就连我自己都不会相信。”

“我认为，”小李在屋内站着说话，马哲坐在椅子里。局里的汽艇还得过一小时才到，他们得在一小时以后才能离开这里。

“我认为我们不能马上就走。许亮的问题还没调查清楚。幺四婆婆案件里还有一个疑点没有澄清。而且在两次案发的时间里，许亮都在现场。用偶然性来解释这些显然是不能使人信服的，我觉得许亮非常可疑。”

马哲没有去看小李，而是将目光投到窗外，窗外有几片树叶在摇曳，马哲便判断着风是从哪个方向吹来的。

“我怀疑许亮参与了凶杀。我认为这是一桩非常奇特的案件，一个正常人和一个疯子共同制造了这桩凶杀案。这里有两种可能性，一是整个凶杀过程以疯子为主，许亮在一旁望风和帮助。二是许亮没有动手，而是教唆疯子，他离得较远，一旦被人发现他就可以装出大叫大喊的样子。但这两种可能都是次要的，作为许亮，他作案的目的是抢走幺四婆婆身上的钱。”

马哲这时转过头来了，仿佛他开始听讲。

“而作案后他很可能参与了现场布置，他以为这奇特的现场会转移我们的注意。因为正常人显然是不会这样布置现场的。案后他又寻求别人作伪证。”

马哲此刻脸上的神色认真起来了。

“第二起案发时这两人又在一起。显然许亮不能用第一次方法来蒙骗我们了，于是他假装自杀，自杀前特意约人第二天一早去叫他，说是去钓鱼。而自杀的时间是在后半夜。这是他告诉医生的，并且只吃了大半瓶安眠酮，一般决心自杀的人是不会这样的。他最狡猾的是主动说出第二次案发时他也在河边，这是他比别的罪犯高明之处，然后装着害怕的样子而去自杀。”

这时马哲开口了，他说：“但是许亮在第二起案发时不在河边，而在自己家中。他的邻居看到他在家中。”

小李惊愕地看着马哲，许久他才喃喃地问：“你去调查过了？”

马哲点点头。

“可是他为什么说去过河边？”小李感到迷惑。

马哲没有回答，他非常疲倦地站了起来，对小李说：“该去码头了。”

六

两年以后，幺四婆婆那间屋子才住了人。当那人走进房屋时，发现墙角有一堆被老鼠咬碎的麻绳，而房梁上还挂着一截麻绳，接着他又在那碎麻绳里发现了同样被咬碎的钞票。于是幺四婆婆一案中最后遗留的疑点才算澄清。幺四婆婆把钱折成细细一条编入麻绳，这是别人根本无法想到的。

也是在这个时候，疯子回来了。疯子在精神病医院待了两年，他尝尽了电疗的痛苦，出院时已经憔悴不堪。因为疯子一进院就殴打医生，所以他在这两年里接受电疗的次数已经超出了他的生理负担。在最后的半年里，他已经卧床不起。于是院方便通知镇里，让他们把疯子领回去。他们觉得疯子已经不会活得太久了，他们不愿让疯子死在医院里，而此刻镇里正在为疯子住院的费用发愁，本来镇上的民政资金就不多，疯子一住院就是两年，实在使他们发愁，因此在此时接到这个通知，不由让他们松了一口气。

疯子是躺在担架上被人抬进老邮政弄的。此前，镇里已经派人将他的住所打扫干净。疯子被抬进老邮政弄时，很多人围上去看。看到这么多的人围上来，躺在担架里的疯子便缩成了一团，惊恐地低叫起来。那声音像鸭子似的。

此后疯子一直躺在屋内，由居委会的人每日给他送吃的去。那些日子里，弄里的孩子常常趴在窗口看疯子。于是老邮政弄的人便知道什么时候疯子开始坐起来，什么时候又能站起来走路。一个多月后，疯子竟然来到了屋外，坐在门口地上晒太阳，尽管是初秋季节，可疯子坐在门口总是瑟瑟发抖。当疯子被抬进老邮政弄时，似乎奄奄一息，没想到这么快他又恢复了起来。而且不久后他不再怕冷，开始走来走去，有时竟又走到街上去站着了。

后来有人又在弄口看到疯子提着一条水淋淋的衣服走了过来。起先他没在意，可随即心里一怔，然后他看到疯子另一只手里正拿着一把沾满血迹的柴刀，不禁毛骨悚然。

许亮敲开了邻居的房门，让他的邻居一怔。这个从来不和他们说话的人居然站到他们门口来了。

许亮站在门口，随便他们怎么邀请也不愿进去。他似笑似哭地对他们说："我下午去河边了，本来我发誓再也不去河边，可我今天下午又去了。"

疯子又行凶杀人的消息是在傍晚的时候传遍全镇的。此刻他们正在谈论这桩事，疯子三次行凶已经使镇上所有的人震惊不已。许亮就是在这个时候出现在他们面前的。听了许亮的话，他们莫名其妙。因为他们看到许亮整个下午都在家。

"我也不知道自己怎么又到河边去了。"许亮呆呆地说。既是对他们说，又像是自言自语。

"可是你下午不是在家吗？"

"我下午在家？"许亮惊讶地问，"你们看到我在家？"

他们互相看看，不知该如何回答。

于是许亮脸上的神情立刻黯了下去。他摇着头说："不，我下午去河边了。我已经发誓不去那里，可我下午又去了。"他痛苦地望着他们。

他们面面相觑。

"我又看到了一颗人头。"说到这里，许亮突然笑了起来，"我又看到了一颗人头。"

"可是你下午不是在家吗？"他们越发觉得莫名其妙。

"而且我又看到。"他神秘地说，"我又看到那个疯子在洗衣服了。"

他们此刻目瞪口呆了。

许亮这时十分愉快地嬉笑起来，然而随即他又立刻收起笑容像是想起了什么，茫然地望着他们，接着转身走开了。不一会儿他们听到许亮敲另一扇门的声音。

马哲又来到了河边。不知为何他竟然又想起了那群鹅。他想象着它们在河面上游动时那像船一样庄重的姿态。他现在什么都不愿去想，就想那一群鹅。他正努力回想着当初凌晨一脚踩进鹅群时情景，于是他仿佛又听到了鹅群因为惊慌发出的叫声。

此刻现场已经被整理过了，但马哲仍不愿朝那里望。那地方叫他心里恶心。

这次被害的是个孩子。马哲只是朝那颗小小的头颅望了一眼就走开了。小李他们走了上去。不知为何马哲突然发火了，他对镇上派出所的民警吼道："为什么要把现场保护起来？"

"这……"民警不知所措地看着马哲。

马哲的吼声使小李有些不解，他转过脸去迷惑地望着马哲。这时马哲已经沿着河边走了过去。那民警跟在后面。

走了一会，马哲才平静地问民警："那群鹅呢？"

"什么？"民警一时没有反应过来。

"幺四婆婆养的那些鹅。"

"不知道。"民警回答。

马哲听后若有所思地点了点头。

这天晚上，小李告诉马哲，被害者就是发现幺四婆婆人头的那个孩子。马哲听后待了半天，然后才说："他父亲不是不准他去河边了吗？"

小李又说："许亮死了，是自杀的。"

"可是那孩子为什么要去河边呢？"马哲自言自语，随即他惊愕地问小李："许亮死了？"

第三章

一

那是一个夏日之夜，月光如细雨般洒落下来。街道在梧桐树的阴影里躺着，很多人在上面走着，发出的声音很零乱，夏夜的凉风正在吹来又吹去。

那个时候他正从一条弄堂里走出来，他站在弄堂口犹豫着。他在想着应该往左边走呢还是往右边走。因为往左边走或者往右边走对他来说都是一样，所以他犹豫着。但他犹豫的时候心里没感到烦躁，因为他的眼睛没在犹豫，他的眼睛在街道上飘来飘去。因此渐渐地他也就不去考虑该往何处走了，他只是为了出来才走到弄口的，现在他已经出来了也就没必要烦躁不安。他本来就没打算去谁的家，也就是说他本来就没有什么固定的目标。他只是因为夏夜的诱惑才出来的，他知道现在去朋友的家也是白去，那些朋友一定都在外面走着。

所以他在弄口站着时，就感到自己与走时一样。这种感觉是旁人的走动带给他的。他此刻正心情舒畅如欣赏电影广告似的，欣赏着女孩子身上裙子的飘动，她们身上各种香味就像她们长长的头发一样在他面前飘过。而她们的声音则在他的耳朵里优美地旋转，旋得他如醉如痴。

从他面前走过的人中间，也有他认识的，但不是他的朋友。他们有的就那么走了过去，有的却与他点头打个招呼。但他们没邀请他，所以他也不想加入进去。他正想他的朋友们也会从他面前经过，于是一方面盼着他们，一方面又并不那么希望他们出现。因为他此刻越站越自在了。

这个时候他看到有一个人有气无力地走了过来，那人不是在街道中间走，而是贴着人行道旁的围墙走了过来。大概是为了换换口味，他就对那人感兴趣了，他感到那人有些古怪，尤其是那人身上穿的衣服让他觉得从未见过。

那人已经走到了他跟前，看到他正仔细打量着自己，那人脸上露出了奇特的笑容，然后笑声也响了起来，那笑声断断续续，时高时低，十分刺耳。

他起先一愣，觉得这人似乎有些不正常，所以也就转过脸去继续往街道上看。可是随即他又想起了什么，便立刻扭回头去，那人已经走了几步远了。

他似乎开始想起了什么，紧接着他猛地窜到了街道中间，随即朝着和那人相反的方向跑了起来，边跑边声嘶力竭地喊："那疯子又回来了。"

正在街上走着的那些人都被他的叫声搞得莫名其妙，便停下脚步看着他。然而当听清了他的叫声后，他们不禁毛骨悚然，互相询问着，同时四处打量，担心那疯子就在身后什么地方站着。

他跑出了二十多米远，才慢慢停下来，然后气喘吁吁又惊恐不已地对周围的人说："那杀人的疯子又回来了。"

这时他听到远处有一个声音飘过来，那声音也在喊着疯子回来了。起先他还以为是自己刚才那叫声的回音，但随即他听出了是另一个人在喊叫。

二

马哲是在第二天知道这个消息的，当时他呆呆地坐了半天，随后走到隔壁房间去给妻子挂了个电话，告诉她今晚可能不回家了。妻子在电话里迟疑了片刻，才说声知道。

那时小李正坐在他对面，不禁抬起头来问："又有什么情况？"

"没有。"马哲说着把电话搁下。

两小时后，马哲已经走在那小镇的街上了。他没有坐局里的汽艇，而是坐小客轮去的。当他走上码头时，马上就有人认出了他。有几个人迎上去告诉他："那疯子又回来了。"他点点头表示已经知道。

"但是谁都没有看到他。"

听了这话，马哲不禁站住了。

"昨晚上大家叫了一夜，谁都没睡好。可是今天早晨互相一问，大家都说没见到。"那人有些疲倦地说。

马哲不由皱了一下眉，然后他继续往前走。

街上十分拥挤，马哲走去时又有几个人围上去告诉他昨晚的情景，大家都没见到疯子，难道是一场虚惊？

当他坐在小客轮里时，曾想象在老邮政弄疯子住所前围满着人的情景。可当他走进老邮政弄时，看到的却是与往常一样的情景。弄里十分安静。只有几位老太太在生煤球炉，煤烟在弄堂里弥漫着。此刻是下午两点半的时候。

一个老太太走上去对他说："昨晚上不知是哪个该死的在乱叫疯子回来了。"

马哲一直走到疯子的住所前，那窗上没有玻璃，糊着一层塑料纸，塑料纸上已经积了厚厚一层灰尘。马哲在那里转悠了一会，然后朝弄口走去。

来到街上他看到派出所的一个民警正走过来，他想逃避已经来不及了，因为民警叫着他的名字走了上来。

"你来了。"民警笑着说。

马哲点了点头。

“你知道吗？昨晚上大家虚惊一场。说是疯子又回来了，结果到今天才知道是一场恶作剧。我们找到了那个昨晚在街上乱叫的人，可他也说是听别人说的。”

“我听说了。”马哲说。

然后那民警问：“你来有事吗？”

马哲迟疑了一下，说：“有一点私事。”

“要我帮忙吗？”民警热情地说。

“已经办好了，我这就回去。”马哲说。

“可是下一班船要三点半才开，还是到所里去坐坐吧。”

“不，”马哲急忙摇了摇手，说，“我还有别的事。”然后就走开了。

几分钟以后，马哲已经来到了河边。河边一如过去那么安静，马哲也如过去一样沿着河边慢慢走去。

此刻阳光正在河面上无声地闪耀，没有风，于是那长长倒垂的柳树像是布景一样。河水因为流动发出了掀动的声音。马哲看到远处那座木桥像是一座破旧的城门。有两个孩子坐在桥上，脚在桥下晃荡着，他们手中各拿着一根钓鱼竿。

没多久，马哲就来到了小河转弯处，这是一条死河，它是那条繁忙的河流的支流。这里幽静无比。走到这里时，马哲站住脚仔细听起来。他听到了轻微却快速的说话声。于是他走了过去。

疯子正坐在那里，身上穿着精神病医院的病号服。他此刻正十分舒畅地靠在一棵树上，嘴里自言自语。他坐的那地方正是他三次作案的现场。

马哲看到疯子，不禁微微一笑，他说：“我知道你在这里！”

疯子没有管理，继续自言自语，随即他像是愤怒似的大叫大嚷起来。

马哲在离他五米远的地方站住。然后扭过头去看看那条河和河那边的田野接着又朝那座木桥望了一会儿，那两个孩子仍然坐在桥上。当他回过头来时，那疯子已经停止说话，正朝马哲痴呆地笑着。

马哲便报以亲切一笑，然后掏出手枪对准疯子的脑袋。他扣动了扳机。

三

“你疯啦？”局长听后失声惊叫起来。

“没有。”马哲平静地说。

马哲是在三点钟的时候离开河边的。他在疯子的尸体旁站了一会，犹豫着怎样处理他。然后他还是决定走开。走开时他看到远处木桥上的两个孩子依旧坐着，他们肯定听到了刚才那一声枪响，但他们没注意。马哲感到很满意。十分钟后，他已经走进了镇上的派出所。刚才那个民警正坐在门口，看着斜对面买香蕉的人而打发着时间。当他看到马哲时不禁兴奋地站了起来，问："办完了？"

"办完了。"马哲说着在门口另一把椅子上坐了下来。这时他感到口干舌燥，便向民警要一杯凉水。

"泡一杯绿茶吧。"民警说。

马哲摇摇头，说："就来杯凉水。"

于是民警进屋去拿了一杯凉水，马哲一口气喝了下去。

"还要吗？"民警问。

"不要了。"马哲说。然后他眯着眼睛看他们买香蕉。

"这些香蕉是从上海贩过来的。"民警向马哲介绍。

马哲朝那里看了一会儿，也走上去买了几斤。他走回来时，民警说："在所里吃吧。"他点点头。

然后马哲看看表，觉得时间差不多了，便对民警说："疯子在河边。"

那民警一惊。

"他已经死了。"

"死了？"

"是被我打死的。"马哲说。

民警目瞪口呆，然后才明白似的说："你别开玩笑。"

但是马哲已经走了。

现在马哲就坐在局长对面，那支手枪放在桌子上。当马哲来到局里时，已经下班了，但局长还在。起先局长也以为他在开玩笑，然而当确信其事后局长勃然大怒了。

"你怎么干这种蠢事。"

"因为法律对他无可奈何。"马哲说。

"可是法律对你是有力的。"局长几乎喊了起来。

"我不考虑这些。"马哲依旧十分平静地说。

"但你总该为自己想一想。"局长此刻已经坐不住了，他烦躁地在屋内走来走去。

马哲像是看陌生人似的看着他，仿佛没有听懂他的话。

“可你为什么不这样想呢?”

“我也不知道。”马哲说。

局长不禁叹了口气，然后又在椅子上坐下来。他难过地问马哲：“现在怎么办呢?”

马哲说：“把我送到拘留所吧。”

局长想了一下，说：“你就在我办公室待着吧。”他用手指一指那折叠钢丝床。“就这样睡吧，我去把你妻子叫来。”

马哲摇摇头，说：“你这样太冒险了。”

“冒险的是你，而不是我。”局长吼道。

四

妻子进来的时候，刚好有一抹霞光从门外照了进去。那时马哲正坐在钢丝床上，他没有去想已经发生的那些事，也没想眼下的事。他只是感到心里空荡荡的，所以他竟没听到妻子走进来的脚步声。

是那边街道上有几个孩子唱歌的声音使他猛然抬起头来，于是他看到妻子就站在身旁。他便站起来，他想对她表示一点什么，可他重又坐了下去。

她就将一把椅子拖过来，面对着他坐下。她双手放在腿上。这个坐姿是他很熟悉的，他不禁微微一笑。

“这一天终于来了。”她说。同时如释重负似的松了口气。

马哲将被子拉过来放在背后，他身体靠上去时感到很舒服。于是他就那么靠着，像欣赏一幅画一样看着她。

“从此以后，你就不再会半夜三更让人叫走，你也不会时常离家了。”她脸上露出了心满意足的神态。

她继续说：“尽管你那一枪打得真蠢，但我还是很高兴，我以后再也不必为你担忧了，因为你已经不可能再干这一行。”

马哲转过脸去望着门外，他似乎想思索一些什么，可脑子里依旧空荡荡的。

“就是你要负法律责任了。”她忧伤地说，但她很快又说，“可我想不会判得太重的，最多两年吧。”

他又将头转回来，继续望着他的妻子。

“可我要等你两年。”她忧郁地说，“两年时间说短也短，可说长也真够长的。”

他感到有些疲倦了，便微微闭上眼睛。妻子的声音仍在耳边响着，那声音让他觉得有点像河水流动时的声音。

五

医生是一个五十多岁的男子，他有着一双忧心忡忡的眼睛。他从门外走进来时仿佛让人觉得他心情沉重。马哲看着他，心想这就是精神病医院的医生。

昨天这时候，局长对马哲说："我们为你找到了一条出路，明天精神病医生就要来为你诊断，你只要说些颠三倒四的话就行了。"

马哲似听非听地望着局长。

"还不明白？只要能证明你有点精神失常，你就没事了。"

现在医生来了，并在他对面坐了下来，局长和妻子坐在他身旁。他感到他俩正紧张地看着自己心里觉得很滑稽。医生也在看着他，医生的目光很忧郁，仿佛他有什么不快要向马哲倾吐似的。

"你是哪一年出生的？"

他看到医生的嘴唇嚅动了一下，然后有一种声音飘了过来。

"你哪一年出生的？"医生重新问了一句。

他听清了，便回答："五一年。"

"姓名？"

"马哲。"

"性别？"

"男。"马哲觉得这种对话有点可笑。

"工作单位？"

"公安局。"

"职务？"

"刑警队长。"

尽管他没有朝局长和妻子看，但他也已经知道了他们此刻的神态。他们此刻准是惊讶地望着他。他不愿去看他们。

"你什么时候结婚的？"医生的声音越来越忧郁。

"八一年。"

"你妻子是谁？"

他说出了妻子的名字，这时他才朝她看了一眼，看到她正怔怔地望着自己。他不用去看局长，也知道他现在的表情了。

“你有孩子吗?”

“没有。”他回答，但他对这种对话已经感到厌烦了。

“你哪一年参加工作的?”

马哲这时说：“我告诉你，我很正常。”

医生没理睬，继续问：“你哪一年出生的?”

“你刚才已经问过了。”马哲不耐烦地回答。

于是医生便站了起来，当医生站起来时，马哲看到局长已经走到门口了，他扭过头去看妻子，她这时正凄凉地望着自己。

六

医生已经是第四次来了。医生每一次来时脸上的表情都像第一次，而且每一次都是问着同样的问题。第二次马哲忍着不向他发火，而第三次马哲对他的问话不予理睬。可他又来了。

妻子和局长所有的话，都使马哲无动于衷。只有这个医生使他心里很不自在。当医生迈着沉重的脚步，忧心忡忡地在他对面坐下来时，他立刻垂头丧气了。他试图从医生身上找出一些不同于前三次的东西。可医生居然与第一次来时一模一样的神态。这使马哲感到焦躁不安起来。

“你哪一年出生的?”

又是这样的声音，无论是节奏还是音调都与前三次无异。这声音让马哲觉得连呼吸都有些困难。

“你哪一年出生的?”医生又问。

这声音在折磨着他。他无力地望了望自己的妻子。她正鼓励地看着他。局长坐在妻子身旁，局长此刻正望着窗外。他感到再也无法忍受了，他觉得自己要吼叫了。

“八一年。”马哲回答。

随即马哲让自己的回答吃了一惊。但不知为何他竟感到如释重负一样轻松起来。于是他长长地舒了一口气。

医生继续问：“姓名?”

马哲立刻回答了妻子的姓名。随后向妻子望去。他看到她因高兴和激动眼中已经潮湿。而局长此刻正转回脸来，满意地注视着他。

“工作单位?”马哲迟疑了一下，接着说：“公安局。”随后立即朝局长和妻子望去，他发现他俩明显地紧张了起来，于是他对自己回答的效果感到很满意。

“职务？”马哲回答之前又朝他们望了望，他们此刻越发紧张了。于是他说：“局长。”说完他看到他俩全松了口气。

“你什么时候结婚的？”

马哲想了想，然后说：“我还没有孩子。”

“你有孩子吗？”医生像是机器似的问。

“我还没结婚。”马哲回答，他感到这样回答非常有趣。

医生便站起来，表示已经完了。他说：“让他住院吧。”

马哲看到妻子和局长都目瞪口呆了，他们是绝对没有料到这一步的。

“让我去精神病医院？”马哲心想，随后他不禁哧哧笑起来。笑声越来越响，不一会他哈哈大笑了。他边笑边断断续续地说：“真有意思啊。”

原载《钟山》，1988 年第 1 期

黑色愤怒

张和平

一

原野伫立在高大的落地窗前，思绪滚滚。窗外，波平如镜的大海上空飞翔啼啼着一群洁白的海鸟。

对于发生在身后这间房中的惨案，原野并未给予高度重视。窃贼在行盗中杀死守夜的出纳员毫不奇怪。但他却因为一个女人的出现，心情许久不能平静。

他们已有十几年没见面了。长久以来，他试图将她从记忆中赶走，却枉然。那令他恨得咬牙切齿的影子就像他灵魂深处的一把锥子刺得他隐隐作痛。

原野从政法学院刑侦系毕业后，分配在市刑警大队一科工作。不久前受命主管全市的凶杀案件。这一次海洋学院财会室发生盗窃杀人案，是他擢升科长后主侦的第一个重大案件。

“晦气！怎么会碰上她呢?”他郁郁不悦地转回头，盯着一个扛着手提式摄像机正在操作的年轻女人。可不知为啥，他妒火中烧的眼前竟然鬼使神差地同时现出两个女人的影像：一个是有负于他的眼前的女人；另一个是他的妻子丁晓云。这一比，把他吓了一大跳。无论就外在形象和气质而言，那个女人都大大地超过自己的妻子！这种隐秘的意识激怒了他，使他在心里恶狠狠地诅咒美貌薄情的初恋情人；同时，猛地甩回脸，重新面对那耀眼的红色海洋。

“科长，会议开始了。”青年刑警晓剑从门外进来，小声在他耳旁说。

他点点头，下楼走进海洋学院保卫处会议室。

室内的一圈二十几张沙发差不多都坐上了人。他一进来，他的顶头上司，刑警大队的李政委便招呼他。接着，向他介绍了几位学院领导。

“现在开会了，”刚刚从部队下来的李政委一扬手，喧杂热烈的会场即刻安静下来。“首先由痕迹人员和法医介绍情况，然后，请保卫处介绍死者以及初步走访情况。”

“……财会室的门锁和保险箱的暗码锁均被罪犯使用一把钻头直径为 6 厘米的手摇钻钻通锁芯。根据模拟试验，钻通门锁约需 10 分钟左右；钻通保险柜锁约需 15 到 20 分钟。另外，发现了一只解放胶鞋鞋印儿，底花呈棱形，43 码……”

“经切肤进行皮下显影试验，证明：死者被罪犯戴手套掐颈窒息死亡；估计死亡时间在昨天午夜前后一小时。另外，死者腹中有约四个月孕婴一个，女性。经血型检验，死者的血型为 O 型，女婴的血型为 A 型。死者临死前无性行为。报告完毕。”

接着，就是那个叫原野恼恨而又藏在内心深处十余年之久的初恋情人——学院的保卫干事郭敏作的介绍：

“我讲一下关于死者的情况。”这声音传入原野耳中，竟然浑似一记炸雷，先是一瞬时惶惶不宁，跟着，他的全副注意力都被那低沉悦耳，冷静得出奇的女中音吸引住了。

“死者叫白玲，女，23 岁，已婚，原系我学院财会室出纳员。昨晚轮到她值夜班。”郭敏略顿了顿，又说，“昨天下午，白玲从银行领回 12000 元钱，给学院的三百多名高年资知识分子发放夏季降温补贴。截至下午 6 时下班时，还有约一半的人没有领钱。经计算，剩下的 6000 余元现金全部被白玲锁入保险柜，这无疑违反了有关财会规定。另外，白玲于三年前从市财校毕业分来我院。据反映，在钱的问题上从未出过岔子。可自从入夏以来，她好像变了，每天不到下班时间就急急忙忙地走了，责任心也差多了。有人反映，她把钱锁入保险柜不交银行有好几次。”她接着说，“白玲的丈夫叫王铁军，是市文物商店的副经理，29 岁。家住德才里 14 号一楼 102。完毕。”

房间里出现了短暂的沉寂。

“看来，”李政委说，“性质可以定为盗窃杀人。原野，”他转向低头沉思的原野，“你准备如何入手？”

“嗯，”原野慢腾腾地说，竭力不去看那个女人。但他依然感觉到，那女人的眼睛在紧紧地注视着他。“依我看，先把侦破组的人员定一下，再制订侦破方案。”

会议于晚上10点多钟结束。侦破小组由原野负责，另有晓剑和三名青年刑警及学院保卫处干事郭敏参加。虽然原野内心里不愿意，可他口头上还是客客气气地作礼节性欢迎。

“欢迎你。”原野勉强挤出笑容，握住那只依旧使他心旌摇动的纤纤嫩手。

“过去的事情还请你原谅。”郭敏歉疚地小声说。除他俩之外，别人绝对听不清楚。

“事过境迁，早忘了。”原野淡淡地说。

郭敏低下头，讷讷地说：“那就好。愿咱们合作愉快。”

在这一刻里，原野仔细打量了她一番：修长苗条的身体不失为丰满；一件胸部绣着几条经纬线的橘黄色连衫裙得体大方又不失娇艳；这张白皙动人的鹅蛋形脸上，配着一双淡青色柳眉的细长文静的眼睛，以及那片线条优美的涂了淡淡胭脂的红唇。

“她的确很漂亮。”原野心里狠狠地在想，可脸上仍挂着笑容。

“现在，大家说说该怎么搞？”原野扭头冲另外四名助手说。

“我看，不是海洋学院的人，就一定是内外勾结作案。”一个叫刘小平的刑警说。

“我同意。”晓剑大吸了一口“万宝路”，说：“昨儿下午学院发钱，偏偏当晚就发案，这是偶然的吗？不！一定是有目的的作案，而且熟悉情况。”

“还有别的意见吗？”

原野的话还没说完，房门忽地被推开了，胖乎乎矮墩墩的杨法医满头大汗地跑进来，急切地说：“原科长，我要补充一个重要情况！”

原野惊讶地扬扬眉毛。

“刚才，死者白玲的父母来了，”杨法医用手从胖脸上抹下一把汗，不无内疚地说，“说是最后再瞧瞧女儿。谁想，居然从白玲的头发里发现了血迹！白玲不是O型血吗？可她头发里的血却是AB型的！真奇怪……”

“为什么？”

“根据生物遗传定理，由于白玲是 O 型血，腹婴是 A 型血，那么，势必白玲的丈夫是 A 型血，怎么也不可能是 AB 型血！这一点，我敢肯定。”

“那么这滴血……”

“一定是凶手的！”

“为什么？”

“根据我的验尸结果，白玲在睡觉前曾经洗了头发。所以，那滴 AB 型血就一定是凶手的！我可以肯定。”

“这样的话……”原野将头仰垫在沙发脊背上，闭合眼皮，脑中银幕上闪过下列推理画面：

夜，漆黑寂寥。海洋学院行政办公楼像一尊巨大的怪兽，屹立在薄云飘浮的空际下。忽然，一条黑影猫样敏捷地进入大楼，蹑手蹑脚地拾级来到三楼，在财会室门前停下了。渐渐地静寂的楼内出现了一种闷闷的钻门响声，门蓦地开了，黑影进入房间，走近保险箱，又响起了那闷闷的钻声。突然，单人木床上发出有人翻身的响声。那黑影慢慢朝木床摸去。猛然间，他扑将下去……好一会儿，那黑影才从床上爬下来，重新回到保险柜前……

原野睁开眼睛，见另外几人已定定地瞅着他，连忙打起精神说：“我认为，罪犯是一个不矮于 1.70 米，双臂有力，能够较熟练地使用手摇钻，血型为 AB 型的成年男人。所以，”他略略思考了一下，用眼角的余光扫了郭敏一下，发觉她正在注视他，“咱们先兵分两路。一路由晓剑负责，明天起以学院为主要范围，走访调查，特别要注重有盗窃前科或有经济需求的嫌疑人；此外，由我和郭敏对死者家眷进行走访，力图发现我们还不知道的某些情况。”

人本身就是难以捉摸的具备各种情感的生物体。刚才一刻，本来一直对旧日恋人记恨讨厌又耿耿于怀的原野，不知怎么，竟在一霎间生出想了解分别十几年来郭敏究竟生活得怎么样的怪念头。所以他有意把他俩分在一起走访白玲家。

“荒唐透顶！”他狠狠地在心里咒骂着。恨自己为什么这样儿女情长且又没有男子汉的骨气，见了负情人居然如此自寻烦恼！

德才里是一片新兴住宅区。当他们接近了 14 号楼，一声声悲痛伤心的哭啼隐隐入耳。

他俩都明白这是怎么回事。

“快走!”原野不觉加快了脚步。

“原野，我不行了。”

“嗯?”原野看到郭敏脸色苍白，眼里似有畏惧和忧虑，不禁问，“你怎么了?”

“我害怕人家哭哭啼啼。不等我问别人，我自己就忍不住要哭。我在外面等你。”

看她恳求的样子，原野眼前出现了一个穿一身旧草绿色军装，腰扎宽皮带，梳齐耳短发的少女，她俊俏的脸上蒙着赳赳英气。“你怎么变得这样胆儿小了?”

郭敏羞窘地垂下头。

“好吧，”他朝周围巡视一圈，看见斜对着他们有一家咖啡店，便道，“你去那个咖啡店等我。”说罢，转身快步走进14号楼，循着一阵阵悲痛的号啕走进白玲家。

这是一套三居室外带客厅，十几个邻居都被原野以婉转的言辞打发走了。他关上门，走进里屋，两位头发霜白的老人仍在长一声短一句地泣唤着女儿。

原野费了好大劲才使他们清醒过来，屋里来了外人。

“你是谁?”白玲的妈妈叫刘冰洁，在市二中当语文教师。她泪眼模糊地问原野。

原野把证件给她看了，同时，讲明来意。

“伯仲，伯仲，”刘冰洁连连唤着哭得神志不清的丈夫，“公安局派人来了。”

白伯仲哦了一声，挣扎着从沙发上站起来，扑通跪在地上，老泪刷刷地往下淌。“同志，我求求你，帮我抓住凶手！玲玲她死得好惨呀……”语未尽，这个电机厂的总工程师便又哭泣起来，其状甚是哀恸。

原野安慰了老人几句。猛然，他脑子里闪过一道电光，连忙问刘冰洁：“王铁军呢，为什么不陪着你们?”

“唉……”刘老师长叹一声，“别提他了，我们替女儿害羞啊……”

原野迅速在脑子里作各种可能性猜测。“他去上班了?”

“不知道。”

“听您刚才的意思，好像他们之间不和睦，是吗?”

“岂止是不和睦!”白伯仲接过话茬儿，愤愤地说，“那小子鬼迷心窍，硬逼着我女儿去当什么歌女，给他当摇钱树。真是可耻！”

白伯仲最后说的两个字几乎是在怒吼。

“什么歌女？”原野迷惑地问。

“去年8月，玲玲和他结婚，可蜜月还没过完，他俩就吵了好几架。后来，玲玲好像怕他了，被他逼着到什么地方去唱歌。玲玲每天直到半夜才回来。再后来，玲玲就经常独自在自己房间里哭，我们咋问她也不说实话。奇怪的是，她的穿着打扮变得不寻常起来，还有了不少值钱的首饰。”

说到这儿，他对脸色尴尬的妻子说：“去，去把那个首饰盒拿来。”

刘冰洁怏怏地走出屋，一眨眼儿工夫就回来了，手里捧着一个制作精致，盒面绷着紫色金丝绒的长方形小盒子。

白伯仲一把拿过来，啪地打开盒盖，从里面捞起一大把闪着奇光异彩的珠宝，把原野惊呆了。

“瞧瞧，这得花多少钱？都是从哪儿来的？”

原野看呆了。三根纯金项链，两副淡绿色玉石手镯，一枚纯金十字架，六个金戒指，十几块（亦可称作“粒”）五彩斑斓、光芒四射的宝珠，两件白金头簪，两枚银光闪烁的胸针。

“这值多少钱呀？!”原野忍不住惊愕地说。

“谁知道。”刘冰洁表示并不看重这些东西。

“还有，”白伯仲大声说，“据我们观察，王铁军好像也很有钱。”

原野的思维飞快地顺着这条刚刚出现的线索向前滑行。根据现场勘查，男性作案痕迹很重。如果照白玲的父母介绍分析，王铁军是否因为与白玲关系不好（也可能在外面有了“第三者”），从而铤而走险，以盗窃保险柜为烟幕，实则杀害白玲，另觅新欢?！此外，白玲哪儿来的这些金银首饰？她在什么地方当歌女？难道在白玲之死的背后还隐藏着更为阴险的罪恶阴谋？他久久地望着那些五彩斑斓的值钱饰物，脑子里疑云翻滚。

突然，叩门声大作，原野几步蹿到门前，拉开门，看见气喘吁吁、满头大汗的晓剑。他身后，跟着神色紧张的郭敏。

“科长，有门儿了！”晓剑兴奋地大声嚷道。

原野匆匆辞别了白玲父母，随晓剑和郭敏走出14号楼，来到一辆三轮挎斗摩托车边上。

“是这样，”晓剑喜气洋洋地说，“上午，我们在学院里走访。听财会室一个叫徐玉兰的反映，前天下午快下班时，学院烧锅炉的张自强跑来找白玲借费翔的磁带，当时，白玲正在往保险柜里装钱，所以徐玉兰说她怀疑张自强作案。”

“后来呢?”

“我跟着就到保卫处，正好碰上郭干事在翻张自强的档案。”小伙子友好地冲郭敏点头微笑。

原野略带惊诧地问郭敏：“你不是在咖啡馆吗?”

郭敏歉疚地瞟了他一眼说：“你去白玲家后，我一个人在咖啡馆闲坐没意思，忽然从窗户上看见了张自强。他也隔着玻璃看见我了，像是心虚似的急匆匆走了。我当时也是一闪念，因为这个张自强才从劳改场放出来，过去干过盗保险柜的事，就怀疑他，连忙跑回学院查他的档案，正好碰上晓剑。”

“你说说张自强的情况。”原野皱起眉头对郭敏说。

“张自强是1978年顶替亡父上班的，此人好逸恶劳，赌博，1980年因盗窃保险柜被判刑六年，才出来没几个月，和一个叫阎小丽的女人结了婚。这个阎小丽在昌黎纺织厂工作，比张自强还大三四岁，离过婚，她过去也因为扒窃被劳动教养过。”

“张自强家住哪儿?”

“赤峰道51号三楼305。”郭敏不假思索地说。

“走吧。张自强家已被监视了。”晓剑迫不及待地开始发动引擎。

原野无言地赞许助手，用手拍了拍他肩膀，可没上车的意思，说：“我和郭敏去趟咖啡馆，你先去看看，等会儿来接我们。”

晓剑驾着摩托车走了。

原野和郭敏走进咖啡馆，坐了下来。服务员端上了两杯咖啡。原野似乎漫不经心地问郭敏：“你结婚了吗?”这种问话把郭敏问得一惊，就连原野自己也在话出口之后，心下暗暗觉得突兀。或许是由于郭敏的细心，发现了张自强这个嫌疑重大的线索的缘故吧？不过，原野此刻没时间仔细推敲，只意识到他好像不那么恨郭敏了。

“结了。一年前。”郭敏的神色淡淡的。

“有孩子了吗?”

郭敏凝视着原野。“没有，你呢?”

原野爽朗一笑：“去年毕业才结婚，孩子还在她妈妈肚子里呢。”说罢，忍不住地大笑起来。

说话间，晓剑驾摩托车过来了。原野让郭敏坐上挎斗，自己坐在晓剑后面。

“嘀……”晓剑鸣笛，驶动了摩托车，朝赤峰道驶去……

在人流熙攘的赤峰道口，原野看到一个刑警。当他步下摩托车时，在51号——一幢曾经被当做意大利租借地的圆顶灰色三层楼房门口，又看到一个刑警，拾级来到过道宽敞明亮的三楼，那个叫刘小平的青年刑警冲原野会意地点点头。

原野回头赞许地冲晓剑一笑。算是对他动作迅速及时把张自强家监视起来表示满意。

“嘭……”晓剑上前叩响房门。

“谁呀?”

一个女人走出来。穿一套花睡衣，面容慵倦，头上夹着不少卷发夹，30岁左右，长得挺漂亮。

郭敏挤到前面：“我是海洋学院的。张自强在家吗?”

“你们是什么人?”房主人充满敌意。

郭敏一一介绍了走访者各自的身份。

房主人——阎小丽带着明显不欢迎的口气说：“他出去了。上哪儿不知道。”

“我们现在在执行公务。”原野严峻地道。

“公务……”阎小丽周身一哆嗦，眼里现出迟疑惊惶的神情。“进屋谈方便，免得邻居生疑。”原野说。

阎小丽闪开身放他们进了屋，关上门，惶惶不安地问：“自强到底干了啥事儿?”

没一个人回答她，几双眼睛都在警惕地四处搜索。

不用搜查，两间房里没有张自强。

“张自强前天回家了吗?”原野问。

“没有。”

“昨天呢?”

“也没有。”

“今天?”

“吃早饭前回来又走了。”

“他回来说什么了?”

“他说，”阎小丽心虚地躲闪开原野咄咄逼人的目光，“说……”

“说什么？”原野意识到她想隐瞒什么。

“他赌钱输了，说是出门躲一阵子。”

“还有什么？”

“我把知道的全部都讲了。”

原野紧盯着她，考虑着她刚才的话里有多少真实成分。

“科长——”忽然，晓剑从厕所里跑出来，拎着一双湿漉漉的解放胶鞋，翻给原野看。

解放式胶鞋，底花呈棱状，43码。

“你马上把它拿回去，检查鞋底磨损程度。”

晓剑兴高采烈地走了。这一下，阎小丽慌了手脚，少血的嘴唇哆嗦着。

“阎小丽！”原野异常严肃地大声说，“张自强到底是什么时候回来的？还放了什么东西？”

阎小丽吓蒙了，汗珠顺着脸颊往下淌。

“你要明白，张自强在某一案件中严重涉嫌！希望你认清形势！”

“完了，全完了……”她突然眼中充满泪水，绝望地扑到一张双人席梦思前，不顾一切地钻进床下。再钻出时，满头满脸都沾上了灰尘，手里拿着一个狭长的黑金属盒。“他早上回来，还带回来这个。”

原野把黑盒子打开一看，见里面有一把蓝漆把的手摇钻，还有几根粗细不等的钻头，其中一根小手指粗的钻头沾满了淡青色的金属粉末。

原野觉得已经确定张自强就是作案的罪犯。现在。只要技术科能够确定那双解放胶鞋和这把手摇钻进入过作案现场，就可以开具搜查证搜查张自强家。同时，通缉张自强！

二

“呜……”

凛冽的北风怪叫着，汹涌无忌地鞭笞着寒区特有的中间填有木屑的双层玻璃窗。昏黄的灯光下，15岁的郭敏蜷缩在火炕一角。

村里的知青点只剩下她一个人了，同学们都通过各种人事关系跑回家过年去了。她却无处可去。那一天，大队革委会的丁副主任通知她：她的走资本主义道路的父母双亲自绝于党和无产阶级广大民众，双双在牛棚里上吊自杀了。

除夕之夜，郭敏一人守“家”，感到格外地孤独和悲伤。

“嘭……”忽然，呜呜怪叫的北风中响起一阵急促的敲门声。

“谁呀?”郭敏害怕地朝炕角里挪挪身子。

“小郭，是我呀……”一个声气粗野沙哑的男人答道。

“噢，是丁主任。”郭敏挥去胆怯，喜盈盈地下地去开门。平时，这个姓丁的革委会副主任对她很好。逢着上山伐木时，总借故留下她，吩咐她完成一些笔头上的任务。尤其在郭敏的父母死后，他常找她单独谈话，以长辈的口吻安慰她，教导她，使孑然独身的郭敏在这动乱之秋，在这天寒地冻的北疆一隅，感受到父亲般的温暖。

“丁主任，您请坐。”

“小郭啊，”丁副主任吐着强烈的酒气，大咧咧地巡视房内，“一人儿守除夕孤单吧？大叔怕你想家，来陪陪你。”

“谢谢丁主任。”郭敏高兴地给他泡了一杯热气腾腾的红茶水。

“想家吧?”

郭敏低下头。

丁副主任突然不说话了。郭敏抬脸，发现刚才还一脸慈祥的丁副主任正直勾勾地注视着她。

“丁主任，您喝醉了?”

“哈哈……”丁副主任仰头大笑，通红的眼睛里射出贪婪邪恶的目光。

“你……”

郭敏预感到了什么，话刚出口，一只布满硬茧的大手拎小鸡似的将她拎到丁副主任怀里。在她娇嫩的脸被硬硬的胡须扎了几次后，她发觉自己已经躺在炕上了，一副沉重的躯体压得她透不过气来。

郭敏一点儿声音也发不出来，眼里充满了愤怒、屈辱的泪水。此时，她仿佛跌入黑暗的深渊，晕厥了……

“嘭”的一声，门被推开了。这个丁副主任色胆包天竟连门也未闩上。他万万没有想到这个长得粗大的知青原野会闯进门来。做贼心虚，这个平日道貌岸然的丁副主任，连忙跳下炕，像兔子一样溜了出去。

原来这原野也在这除夕守“家”，他想找附近的守“家”同伴一块儿度过这孤寂的除夕。不料碰到这么一回事。

从此，他俩相识了，并很快进入到热恋之中。可半年多以后，郭敏突然不辞而别。痛苦万分的原野听人说，郭敏的一个有权势的叔叔设法把她调去工厂了。从此，他们天各一方，音讯杳无，直到前几日无意中重逢。

第二天，原野来到办公室，谁知案情发展完全出乎意外。李政委一见到他，就说："关于海洋学院的案子，恐怕得另辟蹊径。"

"怎么?"原野大吃一惊。

"查阅了张自强的历年身体普查表，发现他不是AB型血，而是B型血！这样的话，对整个现场的估计就将改变。"

"B型?"原野被惊得目瞪口呆。

晓剑点点头。

"可是，"原野费解地说，"那个鞋印儿和手摇钻以及钻头是经过技术科检验的，怎么会错?!"其实，他脑子里已在考虑王铁军和白玲的那些首饰问题了。

"头儿，咋办?"晓剑问原野。

"既然血型与张自强不符，就不能排除除了张自强以外，还有人作案的可能性。"

"两人作案?!"那个叫刘小平的刑警吃惊地说。

原野点点头："也只是估计。嗳，"他想起了什么似的，对晓剑说，"既然谈到血型，我们干脆做彻底点儿。晓剑，你去找一下白玲的丈夫王铁军，查查他的血型。"

"查他？干什么?"晓剑迷惑不解。

"白玲死时不是腹中有一个四个多月的婴儿吗？是A型血。你去查查王铁军，看他是不是A型血。"

"这不是多此一举嘛。"

"不!"原野把白玲父母反映的情况一说。晓剑不由得耸耸肩膀："情况要比想象的复杂得多。"

郭敏一觉醒来，眯缝着眼睛，躲避着透窗而入的晨光。当她意识到身旁的丈夫没了时，自然而然地将脸扭向卧室门。这一看，把她惊得瞠目结舌说不出话来。

卧室中央原先摆放的一张小方桌被拖到长沙发前。空出的地上，丈夫林野只穿了一条三角短裤，身子几乎贴到了地面，手里擎着一盏台灯，缓缓移动着。

她蹑手蹑脚地下床凑到丈夫身后，处于高度集中的林野竟然毫无知觉。

看样子，这是一张古画。业已褪色发黄的绢帛上，墨迹淋漓酣畅地涂着两枝墨竹，挺拔坚毅，枝叶洒脱，栩栩如生中透溢出一股深厚凝重、年代悠远的古风。

“哦!”看呆了的郭敏忘情地叫出声来，惊得林野差点儿趴在画上。

“你他妈的找死呀!”林野惊怒地扔掉台灯，霍地站起身，扬手啪啪扇了她两耳光。

郭敏愤怒地看着这个高大英俊的美男子，任凭一股涓涓的血水从嘴角里淌出来。

郭敏挨打不是一两回了，但她是一个自尊心极强的女人，从未向外人吐露过夫妇间不和睦的只言片语。当这个堂堂高教局局长的大公子那么如癫似狂地追求她时，她是那样的自鸣得意。但眼下，虚荣心早已随同丈夫的放荡不羁和粗暴荡然无存。她曾暗自潸然泪下，苦叹红颜薄命。时常地，在耿耿难眠的夜晚，她都禁不住忆起大兴安岭下乡时的那段恋史。可她追悔莫及。当她怀着逃离那荒僻寒冷的小村庄，走后门去当兵时，也曾感到这样不辞而别于原野不啻一记沉重打击。为此，夜洒悔泪时，她觉得自己在原野面前是一个真正的罪人！这次，偶然与原野意外邂逅，她百感交集，终日不得安宁。

她低头看着这个把自己诱入困境的男子，愤怒的火焰把她的泪水都烧干了。她草草穿好衣服，走到长沙发前坐下，按捺着厌恶和仇恨，平静地问：“这幅画能给你什么好处?”

“告诉你，”林野像下了天大决心似的说，“这是一幅价值连城的宝贝，是苏东坡的手迹！凡是古画尤以这些印章为珍品。喏，这是皇帝的，这是太子的，这是东宫和西宫娘娘的，这是当朝一品宰相的，真是应有尽有，珍贵无比哩!”

“这太危险了！林野，我听说我们学院的白玲就是因为走私什么值钱的玩意儿被人给杀死了!”

“什么?!”林野如雷轰顶，一下子跌坐在床上，两只黑亮的眼珠滴溜溜乱转。

“她什么时候死的?”

“就前几天呀。”郭敏谈虎色变地说，“现在，公安局怀疑白玲和她丈夫王铁军合伙走私。听说，白玲死后留下了不少金银首饰！说不定因为分钱不均，有人害死了白玲！还听说，她肚子里怀着个小孩呢！”她站起来，凑近林野，忧虑重重地对他说：“走私的事儿你以后千万别再干了，那都是些昧良心的钱。”

林野一边听一边冒冷汗：“我现在怎么办！”他眼中射出饥饿凶狠的目光。

“唉！”郭敏叹了一声，“你整天就知道钱、钱、钱！你走私究竟有谁知道？谁会泄露出去？”

“王铁军！”林野发出绝望的呼喊，“要不，我宰了他狗日的！”

“那不是要杀人吗？林野，你可不能脑子一热就干鲁莽的事儿。再想想，有什么好法子没有。”

“妈的，一不做二不休，干了！”林野冷不丁站起来，要俯身去收拾地上的古画，又迟疑地停住了。他回头怀疑地望着郭敏，担心地说：“你不会报警吧？”

郭敏下决心地咬咬嘴唇说：“只要你以后学好就行！”

“好！”林野如释重负，啪啪拍着胸脯说，“够意思。小敏，你对得起我，我林野不会亏待你。”

她走到圆形梳妆台前坐下，对着镜子慢慢梳起头来。一会儿，她用纤纤手指反复抚摸着淡红色下唇上的一条紫色痂疤，眼里透出惊惶、思索、不安的复杂神情。

“对不起，我迟到了。”

郭敏匆匆走进刑警大队一科办公室，歉意地说。

原野冲她疲倦地笑笑，伸手请她坐，继续着自己的思路。

晓剑刚才打电话来，说王铁军上午上班后不久，被一个电话召走了。据接电话的人讲，打电话的是个男人。此外，市文物商店从未实行过什么职工身体普查，所以，要想弄清楚王铁军究竟是不是A型血，目前还做不到。晓剑在电话里说，据文物商店有人反映，王铁军好像有走私古文物的嫌疑，他几乎每天晚上都要到赫赫有名的“沙洲乐园”去。原野知道，这个“沙洲乐园”位于市中心，是一处两年前兴建起来的大型综合游乐设施，不仅有可以容纳几千人的大型剧场、影剧院，还配有酒吧、咖啡厅、舞厅等辅助性设施。另外，建造了一幢供国外来访的艺术团体下榻并排练的五层大楼。其中，既有外国友人，也有腰缠万贯的各种有钱没处消耗的个体户和大批高干子弟。想到这里，原野心中一动：王铁军平时去沙洲乐园干什么呢？有没有可能去那儿找外国人走私古文物？还有，白玲父亲讲白玲晚上去什么地方唱歌，对，应该去沙洲乐园看看，说不定还会碰上被通缉的张自强呢！

“郭敏，咱们去沙洲乐园怎么样？”原野从沙发上站起来对郭敏说。

“去那儿干吗？”

“没事走走呗，闲着怪闷的。”

原野笑吟吟地说着，脱掉警服，换上一件时髦的白色短袖猎装，惊得一旁的郭敏羡慕不已。“嚯，你还是那样帅！”她脱口赞叹道。

谁想原野听了，不由得心头一酸，不悦地刺了她一句：“是吗！其实，我15岁的时候更漂亮！”

郭敏被噎得说不出话来，脸上红一阵白一阵。她垂下头，讷讷地说：“原野，我15岁的时候太幼稚。那时，那个地方，简直是座地狱！对于我的不辞而别，我心里一直很后悔。如果你能给我机会……”

“算了，早都过去了。”原野穿戴停当，走到郭敏面前，习惯性地歪头注视着她，蓦然一笑，“我的确恨过你，可早忘了。”

郭敏眼中闪出渴望和激情，胸脯一起一伏，颤抖着声音说：“可我没忘。我从来没有忘记我们曾经在患难中恋爱过。我也从没有忘记是你把我从那个可恶的人手里救出来！”

原野的心绪被牵动了。他没料到，有时，一种仇恨的背后竟会是深沉的爱！

他闭上了眼睛。

“我仍然爱着你！”

“不！”原野摇摇头，睁开眼睛，凝视着咫尺之近的这张秀丽的脸庞，竭力克制着胸中激荡的情潮。

“真的！”郭敏一下子扑到他怀里，喃喃着，“生活使我后悔不迭！我嫁了一个恶棍！”

原野一动不动，生命力强盛的肌肤随着那微微抽动的异性肉躯感受到无比欢娱的陶醉。猛然，他眼前浮现出一片覆盖着皑皑白雪的大森林……一座座冒着袅袅青烟的炭窑……郭敏和他在风雪弥漫中紧紧拥抱、亲吻、抚摸……

“丁零零……”

突然间，电话铃声大作。

原野从怀恋旧情中惊醒过来。他推开郭敏，走去接电话："喂，这里是一科。"

"我是中心街派出所。喂，我们发现了你们通缉的人。"电话对方，一个男人激动地大声喊叫。

"张自强?"

"对。请你们赶快来。"

"好!"

原野放下电话，兴奋地搓着双手："快走，张自强找到了。"

"原野——"

"嗯?"

原野在门边停步回头，见郭敏泪水盈盈地望着他，心头猛地一哆嗦，他坚决地把头摇得像拨浪鼓，感慨万端地说："都过去了。从今以后，我们都好自为之吧。"

"原野，你就不能救救我吗?!"郭敏泪如泉涌，乞求似的朝他伸出双手。

原野严肃起来："你知道吗? 刚才，我看见了什么?"

郭敏惊迷地看着他。

"我看见了我的妻子! 她已经有五个月身孕了。"说完，毅然走出房门去。

郭敏怔怔地站着。忽然，她失态地冷笑起来。"蠢货，你哭什么!"她把牙关一咬，掏出手帕沾干泪痕，然后，飞跑出去，在引擎轰鸣的摩托车那儿追上原野，也不搭话，坐进挎斗。

"呜——"摩托车似箭一般射了出去……

十几分钟后，他们来到中心街派出所。所长简单介绍了情况，然后，领着他们来到青年路。

这条街非常狭窄。街西边鳞次栉比着一幢幢木质二层阁楼。每个阁楼都从半空里向外伸展出几米，以致从远处看，这条街就像是搭了"天棚"似的。

他们好不容易来到一爿小杂货店门前。谙熟老练的原野瞟了一眼紧闭窗户，垂挂着绿色窗帘的木阁楼，然后冲派出所长使了个眼色，率先进店，径直奔向一道花布门帘。

"喂，你干什么?"

原野根本没理会挡住他去路的老板娘，把枪抽出来，啪一下子撞开老板娘，一挑花布门帘，飞快地跑上仅容一人上下的木楼梯。来到阁楼过道，他让眼睛稍稍适应了一下昏暗的光线，然后，抬脚对准阁楼上唯一的一扇木门猛踢。“咣啷”一声巨响，木门向屋内倒去。他箭步冲进去，大吼一声：“不准动!”

屋内只有两人，一男一女，都裸着身子躺在墙角一张单人木床上，被吓得魂飞魄散。

郭敏随后走进，手一指：“他就是张自强!”

三

审讯张自强进行得很顺利。他像竹筒倒豆子似的交代了整个作案过程。8月30日下午，他借着找白玲借费翔磁带的幌子到了财会室。进屋正见白玲朝保险柜里装成捆成捆的钞票。当晚，他连家也没回，在一个五金店买了一把手摇钻和钻头，然后在街上东游西荡了大半夜，于次日凌晨大约3点多钟潜入海洋学院，先后钻通了财会室房门锁和保险柜锁。在他正从保险柜里拿钱时，听到床上的白玲好像醒来，便扑上去将她掐死……案发后，他把作案时穿的鞋和作案工具藏在家里，然后，就一直用偷到的几百元钱包了个暗娼，躲在阁楼上……

“张自强!”原野逼视着这个五短身材、肌肉发达、形容丑陋的罪犯，严肃地问，“你说你到底偷了多少钱?”

“300多块。”张自强哆哆嗦嗦地回答。

“胡说!”

“真的，我什么都交代了。”张自强赌咒发誓地说，口气相当肯定。

“告诉你，保险柜里绝对不止这么点儿钱!”

“可我的确就这么点儿运气呀。”张自强可怜巴巴地说。

“你到底是几点钟作的案?”

“3点多钟。”

“到底是几点!?”

“真的是3点多钟。我发誓!”张自强气急败坏地说，“老天爷在上，我张自强要有半句假话，愿遭天打五雷劈!”

“你怎么可以这样肯定?”

“我出来时看了火车站大钟的，没错。”张自强的样子异常认真。

原野挥挥手，一个刑警把张自强带了出去。“大家怎么看?”原野问。

“没错，作案人就是他!”

“我看可以结案了。”

“可钱数差得太远了。”原野愁眉不展地说。与此同时，他脑子里在思考另一个问题。

“没错!”刘小平冲晓剑笑笑，“无论从张自强的本人交代，作案工具等方面看，罪犯还能是谁? 肯定是他!”

“晓剑，你怎么看?”原野见自己的助手一直没发表意见。

晓剑思索着道:“我看，钱数不够倒在其次，问题是，张自强是B型血，白玲头发中的血却是AB型，这怎么解释?”

“嗯，我也这样想。”原野赞同地点点头。

“还有个问题，就是法医验尸的结论说，白玲死于午夜前后，可张自强说他是大约凌晨3点多钟进入现场。这又怎么解释?”

“这么说，罪犯不是张自强?”郭敏严肃地问。

“不!”原野一举手，“他肯定是罪犯。可问题不仅仅如此。”他望着垂头思索的晓剑。“我不明白，他为什么连杀人都承认了，却要隐瞒偷到手的钱数? 有这么愚蠢的罪犯吗? 我看没有!”

刑警们七嘴八舌地议论起来。

“丁零零……”急促的电话铃声平息了室内热烈的议论。

原野顺手抄起听筒，还没等他问话，对方就心急火燎地喊:“报告，我是沙洲乐园保卫科，这里发生凶杀案，请你们火速前来……”

沙洲乐园2号楼917号房是个连套间，包括卧室一间，会客室一间，卫生盥洗室一间。布置豪华典雅，空调及消毒设备应有尽有。

原野站在盥洗室门口，注视着圆形白瓷浴缸内被鲜红的血浆染成粉红色的满满一缸水，和水中那具面目狰狞可怖的男尸。

男尸被证明是王铁军! 这个年近30岁便当上市文物商店副经理的人，在其妻白玲死后不到一个礼拜便随之一命呜呼，这一点，使原野倍感震惊。

经初步勘查和验尸，917号客房原为香港大康公司业务部经理租住，此人叫王谦明，41岁。据九楼值班女服务员反映，晚饭后不久，王谦明出了招待所，至今（晚10时30分）未归。另外，今天上午10点多钟，王铁军和一个个子很高的戴大墨镜、穿米色开尾短袖衬衫的男人一同进了917号客房。但奇怪的是，只见王谦明晚饭后提了一只皮箱出门走了，却未见这个面目不清的大高个男人出来。王铁军大约死于晚8时，是被人活活将头按入浴缸闷死的，从肺部呛出的大量鲜血染红了浴缸里的水。

“难道王铁军是来这里与港商进行走私活动？……又因为与那个神秘的大高个分赃不均发生火并，死于非命？而那个大高个子则携款逃跑了？……王铁军的死是否与白玲之死有某种联系呢……”

蓦然，原野脑子里划过一道电光！“如果白玲也参与了走私，因某种原因，被杀人灭口！如果是这样的话，就可以解释张自强作案只偷到300余元钱的口供了。对，不是没有这种可能！”

想到这儿，他直截了当地问当班的女服务员：“王谦明结账了吗？”

“没有。”女服务员摇摇头。

“王谦明是什么时间来的？”

“这是他的常年包房。”

“原科长，”一个痕迹技术员走过来，对他耳语，“罪犯的逃跑线路清楚了。”说罢，他领着原野走到卧室窗前，刷地拉开绛紫色幕幔，指着一扇未关严的钢窗说：“罪犯是从这里下去的。”

这时，痕迹技术员已经提取了三个明显指纹。

原野借着手电光朝下张望，见下面约一丈处是一条水泥通道，直通八楼旋转餐厅。他立刻明白了。

他走回会客室，吩咐刑警把王铁军的尸体弄走，然后，关上房门，坐到一张沙发上，望着站在一旁由于缺乏经验一直插不上手干点什么的郭敏，按捺住内心的狂喜说：“郭敏，案子渐趋明朗化了。”

“什么？”郭敏惊诧迷惑地看着他。

“真的。”原野推心置腹地说。

“我简直糊涂了！”郭敏大摇其头。

“等一会儿会有结果。照我推测，抓获凶手将是时间问题。”原野显得胸有成竹。

“我不明白。”郭敏感到玄妙莫测。

原野再没说什么，闭上眼睛，跷起长长的二郎腿，神色颇为悠然自得。

过了几个小时，气喘吁吁的杨法医走进来，冲原野不无敬佩地大声说：

“你估计得完全正确。王铁军果然不是A型血，他是O型血，同白玲一样!”

原野站起来，巡视了一圈会客室，微笑着说：“案情符合我的推想……”

“从一开始，我们的侦查方向便误入歧途，走上了一条被张自强的作案迷乱了视野的弯路。”

原野精神抖擞，神采奕奕。“死者白玲是O型血，她丈夫王铁军也是O型血。可是，白玲腹中的孕婴却是A型血！这说明了什么?”

会客室里静静的，人们在聚精会神地倾听着，虽已是凌晨，可没谁因为疲倦打一声哈欠，抑或打盹小憩。

“这说明，这个仅四个月的孕婴不是白玲和王铁军的，而是另外有人与白玲通奸而致！接下来，问题清楚了，由于白玲死于8月30日午夜前后，而张自强于8月31日凌晨3点多钟才进入海洋学院财会室行窃杀人。而且张自强从保险柜中偷到300余元。综合上述种种疑点，我认为，这是一起少见的‘重复作案’案件！张自强的偶然卷入无形中造成了对真正犯罪极为有利的假象!”

“在他之前，已经有人进入现场，杀害了白玲：注意，这是凶手的真正目的。至于他拿走保险柜里的6000余元巨款，不过是略施雕虫小技，想迷惑我们。”

说到这里，原野停下来，凝神思索了一会儿，语气变得有些犹豫。“排除了张自强是杀害白玲的真正元凶，问题变得复杂起来。首先，我们需要找到腹内婴儿真正的父亲；如果这人血型为AB型，可以肯定他是凶手！白玲之死和王铁军之死，二者之间也必有着内在的联系。”

原野的分析，使在场的人们无不露出会意、兴奋的神情。

“这样，我们实际上是在侦破一个走私集团内部发生内讧的凶杀案。而且，是两起!”原野继续道，“鉴于张自强在当晚发案后进入财会室，而且又使用了专门作案工具，所以，那个先进入现场的凶手，一定具备开财会室房门锁和开保险柜锁两把钥匙，从这一点出发来划定与白玲和王铁军关系人的侦查范围，不是可以省许多精力吗?!”

“这就是说，凶手有接近或复制那两把钥匙的条件。”晓剑明显露出了喜色。

“所以我估计，当夜进入现场的凶手，不管是一个还是两个，其中，必有白玲的情夫，那个四个月孕婴的父亲!”

四

原野等人再次来到沙洲乐园查实了白玲果然与这个舞厅签订了为期五年的演唱合同，薪水由每晚的营业额里抽取。另外据两位服务员反映，捧白玲场子的是一大帮高干子弟，还有十来个人。其中，有一个大高个子与白玲关系密切。

又是大高个子！

原野自然而然地联想起杀死王铁军的大高个子。看来，此人八成是白玲的情夫，而杀死白玲的凶手应当说也与他不无关系。

为此，原野决定在这地方守候几日。

郭敏从门厅外走进来。

原野冲她笑着招招手。

郭敏坐到他身边，一边用手帕揩脸上的汗，一边歉意地说："我上午有点儿头疼，现在好了。"

"怎么知道我们在这儿?"

"问值班的人才知道。"

原野要来了两杯橙汁。

"哎，郭敏，"他忽然想起了上次同她谈话的情景，忍不住问，"好像你的婚姻不太幸福?"

郭敏凝视着彩光迷离的月牙形乐坛，此时，那里已有一个浓妆艳抹的女歌手手执麦克风，在呜呜咽咽地唱着一首缠绵悱恻的情歌，苗条的躯体柔软如蛇地蠕动不止。

"你的婚姻幸福吗?"

原野没料到她如此反诘，略显难堪地说："一般说来还可以吧。"

郭敏的脸上现出一团忧愁，但说话的语意很真挚："怨我自己错过了一次永远再也找不到的机遇。"

"有这么悲观?"

郭敏垂下头，仿佛进入到深深的思索中。

"郭敏，不要太悲观了。你才只有二十八九岁，前面的路长着呢。"

"晚啦……"郭敏慨然叹喟，大大的泪珠顺着她那苍白的面颊滚淌下来。

原野同情地看着她。此时此刻，他真想变做隐形人上去亲手抚慰郭敏，可他眼前却站着仿佛顶天立地似的妻子丁晓云。对此，他无可奈何。

“你一定很幸福吧?”郭敏一边用手帕抹泪，一边关切地问。

“我刚才不是说过了吗。”

“我不相信你说的‘一般’。”

“那，就算幸福吧。”实在说，原野对自己的话表示怀疑。不过，为了让对面坐着的旧日恋人少点儿想入非非，同时，也为了维系牢固他的家庭防线，他含糊地回答了她。

“你变得很成熟。”郭敏也感到这个话题已很难继续下去。

案情又有了新的进展。

晓剑和郭敏进来，晓剑取出一封信来。

“科长，这儿有你一封信，里面好像有照片。”

这是一个可以在任何一家商店买到的航空信封。原野先看看信封背面的邮戳，一惊：“是火车站邮局发出的!?”他打开信封，从里面倒出来一张放大的长方形彩照。照片的光感极差，但仍可看出在一片绿竹中，有一高一矮两个男人，矮的在看一幅画，高的正在低头点钱，戴宽边大墨镜……

“没有信?”原野狐疑地自语，眼睛没离开彩照。

原野明白这是一封告密信，不过只有照片没有文字。

“倒像是在某处走私交货付款。”晓剑思索地说。

郭敏的脸色变得很苍白，大粒大粒的虚汗从她额头上渗出来，滚下去。

“你怎么啦?”

原野发觉她神色不对，急忙扶她坐在沙发里。“郭敏，你哪儿不舒服?”

郭敏羞愧地闭上双目，痛苦地呻吟着。

“叫大夫吗?”

“不，”郭敏吃力地摇摇头。她睁开眼睛，含着泪水一字一顿地说，“那是我丈夫!”

“啊!”晓剑不禁惊呼一声。

“是那个高个子?!”原野一下子来了精神，低头审视照片。

郭敏又羞又恨：“我万万没想到，他居然走私!”

原野禁不住浑身一震。他关切而同情地看着泪流满面的郭敏，不知为什么，此时此刻，他格外怜悯这个曾经有负于他的女人。

“你感觉怎么样?”他问郭敏。

“在没有澄清事实以前，我回避。”她痛苦地闭上眼睛，抽噎起来。

到吃晚饭时，郭敏的丈夫林野的基本情况业已明了：

林野，男，30 岁，市科协专职摄影员。妻，郭敏。父，原省高教局党委书记兼局长，已离休。据查证，他纠集了一伙高干子弟进行走私，同时，也看黄色录像，玩女人。在沙洲市为所欲为，民愤很大。可就是因为他的老头子的缘故，使他始终处于法律管辖之外。

“今晚 10 点出动，拘捕林野。把那帮人全部都抓起来，我就不信这个邪!”

原野下达了命令。

晚 10 点整，他们到了沙州乐园。

“林野，你被拘留了。”晓剑冲坐在圆形玻璃桌边悠然自得地饮酒的林野出示拘留证。

“为什么?”林野骄横地一瞪眼。

“到地方你就知道了。”

两名刑警铐起林野走了。

那帮高干子弟见情势不妙，想溜。

“站住!”原野口气并不严厉地说。因为，其中有几个是他家邻居的孩子。“也请你们走一趟。”

“干吗?”一个长得很帅气的小伙子翻了翻眼睛。

“因为，”原野严厉地扫了他们一遍，“因为你们都涉嫌走私文物!”

“我看，就不用上铐了。”帅小伙子满不在乎地说，“我们都跟你去‘刑大’，不过，”他冷冷一笑，“过不了今晚我们还得回家睡觉。”

“带走!”原野懒得跟他们多费口舌，挥挥手。刑警们把这帮公子哥儿押走了。原野和晓剑走在最后。

“科长，你看林野与王铁军之死有没有关系?”

“看看吧。”原野眉头不展地说。此刻，他心里特别矛盾。他既希望通过林野一举彻底打垮这个高干子弟走私集团；另外，也希望由此突破王铁军之死乃至于白玲之死两件凶杀案。可是涉及郭敏的名声和今后，他又不希望上述设想真会是那么回事情。他不敢想下去。他仿佛看见郭敏满脸泪水的面容。他不得不承认，郭敏对于他还是重要的，而那段发生在动乱时期中的初恋也让他难以忘怀。

回到刑警大队，他立刻和晓剑突审林野。另外，把手下的人分作两支：

一支人马负责审讯那帮公子哥；另一支人马待命，随时听候原野差遣。

正式审讯前，原野特意让痕迹人员和杨法医提取了林野的指纹和血液，进行鉴定。

“林野，交代你参与走私的事儿。”原野按部就班地问。

“谁说我走私了？我走私了什么？”

“那你看看这个。”原野把那张匿名彩照递给他看。

林野看了照片，满不在乎地哼了一声：“你们的侦查工作倒蛮像回事儿嘛。”

“这个中年男人是谁？”原野指着照片上的另外一个人问。

“王谦明，一个港商。”

“你倒吐得快！”原野揶揄地说。

“妈的！他妈的不仗义，老子出去后还要收拾他！”林野像平时一样粗鲁，根本没把进刑警大队当回事。

“王谦明前天晚上为什么没回旅社？”原野巧妙地把话题引向王铁军之死。”

林野愕然，眼里划过一丝惊慌。

“王谦明现在何处？”

“他住在东郊一家农民旅馆里。”

“说具体点儿。”

“名称我没工夫记，就在沙洲电机厂旁边，你们去了准能找到他。”

原野拉开一张写字台的抽屉，冲里面的一个麦克风说：“出发。”然后他又问：“这几天你看见王铁军了吗？”

“王铁军？他是谁？”林野装傻充愣。

“你不认识他？”

“从没听说过。”

“敢肯定？”

“当然！”林野咬紧牙关。

这里，房门忽地开了，李政委匆匆走进来。他脸色很严肃，把原野拉到另一房间，焦灼地说：“你知道，你都抓了些什么人？!”李政委叹了口气，“有权决定我们前途的人，纷纷打电话来，要立即放了他们。”

“我一个人也不放！”原野突然怒火冲天地大吼起来。

“好！”李政委露出坚决的目光，“我与你有祸同当！”

原野激动地说：“法律面前人人平等，王子犯法与庶民同罪！”他大步走到办公桌边，抄起电话：“……喂，总机，我是原野，麻烦你，请您留心从外线打来的电话。如果是打听某个案子的请记下他的姓名、职务……谢谢。”

原野的手与李政委的手紧紧握在一起，他们共同的一个心愿就是：不破此案，决不罢休！

五

原野回到审讯室，推开门，被室内热烈激奋的情景弄愣了。

此时，林野已不在屋里。

“科长，林野招了，他杀死了王铁军！”晓剑兴高采烈地说。

“我们在东郊‘来顺’旅店抓到了王谦明。”刘小平紧跟着说。

杨法医笑吟吟地把一张化验单递给原野：“林野是A型血，证明他就是白玲的情人。”

“另外，根据那帮公子哥的交代，我们搜查了几个窝赃地点，搜出来好几幅稀世珍品，大都价值连城。根据这些画，也就破获了几起两年来的文物被盗案。”刘小平又说。

听到这些好消息，原野才算挤走满肚子怨气，脸上有了笑容。

“可是，林野不承认杀死白玲，也不承认偷了海洋学院的保险柜。”晓剑又变得忧心忡忡起来。

“是呀，白玲头发里的AB型血究竟是谁留下的呢？”杨法医自言自语。

“难道海洋学院的案子另有罪犯？”原野大惑不解。

晓剑说：“可能因为某种原因，白玲与林野之间发生了分歧。我估计，一个是钱的问题，一个是白玲怀孕的问题，二者之一可能是林野杀害白玲的犯罪动因，也可能二者皆是！”晓剑沉了片刻，又推理道：“杀死白玲后，林野害怕王铁军告密，因为林野交代说他和白玲的关系王铁军很清楚。所以，他干脆斩草除根，杀死王铁军！”

“可还是不能证明白玲头发上的AB型血从何而来？是谁的？”原野迷惑、焦灼地说。

“我建议，搜查林野的家。”晓剑不服气地说。

“可以。”原野表示同意。

半小时后，他们来到林野家门前。晓剑叩响了房门。

郭敏睡眼惺忪地走来开门。

原野冲她尴尬地笑笑，心里好不是滋味。心想，前些日子还一起破案，可眼下……他非常为郭敏难过。

郭敏很镇静地在搜查登记上签了名。之后，搜查开始了。

原野和郭敏坐在卧房外面窄窄的过道上。为着早年相恋的缘故，原野想陪她坐坐，宽解宽解她的心情。

“他都承认了。”原野说。

郭敏抽泣起来。

“他毁灭了他自己。”

“也毁了我！”郭敏伤心地哽咽道。

“唉……”原野长叹一声，“希望你想开些。”

“晚了……”

原野还能说什么呢？只能默默地注视她，心如刀绞。

一会儿晓剑走出来。“搜到了。”他把两个金属钥匙和一个大信封袋，交给原野。“这都是在床底下找到的。”原野扒开大信封袋见里面都是旧钞票，又用手掂掂那两把钥匙。然后，站起身来。“我们走了。”他颤抖着声音对郭敏说。

郭敏泣不成声。

“再见。”

原野走出房门，来到外面，不禁仰天叹道：“可惜呀！”

晓剑问他：“现在去海洋学院吗？”

“走吧。”原野无精打采地上了车。

到了海洋学院，他们找到保卫处长。在他的大力配合下，找到了与财会室房门和被盗保险柜完全相同型号的两把锁。用从林野床下搜出的两把钥匙一试，全部打开了。

“太好了，林野就是杀害白玲的凶手！”晓剑兴奋地叫起来。

此时，一个被匆匆招来的会计经过核对，将张自强的和从林野床下搜来的钱相加，总数为6767元！

“总算破案了。”保卫处长感叹道。

“不，”原野梦呓地说，“还没有找到那个AB型血型的人！”猛然，他脑中疾掠过一个大胆的念头，吓得他差一点儿晕过去。

三天过去了。三天中，原野借故查看了郭敏档案中的一份结婚体检表后，把科里的人都派去继续深入清查文物走私案和盗窃文物案。他自己像丢了魂儿似的，在办公室闷坐半天，又走上大街逛几小时商店，再不就一人儿呆呆地坐在海边出神儿想心事。接连三个晚上，他都做了噩梦，早上醒来时已是汗水淋淋。家里人都以为他病了，可他每天照常一早去刑警大队，碰上什么人连招呼也懒得打一下。对李政委更是避之不及地躲着走。

第三天晚上，他站在郭敏家外面呆了许久，望着那扇燃亮着灯光的窗户久久不语，也不动。

第四天上午，他在一个公用电话亭里给海洋学院保卫处打电话。

“你找谁？”

“郭敏。”

一会儿，听筒里传来郭敏呆滞的声音：“喂，您哪位？”

“原野。”

“……”

“能出来一下吗？”

“你在哪儿？”

“10点，我在海滨咖啡馆等你。”

“嘟……”电话挂断了。

原野提前半小时来到位于海滨一角的海滨咖啡馆。坐在这里，可以眺望粼粼波光的大海。

他拣了一处僻静包厢坐下，买了两杯咖啡，然后，怔怔望着面前空落的座位发呆。

10点钟，郭敏准时来了。时隔几日，她消瘦多了。

“请坐。”原野郁郁寡欢地说。

“找我什么事儿？”

“随便聊聊。”

郭敏喝了一口咖啡，面色渐渐阴沉下去。

“你这几天瘦了？”

郭敏用手轻抚着白皙的腮畔。“你好像也瘦了。”她注意观察着原野。“病了？”

“三天来，我回忆起许许多多过去的事情和人。”

郭敏晦暗的眼中闪过一道惊喜的目光。

原野盯住她，目光直勾勾的，有一种渴望，非常强烈。

“我想起了我们的初恋。当时，你不辞而别以后去了哪儿?”

“我在大连进了工厂。”

“怎么样?”

“一帆风顺。”

“后来呢?”

“认识了那个恶棍!”

“后来呢?”

“我们分居。”

“后来呢?”

“你怎么啦?”郭敏终于发觉他的问话古怪奇特。“你找我究竟有什么事儿?”

“聊聊。”原野两眼依然没有离开她。

蓦地，郭敏忍不住打了个冷战，掩饰内心慌乱地喝了一口咖啡。

“案子破了你知道吗?”

“知道，那恶棍死有余辜!”

原野忽然间咯咯咯地笑起来。

郭敏背后渗出一层冷汗，本能地感受到一股恐怖袭来。

原野淡然地说：“人作为动物界中的一种高级动物，谁都有本能和习惯。有人是左撇子，有人爱眨眼儿，其实这些习惯并非是天生或遗传，而是幼时养成的。还有女人，有一种爱咬嘴唇的习惯，以表达她们的恐惧、愤怒、窃喜和羞怯等复杂的感情。在她们极度兴奋或紧张痛苦时，都会不由自主地表露出来，而她们自己则毫无察觉。我的小侄女即是其中之一。”

“这故事说明了什么?”郭敏下意识地用舌头舔舔嘴唇，突然大骇，粉红色的舌尖停留在下嘴唇上，眸子里透出惊慌不安。

原野好似没有看见她的表情变化，默默地注视着自己手中的玻璃杯，说话的声音明显微弱下去：“海洋学院的案子不是林野作的。已经查明，真正的凶手是个AB血型的人。凶手必备三个特征：一、对白玲怀有刻骨仇恨，并且有接近她的条件；二、在接近白玲的基础上，有可以复制那两把钥匙的令人信服的职业身份；三、凶手还可以接近林野，而且，也可以出入林野的卧室。”说到这里，他抬眼望向她，专注的目光里含着隐隐的痛苦和忧愁。

“还要咖啡吗？”隔了一刻，他窘困地冲她笑笑问。

郭敏摇摇头，海潮般的心绪使她陷入到矛盾重重的思索中。希望的倏忽闪逝，绝望的阵阵袭扰，温情的匆匆一瞥，侥幸的萌芽即泯……仿佛在此一时一刻间，她的神经中枢变成了感情的万花筒，各种各样的感受隐现不定，飘忽渺茫。可其中，生的欲望，幻想着与同桌而坐的这个男人同操俞伯牙的瑶琴，共抚一曲高山流水的强烈愿望支撑着她欲垮的神经中枢。

“原野，你我都很熟悉，希望你有什么事情明说。”

原野抬起脸，惊得郭敏浑身一震。他的眼里有一种什么样的复杂感情啊！分明有一种被强压在心底的柔情和深切的惋惜……

蓦然，她的脑际轰然炸响，眼前的物体变得模糊不清，飘浮不定。“哦，我最最亲爱的人！”她在心中洒泪呐喊，恨不能扑过去与他重温片刻初恋的情景。然后，毅然决然地站起身，像一个视死如归的勇士那样，将自己干的一切和盘托出，听凭他的最终裁判！可，她没有勇气站起来。

原野站起身，双睛定定地望着她，异常吃力地说：“我再重申一遍：‘案子破了。’另外，可以告诉你，林野杀死王铁军以及走私犯罪，都与海洋学院白玲之死毫无瓜葛。白玲之死另有凶手！”他垂下自己的眼帘，带着一种诚挚又冷酷的声音说：“目前，杀害白玲的凶手只有你我两人知道。凶手的血型为AB型。再见了，”他深情地凝视着她，“我希望晚上9点钟见到你。”说完，头也不回地走了。

中午12点刚过，郭敏回到家。她把房门上了锁关了窗户，拉上窗幔。然后，重新坐在写字台前，摊好纸，手拿笔，“啪嗒”拽亮了台灯。

她落下了决定命运的一笔。

原野：

提笔之际，我不能不承认，你赢了！绝望在即！忏悔的泪水使我盼望着能够在自己生命的最后时刻，向你剖白十几年前爱你的我和今朝仍然视你做最最亲爱的人的我——一个女人的心底世界。

谢谢你，留给了我作忏悔人生的机会。正如你所说，杀死白玲的凶手只有你和我知道！我一点儿不傻，你意在让一个负罪、疯狂的女人去自首，去坦白她的杀人经过。我完全领悟你在咖啡馆里所讲的那两个小故事。可我不能够，我已经止不住自己下滑的脚步了。

记得那一年冬天，我和你先后到了古老荒僻、神奇旖旎的大兴安岭达拉宾。你还记得那个风雪弥漫的除夕夜吗？那一夜，使我平生第一次感受到了人世间还存在着那么令人神驰陶醉的美妙的东西！我们在不知不觉中成了患难之交，成了无邪莫逆的挚友！这将伴我进入冥冥王国，永志不忘！

然而，可鄙的我，愚昧无比的我，却背叛了你，投入了一个外貌堂皇的伪君子的怀抱……之后，我曾给你寄去了上百封忏悔的信却都石沉大海，杳无音信。后来，我复员回到沙洲市，立即打听你的消息，才知道你已考上大学，我终于明白了，你已不听我的忏悔！我的不辞而别深深地刺伤了你的自尊心！但是等我醒来，也来不及了。这个恶棍不仅走私文物，而且用他英俊的外貌和金钱，残酷地践踏道德，玩弄女人。

一次，我发现了他与白玲的暧昧关系。我同他大吵大闹，可他却用一个壮年男人的拳头对付我。我又去找白玲。她说："我不仅要金钱，也要你丈夫！"就这样，我绝望了，愤怒了。一个被极度的羞辱、极度的愤怒所驱使的女人，她会做下什么样的事情呢？

我开始等待时机复仇。终于，我等来了学院发放夏季降温补贴的良机，同时，当晚白玲又恰好值班。我精心策划，准备一箭双雕！在此之前，我利用保卫干事这个特殊位置，事先配制了开财会室房门锁的钥匙和开保险柜锁的钥匙，当然也利用检查防盗措施之机，弄清了打开保险柜的暗码刻度。当我用双手掐死熟睡中的白玲后，便偷走了没有发完的降温补贴的大部分钱款。我的用意在于，既惩罚了白玲，同时，又给公安局留下可供研究分析的伏笔——聪明的刑警一定会根据财会室房门锁完好，保险柜锁完好这条线索，怀疑为"内盗"或"内外勾结作案"，这样，便可查出他们一伙走私文物的犯罪活动，从而得出为灭口而杀死白玲的推测。

谁知，就在我离开财会室几小时后，张自强又进入了现场。简直像是有上帝在神助我这个复仇女神！案情变得越加复杂化。

果真，抓获张自强，你和你的同事们耗费了大量精力。也使你们进入到案情渺茫的维谷之中。但是，我的复仇计划绝不仅仅因此而终结，我还要从根本上毁灭那个恶棍，那个吞噬了我的青春，我的肉躯之灵，我的荣誉和我的希望之夙愿的伪君子！

我向他说出他与白玲的关系，还告诉他白玲之死很可能会将他弄个身败名裂。而知晓他与白玲奸情的只有王铁军……杀死了王铁军，他以为从此万事大吉了。可他却没料到，他中了我的“借刀杀人”的圈套。我立即偷拍了他参与走私文物的照片寄给你，引诱你们注意并发现了一个走私集团；当然，也为你们提供了杀死王铁军凶手的最最直接的线索。

呜呼！我送他走上了难逃厄运的绞刑架！我以为，案情由此会被你们认为真相大白。杀死白玲的凶手一定是林野——这个死有余辜的人了。因为：一、他是白玲的情人，最有可能获得开财会室房门锁和保险柜锁的钥匙。二、杀死白玲和王铁军，说明他们一伙走私文物发生内讧。噢，我已经大功告成！

……在这精心策划、蓄谋良久，几达万无一失的整个复仇计划中，令我万万料想不到的是，那微小的破绽却是源于人的习惯动作！我简直没有料到，在我杀害白玲之际，那自幼养成的咬嘴唇的习惯，竟然把我的鲜血滴入了白玲的头发，从此落下难逃厄运的伏笔。原野呀原野，你为什么要那样精明？难道我对于践踏道德的乱伦予以致命打击不对吗？难道你不允许一个受到心灵凌辱和人格摧残的女人去挽回和惩罚毁灭了她一生前途的两个恶棍？哦……原野，你为什么要死死揪住那滴AB型血不放！……

可我又为你自豪！为你仍然没有忘却我们之间的恋情由衷地感激你！我清楚，你约我去咖啡馆是力图使我清醒，给我以投案自首，免于毁灭的良机。可我已不能自拔了，无论怎样，我完了，绝望了，世界变成了黑色，没有一丝光明。可，你又是我心中唯存的太阳！太阳神，我爱你呀……

至此，郭敏已不能写下去了。泪水化作纷纷细雨，淋洒在布满肺腑之言的纸上，笔上，手上，桌案上。还有一颗即将毁灭的心上…

她缓缓站起身，径直走进散发出生活气息的小厨房，弯腰拧动了煤气瓶的开关，一点儿，一点儿，直到拧不动为止。然后，她走回卧房，环视着曾经给予她生活的幸福和苦楚的一切，拉灭台灯，脱去外衣，像平时睡觉前一样，穿着漂亮的睡袍，上床钻进了被窝，用手揩去淋淋冷泪，闭上了眼睛……

原载《剑与盾》，1988年第4期

遗忘的杀机

（中国台湾）叶桑

我独自站在草地上，品味着属于晚秋的那种清寒的气息。不远处的网球场，传来球的撞击和人的吆喝声。干冷的空气，拂触经过“三温暖”的肌肤，真有说不出的舒适。这里是山中湖的某俱乐部，也是关口株式会社的员工休闲中心。然而，再过一小时，我们就要重回充满愁云惨雾的东京了。

我们是指我和由纪子两个人，而由纪子是我新婚不久的妻子，也是关口株式会社社长的独生女。现在，她可能还在享受“马杀鸡”之乐，而我则必须耐心地等待。这在以男人为中心的日本社会是很不可思议的，但是……

浅紫色的富士山，像个淡妆的美女，柔情地靠在明镜般的湖畔，散发出只有梦幻中才会有的魅力，使我想撮口吹一曲久已忘怀的歌，是遥远的、故乡的旋律。但是，这个欲望立刻被一个渐近的女人击碎了。

“阿治!”当她呼唤我的名字时，疑惑、警戒和骇然如同倾盆大雨般，洒落在我火燥干裂的心田，发出滋滋的声响。当我凝眸再视，熟悉的面孔、熟悉的声音，还有从脑海中浮起的记忆，使我一阵晕眩，几乎就要不支卧倒。然而，残存的理智却不停地提醒我，必须弄清楚，眼前的女人是不是从遗像里走出来的林玉欢?

“阿治，你这一年来，似乎生活得很好。”

“玉欢，你……你怎么会突然在这里出现?”

“你的夫人来了。以后，我再和你联络。”

“你等等，你等等！……”

她不理会我的叫喊，只递给我一个凄迷而幽怨的微笑，转身向网球场走去，洁白的圆裙映在翠绿的草坪上，宛如一朵从天空飘落下的云。我想追过去，双腿却像被铸住了，寸步难行。更糟的是，连喉咙都发不出声来，直到看不见她了，血液才解冻似地从我的心脏中徐徐流出来。

“阿治，你在发什么呆啊?”我茫然地看着不知何时已经站在我身边的由纪子。她娇嗔地说：“你到底在想什么？我叫了你好几声，你都没听见。”

“对不起，我……”

“刚才，我好像看到你和一个女人在说话，她是谁呢?”

我无言以对，思绪却如松了手的气球，越飞越高，飞向露一小部分在云端的富士山。树林已经泛起杂乱的红叶，细雾下的湖面，镂着一条又一条的波纹，仿佛是资生堂化妆品上的海浪标志。

由纪子再追问：“该不是你的老情人吧？我们结婚不到半年，你总不会如此残酷吧!”

我望着她那张被水蒸气蒸红、也浮着疑云的脸，学日本丈夫的口气，不耐烦地说：“你胡说些什么，无知的女人。”

她的眼皮跳动了一下，显然是不太相信我这突发性的态度。但是，已不再那么咄咄逼人，虽然还是有些不服气，却已经转变成女人的撒娇了。她说：“如果不是的话，那一定是引诱男人的流莺了。”

“你真啰嗦，这里是你父亲的地盘，会有流莺出没吗?”

“哦！说不定是公司里的老处女，有眼不识泰山，错把你当成理想的金龟婿了。”

我不想理会讲个没完的由纪子，眺望着渐渐被云雾笼罩住的富士山，喃喃地以久未使用的中国话，自言自语道：“真是不可思议的命运，如果她是活着的林玉欢，那么去年夏天的谋杀，很可能就是一个极可怕的陷阱。如今，我已经是任人宰割的猎物。”

去年夏天，哦！不，应该说是前年的冬天。因为，整个事件是源于那个没有雪花，只有寒风的夜。那一夜的天空，奇异地荒老，仿佛将所有的青春都烧尽了，所余下来的灰烬。只有稀疏的灯，像沧桑后破碎离散的情愫，微温着东京——这座历尽情劫的城市。

我从巴士跳下来，赶紧用围巾团团围住面孔，然后把戴着手套的双手，插入大衣的口袋。指尖传来微微的暖意，那是几个热包子，是我从打工的中华料理店里“摸来”的，作今晚的消夜。我拿的时候，被老板的妹妹看见了，可是她装作没看到。她不是我所心动的那一型，否则我很愿意约她出去。来日本快半年了，可是好像什么地方都没去过。

从巴士站到我住的地方，大约要走二十分钟——包括经过一大段铺满落叶的并木道，再穿入那手指头般宽度，弯来绕去的国宅街道，便可以看见那栋我费了九牛二虎之力，才寻到的学生公寓。在哀愁的异乡，从窗口望见的东京铁塔，浸在薄霭中，宛如泡在福尔马林标本瓶中的死胎，绝望地注视着被命运切断的人生。

“莫爱啦！莫爱啦！”

就在我经过那间挂着三色灯的小理发店时，听到熟悉的闽南语，像唱针放在唱片上，悠悠地响了起来。我立刻停住脚步，只见数公尺外的屋檐下，有个女孩子在讲公共电话。她的脸部隐在阴影里，毛茸茸的大衣从胸前分开来，露出纤细的身子，路灯微弱的光线，映在那白色的迷你裙上，使人想起了浮在水面上的月亮。可是，真正的月亮，四分之一卡在长方形大厦的右上角天空。其余的四分之三，漠漠地散出干冰般的寒气，随着流窜的风，从衣缝钻进来，强暴着我的肉体。

我盯着那双每隔几分钟就改变一次站姿的长腿。心想：这个女孩绝不是因为风寒而颤抖，而是像穿上童话中的红舞鞋，马不停蹄地追求自己的爱和理想。于是，在这冷得叫人失去知觉的夜里，我涌起了拥抱这双长腿的欲望。

女孩挂上电话后，匆匆向我走来，她的脸庞在月光下绽放了。没有了阴影的遮掩干扰，使我惊讶地发觉，她竟然就是林玉欢——以前在台北的日文补习班认识的。虽然谈不上深交，可是却有几次约会。只是，当时我还是个穷大学生，而她是个……不知从事哪一行的职业妇女，所以交往起来，总是格格不入，没多久就失去了联络。没想到，几年后的冬夜，会在东京的街头重逢。

我对擦身而过的她“喂”了一声，仿佛就要被月光溶去的背影，迅速地转过来。虽然，环抱的双臂将大衣裹住，可是没有扣上纽扣，微敞的领间，悬着细细的金链。乍看之下，还以为是一道划过颈项的疤痕。她不说话，只用明亮的眼睛，探询我的动机。

当我拨开脸上的围巾时，她只露出轻描淡写的惊喜，虽然如此，却已经足够了。她说：“嗯哼！想不到会在这里遇见你，孙荣治。你是来留学的吧？”

我点点头，再把围巾围好。因为，风实在太冷、太强劲了。但是，林玉欢似乎毫无感觉，摊开双手，漠然地说："好了！我从台湾来，你也从台湾来，相遇在异乡的冬季，然后呢？你是要请我喝一杯酒，还是你走你的阳关道，我过我的独木桥？"

"决定权在你。不过，我希望能够和你聊聊，在不妨碍的情况下。"异国语言说多了，连母语都感觉生疏。

"孙荣治，你还是那么体贴和斯文。但是，女孩子有时候会比较喜欢霸道一点的男人。好吧！将我的双手反绑，捂住我的嘴，拉到黑暗的地方，任你为所欲为吧！"

"别开玩笑了，我知道这附近有家不错的餐厅，到凌晨才打烊，我们去那里吃点东西。这冷风简直就像是鬼王的鞭子，抽得连骨头都会裂开。"

"为什么不去你住的地方？"

"有室友，总是不太方便。"我望望我住的学生公寓，三楼右边数来的第二扇窗，依稀可以看到剪影似的干燥花，那是班上某个日籍女同学送我的生日礼物。每当在孤独的梦里徘徊时，仿佛可以听见花蕾舒放的喜乐。

这本来是一个男人与女人萍水相逢的世界，然而异乡的寂寞却如锁链似地将我的右脚和她的左脚拴在一起。虽然，我们各自怀着当春天来临时，就会劳燕分飞的想法。但是，当候鸟闻着南国的芬芳，纷纷迁移归来时，我和玉欢仍旧像那些在东京铁塔下狂欢的男女，不时会望一眼白雪初融的富士山，还有那一片像无根的爱情，不知何时来何时去的云。

"孙君，你的电话。"当我经过柜台时，老板的妹妹拿着话筒，叫住了我。然后捂住话筒，扮着鬼脸对我说："是个年轻而可爱的声音，大概是个美丽温柔的日本女性吧！"

"谢谢你，悦子小姐。"我接过来，不避讳地大声说，因为料理店里实在是太吵了。"摩西、摩西，请问是哪位？"

"我是关口由纪子，还记得我吗？"

"当然记得，你送我的干燥花，现在还摆在我的窗前，听说你休学之后，不久就结婚了，是吗？"

"唉！一言难尽，我们能不能找个地方谈谈？"

"可以呀！可是，我还在上班中。"

"那就等你下班，我在'*More*'等你。"

"可是……"我正要找借口拒绝时，由纪子已经把电话挂断了。我将电话放回去，默默地离开柜台，心里盘算如何向玉欢解释，今晚我不能去她住的地方，我们已经半个月没见面了，彼此都渴望着对方的肉体。

“孙君，又是你的电话。”悦子以和方才无异的动作和表情，对我说：“是另外一个年轻而可爱的声音。不过，请注意，是中国女性哟！孙君，你真有人缘呀！接连不断有女性的电话找你。”

我不理会她的奚落，严肃地说：“我是孙荣治，有何指教吗？”

彼端传来玉欢咯咯的娇笑，她说：“干吗如此假正经，是不是害怕那位老板的妹妹吃醋，以后日子就不好过了？”

“嗯！请说明来电的用意。”

“嘻嘻，我猜得没错吧！好了，我跟你说正经的吧！今晚，你不要到我住的地方去，我另外约了人。”

“是不是那个名叫横手的猪哥？”我不觉提高了声音的频率，但是接触到悦子那幸灾乐祸的眼神时，我只好回复到和颜悦色的平静，改用中文说：“可是，我们好久没在一起，难道你一点都不想我吗？”

玉欢不耐烦地说：“你不要把两件事扯在一起，横手在我们酒店里是出手最大方的客人，我不能得罪他呀！好了，好了，我们再联络吧，”

只听到耳畔传来“咔”一声，我却仍不死心地“喂”个不停，回答我的是电话机的“嘟、嘟、嘟”，好像在同情我这个被抛弃的、可怜的男人。

“对不起，别人还要使用。”听到这句话，我只好将话筒交到她的手中，看着悦子轻轻地放上去，就像一场可笑的盖棺仪式。我低着头走回厨房，心里却在反刍着玉欢曾经说过的话：“这里是东京，不是神秘的一千零一夜，你我不需要编织凄美伤情的故事，来润泽我们的关系。不仅是你，连我都像是飘过富士山的云，长相厮守是情缘，交错而过、各奔前程才是必然的结果。”

当我走向“*More*”时，玉欢的话仍在我黑暗的心上闪烁，像是染着萤光的字幕。她说：“你年轻又俊美，百分之百没有剩余的心情，去欣赏断垣残壁的苍凉。所以，让冬夜的月光变成树林中躲躲藏藏的阳光，想象这张软床就是阴湿的沼泽，你我就是两只相交到死，永远受到诅咒的蝮蛇。”

“*More*”四个由霓虹灯管弯曲而成的英文字母，飞跃在三月的夜空，真的很像是两只永远受到诅咒的蝮蛇。我想起做爱之后，她的脸贴在我的胸口，犹似一朵从窗缝飘进来的雪花。清水似的声音，在我的热情中滴滴落落……

“我从来就不会向你隐瞒什么，我只是个来日本淘金的女孩，爱情只不过是我人生中的装饰，就像冰淇淋上的樱桃，我不能给你任何承诺，所以也不希望你束缚我，否则我们之间会变得很不美丽。”当我想到这里时，看见由纪子坐在窗后，向我招手。于是，我推门而入，迎接我的是一首老歌——*The Way We were*。

由纪子看起来比我想象中老了一点，但是我依然礼貌地赞美她如往昔般的年轻漂亮。她则以估价的眼光打量着我，直到我在她的对面坐下来时，才甚为满意地吐了一口气，同时为我叫了一杯威士忌。

我啜饮着芳香的液体，眼光却落在由纪子头上的一幅画——半褪和服的艺妓在牡丹花下，裸露着晶莹剔透的背部，插满金钗玉坠的圆髻犹如金阁寺的雕饰，回眸凝视的侧脸和玉欢有几分神似。

“家父有意扩展台湾的市场，希望您能在课余之暇，来敝会社帮帮忙。至于酬劳方面，家父必定不会让您失望。不知孙君意下如何？”由纪子简短地说出她约我见面的理由，然而我预感这只是个开场白。

“这真是个千载难逢的良机，不知道是……”

由纪子摇了摇只剩下一点点酒的杯子，做了一个银幕上常见的女间谍的神秘微笑，说：“这一点，您放一百个心。对了！自从我休学之后，就没有和同学来往，不知他们最近如何？”

我提起几个以前和她比较接近的人名，并且说了一些他们的趣事。由纪子开怀地笑了，原先给我的那种苍老感觉，似乎一点一滴地消失。可是，当我问到她的婚姻时，她眼角的鱼尾纹又悄悄地显露出来。

虽然，我的杯子里还有酒，可是她仍然为我们另外再叫了一杯。她说：“离婚了，反正这也不是什么了不起的事。当初我和那个人结为夫妇，都是家父一手促成。说难听一点，是家父将自己的女儿，当做一项礼物送给一个人的儿子。只因对方在政治界的影响力，对家父的事业有推波助澜之势。”

我愤愤不平地说：“现在是什么时代了，居然还有这种父亲！”

她看着侍者将酒端来，然后说：“这不能怪家父，要怪只能怪我自己，如果我坚持己见，他也不能拿刀子逼我嫁，毕竟他还是非常疼爱我的。”

“那我……就不明白了。”

“你当然不明白，因为你是天下第一马鹿野郎。”“马鹿野郎”，我实在不敢相信自己的耳朵。因为，在日本，一般少女不可能说出这种粗话，何况由纪子又是出身名门的大家闺秀。她看着我的狼狈相，扑哧地笑出声来，接着说："你真是一个可爱又可恨的傻瓜。老实说，在学校的时候，我还蛮喜欢你，是那种很可能转化成爱情的喜欢，然而你似乎不为所动。所以，我一气之下，就认命地接受家父的安排，像折断的菖蒲，随着流水，漂向不知是否仍有明朝的天涯。"

我举杯向她致歉说："我不是不为所动，只是……只是关口家族的名声……我们的爱情必然不会有结局。"

她的右眉微微挑起，不以为然地说："假如你的理论是对的话，那么在这世界上就不会有春花秋月这些美好的东西了。因为花和月亮都知道，她们躲不开凋谢和缺蚀的命运，那么又何必如此空忙一场呢?"

不知道是灯光调柔了，还是酒精使我的视觉迷蒙，画中的艺妓突然模糊起来，宛如有阵雾袭来。那几朵牡丹花益发突显出明朗的娇丽，溢淌出来的艳色，全部染在由纪子的双颊上。

东京的黄昏有着一种颓废的美，尤其在六月的时候，望着紫色的夕烧，令人感觉到人生的绝望。仿佛在岩石般的大厦之后，沉溺着海底的死美人，她的长发随着水流，柔柔地招摇……

"另结新欢了，就想要把我当做破拖鞋似地踢掉，对不对？哼！没有那么容易。"

"玉欢，你不要这么不讲理好吗？当初我们在一起，你并没有抱着和我长相厮守的心啊!"

"那是因为我爱你，我不愿意一开始就吓到你。我知道男人都不愿失去自由，为了你的自尊，只好自己先表明立场，希望让时间来证明我对你的爱，进而感动你的心。"

听了她那冠冕堂皇的说辞，使我感到啼笑皆非。木讷的我，只能结结巴巴地说："可是……你不是和横手很要好吗？而且，他为了你还闹了家庭风波。"

"那是他家的事，就算他被火车撞死了，我也不会管他，我只要你，我只要你，……"

"嘘——你小声一点，这里是公共场合，会出洋相的!"我感觉到周遭人们的眼光纷纷地射过来，尤其是坐在邻座，那个穿蓝色西装的男人，还歪斜着身子，耳朵像要贴过来似的。

玉欢非但没把声音降下来，反而高了几个音阶，说："出洋相？你怕出洋相。告诉你，等到你结婚那一天——虽然我目前不知道你要和哪个女人结婚，但是我会查出来，大概是所谓的淑女名媛——我一定不请自到，当着你的新娘以及所有宾客面前，宣布说你是一个多么绝情的负心汉，靠着可怜的酒家女所赚来的皮肉钱，维持学费和生活费。等到遇见另外一个有钱的女人就变心了。”

“你含血喷人!”我几乎想一巴掌打过去，但是，考虑到她是个说得出就做得到的女人，只好压住心头的怒火，哀求地说：“你何必做得这么绝呢?这样对你有什么好处呢?你又不是真的爱我，你心里比谁都清楚。与其这样宁为玉碎不为瓦全的蛮干，不如想个对彼此都有利的方法，是不是比较实际点?”

林玉欢似乎被我说动了，静静地瞪着我，黑色的眼瞳像是魔鬼树的种子。我恐惧地望着它们，已经可以预测它们正缓缓地萌发出可怕的子叶，而且慢慢地茁壮成长。没想到我的缓兵之计，却引发了她的联想。

“你的提议很好，我会采纳。但是，总要花些时间来计算，你到底应该付给我多少夜度资。”我哑口无言地看着她站起来，走过甬道，推开咖啡厅的大门，然后化成一抹幽淡的影子，消失在暮色渐浓的街道。

我颓然地靠着椅背，闭上疲倦的双眼……

“请问您是孙荣治君吗?”我睁开双眼，前面站着一名穿蓝色西装的男人，我往邻座望去，已空空如也。他笑容可掬地递给我一张名片，说：“我刚才在那边坐了很久，虽然听不懂你们在说些什么。但是，据我猜想，可能是和女朋友吵架。如果您不介意的话，我想和您聊聊。”

我向来不喜欢和陌生人打交道，所以不表示任何意见。但是，当我看见名片上的字时，仿佛有人用木棍在我的脊椎骨敲了一下。于是，我赶紧站起来，惶恐地说：“原来是有马部长，失敬，失敬。”

“我能不能坐下来呢?”他再度征求我的同意，语气就像那些有社会地位的人物，表面的谦和之下，酝酿着波涛汹涌的威严。

“当然，当然。”我等他坐妥之后，才慢慢地坐下来，心中开始沁出苦汁。有马部长是关口社长的心腹，被他看到我和玉欢之间的纠缠不清，不知是否会影响到我和由纪子的婚事。不过，他既然肯过来和我说话，表示他希望听听我的解释吧?毕竟社会经验丰富的人，做事总是比较谨慎，想到这里，我暗暗松了一口气。

我要为他叫饮料，却被他拒绝，这是不好的预兆。于是，我卑微地说：“恕我眼拙，因为我到关口株式会社没多久，而且又是兼差性质，虽然时常听到有马部长的大名，但是——”

他摇摇手，打断了我的话。“那些不重要的事，我们不要谈。我只想问你一句话，你和林玉欢小姐的事，关口小姐是否都知道了?”

“我没有向她提起，所以我想她大概不知道吧!”我望了有马部长一眼，心想他怎么知道林玉欢的名字呢?

他似乎读出我的心意，说：“关口社长只有由纪子这个女儿，他不愿意她再遭受任何不幸，所以全权委托我来调查你，而我雇用了私家侦探，除了你和林玉欢这个女人还藕断丝连之外，其余一切都过关了。”

我紧张地追问道：“你将报告呈给社长了吗?”

他笑一笑，说：“这就是我要问你的原因，如果由纪子还不知道，我为什么要抢这种杀风景的功劳呢?”

“谢谢你，有马部长。我和玉欢的事会尽早做个了断，而且我保证，会给关口小姐一个完美无缺的归宿。”

“年轻人，很多事情不要太早下结论。第一，你能够摆平林玉欢那个女人吗?从我手边的资料显示，她可不是好惹的。第二，你怎么知道我是站在你这一边，我为什么要为你担这种无意义的风险呢?当然，还有第三点、第四点……然而，你是个聪明人，举一便可以反三，不必我多费口舌。”

“有马部长，您是前辈，请明示吧!”

“我跟关口社长是多年的好朋友，所以我也非常疼爱由纪子，尤其是我的独生女在十年前病故之后，我更是视由纪子为己出，而由纪子也对待我如父。所以，我很关心她的一切，谁知上一次却弄巧成拙地，为她导演了一幕悲哀的婚姻。”

“可是，由纪子说，那是关口社长的安排。”

“看起来的确是如此。事实上，却是我一手促成。然而，我却失败了。因为，我将婚姻视为商品，以各种数值来推演分析，然后代入我理想中的婚姻公式。我以为万无一失，然而却忽略了由纪子的感情世界，那才是最重要的 Cutoff Value。”

我一言不发地聆听……餐厅里忽然弥漫着牛排的香味，但是我却没什么食欲，虽然肚子已经饿了。他继续说：“当由纪子结束那段婚姻后，我一直非常内疚，希望能够为她做些什么，却又帮不上忙。终于，她告诉我她爱上一个中国青年时，我才有了一个赎罪的机会。”

“赎罪的机会?”

“不错，我要你们顺利地完婚，永远过着幸福快乐的日子。为了由纪子，我不惜任何代价去铲除那些绊脚石，你懂我的意思吗?”

我惊愕地瞪着他，好像从地心中钻出的天狗。但是，他却环视了一下四周，吸吸鼻子，叹道：“好香的牛排，提醒我们该饱餐一顿了。怎么样？吃完后我们再去银座喝个痛快，不醉不归。”

我轻声地问：“你要怎样对付林玉欢呢?”也许我的声音太轻了，所以他没听见，或者是他故意不理睬我的问话，潇洒地做了个手势，对疾步走过来的侍者，交代牛排要几分熟，同时再叫了一杯加酸梅的绍兴酒。

这儿是坐落于新宿四谷二段的一幢豪华公寓，我双手捧着名贵的丹波烧陶杯，小心翼翼地啜饮着热腾腾的茶，因为是用茶包冲出来的，所以有着人工的茉莉香，色泽也是不自然的碧绿，使我想起了金庸所描写的“碧螺春”。

有马夫人很客气地说：“用这种茶招待您，实在有失礼仪。听说贵国的乌龙茶可以健身美容，最近在日本也很流行呢!”

“是的，可惜我对喝茶没什么研究。”我知道这是日本人的说话艺术，在未进入主题之前，必须拐弯抹角地先谈天说地一番。就像方才我进入屋内，就先赞美这个地方宁静，树木又多，很适宜住家。而有马夫人就解释，因为附近有祥山寺、东福寺、爱染寺、西念寺、真宗寺等寺庙的缘故，然后又扯了一番日本人的宗教信仰。

但是，我非常清楚有马夫人邀我来她家，不是单纯地与我闲话日本的寺庙或是乌龙茶。因为，在我和有马部长谈过之后的第二天，有马夫人便打电话到我住的地方约我见面，地点就是在有马部长的住宅，时间则由我决定，但必须是在白天，因为有马夫人不希望丈夫在场。

她将我喝过的陶杯收起来，又换上另一组，然后说：“今天请孙君来寒舍，乃是因为听家主人说，您是关口小姐喜欢的人，所以想要和您见个面，多了解一些。相见之下，果然一表人才，难怪关口小姐会……嘻嘻，连我这个上了年纪的老太婆，都会动心呢!”

我知道她在说笑，但是初见面的单独相处，总是令我有着不知如何应对的尴尬。只好以傻笑和说些类似“夫人，过奖了”的应酬话，搪塞过去。

一阵应酬之后，有马夫人恢复了原有的端庄，正色地说：“前几天，您和家主人见面的经过，家主人一五一十地告诉了我，我很震惊。”

我知道她为什么震惊，连忙说：“夫人，您不用担心。这是我私人的事，我自己知道如何处理，绝不会牵连到部长。”

她露出慈祥的笑容，柔声说道："傻孩子，我震惊的是，像你这么优秀的青年，怎么会和那种不三不四的女人混在一起。是因为异地的寂寞，而又遇到来自故乡，像雨夜花般薄命的女人，才会牵动了你悲怜的心。傻孩子，你知道吗？那是同情，不是爱情。或许掺杂了一些情欲，但绝对不是纯真高贵的爱情。"

我傻住了，就如同玻璃窗外的树叶，任凭清风吹动。她又说："所以，忘记那个无耻的女人，全心全意去爱关口小姐吧！，至于家主人要怎么做，你就不用管了。还有，我请求你为我们做一件事，希望你能答应。"

狐狸尾巴终于要露出来了，我心中暗想。但是，神情却保持不变，平静地说："请说吧！夫人。只要我做得到。"

"请你杀了我！"

我以为我听错了，抬起头来直视着她。于是，她又重复了一遍。这次，我确定没听错。但是，我以为她在说笑话，于是我脸上的肌肉松弛成笑容。然而，有马夫人却以无比严肃的态度说："现在的人不是流行着换妻的钥匙俱乐部吗？那么为何不能互相杀死对方的妻子呢？没有动机，然后互相做不在场证明，这岂不是完璧无瑕的谋杀事件吗？"

"你为什么要这样做呢？"

"那是因为我罪有应得。"有马夫人的眼泪轻轻地滑下来，但是她迅速地抹去。"半年前，我因为友人的引诱而涉足赌场。本来以为自己会适可而止，没想到越陷越深，以至于无法自拔。如今，我被赌场的人逼得走投无路，好几次想服毒自杀，却又不甘愿白白牺牲。所以，我想到了你。"

她的脸浮现出一种难以形容的青色，使夏日的宁静和树影蜕变成阴森的气氛。从茶壶袅袅升起的轻烟，就像回响在屋中的声音，令人无法捉摸。有马夫人说："因为，你是最适合的人选。家主人为了关口小姐而设法除去林玉欢，你不能坐享其成，你也必须为他做点事情。"

我平稳一下情绪，辩道："这是应该的！但是，你为什么要逼我去杀死他的妻子呢？"刹那之间，我将她和有马部长的妻子二分成两人了。这也难怪，谁会要求别人取走自己的性命呢？

"你杀了我之后，家主人可以领取一笔为数可观的保险金，这是我唯一能够给他的补偿。除此之外，警方必然误以为是黑道人物，因讨不到赌债而下的毒手。当然他们也会调查家主人，但是他一无所知，而且现在又是上班时间，警方绝不会怀疑他因诈领保险金而杀妻。所以，最后会不了了之，成为一宗无头公案。”

我越听越惊，几乎想夺门而出。她却四平八稳地侃侃而谈，宛如站在讲台上的小学老师。“我也知道你下不了手的，所以只要帮个小小的忙就可以了。我用尖刀刺入自己的心脏，为了不留下指纹，我会先用保鲜膜包住刀柄，到时候请你将那张保鲜膜带走。如果，我还没死的话，请你再补上一刀。”

我的声音和身体颤抖得如尚未出现画面的荧幕。但是，拒绝之意却坚如铁石。我说：“请你死了这条心吧！夫人。纵然是把我丢到阿鼻地狱里，我也不会干这种事。对不起，打扰太久了，今天到此为止。”

有马夫人露出阴森的微笑，说：“孙君，如果你知难而退，必然成为警方眼中杀死我的头号嫌疑犯。”修长而白皙的手指，指着摆在我面前，那只丹波烧的陶杯。再说：“因为，那上面有着你的指纹。”

我不假思索地将那只陶杯抢过来，用手帕猛擦。这个动作似乎早就在她的意料之中，见怪不怪地说：“你忘了还有你先前喝的那一只……哦！我就是需要你这种充满仇恨的眼光。”

“那只陶杯放在哪里？”我猛然站立起来，对她大吼。

“锁在保险箱里，至于打开保险箱的号码，就必须等到刀子刺入我的心脏之后，在我只剩一口气时，我才会告诉你。还有，你不要以为，如果你知道了保险箱的号码，不管我是否死亡，你就取走陶杯，逃之夭夭，我会按下110，然后说你就是凶手。”

“有马夫人，求求你，不要陷害我。”

“骑虎难下，一切皆成定局。”她的眼光闪过一阵柔情，仿佛雪魔女回眸凝视亲生的稚子。她说：“孙君，你只是协助我完成心愿，和医生拿掉濒死病人的氧气罩没两样。你的良心非但不会受到责备，还会受到我永生永世的祝福。”

我继续哀求，希望她能改变心意。但是，她却严厉地阻止我，大声地说：“像男子汉一点，不要如此婆婆妈妈，照我的话去实行吧！从你进入我家之后，我就注意到你的双手没有乱摸，所以请放心。这只陶杯，既然你已经擦干净了，就放在桌上，让警方以为有客人来访。至于保险箱中的杯子，你拿出来，擦掉指纹之后，放回柜子中，以免令人起疑。对不起，我先失陪一下。”

有马夫人真的只失陪一下，就又出现了。她握着一把闪动着光泽的尖刀，另外提着一只大型的不透明塑胶袋。她将塑胶袋丢给我，说："里面是新买的手套，尽管取出来用，不要客气。事成后带走，用火烧掉。我们的步骤是，我将刀子刺入自己的心脏时，你就冲过来，我会告诉你号码。但是，为了预防你反悔，我要保留最后两个数字，看着你的表现后，再伸出几根手指头来告诉你。注意，机会稍纵即逝，千万不要有所闪失，否则你我都会抱憾终生。"

当她举起那把尖刀时，仿佛屋外的阳光全部凝集在刀锋。精神紧绷的我，已经陷入意识恍惚之中，好像独自在巨大的运动场，等待着起跑的枪声。我再望一眼阳光，滚滚的热力，却使我冷汗浃背。在亿万只眼睛冷漠的注视下，血花在遥远的呻吟中溅放。于是，我无意识地奔过去，不用回首，便已了然，紧接着跟来的是一群各式各样的我。这是人生的马拉松，我将永远被不同的自己追迫，直到身心俱悴。但是，我已经没有选择的余地了。

那真是一个充满了可怕回忆的夏天，每当我走过缀饰着金色阳光的树荫，就会想起包藏在有马部长的公寓里，那大大小小的阴影。因而，那阵阵祛除暑意的凉风，不啻是梦魇的喃喃自语，将我推入另一个深不见底的恶魔之中……虽然，我并非真正的凶手，可是我能体会到有马夫人的生命，像流沙似地从我的指缝间流失。虽然，警方始终没有怀疑到我，然而我却饱受心灵的折磨，终于病倒了……

这场病是上苍赐给我逃避残酷现实的良机，在那个与世隔绝的白色空间里，享受着由纪子的爱情，而肉体上的痛楚也适度地减轻了我的罪恶感。由纪子以为我睡着了，拉把椅子，坐在窗畔远眺。我顺着她的视线望出去，只见到晴空下的富士山，宛如一客端放在大青盘中的布丁。于是，我喊着由纪子的名字，吩咐她弄些吃的东西。因为我突然觉得好饿，也觉得夏天正从富士山的斜线，迅速地滑下去。

于是，秋天来临了。我愕然地望着弥漫在东京的秋色，从回忆中醒悟，已经是一年后的事情了。我心不在焉地翻着卷宗，一笔又一笔的合约，被我仔细地用铅笔画过，然而却不知道内容是什么。因为，我的心中塞满了晚秋的山中湖、浅紫色的富士山，还有那个从遗像里走出来的女人。

这到底是怎么一回事呢？我必须弄个水落石出，否则……我拨了个电话给石川，石川是关口株式会社山中湖员工休闲中心的主任。

"日安，石川君。我是东京总公司的孙荣治，想请问你一件事。昨天，我和内人到俱乐部休假时，看见一位中国女郎，对！穿着白色的圆裙。你知道她是谁吗？没关系，麻烦你 Check 一下。”

我等了约两、三分钟之后，石川的声音传过来。“对不起，孙君，让您久等了。那位中国女郎所登记的名字是林玉欢。当初，管理员碍于公司规定——非员工及其眷属，一概不准进入俱乐部。那名中国女子交涉未果，就取出证件，表示她是前任的有马部长的遗孀。所以，我们就让她进来，而她也只逗留一下子，就离开了。”

“有马部长的遗孀？石川，你在本会社里算是老资格了，而且和有马部长也很有交情，你有接到讣闻吗？”

“没有，我也是昨天才听到，而且我根本不知道有马部长再婚的事。去年夏天，有马夫人惨遭不测之后，部长就离职，此后没有再联络，有关他的任何事情也都不知道了。”

我正想要道谢，然后挂断电话，脑海中却闪过一个念头，又说：“石川，麻烦你看看登记册上，那位中国女郎是否写有住址？有的话，请你详细地告诉我，有劳你了。”

我将纸条塞入衬衫口袋，对坐在旁边的同事说：“我出去一下，有事的话，替我挡一挡。”然后，在众人猜疑的神情下，匆匆地离开了办公室。

再度面对着有马凶宅，那幢半埋在绿叶、黄叶、红叶之间的豪华公寓，我好像又回到那个摇晃着阳光的午后，只是多了几分萧萧的秋意，仿佛劫后的苍凉，而不是山雨欲来风满楼的紧迫和焦躁。所以，我能平静地按下电铃，等待着另一个有马夫人的迎接。

裂开的门缝之间连接着一条铁链！还有一张脸，平淡无奇的皮肤下似乎有着起伏的骨骼和错综奔流的血管。她扯下铰链，低沉地说：“我正在等你，请进。”

我默默地走入屋内，然后坐下来，是我以前曾经坐过的同一张椅子。从这个角度，可以看到窗外的树影，以及更后面一点的寺庙。我记得有马夫人曾经告诉我寺名，但是我早已忘记了。

林玉欢从厨房捧出了一壶茶，还有两只杯子，也是往昔我接触过的丹波烧陶器……还有飘着茉莉香的绿茶。我有种预感，她似乎想要再次将我推入回忆的深渊。一时之间，我不敢去接她双手递过来的茶，唯恐再次留下指纹，就像那错误的第一步。

她看我沉默，于是先开口说：“幸好当初我没有鲁莽行事，不然这世界上，又会增加三个痛苦的人。昨天，我看见尊夫人，是个贤淑美丽的女子，比我强多了，你的选择是明智的。”

听她的口吻，似乎不像是要找我的麻烦，但我依然小心谨慎地说：“你怎么会嫁给有马部长呢?”

她倩倩地一笑，说：“那不是你牵的红线吗？我们就心照不宣吧！对了，有马部长有封信要交给你，好像蛮重要的。既然你来了，我就去拿来给你。”

到底是什么信？我皱了皱眉头，望着林玉欢的背影往卧室走去。不禁再度陷入沉思之中——我在医院时，会接到有马部长的来电，他告诉我林玉欢将永远消失在这世界上，我可以放心地和由纪子结婚，再也没有人会阻碍我追求幸福的权利。当我问及他对前程的打算时，他说他会好好活下去……没想到原以为已经死了的人又复活，而应该活着的有马部长却莫名其妙地撒手尘寰，真是变幻无常的世事呀!

林玉欢又出现了，满脸沮丧。但是，看起来有些像做戏的感觉。她说：“真糟糕，有马部长把信放在卧室的保险箱中，因为再三叮咛要收好。可是，我很少使用关锁的密码，竟然忘了。”

“到底是什么信呢?”

“我也不知道，好像是和他前妻有关的事情。”

我感觉到脸颊轰然一热，然后瞬间褪去，留下冰冷的感觉。我想林玉欢必然也注意到这红白交替的转变。但是，她却仿佛不以为然，淡然地说：“那是个很普通的保险箱，我只零零碎碎地记了几个数字，或许你能帮上忙。”

“我……”

“来吧!”她以鼓舞的声音催促。我像冬尽春来的燕子，内心充满了对南方的期盼，就是那股无法解释的引力，牢牢地将我吸过去。

不错，依然是那个保险箱，曾经锁住印着我的指纹的丹波烧陶杯。林玉欢拨动锁，然后贴着箱壁聆听，就像是电影中的妙贼神偷。她说：“据有马部长说，如果号码对了，就会发出‘当’的声音。你来试试看吧!”

事隔这么久了，除了最后两个数字外，因为那是来自有马夫人的手势——左手的指头先伸出三，然后再伸出二，当时她的右手捣住了心口。其他的一连串数字，则像被海浪卷走的泡沫，许许多多，却分不清什么是什么了。但是，经过林玉欢的提示，我竟然断断续续地想起了几个数字，当然也有经由她插花式的记忆力所猜中的。

我觉得空气越来越沉闷，整个人像被压在水底，急于想抬起头来，猛吸一口新鲜的空气。突然，林玉欢高亢地说：“终于，只剩下两个数字。”

我憋不住了，那两个数字并蒂地在舌尖怒放了。玉欢惊讶地抬头望着我，而我已经顾不了她是不是需要去听音判定，自顾自地开锁，也不理会她视我为将要还原成狼人似的，正慢慢远离，径自伸手去取里面的白色信封。

“你是凶手!”几个触目惊心的日文，写在一张白纸，从信封中滑出来。我宛如打开温室的门，突然看见暴风雪的世界。此时，站在卧室门口的玉欢身畔，多了两名中年男子，其中一名是有马部长。

有马部长走到我面前，说：“其他的话慢慢说，让我先为你介绍这位大名鼎鼎的高森警视吧！高森君大学毕业之后，通过高级职位考试成为警部补，然后到警察大学进修，回到警视厅服务几年后，成了警部，陆续又有卓越的表现，不到四十岁，就成为警视了。”

那位看起来比五十多岁的有马部长还老的高森警视，沙哑地说：“少说讽刺的话了，我还有许多疑问，要请教孙君。”

有马部长两手一摊，说：“那么就请大家到客厅谈吧!”高森警视靠过来，温和地推推我的背部，我看了他一眼，他正在凝视我——我们彼此交换着讯息，解码的译文是我说：我是迫不得已的，而他回答：没关系，我自有主张。当然，这是我单方面的解释，实际上如何，就不得而知。

我们以等腰三角形的距离分别坐下，高森警视居于顶点。林玉欢再度拿出两只陶杯，注满了茶水，然后静静地坐在角落，像是屋里一尊不引人注目的雕像，沉淀在白日和黑夜的光影更迭中，任岁月如河水般流逝……

有马部长举起双手说：“高森，这些日子来，你一直认为我是杀妻、诈领保险金的元凶。如今，真相总算大白……”

高森警视以他那特殊的沙哑声音，说：“慢慢来，我们有的是时间，不是吗？你总不会因为孙君知道保险箱的密码，就认定他是杀死有马夫人的凶手吧？”

有马部长恨恨地说：“当初你们警方假设，内子是被黑道人物所逼杀。调查没有结果，又将箭头指向我。为了证明我的清白，我自己花了金钱雇请私家侦探调查，好不容易才打听到孙荣治在内人遇害的当日，曾经造访寒舍。”

他得意地瞟了我一眼，又说：“内子遇害时，保险箱被打开了。保险箱的密码除了我和内子之外，没有第三人知道，而警方的推论是凶手逼内人说出密码之后，自己去开启，因为锁上的指纹全被戴手套的凶手抹去了。因此，我认为凶手必然还残存着记忆的碎片。所以，我邀请您来做一个见证。”

高森警视笑着说：“所以，你布置一个和现场几乎无异的环境，引诱你心中所认为的嫌犯来就范。你不觉得你的布局有失公平吗？也许孙君的猜码能力特别强。”

有马摇摇头说：“我曾经向关口株式会社人事课，以及孙君所读的学校，调查他的背景资料，没有一项可以证明他有这方面的能力。而且，我从教育心理学上得知，人类记忆数字，尤其是一连串的数字，最不会忘记的是头和尾。另外，根据统计，能够同时猜出最后的两个号码，根本是不可能。所以，结论是——他从内人口中得知开启保险箱的密码。”

高森警视不以为然地说：“打开保险箱并不意味会杀人，何况……说不定是你自己告诉孙君的。”他看看满脸怒意的有马部长，继续挑剔地说：“因为，你有动机，而孙君没有动机，除非你们之间，有什么不足为外人道的关系。”

有马部长吼道：“没有关系，我们之间没什么牵扯。”

高森警视睨了林玉欢一眼，意味深长地反问道：“是吗？我看不尽然。其实，我们也不必绕圈子，直接问问这位看来满脸无辜的孙君，是否有杀死有马夫人，不就得了吗？”高森警视的眼光从有马部长的身上，转到我这边，轻声地问：“孙君，你犯了罪吗？我的意思是你有没有杀死有马部长的前妻，将尖刀刺入她的这里。”

我望着高森警视将右手点在心脏的部位，我想如果我否认，才是他所需要的答案。但是，出乎他的意料，我点头了。然而，就在他吃惊的表情下，我娓娓道出事情的经过。

“胡说！哪有这种事！”有马部长不断地在我的叙述中，加入愤怒的逗点和惊叹号。但是，逗点被保留，惊叹号则被高森警视技巧地删除了。

“为什么不会有这种事？”静坐在角落的玉欢，突然开口。连我在内的三个男人立刻感觉到，空气中泛起了女人的体香，深深地吸了几口气。她依然保持着原有的坐姿，垂眉低眼地说：“有马部长，您找上我的时候，不正也怀着和夫人同样的动机吗？”

“你……”有马部长猛然站起来，但是看到高森警视阻止的手势，只好又坐回原位。高森警视走到林玉欢身边，低低地讲了一些我听不清楚的话，然后选了一张离她比较近的沙发椅坐下。于是，原先的等腰三角形，就变成了一个奇异的不等边四方形。

"去年夏天，有马部长到我上班的酒廊找我，告诉我孙荣治要结婚的事情，我虽然有些醋意，却也没什么办法。可是，有马部长又告诉我，他可以帮忙我向那名千金小姐勒索一些金钱，我觉得也不错，因为刚好手头很拮据。我照着他的指示，约孙荣治出来谈，然后等候他们把钱送来。

后来，有马部长告诉我，钱已经到手了，于是，我约他到我住的公寓来喝酒。没想到，他到达的时候，却表示他已将那笔钱挪用了，希望我不要介意，反正我……总之他说了许多羞辱我的言语。我简直不敢相信自己的耳朵，一位受过高等教育，在社会上这么有地位的绅士，竟会说出那种比瘪三还下流的话。

我正想把他轰出去，他却掏出一把手枪，强迫我进入卧室，做我不愿意做的事。当我冷冷地看着他埋在我的腹部上的头颅时，几乎想一枪毙了他。事实上我也有这个机会，因为他竟把枪放在我右手可及的地方。如今想来，有马部长的目的正和他的妻子一样，想要激怒我来射杀他，以便得到保险金，为有马夫人解围。"

"真有趣！不过我有个问题想请教你，林小姐，你有足够的理由和机会去射杀他，为什么又下不了手？"高森警视笑嘻嘻地问，同时走过来端茶喝。我这才发现我们这个四方形的变动，乃是由于他不断的走动。

不知道是不是因为长久的相同坐姿，玉欢微微地移动了那双修长的腿，使我想起了那个寒风冽冽的冬夜。她说："也许是我可怜的命运，所受的羞辱不止于此吧！而且，我顾忌到这么一来，我的后半生就全毁了，所以才又忍下来。"

高森警视尽量用正经的口吻，问她说："林小姐，你这么年轻，就能想得这么多，实在令人敬佩。我想问你，当时有马部长，就如你刚刚所透露的……那么，你是不是达到高潮？"

玉欢好像不以为意似地坦然说道："在他那种做爱技巧下，我很快地达到高潮。因为，我觉得有马部长并不是真的在羞辱我，反而是在取悦我，希望我能帮助他完成一件事。当时我并不了解原因，现在我终于知道，他要我杀死他。"

高森警视看着面孔几乎扭成一团的有马部长，说："真是个城府极深的老狐狸，你能不上当，也真是难得。"

林玉欢摇摇头，说，"不，当我的情绪恢复平静时，想到方才受到的羞辱，于是……我举起手枪，对准他的背部，准备扣下扳机。"

我完全不知道她在说些什么，只好把眼光望向高森警视。被我注视的他，似乎能够明白我的心意，于是说："林小姐是女性，很多细节不便明讲，就让我替她说吧！其实林小姐不是不想杀死那个羞辱她的男人，也就是她方才所说的可怜的命运。至于后半生会被毁了，只不过是她的说词。因为……"他望了望脸色逐渐绯红的林玉欢，说："这是正常的人性，请不要介意。"

仿佛征求了她的同意，高森警视又滔滔地讲下去。"女人和男人一样，在高潮的时候，除了肉体的快感外，什么念头都化为乌有。但是，激情过后，人世间的恩怨情仇又会加倍地涌上心头。尤其是经过了那么大冲击力的女人，更需要男人的慰藉，然而那个男人却停止了所有的动作，双眼盯住电视的画面，将冷漠的背部留给林小姐……我猜想那个电视画面，正是播报有马夫人被刺杀的新闻。当你……"高森警视暧昧地笑着说："怒火高涨地想要扣下扳机时，不由自主地也被电视画面吸引了。经过这段时间的冷静，你自然会有那种宿命的想法。而有马部长想要牺牲自己的念头，因为爱妻被杀而消失了，所以很多混乱的事情，就必须重新做一个整理。

首先要做的整理，当然是找出凶手。这个时候，林小姐必然是义不容辞地伸手帮忙。就像你曾经提供的资料，有马夫人极可能是被黑道人物逼杀的。但是，你所提出的不在场证明，也就是林小姐基于义气的作证，却使警方怀疑你才是凶手。因为，我认为你们之间，存在着一种不寻常的关系。经过多方面的查证，你的嫌疑反而越来越重。"

有马部长举起双手，缓缓站起来，说："OK、OK，我承认我曾经有那种借林小姐之手来杀死我，以便领取我个人所投保的保险金。因为，我深爱我的妻子，我不忍她受一丝丝的伤害，这是我的错误。但我也是迫不得已。好了，关于我这一边，该做一个结束。既然，孙君承认他是凶手，可是何以见得他所说属实呢？"

高森警视的声音，似乎不如先前那么沙哑。他说："我相信。虽然还要经过一番求证。关键就在……嗯！让我卖个关子，也许你们会想出来的。尤其是孙君，你！更要绞尽脑汁来证明，你是被有马夫人所逼，而完成她自杀却能取得巨额保险金的心愿。"

"另外，我还有个想法。有马夫人要孙君……"我呆呆地看着高森警视一张一闭的大嘴，斑黄的门牙像是躲在黑洞里的小人。我知道高森警视不会是灵感的来源，于是将思绪飞到澄净的秋空，有一片白白的云，像什么呢？

我取出铅笔和笔记簿，在上面随手写着——白云是轻暖的羽毛被……由纪子的秀发……林玉欢的……不，我不能想入非非，或许我该想到的是有马夫人的手……手……我的手……我的手有着……

高森警视好像没有注意到我内心的挣扎，忙着和有马部长争辩。他说："……为什么会同一天呢？是不是你们夫妻俩讲好的，就像比赛似地……你诱使林小姐杀你，而有马夫人则对孙君下手，结果有马夫人得逞了。"

有马部长呻吟了一声，说："这些都不重要……"

"手套，我的手上戴着有马夫人给我的手套。"我大声地吼出来，因激动而站立起来。我望着眼前的三个人——高森警视似乎在说：好小子，这下就看你的表现了。有马部长的表情冷淡而漠不关心，林玉欢的眼睛则闪着水光，不知意味着什么。

"有马夫人交给我一只装满手套的大塑胶袋，里面至少有五副全新的手套，我记得手套上有厂商的标志。如果……在有马夫人死亡的前几天，调查附近的商店，证明有马夫人确实买了那么多手套……"

"你大可以自己取用呀！"有马部长不屑地反驳。

"一个存心杀人的凶手，竟然连基本的工具都不准备，这不是很违背常情吗？尤其是那把凶刀，不正是贵府的物品吗？"高森警视讽刺地说。

有马部长愤愤不平地说："你为什么老是和我过不去？"

高森警视平静地说："告诉你实情吧！你所投保的保险公司，正是家弟所服务的公司，他是征信课的经理，务必要粉碎你诈领保险金的梦想。不但要证明孙君是协助有马夫人自杀，因为法律条款的漏洞，或许会让你如愿以偿。更重要的是打开你是否有共谋，甚至是导演者的黑盒子。"

有马部长的眼光如青色的闪电，抽打在林玉欢的身上。仿佛高森警视所说的一言一语，就如窗外的秋风。然而，我却注意聆听，虽然我的这部分已解决了。他说："所以，从你再和林玉欢小姐接触开始，警方就开始注意你的行动。当然啦！林小姐的功劳也是不可抹杀。"

林玉欢暗悒地摇头，说："我只是想证明，爱情是否能够让丑恶的心融化为晶莹亮丽的清水。有马部长，我对您的信心崩溃是因为高森警视告诉我，那把手枪根本没有装子弹。在日本，枪械受到严格的管制。所以，当我从图鉴中认出那把手枪的形状时，警方立刻查出枪的主人，而他也承认借给您。有马部长，只是，他发誓交给您的是一把空枪，而以您的社会背景而言，不可能会弄到子弹的。所以，您并非有心牺牲自己，但却有意无意透露出来，让有马夫人有了这种概念，而比您更早一步实践这个计划。在孙君的表白中，有马夫人似乎认定您将与我同归于尽，因而才选定孙君来为她开启死亡之门。”

有马部长傲然地站起来，说：“你就像伊索寓言中那条冻僵的蛇，可怜的女人。如果不是你鬼迷心窍，想要证明什么的话，或许你可以成为真正的有马夫人，而很多事情都会……都会很美好的!”或许说到最后一句，连他自己都感到不伦不类，只好以哀伤的沉默来代替。

然而，当我想动一动身子时，才发现高森警视正斜睨着我，当四目交接时，他嘎嘎地笑了几声，说：“孙君，你方才说到手套，会不会是你跟踪了有马夫人很久，知道她买了许多双手套，于是……”

我讶然地望着他那猎狗般的脸，预感到自己将是下一个有马部长。而当我俯首无语时，再下一个就是林玉欢。刹那间，我又想起那片自由的云。但是，当我再凝望窗外时，也已消失无踪了。到底飘向哪里去呢？我专心专意地思索这个问题，不再理会话声沙哑的高森警视。

选自《遗忘的杀机》，林白出版社，1992 年

无悔追踪

张　策

一

命运是个什么玩意儿？

它是精灵，还是鬼怪？它是哲人，还是稚童？它是历史，还是现实？它是圆，是方？是苦，是甜？是真，是假？……

我寻求答案，却依然糊里糊涂。

我只隐约知道，对于我和我们家老爷子来说，命运也许就是那个瘦瘦高高、似笑非笑的家伙……

二

我要讲的第一个故事主角是我家老爷子。

故事发生的年代是遥远的，至少对于我来说是这样。那年代是激动人心的，革命领袖的手指在军用地图上戳点着，每点到一处那里便很快会飘起留着弹洞的红旗。

命运在这时和我的老爸开了第一次玩笑。

怀着一腔革命热情的地下学生党员想投笔从戎，可组织上的一纸介绍信却把他送进了刚刚组建的公安局。

准确地说这在当时对他来说没什么区别，那年代的人淳朴。老爸庄重地穿上了带着“公安”臂章的军装，从此走上了一条漫长、痛苦、坎坷、光荣……怎么形容都不过分的道路。

我要讲的故事便发生了。

那是一个热得人流油的夏日，连蝉的鸣叫都显出了倦惫。老爸匆匆忙忙地赶回派出所，他心里蹦跳着一个紧张的欣喜。

他管界的一个洋车夫告诉他，恶霸“四阎王”悄悄溜回家来了。那洋车夫曾有个不甘受凌辱的妹妹就死在“四阎王”手上，洋车夫苦大仇深爱憎分明。

缉捕“四阎王”归案是上边早就下了的命令。年轻的老爸仿佛看到一枚立功奖章在他面前闪光。他匆匆地赶回派出所叫人，边走边想象着把“四阎王”堵在被窝里的那种愉快。

派出所门口，他和一个瘦子撞个满怀。

此人叫毛四林，留用的前国民党警察。冷不防地相撞使此人的猴儿脸上撞出些笑纹来，搭讪一句：“回来啦？”

“嗯……”我爸爸无心回话，径直走进去。

“我买包烟去。”毛四林对着他的背影说。其实这话说不说两可，可这留用警察还是说了，而且说得不大自然。

爸爸冲进派出所的院子，直奔所长办公室。

办公室的门在他鼻子前面拉开了，长着大络腮胡的所长也正扎着武装带冲出门来。

“小肖，你来得正好！快招呼人，抓‘四阎王’去。”

我爸爸一愣，奇怪所长怎么已经知道了？正疑惑间，办公室里又走出个人来，我爸爸一下子便明白了。

这是个瘦瘦高高、似笑非笑的家伙。

我的老爸爸在向我回忆这故事时曾反反复复地强调了这一刹那间的感觉。那不是被人抢了先的恼怒，也不是对此人来报告的感谢，而是一种说不清楚的疑惑，一种隐隐约约的被戏弄感。我笑老爷子多疑，他却瞪我一眼，断言我麻木不仁。

当时那种情况当然不容老爸爸多想。一行人等匆匆准备了一下就拥出派出所。临行，大胡子所长对那瘦高的家伙说：“您也跟着去一趟吧。”

那家伙弓一弓腰，轻声答了个“是”。

这个细节我爸爸也记得很清楚，他说那家伙当时分明做了个标准的立正动作。一个普通的小市民会做出这地道的军事动作吗？应该不会。

这就是疑点。老爷子说。

“值班的呢？毛四林呢？”在走下派出所的台阶时，大胡子所长突然问道。

“他说他买烟……”我爸爸说。

大胡子的脸沉了一下，挥手叫大家快走。

那天的行动应该说是快速的，可“四阎王”还是溜掉了。他那布置豪华的卧室里一支大烟枪还是温热的。那年代人们还不大讲法制，尽管没有搜查证可大胡子还是叫人把里里外外搜了个遍，连院里倒扣的金鱼缸都掀了起来。“四阎王”的眷属哆哆嗦嗦地挤在大槐树下，虽是夏天却摆出一副惧寒的苦相。

大胡子铁青着脸，站到“四阎王”的大老婆面前：“说，谁给他送了信？”

那婆子垂了头不做声。

这时，那瘦高的家伙轻轻松松地插了一句：“说吧，政府同志讲宽大的。”

婆子侧脸，向他射去两道阴冷的仇恨目光，却仍不说。

大胡子冷笑一声：“不说我就不知道吗……走！”

人们走出“四阎王”家那黑漆大门，心里却别别扭扭不是滋味。恰在这时那毛四林却从哪儿钻了出来，猴儿脸上满是真诚的急切：“抓住了？……没抓着？”

大胡子所长的青脸白了，又红了，红得发紫，人们预感到要有什么事情发生。可这预感还没来得及清晰起来，大胡子已闪电般地抽出了腰间的驳壳枪！

大胡子几个月前还是侦察连长，他的枪下死过多少人已无法统计……一瞬间我爸爸的脑子里闪过“糟糕”两个字，他的胳膊几乎下意识地往上一抬！

呼的一声枪响，子弹狞笑着飞上天空。

毛四林双腿一软瘫倒在地，哭出一声哀求：“饶命……我说……”

旁边那瘦瘦高高、似笑非笑的家伙轻轻地叹息一声。

这个故事就这样完结了。

“四阎王”半年之后落入法网，送了性命。大胡子所长因滥用枪械挨了处分。倒霉的毛四林供认他是临解放时加入特务组织的，任务就是掩护“四阎王”。这莫名其妙的任务使他糊里糊涂地露了马脚，判了大刑去青海劳改，再回到这城市时已是老态龙钟……

可我老爸不认为这故事结束了，他为这故事设计了一个完全不同的结局。他认为毛四林和“四阎王”都不过是这出戏中的配角，他们真正的任务只不过是被抛出来，以掩护另外一个真正的潜伏者。

不容置疑，他指的是那瘦瘦高高、似笑非笑的家伙！

此人叫冯静波，男性，当年32岁，孤身一人……

他从此和我老爸结下了四十年的恩恩怨怨……

这就是命运吗？

三

有一天老爷子对我说：“你去当警察吧……”

我没吭声。

我两次高考落榜之后老爷子表现了一种抑制不住的幸灾乐祸。他摇着轮椅出出进进，开始为我的前途奔波。我后来听说他曾在分局的院子里指着局长的鼻子呵斥：“我当民警时你还戴着红领巾呢！干吗，欺负我是个残废？我这两条腿是为革命残的！”闹得几个小民警以为是“阶级报复”，险些把他揪进看守所。

我听了这段故事潸然泪下。

有这样的父亲我能不去当警察吗？

我知道我一定会被分配到太平路派出所，我还知道我一定会被派到小芝麻巷去当管界民警。这都是老爸爸安排好的，我是那演了四十年的恩仇戏的继续。

我去所里报到那天天气阴冷。接待我的高所长仿佛声带被冷冻了，只能一个一个地往外蹦字。他上下打量我一遍之后张了张嘴：“信？”眼睛便在我脸上冰冷着。

我愣了一下，随即明白过来。我是“后门兵”，没能享受大批新警享受的待遇：由所里派人到分局去接。我是从政治处领了一封介绍信自己找到太平路派出所的。

高所长象征性地扫了那介绍信一眼，又吐出一个字："来。"便走出门去。我便在后面跟着。

曲里拐弯转到后院，推开一个房门，一阵喧闹便热乎乎地扑出来。四个哥们儿正打扑克呢，脸上贴着多多少少的纸条。

"收!"高所长的脸一沉，风卷残云似的，眨眼扑克和纸条都没了。

"你师傅。"所长破例说了三个字。并顺手一指。一个白白胖胖的伙计便迎上来，热情地抓住我的手："肖勇吧？我是马福禄"。

我点点头，知道自己算是走上征程了……

四

我要讲的第二个故事就是马福禄讲给我的。

"你爸爸是个好人，好警察。"他先下了这样一个断语，仿佛他是我们家老爷子的老领导、老战友。这口气使我反感，尽管这个有着极俗气的名字的哥们儿人不错。

"我了解他很多事儿……"他领着我走在小芝麻巷里，边走边聊。

我想说其实我知道的也不少，可我没说。我懒得说。这小巷我太熟悉了，它在我爸爸的叙述里已出现过多少次。远处那棵大槐树，不是"四阎王"当年的宅院吗？旁边那眼只剩石头井台的废井，不是洋车夫的妹妹当年自尽的地方吗……啊，15号！小芝麻巷15号！冯静波不就住在这儿吗。

我仿佛看到了那瘦瘦高高、似笑非笑的家伙。

就在昨天晚上，我爸爸还郑重其事地告诫我："我不怕你说我傻，说我精神病，我只要求你把那冯静波的真面目查清楚，哪怕是证明他清白无辜而我错了也没关系。我只要求这一点。我知道你不爱当警察可我没办法，我只有靠你……"

他说得太诚恳，简直没有了腿坏之后的那种暴躁疯狂，倒使我震动。我已经习惯了他的暴躁。就是在那天上午，他自己做饭烫了手便把所有的碗碟砸碎……

我想说您这是何苦！我想说您就是查清姓冯的是国民党特务又能怎么着！现在从台湾回来的人塞满了各大饭店，正满含着热泪寻根，他们之中又有多少是过去和共产党打过仗的呢！

可我什么也没说。

我至今还没有见过这冯静波，他刺激着我的好奇心，也引发了我一种莫名的愤怒。现在我走过这孤寂的小院，我的心怦怦地乱跳。

就在这时，马福禄讲了那故事。

他说当年“四阎王”被枪毙之后那大宅门里便树倒猢狲散了，只有一个人无家可归无处可去。这人是个女子，当年也就20岁上下。她曾是买来的丫环，却出落得如花似玉，于是便被“四阎王”的儿子看上了。这颇有些民主思想的少爷哭着喊着要明媒正娶，“四阎王”虽杀人不眨眼却对这独生子无可奈何。后来父子双方都做了妥协，这叫翠萍的丫环没当上少奶奶却成了少爷屋里一个不明不白的人。这种《雷雨》式的悲喜剧在那个时代里并不少见，可解放对于这个丫环却成了件尴尬的事情。少爷跑到国外去了，她又沦为下等人，而街道上对怎么安置她发生了分歧。有人说她是受苦人，该安排工作；可也有人说她在“四阎王”家吃香喝辣，又怎能担保她没参与“四阎王”一家的胡作非为？

于是当一天夜幕降临我爸爸回到派出所时，台阶下正蜷缩着一个等他的女子。

“找我？什么事？”爸爸很惊讶地问。

“我……我怎么办？……谁也不管我……”那翠萍梨花带雨，哭得好可怜。

我猜我的爸爸当时一定很慌乱。试想一个年轻警察面对一个年轻美丽而且哭泣着的女子又会怎么样呢？何况在那种特定的环境，那种特定的关系。也许那是一种浪漫故事的开始，可那种浪漫会有好结果吗？爸爸给我讲过很多那个年代的故事，可关于这个丫环的事我从没听过。

当时我爸爸在慌乱之后很快拿定了主意，他问清了那女子的原籍，便去向大胡子所长请示。大胡子沉吟了半晌，同意给开封介绍信，于是我爸爸便手脚麻利地把事办了。但是那丫环没有钱又不认识去火车站的路，我爸爸犹豫了一阵，一咬牙便带她走了……

“完了？”我问马福禄。

马福禄侧脸，有几分狡黠地看看我：“你想该是怎样呢？你以为你爸爸会有什么非分之想吗？那你就太不了解公安局的优良传统了。你爸爸纯粹是出于一种朴素的、真诚的……”

他做个手势，代替了词汇。

接着他告诉我，我老爸把翠萍送到火车站，掏腰包为她买了张回原籍的火车票。当火车缓缓地驶出站台时，这故事便结束了。

马福禄不再讲话，我们沿着寂静的小巷走。我感到一种仿佛从很久远的地方飘来的感觉渐渐包围了我，我渐渐融入一种凝重的氛围之中。那种氛围里曾生活过我年轻的爸爸，还有大胡子、冯静波、毛四林、翠萍……历史仿佛在这小巷里停滞，我仿佛在和我年轻的爸爸默默地对视……

马福禄拍拍我的肩，又开口说话："你爸爸回来挨了大胡子一顿批。大胡子说：你们知识分子就是心软！小肖你可得警惕哟，可别犯我的错误，拿谁都当好人……"

"你怎么知道得这么清楚？"我问。

"我知道得很多……我喜欢这几十年不变的小巷子。"马福禄又挤眉弄眼地笑起来，"我还知道，那叫翠萍的女人忘不了她的恩人，她来看过你爸爸，却让大胡子挡了驾。"

"那——"我想问，却不知问什么。

马福禄突然严肃起来："我告诉你吧，那大胡子所长是我的老爹。"

没等我转过弯来，他又说："我还要告诉你，你可别告诉你爸，那个冯静波半年前就出国定居走了，听说最近还要回来谈投资项目，人家现在算台胞了。"

我愕然。

五

我的老爸爸和毛四林现在是一对酒友。

这也许是很滑稽的事情。曾有一天在街心小花园里一个干瘦的小老头儿扑到我爸爸的轮椅上，用尖细的嗓子夸张地喊道："我的老天爷！这不是肖……我是毛四林啊！"这便继续了近四十年前中断了的联系。不久，小杂货铺的毛老板提了酒瓶子找上门来时，我爸爸曾断然回绝道："我不喝你的酒。"可毛四林的猴儿脸上顿时浮现起无限的真挚："哎哟，老肖！还要和我划清界限吗？我改造好了呀！再说，当年不是你救了我的命，我早成了大胡子的枪下之鬼了。咱们这是缘分儿。"我爸爸听了，愣了半晌，叹一口气，不再坚持让那前留用警察滚蛋。于是，常在一起喝酒。

双腿残废的人民警察和刑满释放的特务分子在一起喝酒的时候想些什么呢？

我去派出所报到那天他们又在一起。趁着酒劲，毛四林曾对我爸爸说："老肖，你不该让小勇去干民警。"

我爸爸顿时沉下脸来："我们家的事你少管。"

毛四林说："我知道你想什么，可是何苦呢？假如那姓冯的真是特务，最恨他的也该是我啊，我为他蹲了半辈子牢呢！可……我都没什么，你又……"

"你？"老爷子的眼睛里射出几分轻蔑来，"你是特务，你罪有应得！可我呢？穿着这身衣服，就有这份责任！"

"得得！"毛四林端起酒杯，自我解嘲道，"我该死行了吧？谁他妈让我当年瞎眼呢……"

他们俩总是这样：一个暴躁，一个油滑；一个冷峻高傲，一个嬉皮笑脸。可他们居然就这么成了酒友。

这也是命运吗？

当我知道我已经不可能再去调查那个神秘的冯静波之后，我竟然一时很慌乱。我突然发现尽管我对老爷子的怪癖不以为然，可我居然那样深深地受到他的影响。

那个瘦瘦高高、似笑非笑的家伙已经占据了我的大脑，已经操纵了我的思维，甚至已经控制了我的命运！

从我记事起，我便听到这个人。"冯静波"三个字像个幽灵，大模大样大摇大摆地在我家里出没，在暗处冲我们一家人狞笑……

可现在……怎么办？怎么向爸爸交代？

我想到了毛四林，我到小杂货铺去了。

听完我的述说那干瘪的猴儿脸上竟是一种少见的严肃。毛四林痴愣愣地坐在角落里的一只木椅上，他周围是一堆硕大得和他不成比例的鸟笼，昏暗的光线里他自己也像一只充满无奈的大鸟。毛四林喜欢养鸟，鸟是他晚年孤寂生活的唯一伴侣。

"你说的，我早知道。"他说，像是半句话，却又不再往下说。

"你知道？"我惊异地瞪大了眼睛。

他点点头，笑笑："这他妈的是命。也许你爸爸说得对，他是特务，大特务，可我坐了牢他却安安稳稳一辈子，现在还成了台胞……你爸爸不认命，可我认。”

我心里不是滋味，无话可说。

“你爸爸是个好警察，真的。”毛四林又说。

六

我爸爸的腿是在“文化大革命”后期残废的，起因也是那个冯静波。从某种角度上说，他在那个动乱的年代里不动声色地、狠狠地整治了我们的家。

这是我要讲的第三个故事，它太凄惨太悲壮，我实在有些不愿讲它……

而且按时间顺序说这故事也该往后放放再讲，因为在它之前还有许多故事呢。

可我还是要先讲它。自从我知道那冯静波的去向之后这悲惨的一段总在我脑子里出现，它撞击着我的灵魂，它使我食不甘味、夜不能寐，使我的泪水常常打湿了枕头……

那年我正蹒跚学步，我父母带着我 10 岁的哥哥到农村去了。

“公检法”是一瞬间被砸烂的，速度之快叫我的父母无所适从。习惯于加夜班连轴转的他们突然闲了下来，于是有了我。他们本来除了我哥哥不想再要孩子的，他们都是把工作放在家庭生活之上的人。

60 年代下半叶，有一批和我一样与他们的兄姐年龄悬殊的孩子，可称为“文化大革命”的副产品。

我和奶奶相依为命。

有一天一群神情严肃的人突然拥进我们的家，围住紧搂着我的奶奶，审贼一般地闹了半日。

“你儿子有什么同伙在河北省山区的吗?”为首的人问。那人我依稀认得，不久前来我家时还给过我糖吃。

“不知道。再说，啥叫同伙?”我奶奶反问。

“老婆子！你说啥叫同伙？……我再问你，这两天你儿子回来过吗?”

“没有。你们要是见着他，倒是可以给他捎个话儿，该回来瞧瞧了，这个月薪水还给他留着呢。”

“你！……”那伙人究竟不是毛头“红卫兵”，心狠手辣。对奶奶不软不硬的态度，他们也无可奈何。

可他们最后给了奶奶一个沉重的打击。他们说我爸爸私自逃离监督劳动的村庄，“窜”进深山密林，从崖上掉下去把腿摔坏了。

“我得去看我的儿子!”脸色惨白的奶奶怒喝着，她老人家此刻完全像一头疯狂的猛虎。

那群人仓皇而去。

我对当时的情景记忆犹新却无法理解。我太小，我还不懂得品尝人间的苦辣酸甜。我只会哭。

几天后我们终于见到我爸爸，他脸色苍白血迹斑斑躺在一所农村卫生院里。奶奶拍着大腿说：“你呀你呀！你干什么去了啊?”爸爸苦笑道：“我想去查查那个冯静波……”

冯静波！那大概是我第一次听到这名字。

多少年之后我曾问我的爸爸，何以要在监督劳动的时候跑去查那个家伙，老爸爸揉着那已经残了的腿，沉吟半晌对我说：“我下乡走那天他突然到分局门口来送我……”

我没往下问。可我想象得到那叫冯静波的家伙一定是很幸灾乐祸地站在墙角下，嘿嘿冷笑地看着我爸爸被押上汽车。那情景简直就是地主还乡团反攻倒算啊！我的血气方刚的爸爸能忍受吗?

我开始有些恨那个家伙。

悲剧到我爸爸躺倒时并没算结束，更惨的高潮还在后面。爸爸事发后妈妈自然受到轮番围攻，我的哥哥便成了没人管却有人骂的流浪儿。有一天人们在秋肥的粪池里发现他那小小的躯体，谁也不知道他是失足还是自愿走向生命的结束……

我常常在噩梦里见到一个男孩子的挣扎，那种挣扎呈现出令人无法忍受的痛苦。请试想当黏稠的粪水糊住人的口鼻时会是一种什么滋味?我每到此时便会从梦中惊醒过来。

失去儿子的母亲自然不会活得长久……

这就是因为冯静波而发生的一切。

这难道不是那瘦瘦高高、似笑非笑的家伙的罪孽吗?

当然，有时候我也会换一种想法。

随着时间的流逝和年龄的增长，仇恨似乎是应该渐渐从心灵上抹淡的。何况对于我来说也许仇恨本身就是模糊的。我没见过冯静波，我对我的哥哥和母亲也只有一种隐隐约约的印象，甚至在我梦魇中出现的哥哥面容只是一片空白……更严格地说，这一切真的是冯静波造成的吗？假如没有那段大颠倒的历史，假如我的爸爸没有那么死心眼锲而不舍，我的家难道不会平安渡过劫难欢欢乐乐和和美美吗？

人生就是这样难以驾驭。换一个角度思考也许一切都是另外一个样子。

可我老爸会像我这样想吗？他难道能忘记这失妻、丧子、断腿的惨痛吗？一个人再豁达，他难道会……我的爸爸今天脾气暴躁性格怪僻，这还不说明问题吗？

我该怎么办？把事情隐瞒到底？

可为什么我心底对冯静波的仇恨却又开始强烈起来？

七

高所长把我和马福禄叫去交代任务。

一封贴了花花绿绿外国邮票的信放在办公桌上，高所长划着火柴点烟，嘴角朝那信歪了一歪：“看。”

一种预感从我心头升起，那封信仿佛烫伤了我的眼睛，我回过头。

我听见马福禄在打开那封信。

昨天晚上我扶爸爸上床之后他拉住了我。我的目光和他的目光相碰一下之后赶紧挪开，我不忍看到他眼睛里的火焰。他让我坐下，却迟疑着不开口。他过去不是这样，自从我当了民警之后他突然变得对我小心翼翼起来。

“有事吗？”沉默了片刻，我问。

他不回答，咳嗽了一阵，指指桌子：“烟。”

“别抽了，老咳嗽。”我说。

“烟！”他皱皱眉头，固执地伸着手。

我不知道该怜悯他该喜欢他还是该恨他。我递给他烟，他却又不抽了，愣了一会儿突然把烟揉碎扔到地上！

“睡觉！”他狠狠地说，不再理我。

我知道他心里想什么可我又该怎么说？

这种煎熬什么时候能够结束……

“这事儿很简单。是吧小肖？”马福禄抖着信纸说，把我从纷乱的回忆中惊醒。

我接过信浏览一遍才知道我的预感错了。那信与冯静波没有关系，它是一个叫阎伯隐的美籍华人写的，除了述说思乡之情外还请求帮他寻找一个女人……我的心猛然一动，急急忙忙地读下去，我果然在信尾读到了“翠萍”两个字。

这件事很简单，我只要回家问问老爷子。

当天晚上我也确实这样做了。爸爸愣了一下，仿佛我的询问使他产生了那么一点儿慌乱。他揉着腿，半天才说：“我知道她的地址……当然是旧的。谁知道她这几年怎么样？”

这几年怎么样……那么说前几年还有联系吗？

我仿佛该重新认识一下我老爸。

晚饭老爷子吃得很少。

八

我曾不止一次地翻开那散发着霉味的大户口簿，端详那张用毛笔抄写的、竖排的老户口底票。其实它上面那寥寥数语我早在少年时代就背熟了。

“冯静波，男，32 岁，无业，未婚，河北省……”

爸爸不止一次地给我讲这张底票，也讲关于核实它的许多故事。

我早已知道，冯静波是这个城市解放前一年出现在小芝麻巷的。当时 15 号院住了个外国学者，冯静波便是那金发碧眼红鼻头老人的男佣。当解放军的大炮响了的时候，外国老头儿跑了，15 号就成了冯静波的天下。巷子里没人知道他的过去，他总那么似笑非笑干净利索和蔼待人，善良的市民们谁又想到别的什么呢？

只有我老爸怀疑他！只有一个年轻的警察怀疑他！

我现在相信这怀疑不是无稽之谈，至少冯静波的海外关系一直隐瞒着。他今天不是台胞了吗？

可当时，人们相信我的爸爸吗？

我问老爷子。他看着我，不容置疑地回答：“相信，当然相信。”

“那会儿革命政权刚刚建立，人人都有警惕性的。”停了一下，他又说，“可是，后来……”

是的，后来什么也查不清，自然人们便松懈了。

第一次提出调查冯静波，是在“肃反”开始之后。大胡子所长听了我爸爸的汇报，一拍大腿：“查！甭管怎么着，查了再说。”

于是，到巷子里查，结果是交口称赞。那洋车夫晃着大拇指说：“老冯，行啊，是个好人！敢带人去抓“四阎王’，就冲这条我就服啦！”

到监所提审“四阎王”和毛四林，结果一无所获。“四阎王”说：“我是加入了特务组织，但确实不知道姓冯的是不是。”毛四林则指天指地地赌咒：“我要知道他的底儿不说天打五雷轰！”

再发函到原籍去查，回函说，山里面是有个叫冯家台的小村，也隐约听说有人在外面谋生，可前两年一场山洪把小村和全村人一起给毁了……

这样，冯静波就成了一个仿佛 32 岁才来到人间的家伙。

我爸爸和大胡子所长坐在办公室里一筹莫展。完美无缺的人在他们心目中是不存在的，他们的思维方式是完完全全警察式的，越是没毛病他们越怀疑有毛病，一个人浑身上下没一点污点不正说明他早把污点都掩盖了吗？

“怎么办？”我爸爸问。

“再想办法。反正还得查，不查清楚心里不踏实。”大胡子习惯地把手伸到腰里去摸，摸空了才意识到没有了枪。自从犯了错误之后他发誓不再带枪，可没了枪又像没了主心骨。他苦笑。

这时候电话铃响了。大胡子去接电话，脸上变幻着惊、喜、怒、哀各种表情。放下电话，他揉揉胡子，告诉我爸：“冯静波到区里去了，献出了一罐子元宝金条，说是在院里种花刨出来的，大概是外国人埋的。他说国家不正恢复经济又抗美援朝吗，交给国家吧……这小子成大红人了，记者已经采访，区里要树这个典型……”

我爸爸听了有一种说不清楚的感觉，真说不清楚，也无法形容，好像是累，又好像是病了。他犹犹豫豫地问所长：“那……还查吗？”

大胡子摇摇头，眼睛里也一片迷惘：“咱们错了？”

“也许……”爸爸懒懒地说，觉得没意思便走了出去。

走出办公室的门他偏偏又碰上了冤家，那个冯静波正潇潇洒洒地走进派出所的小院。他看见我爸爸便很有分寸地一笑：“小肖同志，出去？”

后来爸爸告诉我他就在那一瞬间克服了动摇，决心把事情干到底的。他说他从那家伙的笑容里分明看到了嘲讽：不是调查我吗？我来了。你敢怎么样？我是典型啊！

我老爸愤怒了，这愤怒当时只能压在心里。他和冯静波握手表示了敬意和感谢，他对我说那家伙的手又凉又湿给人一种蛇似的感觉。他告诉我冯静波当时赶到派出所分明是来示威的，他用一罐子金银迷惑了那么多人包括大胡子。

“我相信他为了掩护自己什么都舍得，包括同伙和财产。他阴险狡猾冷酷无情。他不是特务又会是什么呢?”我爸爸断然地判断道。

关于这个冯静波献宝的故事我听过很多次。其实这不是一个完整的故事而只是漫长故事的一个片断，它后来的情节我以后还要说到，而且我也不断地有着新的见解和分析。可我承认如果冯真的是特务那他一定是个高明的特务，他总在关键时刻胜我爸爸一筹……

我仿佛看到那瘦瘦高高、似笑非笑的家伙在望着我，他毫无表情。

九

我和马福禄给那位美籍华人“阎王儿子”——这是我们给他老人家起的雅号——写了封信，这信应该会让那多情的老人满意。我们到邮局把信寄走，我相信那老人很快就会急匆匆地赶回故国的。

走出邮局的时候正阳光明媚，我们便沿着热闹的大街溜达。人们匆匆地奔向各自的目标，谁也不理会我们我们也不理会谁。暖融融的阳光使每个人都精神焕发，精神焕发的时候正是去干点什么的时候。只有我们觉得这阳光非常珍贵，我们警察能有闲暇享受它实在难得，因此我们走得很慢很慢。

我们就那么慢慢地走过百货公司，又那样慢慢地拐入农贸市场。霎时间在我们的耳朵里灌满了各式各样或甜美或粗犷的叫卖声，我们周围晃动着各式各样的蔬菜鸡鸭以及说不清楚的小玩意儿。我们正从包围中挣扎，忽然前面起了一阵更凶猛的骚乱。我还没从叫卖声中反应过来，马福禄已忽地蹿了过去。

我急忙跟过去，看清原来是一个白胡子老头儿和一个穿牛仔裤的姑娘发生了争执。

“你没排队就是没排队，要什么赖!”那老头儿喝道。

“谁要赖谁要赖谁要赖?我排队啦排队啦!”那姑娘的尖嗓门震得我耳膜生疼。

马福禄那魁梧的身躯一晃站到了老头儿和姑娘中间，隔开了老头儿那气翘了的白胡子和姑娘那涂得绛红的利嘴。他不说什么，只搀住老头儿的胳膊就走。

老头儿不干，挣扎着："我不走！这儿还没秩序了？"

那姑娘也不干，跳着脚骂出了好听的："你这……"

她的脏话只出口一半，另一半却被吓了回去。马福禄瞬间转身，白胖脸已变得铁青，一双眼睛逼住了姑娘的嘴。那丫头似乎意识到不妙，扭头走了。

马福禄揪着老头儿往农贸市场外走。

我感觉到这里有奥妙，三步并作两步追上去。

在市场外面，老头儿挣脱了马福禄的手，一屁股坐在马路沿儿上："小兔崽子，你想拽死我啊？"

马福禄叹口气，声音软下来："爸……"

原来这是当年的大胡子所长。

他顿时吸引了我。他的胡子依然茂密，可是已经全白了；他很瘦，穿一身普通的中山服，扣紧的风纪扣显出几分军人的姿态；其他地方已完全是老百姓了，尤其是手里那俩大铁球。

"这是肖勇？"他盯住了我。显然马福禄和他说过我。

"是我，马伯伯。"我说。

他暗淡的目光一下亮起来："这么大了……你爸爸好吗？"

我看出老头儿的感情在起伏在波动，我的心也随之涌起一种说不出的情绪。我想问他我爸爸当年是怎样当民警的，我想问他冯静波到底是不是潜伏特务，我想问他我爸爸和冯静波四十年的恩恩怨怨意义何在，谁胜谁负，我想问他我爸爸到底算不算一个好警察。

我知道，老头儿也有很多话要对我说。

可我们谁也没说。

马福禄在一旁埋怨着："我说爸呀，让您跟家待着，您怎么又跑到这儿来了？"

老头儿一瞪眼："跑？我干吗跑？我来买菜！让我碰上事儿我不能不管……你们干吗去了？"

"寄信。"我说。

"给美国的？"老头儿什么都知道。

我点点头。他的眼睛又黯下来。我发现这老人的眼睛真是心灵的窗户，它随着他的喜怒哀乐而忽明忽暗。他站了起来，忽然叹了口气："我对不住你爸爸……"说完就走。

"马伯伯!"我听出点蹊跷，追了两步。

老头儿却不回头，只说一句："问你爸爸好。"竟飞快地走了。

"你爸爸够怪的。"我对马福禄说。

马福禄苦笑笑："你甭理他。离了休我说您享点清福吧，他偏一天到晚自己跟自己过不去。养花吧，懒得浇水；养鸟吧，没兴趣喂食；书法画画更是一门儿不灵！我发现有这么一种人，对某种事物入了迷，一旦离开这种事物他就难受。你看，老爷子没事儿就奔这农贸市场，号称维持秩序……"

我听着，没说话，我在想我爸爸。

十

我是个警察，职业要求我学会对蛛丝马迹进行分析推理。

马福禄说，当翠萍来看我爸爸时，是"大胡子挡了驾"；而大胡子所长很内疚地宣称："对不起你爸爸。"还有，据我爸爸说，他在1959年突然调到分局行政科去了，从此中断了对冯静波的调查。"突然"这个词用在这里不会有什么奥妙吗?

把以上情况综合起来，我编造了一个故事。但是我敢说那不完全是编造，它符合事物发展的必然规律。我说它是编造是因为没人对我说起那些往事，他们出于种种原因不愿提起它。

我认为，翠萍再次来看我的爸爸一定是在"大炼钢铁"的炉火刚刚熄灭时的事情。那时尽管人们仍热血沸腾，但饥荒已经在阴暗处摩拳擦掌了。对于像翠萍这样历史不明不白的人，饥荒也许会来得更快些。她来看我爸爸，一方面是感恩，另一方面也许是寻求进一步的援助。

总之，她一定是疲惫不堪地来到派出所的，也一定是趁天黑了街坊们都回家吃饭才出现在这一带的。在我印象中她应该是个很聪明的女子，她并不想给我爸爸找麻烦。

我想她肯定又是蹲在派出所门边，企望碰到我爸爸，可惜的是走出来并一眼认出她的不是我爸爸而是大胡子所长。

“你在这儿干什么？”大胡子一定很惊异也很不高兴，一定把那个“你”字说得很重。

翠萍一定很慌乱，她绝对抗不住大胡子的审问，于是如实招来。

大胡子当时会想什么？他一定会想这可不是个事儿，一定会想小肖表现不错又正谈恋爱——我母亲当时是这个所的内勤民警——可不能为这么个女人毁了，一定会想阶级斗争时刻都在考验着我们民警我们要经得住考验……

总之，他绝对是为了我爸爸好。

于是他说：“小肖不在这儿，早调走了。”

翠萍一定会问：“调到哪儿去了？”

大胡子也一定会回答：“不知道。”

这回答一听就是假的，会有民警调动所长不知道的吗？可大胡子是个爽直粗犷的人，他不考虑这么多。而翠萍略一思忖也就明白了是怎么回事，于是不再问。

不，不对，这故事不该是这样。如果是这样大胡子今天不会感到内疚。他为什么内疚？他无非是为我的爸爸拒绝了一个可能会带来麻烦的客人罢了，他的行为今天说也没什么大不对。他的内疚一定有别的原因。

我继续思索，继续编造。

对，那翠萍知道了大胡子在骗她之后会怎么办呢？她一定不会走，一定仍在四周徘徊。直到我爸爸从派出所里走出来……

哦，那一盏红灯之下，走出来的爸爸并没有意识到这是他命运中的又一个转折。

他一定吓了一跳，脑子里也一定掠过各式各样的想法。可他到底还是站住了，听那个女子说什么。这或许是因为爸爸那小知识分子的善良。

当时翠萍羞红了脸儿。她垂着头表示了感谢。又吞吞吐吐地讲了这几年的景况。她说的农村情况一定让爸爸心惊肉跳，可也听出她还饿着。于是爸爸截住她的话头，带她去吃东西。

他们那晚吃了什么？馄饨？火烧？豆腐脑？

反正不会是别的东西，尤其不会是“生猛海鲜狗肉汤煲”之类。

我相信老爷子是一片真诚，他不会也不可能有什么想入非非之处。他是个人民警察，他只不过把这女子归于人民之列，他在为人民群众排忧解难。

哦，我可尊敬的父亲。

而大胡子显然没把这女子看做好人。我想他一定知道了那晚我爸爸和翠萍的行踪，他考虑这样不好，于是向分局汇了报，我爸爸也就莫名其妙地到行政科去清点桌椅板凳了。

这便是大胡子今天内疚的原因。

这也说明今天他修正了对那女子的看法。

对一个人的认识和判断有时是要经过漫长年月的。

以上的故事虽然是我的推理和编造，可我相信它八九不离十。我判断不出我的爸爸对调动的原因知道不知道，我只知道他很惋惜，为不能直接与冯静波较量惋惜。他判定那家伙一定会跳出来破坏大跃进的，看那家伙每天积极地在街道食堂和小高炉干活就是兆头。然而我爸爸很沮丧地告诉我冯静波后来又立了一“功”，他抓住了个到食堂偷粮食的盲流……那时我爸爸已调到分局去了。

于是我知道我爸爸又输了一着。

可老爷子并未为这失败而动摇，他认准了追踪的目标便锲而不舍。他说他有一天——他准确地记得那是 1957 年 6 月 20 日——他发现冯静波在偷偷看一张废报纸。那报纸上登了右派攻击共产党的言论，可不知让谁包了油条之类的东西之后扔到巷子里。冯静波就站在院门口斜着眼睛看……“可他说他是不识字的，懂吗?”爸爸向我说起这事时反复强调。

对翠萍的怜悯和对冯静波的追踪构成了一个昨天的青年民警、我的爸爸的形象。这形象既清晰又复杂地印在我的脑子里，使我陷入苦苦的思索……

十一

出事了。

毛四林病危。

这猴头猴脑的小老头儿在自己的小杂货铺里摔了一跤，摔倒时碰翻了那一大堆鸟笼子，大概当时他正在喂鸟。鸟笼子砸到他的身上，鸟们便在他渐渐瘫软的身上乱叫乱蹦。人们发现时他已昏迷。

奇怪的是他的邻居把消息通知了我和我爸爸。

我赶到医院去，在走廊上碰到老爷子。

“甭进去了，他现在什么也不知道。”我爸爸说。

走廊很昏暗，只有尽头处的一扇窗子有夕阳泻进来，给老爷子和他的轮椅勾出一个金色的轮廓。我望着他的侧影，仿佛突然发现他很老了，那种年轻时肯定有过的潇洒气质已荡然无存。他现在只不过是个残疾老头儿。我每天和他一起生活服侍他孝敬他，可我真了解他多少呢？

昨天和几个派出所的年轻哥们儿喝酒，他们还说："听说你爸爸特倔，一辈子恨一个人至今不改，调查来调查去结果还是瞎掰。"我当时懒得说什么，便随口附和："没错，老爷子就是瞎掰。"

可我为什么不反驳他们呢？

我看着我的老爸爸，心里翻腾着许多无头绪的话。

"你吃饭了吗？"是爸爸在问我。

"吃了。"我回答。

我们父子之间通常就是这么简单地一问一答，用这种方式传达情感。只有谈起冯静波，爸爸的话才多起来。

可我至今没告诉他关于那位台胞的消息。

老爷子看看我，想说什么又没说，摇动轮椅准备走了。

"毛……他不要紧吧？"我冒出一句，似乎刚想起我是干吗来了。

"谁知道……生死对于他无所谓了，那么多年……"

"您对他……是同情吧？还是……"

"嗯？"老爷子盯住了我，我却把眼睛挪向窗外。

"你当警察时间还太短……"许久，我听见他说，"警察不是石头，警察……恨什么爱什么都……"

"那您……恨毛四林还是爱他？"

"他走过错路，可他现在规矩做人……假如冯静波坦白自首接受法律制裁，那么……"

又是冯静波。可老爷子的话使我感到新奇，他从未说过类似的话。他会放过那个瘦瘦高高、似笑非笑的家伙吗？那又何必四十年念念不忘苦苦追踪呢？

"我怀疑他不是为了我自己。"他闷闷地补充一句，他的语气他的姿态都告诉我他很累了。

十二

那晚我守护了昏迷的毛四林一夜。

清晨我疲惫不堪地走出医院。我突然发现在医院对面的马路边站着一个白胡子老头儿。

他盯着医院的楼房，手里握着俩大铁球。

我想：他为什么来？他会进去吗？可我太累了，我的思维迟钝起来，我只想去睡觉。

可我命里注定睡不了觉。当我回到派出所正想扎进我那小小的宿舍时，高所长拉住了我。“来。”他朝他的办公室努努嘴，一脸的庄重和神秘。

“我没犯错误啊……”我装着傻和他开玩笑，可一进他办公室的门就真傻了。

一对老人规规矩矩地坐在那里。

凭直觉我一眼就认出了他和她……

十三

我仍要讲过去的故事。

当我的爸爸忍受着丧妻失子的痛苦和断腿上的疼痛躺在农村卫生院之日，也是我们家被厄运所笼罩之时，没有人理我和我的奶奶，我和奶奶像一老一小的两棵树，在风风雨雨中苦苦挣扎。

这一阶段只有两个人来偷偷地看望我们。

一个是过去的洋车夫，当时的公共汽车司机。

洋车夫是每年都来一趟的，那是他院里那棵大红枣熟了的时候。这次他来时仍带了枣。却很少。他叹着气说：“没心思拾掇，今年就没怎么挂果……”我奶奶接过那枣，落了泪。洋车夫说：“我没什么怕的，工人阶级，您有什么事就找我。”

另一个来看我们的是冯静波。

关于他的到来我印象深刻。其实当时是深夜我已经睡觉——因此我至今没见过这个家伙。我的印象是从奶奶和爸爸的多次讲述中得来的，我和他们一样对这家伙的到来有一种疑惑与耻辱、气愤交织的感觉。

他进门时并没报姓名，他只说他是爸爸原来管界的居民。奶奶自然而然地从心里涌起一股暖流，为他端来茶水。

“老肖好吗？”他问。

“好什么啊，腿坏了……”奶奶红了眼圈儿。

“他……怎么弄成这样？”这明明是探风。

“去查个什么人……他这人呀，就知道工作。人家都不让你干了，你可还干个什么劲儿呢！”

冯静波不再说话，捧着那一杯温热的茶水出神。奶奶后来说当时觉得这人挺怪，他不多说话，光想事。

这很引起我的兴趣。这个神秘的人在我家里触景生情想到了什么呢？

许久，他放下茶杯，缓缓摸出5元钱钞票，塞到我的枕头下面。

“哎呀，这可……”奶奶忙去推辞。

“没什么，应该的。”说完他飘然而去，还是不说姓名。

“您贵姓？”是奶奶追出门去问。

“冯。”门外扔来一个字。

爸爸管界只有一个姓冯的。

当问题“基本查清”的爸爸拄着双拐回到家里，奶奶向他讲这件事时，他脸上泛起了愤怒的潮红。他没说话，径直去了小芝麻巷15号。

那是他们唯一的一次正面交锋。

望着爸爸拍到桌上的5元钱，冯静波淡淡地笑了：“老肖，这是干吗？我是给孩子的。”

“谢谢。”爸爸的话显然是从牙缝间咬出来的。

冯静波垂下头，手里摆弄着一个纸匣子——他一直靠给街道工厂糊纸匣为生，半晌才说：“老肖，我知道你不信任我，可我真不是坏人。”

我老爸当时可能没想到对手会这样单刀直入，他愣了一下，而且也确实无法说什么，他没有证据可以打倒对面这个人。他叹了一口气，扭脸要走。

“这么多年来，我干过坏事吗？”姓冯的又把话逼上来。

……爸爸咬着牙。

“我拥护共产党啊……”

爸爸在一瞬间动摇了吗？我猜他会动摇那么一下的。是啊，断断续续查了这姓冯的那么多年那么多次，可……他历史上可能会有污点，可他一定会是特务吗？

“文化大革命”前夕，上级通报说国民党特务机关在呼叫潜伏本市的特务 5182 号，已是行政科长的爸爸把冯静波作为嫌疑线索反映给了政保科。可惜，工作还没开展，政治风暴降临了……

“难道真是命里注定查不清他吗？”爸爸扼腕而叹。

人是有一种逆反心理的。越得不到的东西越想得到，越干不利索的事越想去干。难道爸爸对冯静波的追查也是如此？

那天他们面对面时心情一定很复杂。

我可怜的老爸爸后来一定会想起我的妈妈和哥哥，他的悲愤可想而知。如果不是觉悟和纪律的约束，他一定会把拐砸到冯静波头上。

他在那小院里一定感到无法再待下去，他愤而离去。

他一定在那时下定了决心，那瞬间的动摇一扫而光。

当一切都结束所有问题都平了反之后，架着双拐的爸爸坚决要求回公安局工作。

可是他终于还是倒下了，终于无可奈何地坐上了轮椅……我那可怜的老爸爸！

十四

我陪着两位老人站在“四阎王”旧宅院的大槐树下。

他们不说话，我也不说话。大槐树在风中沙沙述说。

“四十多年了……”老头儿感慨。

……老太太抹着眼泪。

这院里住的都是新住户，住得最长的不过十几年，他们当然不知道“四阎王”是何许人，他们有几分好奇有几分冷漠地望着这对反差极强烈的老人。

男的，西装革履，一看就是海外来客。

女的，虽穿了新衣服，却遮不住满面的沧桑。

我几乎怀疑她不是翠萍，她和我印象中的女子相差太远。可她又确确实实是翠萍，看老头儿对她那份绵绵情意还不肯定吗？

他们蹒跚着一步三回头走出院门。

男的说："你记得吗？我借来的那本《家》，不敢让父亲看见，就放在你那儿，有机会就去翻几页……"

女的点头："看了就给我讲，讲觉慧和鸣凤……"

我在他们后面听着大受感动，我觉得我对他们有了新的认识。我也仿佛感到我在长大，一向在我脑海里模模糊糊的爱情突然间生动起来。

我们缓缓走在小巷里，历史又悄悄地包围了我们。我想起曾在这历史中生活的爸爸，他老人家扮演了一个什么样的角色呢？他也有过相似的爱情吗？

母亲的印象早就在我脑子里模糊了，她现在只是一张挂在老爸爸床头的照片。我发现爸爸睡前和醒后都要向那照片看上几眼，仿佛是一种老夫老妻间的无言交流……

"小肖……同志，你父亲是……吧？"

小心翼翼的问话把我从遐想中唤回。我抬头，只看见两位老人微驼的背。可我相信我听到的不是幻觉。

"是的。"我回答。

"我……能不能见他一面？"仍不回头，但话很诚恳。

我沉默，掂量着话该怎么说。

"有个人……让我带封信……给你的父亲。"

我一愣，但我立刻反应了过来——我的反应从没这样灵敏过，我的心怦怦跳着，血液从四肢开始向头部集中，我脱口而出："冯静波？"

老头儿缓缓地回过头来，满脸是庄重和肃穆。

老太太也回过头来，泪光闪闪的。

于是我知道他们明白一切。

"不！"不知道为什么我断然拒绝。

十五

我仿佛看到我的爸爸在深山老林中艰难地跋涉。

没有路。大概是他迷失方向偏离了路。他在树、藤、草、石之间一步一步地向前挪动。非常静，只有偶尔一声鸟的怪叫和他脚下枯枝的断裂声。

看不见天，被树冠遮住了；也辨不清地，那里都是丛生的荒草和荆棘。偶尔有一块突兀的巨石，冷冷地横在他面前，让他又流一身汗又蹭破几处皮肉……

他不会有太多的物质准备，他是从监督劳动接受再教育的村子里偷偷跑出来的，顶多揣两个窝头一把手电和几张钞票。他乘长途车，又搭了一段马车，然后进山……

他是不相信那叫冯家台的小山村已经不存在了吗？

他是不相信没人会告诉他关于冯静波的本来面目吗？

这一趟冒险行为十有八九注定会白白地浪费精力，而且百分之百注定回去会受到严厉批判，可我的老爸爸仍然义无反顾！

天渐渐黑了，山林间腾起阴森森的雾气，从没进过山的他感到恐惧了吗？

他一定加快了脚步，他想争取在天彻底黑之前找到人家。他的目的几乎达到了，因为他看到在雾中升起一股显然浓淡不同的烟气，也闻到了一丝饭烧焦了的煳香味儿。他兴奋起来，几乎是雀跃了，但就在这时候一脚踩空……

山，对于他来说确实太陌生了。

其实他的腿应该能治好，可那个年月，那种身份……

那是他命运中的又一次转折，犹如鹰折断翅膀。

十六

肖先生：

您好。

几次提笔又几次犹豫，万语千言不知从何说起。昨夜窗外凄风苦雨，于雨声中却突然下了决心，这一番心里话不吐何快？不吐何安？

你我周旋多年，当我踏上飞机舷梯离国漂泊时心头确有一种轻松之感。我这些年如履薄冰，小心翼翼，食而无味，寝不能安，这一切都在那一瞬之间解脱了。

但随之而来又是一种自疚的折磨，为了我你多年辛劳丧妻失子身患残疾，实在使我不安。按说各为其主，你死我活，又有什么可说？但那种折磨却不肯逝去，扪心自问这是怎么了？

近来大概因为年已古稀之故，常于无人处把往事揣摩，思来想去便恍然而悟，原来使我不安使我自疚的仍然是肖君你。你铮铮铁骨，耿耿忠心，矢志不渝；反衬得我躲躲藏藏，提心吊胆，猥猥琐琐。惭愧！在对手面前我从未认输，可君这样的对手使我佩服也使我渐醒。还干下去吗？每每问及自己便冷汗淋淋。我感到我竟然在对手面前悟出些做人的真谛了。

时至今日我唯有在君面前低头，除此之外我别无选择。你是对的，我是奉命潜伏的军统分子，代号5182。毛四林和“四阎王”确实是上峰特意安排的牺牲品，抛出他们为的是掩护我长期潜伏——如此做法，今日想来实在惭愧。“四阎王”血债在身，似罪有应得，而那个毛四林，无冤无仇，唉……往事如梦，不可尽述矣！只是我遇到了你，我的一切计划都在君的眼前粉碎。坦白说近四十年我从未做过按上峰指示该做的事情，我悄悄地让他们以为5182已经成仁。这一切都是因为有你。每每从噩梦中醒来，冷汗犹存，战栗不已，岂敢轻举妄动乎！

特别是岁月流逝，年龄渐老，过去那一份野心便也渐渐淡了。常常扪心自问，那问题又常常把我自己吓倒。如：有君这样忠诚捍卫者的政府可能够颠覆之？把一个旧中国改变成一个新中国的政党可应该是我的敌人？呜呼，30岁前死心塌地为三民主义征战，70岁时得见海峡两岸气氛缓和而欣喜，大陆潜伏四十年与君周旋四十年我了解了共产党，也佩服了共产党。

家兄在台经商，力促我回台一聚。自知四十年潜伏对国民党来说无功无能，遂落足香港。年已古稀，聊为家兄公司驻港代理，意为两岸贸易奔走，只盼大陆早日更为强盛，也算洗刷我的罪过。只是累君家破人亡，这笔账又何以还清？只有彻底坦白如上，只求宽恕我这昨天的敌人。

大陆有句名言，昨天已经过去，希望还在明天。不知明天我和君能否携手，为中华民族的前程而言欢也？

切切。

冯静波　上

十七

老爷子的手颤抖着，把信叠好。

“阎王儿子”——阎伯隐迈前一步，轻声说：“冯先生还有一句话，让我务必代向肖先生转达，强……强调。”

他大概不习惯大陆常用的“强调”这个词。

老爷子看看他，又看看我，再看看周围所有的人，低声吐出一个字：“讲”。

“他说，他是通过肖先生的所作所为来认识共产党的。”

所有的人——我、我的老爸爸、翠萍、高所长、马福禄和他那大胡子父亲，都为之一震！

我的爸爸潸然泪下。

阎伯隐先生继续说：“肖先生，我也很感动……说实在的，我父亲是共产党杀的，可我当年就对他很不满的，他确实罪有应得……冯静波先生到美国找到我，他讲得最多的就是您的故事。我从没见到一个人会对自己的责任这样……我回来，我的妻子也对我讲……”

“别说了！”我爸爸打断了他的话，老爷子的声音很沙哑，“对不起，我想一个人待着……”

“肖同志！”那白发苍苍的翠萍迈上一步，“要不是当年你那50元钱我早就……”

爸爸摆手，闭上眼睛。

原来在那个神秘的夜晚他给了这女子50元钱，这在当时可是一个民警一个月的全部收入。我爸爸从没提过这件事是他不愿提吗？当年那个月他是怎么生活的呢？我的母亲知道那50元钱的去向吗？

人们悄悄地退出去。

大胡子似乎想说什么，可马福禄紧拉着他的胳膊，他只好咳一声很不忍地走了。高所长似乎也想说什么，可他历来就是个寡言的人，张了几次嘴也没有声音，脸反而涨红起来，跺跺脚也走了……

屋里只剩下我们父子，我们这两代警察。

我们都沉默着。

我知道对于我的爸爸来说现在是他一生中最重要的时刻。他为之追踪了多半生的目标今天终于露出了真面目，然而却是这样的一种方式。是坦白吗？是自首吗？无法追究什么，更无法惩罚什么，而失去的则永远失去了……

爸爸能否接受这样的事实？

他此刻一定百感交集，甜酸苦辣汇集在心头，潮起潮落般地冲击他的心……

“你怎么还在这儿？”老爷子突然问道，眼睛还闭着。

“我……陪陪您。”我说。

“可怜我吗？”

“这……”我怎么回答？

屋里渐渐暗了，老爷子和他的轮椅渐渐融入侵来的暮色，变得像一尊一动不动的黑色的雕像。我看不清他的神情，只感到他也许会就这样永远永远地待下去，把一个曾经熊熊燃烧的灵魂铸成冰冷的石头。

他会这样吗？

“也许这就是命运……”他开口了，声音很平静，“警察的命运。我预感到会有这样的结局……不这样也就不是和我周旋那么多年的冯静波了……”

我换了一条腿支撑身体重心，凝神听着。

“我不是为了我而始终怀疑一个人的，这你懂吗？”

我想说我懂，可我张不开嘴。

“从穿上警服的那一天起，警察的一切就不再属于自己，它属于……我只是没有想到冯静波是个还算有良心的人……有这个结局，我……死也闭眼了。”

“可……您的腿呢？我妈呢？还有我哥哥……”

黑暗中的雕像抖动了一下。

许久，他喃喃地说：“你妈妈……她也是警察啊……”

我突然觉得有一种说不清楚的滋味涌出心扉，搅起一股热乎乎的浪拍打着我的咽喉。我想哭，想痛痛快快地哭，我想只要泪水冲破一切阻拦那就什么都不再存在，我一定会觉得非常痛快非常清醒。

十八

命运是个什么玩意儿？

我思忖着走进小芝麻巷，走上我爸爸走过无数次的那条小道……

我仿佛找到了某种答案。

原载《啄木鸟》，1992 年第 2 期

盗马贼

冯苓植

一

茫茫的大草原上，大老刘驾驶着摩托风掣电闪般急驰着。

按说，这是件挺惬意的美差。

正当盛夏，酷热难当，好多国内外的旅游者都花钱到这里买这种消遣呢。两耳生风，遍体清爽，就像在无边无际的绿海上腾云驾雾似的，别提有多么舒坦了！

可大老刘的心情却越来越不好。

惬意、舒坦，能和他这号人沾边儿吗？自从披上这身绿皮，天生就是受罪鬼的命。当官的躲在屋子里干什么缺德事儿都没人敢说，可他们只要不能及时破案就准被人戳脊梁骨。

尤其是这次！

您说这叫什么事儿啊！如今大城市里时髦偷汽车、盗摩托，似乎盗窃犯也越来越向现代化靠拢。而在这荒僻偏远的大草原上却恰恰相反，竟骤然出现了一位大盗马贼。古典式的作案风格，好像偏偏要越来越复古！

这并不是杜撰！

据老牧人说，这绝非是那种土头巴脑儿顺手牵羊之辈，而肯定是一位身怀绝技的马上高手。声东击西，飘忽不定，幽灵般出没于峡谷草原之间。好似来无踪、去无影，竟敢在光天化日之下公然玩玄。且不说众多马上健儿拿他没辙，就连野性勃发的生骒子马见他也犯迷糊。只要他镫里藏身一声唿哨，愣乖乖地跟着他往悬崖顶上跑。但似乎很讲究“盗亦有道”。从东到西，每个牧场上他只偷三匹马。而且干得潇洒，每处均留下个血字：还！这一手干得可真绝，致使老年人竟为此感叹不已，年轻人也有的跃跃欲试。没过多久，就连来旅游的老外们也知道了，愣伸出大拇哥洋腔洋调地喊：

“高！佐罗！中国的佐罗！”

这不是明摆着摘草原刑警的面儿吗？在牧区，县称作旗，乡称作苏木，村称为浩特。这外国人一伸大拇哥喊“高”，旗、苏木、浩特便再不敢等闲视之了。给自己家乡抹黑，草原牧人绝不答应。旗公安局一声令下，追踪缉拿盗马贼的行动便更加紧了。

大老刘曾参加了此项活动。按说，他也算得上是刑警大队的一把硬手。一米八十的大个子，虎背熊腰，往草地上一戳就像半截黑铁塔。就是他背着手儿不动，也准能把盗匪们给镇住了。谁料想刚等他追踪到巴音杭盖草原，这大盗马贼竟公然和他较起了劲儿。还没等他在蒙古包里坐稳了摸清情况，峡谷牧场就让这家伙神不知鬼不觉地盗走了两匹马。这不是公然拿他开涮吗？可牧马人告诉他说：这盗马贼一向出手有板有眼，说三匹总是三匹。没留“还”字，差一匹他准还会来！

为此，他布下了一个天罗地网。

峡谷牧场里有着草原上最好的马群，一匹值好几千元呢。既然这小子自称有种，那就让他来自投罗网吧！大老刘把峡谷布置得没事一般，单单把几个马上好手隐没于山崖巨石之后。随着便是骑着摩托假装返回旗里，然后弃车再悄悄绕归峡谷只等瓮中捉鳖。但这盗马贼也绝非等闲之辈，似来不来，似不来又像要来，直把大老刘折腾得三天三夜没合过眼，骤然间在牧人中身价一落千丈。有位老爷子竟说：要想破这个案，你还是先向这盗马贼学两手呢！

多亏了这小子也爱争强好胜！

这一天，这家伙终于来闯关来了。牧马人为之一振，大老刘也总算身价又有所回升。大伙儿紧张地向远方望去，只见峡谷深处骤然卷起一道烟尘。一匹扬鬃舞尾的烈马急如闪电，眨眼间便飞驰入牧场的腹地。那盗马贼果然身手不凡，似有轻功一般。一提马缰，那烈马便腾空跃入马群之间。再听得鞭儿一声乍响，马群便炸了窝似地跟随着向峡谷外冲去。不是要一匹，眼看着是要连群端了。风卷残云一般，竟使得牧人们看得目瞪口呆。有位马上好手更是忘乎所以，愣失口大声喊起了好儿。

好个屁！

大老刘由不得一声怒吼，这才使众人犹如大梦初醒。猛地一抖缰绳，便如离弦之箭那样从四面八方包剿了过去。但奇怪的却是，那骑手凭那胯下的骏马完全可以夺路而去，而现在面对这些骤然闪现的人和马却乖乖地一动不动了。老实得再不能老实，只剩了一双怯生生的眼睛。

刹那间，大老刘目瞪口呆了。

天哪！大伙儿苦心等待的是凶悍狡诈的盗马贼，而马背上出现的却是个十一二岁的娃娃。小模小样的，显然是被眼前这场面吓坏了。还没等众人问什么，小家伙咧开大嘴就要哭。大老刘这份儿尴尬就别提了，可大伙儿一眼就认出这孩子是去年那达木盛会的赛马冠军。

上当！上当！明摆着上当了！

这个跟头可算栽得不轻，可大老刘还得抹下脸皮细问根源。把小家伙当小祖宗似地迎回蒙古包里，奶茶酪蛋子外加糖球儿供献着。好不容易把娃娃冠军哄得不哭了，便开始掏腾是谁教他玩的这场把戏。

供认不讳！

原来，放暑假了小家伙又在练马，准备在今年的那达木盛会上也来个“二连冠”。今天一大早刚刚跨上了马背，便碰上了一位陌生的过路人。这可是条恶煞煞的汉子！野人似地两肩披散着杂乱的长发，满脸密布着吓人的络腮胡子。穿着油渍麻花的蒙古袍子，跳下马来还瘸着一条腿。小家伙一见本来就想策马跑开，但经不住这汉子那双善良眼睛的恳求，更经不住那柔和话语的诱惑。三聊两聊，便又聊到了今年的那达木和赛马夺冠。这一点火儿不要紧，小家伙便决心要在这位大叔面前显显自己的骑术。来人也绝不含糊，声称只要他能在三分钟内穿越峡谷牧场，自己胯下这匹价值万元的好马就算赞助他了。小家伙试着一骑，果然要比自己的骑乘强多了。得！又是三激两激，于是便演出了刚才峡谷闯阵的一幕！

沉默！蒙古包里只剩下了一片沉默！

牧马人似乎都很理解大老刘的处境，谁都不愿再多说话戳痛他那心上的伤口。但那身在暗处的大盗马贼却似仍觉不够劲儿，窃笑中还要来一个雪上加霜！正当大伙儿很给大老刘面子的时候，就听到远处峡谷牧场中又是一片马群惊炸的嘶叫声。等大老刘惊觉扑向了现场，为时已经晚了。那盗马贼果然名不虚传，不但又牵走了一匹好马，而且还在山石上留下个大大的血字：还！

三匹！不多不少恰好是三匹！

大老刘垂首望着自己的警服，由不得浑身战抖了。自责、羞愧、愤怒、屈辱！如若没有众牧马人在身旁，很可能当时就把他引爆了。发疯、叫骂、摔盘子、砸东西，甚至朝自己脑袋上来一枪！但没有，他只顾瞅着自己这一身绿。不知为什么，瞅着瞅着绿色扩散了，里头竟闪现出一个又一个同吃这碗饭的哥们儿弟兄。

他妈的！绝不能让大家跟着自己背黑锅！

又是一声呐喊，大老刘又重新扑回了蒙古包。任牧人们怎么劝都没用，闷着头儿铺开一张白纸就恶狠狠地画上了：

野人般的杂乱长发！

黑煞煞的络腮胡须！

油渍麻花的蒙古长袍！

引人注目的一条瘸腿！

什么叫“善良的眼睛”？目光应是狡猾的！

什么叫“柔和的声音”？嘴角应是奸诈的！

画！画！画！

戳断了一根又一根的笔，撕碎了一张又一张的纸。也不知过了多少时候，随着最满意的一幅完成，大老刘竟开始心平气和起来。把笔往地上一摔，愣和那幅画像对上话了：

“嘿嘿！伙计！你拿咱爷们儿开涮，可你那狐狸尾巴也让咱爷们抓住了。小子！你就等着瞧吧！”

说到做到！

就从这一天起，大老刘除把盗马贼画像复印后传遍各处外，便像一个复仇的猎人似地开始了跟踪追缉。没过几天，那大盗马贼似乎就憋不住劲儿了。由南到北，留下的踪迹似乎都说明他正朝边界线窜去。更令人惊诧的是，这小子好像再顾不上扮演老外伸大拇哥的佐罗了，竟骤然变成了个嗜血成性的食肉生番。

处处都留下了恐怖的血迹。

青山头旁，一匹碰断腿的烈马显然是被他虐杀了。开膛破腹，血淋淋的心脏残块上留下了生噬后的牙印。剩下的半碗烈酒也搅拌着马血，只是来不及喝完罢了。再向北的艾力克马群里，也发现了流淌着的血。等顺着踪迹找到牧场深处的红柳丛中，又发现了一堆篝火和几根啃掉马肉的白骨；还有沾满马血的脚印，几只仍留下鲜血口纹的烈酒瓶。更令人发憷的是，更靠北的芨芨滩里，马身子不知哪儿去了，只留下孤零零的马脑袋。眼睛仍然瞪得溜儿圆，典型的一派死不瞑目的样子。

血！血！到处都留下了走投无路的血！

这显然有助于大老刘威望的回升，而盗马贼却反而身价一落千丈。牧人们爱畜如子，这样的虐杀只能使整个草原对其恨之入骨。为此，有些年轻的牧马人深表遗憾：逃就逃吧！干吗不凭一身马上绝技继续当个骤然消失的佐罗？却偏偏要显现原形变成个嗜血成性的魔王？得！掉价儿！就等着大老刘把这虎头蛇尾的小子缉捕归案吧！

但更意外的事情却意外发生了！

又过了几天，突然间血迹没有了，马群也再不丢失了。茫茫的草原顿时变得异常宁静，那狰狞的盗马贼竟如一缕轻烟自生自灭了。生不见人，死不见尸，逃往国外和区外更难以查证。只剩下大老刘一个人孤零零地站在草原深处，恍恍惚惚地像做了一场噩梦。

天哪！公安人员最忌讳这个！

偏偏在这时候老爷子又来电话召唤他回局里。老爷子，局长的绰号。其实也不过四十来岁，只因为松松垮垮总撑不起首长的架子，总爱没大没小地找小伙子们下象棋。谁要妨碍了他那“小卒逼宫”的惯用把戏，他还总赖着脸儿悔棋。愣把车马炮当做卒子使，也非在后宫那方寸之地赢了你不可。也不知是谁带头喊了声：“老爷子！您干脆把我也当棋子玩儿吧！”得！局长这词儿就从此抹了，老爷子就成了头头的代名词儿。

当然，这回绝不是应召回去下棋！

“哟嗬！”谁料一见面还是离不开象棋术语，“咱们的当头炮撤回来了！”

“这……”这只剩下等着检讨了。

“这头两炮打得挺好！”更出人意料，无功竟能受赏，“只不过现如今炮架子没了，好炮也得抽回来到后宫去卧底儿！”

“什么?”更不明白了。

“巴雅尔这小子来电话了，”老爷子只好扔开了自己的象棋术语，“点着名儿要你去作他的搭档。”

“他在哪儿?”大老刘马上意识到了什么。

“赛汉塔拉！”老爷子却仍在云遮雾罩地说着，“这小子就是鬼，就没人能‘别’住他的腿儿！趁咱们围着那大盗马贼转的工夫，这生骒子马三跳两跳愣跳到个最清净的地儿。瞧瞧！全旗唯一没丢过马匹的草场。风光幽美，还富得流油儿。这小子得了便宜还卖乖，还说什么踢足球的就讲究抢点！你说说，这好比是下棋里支什么招儿？”

“这……”这显然是明知故问。

大老刘沉思了。看来，虽然大盗马贼销声匿迹了，局里仍死死抓住这件案子不放。自己只不过是个明摆着的当头炮，暗中却早支了招马来跳。巴雅尔他是了解的，虽然比他小六七岁，却也称得上是铁哥们儿。别看这小子吊儿郎当总没个正经，可又在同伴中颇得人缘儿。他点着名儿要自己去作他的搭档够朋友，可硬要捏在一块办案又似乎有点玩玄。

“想什么？”老爷子似乎已看出来了。

“这、这，”他只好直说，“好是好！可我们俩不对路子……”

“要的就是这个嘛！”谁料想松松垮垮的老爷子竟为之一振。

“什么？”他以为自己听错了。

“什么什么？”老爷子像嫌他是块榆木疙瘩，“对了路子还要两个人干吗？你只管发扬你的传统，他只管发挥他的风格！车马炮还各有各的走法呢，要你去就是为了各行其是！”

“可这案子？”还在犯倔。

“嘿嘿！”老爷子似来气了，“谁让你到赛汗塔拉非抓出个盗马贼不可？人家早就是全旗治安的先进单位！去帮助整理整理未丢失一匹马的经验，再在自治区也夺回一面奖旗不是更好吗？堤内损失堤外补，总得有个法子向上头交差吧？”

“什么？”他只觉得今天老爷子变了个人儿似的。

“马上出发！”老爷子却认真地怒吼了。

得！只好马上跨上摩托拼命地向赛汗塔拉赶去。白当了好些天当头炮且不说，今儿个又捞了这么桩不明不白的差事。大盗马贼拿他开涮，朋友也拉着他玩玄，这心情能好得了吗？

摩托车风驰电掣般地急闪着！

他竟怨起了巴雅尔……

二

也难怪！来到赛汗塔拉草原三四天了，这小子明知他被那盗马贼涮了，竟嘻嘻哈哈地完全不当回事儿。

他妈的！这叫哪门子搭档？

可要说这地儿，那真是名不虚传。绿波荡漾，一座座蒙古包就像草海中飞溅起的朵朵浪花儿。碧野深处，又闪现出乳品和肉类加工厂的红砖灰瓦。宁静中透出一股朝气，更为这古老的草原涂抹上了几笔现代化的色彩。到处都飘荡着姑娘们挑逗的笑声，似很难想象那嗜血的盗马贼就隐没在这里。

他开始怀疑起巴雅尔来了。按说，这小子在草原刑警里算小字辈人物，但却颇有点儿老油子的风格。条儿啊，面儿啊，块儿啊，长得都不错，可就是那一脸傻迷迷的笑让人总琢磨不透。说他忠于职守，他又敢糊弄领导。说他吊儿郎当，他又累破要案。说他还不够格，他却自称全新品种。说他有功就让，他又借钱就忘。说他不合群儿，他又极讲哥们儿义气。说他满肚鬼点子，他又能让老刑警们个个屈尊和他称兄道弟。

当然，大老刘也不例外。

可这回由于摘了面儿，越琢磨就越看不对劲儿。得！这么一深入畜群一串蒙古包，问题似乎马上就搞明白了。根据他画的影像，这里根本就没人见过这么一位披着野人般乱发、长着瘆人的络腮胡子、穿着油渍麻花的蒙古长袍、瘸着一条腿的怪物。倒成天见一位长得挺帅、穿得也很精神、却又没羞没臊的草原刑警，正在兜着圈子想摘一朵花儿。

什么？什么？

大老刘这才想起来了：早就听说，在这赛汗塔拉草原上有个远近闻名的漂亮姑娘。有一次一位老外到这儿来旅游，在牧场上一瞧就惊呆了。非要拍一张照片留念，说是有助于开发中国的旅游资源。果然第二年老外来了一拨儿又一拨儿，而且手里都捧着一本洋画报。借过来一瞧，哟！原来封面登的全是这姑娘的大照片儿。这一下添乱了！不但草原上的小伙子个个当仁不让，就连旗上的公子哥们儿也纷纷登门亮相。最著名的就要数副旗长的儿子赛里夫，而且自己也是个赴日的留学生。但虽然远隔重洋，却痴心仍然不改。一封接着一封来信，竟能产生巨大的威慑力量。就连当地最有实力的草原企业家斯尔杰，也只能眼巴巴地望而却步。按说这小伙子的叔叔阿日布还是这里的苏木达，但官大一品压死人。叔叔比人家老爸低了一个格儿，当侄子再有能耐也不敢轻举妄动。更何况听说这姑娘已经替自己选定了个主儿，这就使情况变得更为错综复杂。一个盯着一个，说不定什么时候非炸了不可！

瞧瞧！巴雅尔这小子竟敢也来掺和！

他妈的！这叫什么马来跳？老爷子明明让这小子又糊弄了，还非要拉着个别人来当垫背的。盗马盗来得是血腥恐怖，这小子来得是花花肠子。不成！别以为傻大黑粗就好糊弄。哥们是哥们儿，可这事儿必须挑明了！

“巴雅尔！”总算在草滩上找到了。

“干吗？干吗？”谁料这小子仍是一副吊儿郎当的架势，“一脸旧社会，两眼阶级斗争，没带手铐子来吧？”

“他妈的！来正经的！”只好怒吼了。

“是！”又换成了一副可怜巴巴的模样儿。

“你！”不能心软，只能绷着脸儿直说，“哈哈！可真够哥们儿义气！我原以为，你不忍心看着哥哥在盗马贼手下栽了，到这儿是为了让咱争回面子来。没想到，你是拿咱大老刘当傻小子玩儿！变着法子寻花问柳，倒让咱来给你打掩护！”

“嘿嘿！”竟不否认。

“还笑！”更来火了，“就是咱大老刘发善心可怜你没媳妇儿，你也不该色胆包天地来捅这个马蜂窝！”

“姑娘怎么变成了马蜂窝？”颇不情愿。

“他妈的！”大老刘的眼睛瞪得更大了，“你小子是真糊涂还是假糊涂？你能比过赛里夫老子的权？还是能比过斯尔杰手里的钱？人家一个是留学生，一个是企业家，更何况姑娘还有个自己挑下的主儿！三个对一个，本来就够乱乎了。你再插上一手，闹不好非出人命不可！”

“来劲儿！”猛地一句。

“什么？”大老刘差点让气疯了。

“是这么档子事儿！”这位却一本正经地说上了，“一人追一个，是没劲。还没等你追几步，姑娘就喘着气儿假装浑身发软，悠一下就顺势倒在你的怀里不动了。只要你一搂，得！这就算给你套上笼头了。可这么多人追一个，那就得全凭真功夫了。眼瞧着死球了，一个鱼跃前扑救了起来。满堂喝彩，够多刺激的！人生难得几次搏，何况是为了讨个好老婆？”

“你？”这小子是不可救药了！

“我？”这位愣搭上了茬儿，“我看这也是天意。你说，外国洋画报我看了多少？封面上的大美人儿我都瞧腻了。可那天在东边的牧场上一瞧见她，就觉得全世界别的女孩儿都算白生了。柔和的晚霞，黄昏中的草原，小白桦干搭成的牛栏，她正卷起袖子跪着挤奶呢。伙计！牛哞哞地叫着，她静静地挤着。瞧着瞧着，我的眼睛就只剩下了那舞动着的两条胳膊！”

“你小子不是醉了吧？”他不安了。

“是醉了！”这位倒也直爽，“古书上说什么是玉臂，如凝脂。冷冰冰，油渍麻花，纯属他妈的没词儿。让我说，说什么？也没词儿！就只觉得一下子发现了自己是个男人，不挎着这么条胳膊就枉活了一辈子！挠人心，挠人肺。不像是在挤奶，倒像是在撑咱浑身上下的每条血管儿。脑袋瓜子悠一下便被捋空了，眼前就只剩下姑娘迷人的身影！”

“正经事儿你就不想了？”他大喊。

“想！”他迷迷怔怔地回答，“是该到娶老婆的时候了。”

“什么?!”他猛地揪住了他的胸口。

但就在此时，只听得背后草坡突然发出一阵放肆的大笑声：哈哈哈哈……哈哈哈哈……大老刘忙松手猛一回头，就瞧见一位自信而又剽悍的西装客正居高临下地瞧着他们。三十岁左右，满头卷发，腮帮子刮得青皮发亮。看得出一身西服绝对是高档货色的，但却偏偏要配上一双高腰马靴。似有点不伦不类，却仍不失风度翩翩。大老刘被这家伙笑得一时傻眼了。真丢人！让外人瞧着刑警和刑警干仗，真他妈的败兴透了。

从哪儿突然冒出这么个主儿?!

但巴雅尔却无所谓得很，眨眼间就像换了个人似的，愣嘻嘻哈哈地迎了上去：

“嘿嘿！斯尔杰厂长，算让你老兄碰巧瞧上好戏了！”

“嘿嘿！”这位也在笑，“是不错！”

“那是！”巴雅尔更不含糊了，“你老兄有钱走南串北找乐子，咱这穷刑警们也得撕扯撕扯寻开心！”

“开心？”这位突然绷起了脸，“就不该挑错了地儿。告诉你，牧人心里能驰骋九十九匹骏马，可就是拴不得一只虱子！现如今这一个不够，又来了个更大个儿的！”

“你说什么?!”大老刘挺身而出了。

“说什么?!”这位显得更横，“赛汗塔拉草原不是贼窝儿，别他妈的往我叔叔脸上抹黑！老头子容易吗？辛辛苦苦几十年，倒成了你们寻开心的对象！别忘了，这里可是莫副旗长抓的乡镇企业的点儿，想来捞油水儿那叫找错了门儿!”

“你!”大老刘更加愤愤不平了。

“我?”这位突然又套起了近乎，“大个子！我对你的印象还不错！这小子是该教训教训了。不光是想捞油水儿，还想来摘花儿!”

“你听我说!”大老刘决心维护草原刑警的荣誉。

“没工夫。拜拜了!”这小子一扭头竟傲然地走了。

“嘻嘻!”巴雅尔却还在笑。

他妈的！大老刘心里骂着就想上去说个明白，但猛地他却停步不前了。痴痴地望着斯尔杰那双迈动着的高腰马靴，似蓦地联想起了什么，职业的本能使他陷入了深深的沉思。

难道这仅仅是巧合么?

“喂!”巴雅尔却喊着他说，“伙计！我该去看南丝日玛挤奶了。”

“谁?”他下意识地问。

“就是那上洋画报封面的草原妞儿!”巴雅尔答。

“浑!”他又要来气了。

但巴雅尔还是没皮没脸地走了。慢慢踏上了草岗，向着远方夕阳下那牛栏心安理得地走去了。

像完成了一件任务似的……

三

莫非是巴雅尔这小子在给自己打掩护?

一连两天，大老刘更对那双迈动着的大马靴如痴如迷了。一回到他和巴雅尔借居的那顶洁白的蒙古包里，就由不得又拿出了那张自己描下的盗马贼的画像久久思忖着。不知为什么，耳旁还似乎总传来斯尔杰那放肆的笑声。

马靴！马靴！眼前又晃动起那双马靴！

按说现在还不到这么办的时候，但这一天大老刘竟由不得这样动起了手来。铺开了画像，用笔替那狰狞的盗马贼刮掉了络腮胡子，修剪了杂乱的长发，换下了油污的蒙古长袍，垫高了那条瘸腿。越画就越觉得在漫长而黑暗的隧道中看到了一点希望的光亮：

这不就是个活脱脱的斯尔杰吗?!

但在兴奋之余，他又很快的产生了怀疑。巴雅尔这小子鬼点子是多，可这一切得来也不该这么容易呀！而且大方得出奇，愣大大咧咧地让给了自己却只顾去追求那草原妞儿。神魂颠倒也不能到了这个地步，这鬼家伙葫芦里到底卖得是什么药?

但那双大马靴却仍在眼前迈动着……

正在此时，却只听得蒙古包外传来了一阵嘤嘤的啜泣声。大老刘一怔忙迈步走出了门外，就只见一位身材苗条的女孩子正垂着头儿站在门口。咬着头上的纱巾角儿，似想进又不敢进，只顾为难地啜泣着。

“你是谁?”大老刘警觉了。

“南丝日玛……”女孩子轻声回答着。

“南丝日玛!”大老刘却失声高叫了。

“怎么了?”女孩子一惊，猛扬起了脸儿。

天哪！大老刘再没词儿了。一时间，只觉阳光变得更加明媚，草原变得更加秀美，巴雅尔的鬼迷心窍也变得完全可以理解了。

“求求您了……”她怯生生地说。

“行！行!”大老刘望着她那被泪水洗过的眸子，竟不加考虑地马上答应了。

“让他不要再来了……”她说。

“为什么?”他脱口问道。

“我怕……”她的目光蓦地变得惘然了。

怕？大老刘不由得一惊，刹时想到莫非是巴雅尔这小子做出了什么见不得人的事儿？但似乎又什么也没有发生，南丝日玛只顾望着远方哀婉地倾诉着。

草原上荡起了柔和的风……

她说，她从小就和阿爸相依为命，而阿爸就怕别人夸女儿长得漂亮。她也怕，因为这使她常常联想到自己从小就神秘失踪的母亲。阿爸是这里最出色的牧马人，高傲得什么也不对自己的女儿说。但在她长大之后便逐渐体会到，漂亮对一个女孩子来说绝对不是一件好事情。尤其是那个多事的老外把她的照片登上洋画报后，各种磨难果然接踵而来了。

权和钱，赛里夫和斯尔杰……

她说，她曾为此恐惧过，也勇敢过。在高傲的阿爸支持下，终于坚决为自己选中了一个既无权又无势的穷“巴克西”——草原教师。

她爱他，因为他俩从小一起长大。耳鬓厮磨，可以说是青梅竹马。更重要的是，别看他是个孤儿，却勤奋努力格外有志气。在牧人们的关怀下一直读到大学毕业，如不是被别人顶了，早成了公费留洋生。也好，他忘不了养育他的故乡草原，终于在她惊喜的目光下又出现在她的蒙古包里了。

爱情，彻底扫清了她的恐惧……

但他却似乎有点变了。面目变得更加英俊，身材变得更加挺拔，性格变得更加善良，举止也变得更加文雅。然而，在爱情上他也变得战战兢兢了。她曾催促过他，他却总是忧心忡忡地说，再等等吧！再等等吧……只顾一心扑在学校里，好像要把自己炽热的爱暂时分散在每个草原孩子的身上。

等待，到底等待到什么时候？

她说，她知道斯尔杰还不敢对她怎么样，他或许是在等待赛里夫在花花世界忘乎一切。但谁料想半道里又插进了个草原刑警，使相对的平静又重新被搅乱了。本来多日不来信的赛里夫又频频来信了，斯尔杰也大叫着与其让绿皮小子抢了还不如他先动手。乱了！乱了！急得高傲的阿爸也哀求她马上结婚吧！谁料想这位堂堂的大学毕业生竟被吓得手脚失措，连“再等等吧”也不说了，却只顾紧紧拥抱着她泪流满面地说：或许我们该分手了！

她正是为这个来的。

“求求你了！”最后她说，“还给我们安静吧！要不，他就不要我了……”

“行！”大老刘又一次大喊着答应了。

南丝日玛走了，大老刘心里这份儿乱啊！连桌子上那刚修剪过头发胡子的盗马贼画像都忘了，只顾一个劲儿地暗骂巴雅尔这浑小子！偏偏这家伙又当仁不让，竟赶上了这位正在火头儿上：

“他妈的！瞧你干下的好事儿！”

“哟嗬！”巴雅尔竟能反戈一击，“还说我神魂颠倒呢！姑娘这一来，有老婆的人也变得不分青红皂白了！”

“什么?!”吼声更高了。

“什么?!”虚晃一招儿，竟拿起桌上修剪过头发胡子的画儿，盾牌似地挡住了脸。

“说！”大老刘绝不允许他躲避。

“说就说！”这小子也真能念念有词儿，“你以为咱愿意这样吗？对手像个小羊羔儿，咱也跟着掉价儿。得！咱绝不能让心爱的姑娘跟着咱受委屈，得找那小儿算账去！有劲儿就往咱巴雅尔身上使，干吗酸不溜溜地跟姑娘来这手儿？”

“你、你这是火上加油！”大老刘喊。

“谁说不是！”这位也毫不否认，“可我刚和这主儿一见面儿，就有点儿傻了眼。且不论这个长得帅啊，就瞧那身斯文劲儿也让你觉得自个儿像个野蛮人似的！”

“嘿嘿！知道就好！”大老刘冷笑了。

“好是好！”这位脸皮子也真厚，“可咱这嘴皮子却没发软，张口就是一通质问。谁曾想到这位大学生听后直摇头儿，半晌才文绉绉地给了咱这么两句：南丝日玛想得太单纯了，我们的分手绝不是因为您……我当时失声大喊了：那到底为什么？他却避而不答，只是说他已经申请调往更加偏远的草原，今天下午就要到旗上办手续。再问，他竟满眼溢满了泪水，扔下两封信便默默地走了。”

“信！那信呢？”大老刘出于职业的本能，急切地问道。

“没劲！”巴雅尔竟随手扔了过来。

大老刘忙拆开仔细看着，愣没注意到巴雅尔在那画像上瞎涂瞎抹起来。赛里夫这小衙内也太霸道了！在信中竟说，他在日本见的女孩子越多，就越觉得南丝日玛的不可代替。既然在留学上他能战胜了他，在这上头更没有讨价还价的余地。他虽然现在远在国外，但在国内当旗长的父亲却很欣赏他的选择……还有一封是给苏木达阿日布的。信中说，作为父亲的老部下，他不应忘记怎样管教好他的侄子。斯尔杰怎么成了草原企业家，自己心里也该有数的。趁火打劫，国内还有好多铁哥们儿，也不会对此袖手旁观的。尤其是对那位非得返归故乡的高材生，似乎也应该让人家死心远走高飞了。只有净化了环境，才能更快地洽谈好那宗和日方合资的项目。须知这种肉类罐头胆固醇低，在欧美日本大受欢迎。只要投产，定能尽快补上斯尔杰那笔十几万元的亏空！云云。

大老刘看毕，一时间愣然了。条件反射一般，只觉得眼前飘闪着一个又一个问号。时而荡近了，时而又飘远了。时而勾连在一起，时而又一如风吹散了。似和自己的案子无关，却又缠绕着他不由得浮想联翩：

老阿日布到底在扮演什么角色?

斯尔杰原来竟负债累累……

赛里夫在其间掌握了什么把柄?

罐头，还有那奇特的罐头……

赛汗塔拉果真是治安模范吗?

这块净土上隐没着什么……

说不清，道不明，大老刘只觉得蓦地那双特别的大马靴又在眼前迈动起来。牵引着他，让他必须苦苦思索下去。

"嘻嘻!"巴雅尔却在一旁突然笑了。

大老刘忙走近一看，就只见这小子正在那张画上乱涂乱抹。自己原先用笔修剪过的杂乱长发，刮掉的络腮胡子，又让这小子闲极无聊地涂涂抹抹胡添上去了。他妈的！半日辛苦是闹着玩儿的吗？大老刘顿时虎目圆睁了!

"蓝图!"巴雅尔嬉皮笑脸地竟没觉察。

"蓝图?"大老刘的虎目却骤然又缩小了。

"谁的?"巴雅尔一本正经地问。

"我的!"大老刘觉得问题太古怪了。

"不一定!"巴雅尔却还在委屈人。

"你!"大老刘来气了。

"我?"巴雅尔一起身儿，"您哪！我该拜拜了。南丝日玛这工夫准赶着水车去井边儿，这可是个讨姑娘好儿的绝妙机会!"

"你敢!"大老刘想拦。

"不敢?"这小子却说，"咱没那么没出息！中国人连死都不怕，咱还在乎个小衙内赛里夫?"

"可别忘了还有局子里!"正欲提醒。

"嘿嘿!"这家伙更无所谓了，"咱早和老爷子有约法三章!"

"这?"大老刘没辙了。

走了，还是打着口哨走了。他妈的！没商没量的，就顾得死盯着一个娘们儿，这算哪家子的风格?

得！只有自己瞧着办了……

四

形势所迫，绝无他途!

果然，巴雅尔对姑娘这一穷追不舍，无形中便把大老刘推向了智勇神探的高度。

他明白这是谁在添油加醋!

这小子啊! 为了自己拈花惹草，愣把他的走麦城吹成了过五关斩六将。什么智斗盗马贼。什么勇逼嗜血生番! 什么累破无头案，什么从未空手而归! 种种种种，把他可说了个神乎其神。

逼! 这是逼着自己也去捅马蜂窝!

可有什么办法呢? 孩子们成天哭哭啼啼地问他要老师，大人们成天惴惴不安地求他快破案。斯尔杰公然声称要看他的笑话，就连赛里夫的旗长老子也来长途直接干预。乱了，乱了，赛汗塔拉草原似乱成了一锅粥!

他妈的! 这不是在逼他铤而走险吗?

这一天，就连蛮沉得住气的阿日布也沉不住气了。这位五十多岁的苏木达曾给他留下很好的印象。和蔼、老成，是一个颇受尊敬的小老头儿。可今天一出马就给人感觉不一样了。道貌岸然，老谋深算，似变得有点笑里藏刀了。一把他请入苏木政府的办公室，就颇为温和地问上他是否没丢失马匹也犯罪?

这简直是逼上梁山!

大老刘也不含糊，既然被逼着铤而走险就铤而走险吧! 但靴子、画像等老底儿也不能全抖出来，就先问问斯尔杰和赛里夫合伙要引进什么项目? 投产的又是什么肉类罐头? 尤其是到底怎么出现了那十几万的空亏?

老阿日布显然被击中什么要害了……

就不该正在此时，门被咣当一下推开了，斯尔杰恶狠狠地推门扑进来了。看得出，这小子很可能就在外面偷听，怕暴露天机也亲自跳出来了。但大老刘却有意不动声色，还在自顾自地说着：

“据统计，除咱们赛汗塔拉草原外，全旗共被盗三十九匹马，价值也是十几万元，还在每个被盗的牧场上都留下一个字：还!”

“他妈的!”斯尔杰终于爆发了。

“你给我住口!”小老头儿大声喝止着。

“不!”斯尔杰却如喷发的火山，“这小子还不如直说：是咱赛汗塔拉草原在盗马，我斯尔杰就是那血糊淋拉的盗马贼！想干什么？老子就偏不信这个邪！你要是查不出来，别说是莫旗长不让，老子也得带上马队剿了你们公安局!”

“这可犯法!”大老刘故意点了一句。

“对!”老阿日布果然应声而起，“小心我再打断你那另一条腿!”

另一条腿?!大老刘眼前闪亮了。

另一条腿?!斯尔杰马上沉默了。

但奇怪的是，老阿日布却似乎没有觉察，竟提出改日和大老刘再谈，他要留下自己的侄子首先摸摸加工厂的情况。斯尔杰显然有些慌乱了。可老头子却沉得很稳。

大老刘退出来了。

草原上洒满了明媚的阳光，但他却总觉得有点儿玩玄。万一自己判断错了，看来砸局子是不可避免的。好在有“再打断你另一条腿”垫底儿，说不定从此便“柳暗花明又一村”呢！机不可失，时不再来。趁这叔侄俩暗里相商，这回得追着巴雅尔商量对策了。

啊！又是南丝日玛拉水的时候了。

大老刘随之便赶到了碧野的深井旁，但没有，只见一群顽童正在水槽旁泼水嬉戏。他这仔细一打听，便差点儿把肺气炸了。这小子真他妈的没皮没脸！打从前天追人家追到这里，姑娘就对他冷若冰霜怨愤不已了。他还想油嘴滑舌动之以情，谁料想反而把南丝日玛逼得终于失声痛哭了。这个气，这个恨，真可谓“泪飞顿作倾盆雨”了。如若别人，早就羞得无地藏身了。他可好！为了讨得姑娘的喜欢，竟当众宣布非要把“那小子”说得回心转意不可！公平竞争，合理参赛，他宁愿脱掉这身警服和他一比高低。瞧！浑到什么成色了？这两天一直紧追着人家不放，愣逼得人家无处躲避穷于招架。

南丝日玛终于绝望地足不出户了。

案情这样扑朔迷离，而这小子竟这样胡作非为！这叫什么搭档？眼瞧着就要和这小子一块儿栽了！可又不能踩着他的肩膀只顾洗涮自己，草原刑警间最忌讳这个。没辙！谁让自己摊上这么个小兄弟呢？只能够硬着头皮独自闯阵了。

猛抬头，只见不远那红砖灰瓦的厂房。

大老刘蓦地眼前闪亮了。赛里夫来信中所说的诸多问题，刹那间又在他的脑海中翻腾起来：合资的是什么项目？到底出现了什么亏空？更重要的是将要出产的是什么罐头？这很可能就是要害，否则阿日布也不会匆匆打发他偏偏去和侄子密谋。

这难道不是个空子吗？

大老刘情绪一振，大步便向这家乳品和肉乳加工厂走去。绿野茫茫，这家乡镇企业却颇有点现代化的气息。这里的人们也似乎特别信任他这身警服，竟由他在里头自由自在地走来走去。他很快便发现了，在欣欣向荣的景象下也似乎存在着问题。一座新盖的车间厂房大门紧紧锁着，不知为何愣让它四处杂草丛生。但出于职业本能引起他注意的，还当数厂区后那隐没在红柳丛中的冷藏仓库。

他回顾一下四周，装着没事似地走进去了。

没人儿，里头弥漫着一股冷飕飕的寒气。到处都是成袋儿、成罐儿、成箱子的奶粉和肉类制成品，全都是一个牌号毫无可疑之处。大老刘有点儿失望了，只感到自己也被冷冻起来。但猛地一个冷战间，他却意外地发现了两只特别的纸箱。上头的中国字儿夹杂着日文字母。日本货！大老刘忙打开来看，罐头！商标是圆圈内吊起的个棕色马首。不知为什么，刹那间他就联想起追踪时发现的那个孤零的马脑袋，血糊淋拉，还死不瞑目。没错儿！马肉罐头，是马肉罐头！

大老刘拿起一桶痴痴不动了……

“放下！”蓦地便听得惊雷似的一声怒吼，再一回头，就只见一条壮汉凶神恶煞似地堵在了门口。

斯尔杰？

是斯尔杰。但大老刘也绝不含糊，冷冷就回了他一句：“哪儿来的？”

这小子竟能毫不惊慌，盛气凌人地反而将了大老刘一军：“赛里夫他姐夫给的，莫旗长派人送来的！怎么样？有种的你就碰碰去！”

大老刘又是一声冷笑：“嘿嘿！咱这帽徽只认法，不认官，拿这个吓不倒咱！”

谁料想斯尔杰却又反咬一口：“哈哈！屁放得倒响！一丘之貉，我看你这是戴着警徽当贼！”

“你胡说！”老实人气得只能怒吼了。

“胡说？”这小子竟气焰更加嚣张了，“这才叫做贼喊捉贼！你偷我们的样品罐头，那小子偷我们的有主姑娘，你们公安局在合伙偷我们赛汗塔拉的荣誉!”

“这是执行公务!”他只能义正词严了。

“执行公务?”这小子更寸步不让了，“没锁子没人儿，执行得可真够顺利的!你小子生着法子想栽赃，咱们也不得不变着法子来捉贼!”

“什么?!原来这是个圈套?”

“放下!放下!”斯尔杰骤然间两目喷火，面露凶相，步步紧逼上来了。

“要动武?”大老刘暗想。

“你逼的!”这小子果然拳头攥得咯巴咯巴响，“你不是要贼吗?咱这就给你抓一个!”

“你?!”眼看就要扑上来了!

大老刘知道，手轻了不足以制服这小子，手重了后果又不堪设想。但已再无其他选择余地，只听得这小子又是一声怒吼，眼瞧着就要像颗炸弹启爆了!

“斯尔杰!”蓦地，门外传来一声轻叫。

似女孩子的声音，却像有着一股非凡的魔力。顿时，斯尔杰一动不动了，那一双曾引人生疑的大马靴就像钉死在地上一般。刚才那还在狂怒喷火的眼睛，骤然间也变得虚无缥缈起来。

“斯尔杰……”又是轻轻地一声。

蓦地，这小子好像是把马肉罐头全忘光了。猛回身，便不顾一切地循声向门外冲去。似乎受着天使的召唤，即使原形毕露也在所不惜!

倒轮到大老刘一时痴了、呆了……

等到他稳住了神儿追出门外之后，冷库外已悄无人影。再听骤然一阵马蹄声起，这才望见两匹骏马正踏破绿海向远方飞驰而去。

大老刘极目远眺着!

一匹马上显然骑的是斯尔杰，另一匹马上骑的人却颇费猜疑。刚刚明明是个女孩儿的声音，现在马背上跨的却像个颇为秀气的半大小伙子!

莫非是女扮男装?是她——

南丝日玛……

五

月如流银，映辉着草原。

可在蒙古包里，气氛却有点儿不大对头。大老刘正在赌气，憋着劲儿不和巴雅尔说话。这叫什么和什么事儿啊？成天鬼混，扔下个乱糟糟的马蜂窝让他一个人捅！白天如没有那两声草原妞儿的呼唤，说不定已经壮烈牺牲了呢！

他妈的！

“嘻嘻！”可这位却总在挑茬儿，“哥们儿！今儿个收获准不小吧？见面分一半儿，咱也好回去向老爷子交差！”

“滚一边儿去吧！”还是不理。

“你说，”这位还只顾叨叨着，“如今这大学生是怎么学的？越学就越没了草原上那股子剽悍劲儿！任你追着捧着劝，还是不敢挺直腰板儿！多好的一个姑娘啊……”

“好个屁！”大老刘开始憋不住了。

“什么？什么？”这位还较起了真儿，“你这不是往我巴雅尔眼里揉沙子吗？”

“揉！就得揉！”大老刘喊着。

“哟嗬！”这位还在激。

“他妈的！”终于如大堤决口了，“值得吗？你小子找的是个骚娘们儿！”

“你敢胡说！”这位挺身捍卫了。

“胡说？”决堤的洪水汹涌奔流了。大老刘由老阿日布找他谈话，一直说到了冷库探密。又由马肉罐头的发现，一直说到斯尔杰的到来。再由一触即发的危机高潮，一直说到那女孩子声音的呼唤。最后还特意补充了几句，“嘿嘿！还女扮男装，一起跨着马往后草甸子里跑，没猫腻儿事情才怪呢！”

“干什么你看见了吗？”这位难得的一本正经。

“怎么？要来火儿？大老刘有点儿不安。

“嘿嘿！”这位却偏乐了，“碰巧儿让咱全瞧见了！”

“真的？”大老刘不信。

“假得了吗？”这位竟认真地讲了下去，“巧透了！当时咱在后草甸子旁边的红柳林里拉屎，就只见两匹骏马穿过芨芨滩向这里跑来了。大老远的我就认出了一匹马上骑的斯尔杰。可另一匹上骑的是谁？就在来到草甸子深处也没太注意。直等到二人在草丛里跳下马来，那小个子又哀哀戚戚喊了声：斯尔杰……我才感到不对劲儿。随着那小伙子扔掉了小礼帽，披散下流瀑般的秀发，我就更惊呆了：这不是南丝日玛吗？真让人寒心！可咱正在方便，一提裤子准闹得鸟飞人散。没辙了！只能眼瞅着姑娘泪流满面地扑进了斯尔杰怀里！”

“嘿嘿！瞧见好戏了吧！”有意的一点！

“没！”谁料巴雅尔竟欢呼了，“别看斯尔杰号称草原企业家，有钱，可毕竟是个土老冒儿。姑娘一头扎在他怀里，这小子愣不懂得怎么动手动脚。就像搂着个纸扎人儿似的，竟只顾听她一边哭着一边小声儿说着。真他妈的见鬼了！好像姑娘的眼泪能灭火似的，这小子愣傻了似地变成了一块坚冰！”

“后来呢？”大老刘还在点化。

“后来？”这位却好像仍未觉察，“后来南丝日玛就双手一松，两膝一软，顺势便跪倒在斯尔杰脚下。久久地一动不动，只顾垂着头儿在哭泣。当时我又担心了！只要那家伙眼睛里一冒火花儿，草原上最美的一个黄花姑娘准没了！逼得我暗中只好匆忙提起裤子，像一支引弦待发的箭时刻准备着。但谁料射出的不是我，而偏偏是斯尔杰。只听这小子蓦地野狼似地一声长嚎，随之便甩下姑娘飞身上了马背。目不暇接，比箭射出去的还快。一眨眼工夫，便穿越大草甸子消失得无影无踪！”

“奇怪！”大老刘再顾不得点化别人了。

“是奇怪。”这位也说，“只留下姑娘一个人痴痴呆呆地站在大草甸子里，就像是一株在绿野里迎风抖瑟的小白桦树。咱能眼瞅着不管吗？但刚等悄悄地走到她身边儿，竟差点儿把她惊得栽倒了。仿佛一只落入陷阱的羚羊，圆睁一双怯生生的眸子，只顾得对我失声惊叫着：他是个好人！他是个好人！”

“这说谁？”大老刘本能地警惕了。

“说谁？”这位马上回答，“我也正想问个明白。但南丝日玛惊恐地瞧着我，愣像大白天见鬼一般，蓦地也窜上了骏马，呼一下便从我的眼前像风般地消失了！”

“够你琢磨得了！”又想起了点化。

“是啊！”这位也顺竿儿就爬，“其他的事儿还请您多费心了！”

“什么？什么？”差点让气晕了。

“不什么！”这位竟置若罔闻，“你想想看，咱是那半途而废的人儿吗？既然斯尔杰为了爱情连那露马脚的马肉罐头都不顾了，咱更不能够在这小子面前露怯了！”

“浑！这可是张网！”还在大声提醒。

“网？”这位更来劲儿，“既然是张网，那就让谁也别涮了。他是好人，咱也不是个坏人，是到都捞出来让南丝日玛瞧瞧的时候了！”

“这……”似觉话中有话。

“这？”这小子又没了正形儿，“我得告诉那大学生去！什么和什么呀？一肚子的正义和愤慨，可就会在背后发牢骚！腐败、堕落、贪污、受贿、还有以权谋私的社会关系网，说得都对！可一轮到自己，就会筒着袖儿往回缩脖子。咱得去气气这小子！就说南丝日玛不但搂了斯尔杰的脖子，抱了斯尔杰的身子，还和斯尔杰一起倒进了草甸子！只要这大学生火了，咱就能团结起来共同对敌！”

“站住！”大老刘当即喝止了。

“怎么啦？”这位大为不满了，“见面儿不分一半儿还不成吗？”

“你小子！”大老刘决心压着火儿和他好好谈一次，“说你是花花肠子也成，说你是歪打正着也成。虽说是硬把我大老刘逼上梁山铤而走险，可也总算没白捅了这个马蜂窝。算你小子聪明，偏偏挑了这么块没丢过马匹的草原。比我大老刘高，没几天就逼得我赌着气捅出了一个又一个疑点。斯尔杰这小子原来早出现了亏空，赛里夫这小子也似乎手中握着他的把柄。马肉罐头的发现更犹如柳暗花明，紧锁的车间厂房却又密布疑云。我减你添的那张蓝图就不用说了，我还得告诉你个最重要的疑点：斯尔杰的靴子有一只是待制的，脱了之后他肯定是个瘸子！”

“哟嗬！神探！”巴雅尔欢呼了。

“神个屁！”大老刘却不吃这一套，“我只想说，你小子该留下和我一起干了。咱们即使抓不住那盗马贼，也肯定能破个案外案！要对得起这身儿绿皮，总比最后写份儿表扬总结交差强多了！”

“那就更用不着我了！”巴雅尔却说。

“天哪！”白费唇舌，大老刘只有抱着脑袋暗暗叫苦了。

“别！别！”这位却反倒劝说上了，“干吗非一根线上拴俩蚂蚱呢？有您在这里垫底儿，咱更得去大学生那儿一比高低了！”

“滚！”大老刘彻底绝望了。

但这小子嘻嘻哈哈，愣真的说滚就滚了。蒙古包的圆形天窗射下了一缕月光，映照着孤孤零零的大老刘。门外茫茫的草原寂无声息，由不得发火的人儿不会冷静下来。

难道巴雅尔就这么色迷心窍吗？

大老刘不禁回想起了这小子平时的所作所为。真真假假，没上正形儿。鬼点子一眨眼就是一个，可捅出娄子绝不连累别人。迷上了南丝日玛很可能是真的，但非要和大学生一比高低却又不像玩花花肠子。这小子爱出奇招儿！莫非是在搞声东击西？莫非是在搞迂回战术？莫非是变着法子在倒腾斯尔杰一伙的老底儿？

莫非！还有个莫非……

大老刘顿时又觉得心头热乎起来：这小子！看来是怕自己跟着他玩玄，是怕自己跟着他吃不了兜着走。当然，这家伙还曾说过：当代刑警可分为两种，智能型和指令型。自己该算哪一种呢？

热乎中又难免有了某种凄凉。

夜，更深了！但巴雅尔却迟迟没有归来。月光冷幽幽地照射着，大老刘开始为这小子不安了。蓦地，斯尔杰那恶煞煞的面孔又闪现了，似乎也在暗夜里紧紧盯着巴雅尔的行踪。

点火！往往也会引火烧身！

大老刘几次想冲出蒙古包去找，又恐怕这小子怪他妨碍“发挥风格”。远处，不知名的怪鸟惊叫了几下，骤然他的耳旁又似响起了那双大马靴的迈动声。

战战兢兢，一个不安的夜晚！

月光也在战栗着……

六

谁料，巴雅尔竟一夜未归。

大老刘几乎也是一夜未曾合眼，天刚亮就开始四处寻找这小子的下落。他妈的！这叫什么智能型？莫非也感染上了电脑病毒！

终于找上苏木学校的大门了。

但打听的结果，却更令他感到疑虑重重。都说昨晚恰好路过一辆地质队的车，那大学生便搭上连夜到旗里办调动手续去了。再到苏木政府四周去寻找，得到的消息就更使他预感到不祥。牧村里都在议论着赛里夫突然回国度假，就连阿日布闻讯也匆匆赶到旗里会面去了。

就是不见巴雅尔的鬼影子……

乱了！乱了！情况变得更为复杂了。且不说小衙内归来得颇为蹊跷，就单论阿日布的离去也颇令人猜疑。这一来一往文章大了去了，斯尔杰更必将有恃无恐。

这案子可怎么破啊！

果然，拐过一个弯儿，就瞧见斯尔杰正在牧村的一家小酒馆儿喝酒。一瞅见他，还透过明净的大玻璃窗向他招手儿。一副天王老子的模样儿，似在向他有意挑衅。大老刘是含糊这个的吗？一推门儿就正义凛然地走了进去。

别来这一套！老子心里有数！

但刚等他跨进小酒馆儿一瞧，就由不得倒吸了一口凉气。这倒不是因为斯尔杰那满脸狡诈的笑，而是因为酒桌上还趴着另外一个人。只见在一片杯盘狼藉之中，这位穿着一身警服还真醉得不轻。他怎么能和他混在一起？大老刘失口惊呼了：

“巴雅尔！……”

“没事儿！”斯尔杰话中带刺儿，“这才叫：酒逢知己千杯少，门缝瞧人斜眼多！”

“他妈的！”大老刘心中暗骂。

“没错儿！”巴雅尔却支撑着响应了。

“你！你！”大老刘当即拍案喝止着，“你少他妈的给我丢人现眼！”

“也、也对！”又醉得趴下了。

“够哥们儿！”斯尔杰却在一旁鼓动着，“五瓶儿！地道的老白干儿！再脏的个人儿也能给洗干净了！”

“走！”大老刘却只盯着巴雅尔。

“走就走！”毫不反对，可就是醉醉歪歪站不稳当，“大老刘……这、这就走……送咱也、也、也去上大学去……留洋！”

“什么？”只觉得酒气熏天。

“妈的！”又趴倒在酒桌上了，“斯、斯尔杰……凭咱哥们儿这样的熊人儿……愣、愣让这小白脸儿一起给涮了……还是有学问……这叫欲擒故纵……早种下了一颗种儿……拿咱们玩儿！玩儿！嘿嘿嘿……没门儿！”

“兄弟!”斯尔杰也赶忙阻止。

“去!”巴雅尔却拨拉开了他，“偷、偷着来……没、没门儿……咱是干什么吃喝的？我、我说……他就是盗马贼!”

“胡说!”似乎斯尔杰也觉过分。

“没错儿!”这位却仍在坚持，“能、能白盯了吗……我说他是……他就是盗马贼!”

“住口!”大老刘终于扑上去了。

天哪！什么都说，显然是醉了！大老刘背起他就往外走，只觉得恶臭的酒气一下子也浸透了自己的全身。绝不能再这么当众出丑了，其后果已非什么丢人现眼!

奇怪！背后却没听到斯尔杰的动静。

莫非他在暗中偷笑！莫非他又在策划什么阴谋诡计？大老刘再顾不得想更多的了，总算连背带拖地把巴雅尔拖了回来。

蒙古包里霎时也变得酒气冲天!

巴雅尔仍顽强地嘟哝了一句：“就、就不该让他跑了……”终于酩酊大醉地沉沉入睡了。大老刘这份儿烦啊！看来昨夜自己心头白热乎了，这小子肚子里还只有花花肠子！怪不得社会上把两代刑警又分称为“老帮子”和“匪派儿”，如今这年轻人就是“匪”啊!

但到底这两个小子又怎样突然会捏到一块儿的呢？

大老刘沉思了……

蓦地，有谁轻轻推门走了进来。猛一抬头，啊！南丝日玛……还是那么光彩照人，但大老刘却由不得打从内心反感。虽然说女人是祸水确实有点过分，可眼前却明明放倒一个刑警。肚子里都播下了大学生的种儿。还跑到这里想干什么？

“我……”未曾开言便先哭上了。

“哭什么？”大老刘却决心不服软，“说明白了，到底是怎么回事儿？”

“他是好人！他是好人!”她急切地说。

“谁说他坏了？”大老刘明知说谁，却偏偏要打破沙锅问到底，“可人家好心去找他，为什么竟在斯尔杰那儿落到这样子？”

“都怪我！都怪我!”她大包大揽了。

“什么？”大老刘仍很怀疑。

“昨天……”她说。

原来，昨天夜里，巴雅尔还真去找那大学生去了。软磨硬缠，而且一坐就不走了。先是娓娓诱导，然后便是赤裸裸地刺激。从他在红柳林里的拉屎，一直绘声绘色地说到了大草甸子里的见闻。当时，她正因为心上人的恍惚和怯懦来到这里，便恰好听到巴雅尔在说她如何和斯尔杰搂啊、抱啊……她不安、她气愤，随之就不顾一切地推门而入向巴雅尔喊着：她爱他！她爱他！任海枯石烂，任天崩地裂，她也永远是他的！苍天有眼，草原作证！那天她只不过是去告诉斯尔杰，再不要去纠缠她，她、她、她已经有了……谁料想话还没完，斯尔杰也碰巧来到这里。难道一个人折磨他还不够吗？顿时她被激怒得再也无法控制自己了。也不管自己的心上人有多么惊悸不安，对着另两个多余的人就大叫着：滚！滚！这儿只是我们两个人的家！喊完，她也害怕。但两人愣了一阵，终于垂着头儿走了。同病相怜的背影儿，使她猛地意识到了或许已经惹下祸了。

“都怪我！都怪我！”她还在说。

“唉！”大老刘沉思了。

后半段的情况还用说吗？在这种事情上，同病相怜者最容易有共同语言了。一同被撵了出来，当然会一同寻求发泄了。巴雅尔这小子说过什么？团结起来共同对敌！于是，便把办案的事情完全抛到了脑后，彻底和斯尔杰走到一起来了。很可能前半夜就在斯尔杰家中喝上了，到天亮又接着来到小酒馆儿里继续喝着泻火儿。巴雅尔无心，可人家有意。五瓶儿，整整五瓶儿！斯尔杰这小子到底想干什么？旗上刚归来个公子哥儿，这里就放倒个草原刑警。事出有因，疑窦丛生！

霎时，那双靴子又似开始迈动了。

但偏偏就在此时，巴雅尔醉梦中一个鲤鱼打挺“哇”得一声吐开了。且不说打断了大老刘的思绪，就那些搜肠刮肚的玩意儿也够他收拾的。腥秽不堪，恶臭难闻。可这小子还一个劲儿在醉梦中瞎嚷嚷：

“我说是他……就是他！”

“不！不！”姑娘竟惶恐地认起真来，“他是好人！他是好人！”

大老刘正要解释，她却匆匆走了。

是有点儿失态，可这一股恶臭与腥味又有谁能受得了啊？多亏了饮了些浓茶之后巴雅尔又沉睡过去了，他才坐在门外稍得消闲。

茫茫的草原格外显得宁静安详。

但大老刘心里这份烦啊、乱啊、躁动不安啊！一回头瞅见那倒卧的醉鬼，就恨不得马上把这小子那身绿皮给扒了。他妈的！还说绝不搞一根线儿上拴俩蚂蚱，这明明是临死还要拉上个垫背的！

搭档？这摊子可怎么收拾啊！

后果不堪设想！且不说破案毫无进展，就是巴雅尔这一通胡作非为也难以交代。知法犯法，酗酒闹事。假公济私，指鹿为马。天哪！盗马贼还没抓住，凭这些自己的警徽就先得被撸了。圈套！圈套！这明明是个圈套！这一天一夜发生的事情还不够蹊跷吗？这不已经套住了一个！

瞧！这就是“智能型”的下场！

回头再一看巴雅尔，这小子睡得可真沉。没心没肺的，典型的一副傻小子模样儿。嘴唇上的奶毛儿尚未褪尽，让人越瞧就越恨不起来。唉！谁让自己摊上了这么个小滑头？天塌了也只能由当大的顶着。刑警自有刑警的规矩，绝不能撂下自己的一个兄弟。要算得一条汉子，有气就得找正经地方撒去！

往事历历在眼前闪过了……

蓝图，马靴；冷库揭秘，酒馆奇遇；赛里夫的突然归来，阿日布的意外离去；斯尔杰的挑衅招手，巴雅尔的醉后失言，还有那十几万元的亏空和马肉罐头……他妈的！干吗就知道向年轻人下绊子？有种的就朝着爷们儿来！

似乎被骂中痛处了！

果然，正当大老刘愤愤不已的时候，盗马贼的身影竟骤然闪现了。虽然尚未得手，却使赛汗塔拉的马群蠢动不安了。老牧马人慌忙打发自己的女儿来求援，于是南丝日玛便又出现在这酒气弥漫的蒙古包前。

“快！快！求您了！”她说。

“这？”他也很急切，但由不得还是回头望了一眼烂醉如泥的伙伴。

“我来！我来！”她马上明白了。

“可……实在太污秽了。”

“没、没关系！”似为了弥补刚才的匆匆离去，她急切地说，“我会收拾干净的！我会照顾好他的！”

“那好！”老实人被感动了。

摩托车发动了，英雄终于有了用武之地。大老刘在茫茫的大草原上风掣电掣着，决心尽快抓住这个突然出现的盗马贼！突破一点，彻底撕碎赛汗塔拉草原这张扭结的网。涉及其余，进而揭开这从上到下串通的肮脏之谜！以前还唯恐给治安模范点抹错了黑被反咬一口，现在总算有了借口可以主动出击！

等着吧！玩玄的小子们！

刚到放牧马群的翠岗牧场，盗马贼急欲得手的传说便处处可闻。一样样的来去无影，一样样的声东击西。甚至连诱骗小骑手的手法也一模一样，只不过因为模范草原早有防备，其结果才未能一模一样。但据目击者所述，还是出现了许多一模一样：野人般杂乱的长发，恶煞煞的络腮胡子，一条明显瘸着的腿！

蓝图！蓦地耳旁似响起了巴雅尔的声音。

但大老刘却仍在循踪追击着！不管怎么说，抓住这小子就会真相大白！果然，盗马贼的遗踪处处可见：这儿留下了个带着血口印的空酒瓶，那儿留下块生噬后剩下的牲畜肉，更远的地方留下了一堆灰烬和几根白骨头！

蓝图！蓝图！巴雅尔的声音好似更响了。

大老刘猛地刹住摩托，这才发现自己追出的可够远了！只能证明赛汗塔拉不愧是治安模范，盗马贼终未得手已经逃离了这块草原。夕阳西下，茫茫的草原顿时显得是那么雄浑和神秘。又是一阵冷风，大老刘失口惊叫了：蓝图！蓝图！是一张巨大的蓝图！

蓦地，那双大马靴又在眼前迈动了。

大老刘猛一踩油门调头就往回急驰。这混蛋放倒了一个还不算，还想把另一个撂趴下了，没门儿！得回去先好好教训巴雅尔一顿，丢人现眼也该清醒了！要想警徽不被撸了，就得从马肉罐头入手和斯尔杰摊牌！隔海搬回赛里夫也没用，这世道总不能永远权大于法！

来吧！谁种下仇恨自己遭殃！

但一回到蒙古包里，便令他气不打从一处来了。里面是收拾整洁了，醉鬼也晕晕乎乎醒来了。可这一白天就算白睡了，巴雅尔这小子愣毫无一点羞愧悔改之意。竟带着余醉还在坚持己见，对着姑娘非要说人家心上人是盗马贼。怎么解释也没有用，逼得南丝日玛只好苦苦哀告着重复那句话：

“他是好人！他是好人！”

“其实，”这小子竟说，“斯尔杰才算得一条男子汉！他才不在乎谁的种儿……”

“住口！”大老刘实在忍不住了。

“怎么啦？”这位却仍不看眼色，“你是没和他在一起喝过，五瓶儿不醉，就知道向朋友掏心窝子……”

“住口!”又是一声。

这回总算喊得这小子不吭声儿了，但回头一看，姑娘也悄悄地哭着匆匆离去了。

“你小子！还不清醒呀?”他说。

“醒啦!”这位竟一本正经地说，“要不，我怎能对南丝日玛这样掏心窝子?”

“什么?!”几乎气懵了。

“那年轻的教师就是盗马贼!”这位却仍在颇为认真地火上加油。

“天哪!”只有绝望地躺倒了。

夜色又一次笼罩了草原，月光又开始轻柔地抚摸着万顷绿波。大老刘憋着一肚子气久久不吭声儿了，另一位却没心没肺地眼看又要睡着。他妈的!这算哪门子搭档?匪派儿，小油皮，花花公子，外带还是个大酒鬼！和这号人憋气没用，还得自己抓紧时机行动!

“算我倒霉!”大老刘蹦起来了。

“等等!”这位也意外吭了声儿。

“干什么?”大老刘更来火儿了。

“我得告诉您，”这位却只顾着毕恭毕敬了，“可千万别忘了这大学生的名儿！索依洛。男。现年二十五岁。赛汗塔拉草原人。孤儿。前年毕业于……”

“醉鬼！醉鬼!”终于引爆了。

“没错儿!”这位也严肃地承认，“当着斯尔杰的面儿咱绝不含糊：五瓶!可咱不能只顾自个儿。您闻闻！四瓶儿大都慰问了里里外外这身儿警服了。酒鬼！不鬼哪儿成?”

“什么?”又如坠入云里雾里。

“没什么!”这小子却说，“多亏了刚才您一追再追，有人准以为您追出大草原了。可你愣不上当，我能不配合着咬住不放吗？没辙了！逼得人家非施展绝招儿不可了。走!”

“干吗？干吗?”他怀疑他还在醉。

“瞧瞧去!”这位却说走就走，“醉眼朦胧看世界，说不定真柳暗花明又一村呢?”似胸有成竹，却绝无回旋余地。

一缕残云遮住了明月……

大老刘虽极不信服，但还是骑着摩托带着这小子上路了。沿着刚才追踪的路线，又重新驰向了黑乎乎的茫茫荒野。说得这么玄乎，且跟这小子去碰碰运气。如果说发现点什么尚有可能，但非咬定那大学生实在令人怀疑。

而斯尔杰的身影却似总在眼前闪动着！

“瞧!”摩托车驰上一座高坡，巴雅尔灭火向他示意了，“盯紧了远处那后草甸子!”

火光！隐约可见一缕火光。

“对!”巴雅尔又吩咐上了，“那儿也有一片杂草丛生的灌木林。别惊着了！您是老大哥，当然该您走着去唱主角了。摩托车就交给我，时不时地来两声儿给您打外围！

他妈的！又让这小子当枪使了！

但有什么办法？巴雅尔已经推开他掌握了主动权，加大油门便南辕北辙地又调头急驰而去了。只留下他一个人，顿时隐入了四顾无援的黑乎乎的旷野里。眼前只剩下了那点神秘的光亮，迫使他只能向那里跋涉而去。

心里这个火啊！恨不得将那小子撕扒了！

但等他拨开那荆棘丛生的灌木丛一看，便顿时目瞪口呆了。那小子撕扒不得，似有神机妙算。果然，不管是谁，那盗马贼的身影是闪现了。只见在一堆篝火旁，一条彪壮的汉子正背对着他在挥刀劈砍什么。旁边拴着几匹惶恐不安的马，显然是被盗来的。再仔细一看，天哪！遍地都是流淌的血。一匹马已经被这家伙肢解了，现正在拼命地往下砍马脑袋。

蓦地，远处有摩托车声飘忽过来了……

大老刘一怔，就只见那盗马贼忽然调转了头，竟侧耳静听起来。啊！是杂乱的长发，是飞炸的络腮胡子，是污秽的蒙古袍，是明显的瘸着一条腿！但总觉得哪儿又有些不对劲儿……莫非是巴雅尔判断失误？怎么瞧也不像那大学生！他妈的！且不论这个，只要抓住了盗马贼自己就甘拜下风！

大老刘为之一振了！

但再看眼前这血糊淋拉的盗马贼，似乎偏偏和这摩托声音较上劲儿了。似依仗马上绝技，又似在故弄玄虚。不听则已，一听倒好像非把那马脖子砍断不可。血肉横飞，场景恐怖！多亏了摩托的轰鸣越来越近了，听得出也正向这里包抄而来！

小子！末日到了！

大老刘正准备一跃而起，谁料想摩托的轰鸣竟一拐弯儿飘向远方去了。一片死寂之中，却骤然响起一阵急促的马蹄声。大老刘还没来得及反应过来，就只见一匹烈马陡然腾空而落了。篝火猛地一闪，顿时荒原便涂抹上一层神话色彩。大老刘再注目一瞧那马上的骑手，就由不得目瞪口呆了！

啊！又是一个相同模样儿的盗马贼！

只见来者也是一头杂乱的长发，也是一脸飞炸的络腮胡须，也是一身污秽的蒙古袍子，也是瘸着一条腿！很显然，前者对后者的到来也很惊讶。但后者却对前者毫不留情。猛扑上去就撕掉他的乱发假须。是斯尔杰？这或许还在情理之中。但令人惊诧的是，后者剥掉了自己更加高明的伪装，露出一副英俊的面孔，泪水纵横地向着沉沉的荒原呼喊了：

"来呀！出来呀！是……"

天哪！果然是那大学生！但还没等他喊出了是什么，只见惊呆的斯尔杰便猛扑上用血手捂住了他的嘴。任他怎么想挣扎、想哭喊、想吐露，都被紧紧地抱住强悍有力地制止了。大老刘不再怀疑了，正准备挺身而出。却又见红柳林里人影儿一闪，骤然扑出了南丝日玛，还有身为苏木达的老阿日布！

大老刘只能再静观下文了。

就见得南丝日玛哭泣着猛扑向了心上人，但索依洛却推开她骤然跪倒在老阿日布的脚下。似羞愧难当，头碰在草地上只顾得痛哭。老阿日布颤巍巍地似支持不住了，斯尔杰张着血手忙和南丝日玛去扶。蓦地，索依洛昂起泪水纵横的脸来长嚎一声，眼看就要哭喊出什么来了。但老阿日布却像骤然变了人似的，以千钧之力照着小伙子的脸就打。索依洛哀告着还要叫，但终于在老阿日布示意下被斯尔杰一拳击倒了。口吐鲜血，似被打晕了过去。南丝日玛扑到他身上痛哭着，但老阿日布却仍不留情。又是一个手势，斯尔杰便把他搭上了马背。再一个眼色，南丝日玛也飞身上了另一匹马。最后，老爷子终于怒吼了：还不快滚！眨眼间斯尔杰载着那大学生，便和南丝日玛双双策马消失在茫茫草原的暗影深处了。这时老阿日布才颓然坐倒在篝火旁了，衰败地挣扎着向四周喊：

"来吧！我才是盗马贼……"

大老刘如大梦初醒，似这才意识到了自己的失职。猛地就要扑出执行公务，但耳旁却突然传来了巴雅尔的低语声：干吗？干吗？咱们那摩托可坏了！大老刘一侧脸儿，唉！这小子是多会儿爬到身边儿的？这摩托车也坏得真蹊跷！该怎么办？只能眼瞅着就这么散戏了！巴雅尔却无所谓，只顾侧耳静听。果然，茫茫的远方传来了那大学生挣扎着发出的呼喊：

"是我！是我！真的盗马贼是我！……"

凄厉、哀切、发自肺腑！

月光穿透残云了……

七

大老刘算服了这小子！

但谁料睡了一个晚上，巴雅尔愣把什么都给忘光了。恍恍惚惚，脑子里似乎只留下了昨天的发酒疯。

这小子又在搞什么鬼？

但似乎又不像！昨夜里就留下点蛛丝马迹，归来时竟把摩托车坏在哪儿也给忘了。今天就更不承认了，好似酒后梦游了一次。摩托车是在远离现场的一个大斜坡下找到的，坏得可不轻，还是自己央告牧人帮助找到的。

更为可悲，他竟开始闭门思过了！

多么关键的时刻，他却为了昨天那酒后失态、当众出丑、口吐狂言、身染污秽，而这一白天只顾得待住在蒙古包里深深自责了。什么摘面儿，露怯啊，唉声叹气整日里叨叨个不停。

真真假假，眼瞧着要误大事了！

果然才一天，黑锅就推给别人背上了。牧人们议论纷纷，仿佛就是他大老刘一个人来草原找茬儿似的。阿日布、斯尔杰本来如惊弓之鸟，现在又变得犹如什么也没发生过一般。尤其是那挣扎着狂喊自己就是盗马贼的大学生，行踪诡秘，随时都可能成了漏网之鱼。

不成！得和这小子摊牌！

“巴雅尔！”当晚他就耐心地启发上了，“这两夜我仔细琢磨过了，你小子是比我棋高一招儿！没说的，智能型！”

“干吗？您就饶了我吧！”这位求着。

“坐稳了！”这位却决心夸够了，“当大伙儿跟着盗马贼屁股转的时候，你小子却偏挑这没丢马的清静地方下钩儿，就够有眼力的！来到这大草原上马上就由马群盯上了那姑娘，更说明你小子敢使绝招儿。你肯定看出了这绝不仅仅是因为兔子不吃窝边草没丢马，而是因为姑娘那特殊的魅力维护了她阿爸的马群。果然不久你就发现了赛里夫、斯尔杰，还有那可怜巴巴的大学生。随之你又发现了他们之间围绕南丝日玛的复杂关系。你很明白只有死死地盯住了姑娘，才能够激化矛盾有所突破。你很愿意扮演花花公子的角色，但也很需要个傻瓜蛋子来为你处处去捅马蜂窝!”

“不！是高大形象!”这位忙辩护。

“嘿嘿!”大老刘继续说着，“还有黑粗！说轻了看你是怕我不会演戏，点明了反而会蹩手蹩脚。说重了看你是偏要看我处处上当，替你小子去声东击西！盗马贼早尝过了我穷追猛打的傻劲头儿了，瞧我这一来也会惴惴不安首尾难顾。得！这一来我大老刘成了庄稼地里的稻草人儿了，吓鸟玩儿！你小子在背后下网套儿当神探，还能成天守着个漂亮妞儿！就不该眼巴巴地瞧着咱往死胡同里钻，愣差点儿堵在冷库里让人给撕扒了!”

“罪该万死，死有余辜!”这位忙赔情。

“别!”这位也当仁不让，“咱服！咱认了！都怪咱傻大黑粗缺心眼儿，愣放过了神仙点化。蓝图！那不是说有人照斯尔杰这小子添枝加叶描的吗？后来斯尔杰又照着那更大的蓝图重走了一遍吗？只顾认死理儿，说赛里夫回国就认定回国了，却忘了这是老阿日布以假乱真留下个小圈套！说你不该和斯尔杰喝醉就不该喝醉，更不知你这是以真诈真为了逼回那大学生！说白了看，至今也没抖弄清楚这些乱麻团子！什么巨款的亏损，什么马肉罐头，什么三个小伙子围着一个姑娘玩玄，还有什么阿日布和咱们莫旗长以及那位当大官的姐夫，乱七八糟的把我这脑子搅成了一盆糨糊！尤其那大学生，也算得个大知识分子了！干嘛稳稳当当地放着金饭碗不端？愣文文雅雅地突然变成了个神出鬼没的大盗马贼?”

“我也犯糊涂。”这位消极对待。

“糊涂也好!”这位却有法儿逼他，“咱们刑警管什么的？管破案！管抓人！弄回局子里去，有的是绝招儿让这小子说清楚了！那天晚上，你那摩托的声儿响得可真绝，终于逼出了这么场好戏！就算你小子是酒醉梦游，可我却看得一清二楚。斯尔杰纯属为了那姑娘引火烧身，那大学生化了装却是为了真的显示自己那庐山真面目。抓！没错儿！这里头的文章大了去啦！只要抓住了索依洛这大学生，随之准能抖出一大串儿！斯尔杰、阿日布，甚至还有南丝日玛……”

“你说还有谁?”突然认真起来。

“南丝日玛!”他说，“不就是她探风报讯儿？还没结婚肚子里就撒下了种儿!”

“你再说一遍!”态度更加严肃。

“怎么啦？撒、撒种儿！”他不安了。

“告诉你！”蓦地，巴雅尔爆发了，“有种也是颗好种儿！”

天哪！这叫什么话？

大老刘隐约感到有点不对劲儿了！这小子难得的认真，难得的严肃，难得的发火，尤其是这种对人难得的夸赞，怎不让人越听就越感到出格儿！

好种儿？……

大老刘想到这里，由不得不安起来。昨夜里斯尔杰为南丝日玛宁愿替人为盗，莫非今儿个这小子为这姑娘也宁愿……如今这小匪派儿什么干不出来？听听！这话可就够匪气儿的！

不成！对这号人得单刀直入！

“昨夜里，”大老刘一针见血地就说，“你小子来了个以真乱假？”

“没错儿！”回答得痛快。

“今儿个，”大老刘又步步紧逼，“你小子却来了个以假乱真？”

“没错儿！”更不含糊。

“那好！”大老刘拍案而起了，“咱也就不白费唾沫当那傻瓜蛋子了！你就直截了当给咱说：你小子这拖着、耗着、等着、泡着，到底是想干什么？”

“等着‘还’呀！”轻描淡写。

“还？”大老刘却一下转懵了。

“是还！”这小子竟埋怨开了，“还是您告诉我的呢，这盗马贼不论在哪儿得了手，作案还准留下个血字：还！您是贵人多忘事儿，咱这小字辈儿不敢！”

“你小子就信啦？”听后差点又气晕了。

“信！”这小子愣不改口，“盗亦有道！您昨晚上不是亲眼瞧见了吗？明明已经逃之夭夭了，却自个儿又回来了。绝不愿让别人替自己背黑锅，就是搭上小命儿也要还！”

“那是让咱们逼的！”大老刘大喊了。

“不逼不是更好吗？”这位却仍然不紧不慢，“反正咱们心里有了底儿，知道了谁是那盗马贼！干吗不消消停停地给人家一点时间呢？咱们也好从旁看看这到底怎么个还！”

“可要让他跑了呢？”大老刘反问了。

“跑了？”这位竟能理直气壮地回答，“有老阿日布顶着！你忘了昨夜里这位苏木达怎么叫阵了吗？来吧！我才是盗马贼！听听，够多气魄！”

“气魄个屁!”大老刘当即反驳，“这里头文章大了去了!”

“这不结了!”这位马上接茬儿，“大，就得给人家时间还！跑了和尚跑不了庙，大文章就该往大里作！您说过要破个案外案，人家又还了你个案中案。多么大方？咱也不能小气。得！沉住气不少打粮，还是耐心等着还吧!”

“不过……”大老刘仍不服气。

“不过个屁!”这小子竟也来火儿了，“昨晚上你动手试试？你能铐走一个、两个，你能铐走整个赛汗塔拉草原吗?”

“这?”这回大老刘闭嘴了。

夜色又笼罩了草原，蒙古包里顿时也陷入了一片寂静之中。没人说话了，巴雅尔竟仰卧着望起了包顶的圆形天窗口，枕着双手，似梦似醒，典型的一副守株待兔的模样儿。

大老刘却难得潇洒起来……

瞧瞧！没说服了这小子，倒让这小子说得没词儿了！什么等着还，什么案中案，什么文章应该往大里作！头头是道，句句难驳！可等到什么时候是个了啊？难道天上真的会自动往下掉馅饼?”

完了！就是往下掉也完了!

再瞧，巴雅尔竟打起了小呼噜。别说馅饼掉下来也只能砸在脸上，就是身旁有一百只兔子也早就溜光了。他妈的！真真假假，又让这小子拖着白泡了一天!

蓦地，远方似有什么响动?!

大老刘刚来得及一怔，便听得似有无数匹烈马在惶恐地狂奔。排山倒海一般，刹那间就击碎了这夜的寂静。杂乱的马蹄声、惊悸的嘶叫声，更顿时使这蒙古包变成一叶扁舟，像正颠簸在茫茫草原的惊涛骇浪之中。突然，有谁又发出了一声凄厉的呼唤：

“来人呀！盗马团伙在复仇……”

大老刘在一片混乱中紧张地思索着：团伙？团伙？难道盗马贼不仅仅是一个？可低头一瞧，巴雅尔这小子竟然还在酣睡着。他妈的！大老刘暗骂了一声就要冲了出去!

“站住!”谁料这位却出了声儿。

“你、你小子!”大老刘怒喝了，“还是做你的美梦去吧!”又要向外冲!

“站住!”这位也来劲儿了，“叫你站住就站住!”还一跃而起了。

“怎么？你敢拦!”大叫。

“敢！”猛拦，“你现在敢出这个门儿，我就敢和你拼了！”

“来邪的？”由不得一怔。

“没错儿！”猛地就是一推，“说咱是指令型就真成指令型了？喊团伙就真他妈的出了团伙？就凭咱那辆破摩托。非他妈的让引着转晕了不可！破案，钻进迷魂阵里还破个屁！”

“这？”大老刘跌坐在地不动了。

“您哪！”这小子也就势躺倒了，“沉住气不少打粮，这是最后一招儿了！”

“什么？”还真有点若有所悟了。

“都怪我！”这位也开始了自我检讨，“有这么个搞恋爱的法子吗？盯人盯不紧，两天都没见面儿了。历史的经验值得注意：稍有疏忽，魅力就发挥到别人身上了。得！总结教训，明儿早上见！”

天哪！又扯到南丝日玛身上了！但那嚣闹一时的人叫马嘶，却偏在这小子的叨叨声中无可奈何地消失了！

这案子何时是个了啊……

大老刘一夜犯愁！

谁料，巴雅尔第二天一大早果然去会姑娘了，似乎再怕别人分享她那特有的魅力。

小匪派儿，自在得实在没边儿！

据说，半道上还遇见了斯尔杰，亲热得更是像什么也没发生过似的。称哥们儿论弟兄还不算，又大谈如何突破五瓶儿的记录。只不该临告别没头没脑地来了这么几句。

八

“昨夜里，你背着哥们儿来绝的？”

“没！绝对没！”

“嘿嘿！准是在南丝日玛家耍酒疯，愣把老爷子的马群都给惊炸了！”

“别、别胡扯！”

“胡扯？你不成，瞧哥哥到她家露一手！”

得！走了！跨着那辆摩托车，还非要摆着谱儿显派儿，竟走走停停到牧马人家去独展风姿去了。

始于此，终于此，本性难移！

而且临行前这家伙还动过真格的，一再恳求大老刘务必坐稳了等待“送货上门”。并特意说明这类场合要的就是他这尊神，应继续发挥其“威风凛凛”的特长。虽说是高帽子戴了一顶又一顶，但大老刘对此还是不抱奢望。

玩玄！还在玩玄！

谁料到，奇迹却竟然出现了！这小子刚在牛栏旁和惶恐的姑娘搭上了茬儿，这里堂堂的苏木达就屈尊主动“送货上门”了。

才几天，阿日布明显地衰老了……

“刘同志！”不要再去盘查那可怜的女孩子了！还是让我这老头子来说，全都说！”

大老刘只能发挥自己的特长了。

“我早就看出，”老头子继续说着，“遇上真正的草原刑警了：沉着冷静，目光锐敏！”

嗬！竟意外先得份殊荣！

“依我看，”老阿日布接着说，“当你开始跟踪盗马贼的时候，夜追是虚，摸底儿是实。任前头是侠义大盗，后头又变成了嗜血生番；任前头来神出鬼没，后头又想把你越引越远。但你都没有上当，反而让你抓住了把柄：这绝不是个普通的盗马贼，而是一个有学问的高手！要不，你们那小同志也不会一头扎在南丝日玛身旁，眼睛却死死盯住了索依洛。”

天哪！这不成了歪打正着？

“尤其是昨夜，”老头子还在感叹地说，“斯尔杰背着我搞惊炸马群，你竟压着那小同志理也不理。这我才知道，当初你们那小伙子背后对你的夸赞绝非虚言，再拖下去也绝不会拖出什么好结果来。”

他妈的！原来是这小子送的礼！

“我，”阿日布突然垂下了头，“再支持不住了。我，我是来自首的。为了自己，也为了他……”

“他?!”大老刘头一次插话了。

“索依洛！”老头子声音打着颤儿说，“我、我老头子曾经包庇过他。他、他就是你们要抓的那个盗马贼！”

“我们早知道了！”大老刘严肃指出。

“知道了?”谁料阿日布竟突然抬头含泪反问了，“可你们知道吗？一个草原上的孤儿，一个用牧人心血哺育成长的大学生，是谁逼他走上这样一条绝路的吗?”

“这……”大老刘又一时难以招架了。

“这?”老头子却不管不顾了，猛地抱住了头就只顾自己泣诉了，“他本来是个好孩子!吃百家奶长大的好孩子!他是每个牧人的心头肉!他也是我的儿子!儿子啊!”

远处，有谁拉起了哀婉的马头琴声……

这叫什么自首?但大老刘已似乎忘记发挥他的特长。只顾痴痴地望着门外茫茫的草原，却听任阿日布含泪尽情倾诉着。渐渐地，一个英俊而又单纯的年轻人在人眼前闪现了，似正在向他信赖地走近着。

琴声仍在如泣如诉地回荡着……

多好的一个小伙子啊!像带着草原上一股清新的风，从小学、中学到大学，他一直是公认的最优秀的好学生。大学毕业后，他又以突出的成绩被选派为赴日本的公费留学生。但就在他感到生活充满阳光时，一个阴影却悄然在他身旁出现了。等他刚来得及觉察，他那名额已早被人顶替了。事后，他才知道，顶替他的人名叫赛里夫，学习平平，好多同学还称其为现代派的纨绔子弟。只因为有了当副旗长的父亲，执掌某部门外贸大权的姐夫，以及姐夫家那早已离休却又颇有影响的老爷子，便顿时得以东渡日本成为代表中国的留学生。他一时间被打蒙了，第一次感受到命运的多舛。原来他只以为日本才有金权政治，现在自己却也面对着权金的现实。他悲愤欲绝，只能寄期望留在省城继续钻研他的课题。

谁料，第二次打击又接踵而来了。

须知赛里夫的父亲就是他家乡的父母官，接受了女婿和亲家的建议，绝不愿让他再留在省城多嘴而影响自己的清正廉洁。于是，他又在“哪里来，哪里去”的原则下，从省城被强制调回到旗里。似还嫌碍眼，随之便被直接安排到故乡的草原上。不但失去了留学深造的机会，而且面临着所学非所用的问题。他惘然了，又一次感到了命运的残酷。多亏了草原伸开双臂来迎接自己的儿子了，他被安排在苏木上当了一名教师。更何况这里还有从小和他青梅竹马的南丝日玛，她也在用爱尽力抚慰着他心灵的伤口。

但第三次打击恰好又隐伏在她的身上。

蒙古族女孩子的善良和温顺是举世公认的，而南丝日玛的纯真和美丽又远近闻名。他本来想在她的爱抚之下，在孩子们的欢笑声中，就这样默默地不再和命运抗争了。谁料想，赛里夫拿着那洋画报曾来这里追求南丝日玛的消息，还是不胫而走传到了他的耳中。他隐隐感到不安了，紧紧搂抱着这从小和自己耳鬓厮磨的女孩儿对未来充满了恐惧。恰好这时莫旗长下来视察了，他又在恐惧中亲眼目睹了这样一场闹剧。原本这里的乳品和肉类加工厂，在斯尔杰带领下还是办得欣欣向荣的。但自从成为这位副旗长当成自己抓的点之后，便开始日渐走了下坡路。一次，这位副旗长从香港洽谈归来，竟用很少的外汇为厂里购回一条急需的生产流水线。但盖起车间安装调试之后，却发现原来是我国出口已用旧报废了的设备。斯尔杰仅仅因为喊了一句：他妈的！肯定是得了不少好处！便招至来无休无止的审查。这次莫旗长的亲临就是来宣布结论：责任完全在于斯尔杰挥霍、浪费、管理不善！所出现十几万元的亏空，也将由斯尔杰全部负责！他在一旁被强烈地震撼了，但这时莫旗长却转身对大家亲切地说：唵！听说咱们这儿有一位姑娘上了外国画报的封面儿，很好嘛！有利于开发旅游资源，是我们草原的骄傲嘛！要有现代思维，厂里亏空可以由旅游业补嘛！唵……他听后蓦地意识到：来了！来了！这最沉重的一击眼看就要来了！

但这次绝不仅仅是等待……

幸亏当时南丝日玛不在场，但一颗异化的种子却因此萌生了。尤其是当他看到斯尔杰被逼背上了耻辱的重负，那种子就在更被催化着。要知道，斯尔杰虽也迷恋着南丝日玛，并对她处处言听计从。但蒙古族小伙子之间向来尊重姑娘的抉择，他和他又亲如手足兄弟。现在，那儿子、那老子，以及他们背后那复杂的社会关系网，不但已经掠夺了他自己的前途，而且还把手伸向他的恋人、他的兄弟、还有养育他的草原！强烈震撼的核心是愤怒，从此他再不打算默默了此一生了。他写过申诉，他写过揭发，但大多都石沉海底。他也为此感到过不安，感到过恐惧，因为心头那颗种子正在成长为一个怪物。

他怕！怕这怪物扑出自己的胸怀……

但对方却有恃无恐。据说，赛里夫给他父母来了一封信，一再声称越在国外越觉得那草原姑娘的不可替代。随之，莫旗长夫妇又亲临草原了，而且带来了两箱子日本马肉罐头。表面声称是为了弥补亏空引来了这宗时髦的合资项目，实际上是为了夸耀赛里夫的能力并亲自圈定儿媳妇来了。对照着那外国画报的封面儿还说，民族的也就是世界的！并特意请南丝日玛为他们端茶、为他们敬酒、为他们唱歌，还为他们翩翩起舞。姑娘是单纯的，而豪放的草原又从来是不设防的。但谁曾想到那旗长的夫人却说，儿子的眼力真好，过门后交际应酬完全可以放心地交给她了！

紧闭的胸怀终于被彻底撕裂了……

在场的牧人听后愕然，但那年轻人却骤然在众人眼前消失了。冷漠的像一块冰！等大伙再发现他的时候，他早已把自己冻结在前后左右的书堆里了。南丝日玛是单纯的，但也是坚贞的，就在这天夜里走进了他的蒙古包，决心要用自己温柔的胴体把他从书堆中融解出来。炽烈的爱情曾经暖苏过他的心，少男少女的初欢也曾使他有所回心转意。但就在这时，他竟意外地发现了南丝日玛母亲早年失踪之谜。天哪！竟是因为莫旗长年轻时的强行占有！丈夫的高傲，使她只能抛下女儿漂泊向更远的草原了。面对着初孕的心上人，新怨旧恨顿时使那心头的怪物冲出了撕裂的胸膛：

复仇！复仇！复仇……

远方，那哀婉的马头琴声终于消失了，大老刘也渐渐由梦中返回了现实。眼前又闪现了衰惫不堪的阿日布，他正在绝望地说着最后几句话：

“他竟瞒得这么严，就连南丝日玛也是最后才知道详情的！而当她告诉我的时候，已经是斯尔杰准备代他自投罗网的夜里。我绝不是法盲，但为了草原，为了孩子们，你说我老头子该怎么办？”

久久地沉默……

“他妈的！”大老刘终于拍案而起了，但张口却是一连串的反问，“怎么着？就为了这去偷、去抢、去盗、去马群里玩命？嘿嘿，邪了！能动莫副旗长那伙人一根毫毛吗？说白了看，人家还乐不得这么报仇呢！借着我们的手儿，来一个灭一个。对不上号儿，没这么犯傻的。别绕弯儿！人呢？”

“现在只有一封信。”阿日布却说。

“信？”大老刘感到不对劲儿了。

“对！”老头子竟这样回答，“本来他要我三天后交给你们的。可我老了，南丝日玛也实在经不住折腾了。只能对不住他，提前一天交给你们了！”

“一天？快拿来！”大老刘急切地喊。

信被迅速地打开了，一行行挺秀的字迹在眼前展现了。恍惚间，又似那年轻人走近身旁无声地倾诉着：

阿日布大叔：我有罪……

饶恕我吧！只当草原从未有过我这样不孝的子孙。并请将这封信交给两位刑警，就算一个罪犯主动呈上的自供状吧！

是的！我就是那个盗马贼！

现在我清醒地认识到，我绝非是一个高尚的人。为了报复，我早就开始了不择手段。表面上我在牧人间是个正正派派的草原教师，背地里我却卑躬屈膝地向赛里夫、他的姐夫以及他那身为副旗长的父亲摇尾乞怜。频频写信，主动拜访，不顾人格，早就丧失了做人的尊严。目的只有一个：讨得他们的喜欢，讨得他们的信任，进而讨得他们的支持，以达到我那一箭双雕的复仇计划！

但我发现，这一切是这么难……

任我怎么俯首帖耳，他们却只把我看做一条温驯的狗。我终于明白了，要想让他们把你当做一个人，还需要更多的钱！钱！钱！只有有了钱，你才能够潇洒起来。只有有了钱，你才能换得他们手中的权。钱，折磨着我的良心。钱，也刺激着我的仇恨。他们越把我当做一条讨人喜欢的狗，我就越想着对他们怎样加倍报复！为此，我重阅了大仲马的《基督山伯爵》。手段我是欣赏的，但又总觉得不适合中国传统文化的大氛围。而我参照历代史书的反其道而行之，又恰恰缺少基督山伯爵手中那意外获得的财富。对比使我彻底明白了，小说可以虚构，现实却需要行动。在我面前绝无意外发现的宝藏，为了钱我只能去铤而走险！

我开始盯住了牧场上的马群……

我为自己的想法恐惧过，也自责过。但在那次圈定儿媳妇的满意笑声中，邪恶终于战胜了我心头最后一点良知。每当夜里，只要我一看见怀中酣睡的南丝日玛，我那似电子计算机设计好的复仇程序便急骤地在脑海里运转起来。每当白天，只要我一见为十几万元不白之冤只会诅咒的斯尔杰，我那心中的电子计算机又马上会编出新的复仇程序。唯一的担忧，仅是怕有人忆起我从小就在马群旁长大，童年时我曾连续三年夺得那达木盛会的赛马冠军。但我很快就发现，这一切似乎都被我十几年的读书生涯和一身书卷气淹没了。为了不引人注意，今年暑假里我便借口到省城进修，买了假发和须套。然后经过精心策划，终于潜回草原走上了那条神出鬼没的盗马贼之路！

富裕和坦荡，使我频频得手了……

外地的急需，马贩子的出没，随之也使钱滚滚而来了。我不断变换化装，投机利用牧人心理，竟使我那一箭双雕的复仇计划似乎渐渐变得可能了。于是，事先我便模仿着赛里夫来信的笔迹给他父亲和姐夫不断去信，谈友谊，谈信赖，论证即使为了南丝日玛不受干扰也应支持我的要求把我引开！完全是赛里夫的口吻，竟使他们深信不疑。接着我便再不空手拜访了，大方到使他们再不敢把我看成一条仅会摇尾乞怜的狗了。我变得也潇洒起来，不多时就变成了他们的知心朋友和座上宾客了。我发现，他们并不想打听我钱的来历，因为他们的钱就大多来历不明。如果按他的住房、设置、消费等多方面来计算的话，大概人民币的含金量早越过美元了。但大家似乎都心照不宣，只有我登门拜访时内衣口袋里总不忘装着个微型录音机。为了实现我的计划，故下列款项是有'音'可查的。莫副旗长家：三万元。赛里夫姐夫家：七万元。应他们要求转送他人打通关节的：二万元。尚有节余：六千三百元。

现在我可以坦白我做贼的目的了……

一个多月来，我终于又买回了我的赴日留学生的名额，我终于又买回了我的一切出国手续。这不仅仅是为了重温旧梦，而是要到国外和赛里夫处于同一起跑线上。我渴望学习，我热爱我所研究的课题！在没有复杂的社会关系网下，看看到底谁能为祖国学有所成，到底谁能为草原争得荣誉！但这只是其一……更重要的却在于，我绝不能一走了之而为亲人们留下灾难。我的南丝日玛腹中已有了我们的孩子，我的朋友斯尔杰还背着十几万元的巨债！我研究过刑法，深知就凭这些录音带，完全可以把这些败类推上审判台。须知，这不仅仅是报复，而也是在为社会消除一大公害！

我曾暗自庆幸过……

进有进路，退有退路。留下了安全，带走了希望，两项目的似乎眼看就可以实现了。至于我留下的血字：还！我相信只要能伸张正义，所有的用于行贿这笔巨款是会回到每个失马的牧马人手中的！而那血淋淋的马尸和死不瞑目的马头，那只不过是因为我肢解了一匹因难产暴毙了的马。唯一感到内疚的是，我的造型很容易使人联想到斯尔杰。但这绝不是出卖朋友，而是为了应付万一。我相信他不但不会因此成了盗马贼，反而会迫使越侦察越搞清他那背负着十几万元的不白之冤。拖延对我只有好处，对他也是某种解脱。尤为可悲的是，我不但以此自我安慰，而且还以一切出国费用都是自己的来寻求心理的平衡。

我自以为得计了……

谁料两位刑警却早已跟踪上我了。他们配合得是如此巧妙，使我真不知道能否逃脱法网再去实现自己的梦幻了。但我的确曾被他们的忠诚和正直感召过，使我对未来又充满了希望。请相信我！学成归来后我会自动投案的，即使在牢房里我也会设法报效祖国！

最后，我还要特别声明：一切均由我负责，和他人绝对无关！为了草原不再呻吟，请不要再牵连无辜者吧！

如果我被捕了，罪有应得！请转告南丝日玛，聪明反被聪明误，我还是害了她。忘了我！忘了我！却应告诉我们未来的孩子记住：法！法！法！

我预购的机票是三天后的，但能等到三天后吗？

阿日布大叔！我跪在草原上向您告别了！并请把这些录音带和余款也一并随信交上，但愿苍天保佑我是在三天之后！

能吗？只有提心吊胆、战战兢兢！

人们啊！别犯罪……

蒙古包里静悄悄的，只有天窗射下的阳光照着那落款如泣如诉的三个字：

索依洛……

大老刘看完了，猛一抬头，只见得巴雅尔不知多会儿已回来了，身旁还站着南丝日玛和斯尔杰。

久久地沉默，铁汉子眼里竟含着泪。

“怎么办？”巴雅尔似颇识眼色，半天才说，“又来了两个自首的！”

还是久久地无声无息……

“这？”巴雅尔又想提示。

“这个屁！”猛地，大老刘爆发了，“回去！回去！都给我滚回去！这上头说你们了吗？少他妈的没事找事瞎掺和！”

巴雅尔哭了……

“哭？”大老刘更来火了，“丢人现眼！还他妈的不给我去追！”

追？具体在什么地儿？

没问，扑出去了！

……

第二天早上。

昨夜大老刘就赶回局子了，只能先拿那封信和录音带等交差。巴雅尔外出追缉，至今尚未归来。飞机就在今日起飞，看来……天塌下来本该大个儿顶着，大老刘见局长是准备挨剋了。

谁料老爷子下棋正下至残局！

大老刘无心观战，这头头也愣不把他当回事儿。仅看了他一眼，便为自个儿最后那一步棋欢呼了：

“车溜了，可活捉住个老将，这不算胜什么才算胜？”

可盗马贼溜了吗？

悬着……

原载《警坛风云》，1993 年第 5 期

空心烛

汤保华

一、Zhao Tian Shao

教师节这天，一位教师死在了湖边。

死者是绿雨公园清洁工发现的。

“雾蒙蒙的，雾蒙蒙的，这七八天，天天早晨都有雾。树呀花呀，活像蒸熟了一样。”老妇人一脸的神秘。“我从那边扫过来，扫到这里，才看见椅子上靠着个人，走到椅子跟前一看，嘿，仰起脸睡得好安逸，再仔细一看，我的天！他的脸，他的脸白得……我一碰他的肩膀，他就歪倒在椅子上。我的妈！我转身就跑，转身就跑……”

老妇人下意识地扼住了自己的细脖颈。

刑警队队长司徒川默默地望着远处。宽阔的湖面上雾气差不多消散了，天上有了一点红颜色，太阳要出还没出。从报案到现在，大概只过了半个钟头，如果老妇人跑开后没有另外的人走过草地走到椅子边，那么，现场还没被破坏。司徒川朝伙伴们打了个“站着别动”的手势，自己慢慢朝椅子那里走去。一步一步，很慢很慢，还几次跪下一条腿把脸贴着草皮朝前看。“小龚、小李，”有一次他给两位年轻伙伴传授心得，“逆着光观察地面，常常会有奇特的感觉。”此刻，他又一次实践了他的“逆光学说”。

“杜鹏，”司徒川扭头对副队长说，“叫老妈妈脱一只鞋给我。”

杜鹏对老妇人讲了几句，老妇人诚惶诚恐地脱下她的老式布鞋。

“接着！”杜鹏把鞋扔了过去。

很快，司徒川又把邋遢的鞋扔回小路上，然后，他佝偻着腰慢慢地走到了椅子边，这二三十米宽的稀草地，他足足花了十分钟。到了椅子边，他又绕着长椅观察了两圈，这才俯身仔细打量死者。这个人穿得周周正正，半旧的中山服连领扣都扣得好好的。看样子有四十多岁，面庞清瘦，此刻白得跟纸一样，不，不完全白，嘴唇泛着紫。泛着紫的嘴微微张开着，好像刚刚才叹息过一声。近视眼镜镜片后面，双目紧闭，眼角似乎还是湿润的，不，不是似乎，确实是湿润的。过了好一会儿，司徒川才扬扬胳膊，吩咐开始现场勘验。

二十分钟后，现场勘验基本结束。没发现别的证物，鞋印倒有的是，在这湿度较大草棵子也较稀的地上留下了好几串。三种鞋印，有的重、有的轻、有的深、有的浅，一种是死者的皮鞋鞋印，一种是老妇人的布鞋鞋印，还有一种是高跟鞋鞋印。

“杜鹏，”有一次司徒川说，“我最不相信的就是鞋印。”

“最不相信？”杜鹏不解。

“福尔摩斯老拿鞋印做文章，”司徒川撇撇嘴，“一逮就逮出了穿鞋的人。哪这么容易！皮鞋铺多的是，用一双扔一双。要是我穿了那双鞋，我就把它扔到东海去，看福尔摩斯怎么找！”

“你的意思是……”杜鹏打趣，“取消验证鞋印这一门？”

“谁说取消了？”司徒川白了他一眼，“鞋印鞋印，重要的不是鞋，是印！”

瞧，他就爱自编定律，玄得要命！

此刻，司徒川对高跟鞋鞋印不置可否。在技术员们取样时，他只是静静地等着法医老孟开口。

老孟慢慢立起身，简洁地作了初步推断：“中毒致死，很可能死于昨天黄昏至晚上这两三个小时之内。要解剖。”

办了这么多案子，司徒川从不在现场追问老孟。要解剖，这三个字已经够有分量的了。

眼前这个中毒致死的人不单没受任何暴力侵袭，而且，身份证和连川县青坪乡中学的工作证都还好端端地揣在中山服内衣袋里。最惊人的是——衣兜里还有一张橘红色的全省先进教师表彰大会的会议出席证！出席证！怎能不令人心惊！教师节！这个教师死在了教师节！

这是一扇迅速打开的门，迅速得异乎寻常。

此刻，在省政府招待所304号房间里，连川县的两位重要人士惊惶得几乎要哭起来。连川县这次来了三个人，一位是分管文教的县委副书记，一位是县教育局局长，第三位就是死者耿春江。一个人评上了先进，倒来了两个当官的作陪，似乎有点轻重不匀。不过司徒川很理解，因为他下乡当过知青，还因为他曾在大队民办小学代过课，他知道当个乡村教师不容易，要评上省级先进就更不容易。果然，司徒川和杜鹏很快就了解到——耿春江是青坪乡中学的语文教师，也是连川县几十年来第一位获得省级先进教师殊荣的人。

“春江，耿春江怎么会……”年近六旬的教育局局长嗓音打着颤，“他，他的家庭非常和睦，在学校跟同事们相处得也很好，事业也很顺呀，他，他怎么会……”

“听你的口气，你以为他是自杀的?”司徒川盯着教育局局长的眼睛。

“你们刚才说他……”教育局局长的眼睛张得开开的。

“我们只是说他中毒而死，没说是不是自杀。”

司徒川摆摆手，又说：“我看，咱们还是一步一步来，先把ABC弄清楚再说。”

两个连川人互相瞧瞧，显然不明白什么叫ABC。

“ABC，”杜鹏郑重解释，“就是死者的简况。”

“对对，就是这个意思。”司徒川管自点上一支烟。

十分钟后，司徒川随身携带的记事本上摘要写下——

耿春江，四十五岁。原是省城第三中学高中二年级学生，1968年上山下乡到连川县青坪公社高田生产队插队落户。1973年，到本公社中学——后改为乡中学——当语文教师直到现在。

耿妻王秋花就是高田生产队人，在队里时与耿春江恋爱结婚。耿春江当教师后，王秋花仍在山寨务农，直到去年才调到乡中学当收发员。他俩有一儿一女，儿子小刚在县师范学校寄读，女儿小玉就在乡中学读初中一年级。

耿春江性情温和、为人厚道，爱学生犹如爱子女。多年来教学工作出色，几乎每年都被县里评为先进教师。

王秋花只读了小学四年级就辍学务农，是个老实憨厚的人。

“耿春江同志有好多动人事迹！”县委副书记动感情地说。“比如，他挤出自己的工资资助一个贫苦学生，从初一直到初三。后来，那个学生考上县高中，又考上了北京大学，是我县唯一的考进北京大学的人呢！又比如……”

这位年纪轻轻的副书记跑了题，不知不觉把搞公安的当成了新闻记者。

“他死在湖边长椅上……”司徒川竖起细长的食指，就像立起了一根警棍。

副书记一下子住了嘴。

“他死在长椅上，”司徒川继续说，“长椅附近的稀草地上发现了一些高跟鞋鞋印。可以肯定一点：昨天黄昏后，有一个穿高跟鞋的人……”

“女的？”教育局局长吃惊不浅，“他，他怎么会……我原先就是青坪乡中学的校长，我跟他同校好多年，他，他不是那号人呀！”

“那号人？”司徒川不动声色，“哪号人？拈花惹草？”

“他决不会拈花惹草，”教育局长断然地说，“决不会的！”

县委副书记目光闪闪连连点头，显然也支持这个结论。

“他原先是省城人，”杜鹏插进来，“会不会在省城有个女朋友或者……”

“情人。”司徒川补全了杜鹏的话。

“情人？”教育局长眼珠都差点瞪了出来。“不可能，绝不可能！他要是有，早就把王秋花甩了！你们不晓得他们两口子的关系，那是真正的患难夫妻呀！”

唔，这位老局长的逻辑有点混乱。患难夫妻就不会有情人？司徒川微微一笑，开了口：

“那么，女朋友呢？”

“也不可能！”

嗬！这位局长对于耿春江的忠诚简直令人吃惊！

“好，”司徒川转了话题，“现在请你们二位谈谈到省里这几天的情况。”

“我们是五天前到的，”县委副书记说，“四百公里，路上花了一整天，坐的是长途汽车。县委的小车我没要，坐汽车要省钱得多。报到的第二天上午正式开会，大会小会颁奖会，省委省政府领导出席了。昨天下午，会议圆满结束。本来我们要在今天一早返回县里的，可是昨天下午会餐后，耿老师说他要去找个熟人，去了就没回来。我们以为他是在熟人家留宿了，没想到他，唉……”

司徒川把记事本和圆珠笔递给了杜鹏。

“现在，”司徒川神色严峻，“我要问你们几个问题，别急着回答，想准了再说。唔，也别太紧张，这不是什么正式讯问，只不过是一般地，唔，聊聊。”

聊聊！杜鹏忍不住想笑。聊聊？这个用语可不合规矩！

尽管只是“聊聊”，两位连川人还是不知不觉直起了腰，并且瞅瞅拉开架势要作记录的杜鹏。

“第一个问题，”司徒川一字一句十分清晰，“耿春江说到那个熟人的姓名没有？”

“没有。”副书记郑重回答，又扭头问教育局局长：“你听他说起过吗？”

“没有。”局长苦着脸。

“第二个问题，他提到那个人的工作单位或者家庭住处没有？”

“也没有。”

“第三个问题，”司徒川不急不躁，“除了昨天黄昏他说出去找熟人，别的时间他还单独外出过吗？”

“出去过！”两个连川人不约而同地说。

“什么时候？”

“前天中午他外出过一次。”教育局局长说。“我问他去哪儿，他说上街随便走走。”

“他没邀你一道去逛逛？”

“当时我想睡个觉，他就一个人走了。”

“注意！”司徒川略微提高了音调，“我问的是，他有邀请你一道上街的味道吗？唔，我再说确切一点——他的语气里，他的眼神里，有没有邀请你和他一道上街的意思？”

教育局局长的眼睛眯了起来：“嗯，现在想一想，他当时是有点奇怪呢！要是我想上街，又是随便逛逛，我肯定会说‘走，一道去逛逛’。可是，他不单没邀请，反而有点想避开我的样子。”

“唔，请说下去。”司徒川轻声催促。

“我是在招待所大门口遇到他的，”教育局局长拧着眉，“他正急匆匆地走出来，我问他去哪儿，他把手一挥说上街随便走走，我还没开口，他就急匆匆走到街上去了。”

司徒川和杜鹏闪电一般对了一下眼神。

“好，我们来归纳一下。”司徒川又说。“总之，来到省里这几天，耿春江一共只有两次单独外出，一次是前天中午，一次是昨天黄昏。现在我再问一遍，肯定只有这两次吗？”

“嗯，肯定只有这两次。”副书记说。“其他时间我们都是在一起的。”

“‘我们都’，”司徒川摆摆手，“这种说法有点笼统。”

“是这样的，”教育局局长比画着说，“其他时间，要么是我和他在一起，要么是他和他在一起，要么是三个人在一起。”

嗯，还是搞过教学的人说话有条理。

“还有个问题。”司徒川简直是不厌其烦。“这几天，耿春江有没有什么不正常的表现？具体说，他的音、容、笑、貌，是否有过什么让你们感觉不对劲的地方？”

两个连川人又一次皱起眉苦苦思索。忽然，教育局局长的眼里掠过一丝疑惑的光。

“郭书记，”他不知不觉压低了嗓子，“前天，前天晚上，睡觉的时候，他好像有点……你听到他咕咕哝哝没有？”

“嗯，对呀！”副书记张大了眼睛。“我也听到他咕哝了，还叹了一口气。”

“他咕哝了什么？”杜鹏忍不住插嘴问。

“好像……”局长拿不稳地说，“好像是咕哝一个人的名字。”

一个人！还名字！

司徒川扫视了一下房间里的三张单人床，站起身来。

“耿春江睡的是哪张床？”

“靠墙的那张。”局长说。

“中间这张床是谁睡？”

“我。”局长又说。

“好，这样办。”司徒川指指耿春江的床，“请你躺到他的床上去，学学他当时的动作，学学他的咕哝声、叹气声，总之，尽可能学得像他。”

嗬！这一手，两个连川人肯定是头一回领教！

“他……”局长惶惶然地站起身来，“他是脱了衣服的，当时屋里都关灯了。我现在也，也脱？”

“不用脱。”司徒川十分严肃，“只要躺上床去尽可能逼真地模仿他一下。刚才你说屋里关了灯。屋里的灯关了，走廊上的灯没关吧？以我住旅馆的经验，一般来说，走道灯是不关的。”

“嗯，”局长老实巴交地点着头，“走廊上的灯是没关。”

“那么，屋里隐隐约约还有点见亮?”

“对，门上小窗户透了点亮进来。”

“可以看到他在床上的身形?”

“嗯，他盖着被子，模模糊糊的。”

“好，”司徒川指指耿春江的床，“请你躺上去学一学。唔，干脆这么说吧，表演，你就好比是耿春江，明白吗？这很重要!”

好家伙！杜鹏搁下本子和笔，肚子里叫：表演？也不管人家是不是当演员的料!

局长坐到了耿春江的床上，弯腰解鞋带。

“不用脱鞋，”司徒川微微一笑，“服务员看不见的。”

“床要蹬脏了。”局长苦着脸。

“没关系!”司徒川挥挥手，“不要被这些细枝末节误了正事。”

于是，局长穿着皮鞋上了床，白床单立刻就弄黑了一块。

别说两位侦探了，连县委副书记也看得几乎屏住了呼吸。

——老局长打开被子盖在身上，先是平躺着一声不吭闷了一会儿，然后，慢慢朝着墙壁翻了个身，在翻身的同时发出了相当含糊的几个字音，接着，是一声沉闷的叹息，随后又是一声不吭地闷了好一阵。

表演结束，局长迟钝地掀起被子慢慢坐起身来。有意思，才当了这么两分钟的演员，这位又瘦又黑的人似乎就身不由己了，身子坐了起来，眼神却痴痴迷迷。要是在平时，三个观众肯定要笑起来，可是这会儿，司徒川铁青着脸，杜鹏拧着浓眉，县委副书记绷紧了嘴。房间里气息沉重。

司徒川走到床边，轻轻拍了拍老局长的肩膀。局长慢慢仰起了脸，啊，一眼的泪!

唉，这位老局长，这位曾经当过青坪乡中学校长的人，确实是伤了情啊。

司徒川不禁叹了口气，然后才轻声问：“局长，刚才你学他咕哝了两声。在你听来，他咕哝的是什么字音呢?”

“当时我觉得，”局长喑哑地说，“觉得他好像是在咕哝一个人的名字，好像是‘赵天少……赵天少’，姓赵的赵，天地的天，少年的少。”

司徒川扭头又问副书记：“你呢，你当时听起来觉得是什么字音?”

副书记指指靠窗的小床："我睡的是那张床，离耿老师的床要远一点，我听起来好像是'赵田少……赵田少……'。也是姓赵的赵，也是少年的少，不过，中间那个字好像是田地的田。"

"还有最后一个问题。"司徒川又问："他发出咕哝声和叹气声时，你们当时感觉他的心情怎么样？是愤恨？是沉痛？是惋惜？还是悲哀？"

"好像……"局长说，"我觉得他的声音很伤心。"

"嗯，"副书记点点头，"我听起来也是这种感觉。"

司徒川走到杜鹏跟前，拿过本子和笔，飞快地写下了——

Zhao Tian Shao

杜鹏惊讶地瞧着本子："司徒，这是啥？"

司徒川神色严峻："汉语拼音。在我听来，这只是一串音符。"

杜鹏耸耸肩。唔，这位老兄，英语日语什么语都不行，汉语拼音确实精通呢！

"你们什么时候回连川？"司徒川温和地问。

"我们，"副书记说，"我们要看看耿老师的尸体，可以吗？"

"当然可以。"司徒川点点头。"明天，咱们一道走，到连川去。"

二、"那一次……"

网子撒开了。

"又是漫天撒网！"小龚朝小李做了个怪相。

"像个户籍警！"小李回了个鬼脸。

"走！"小龚一挥手，"赵天少也罢赵田少也罢，有个姓就有戏！"

"姓赵的！"小李朝空中打了一拳。

嘿，瞧这一拳！大有把姓赵的一网打尽的架势！眼下如果还是大宋朝，就凭这一拳，小李就得给赵家天子抓去开了铡！

这会儿，司徒川和杜鹏在哪里？在哭声的湮没之中呢！

耿春江的妻子儿女抱头痛哭，学生们哭得哀声一片，老师们也满脸是泪，就连县乡领导们也哭出了声。

一瞬间司徒川的思绪飞了，飞过了二十几年，飞到了自己当年插队落户的那个小山寨。那也是哭声，那也是浪潮一般的哭声，把那条洪荒时代一般蛮野的山沟充满了湮没了。那位叫盘根老爹的老农，为了救一个叫司徒川的落难知青，给泥石流卷走了。尸体是在沟脚刨出来的，老爹给搅得不成人形。那一天，司徒川哭了，放声大哭。唉，还有谁比司徒川更懂得哭声的分量呢！眼下，青坪乡人也放声痛哭，哭一位在这里苦了二十几年的外乡人。

司徒川的眼里包着两团暗火。

这会儿杜鹏呢，虽然也一言不发，却眼泪汪汪，别看杜鹏平日里那样武那样雄，心肠可软得很。在边防当侦察兵那几年，他至少放声哭过两次，一次是老连长病死在丛林里，一次是地震过后，当兵的和老百姓人人流泪。

终于，悲悼的人们被县长劝走了，屋里只留下了死者家属和两位公安人员。

“王秋花同志，”司徒川真诚地开了口，“我要叫你一声大嫂，耿老师比我大一岁。我也当过知青。”

王秋花抬起满是泪水的脸，仍然止不住地抽泣着。这位农村妇女相貌端正而善良，但此时看上去起码有四十七八岁。生活的艰辛与丧夫的灾难一下子降临到了这位可怜人的身上。儿子偎在她左边，女儿偎在她右边，儿子的泪哭干了，眼睛都哭呆了，女儿还在呜呜地哭，嘴都哭紫了。唉，就是铁石心肠的人见了也要心酸。

灯泡黄秧秧的，照不全这两间土木结构的矮平房。泥灰剥落的墙上，贴满了父亲、儿子和女儿获得的各种奖状。

“大嫂，”司徒川轻声说，“一开始我曾经想过耿老师会不会是自杀，现在，我肯定了，不是自杀，他绝不会自杀，就凭这么多农民娃娃哭他，我就肯定他绝不是自杀!”

母子三人又一次痛哭失声。

“爸爸，爸爸……”女儿小玉哭得像个泪人儿，“他说，他要给妈妈带一件衣裳，给哥哥买几本书，给我买一双新布鞋……”

杜鹏背过身，一把擦去眼里的泪。

“大嫂，”司徒川轻轻拍了拍王秋花的手，“为了抓住杀人凶手，我有几个问题要问你。请你忍一忍，忍一忍，行吗?”

王秋花扯起衣襟揩去泪水，哽咽着点点头。

“有一个姓赵的人，”司徒川清晰地说，“叫赵天少，要么叫赵田少，你听耿老师说起过吗?”

王秋花摇摇头：“我们乡差不多都姓王，还有些姓罗和姓潘。学校老师也没有姓赵的。”

“他从没提过姓赵的人?”

“没有。”

司徒川停了停，又问：“耿老师和你结婚前，跟别的女人相好过吗？比如，跟下乡的女知青，或者，跟原先在省城的女同学。”

“没有。”王秋花张大了泪眼。“要是有，他肯定会跟我说的。”

杜鹏张了张嘴，几乎要说出高跟鞋来，忍了忍，没说，唔，关键不是“鞋”，是“印”。司徒川摸了摸夹克衫的衣袋，有点犹豫地把烟盒摸了出来。

“大嫂，我抽着烟聊行不行?”

“叔叔你抽吧。”儿子小刚真诚地说。“我爸爸不抽烟，家里没烟，真对不起。爸爸原先是抽烟的，家里穷，爸爸就把烟戒了。”

司徒川擦燃火柴，手指头有点发颤。

静了一会儿，司徒川又温和地问：“这些年来，尤其是最近一段时间，耿老师有没有什么不正常的情绪？比如，心情烦躁，或者，为什么事情有点伤心。”

“没有，没有呀!”王秋花摇着头。“我们家穷，再穷他也从来不叫苦的。家里天天都有学生来，大家有说有笑的，还唱歌，唱民歌唱山歌。”

“爸爸还说，”小玉捧起妈妈的手，“说小鸟都爱唱歌，在森林里也唱，在田野里也唱，就是在沙漠里，也唱。”

司徒川苦笑了一下，摸了摸小姑娘头上的蝴蝶结。

“大嫂，”司徒川站起身，“明天一早我们就回省城去。耿老师的尸体要做解剖，解剖过后再运回来。”

小玉一下子哭出了声：“我要去看爸爸……”

“这是一个案件，懂吗，有人害死了你爸爸。”

司徒川抚摸着小玉的头：“过一两天，就把你爸爸运回来了。”

“运回来好，”杜鹏也伤感地说，“运回来可以土葬。”

这句话一说，引得母子三人又一次哭出声来。

杜鹏叹了一口气，轻轻合上记录本。唉，没问到什么重要线索，记下的全是泪。

这一夜，在简陋的乡政府“招待所”里，确切地说，前半夜，司徒川和杜鹏躺在各自的小木床上都没睡着。黑暗之中，司徒川好几次发出沉重的叹息，每一次叹息都伴随着那一串音符，而且每一次发出的音调都变幻不定。

黑暗中，杜鹏脑子里的灰细胞也在裂变，想得他脑门子隐隐作痛。动机，动机何在？为了金钱？耿春江有啥钱？难道是情杀？他有相好的女人吗？唔，耿春江不会自杀，但是不等于没有女人呀！要是他真有一个情人或者女友连他老婆都不知道呢？唔，越想越乱，越想越乱……会不会，会不会有政治色彩呢？对呀，怎么不往这上头想一想！他是连川县几十年来唯一的省级先进教师，难道就没有某一位邪恶小人嫉妒他？他死在教师节，难道，那个邪恶小人就要他死在教师节？对呀，这其中肯定有点奥妙……

阴风惨惨的一夜过去了，太阳照亮了山野。

杜鹏一睁眼，发现司徒川的床空着，被窝捆成了个花卷。推开窗户一瞧，嘿，老兄就在院坝里，正在石板地上走他那一套陈式太极拳呢！呼嘘如抽丝，迈步似猫行，眼若垂帘，万物皆空。长裤倒是穿着的，上身却只有件背心，瞧他那精精瘦瘦的膀子，哪像啥武林高手！杜鹏正想打趣，忽然看见远处田坎有几个人走来，嗬，正是那母子三人！怎么，还是要去省城看尸体？

杜鹏赶紧下床穿衣，刚打开房门，见司徒川已经在双臂回落做收式了。嘿，这么快？刚才还在“倒撵猴”，怎么一下子就跳到了收式上？唔，什么眼若垂帘无思无虑！他老兄肯定瞟到了那母子三人！

“司徒，”杜鹏走到院坝里，“看见他们了？”

“当然看见了。”司徒川回的是老实话。

“让他们跟车走吧。”杜鹏又说。

“走哪儿？”司徒川眨着眼。

“回省城呀！他们肯定要去看尸体。”

“他们肯定不是要去省城，他们什么都没带。”司徒川语气平淡。

嗬！不单瞟到了他们，瞟得还细致呢！

“他们有别的事情！”司徒川抓起地上的夹克衫领先迎下乡政府的土台阶。

果然，王秋花气喘吁吁开口就说：“有件事！小玉想起了一件事！”

“叔叔，”小玉姑娘激动得眼睛放亮，“昨天晚上，我在床上想爸爸，想啊想啊，忽然想起一件事！”

“好的，你说。”司徒川蹲下身，蹲得跟小玉一般高。

“去年，”小玉眨着眼睛，“就是我考上初中之后，爸爸带我到县城玩了一天，要给我买件好看的衣裳。在百货商店买了一件又便宜又好看的花衣裳，爸爸又带我进了小饭店。爸爸问我想吃什么菜，我说，爸爸，不要贵的菜，就吃炒洋芋和炒菠菜吧。爸爸就说……”

“小玉，”司徒川打断了小姑娘的话，“别急，慢慢说，学一学你爸爸当时讲的原话。”

杜鹏也蹲下身说：“原话，明白吗？就是你爸爸当时说的原话。”

这句补充有点语义重复。杜鹏可没有司徒川那么好的口才。

小玉点点头，明白了原话的含义。

“爸爸是这样说的，”小玉的眼里闪起了泪花，“爸爸说：‘小玉，考上了初中，还是全班第一名，爸爸要祝贺你呢！今天我带的钱多，二十多块呢！来，你看看菜牌子，炒肉丝呀炒肉片呀我们还是吃得起的。唉，要是爸爸想当个有钱人，那一次就……’爸爸就是这样讲的，接着我们就坐下来吃饭了。”

“那一次……”司徒川暗暗心惊，“他没接着说下去？”

“没有。”小玉摇摇头。“昨天晚上我忽然想起爸爸说的这句话，爸爸提到了钱……叔叔，爸爸是不是因为钱出了事呢？”

王秋花和儿子小刚都焦心地瞧着司徒川。可是司徒川慢慢立起身，好一会儿没吭声。母子三人又焦心地瞧着杜鹏，可是杜鹏这一瞬间想的却是政治问题。

终于，司徒川轻声开了口：“大嫂，这个案子，直到现在……相信我们，我们一定……”

唉，办了这么多案子，司徒川还很少这样语言含糊呢。

“大嫂，”杜鹏也轻声说，“你们是不是想到省城？要是想去，就坐我们的车去吧。”

“不，我们不去了。”大嫂摇摇头。“我们晓得你们很忙，我们去了要打搅你们。我们就在家等他……”

等他！好像他还活着！

司徒川瞧瞧杜鹏，两位男子汉同样的神情惨然。

母子三人在田坎上慢慢走远了。往后，他们的生活将会多么艰难啊！

“真可怜……”杜鹏鼻腔发酸。

司徒川望着远山喃喃自语：“一个‘Zhao Tian Shao’，一个‘那一次’……”

三、岳阳楼的启示

司徒川和杜鹏几乎是冲进了刑警队办公室，让小龚、小李实实在在吃了一惊。

“结果，结果怎么样?”司徒川开口就问。

“结果?”小龚没劲儿地说，“姓赵的倒有一大把，就是没一个叫……”

“尸检结果!”司徒川张开手掌就像个讨债的，“我问的是尸体解剖检验结果!”

小龚、小李一愣，忍不住想笑。

“老兄老兄!”杜鹏把司徒川拉到椅子上坐下，“我看你还是喘口气再说，问得颠三倒四的!”

“颠三倒四?”司徒川撇撇嘴，“唔，确实，一路上颠得我翻肠倒肚。”

小龚咕嘟嘟倒了两杯凉茶。咕嘟嘟，一眨眼工夫，司徒川和杜鹏就把凉茶灌进了肚子。

“好茶好茶!”司徒川又张开了手掌：“尸检结果呢，给我!”

小李打开抽屉取出尸检结论，立刻就给司徒川抓了过去。

好！尸检结论写得一清二楚!

一、耿春江系中毒而死，几乎是立时毙命，时间在黄昏六点半到七点之间。毒物：氰化钾。

二、由于耿春江是立时毙命，胃里的容物均未消化，有多量的饭菜，还检验出相当含量的饮料健力宝。具体内容物为：大米饭、鸡肉、鱼肉……

司徒川和杜鹏看得同样急切，也同样目光闪闪。唔，检验得够认真的，连葱花都没漏掉!

不知为啥，小龚、小李在旁边有点眉来眼去。

“你们两位鬼头鬼脑的干啥?”杜鹏疑惑地盯着他俩的脸。

“不想干啥，”小李笑嘻嘻的，“只想听听二位队长有何观感。”

哟！这可弄反了，当兵的盘问起当官的来了!

“你们两个家伙！”司徒川瞪了一眼，“想拿健力宝考人是不是？”

“哈！果然厉害！”两位小兵拍掌乐了。

“怎么回事怎么回事？”杜鹏反应不过来。

“健力宝！”司徒川神色严峻。

“怎么，会议伙食上没有健力宝？”

“当然没有！”小龚激动地说。“昨天我和小李调查了，几天的会议伙食从未配过健力宝。”

“难道是……”杜鹏的脑袋开始转过弯来，“难道是耿春江黄昏外出时买了一桶健力宝？”

“不合理。”司徒川摇摇头。“健力宝几块钱一桶，这几块钱，可以给小玉买双布鞋了。”

“给谁？给谁买布鞋？”小李不解。

“给他女儿，”杜鹏说，“一个很乖的小姑娘。”

办公室里静了一会儿，司徒川的烟抽得像个微型龙卷风。

“唔，谈正题谈正题。”司徒川回过神来。“小龚、小李，谈谈你们俩对健力宝的高见。”

“我们确实有高见。”小龚有点得意扬扬。“你们在连川县，我们在省城，各推各的理。”

嗬！各推各的！口气不小！

“哟！两位师傅请讲，”司徒川喜滋滋地吐了一口烟，“我和杜鹏保证洗耳恭听。”

“你讲，”小龚拐拐小李，“你的口才比我好！”

“你讲你讲！”小李拐拐小龚，“你的条理性比我强！”

“嘿！”杜鹏白了一眼，“你们二位谦的什么虚呀！又不是作大报告，还分啥一把手二把手！”

“好，我说就我说！”小龚拍拍胸脯。“怕啥！咱们这个推理，十拿九稳！注意了！第一，因为会议伙食中没配健力宝，所以，耿春江的健力宝只能是在会议之外饮用的。”

“唔，前提明确。”司徒川赞赏。

“第二，”小龚又说，“我们已知耿春江这几天只有两次单独外出，其余时间都和连川县的另两个人在一起，所以，健力宝肯定是在他单独外出时饮用的。”

“唔，基本合理。请继续推下去。”司徒川又一次赞赏。

小龚大受鼓舞，神情振奋：“第三，他单独外出两次，一次是开会结束前一天的中午，一次是结束那一天的黄昏。注意!”

嗬！又一次用上了司徒川的口气!

“注意!”小龚严肃得要命。“如果他是前一天中午饮用的健力宝，那么，健力宝肯定化成，嗯，化成尿屙光了。”

司徒川和杜鹏忍不住笑出了声。嘿，刚才还“饮用饮用”文绉绉的，这下子来了个“屙”字!

“不错不错，”司徒川挥挥手，“通俗易懂，通俗易懂!”

“那么，第四，”小龚一点也不笑，“可以肯定，健力宝是他第二次外出时饮用的，具体说，是在他黄昏被害时饮用的。好，推理完毕!”

小龚抄起了胳膊，一副福尔摩斯的架势。只可惜，他的脸相俊了一点，也嫩了一点，缺乏福尔摩斯那刀条脸的韵味。

“确实不错!”司徒川高声说。“一二三四，起承转合，逻辑严密，无可挑剔!”

“当然严密啦!”小李也乐了。“我们俩扎扎实实推了好几个钟头呢!”

“严密?”司徒川挑起了一条眉毛，“当真这么严密?你们凭什么说他是‘被害’?他难道不可以坐在公园椅子上，左手拿着健力宝，右手拿着氰化钾，左一口右一口……”

“不同意!”杜鹏高声嚷，“哪有这么浪漫的事情！再说，在青坪乡时你已经肯定了，耿春江绝不会自杀!”

司徒川慢慢站起身，脸上的笑容消失了。

“那双高跟鞋，那双高跟鞋……”他望着窗外已经垂下的夜色。

省城跟乡下当然大不一样，此刻，长街上街灯亮了，每一盏灯都比耿春江家那个灯泡亮十倍。

“唔，讲讲姓赵的情况。”司徒川回过身来。

“根本没什么‘赵天少’、‘赵田少’!”小李苦起了脸。“我们腿都走酸了，嘴也问酸了，走访了耿春江原先的小学、中学，还到了他原来居住的街道，进了派出所，又询问了一些老街坊。他是独儿子，父母是酱菜厂的工人。他下乡当知青后的第二年，父母先后病死了，他在省城已经没有任何亲属了。总之，在哪里都查问不到什么‘赵天少’、‘赵田少’。”

“姓赵的倒有十来个，”小龚补充，“有的是耿春江的同学，有的是他的老师。就是这些姓赵的，也都说早就和耿春江断了联系。”

“有意思……”司徒川瞄起眼咕咕哝哝。

什么意思？谁也不明白。

“杜鹏，累不累？”司徒川忽然转了话题。“你倒好，在车上闭目养神。我呢，一开四百公里，双手都转痛了！”

“嘿嘿，伙计！”杜鹏叫起了屈，“是你自己非要开嘛，换你你不干！”

“反正，我累得够呛！”司徒川摆摆手，“好，案情分析暂告结束。我要回家睡觉。你们也回你们的单身寝室睡去。”

“老兄！”杜鹏抓住他的胳膊，“你阴阳怪气的到底在想啥？人家都推了一番理，现在就等你往下推呢！”

“推不起，推不起，脑袋乱糟糟像盆糨糊。”司徒川软沓沓地朝门外走。“我要睡觉，要睡觉。人是铁，饭是钢，一顿不吃饿得慌。”

听听，扯到哪儿去了！把吃饭跟睡觉混为一谈！

走到门边，司徒川又转身开了口：

“有了几个环，可惜不是环环相扣。大家都好好做个推理梦，也许梦神会来帮忙。明天早上，八点整，在这儿聚齐，继续分析案情。”

他管自走出了办公室。

一夜过去了。

这一夜，杜鹏别说没有梦神相助，连梦都没做，一躺上床睡得就像块石头。唉，也难怪司徒川嚷累，咋不累！四百公里路，起码有三百公里还是砂石路面，尤其是从连川县到青坪乡那三十公里，坑坑洼洼没有个断气儿的时候！

八点差五分，杜鹏进了办公室。哟，小龚、小李已经红光满面地等着呢！

“副队长，”小龚开了口，“这一夜推出啥名堂没有？”

“别指望我，”杜鹏撇撇嘴，“张飞当不了诸葛亮。嗯，等他来，兴许有点名堂。”

“就到八点了，”小李瞧瞧手表，“他会不会睡过头？”

杜鹏掏出了对讲机：“701！701！我是702！701！701！我是702！”

唉！没回音，没动静，这可是少有的事！

“这家伙，睡死了！”杜鹏摇摇头。“算了，让他醒来再说。”

“不对劲儿呀！”小龚睁大了眼。“他怎么会睡成这个样儿，他那对讲机就在枕头上的呀！”

杜鹏一怔，又连续呼叫了好几遍。嘿，还是毫无动静！

五分钟后，三个人开着摩托到了宽街口。

瞧，司徒川的妻子程瑛和女儿玲玲正走出路口有说有笑地要去上班、上学呢！

“怎么，你们不知道？”程瑛有点惊讶。“昨天晚上他问了我半夜，盯着教师这一行问，教师的职业习惯呀教师的职业心理呀，问得仔仔细细。半夜三点他走了，说是要再去连川县。我还以为，他要到局里邀上你们一道去呢！”

“这老兄！”杜鹏失望极了，“他搞的啥神秘主义！”

一个白昼过去了。

一个夜晚过去了。

又是一个早晨。

嘿，司徒川回来了，就像是从天而降！瞧他这精气神，再来几个四百公里都不成问题！

“你怎么回事？”杜鹏瞪起了眼，“搞单干！”

“什么单干双干的！”司徒川挤挤眼。“伙计们，给你们看个东西！”

他从一个蓝土布袋里摸出个厚厚的大本子。唷！什么宝贝？杜鹏和小龚、小李张大了眼瞧稀罕。软封皮上面，“耿春江”三个字令人触目惊心。

“别急别急，”司徒川按住了本子，“我得先讲讲有关的ABC。”

“又是ABC！”杜鹏急得直嚷。

“听我说，”司徒川神色严峻，“案发到现在，我们找到了几个环，但是一直穿不起来连不起来，是不是？”

“你说，你说。”杜鹏急不可耐。

“首先，”司徒川的声音渐渐低了，“那个姓赵的，唔，确切地说，那一串音符，是否与本案有关？肯定有关。其次，高跟鞋鞋印是否与本案有关？肯定有关。再其次，耿春江曾经对女儿说过‘那一次’，跟本案是否有关？我说肯定也有关。可是，这几个环穿不起来，缺少一条，唔，缺少一条逻辑线。”

逻辑线！又是他的生造词！

“这个鬼案子，”小李忍不住嘟囔，“比哪个案子都玄！天一处地一处，挨不上靠不上，搅破脑袋也……”

“玄，确实玄，”司徒川瞟瞟小李，“玄得人家都要打退堂鼓了。”

“谁打退堂鼓了?”小李立刻来了精神。“我我我非干到底不可!”

“别打岔!”杜鹏给了小李的胸脯一巴掌。“他这个本子里肯定有戏!”

“唔，还没说到本子。”司徒川摆摆手。“我想先出个题目考考你们——如果，如果耿春江确实是被毒死的，那么，杀人者用的是什么方法?”

“会不会是这样……”杜鹏拧起了浓眉。“杀人者预先把健力宝的封口小铁片儿撕开一点点，把氰化钾弄进去，然后走到椅子边坐下，当着面全部撕掉健力宝的封口，把健力宝递给耿春江……”

“你这种推想必须有个前提，即谋杀者与被谋杀者很熟悉。”司徒川平淡地说。

“还有另一种方法，”小龚说，“用注射器把氰化钾预先注入健力宝罐内。”

“唔，然后递给耿春江。”司徒川仍然语气平淡。“你这种办法仍然必须有那个前提，即耿春江和那个人很熟悉。”

“队长，‘熟悉熟悉’的，”小李警觉地眨着眼，“你的意思是……”

“我的意思是——”司徒川低声说，“我们肯定了有一个谋杀者，不管那个人是男是女。可是，那个人在哪里?没有目击者，没有别的线索，姓赵的看来又不相干，怎么办，到哪儿去查?”

这一问，三个伙伴都皱起了眉。

司徒川慢慢打开了本子。

“哈!”小李拍了一下巴掌，“这里边写得有那个人!”

“没这么简单!”司徒川微微一笑，一下子翻开已经折了角的一页。“你们瞧，第三十六课，《岳阳楼记》。一手行书字写得多漂亮，当然，更重要的是，教案作得如此认真，真不愧是个好教师!”

“你说什么‘案’?”小龚问。

“教案，专业术语，”司徒川耐心解释，“教学的教，案卷的案。上次在耿春江家，我和杜鹏查看了耿春江的信件，毫无所获。这一次我又去，不单重看了他的信件，还把他这本教案带了回来。别急，听我说，教案，说通俗一点，说是教师的备课本，明白吗?”

“噢!原来不过是个备课本!”小李撇撇嘴。

“别瞧不起这点知识，这还是我从程瑛那儿现学现会的呢!”司徒川回到了正题，“好，现在，你们认真看，我慢慢念，这一截，我只要你们注意耿春江写的一截。”

他开始念了，一字一字念得又清晰又刻板。

……第四自然段，从“嗟夫！予尝求古仁人之心”句至“微斯人，吾谁与归”句。这一段落，是全篇起承转合之处，从前文三个自然段的写景抒情承续而至，到此段达到了作者的最高思想境界。本段文字不多，但字字珠玑句句递进，文采斐然，思想价值极高。讲述本自然段，重点在于两个对偶句。一、“不以物喜，不以己悲。”二、“先天下之忧而忧，后天下之乐而乐。”注意阐明这两句的必然联系以及它们的异同之处。注意指导学生理解：作为名句而言，“先天下之忧而忧，后天下之乐而乐”一句更为世人所熟悉。但是，究其思想深度与力度而言，则“不以物喜，不以己悲”一句更有独特的思想价值……

司徒川念到这里停住了，一下子又从蓝布袋里掏出一本书，初中第五册语文书，并且刷刷地翻到了第三十六课。

“好，现在我们来看看范仲淹的《岳阳楼记》。”他朗声说。“我把第四自然段原文朗读给你们听。”

嘿！这一瞬间他本人就像个教师！

嗟夫！予尝求古仁人之心，或异二者之为，何哉？不以物喜，不以己悲；居庙堂之高则忧其民，处江湖之远则忧其君。是进亦忧，退亦忧。然则何时而乐耶？其必曰“先天下之忧而忧，后天下之乐而乐”乎。噫！微斯人，吾谁与归？

司徒川放下书，慢慢地点上了一支烟，美滋滋地连吸了几口。

三位伙伴面面相觑，闹不懂司徒大教授搞的是啥玄虚。

“诸位，”司徒川又开了口，“备课本也看了，原课文也听了，有何感想？”

“感想？”杜鹏莽声莽气说，“我的感想是：如听天书，越听越糊涂！”

“哈哈哈哈！”司徒川禁不住扬声大笑。“杜鹏哪杜鹏，你啥时才能改改你这武夫性格！学问！这是学问！是范仲淹老先生的不朽名篇呀！”

“范仲淹！范仲淹早就死成肉干巴了！”杜鹏翻着白眼。

这一下，连小龚、小李都笑岔了声。肉干巴！他脑袋里这种乡土语言倒不少，都是在云南当兵时学会的！

“你呀你，真拿你无法！”司徒川要笑不笑的样子。“好好好，学不进，不逼你学。破不了案，你负责！”

唷！话里藏着话！

“反正，备课本就在桌上……”司徒川又补了一句。

立刻，杜鹏和小龚、小李的三颗脑袋又凑到了桌边，六个眼珠子又一次扎进了教案里。

司徒川后退几步坐到椅子上，静静地等待。

过了好一阵，杜鹏先开了口：“这一句，这一句怎么给画掉了？”

“那是耿春江自己写的又自己画的。”司徒川语气平淡。“我回到局里，首先找人做了笔迹检验和墨水化验，然后才来找你们。唔，怎么不透着亮瞧瞧？”

杜鹏一怔，马上举起备课本，确切地说，是把这一页纸迎向窗外。哈！阳光一照，三条直线压着的字迹辨出来了——

可以举我们十四年前在空心烛的事为例。

司徒川抢步向前，声音又脆又响：“好，看出来了！现在，我们把他前面写的几句和画掉的这一句连起来看一看。注意！他是这样写的——究其思想深度与力度而言，则‘不以物喜，不以己悲’一句更有独特的思想价值，可以举我们十四年前在空心烛的事为例。”

刑警队办公室静了下来，静得异乎寻常。

“十四年前……空心烛……”杜鹏的眼睛瞪得又大又亮。

“首先，”司徒川又一次竖起了食指，“我们必须弄懂，‘不以物喜，不以己悲’的含义。这八个字的含义是：不因为外物的好坏和自己的得失而或喜或悲。总之，这八个字表达的是一种人格高尚的思想感情。唔，明白了这八个字的含义，我来说说他自己画掉的这一句。注意，在画掉的这一句里，耿春江给我们留下了几点非常重要的启示。”

“启示？!”

“对，启示！”司徒川点点头，“我再也找不到另外一个准确的词语了，就是启示！第一点启示，‘十四年前’。请看，这个备课本是耿春江 1981 年作的，也就是说，十四年前，即 1967 年，正是‘文化大革命’期间。”

“文化大革命!”三个伙伴脱口而出。

“第二点启示,‘在空心烛’。”司徒川继续说。“注意这个‘在’字。唔,你们觉得这个‘空心烛’是个东西还是一个地方?”

“我觉得是个地方。”小龚严肃地说。

“同意。”杜鹏说。

“我也同意。”小李也点着头。

“好,”司徒川挥挥手,“也就是说,十四年前,1981年之前的十四年,即1967年,在一个叫‘空心烛’的地方曾经发生过一件什么事情。什么事情呢?唔,现在我讲第三点启示,‘可以举我们十四年前’。注意‘我们’这两个字。”

“这说明除了耿春江还有别的人!”杜鹏说。

“对!”司徒川提高了音调,“现在,我们来推断一下当时可能发生了一件什么性质的事情。注意!注意!耿春江打算举空心烛那里发生的事情来印证‘不以物喜,不以己悲’的含义,那么,必然的逻辑结论就是——在空心烛那个地方,曾经发生了一件很高尚的事情。”

好家伙!一层一层越挑越亮了!

“杜鹏,”司徒川又说,“耿春江曾经给他女儿说过,‘要是爸爸想当个有钱人,那一次就……’那一次,那一次等不等于是空心烛的这一次呢?”

“司徒川,”杜鹏激动地说,“我看有可能就是一件事!很可能!”

可是,司徒川的眼神迷惑不定:“我拿不稳,真的拿不稳……”

四、龙凤之烛

“没有,没有这样一个地名。”

“肯定没有?”

“肯定没有。”地名办的老周严肃地摘下眼镜,“我们省内肯定没有。”

司徒川道了谢,告了别,离开了地名办公室。道谢时脸上带着笑,其实他心里真失望。难道那个空心烛在外省?那可糟了,又要漫天撒网!

司徒川坐进“蓝鸟”,在驾驶座上连抽了两支烟,就像个焦头烂额的政治家。两支烟,使他脑子里的灰细胞急速地裂变着。1967年,1967年,耿春江还在读高中二年级。那时候,正是“红卫兵”的年代……参加“红卫兵”，成立“战斗队”，跟着伟大导师闹革命……也许，耿春江是在外省“串连”时到了那个叫空心烛的地方……那是一件高尚的事，只能是一件高尚的事！可是，可是，高尚竟然演变成了谋杀，为什么，为什么？……会不会，会不会是风马牛不相及的两件事呢？……唔，别急，别急，别把推理当成科学结论……

他把烟头朝车窗外一扔，就在扔烟头的同时，他发现对面走来一位身穿白褂子臂带红箍儿的老太太。嘿，红卫兵，当年红卫兵也是这样臂带红箍儿的！不不，不是红卫兵。是一位卫生检查员！司徒川一踩油门，“日”的一声就把“蓝鸟”开跑了。这儿不是久留之地，这些卫生检查员连市长都敢罚！一个烟头要罚你五块钱！

黄昏时分，几路人马回到了刑警队办公室。

这一天，杜鹏和小龚、小李也忙得不亦乐乎。杜鹏钻进了省图书馆，在旧报纸杂志堆中泡了八九个钟头，中午连面包都是在旧报纸堆里啃的。面包都染上了霉味儿！小龚、小李呢，在三中校园内外转进转出，找这位老师找那位老师，问这问那，问东问西。

可惜，三个人又白忙了一天。空心烛？人也不知道书报也不知道！

此刻，三位打了败仗的人盯着司徒川，要听他说说是喜是忧了。

“地名办没戏。”司徒川开门见山。“没办法，我只好瞎碰了。”

“瞎碰？”杜鹏摊开手掌，“二位听听，看来也是个败军之将！”

“也不是很‘瞎’，”司徒川快活地挤挤眼，“大方向还是有的。你们想想，空心烛没归入地名办的卷宗，并不等于空心烛不存在，有好多小地方都够不上地名办的格呢。比如，当年我当知青的那个小山寨，寨脚下有个水塘叫‘狗屎塘’。唔，这个‘狗屎塘’，地名办就查不到。”

“狗屎塘？好听！”小李咯咯笑。

“这是打比方！”小龚拐了他一下。

“总之，地名办查不到我并不绝望。”司徒川继续说。“有句老话说得好：山不转路转，河不转水相连。”

“嘿！别绕山绕水行不行！到底找到那地方没有呀！”杜鹏急得抓耳挠腮。

“好好好，你要我一步跳到目的地！”司徒川忍住笑。“一座庙，庙后头两根大石柱。”

“什么什么？”杜鹏更急了，“说清楚说清楚！”

“怎么？又嫌不清不楚？”司徒川笑出了声。“那，我还得绕回去说。”

“绕回去绕回去！”小龚、小李齐声说。

“好，绕回去。”司徒川眼里的笑意散去了。“你们想想，1967 年，1967 年的学生们干些什么呢？又不上课，时间多的是，到处跑到处串，搞社会调查，串工厂串农村，顺便还要游山逛水。嘿，空心烛，我一下子觉得，这三个字还真有点神奇古怪的味儿呢！空心烛？蜡烛还会有空心的？会不会跟什么民间传说有联系？于是，我去了省文联，访问民族民间文学研究会。他们一指，把我指到了宗教事务委员会，好，再一指，把我指到了龙凤寺……”

“就是你刚才说的那座庙？”杜鹏问。

“对，一庙二石。”

“什么？”

“龙凤之烛。”

“什么什么？”

“耳听是虚，眼见为实。明天上午上山去！”

好个龙凤寺，一片废墟！

司徒川把伙伴们引到了这块神秘的地方。一眼看去，阳光之下岩石裸露、草木稀疏，好一派荒败的“风景”！在车上，司徒川还一个劲地说“风景不错”呢！

“风景在哪儿？”杜鹏打趣。

“这些不是？”司徒川随手一指。

嗬！这些就是“风景”——每间房屋都只剩下了地基，除了撬不动的大石头，能撬走的石条早就给撬走了；别说什么大殿厢房，连完整的砖都找不到一块；地上还这儿一个大坑那儿一个大洞，也不知是人掏的还是狗刨的。

“好，我来介绍介绍。”司徒川悠悠然地吸着烟。“龙凤寺，始建于明末清初，曾经是不大也不小的一方丛林。前有观音殿后有大雄宝殿，几百年间香火不绝。可惜，在二十几年前，具体说，‘文化大革命’一开始，这里遭了大劫。和尚们逃的逃亡的亡，乌鸦哇哇叫。”

哇哇叫！倒好像他亲耳听过、亲眼见过一样！

“房屋被拆，砖木无存，连树林都被剃光了。山门何在？大殿何在？菩萨何在？嗟夫！”

嘿！刚在《岳阳楼记》上看到，找机会就用上了！

司徒川扔了烟头，神情一下子变得十分严肃。

“就在那一年，具体说，在1967年5月，最后一个和尚死在了山岩下头。”

三个伙伴警觉地互相瞧了瞧。

“以上这些，是我昨天才从隆福寺静海大师那儿问到的。”司徒川扬扬手：“好，跟我来！”

走过坑坑洼洼的地面，绕过高可及人的灌木丛，司徒川停下了，将手一指。

——前面，三四十米开外，泥地上赫然矗立着两根大石柱！乖乖！不用谁介绍，谁都看得出来，像模像样的两根又粗又壮的大蜡烛！

两根大蜡烛紧紧挨在一起，一般高，至少有八九米。而且，石柱上面石棱道道，恍眼一看，左边的像盘着一条龙，右边的像绕着一只凤，龙凤烛！难怪叫它龙凤烛！

不消一分钟，几个人就奔到了石烛下头，嗬，到了石烛之下，这一对龙凤之烛更显得高大雄壮呢！

“这就是空心烛?”小李拿石块边敲边听，“不空呀，听起来是实心的嘛!”

“上来瞧!”司徒川脱了夹克，扒住龙鳞就攀了上去。

于是，四个人就跟四只壁虎一样，扒龙的扒龙扒凤的扒凤，不一会儿就上了顶。哈！顶上宽得很呢，别说四个人，四十个也挤得下！空心烛！当然是空心烛！瞧，每支烛头都凹下去一个坑，就像，唔，就像两个超小型的火山口。

司徒川盘脚坐在了岩石上：“现在我给诸位讲讲空心烛的知识。当然，这点知识也是我昨天才学到的。”

瞧他，这会儿简直成了个盘脚大师。

“蜡烛有烛芯，”他不紧不慢开讲了，“小蜡烛的烛芯是纱捻的，比如我们常见的家用蜡烛；大号的蜡烛用的是竹棍儿或者木棍儿。龙凤烛当然属于大号烛。那么，空心烛是怎么回事呢?听我慢慢道来。刚才我说了，大号烛的烛芯是木棍儿或竹棍儿，尤其是木棍儿，质地不一样，有的软有的硬，有的禁烧有的不禁烧，有的烧得慢有的烧得快。再加上大号蜡烛都很粗大，于是，碰上了那么几根软木棍儿当烛芯的，烛芯倒比蜡烧得快，这一烧，烛芯就烧成了一个窝儿，或者说一个坑儿，这就叫空心烛。”

三位伙伴听得津津有味。

“静海大师告诉我，”司徒川继续说，“他出家六十多年，点过的看过的蜡烛不计其数，但是他这一辈子也才看到过三四次空心烛。唔，当然，咱们脚下这一对空心烛可没有烛芯，它们是，嗯，是一对天造地设的花岗岩的神秘之烛。”

长见识，长见识！真是“佛门一遍经，说得心串心”！

“回到本案。”司徒川一下子目光熠熠。“注意，本省只有这一对空心烛，一般人只知道龙凤寺有一对龙凤烛，那么，耿春江怎么知道它叫空心烛呢？空心烛是和尚们自己称呼的，耿春江从何得知呢？”

“那个和尚，”杜鹏这会儿脑瓜真灵，“那个死了的和尚！”

“耿春江是否从那个和尚嘴里问到的，这不能肯定。”司徒川说。“能肯定的只有一点，那个叫惠普的老和尚当时已经半疯了。静海大师当时是隆福寺的和尚，他说，听到惠普死在岩脚后，他和不少和尚都来这儿看过。说惠普和尚的死状很惨，摔得血肉模糊。”

司徒川停住了，出神地望着远山。

真静，真荒野，这里离城才三十几公里，倒仿佛是个洪荒世界。

“司徒，”杜鹏轻轻拐拐他，“到目前为止，咱们总算是迈出了几小步。”

“到目前为止，”司徒川的声音轻得就像是喃喃自语，“咱们东钻西钻，好像钻进了一条不知通不通的胡同。剥藠头，剥藠头，办每个案子都像剥藠头。可是这个藠头，剥了一层又一层，仍然没有剥出个明白……唉，空心烛，空心烛，纸船明烛照……”

突然，司徒川一下子张大了眼。

怎么回事，他好像中了什么邪！

“小龚、小李！”他几乎是在嚷，“你们去学校调查时，问没问过当年“红卫兵”成立“‘战斗队’”的事？”

“战斗队？”小龚眨着眼，“什么‘战斗队’？我们只是问姓赵的。”

“没问就好，没问就好。”司徒川真的有点颠三倒四。“早了，当时问就早了，现在问，才……要是我没推错，要是推理可以接近真理，那么……”

“司徒，司徒，”杜鹏急了，“你怎么回事呀！你到底……”

“我还要想一想，还必须认真想一想……”司徒川目光散漫。“在‘蓝十字’一案中，贵山老汉的那座坟，那座坟也让我绞尽了脑汁……”

“蓝十字”！他一下子回到了“蓝十字”一案中去了！谁也跟不上他的奇思怪想！

整整十天，司徒川和三个伙伴都在明察暗访，不，不是明察暗访，是暗察暗访。

整整十天，司徒川都没有迈出进攻性的一步。

这一天，一个人走进了神州机电公司总裁的办公室。这个人很年轻，穿得土里土气像个村干部。土是土，这人的脸上却分明有一种蛮横之气。这人手中拿着一个薄薄的大号信封，信封上几个大黑字连旁边的人都看得清清楚楚——“交宋志涛总经理”。

宋志涛在办公桌后面慢慢立起身，一言不发打量着站在门口的年轻汉子。这汉子不简单，一句“我是连川县青坪乡来的”，就直达宋志涛的室内。此刻，室内只有他和他两人，秘书已经被宋志涛支开了。

年轻汉子黑着脸，径直走到桌边，把信封朝桌子上重重一拍，一言不发转身就走。

信口，刷的一下在宋志涛的手指下撕开了。

黄昏。跟所有的黄昏差不多，太阳靠了山，天空显了黑。

宋志涛准时到了空心烛下。手表正指着六点半。他四处看看，抬起手，轻轻拍了三下。立刻，龙烛的后面出来了送信的人，凤烛的后面出来了另一个人。这人的岁数看起来也不大，穿着皱皱巴巴的西装，顶多像个乡级干部。这人的脸阴沉着，此刻是黄昏，他却好像已经黑尽了天。

这当口，从宋志涛后方的灌木丛那里闪出了第四个人，身高体壮，叉手而立，一副打手架势。

“咱们好好谈。”宋志涛用大拇指指指身后。“两个对两个。”

“姓宋的，”乡干部模样的人也开了口，“你连打手都带来了！好！我告诉你，今天，你文的武的都不顶用。你就是把我们两个打死在这里，也会有别的人上法院！”

“你，你们，到底是什么人？”宋志涛阴声阴气。

“我是耿春江的妻弟，他是我的堂弟。”乡干部模样的人的声气更冷。“一句话，青坪乡的乡巴佬！”

“你们要干啥？”宋志涛压低了声音。

“今天叫你来，”乡干部模样的人也压低了嗓子，“看你是要私了还是公了。你杀死我姐夫，我本来是要你偿命的，老天可怜你有老婆娃娃，今天我就给你一条活路，看你走不走！”

“我？我杀死……？”宋志涛轻声一笑，“你从哪里听来的神话！”

“姓宋的！”乡干部模样的人走到了宋志涛跟前，眼对着眼。“姓宋的！我们乡下有句土话，‘坡上斑鸠叫，塘里蛤蟆叫，斑鸠叫山，蛤蟆叫水，你一叫，是山是水就会有声气！你以为你干得人不知鬼不觉？你以为你杀人不留影子？听清楚，我姐夫再老实也不是根木头，他专门写了好几张纸留给我姐，把你们在空心烛，在这里干的事情写得清清楚楚！把他、你还有当兵的崔勇写得清清楚楚！我姐夫一死，我们就晓得你是凶手！”

宋志涛白了脸，咬紧牙好一阵不吭声。终于，他又出了声：

“你现在想要……”

“拿钱来，一大笔钱，”乡干部模样的人伸出又粗又糙的巴掌，“养我姐姐，养她的儿女。杀死你，死两个人，拿钱来，算你花钱买条命。”

远处，那个打手吹了一声口哨。宋志涛扭头打了个手势，口哨不吹了。

“好，”宋志涛对乡干部模样的人低声说，“拿了钱，这件事是不是干净了？”

“一干二净，交心子割肉，说话算数。”

“把他写的东西烧成灰，当我的面烧。”

“可以。”

“你们不要复印。”

“复印？”

“就是不要留底子。”

“我们乡巴佬没有这么多名堂。”

“什么时候烧？”

“拿到钱就烧。”

“在哪里交钱？”

“给你三天时间，还在这里。”

“好，我也要跟你讲明白，”宋志涛咬着牙说，“给了钱，从此一干二净。要是你们还要惹事，我宋志涛一横心，也要报复到底的。”

“只要你拿钱，我们就这辈子不见面。”乡干部模样的人也咬着牙。

“好，”宋志涛问，“要多少？”

“十万块。”乡干部模样的人把两个食指一叉。

“十万块！不行，顶多两万块！”

“姓宋的，你再竖起耳朵听清楚！”乡干部模样的人脸上现了笑。“你不答应，那就别怪我不讲情面了。”

话音刚落，司徒川从龙凤烛后面出来了。与此同时，在那打手身后出现了全副武装的小龚，把那个打手吓得腿肚子筛糠！

司徒川的眼里包着两团暗火。

“宋志涛！”声音比冰还浸人。“耿春江是优秀教师，你是优秀企业家。他在乡下干了二十多年，穷得连件好衣服都给女儿买不起。你呢，不单红得发紫，还富得流油。这个世界是怎么弄的！怎么会把优秀二字给了你这个阴险毒辣的人！”

五、大回溯

司徒川交出了侦查终结报告。宋志涛供认不讳，葛头终于剥到了头。

可是，三天过去了，司徒川眼中的暗火一直没有熄灭。

这天下午，三个伙伴到了司徒川家，还特意买了一束鲜花。黄灿灿的秋菊在花瓶中一插，司徒川眼里的暗火渐渐退去了。

晚饭之后，大伙围在一起聊天。玲玲缠住杜鹏讲故事。

杜鹏死活不开口，三个伙伴一致要求队长把这个案件的全面情况给大伙说一说。

司徒川瞧瞧大家，伤感地开了口。

“这个案子，确实让我心里很难受。简单说吧，一命抵一命，可是，宋志涛的命抵得了耿春江的命吗？唉，二十年前那么高尚的举动，二十年后……”

屋里静静的，连玲玲的轻轻的呼吸都听得见。

“二十年前，确切地说，二十五年前……”司徒川仿佛在讲述一个古老的故事。“那一天，五月里的一天，有三个‘红卫兵’，也是三个知心朋友、同班同学，到了龙凤寺。耿春江，崔勇，宋志涛，可以肯定地说，当时这三个人都是精神世界很美好的人。当时，他们组成了一个战斗队，一心一意要投入火热的改造世界的‘红卫兵’运动。宋志涛威信最高，是‘战斗队’队长。那一天，他们到龙凤寺去正是要商量‘战斗队’的行动方案，同时也要讨论扩大‘战斗队’成员的事，当然，毕竟才是十七八岁的年轻人，也想到野外去爬爬山逛逛水。他们是骑自行车去的，到龙凤寺时已经是中午一点了。他们拿出馒头咸菜，开始认认真真谈革命。革命工作讨论了两个钟头，他们又恢复了年轻人本性，就在山上放声朗诵。然后，就开始在破庙里转来转去的游玩。”

司徒川深深吸了口烟，又轻声说下去。

“当时，龙凤寺已经被砸烂了。只剩下几间破壁烂墙的厢房，至于和尚们，早就走的走亡的亡了。他们走进一间厢房，踩到一处地板，觉得下面好像是空的。撬起地板一看，哟，下头真的有一条窄窄的地道。不用说，三个人兴趣十足地钻了下去，借着头顶上地板缝里透下来的光线，他们走到了一间地下室。这是一间不算宽的地下室，大概只有八九个平方米，地下室里是一个个大木箱……”

程瑛和玲玲听得入了神。玲玲不知不觉地移到了妈妈身边。

“打开箱盖一看，”司徒川的声音更轻了，“哟！佛经，字画，还有不少祭祀用品，铜的铁的玉的石的，还有金的银的。三人猜想，一定是寺庙被破坏之前，庙里的和尚把这些东西藏了起来。这一下，三个人都觉得事情重大了，钻出厢房后就商量一下，共同决定要保护这批财物，既是宗教用品，也是珍贵文物。唔，这里说说宋志涛。宋志涛被捕后，详详细细地交代了这些事，我认为他的交代基本是真实的。大概是在监房的孤独之中他回忆起了年轻时代高尚的情操吧，或者说，人之将死，人本性中善良美好的一面凸现了出来，总之，他是流着泪说出这些往事的。如果他不说，那么，龙凤寺的这件事咱们就永远不能知道了。三个人，耿春江死了，崔勇也死了，而且因为那个老和尚的事，三个人都没在日记或信件中留下关于龙凤寺的一句话甚至一个字……”

“为什么呢？”程瑛问。

“嗯，我继续说。”司徒川点点头。“就在他们决定要保护这批财物后，忽然，岩石后面出来了一个又黑又瘦的老和尚，一个破衣烂衫吃尽了山野之苦的老和尚。这个老和尚满脸是泪，扑通一下就跪在了三个年轻人的跟前……”

小玲玲的眼睛张得大大的，她紧紧地抓着妈妈的手。

“‘不以物喜，不以己悲。’那一幕，确实是十分高尚的。”司徒川长长地叹了一口气。“三个年轻人又惊又疑，赶紧把老和尚扶了起来。唉，其实，这位惠普老人并没有疯。只是因为他坚决不离开那片山林，只是因为他常在山野间悲悲泣泣，只是因为他常在黑夜里发出又哭又笑的声音，偶然看到他的农民们就传开了，说龙凤寺只剩下了个半疯的老和尚。就是从惠普老人口中，三个年轻人知道了龙凤烛的另一种称呼，空心烛。当时，惠普老人流着泪指着龙凤烛说：观音大士，你看到没有？世上有好人哪！现在，我可以走了，可以走了！他站起身，慢慢走到山岩边，还没等三个年轻人反应过来，他就跳了下去，摔死在发誓不离开的这个地方……”

程瑛和小玲玲的眼里噙起了泪水。连已经知道这个故事的三个伙伴也神情惨然。

司徒川把半截烟放在了烟灰缸里。烟已经自己熄灭了。

“爸爸，后来呢?”小玲玲问。

“后来，”司徒川点点头，“后来还有好多事呢。后来，三个泪流满面的年轻人站在山岩上，人人的心里都很难受，觉得是他们害死了惠普老人。他们三人当时就发了誓，今后绝不再提这个可怜的老人，而且，一定要把这批财物完整的保护下来，等到以后时局平静了，再把这批财物交给国家，玲玲，你哪儿知道当时的情况，连小龚、小李叔叔当时也不懂呢！当时，如果这些财物一公开，马上就要给一把火烧成灰呢！唔，总之，就在当天晚上，三个人弄来了一辆三轮车，运了两趟，整整一通宵，把箱子悄悄地运到了宋志涛的舅舅家埋在了地下。宋志涛的舅舅是制药厂工人，也住在城北郊外，离龙凤寺比较近，只有十几里地。”

司徒川停了停，又轻声说下去：

“就这样，一年过去了。1968 年，三个好朋友分别了，耿春江当知青去了连川县，崔勇参军去了广西，宋志涛呢，因为父亲早逝，母亲又有病，学校就照顾他留了城，进了他舅舅工作的制药厂当学徒。1971 年，宋志涛的母亲也去世了，宋志涛就跟舅舅住在了一起。他舅舅是个单身汉，是个老实巴交心肠很好的人。1972 年，他舅舅在一次工伤事故中死了，于是，他一个人住在了舅舅的房间里。那是两小间靠近山坡的木板房，离其他的工人住家比较远。那些箱子，就埋在房后的白菜地下面。好，下面我讲简略一点。1976 年，‘四人帮’倒台了，宋志涛因为在制药厂写过反‘四人帮’的大字报而受到了重视，不久，他被调进团市委工作，很快又入了党提了干，1977 年，调他到电机厂当了副厂长，后来又当了正厂长。就在 1977 年，崔勇牺牲了，为了救两个落水的农民娃娃，他自己被洪水卷下了滩，当时他在部队是连指导员。只有耿春江一直在乡下教书，又在乡下成了家，不可能调回省城了。那批财物呢？被宋志涛悄悄转移了，先是转移到他在团市委的单身宿舍，后来又悄悄转移到他在电机厂的家中。一共是七个木箱，东西不算很多，但是价值昂贵。转移的时候，他为了保险起见，先是烧掉了那七个古色古香的红漆箱子，还烧掉了相当一部分他认为没什么价值的东西，比如信徒们的捐赠名册、记述龙凤寺渊源的记载、庙里历年来的产业清单等等，留下的是精品。唔，从他烧掉以上那些东西开始，我们就可以推断，他心中的邪恶已经升起来了。总之，他把剩下的东西放进另外四个白木板箱子里，上面再压上几层书，不显山不露水地就搬了家。在审讯中，宋志涛招供，在粉碎‘四人帮’后，崔勇和耿春江都来过信，催促他把财物交给国家。可是，宋志涛变了，不单地位变了，连心都变了，用他自己的话说，他‘越来越想独吞那些财物’。特别是崔勇牺牲后，宋志涛更是打定了主意要独吞这批财物。他招供说，他深知耿春江的性格，知道耿春江不会向别人说出龙凤寺的事，因为耿春江的道德感极强，因为耿春江对惠普和尚的死最内疚。当然，还因为耿春江远在偏僻的山村，而且地位低微，几乎连个出差到省城的机会都没有。那么，宋志涛采取了什么方法呢？他采取了磨和拖的战术，他回信给耿春江，一次又一次借故推托，先是说局势还不平稳，财物拿出来很可能还是要被烧毁，后来又说东西已经转移到了外省的亲戚家，要以后才想法运回来等等。总之，就在这些年里，宋志涛一点一点的，神不知鬼不觉的，通过文物走私犯，把这些财物变成了金钱。”

“一共多少钱？”程瑛问。

“他自己招供是二十多万块。”

“二十多万块！”

“也许还不止。”司徒川继续说：“表面上，宋志涛仍然是一副正人君子的模样，工作认真负责，生活简单朴素，唔，一句话，他事业成功，是个响当当的优秀企业家。这两三年，他又联合了几家电机厂，组建了企业集团，他成了当然的企业总裁。”

“宋志涛的妻子知不知道这些事？”程瑛又问。

“完全知道。”司徒川说，“那女人比宋志涛更贪婪。一句话，这两口子狼狈为奸，就像，就像秦桧夫妇。”

“那个打手呢？”

“那个打手不知道，”司徒川摇摇头，“或者说，只知道有人要‘勒索’老板。那家伙是宋志涛的私人小车司机，一个四肢发达头脑简单的草包大膀汉。”

司徒川点上一支烟，重重地吸了一口。

“好，最后一幕。这一次，耿春江到省城开会，二十多年来又一次见了宋志涛的面。那天中午，在耿春江的追问下，宋志涛终于摊了牌，说出那批财物‘已经处理了’，而且，他拿出两万块钱要封住耿春江的嘴。两万块！对于耿春江这个穷教师来说，简直是个天文数字呀！可是，耿春江气得浑身打战，气得流了泪。耿春江，耿老师，这样一位品德高尚的人，他当时只会有一个想法——他只能是极度蔑视宋志涛，只能是极度的悲哀再也不存在的友谊。他一言不发，流着泪离开了宋志涛的家。我推想，我以我的全部智力推想，当夜，耿春江躺在招待所的床上，整整回忆了二十多年的秋冬春夏。这一夜，使耿春江从一个老实温和的人变成了一个内心似钢顶天立地的男子汉，这就是道德的力量！这就是正义的力量！总之，第二天上午，耿春江给宋志涛打了电话。宋志涛招供，在电话中，耿春江的语气冷若冰霜。耿春江说‘今天黄昏六点半，我在绿雨公园外湖边等你。我给你最后一个机会，向社会坦白，向人类良心坦白，向惠普老人谢罪。这条唯一的路如果你不走，我要用我的全部道德感宣告，我，耿春江，当年瞎了眼，认识了你这样一个卑鄙的小人！’宋志涛怎么办？他拿着电话愣住了、惊住了，他已经远离道德好多年，他简直不理解，一个人，怎么能够不在金钱的面前弯腰。他意识到，他只有两条路可走，一条是坦白出来。因此丧失他拥有的金钱、地位、前途；另一条是，干掉耿春江。宋志涛是这样招供的：‘当时，我觉得天都黑了，觉得耿春江已经把刀架在了我的脖子上。’哼，他讲的是他的真实情感，可是我要说，他用词用错了！那不是一把刀，那是耿春江手中的正义之剑！总之，宋志涛，这个身高才一米六六的小个子小人开始行动了。注意，他在制药厂工作过，他对毒药也颇有知识。下午四点，他亲自去拿到了‘货’——氰化钾。下午五点半他出了门。六点十分，他到了公园外湖，并且看到耿春江已经坐在了长椅上，而且看到四周没有任何人影。于是，他撕开一点点健力宝的小封皮，把氰化钾滴了进去。唔，顺便说一句，氰化物毒剂一般都是易挥发的液体，一旦离开密封状态毒性减弱，他要立即得手，要让耿春江立刻就死。于是，他拿着健力宝笑呵呵地走到椅子边坐下，一瞬间，他似乎又变成了二十五年前那个单纯可爱的红卫兵。‘春江，春江，’他真诚得要命，他说，‘你的电话让我哭了，哭了一下午。唉，我干了些什么呀，真是鬼迷心窍了！我听你的，听你的，你千万不要把我当个不可救药的人呀！’他说着，从提包里拿出两桶健力宝……他毒死了耿春江，当然，最终，他也葬送了自己……”

屋里又一次静了下来。小玲玲的眼睛张得大大的，仿佛要寻求一个她现在还难于理解的答案。

“队长，”小龚说，“那双高跟鞋你忘了说。”

“对，那双高跟鞋，”司徒川对程瑛说，“那是宋志涛老婆的鞋。宋志涛走到草地附近，脱下他穿着的布鞋，从提包里拿出了高跟鞋。”

“队长，”小李又开了口，“‘战斗队’的事，‘战斗队’的事，你当时是怎么想到的？这一点，可真是神得很哪！”

“神？”司徒川微微一笑，“唔，也是一种神，是正义之神在帮助我们，是正义之神要我们为耿春江复仇！谈到‘战斗队’，唔，当年的我，也是‘红卫兵’，也参加了‘战斗队’。当时，在那种革命热潮之中，几乎每个‘战斗队’的队名都取自于毛主席诗词。比如我们那个‘战斗队’，取名为‘驱虎豹’，就是取自毛主席的这首七律——

雪压冬云白絮飞，万花纷谢一时稀。
高天滚滚寒流急，大地微微暖气吹。
独有英雄驱虎豹，更无豪杰怕熊罴。
梅花欢喜漫天雪，冻死苍蝇未足奇。

当时，我们四个在空心烛上，我承认，神意，是有一种神意，使我喃喃自语，‘空心烛……空心烛……’又是这种神意，使我下意识地说出了‘纸船明烛照……’啊！照天烧！Zhao Tian Shao！纸船明烛照天烧！于是，你们俩再一次去学校调查；于是你们问到了，当时耿春江、崔勇和宋志涛成立的‘战斗队’正是叫‘照天烧’；于是，每一个环都连上了，一下子连上了！难怪那天晚上耿春江咕哝‘照天烧’时那样伤心，那是他一生一世难以割舍的青春友情啊！听，这也是毛主席的一首七律——

春风杨柳万千条，六亿神州尽舜尧。
红雨随心翻作浪，青山着意化为桥。
天连五岭银锄落，地动三河铁臂摇。
借问瘟君欲何往，纸船明烛照天烧。

唉，空心烛——照天烧！正义之神的启示多么奇妙！正义之神，让我们偶然而又必然地把这两者连在了一起！”

多么安静，多么安静。程瑛掏出手绢，轻轻抹去玲玲脸上的泪，可是她自己也是泪水盈眶。

“那个坏蛋，那个坏蛋，”玲玲哽咽着，“他害死了一个老师……”

司徒川叹息着，抚摸着女儿头上的蝴蝶结。

“玲玲，”他轻声说，“星期天，我和妈妈带上你，还有杜鹏叔叔和小龚、小李叔叔，咱们一道去乡下看看耿老师的坟。我们要带一对最好最好的红蜡烛，你来插，轻轻轻轻地插在耿老师的身边。”

原载《警坛风云》，1994 年第 1 期

自杀的尸体

（中国台湾）蓝 霄

我喜欢和我的室友们在溽暑的夜晚到东海别墅闲荡。

台中县龙井乡的东海别墅，对我们中部大学生而言，是个再熟悉不过的地方。

毗邻着台湾校地宽广度数一数二的东海大学（本人母校 B 大医学院用一个足球便可以从前门踢到后门），东海别墅从几条岔开的街衢巷弄发展为学生消费型的市集社区，东海大学、静宜大学、弘光护专，甚至稍远的逢甲大学的学生，都是社区的主要组成分子。

从车辆风驰电掣的中港路左转入东园巷和新兴路，那景致可就大大不同了：两旁都是学生消费型的商店、饮食店、录音带 CD 店、书局、日常杂货铺、眼镜行、水果摊，各式小贩不一而足。

巷弄狭窄，显得有些拥挤，人来人往的男女，多是二十岁左右的年轻人，我想也只有在大学旁边的市集，才能见到这么高密度年纪相仿的大学生。这种轻易可感受的人文气息，不由令在医学院求学的我们六人同感亲切。

到东海别墅闲晃、喝杯珍珠奶茶佐以辣到骨子里的蚝油凤爪、欣赏过往的校园美女、买几张价钱公道的 CD、回程到夜市买足够六个人吃到 constipation 的芭乐，在酷暑的夜里，不失为“俗搁大碗”① 的消遣活动。

在期末考试告一段落后，阿诺开着迷你奥斯汀，载着老秦、老 K、许仙

---

① 注：闽南语，便宜又大碗的小吃，也有“赚到了”的意思。

和我，迎着台中港吹来的海风往东海别墅呼啸而去。

落队的小李将骑着他的“追风”，载着女友小倩在今夜九点来和我们会合。

“我觉得呼吸困难。这么小的一辆车挤了五个人，许仙你说是不是太夸张了啊？许仙，许仙！我在问你你怎么没反应？啊！不好了，许仙被挤得窒息了。”老K大叫。

“吵屁啊！闭目养神呢，穷嚷嚷什么啊！”许仙半睁惺忪的左眼睨着老K说，“小李不在，就数你最吵。”

“咦！我是关心你呢。身为室长的我，绝对要对自己的室友随时付出最大的关心、爱心与慈悲心。”

“鬼扯淡，再吵再抱怨就民主表决让你从这里步行到东海别墅！”司机阿诺恐吓老K说。

“哈哈，开玩笑的吧，那样做会闹出人命的！”老K吐了吐舌头，突然脸色大变，“好臭！”

“哪个缺德鬼在车内放屁？”许仙被熏得完全清醒了。

从车上的后视镜中，我看到眼角上吊、口泛白沫的我。

“我自首，I can’t control myself。”阿诺红着脸讪讪地说道。

“路边停车！”这是车上其他乘客一致的要求，阿诺只好停车让我们喘大气。

停停靠靠、吵吵闹闹、嘻嘻哈哈地就到达目的地了。

“讲鬼故事好了。”小李啜了一口泡沫红茶说。

在气氛情调都不错的饮茶店，我的室友们再加上小倩，围着长条桌准备扯开话题，小李若无其事地提出这么一个建议。

“不要啦！那好可怕呢。”小倩蹙眉说。

“不会啦！有我在有什么好怕的？”小李颇有男子气概地说。

“对呀！冷风习习听鬼故事才刺激呢。”我附议说。

“好久没讲灵异故事了。快讲，快讲，我举双手赞成。”阿诺咧着嘴说。

“虽说女士优先，但是如果能从学理上、科学上来讨论分析鬼神乡野之谈，倒不失为仲夏夜一大享受。”老K以学究般的表情，装模作样地说。

“不知除了诡异惊悚，能否再加点香艳的情节？那听起来更带劲吧！”许仙表示他的意见。

秦博士自然不会对此种压倒性的提议表示反对意见。

虽说在场的每个男士都显得胆大如熊，但是类似的场景也不是没发生过：那就是情节太过毛骨悚然，六条大汉憋着一膀胱的尿，缩着身子，谁也不敢独自离开或回房睡觉。

我们六个人都是讲鬼故事的高手，在下我很不好意思地又是其他人公认的本寝室第一把好手，或许是我添油加醋渲染的本事，以及拿捏现场气氛配合语调的天赋一流吧！

在泡沫红茶店一角的幽暗灯光下，讲鬼故事大赛即将开始。

小倩离开去上洗手间，阿诺和老K去追加一些小菜，小李和许仙交头接耳、眼光四瞟，我则润润喉，酝酿脑海中的鬼故事大纲……等一下一定要吓得他们屁滚尿流，嘿嘿！

老秦随意翻着店内的漫画杂志，不时露出会心的一笑。

就待小倩回来即可就绪时，门口进来了一个女子，手中抱着一个两岁左右的baby。

基本上在东海别墅的街道上，校园美女级的女子随处可见，燕瘦环肥各有特色者触目皆是。但是眼前这位美女，除了美艳之外，还给我一种熟悉的感觉……

怎么这么面熟？好像在哪里见过的样子？我敲敲脑壳……还是想不起来。

小李和许仙两人的眼神，此刻也是为之一亮，小李还低低地“咦”了一声，脸上略显诧异。

阿诺、老K和秦博士也都注意到了来者，手中的动作都停了下来。

“嗨，小李！”对方注意到我们，也是略微一怔的模样，随即绽开灿烂的笑容，热情地出声打招呼。

“小惠！柏芳惠啦！冰山美人柏芳惠啦！”小李如蚱蜢般蹦离座位迎上前去，一副恍然大悟的热情笑容。

这下子连我也恍然大悟，“东大柏芳惠”这五个字在我脑海中立刻明晰起来。

两年前的“迎新舞会”一案，每个人物犹如走马灯般晃眼而过，当时那位冷若冰霜、蛮有个性的东大美女柏芳惠，我可是印象深刻。

只是两年不见，她的装扮已有很大的不同，眼神也不再有眼高于顶的味道，尤其浑身散发的不再是凛然不可侵的气息，代之而起的是温柔可人的亲切感。

或许是因为臂弯所抱的baby，才会让我产生了不同已往的感觉。

小李和柏芳惠就像多年不见的老友，互相嘘寒问暖起来。小李就是这副德行，对美女一向都是热情十足。

泡沫红茶店一向是话声此起彼落，没有人会对我们特别注意才对。

但是柏芳惠接下来的言行举动，可对我们造成了莫大震撼，连周遭闲聊的男女也露出看热闹的神态。

“嘟嘟，叫爸爸，乖，叫Daddy!”柏芳惠微笑地指着小李哄在怀中的baby说。如果这是幅天伦之乐图，那原本是将羡煞人的一幕，但是……

“Daddy?”我一时也分不出现场有多少人同时发出这个疑问，语调有讶然、惊诧、哭笑不得，有高有低，有长有短……

同一时刻，连小李似乎也怔了一下，脸上露出一副周星驰般无辜的表情……

但是，接下来的变化可就令我一时应对不过来了。

“啪!”一个火辣清脆的耳光响起。

现场立时鸦雀无声。

上洗手间回来的小倩，迅雷不及掩耳地以一个过肩摔把小李摔得老远。

每个人俱是双眼圆睁。

“开玩笑！开玩笑的!”小李不觉地抚着脸颊，以提高八度的语调说。

柏芳惠一个劲儿地向小李赔不是：“抱歉，我不知道……只是一个小小玩笑，我哪知道……”

小倩也是一脸尴尬之色，对于自己不分青红皂白K了小李一顿闹出这么大的笑话，也只能挨着小李说：“对不起嘛！对不起嘛!”

那个叫嘟嘟的小baby，浑然不知发生什么事似的，手舞足蹈笑呵呵的，而且对于对面的阿诺似乎十分有好感。这对一向没有孩子缘的阿诺，可是莫大的鼓励，隔山开演地和许仙挤眉弄眼逗嘟嘟玩。

嘟嘟是柏芳惠大姐的儿子，两年前“迎新舞会”事件结束后，和小李有一段日子走得很近，虽然和小李这萝卜最后也不了了之，但是乍然相逢，便想开个小玩笑。事情前后就这么简单，谁会料到平时嗲声嗲气的小倩竟是个火爆娘子型的柔道高手？

看着小李揉腰搓臂的倒霉模样，亲爱的室友同学们免不了幸灾乐祸一番。

小李这个人就是那种女孩子一撒娇，敷衍个两句就服服帖帖的多情男子，所以没多久就把那误会吃亏之处抛到九霄云外，又和大家嘻嘻哈哈起来。

所以鬼故事也就不讲了，绕着柏芳惠这些日子的情况，大家闲聊的气氛一下子热络了不少。

老秦微笑着听我们这群室友口沫横飞地大发议论，有一次随话题侧目看了柏芳惠一眼，正巧柏芳惠注意他有一阵子了，两人目光不期然遇个正着，似乎都不好意思地随即把目光移开，老秦的耳根子倏地红了。

这一幕虽短暂，却被我逮个正着。嘿嘿！得找机会闹一下害羞小生。

除此之外，我发现我的室友们在闲谈之中看小倩的眼神似乎都有一种重新打量的味道，或许，大家这时会有同样的结论：人不可貌相，交女朋友一定要先打听清楚她是不是哪一路的武林高手。

聊得正兴起时，两个女孩行色匆匆地走进泡沫红茶店来，略一张望，便向我们这边快步走来。梳辫子、脸上有痘痘的女孩子显得很慌张："小惠，亮亮跳楼自杀了！你要不要过去看看？我们找你好久了。"

柏芳惠似乎颇为惊讶："在哪里？什么时候的事？"

"林榭大厦D座，我也是刚刚知道。"梳辫子的女孩有点气喘地说。

"亮亮这傻瓜！阿梅，帮我把外甥抱回宿舍给我大姐，麻烦你告诉她我临时有事晚一些回去，我和虹君过去看看。"柏芳惠对着另一个戴着厚厚眼镜的女孩子说，对方点点头把嘟嘟接了过去，嘟嘟似乎对阿诺还有些依依不舍。

她们三人向我们略微点头致意，起身快步离去。走到门口时，柏芳惠似乎想到什么事又走了回来，对我们说："能不能麻烦你们陪我去看一看？发生这种意外，或许有需要你们帮忙之处。"

女孩子这么婉言相请，犹丈二金刚摸不着头脑的我们还能一口回绝吗？所以除了小李和小倩，一行人浩浩荡荡往事发地点快步而去。

林榭大厦一共有A、B、C、D四座，楼高十层，住户有九成以上是学生，以学生型宿舍而言，林榭大厦算是非常高级的。

时间是晚上十点半左右。

秦博士、许仙、阿诺、老K和我，仰头看着林榭大厦。对于其气派的外观，脖子虽有点酸，但还是免不了赞叹一番。

"如果我们的宿舍这么棒就好了，我一定死赖着不走。"老K说。

但是如果从这么高的地方一头栽下来，那可不是闹着玩的。

那个被唤作亮亮的女孩子，此刻就躺在大厦的水泥地上，身上覆着白布，围观的人被阻在外围。我想白布下的亮亮，生前就算是天仙美女再世，此刻采取如此愚蠢的方式了结自己的生命，死相也一定不美。

柏芳惠和她的同学虹君及警方人员在另一头指手画脚，似乎在交涉什么。

在淳朴的学生社区发生这种事，现场难免一阵议论纷纷。

后来据我们了解整个事件是这样的：

当夜九点半左右，据林榭大厦D座面向水泥地的一位学生住户描述，一声砰然巨响划破宁静的夜晚，但是似乎没有人立即对此特别注意。

直到不久后，住在D座的一名男生晚自习回来，在停放摩托车时，才发现幽暗夜月下，躺在水泥地上的尸体。

亮亮本名史彩亮，是柏芳惠的同班同学。她们音乐系的女生以柏芳惠为首成一个团体，据悉同学们彼此间的感情十分要好，关于史彩亮的种种，问柏芳惠准没错。难怪后来警方一知道柏芳惠的身份后，就要求她在侦查上予以协助。

如果这是桩自杀事件，我想警方顶多只是按照法定程序加以处理，不至于付出和刑事案件一般的精力吧！

找机会和警方鉴识人员溜上林榭大厦D座顶楼的阿诺和老K，回来告诉我们楼上的情况：史彩亮的一双拖鞋整齐地摆在顶楼凭栏边，现场并没有找到任何遗书或其他物品。

看样子她应该是从此处坠落而香消玉殒。

明日的报纸，想必会对此事多少渲染一下吧！毕竟类似的新闻，最近正莫名其妙地“流行”起来。

除了掬一把同情之泪外，我并不觉得此事有什么特别值得纳闷之处。为爱情？为学业压力？抑或其他原因？大学女生跳楼轻生的原因，明日报纸就会报道得清清楚楚了。

不想留下来凑无聊的热闹，正想转身离去时，老秦一把拉住了我：“Blue，等一等。”

“怎么？”

老秦看着前方，警方通知殡仪馆人员以担架准备移走史彩亮的尸体时，老秦轻声叫我注意这一幕。

除了地面上有血渍外，我看不出有什么奇怪之处，老秦还是一味地喃喃说："真奇怪！"

担架上的史彩亮盖在白布底下，露出了两腿的小腿肚。老秦叫我注意的是左踝上七八公分处的痕迹（如下图），衬着苍白的皮肤更是醒目，但我还是看不出什么端倪来。

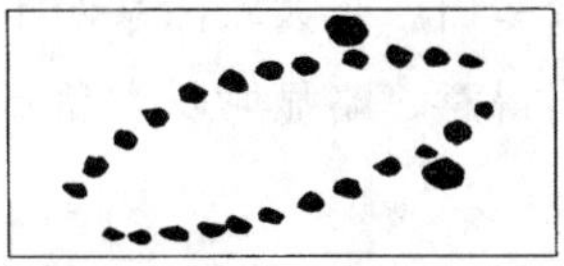

这是什么痕迹呢？好像曾在课堂上看过。

"我还是觉得有点奇怪……"老秦说。

老秦的疑惑在第二天下午获得了证实。

在吃晚餐时，老K像发现新大陆似的从门外跑了进来："嘿，史彩亮的事件上报了，标题很奇怪呢。"

自杀的尸体?!

晚报上的社会版加了这么一个醒目的标题。

报纸上是这么报道的：

东大音乐系女学生史彩亮，昨夜九点半被发现坠于林榭大厦D座前的水泥地上，确定是当场死亡，这是警方的初步判断。

然而，在报请法医检验后，令人吃惊的是史彩亮在坠楼之前应已死亡。初步判断死亡时间是当天中午一点至三点之间，然而致死原因为何？并未有进一步的结论。

如果不是有人故布疑阵把已死亡的史彩亮从林榭大厦抛下，难道死后的尸身自己爬上楼顶再自杀一次？还是有其他的可能？

警方除了通知死者家属外，正加紧掌握死者生前的最后行踪，以理清整个事件的真相……

晚上七时左右，正当大伙儿在晚餐之后对此事件七嘴八舌议论纷纷之际，在外游荡的小李突然带了两位事件关系人回来。

"我就知道，发生了这等怪事，你们这会儿一定待在宿舍瞪大眼睛看着报纸上的二手消息，却摸不着头绪吧！"小李一副臭屁的表情，回头看着柏芳惠，“你看，我说得没错吧！唉！吾乃不世出之天才，真神算子是也！”

柏芳惠向我们点头打了个招呼，她身边的男子，年纪约莫和我们差不多，面貌清峻，戴副金边的眼镜，眼神中有标准知识分子的光彩，可惜整个人或许因睡眠不足而显得憔悴。

他是史彩亮的男朋友余幸田，东大政治系四年级学生。

因为小李犹在那里自鸣得意、略显聒噪，负责清场的阿诺和许仙迅速把小李架离现场。

柏芳惠表明有事想请我们帮忙。反正手边也没什么重要事要处理，于是柏芳惠、余幸田、秦博士、老K和我坐在客厅聊了开来。

“警方已经把我视作是整个命案最关键的人物，对此我无话可说，谁叫我是史彩亮的男朋友，又是目前警方所能查到的和史彩亮生前最后在一起的人？但是我搞不懂把办案箭头全指向我，对于搞清楚那是怎么一回事有什么用?”余幸田一坐在沙发上，也不等柏芳惠为双方做开场白，便显得心浮气躁地这么说，或许在前来我们宿舍的途中，柏芳惠已先向他说明了我和我的室友们昨夜也在东海别墅附近，所以对史彩亮的事件有了初步的了解。

“余幸田，你不要那么急好不好？你这样噼里啪啦讲一串，他们根本不知道你在急什么，这样怎么拜托他们帮忙呢?”柏芳惠说。

“很抱歉，我……”余幸田摇摇头说。

“是这样的，昨夜我的同学史彩亮从林榭大厦D座顶楼掉了下来，我想这件事你们都知道。刚开始我们和警方一样，也以为彩亮是跳楼自杀的。但是今天法医验尸后，却说出令大家十分吃惊的结论，彩亮在坠楼之前根本早就死亡了。也就是说有人不知为什么把彩亮的尸体从林榭大厦的顶楼抛了下来。”柏芳惠说。

这时小李、阿诺、许仙又回来加入我们，三人很合作地坐在一边，听柏芳惠讲述经过。

“死因是什么呢？报上报道得很暧昧。”我问。

“确切的死因法医目前并不敢十分肯定，进一步的检查要由大学法医学教室予以协助，毕竟死后再坠楼，事情复杂多了。”

这是可以理解的，一个活人从大厦顶楼坠落下来，所造成的骨折、内出血、挫伤、撞击伤……这些多重伤害可想而知是多么可怕。

如果死者的死因是在坠楼之前有类似的伤害，那么如何鉴别何者是生前所伤，何者是死后所致，那可是一门大学问哩！

或许这就是为什么史彩亮死后，有心之人还特地把她从顶楼抛下的原因吧！就如同以前听过的车祸事件，凶手还把受害者弃尸山谷一般。

我把自己的意见化为疑问说了出来，但还是觉得怪怪的……

柏芳惠马上否定了我的说法："法医初步否定了你所说的可能，毕竟从外伤来看，确定是死后坠楼所造成的，这是我从一名记者那里打听到的，他说这是一位姓武的组长引述法医的说法，不过还是得进一步化验求证，以求慎重。"

"那和余幸田又有什么关系呢?"老K说。

"你们几个都是学医的，我就讲直接一点。因为警方于各种压力之下，在真正致死原因尚未明朗之前，当务之急是掌握死者生前的最后行踪。因为史彩亮下体留有男性的精液，经比对查证是他的。"柏芳惠指着余幸田说，"所以……嗯，剩下的就由余幸田你自己来讲吧!"

余幸田看了我们大家一眼——虽然我知道我的室友八成和我一样对接下来的谈话十分感兴趣，但是大家均是一脸道貌岸然、严肃聆听的样子——缓缓地说："因为柏芳惠和这位姓李的朋友说你们一定会给予我最大的协助，而且对于史彩亮之死的真相能加以求证，所以我当然没什么好保留的，可是……我希望你们真的相信我所说的。

"我和史彩亮是在大学一年级的迎新舞会上认识的，不久就发展成为男女朋友关系，至于更进一步的亲密关系则是发生没多久的事。"

"我到底是不是真的很喜欢彩亮，连我自己也说不上来。是因为她的家境远比我家富裕？还是她什么都依我的个性促成我们两人在一起？我也不大明白。"

"到了大四，或许是快毕业的关系吧！感觉上我和她的感情正逐渐迈向低潮。"

"命案前一天晚上，彩亮是在我宿舍房里没错，也是她体内留有我的东西的原因，这是双方情投意合的事，可一点都没勉强。后来睡到隔天清晨四点多时，不知怎的，抱怨失眠的她把我摇醒，天啊！竟然又是老样子耍脾气，美其名曰要沟通双方的意见，其实只是要质问我为什么近来和班上一位姓蔡的女同学走得较近。拜托，真是穷极无聊！理她也不是，不理她又不行，两个人就斗气吵了起来……"

"你不是说史彩亮她什么都依你吗？怎么……"

"没错，她是事事都依我，可是唯独这件事，她却一点都不让步!"

“你不能再要求她让步了！彩亮是我的死党，你们两个到底怎样，我并不知道，也不好意思主动过问。但是说实在的，你和你们班上那个蔡味芬似乎走得太近了。”柏芳惠略显不平地说。

“或许吧！但是半夜把我拉起来讲这种无聊的事，我觉得很烦，也很火大，竟然脱口要她滚。她把衣服穿好，说了一句‘我很失望’就走了，也不管天色犹黑。被她这么一搅，我也睡不着，心里很烦，抽着烟到天亮。我当时是有点担心她，但是她一向不曾如此对我，再加上双方又在斗气，我也没跟出去或是打电话给她。因为我认为她一定会先打电话给我，谁知道等了一个早上，根本没打过来。既然已经闹得这么僵了，我是绝不会让步的，但是一整天心情都不好，下午就待在电玩店消磨时间。结果晚上快十点时，她的同学刘玉梅跑来告诉我，彩亮在林榭大厦自杀了……”

“蔡味芬是……”

“她是我们班的，在社团里很活跃，后来由于做笔记的关系，两人有了一段相处的时光，我承认我有点喜欢她，她和彩亮是完全不同类型的女孩。但是她可一点都看不上我，她全心全意投入在社团活动中，这几天还带队到兰屿去做研究，完全拒绝我的参与。”

我们几个室友面面相觑，就表面上看起来，我的室友花心小李就某方面而言，比起这个余幸田来还蛮有格调的。

“后来又变成彩亮早在坠楼之前就已经死亡，这实在令我……我也不知道该怎么说才好，反正姓武的刑事组长对我抱着令人讨厌的怀疑看法，好像是我杀死彩亮似的……”余幸田皱着眉头说。

“本来我对余幸田也没什么好感，但是彩亮的死对我们这群好朋友是莫大的冲击，而且整个事件有着难以理解的地方。今天余幸田在警方问过话后就来找我，我想到你们在迎新舞会的那件案子上，表现出不同于警方思路的才智令人记忆犹新，所以我通过小李来寻求你们的帮助。”柏芳惠语气诚挚地对我们说。

她的眼神似乎不敢和老秦正面接触。我们则是有默契地一致看着老秦。

似乎沉思于昨夜印象的老秦在问答间看到大家要他立即“表态”，脸上虽倏地一红，但是还是以不拖泥带水的语气说：“我想我的室友们和我都很乐意帮忙。”

对嘛！反正大家对这一类怪异的事件，同样保持着一探究竟的兴趣嘛！

柏芳惠和余幸田又提及了一些史彩亮生活上的琐事，希望对我们有所帮助。

不过，老秦倒是问了几个问题。

“在东海别墅，你住在什么地方？距离林榭大厦多远？”

“我住在大同寮，算是东海别墅最外围的地带，和林榭大厦有一段距离，走路也要十多分钟。林榭大厦是高级学生住宅区，月租平均算下来也要五六千块，水电管理费还不算在内，那根本不是我住得起的。相对之下，大同寮设备虽然老旧，但是价格便宜多了，从学校准许外宿起，我就住在大同寮。”

“史彩亮是住在林榭大厦吗？”

“不是。不过她住在群燕居。林榭大厦不是有A、B、C、D四座吗？群燕居是B座正对面的七层建筑物。”

“那附近的环境你熟吗？群燕居你常去吗？”

“环境我熟，不过柏芳惠应该比我更熟，因为她也住在群燕居，群燕居的房东兼管理员老麦是个食古不化的老古董、吝啬鬼，根本不允许这栋女子公寓有男人出入，听彩亮说他那个人什么事都龟龟毛毛的，令人讨厌。”

“那意思是说群燕居的门禁很严喽！”

“我想这由我来说明好了。”柏芳惠说，“群燕居以往的门禁是晚上十点，近年来从晚上的十点半、十一点半，到现在改为十二点半，你想啊，如果门禁时间定得比学校宿舍还严，怎么能招揽到学生来租住呢？更何况群燕居只限定在学女生租住，所以门禁一再放宽是必然的做法，房东麦先生和他太太倒是很坚持‘女生宿舍男宾止步’的做法。他们唯一的女儿在念大学时因为未婚怀孕而服药轻生的事对他们夫妇打击很大。”

“如果照这样说，刚刚余幸田说史彩亮四点多就离开你的住处，那么就算回到群燕居，也必然会被挡在群燕居外吗？”

“其实也不会这样。深夜房东夫妇入睡后，带有大门钥匙一样可以开门进入，只要别太嚣张把房东吵醒，他一样是睁只眼、闭只眼，就像前面所讲的一样，现在私营学生宿舍已改进许多了，竞争激烈，不变通不行啊！只要不把男生带回宿舍犯了房东的大忌，就不会有什么太大问题的。”

“但是，史彩亮又怎么会到林榭大厦去呢？那里没有门禁吗？”

“林榭大厦是讲究一切自由的经营原则，根本没有什么门禁，外人一样可以自由出入，所以虽然和群燕居同等价位，却依然每学期一屋难求。只是我也搞不明白，为何彩亮会从林榭大厦掉下来？对于此事，我们几个也没特别的意见可提供给你们，大家都一样觉得奇怪。”

“有空我们会再到东海别墅去，我想再去现场看看，届时可能又要你们帮忙了，了解清楚后，才可以下结论啊。”

“那自然！只希望能尽快把事情弄清楚，我想彩亮才会瞑目啊！”

“你们的看法怎样？”在柏芳惠和余幸田离开后，老秦问大家的意见。

“我觉得像这种美女，到大四还没有贴心的男朋友，真不知道天下男人的眼睛是不是都被牛屎糊住了！”小李以专家的口吻说。

“同意。”许仙以拳击掌说。

老秦微笑说：“我不是问你们这种看法……”

“还装蒜，答非所问。”阿诺左右手各像老鹰抓小鸡般揪住小李和许仙的后颈，以示小惩。

“纯粹就外伤的情况而言，他杀的可能性似乎不大，毕竟真正的死因还不知道，讲他杀或自杀似乎还早。”

“那么在法医详细验尸之前，对于史彩亮的死因，我倒是有个小小的个人看法。”老秦说。

“哦，说来听听。”

“Blue，你还记得昨夜我提醒你注意的，在殡仪馆人员搬运尸体时，在史彩亮的左踝上有个痕迹……”

“对呀！是有那么一个痕迹。”我在茶几上的报纸上画下了当夜我所见的。

“这个……”

“好像是……”

“啊！我想起来了，分明是毒蛇的牙痕嘛！”阿诺以恍然大悟的语气说。

“没错，是神经性毒蛇的牙痕！”

老秦微笑着点头，“如果不仔细一点，或许不会注意到牙痕及其周边的组织变化，当时除了这个现象外，尸斑的隐然形成也困惑着我，如果要我猜测史彩亮的死因，从目前所获得的资料判断，我宁愿相信她是中了蛇毒而死的，既然她被送往学校的法医教室详细鉴定，我相信很快就可以知道我们的想法对不对。”

“虽说咬人的蛇未必都是毒蛇，被毒蛇咬未必会中毒，中毒未必会死亡。但是如你们所知，影响毒蛇咬伤表现症状的因素，诸如毒液的种类及毒性的强弱、注入人体内毒液量的多少，以及被咬者的体形，再加上是否保持警觉予以正确及时的处理，均和威胁性命的程度息息相关。”

“一般而言，判断是不是毒蛇所咬伤的，病史的询问具有举足轻重的地位。因为以神经性毒蛇所致的患者症状，不算是蛇毒的特有症状，尤其是昏迷的病人，如果不是特别着重伤口齿痕来增加医者的怀疑，谁会立即想到是蛇毒所致的症状？”

“如果是蛇毒致死，初步的诊断就此案子而言，也不是特别困难，造成疑惑的原因是，中毒的史彩亮，怎么会从林榭大厦掉下来呢？坠楼使得案件变得复杂，在下诊断时也不得不小心翼翼。”

“更何况警方推断史彩亮在坠楼前就已身亡！”

“我等一下去法医教室刺探军情。”老K自告奋勇地说。

老秦说：“如果蛇毒果真是史彩亮的死因，即是在坠楼前她就已经死亡，那么我想事情就比较简单了，如果不是有人用注射筒或其他方法把萃取过的毒液注入史彩亮体内的话，参考警方目前调查的资料，几乎可以排除他杀的可能性。这样一来，问题就更简单了，因为尸体不会自己跳楼自杀的。”

“对呀！如此推论，我们要追查的是，到底是谁把尸体扔了下来，这么做的目的又是什么？”许仙说。

好奇的我们，由老秦分配任务，继续追寻这谜底的真相。

根据老K从法医学教室带回的信息，得知了史彩亮的死因：验尸报告的推论表明她是被毒蛇咬伤致死的。

可是究竟她是在何处被毒蛇所袭？前夜史彩亮离开余幸田的住宿后究竟到哪里去了？做了哪些事？被毒蛇咬到后是否真的没有就医？

当然，最大的谜团则是，尸体怎么会从林榭大厦摔了下来？虽然表面上的解释很简单——有人故意把她丢了下来。但是真的这么简单吗？

我们再一次造访了林榭大厦。

“遇上这种事，我也只能自认倒霉，警方已经来问过好几次了，拜托你们别再问了好不好？”林榭大厦的老板兼管理员吴清水对我们这么说，脸色摆明了不合作。

只好随机应变了！

“吴先生，很对不起，实在是不得不麻烦你，我们学生活动中心要评估学校附近学生宿舍的各种现况，并在校刊上联合附近几所大学作个特辑，我们知道林榭大厦的评价一向名列前茅，发生了这种怪事，如果不加以澄清，或是你不以大楼所有人名义发表一下明确的立场，我想对于下学期租赁学生宿舍一事，必然有很大的影响，不是吗？”我说。

老秦和载我们前来的阿诺，对于我瞎掰的本事，似乎颇为佩服。

果然，原本财大气粗拒人于千里之外的吴先生，态度犹如烈日下的巧克力糖般倏地软化了："其实我当然想尽快把事情弄清楚啦！谁晓得一个不住在这里的女孩子竟会跑来这里自杀？喔，不，好像又不是自杀了，真是乱七八糟，反正你们想问什么就问吧！"

"吴先生，发生这种事，以后林榭大厦这种外人可以自由出入的做法，会不会有所改变呢？"

吴清水立时板起了面孔："当然不会有所改变。我一直认为大学生不管是求学也好、生活也好，一切就要自由，社会要尽可能配合他们。我当初盖林榭大厦，目的就是这样。虽然也有一些不是学生身份的房客住进来，但是，我要强调的是，赚钱在其次，我可是先严格筛选房客，一旦住进来，我便一切信任对方，要尊重他们的自由嘛！"

"史彩亮怎么会跑进你们林榭大厦……"

"这个问题我不知道，真的不知道，不要逼我，你看看林榭大厦有A、B、C、D四栋，各栋出入的学生那么多，我怎可能完全掌握嘛！而且各栋均有出入口，顶楼阳台又相通，谁会知道她是什么时候、利用什么方法，从本大楼冒出来的？后来也有警察来问，那天夜里有谁看到那个女孩子，或是有谁和她在一起，以及是否有目击者看到有人扛着大包袱，进到大厦里头等等，结果还不是徒劳无功，得不到什么线索。"

"怎么会没有人目击呢？"

"其实就算有人注意到类似的情况，也不会特别留意的。举例来说，每天都有女孩子抱着大包小包，要不就是大型的填充玩具出入林榭大厦，谁会去管不认识的房客带什么东西进来呢？更何况当夜也没人注意到这种类似的情况。"

说的也是，如果真有人带着史彩亮的尸体，趁没人注意迅速溜进大厦，也不大会引人注意。我又想到一个问题："如果进入林榭大厦内，不是随时有被人目击的危险吗？难道没有人注意到吗？"

"进大楼后要上到顶楼，除了各大楼的电梯外，还有防火梯——就是电梯另一侧的两道太平梯，平时很少有人使用，因为现在的学生上楼都喜欢搭乘电梯，好像缴了管理费不使用可惜似的。所以一般而言，顶多楼层低的房客会使用太平梯，不过如果真有人从太平梯上到顶楼阳台，不会遇到人的机会还是很大的。"

“顶楼的阳台，平时不常有人使用吗？”老秦问。

“以前常有人到顶楼观赏台中市夜景，毕竟从大肚山看台中夜景是每一个台中人都知道的。后来也有一些男女房客在顶楼谈情说爱，做些火热的行为，但不知何故，到顶楼的人以后少了，或许是为了避嫌。不过据说警方找到了一个房客当夜正一个人在顶楼抽烟，据他供称，并没看到有谁在案发当夜上楼去，而且由于视线的关系，也看不到摆有史彩亮拖鞋的方向，再加上他在上面也没待多久，所以对了解事件的真相并没有什么帮助。”

我们问起那位目击者的名字，又费了一番唇舌，房东才肯透露口风。

“感觉上你们三个好像不止在作评估报告吧？似乎对那个女孩子的死亡更有兴趣哩！”

对于房东的起疑，我们并不否认，只不过发挥三寸不烂之舌应付过去了。

“吴先生，你平时有得罪什么人吗？”

“我是做生意的，商场人心险恶，我不敢说没有得罪人，但也都不是什么深仇大恨啦！这跟这件案子有关系吗？只不过比较倒霉遇上这种事，我又不是只经营林榭大厦的出租事业，我的其他企业可都是有硬底子的……”他一直吹嘘他的事业。

我们只好礼貌性地点头。

“不知可否让我们到命案现场及林榭大厦四处看看？”我们提出最后的请求。

“我想也没什么大碍吧！林榭一向自由嘛！不过可别干扰我的其他房客，毕竟发生了那种事，我对房客实在交代不过去啊！”

“我有一个看法，你们要不要听听看？”阿诺摸着后脑勺说。

离开林榭大厦及访问过那位在顶楼抽烟的房客后，我们徒步走向林榭大厦B座对面的群燕居。刚刚在吴清水房东的允许下，我们对于林榭大厦的特征有了认识，当然也到顶楼阳台史彩亮的坠楼处看了一下。

“说来听听。”我说。

“假设史彩亮离开大同寮后，不知在何处被毒蛇所袭，然后不知是何原因，也许心情不好，登上林榭大厦的顶楼来透气，结果在顶楼因为毒性发作意识模糊而坠楼，这种可能会不会成立呢？”

“可能性不高吧！楼顶凭栏的高度，除非是有心才有可能跨越，而且先不论在抵达此处之前，史彩亮已经死亡有一段时间了。假如是跨过凭栏自杀坠落途中被外物阻隔，接下来毒发身亡，后来又因风力或某种因素再度继续坠落，这样的二段式坠落过程，虽然可以解释死亡时间和坠楼时间的矛盾，或是自杀、他人故布疑阵的问题，然而从现场看起来，大厦及阳台坠楼处并没有这类阻隔物，而且如果史彩亮意识模糊，我很怀疑她是否有把拖鞋摆整齐再跨过栏杆的能耐。”我口沫横飞地发表自己的看法。

“说的也是。”阿诺说。

老秦双手插在大衣的口袋中，微笑地颔首。

群燕居的房东麦才略是个面容稍显沧桑的中年人。尽管如此，身材却显得魁梧结实，房东太太娇小的身躯站在他身旁，显得极不协调。

相对于林榭大厦的新颖气派，群燕居半新不旧的宿舍建筑，犹如年华美貌逐渐逝去的女人，显得黯淡不少。

我们表明了来意，麦才略夫妇却是出乎意料地合作。柏芳惠是群燕居的老房客，在来到群燕居之前，已先知会并约了她出来，或许这是房东夫妇对我们合作的原因吧！

我们想确认史彩亮那天夜里离开大同寮后是否有回到群燕居来。

“这个问题，警方也问过我们夫妇俩，其实我们还是不敢很肯定地回答，毕竟她离开大同寮的时间太不巧了，那天我们夫妇俩是在深夜一点左右就寝的，清晨六点左右起床盥洗，所以除非是在我们睡觉时回来，否则只要我们夫妇俩是清醒的，谁开门进来或出去，住在玄关旁的我们不可能不知道。毕竟群燕居是纯粹的女子宿舍，她们的安危我可要全权负责，否则怎么对得起她们的父母呢？只是……近几年来，我们夫妇还是在某些事情的做法上有了改变，晚上有些女生会迟归，我们也只有睁只眼、闭只眼了，但是如果她是在我们睡觉时回来，我就不敢肯定了。”

“都没有人目击吗？”

“房客中也有不少是她同学，但是她的行踪就像谜一样。毕竟回来的时候，几乎每个人都在沉沉梦乡啊。”

“昨天白天也没有人看到她吗？”

“是的。如果白天她在我们群燕居内，我想应该会有人见到。而且白天甚至到晚上坠楼的那段时间内，我和我太太敢肯定若有任何人出入群燕居，我们都应该知道。”

“这么说，史彩亮在离开大同寮后很可能根本没回到群燕居喽！”

“是的。”

“房东先生，你们玄关这白黑板是作留言用的吧?”老秦指着白黑板说，上面留有黑、青、红色的杂乱笔迹，似乎是房客和房东互相沟通的留言。

房东从窗口探出头来看了白黑板一眼，微笑着点头，“是啊！房客有什么要房东解决的都会写在上头，我们夫妇要公布什么，比方说房租要涨价、房客要注意住宿守则一类的也都会公布在上面。”

“那么麦先生或麦太太昨天下午三点以后应该有到各寝室去看看喽?”老秦指着白黑板上的一行字说。

“没错，正如你们看到的，我到各寝室去检查新装热水器系统及第四台的收视情况，因为三天前我雇的工人向我表示已经完工，明天他们要来向我收钱，我当然得亲自一间一间去查看是否满意，这点我事先公布了下午三点后会去各寝室检查。”

“你有各寝室的钥匙?”

“我是房东当然有啊！不过进门前我会先按门铃。”

“检查的结果呢?”

“除了五楼的第四台有些收视不良外，一切都还令我满意。”

“那么您或您太太，在昨天下午应该也有进入史彩亮的房间?”

“当然，史彩亮住六〇八室，我下午也进去检查过，那时并没有看到有人在里面，这也是我们夫妇坚信史彩亮没有回到群燕居的另一个理由，这点我也向警方提过了。”

“为什么不擦掉这条留言呢?”

“怎么会想到特意去擦掉它呢?我又不是因为发生了史彩亮这件案子后才作假写上去的，这已经在前一天就公布了，你们问柏芳惠同学，她也可以作证啊!”

“很谢谢你们夫妇俩告诉我们这么多，不知道我们可不可以去六〇八室看看?”

“我想也没什么不可以的，老伴，我带他们上去看看。”

老实说我们也没看过几次女孩子的闺房，总以为女孩子的房间必是一尘不染、有条不紊、典雅细致、精巧温馨……

但是，后来想想，一样米养百种人，女孩子也未必都是我们脑海中刻板的形象吧!

史彩亮的房间就显得“率性”而有“个性”！也就是说房间也有点乱，不过还不至于像我和小李的房间那样不忍卒睹!

“她的家人过几天就会来整理她的东西……”麦房东站在一旁淡淡地说。

我们环视了房间一圈，免不了看见令人怦然心动的女性用品，赶忙避嫌地把眼光移开。

“房里这几天都保持这样没变吗?”

“没错，刑警也曾来这里看过，这里一直都保持这样。”

老秦始终低头不语，仿佛脚下那一堆杂乱错置的拖鞋、胶鞋、凉鞋、皮鞋……十分吸引他似的。

女孩子有时候也真有趣，似乎天生对首饰、衣物、鞋袜、皮包……有着近乎痴迷的喜恋。不管是赶时髦也好，还是女为悦己者容的心态使然也好，她们花在这上面的心思也真是令人咋舌了。

史彩亮似乎对于鞋类有着癖好，各式女鞋花花绿绿不一而足，不仅房间入口玄关鞋柜摆不下，连地上也东放西置摆了一堆。

我对这可没多大兴致。

反倒是老秦似乎不仅自己看不够，还把阿诺和柏芳惠招来蹲下细细品味思量!

“房东先生，你对林谢大厦发生史彩亮这件事可有什么看法?”

“不予置评!”房东对我的问题倒是回答得斩钉截铁。不过从他的语气中不难感受到“幸好不是发生在群燕居”的庆幸感。

问了其他一些问题后，我们称谢离去。

我们决定再往大同寮去拜访余幸田，柏芳惠也随我们前往。

远离东海别墅，在所谓“荒郊野外”之地，大同寮残破的外貌就在我们眼前。

唯一一条可供出入的泥土道慵慵懒懒地展开着，右边是年代久远的乱葬岗，左边则是一家印刷厂的后围墙。高高的围墙的墙角边有条水管，汩汩的自来水从破口冒出，把整条泥土小道弄得泥泞不堪。

前来迎接我们的余幸田露出抱歉的神情：“自来水管破了好几天，找人来修也没着落……跟着我走吧！小心路滑。”

听余幸田这么一说，我有一种“竟然有比我们六个住的宿舍更糟之地”的快感。

大同寮附近的环境，尽管在大白天，还是给我阴森森的感觉。

可以想象那天史彩亮负气离开此处有多么生气，才会无视单身女子夜行荒郊的恐怖感。

“没办法，这里便宜嘛!”

进到余幸田的房间可以明显闻到浓烈的烟臭味，榻榻米上的烟灰缸内塞满了烟蒂。余幸田一脚把盖被踢开让出了个位置，请我们随意席地而坐。

因为和余幸田在上一次的谈话中已经就史彩亮一事谈了个大概，所以这一次并没有再聊到什么其他特别的，我们主要的目的只是实地观察大同寮附近的环境。

大同寮是木造房舍，似乎是日据时代留下来的建筑物，但是除了老旧斑驳外，仍然坚固，所以房客比我想象中多。在拜访过余幸田后，我们也顺道拜访了邻近的住户，不过也问不出个所以然来。

大同寮后面是条大水沟，要出入还是得从前门，像这种荒郊野外之地，要我相信有蛇、蜥蝎之类的出没是没什么问题的。

我们三个以及柏芳惠和余幸田四处晃了一圈，老秦又慎重地要求余幸田把史彩亮当夜离开大同寮时的细节尽可能再详述一次。

之后老秦从阿诺手中接过几张相片（那是阿诺弄来的现场照片），转向余幸田探询。对于老秦所提出的有关相片中史彩亮衣着的疑问，余幸田的答复是这样：“她穿的和那夜来我这里时的没什么不同，因为据她前一夜所说，她来我这里之前，曾到台中市区的百货公司逛，然后就直接来找我。因为她曾提及有套洋装不错又逢打折，只可惜钱不够所以没买，感到惋惜不已，我随口回答她身上穿的那一套也不错，所以印象深刻。至于这双厚底拖鞋，我倒不敢肯定她是不是穿这双来我这里的，因为我没有特别去注意。”

“照片上这双拖鞋看起来还很新，会不会是那一夜她在百货公司新买的?”

“不会吧！如果是新买的，按她的个性，应该会向我撒娇炫耀。”

“她会穿拖鞋上百货公司 Shopping 吗?”

“我想应该不会。”

“那一夜她是独自去逛百货公司的吗?”

“是的。”

“她那夜是徒步离去的吗?”

“是的。她没有骑脚踏车之类的交通工具来我这里，而且那夜她还抱怨差点在入口的地面上滑倒呢。”

“谢谢你的合作。”

“哪里。我也很想赶快知道这到底是怎么一回事，这还得有劳诸位。”

隔着中港路和东海别墅遥遥相对的是理想国社区。就算是不懂得建筑理念的人，初至此地探访，也会对当年那群抱着造镇理想的建筑人士赞叹不已。

理想国内有间“玫瑰园”咖啡店，在中部的大学生多少都耳闻过。或许对学生而言，能找到如此有格调的地方，也算是“只此一家，别无分号”了吧。

我喜欢玫瑰园的水果松饼和人参茶，我的室友们的喜爱虽各有不同，但对于此处的松饼可都是赞不绝口。

在店内古典乐的轻柔旋律下，三五同学好友、成对校园情侣轻声细语闲聊的情景，随处可见；而独自品尝咖啡、翻览杂志抑或冥思的雅痞文人亦大有人在。

在阿诺、秦博士和我再度到东海别墅探查事件后，小李、许仙、老K和我们约在玫瑰园会面，美其名曰讨论案情，实际上也是想尝一尝那美味的松饼吧！

黄昏了，我和阿诺、老秦吃完晚餐才晃到玫瑰园来。

柏芳惠也一直与我们同行。

在脱掉外出鞋换上拖鞋的同时，我发现大厅的另一角，许仙、小李和老K在向我们招手示意。

他们的桌上此时应该已经摆上水果松饼了吧！因为我发现老K在向我们招手的同时，眼珠子可是骨碌碌地转着瞟向桌上，似乎不敢稍有分心的样子。

许仙则是咧着嘴微笑，犹记得大伙儿第一次来到玫瑰园，把外出鞋脱下准备换上室内鞋的同时，不爱洗澡的许仙那双咸鱼味的袜子，可把我们这几个室友熏得连滚带爬拎鞋落荒而逃。那次的经验真是丢脸丢到家了。虽说我们几个土里土气的学生，一向不是什么附庸风雅之士，可是在公众场合，携带“臭鼬”同行，礼貌上还是过意不去。

所以每次来玫瑰园之前，我们都严格要求彼此的服装仪容。

“怎样，有没有结果？”在我们落座的同时，许仙压低嗓门问我。

小李免不了先招呼柏芳惠，而阿诺和老K当然是先对菜单交换意见。

“等一下问老秦就知道了，我看他一副心有所思的样子，有没有结果问我和阿诺是没有用的，忙了半天，我倒是有点原地打转的感觉。”我耸耸肩，低声对许仙说。

茶点上来后没多久，我们的聊天就导入了正题，我把整个事件整理一遍，轻声侃侃而谈。

老秦依然抚着下巴，我知道他在思考。

“老秦，你有什么看法，说来听听。”小李说。

我发现柏芳惠也露出急切的眼神。

“我的看法很简单……”老秦喝了口茶，微笑说，“其实事情想通了，一切都很简单了。不过这只是我个人对事件的看法，是否具有说服力，就凭各位室友的判断了。”

“我想以‘自杀的尸体’来描述整个事件，然而事件确确实实有着不尽常理之处。”

“正如各位所知，史彩亮在坠楼之前就已经死亡，这是法医学上证明的事实；而且神经性的蛇毒已被确认是其真正的死因，同时也不太可能是对蛇性了解之人驱蛇作案。然而死掉的人，是不可能自己再跳楼的，所以必然有着第三者干下了毁损尸体、故布疑阵之事。”

“我一直在思考第三者为何这么做呢？或许也可以说，动机是什么？”

“会不会是史彩亮从林榭大厦D座的一至十楼间的某一层楼，某一住处的窗口坠落，而根本不是从顶楼放有鞋子处掉了下去呢？”

“我想这也是有可能的，同样的，这么做的动机是什么？”

“先撇开太低的楼层不论，装有封死铝窗的楼层也不予考虑，我们实在找不出哪一户有值得怀疑之处，而且这些住户的学生和死者都查不出有什么瓜葛或仇恨，这点柏芳惠和警方都可以提供给我们讯息。”

“如果是史彩亮自己来到大厦，后因毒发身亡，而陌生的房客意外发现此事，正常的情况之下，顶多报警或通知第三者即可，实在没有必要大费周章把尸体从高处抛下，惹下不可预期的麻烦。”

“或者有谁和史彩亮有着深仇大恨，非做这犹如鞭尸的行径以泄心头之恨呢？我想这个答案还是否定的，虽然她和蔡味芬、余幸田有着感情纠葛，但他们还不至于这么做吧！加上案发时余幸田在电玩店有不在场证明，也没有共犯的可能。”

“那么到底是谁抛下了尸体？难道是鬼魅或是什么超能力所导演的吗？我想从现在起，我用提问题的方式，来导引大家直触案件的核心并互相讨论，不知有没有异议？”

全票表决通过。

“史彩亮在死后坠楼，有否疑问？”

“No!”

“是从林榭大厦D座置放鞋子处被人抛下的，有否疑问？”

“No!”

“为什么没有目击者？”

“除了运气好外，我想，凶手是故意避开旁人耳目，迅速作案，从容撤离，利用林榭大厦的某座太平梯趁黑离开！”我说。

老秦询问是否有反对的意见，大家摇摇头。

“为什么要这么做？”

“不知道！”

“换个方式问，为什么要大费周章、冒着被目击的危险，把尸体运到林榭大厦抛下？弃尸在别的地点不好吗？难道没有更适当的弃尸地点吗？”

“想伪装成跳楼自杀！”

“成功了吗？事实上不已证明伪装失败吗？由此可见作案者医学常识不是很丰富，而且为什么伪装成跳楼自杀？”

“想脱罪……”

“人又不是他或她杀的，脱什么罪？是被毒蛇咬死的。就算当初死因尚未明了，报案不是更妥当吗？想想看为什么利用林榭大厦弃尸？”

“或许是地缘的关系，凶手因为对林榭大厦的地理位置熟悉，所以利用它来弃尸！”

“很好！以地缘来考虑，但是这样范围还是没有缩小啊！伪装自杀还有什么目的？”

“想不出来。”

“那么整个事件除了死者外，谁是最大的受害者？或是说最大的损失者？”

“余幸田，因为他被警方怀疑。”

“但事实上，他有确切的不在场证明，人也不是他杀的，怎么会是最大的损失者呢？”

“我想应该是林榭大厦的房东吴清水。”柏芳惠说。

“喔，为什么呢？”老秦微笑着说，他难得没有脸红。

“学生宿舍最忌讳有人死在里面，甚至是宿舍附近，因为以讹传讹的传闻，加上一般人对死亡的恐怖心理，会使得宿舍的退租率如鸡瘟般蔓延，新租者也会锐减。久而久之，宿舍除了削价求租外，最糟的结果是整栋大厦会如鬼屋般没人住，以后如果有人一提起林榭大厦，必然会有这种说法：‘哦，那栋有人跳楼自杀的大楼’、‘闹鬼的那栋呀！真的咧，有人死在旁边的水泥地上呢！’不管事件是否获得澄清，这种想法必然深植人心。而且林榭大厦是新建没多久的大厦，可以说是成本尚未完全收回，自杀事件后，这两三年的高出租率必然会受到冲击，这就是为什么房东吴清水会感到苦恼的原因，虽说他的事业并非全在林榭大厦的经营上，然而损失不轻却是不争的事实啊！”

“那么相对的是否可以说，只要是出租宿舍业主都很怕这种事情临头呢？”老秦微笑着说。

“是呀！”

“如果这种事发生在群燕居，情况是不是更惨呢？”

“老秦，你是说……”

“没错，柏芳惠同学想说的正是我推测的整个事件的动机；也就是说，我个人认为群燕居的所有人麦才略的嫌疑最大。”

“为什么呢？只因为他在不该说谎的时候，撒了个弥天大谎。如果纯粹为了利益而干下这桩谜样的事件倒无可厚非，但是更甚一步毁损尸体、嫁祸他人，那就说不过去了。”

“从大同寮出来有条泥土道是必经之路，案发前几天，因为施工导致自来水管被挖破，使得泥土道一片泥泞。然而直到水管修理完毕之前，并没有人在泥泞的路面铺上可供通行的夹板、碎石、防滑板一类的东西。”

“如果没有利用交通工具而步行的话，任何人走过泥泞道的鞋底，必然会沾上烂泥而干涸。”

“我想极为可信的情况是，当夜史彩亮是走路离开大同寮的，可想而知极可能在半路上被毒蛇所咬噬。”

“然而在现场留置的拖鞋，分明是当做室内鞋使用的，鞋底异常干净。”

“难道是半途中史彩亮先行找个地方特地清除鞋底的污泥吗？我想情理上说不过去。以当时史彩亮的身心状况来推测，她应该不会这么做，也就是说那双鞋根本不是史彩亮外出逛百货公司及拜访余幸田时所穿的鞋，那么那双外出鞋又在何地？很不幸，我在史彩亮的住处发现了那双沾满泥泞的鞋子，这不就意味着她在离开大同寮后曾经先回了群燕居吗？”

“是回来换了双鞋子再外出吗？那么接下来的行踪呢？为何不穿双外出

鞋出门，反而穿室内鞋？是匆忙所致，还是穿了室内鞋要去拜访同样住在群燕居的同学呢？并没有这方面的证据。”

“不如换个方向来思考，史彩亮回到群燕居后没有外出，直到毒发身亡。后来有人发现了史彩亮的死亡，匆忙中打算弃尸伪装成自杀，画蛇添足地带了双鞋子摆在坠楼处的顶楼现场，但在鞋堆中也不知该带哪一双才适合，以为任何一双都可以。”

“所以，如果史彩亮真是死在群燕居自己的寝室里，那么下午三点，沿户检查热水器和第四台的房东夫妇怎可能没有发现史彩亮已死在宿舍中？为什么他们要说谎呢？”

“是为了掩护某人吗？还是根本就是他们干下了这件弃尸的事件呢？前者实在找不到他们如此做的理由，所以关于此事的看法，分析起来，我怀疑麦氏夫妇涉及此案……”

“你看，我就知道老秦胸有成竹。”小李哈哈笑着说道。

“其实，老秦敢这么大胆推断，因为在来此之前我知道他就已先打过一通电话，我想那通电话是打给房东麦氏夫妇的吧！”阿诺说。

老秦不置可否，面色倒显得有些严肃，毕竟每次经手的案件，虽说水落石出之时可以满足我们的好奇心与推理欲，但是除此之外，犯罪者那种令人怅然的心态，却极易使人情绪下滑。

不过没多久，松饼、热茶一上桌，情绪又高涨了起来，史彩亮一案早被抛到九霄云外。

“这是 WEDGWOOD，那是 ROYAL DOULTON，还有许仙的是 AYNSLEY[①]，这些骨瓷杯具……所以啊！谁打破杯具，就准备留下来洗碗了！”小李一脸正经地警告绅士风度早已荡然无存、七手八脚抢食松饼的我们。

没有人理会他的警告，柏芳惠当然更是看得目瞪口呆……

第二天的报纸，刊登出房东麦氏夫妇向警方自首的新闻。

据报道，麦氏夫妇会自首，是因为一个匿名电话……

原载《推理》，1995 年第 123 期

---

① WEDGWOOD、ROYAL DOULTON、AYNSLEY，均为世界著名陶瓷品牌。

重见阳光的日子

叶兆言

第一章

一

顾骏决定重新关注张焰强奸杀人一案，完全是由于一篇推理小说的缘故。尽管这案子在他心头萦绕了二十年，顾骏情不自禁地就会想起早已伏法的张焰，但是他并没有想到自己有一天会真的重新走进这个早就陈旧的案子中去。十三年前，他从一个基层派出所调到市局七处当处长，作为一名出色的警探，顾骏屡屡感到自己在处里无所作为。和坐办公室相比，顾骏更愿意在基层工作。局里面的领导对顾骏的工作评价很高，同事也对他十分信任，他们称他为资料库，因为他所领导的部门，在协同破获重大刑事犯罪案件时，总是给予最好的配合。顾骏有着惊人的记忆力，在电脑还没有在局里被广泛运用之前，顾骏就是一部活电脑。他总是出其不意地记住许多别人完全可能忽视的小细节，这些细节对于破案常常能起到意想不到的关键作用。

当第一次有人喊顾骏为顾老的时候，顾骏并没有在意。称谁谁谁为某老，向来是一种中国特色的尊称。很长一段时期内，局里盛传顾骏将要被提拔为副局长，说得有鼻子有眼，好像任命通知马上就要宣布一样。上级领导也不止一次和顾骏谈过话，不止一次给予暗示，连顾骏自己也以为提拔已成定局，但是这任命一拖再拖，一直拖到他快退休才正式下文件。这是一个有关提退的文件，也就是说，让顾骏退休，享受副局级待遇。

这样的提退照例是要和本人慎重地谈一次话。有不少人给顾骏出主意，让他抓住这最后的机会，很好地解决一下个人问题，譬如房子，譬如即将毕业的儿子的工作分配。提退是对一个干部一辈子工作的总结，在这时候提一些适当的要求，上级领导通常都会满足。顾骏是一位卓有成效的老公安战士，无论是当年在基层，还是后来在局里当处长，他的工作都是有口皆碑。在一本《建国三十五年梅城市刑侦案例选》上面，其中有四起大案是顾骏参与侦破的，在侦破这些大案中，顾骏起着绝对主要的作用。

然而当上级部门派人和顾骏谈话的时候，顾骏没有对组织上提出任何对个人生活有所照顾的请求。他唯一的要求，是让他重操旧业，对一起早已定案的旧案子重新进行考察。他的这一要求的提出，让前来谈话的同志感到为难，因为这一要求也可以理解为是顾骏不愿退休。

“顾老，你应该这样想，作为一个享受局级待遇的干部，你怎么再到基层去对你所说的那个旧案子进行考察呢?”谈话是在顾骏的办公室进行的，负责前来谈话的同志是人事处长，他不知道怎样才能劝顾骏打消念头，“这事情可能比较复杂，对于退休这件事，上面的精神是非常明确的，这就是在年龄上一刀切，换句话说，也就是不管你愿意不愿意，到退的时候，就一定要退。”

顾骏想对方一定是误会了他的意思。他觉得既然是让他提要求，就完全有权力这么提。顾骏并不恋处长的位置，他已经不止一次提出来，应该选拔更有前途的年轻人来接替他。谈话的误会很有些刺伤顾骏的自尊心，他突然觉得自己无话可说，沉默了一会儿，他打开抽屉，从里面拿出一本小说，扔给了坐在他对面的人事处处长。“怎么说才好呢，也许我应该劝你看一看这本小说。”

人事处处长有些尴尬，他是一位提拔不久的年轻干部，在这样的正式谈话中，顾骏却让他读小说，一时不知该怎么办才好。他出于礼貌地接过小说，随手翻了翻，立刻合上。“想不到顾老你还喜欢看这样的小说，”人事处长看着花哨的封面，敷衍说，“这是中国的推理小说，还是外国的?我读书的时候，也特别爱看福尔摩斯探案——噢，这是中国人写的，老实说，中国人写的推理小说，我不喜欢……”

顾骏说：“我的意思，是让你注意一下，这里面写了一个案子，这案子写的就是我们这个城市发生过的一起重大的强奸谋杀案。你可以比较一下，这就是我曾经经手过的张焰强奸杀人案。这案子当年曾经轰动一时。对了，很多谈案例的书都选了它，我记得公安学校的教材上也用了这个案子。”

人事处处长点了点头，他所以点头，是因为顾骏正看着他。这样的谈话似乎离题太远，考虑到应该尊重老同志，他不得不做出很有兴趣的样子。许多作家都根据案例写小说，以公安人员的眼光来看，这些艺术化的所谓推理小说，包括那些电视上没完没了的侦探系列剧，只能算是外行制造的娱乐品，它们充其量不过是供人消遣消遣。人事处处长不明白顾骏为什么在这时候，会一本正经地打算和他一起研究推理小说。“顾老是不是也想写一部这样的小说：”人事处处长不敢再往下说，他注意到顾骏脸上显露出明显的不痛快，“我只是开一个玩笑，我不知道这小说究竟说了什么。”

二

事实上，在人事处处长找顾骏谈话之前，他已经开始悄悄地对张焰强奸杀人一案重新进行调查。这件案子，多少年来，一直纠缠着顾骏的思绪。张焰最后是被枪毙的，顾骏忘不了他临死前的神态，不是恐惧，也不是愤怒，而是巨大的绝望。这种绝望很难用语言来形容，他无可奈何，心已经死了。很多杀人犯在执行枪决时，都会很自然地流露出恐惧来。也有不怕死的，这样的囚徒似乎已对死亡做好了充分的准备。张焰临死前，只是感到一片茫然的失望。在他的背上插着一块纸牌，上面写着已经用红笔打了叉的他的名字，和他一起押往刑场枪毙的还有另外九名死刑犯，分别装在几辆敞篷大卡车上，沿着城市的主要街道游街示众。很多人在街上看，国庆节就要来了，这是那个特定年代的惯例，重大节日来临前夕，都要枪毙一批罪犯。

公审大会是在体育场召开的。顾骏清楚地记得这一天是一九七五年的九月二十七日，是个星期天，天阴欲雨。在开会之前，狂风大作，大家都以为雨就要落下来，然而最后并没有下。各派出所都派人配合市局的行动，顾骏的任务是维持体育场的安全和秩序。执行枪决的是当地的驻军，这也是一种极具时代特色的军警配合。凡是遇到这样枪毙罪犯的日子，当地驻军将抽调一个班的战士扮演行刑队的角色。这些战士的枪法都特别准确，据说，在执行枪决的前一天晚上，这些战士才会被告诉他们第二天要干什么。对于这样光荣的任务，当兵的是找不到理由予以拒绝的。

顾骏清楚地记得，在体育场简陋的休息室里，一名战士的脸色甚至比执行枪决的罪犯还要苍白难看。顾骏知道，这位战士是一名行刑队员，他手中紧握着的钢枪将结束一名罪犯的性命。他显然是第一次干这样的事，缺乏最起码的心理准备。公审大会还没开始，一切都在筹备之中。市里的领导已经到了，他的任务是在大会上宣布公审结果。顾骏认识这位领导，他是市里负责政法的副书记，为了侦破张焰强奸杀人案，他不止一次从百忙中抽出时间，接见过参加侦破工作的公安人员。他作出的指示是："从严从快从重处理此案，坚决打退阶级敌人的嚣张气焰。"张焰强奸杀人案一度被列为市里的大案要案，为了迅速破案，在这位政法副书记的直接关怀下，一场侦破此案的人民战争打响了。

一九七五年的夏天，梅城的老百姓几乎没人不知道张焰强奸杀人案。从来没有一桩案子如此地深入过人心，为了排查到凶手，各个街道各个居民点都进行了广泛的调查。那是一种地毯式的排查，这座城市中所有有过犯罪前科的人员，都被集中起来严加讯问，一个个都得老实交代他们在案件发生那天晚上的一举一动。人们茶余饭后都在议论这件事，各式各样的猜测都有，流言蜚语到处传播。这件案子的影响实在太大了，大得仿佛这件案子不破，公安机关就不能定下心来再做别的任何事。

张焰强奸杀人案的侦破，在当年的确存在着不同寻常的意义。正是因为影响太大，才使得那一年国庆节前夕召开的公审大会，无论是从规模，还是从自发参加大会的人数，都是空前绝后。体育场人山人海，进出体育场的道路，在大会召开的一个小时以前，就令人难以置信地堵了起来。结果当犯罪分子要被押进体育场时，竟然发现无路可走，不得不临时抽调公安干警疏通交通。人们拥过来挤过去，目的都是为了能走近一些，能清楚地看见张焰究竟长得是什么模样。人们对着他指手画脚，大声议论，那情形就跟过节看戏一样。

公审大会延误了十几分钟才开始，公安干警按着主持人念的名单，将罪犯一个接一个押到主席台下，然后便是宣读判决书。那位政法副书记是山东人，他的山东方言在梅城的老百姓听来，显得非常的铿锵有力。每个被判处死刑的罪犯，在判决书上的最后几句话都是一样的，都是"罪大恶极，不杀不足以平民恨，判处某某某死刑，立即执行。"公审大会后的一段时间内，梅城的孩子们都模仿着那位政法副书记的山东话，大声地宣布判处自己的游戏同伴死刑。

三

顾骏最初读到小说中描绘的张火临刑前的神态，感到巨大的震惊。在这本推理小说中，张焰的名字被改成了张火，顾骏感到震惊的是小说逼真地描写了当时的情景。太真实了，正是因为这种逼真的描写，才让顾骏决定从头至尾好好地把这小说读一遍。

是顾骏的一个老朋友的儿子将这部推理小说推荐给他看的。老朋友的儿子在本市的一家报社工作，他无意中读到了这篇小说，觉得这本书实际上是对顾骏一种直接的诽谤。尽管在小说的扉页上庄重地写着："本书纯属虚构。"任何在这座城市里长大的人，只要听说过张焰强奸杀人案，都会明白无误地相信书中写的就是这个案子。事实上，在这本书问世以前，已经有作家根据这案子写过小说。问题在于，这本书完全是以一种否定的态度来写。顾骏在这本书中，成了一名犯了判断错误的愚昧警官，因为他的愚昧和失误，一个无辜的人被判处了死刑。

一家电视台看中了这部小说，有意将它改成电视连续剧。由于这是本地作者写的小说，报社迫不及待地报道了这一消息。在中国的电视剧中，人民警察从来都是正面形象，然而这本小说的历史背景是在"文化大革命"中，因此便可理解为是对"四人帮"极"左"路线的一种控诉，而被审查部门轻易通过。老朋友的儿子将这本书推荐给顾骏的目的，是希望他能站出来说话，如果公安机关对这本书提出抗议，电视台就不会再拍这样的电视剧。电视剧的影响实在太大，几乎所有的市民天天晚上都在看电视剧，一旦这部电视剧真拍出来，顾骏一世的英名恐怕都会被损害。

顾骏并不在乎自己的名声会有什么影响。从来就没有什么一生都是正确的人。当然，他的思想有过斗争，作为当事人之一，读完了这本推理小说之后，虽然在书中存在着大量的不实之词，存在着那种一眼就看出来的编造痕迹，存在着明显漏洞和矛盾，然而有些细节却太让顾骏震动。有些细节是虚构，但是这些虚构的细节却是真实的。这是一种巧合的真实。

小说在描写了公审大会以后，又接着描写那位负责侦破工作的警官如何感到心里很不踏实，他似乎已经意识到事情有什么不妥的地方，尽管他得到了上级的嘉奖和表扬，可是他并不高兴。他开始怀疑自己是不是出了什么差错，如果真是这样的话，后悔也来不及了。

这天晚上，他独自一个人喝了三两白酒，结果吐得到处都是。他是一个有酒量的人，在平时这点酒根本算不了什么，但是他的心情不好。他醉了，醉得很厉害。他的眼前老是出现那个就在今天被处决的所谓罪犯的形象。已经成为冤魂的张焰，那双大大的眼睛正盯着他看，这双眼睛将使他一辈子得不到安宁。

顾骏忘不了自己那天晚上确实是喝醉了。正像小说写的那样，他并没有喝多少酒。离开体育场以后，他骑着自行车回到了派出所，将系在腰间的手枪放进保险箱里。这支手枪完全是个摆设，因为派出所连一粒子弹也没有。那年头对公安人员的枪支管理非常严格，所有的枪支都不配备子弹，那些没有子弹的枪支只能在执行任务的时候吓唬吓唬人。顾骏回到派出所的时候，天已经黑下来，伙房的老陈说别回去吃晚饭，就在食堂里，他给炒两个好菜。顾骏说，他还是回去吃，菜可以炒，可以放在饭盒子里带回去。他若有所失的神情，害得老陈以为又出了什么事。顾骏在办公室里待到九点钟才离开，这时候，饭盒子里的炒猪肝早就凉了，他锁上了办公室的门，悄悄地离开了派出所。在回家的路上，他敲开一家已经关门的小店，向睡在里面值班的营业员买了一瓶白酒。

第二章

一

一九七五年七月九日，这一天正好是小学放假的第二天。作为避暑胜地的梅城突然变得令人难以忍受的闷热。大家都为突如其来的天气变化感到奇怪，大清早，小学的看门人郭老头儿正在报怨昨天晚上因为太热没睡好。他是一个孤老头儿，就住在门房后面的角落里，没有通风的窗户，在这样闷热的夜晚就如同睡在蒸笼里一样。天刚刚亮，郭老头儿自言自语地骂着娘。送牛奶的人听见了他的骂声，问他这是在骂谁。郭老头儿说：“骂谁，我骂这该死的天气。”

牛奶站紧挨着小学门口。送牛奶的人将牛奶送到了牛奶站，骑着三轮货车离去了，这时候开始断断续续地有人前来拿牛奶。

郭老头儿打算用凉水擦洗一下身子，他端着一个很破的搪瓷脸盆，穿过学校雾气蒙蒙的操场，向自来水龙头走去。自来水龙头在东南角，周围是几张露天放着的水泥乒乓球桌，郭老头儿打了一盆水，将水放到了乒乓球桌上，开始擦洗肥胖的身体。他注意到在乒乓球桌上放着一堆花花绿绿的衣服，叠得很整齐地放在那里，水沿着水泥桌边向那堆衣服慢慢地淌过去。郭老头儿并没有太往心上去，这样的事经常发生，小学生们打球时太热了，便把衣服脱掉，结果走的时候却忘了拿。他一边洗，一边哼着不成调的京戏唱腔，是样板戏《沙家浜》中胡传魁的一段唱：

想当初，
老子的队伍才开张……

郭老头儿无意中发现了吊在云梯上的李文红，他的眼睛不太好，只当做是个淘气的男孩子在那玩儿。赤条条的那个孩子吊在云梯上，一动不动。郭老头儿终于洗完了，往云梯那里走，走到面前，才发现事情有些不同寻常。首先他发现不是一个光着膀子赤大膊的男孩子，而是一名一丝不挂的姑娘。其次这姑娘已经咽了气，她的脖子挂在从云梯的两根铁管间穿过的一根布带子上。

几分钟以后，在云梯前开始聚集起了围观的人群。郭老头儿赶到了牛奶站，气喘吁吁地报告他的发现。最先跑来看热闹的都是拿牛奶的，大家都被眼前所见到的景象惊呆了，一个个仰着脖子，七嘴八舌说什么的都有。一个老太太嚷着赶快把人弄下来，立刻就有人反对，说是要等派出所人来才行。一看就知道挂在那里的姑娘早就断气了，现在重要的是保护现场。老太太说："大姑娘一个，这么赤条条地挂在这，算什么？"

派出所的人在一个小时以后才赶到，在这之前，一切都显得非常混乱。女孩子的尸体就这么直直地赤条条地挂在那儿，一个老太太看不过去，找了件旧衣服，将姑娘的羞处遮了起来。人越聚越多，有人在传达室挂电话，因为不知道派出所的电话，拨问询台，拨了半天，总是没人接。在一九七五年，电话还是这个城市中的稀有之物，人们平时很少打电话，有什么事也不用电话联系。折腾了半天，才有人跑步去派出所报案。出事地点离派出所远了一些，报案的人跑到派出所，大汗淋漓，喘了好半天说不出话。

二

顾骏是第一个赶到现场的公安人员。那天晚上，轮到他在所里值夜班，有人赶来报案的时候，他正在小院子里刷牙。他匆匆地洗了把脸，带了个人，骑着自行车奔往现场。到现场的第一件事，便是将围观的人群驱散。人们只是向后退出去几步，又像钉子一样扎在那不肯动。顾骏感到很恼火，他带的人太少，寡不敌众，只好临时从人群中招募几名志愿者帮着维持秩序。

由于当时的混乱，过细的考察现场也不太可能。顾骏将女孩子的尸体摘了下来。那是一具完全僵硬了的尸体，由于天太热，尸体并不是很凉，顾骏脚下有些不稳，差一点儿将尸体摔了下来。远远的人群中发出了“哎呀”一声惊叹，顾骏很笨拙地将尸体放在地上，继续用那件旧衣服遮住女孩子的下身。人群还是不肯散开，顾骏终于发火了，叫着：“谁还不走，把他们的名字记下来，有什么热闹好看的。”他的威胁似乎起了些作用，此外尸体反正也摘下来了，也确实没什么热闹可看，人群才向远处散开。

经过初步的勘查，顾骏的印象是他杀。理由有三点：如果是自杀，没有必要赤身裸体，一个女孩子总是有羞耻心的，她不会让自己死了以后在大庭广众面前出丑。第二，在尸体的膝盖部位，有明显的擦伤痕迹，很可能是临死前挣扎所致。第三，那根将姑娘勒死的布带子是她自己的胸罩，一个寻死的姑娘不大可能匆忙得连找一根绳子都来不及，她如果想死，找一根绳子太容易了。

顾骏向市公安局汇报了自己的想法。既然怀疑是凶杀，请求市局的帮助是必要的。派出所由于条件的限制，只能在破案中起配合作用。但是在一九七五年，一切似乎都不太正常，上报市局以后，市局立刻向负责政法的市委副书记汇报，政法副书记作出指示，立即成立三结合的破案小组，要求在最短的时间内，将凶手缉拿归案并且依法严惩。所谓三结合小组，是指领导和专家再加上群众。政法副书记对这一案件非常关注，因为在过去的几个月中，梅城已发生了几起恶性案件。一名下夜班的中年女工，在回家的途中，遭到了两名歹徒的轮奸，出事地点就在副书记所居住的那个院子的围墙外面。玻璃厂的厂长，有一天发现被别人杀害在办公室里，他的脸上被剁了无数刀。好在这两起案子都不太难破，因为那位被害的女工，认识两名歹徒中的一个，而杀害玻璃厂厂长的凶手却是自己投案的。

连续不断的恶性案件似乎搅乱了梅城的平静。计划在七月中旬，一位外国的贵宾将要到梅城来参观访问。这位贵宾的父母曾在梅城生活过，他的一个姐姐就是在梅城出生的。为了迎接这位贵宾的到来，贵宾父母当年住过的房子已被装修一新。在这样一个关键时刻，不断发生的刑事案件，好像故意在给梅城这座平静祥和的城市抹黑。顾骏没想到政法副书记会在一开始就把能不能破案的调子定得那么高，他不但亲自直接过问这些事，而且为破这案子的期限，规定了时间。顾骏被任命为破案小组的组长，在破案侦察期间，派出所的所有日常工作都不用他操心。政法副书记说：“全市人民的眼睛，都盯着这案子，你一定得好好干。”

三

尸体解剖仿佛更进一步证明了顾骏的最初判断。死者生前没有服用过任何镇静剂或是酒精，她是在完全清醒的状态下遇害的。法医找到了依然存活的男人的精子，这充分说明死者和男人发生过关系。一种可能性是发生在死者生前，这姑娘被某个男人强暴了，然后这个男人杀人灭口。另一种可能性是在死后，罪犯进行了奸尸。此外，这姑娘被证明已经怀孕两个月。

死者的身份也得到了明白无误的确认，她是小学校长的长女，叫李文红，今年十六岁。据李文红的父母回忆，那天晚上大约在八点钟的时候，李文红快快不乐地离开了家。她的母亲说天已经黑了，叫她不要出去，李文红说：“我就出去，我高兴，不要你管。”李文红的亲生母亲在她六岁的时候就死了，现在的母亲是继母，李文红对她一直很反感，对她有很强的对立情绪。事实上，李文红的继母对自己丈夫前妻生的女儿，采取了一种由她去的随便态度，她几乎就不太管她。据邻居反映，李文红算不上是一个好的女孩子，她常常在晚上出去，和街面上一些不学好的男孩子鬼混。出事的那天晚上，邻居听见了李文红和她继母争吵的声音。

在刚开始，郭老头儿被列为第一怀疑对象，因为他曾经有过猥亵小女孩的前科。在接受调查的时候，郭老头儿首先声明这事不是他干的，正是由于这种不必要的声明，使得调查工作走了一大段弯路。有群众反映，出事那天郭老头儿的表现有些反常，一大早就听见他在骂骂咧咧。他跑到牛奶站气喘吁吁告诉别人发现了李文红的尸体的时候，竟然很下流地说了一句：“快去看，真好看，一点儿衣服都没穿。”他是居住在离出事现场最近的一个人，又是一个人住，没人能证明他出事的时候不在现场。

郭老头儿一再说明那天晚上很热，因为热，自己一夜没有睡好，然而他又丝毫没有听见发生在外面的动静。当意识到警方对他有所怀疑，他由于紧张，说话更加语无伦次。顾骏很快排除了郭老头儿作案的可能性，他虽然很胖，看上去也还健康，但是他的右手有些残废，根本不可能把李文红挂到云梯上去。是顾骏将李文红从云梯上摘下来的，能把她举那么高挂在云梯上，一定是一个身强力壮的高个子男人才行。

顾骏要郭老头儿仔细回忆那天晚上进出小学的客人中，有没有什么可疑的陌生人。郭老头儿苦思冥想，突然想起那天晚上有个叫张焰的人来过。张焰是街面上的一个游手好闲的青年人，他插队落户在郊县农村，但是长年累月地待在城里。出事的那天晚上，大约九点钟的时候，张焰敲开小学的校门。郭老头儿问他这么晚了，到学校里干什么。张焰说是找人，递了一根烟给郭老头儿。郭老头儿这人向来好打发，他接了烟，就让张焰进去了。这以后，郭老头儿就睡觉了，他不知道张焰什么时候离开学校的。

顾骏立刻带人前去找张焰核实。令人觉得可疑的是，一贯赖在城里不肯下乡的张焰，却突然跑到乡下去了。顾骏找到张焰时，他表现得很镇静，非常肯定地说自己那天确实去过学校，他说他那天是去找小学的陆老师借歌本，借到了歌本立刻就走了。他没有再从传达室出去，而是翻学校的围墙，因为他和几个朋友约好，这天晚上要在学校围墙西边的黄毛家打扑克牌。他们在九点半的时候开始打牌，一直打到天亮。

小学的陆老师证实了张焰的确找她借过歌本，她证明他的确是拿了歌本就走了。顾骏对她所说的话的真实性没有任何怀疑，从陆老师那里出来，顾骏在居委会的同志协助下，又去了黄毛家。黄毛的回答也是肯定的，他一口咬定张焰那天晚上在八点半的时候就来了，既然人都到齐了，他们也没说什么，坐下来就打牌。他们常常这样打牌一打就是一夜，这天晚上自然也不肯例外。天亮了以后，一个取牛奶回来的老太太告诉他们，小学校里有个女孩子死掉了。他们扔了扑克牌，都赶去看热闹。

四

顾骏记得那年的夏天特别热，为了迅速破案，破案小组几乎是马不停蹄地东奔西走。有价值的线索并不多，更多的是一些莫名其妙的谣言。公安机关认定李文红是被人谋杀的消息不胫而走，各种各样的奇谈怪论开始到处流传。破案小组接到了好几封显然是蓄意报复的匿名检举信，这些信一次又一次地分散了破案小组的注意力。头绪越来越多，也越来越乱。

一个住在附近的小孩声称，出事的那天晚上，他听到了有个女孩子的尖叫声，那个女孩子大声地喊着救命。调查结果则表明这小孩是在说胡话，根本没有什么尖叫声，否则不可能就他一个人听见。如果真有什么尖叫声的话，首先听到的应该是那些住得更近的人家。

整个梅城都在谈论这件事，除了破案小组采取重点突破的办法。各居民点也开展了广泛的排查，所有有过前科的小流氓老流氓，只要是说不清楚自己那天晚上在什么地方的人，立刻紧追不放。负责政法工作的那位市委副书记，要求顾骏天天向他汇报工作进展，他是一位刚被结合进领导班子的干部，不愿意让人家觉得他无能。尤其当这桩案子成了人们议论的中心以后，他更加显得有些迫不及待和不耐烦。

“人民的眼睛正注意着我们，我们已经让他们失望了!”政法副书记反复这么念叨，他把能否破这案子看得非常重，所以当张焰最后被确定为凶手的时候，他表现得踌躇满志眉开眼笑，用快刀斩乱麻的方式迅速结束了此案。“没有必要再浪费时间，我们已经让这座城市的人民等得太久太久。”虽然铁证如山，但是张焰从定案到执行枪决，这里面只有短短的二十天，实在是太短了。不管怎么说都是有些太匆忙，这案子完全可以再做得细一些，因为死刑一旦执行，什么事便都无法挽回。政法副书记一再强调特殊时期要采取特殊的手段，这样的匆忙行事，事实证明在当时也还有值得探讨的地方。各式各样的奇谈怪论，随着张焰的死刑立刻销声匿迹。正义得到了伸张，梅城的人似乎也感到心情舒畅。犯罪分子的嚣张气焰被有效地打了下去，在此后的一年多的时候里，梅城未发生过一起恶性案件。

那个夏天里，顾骏实实在在地掉了一身肉。在案子没破以前，他时时刻刻都感到有一种无形的压力。文化大革命中的一个重要特点，就是喜欢把什么事都上升到政治的高度，动不动就上纲上线。作为破案小组组长的顾骏，开始感到有些驾驭不了他的小组成员，一位讲究政治挂帅的小组成员觉得不能成天钻在事务堆里，说他们应该坐下来学习学习，重新研究他们的思路。“我们应该相信群众，相信党，不能走白专道路。思想对了头，一步一层楼。要是思想上出了问题，我们将什么也做不了。”顾骏意识到自己正面临着撤职的可能，有一段时间，作为领导的政法副书记怀疑他的工作能力，破案小组的成员思想也严重的不统一。顾骏没有得力的助手，他陷入了孤军奋战的糟糕境地中。

五

案子获得重大突破，是从张焰那天晚上通宵都在打牌的谎言被戳穿以后。顾骏重新传讯了几位和张焰一起打牌的牌友，对他们分别进行调查。顾骏从过分统一的口供中看出了破绽，只有事先商量好了，才有可能在时间问题上达成这种惊人的一致。生活中，并不是每个人都时时刻刻注意着时间的，人们通常最容易忽视的，恰恰就是时间。顾骏对黄毛的家进行了考察，在他的家里只有一个已经坏了的闹钟。几个打牌的人中间，事实上，只有一个叫霍培良的人戴着手表，据他交代，张焰来的时候，他掏出手表看了看时间，什么话也没说，就把手表放进了口袋。既然他没说话，别人又是怎么知道张焰是几点来的。

那天晚上连同张焰一共有五个人，而他们的那种玩法只允许四个人参加，肯定有一个人是多余的。张焰去的时候，扑克早就开始了，并不是缺他不可，这说明约张焰去玩扑克的说法不能完全成立。顾骏决定先从看上去意志比较脆弱的霍培良进行重点突破，便在他的眼皮底下，将其余的三个那天晚上一起打牌的人同时释放。霍培良果真中计，他不明白为什么要把他单独留下来，脸色顿时煞白。“你知道为什么要将他们放掉呢，因为他们说了真话，也许你要好好地想一想，才肯最后说出真话来。”顾骏不动声色地说着，仿佛他已经掌握了全部证据，“坦白从宽，抗拒从严，这句话我们已说了许多遍，再说也没什么意思，我们不会再浪费太多的时间。”

霍培良的防线很轻易地就崩溃了，他相信其他的人已经说了实话，开始试探自己如果说了真话，是不是来得及。“要是我现在说了，你们会不会继续追究我？我们当时说好的，大家统一了口径。张焰是我们的朋友，我们不想出卖他。张焰那天晚上确实不是八点半来的……”

“是几点？”

霍培良犹豫了一会，说：“是十一点多。”

顾骏知道这时间非常重要：“十一点多，多多少？”

“大概多七八分钟的模样，”霍培良想反正已经是说了，干脆彻底坦白交代，“我们没想到他会来，因为他来了就多一个人。结果那天晚上我们几个人只好轮着打。天亮时，我们听说小学校有个女的死了，我们就去看。张焰认出了那女孩子是谁，就偷偷告诉我们，说警察可能会找他麻烦，让我们就说他从昨天晚上八点半起，就一直和他在一起打牌。他对我们发誓，说这事不是他干的，他真的是发了誓，我们也就相信了他。”

只要有一个人松了口，其他的几个人就太容易攻破。所有打牌的人都承认自己做了伪证，他们都说自己和张焰是哥们儿，平时的感情不错，都相信他说的话，相信他和这案子没牵连。张焰告诉他们，说自己和这个女孩子有过关系，不过这种关系早就断了，他现在已经不喜欢她，他现在有兴趣的是别的女人。张焰的朋友都知道他追求女人很有一套，他们平时非常羡慕他的风流韵事。在“文化大革命”的后期，讲究哥们儿义气，是梅城街头少年中普遍信奉的一个真理。这些少年成为无业青年以后，他们没有前途，也没有理想，肆无忌惮地活着，根本就没有考虑到他们所作所为的严重性。

六

当张焰意识到自己被同伴出卖以后，感到非常的愤怒。有很长的一段时间，他一言不发。沉默对他没任何帮助，他知道自己现在处境十分糟糕，如果说不出不在现场的证据，他就不可能证明自己的无罪。他试图继续在时间上做点儿文章，然而越说漏洞越大。他编了一个故事，说自己那天从小学的陆老师家出来后，在街上无目的走了一大圈儿。

连张焰自己都意识到自己的故事缺乏说服力。顾骏知道已到了乘胜追击的时候，决定开始直接切入张焰和李文红两人的关系，问他究竟认识不认识李文红。张焰知道这是无法回避的事实，点头说认识。

“你和她之间什么关系?”

“没什么关系。”

顾骏让他想好再回答。

张焰作出思考的样子，想了一会儿，喃喃地说：“我和她早就没关系了。”

顾骏问他在出事的那天晚上，有没有见到过李文红。张焰默不作声，顾骏很有耐心等待下文。一起参与审问的同志有些按捺不住，让张焰立刻回答。张焰看了一眼顾骏，很不情愿地说：“那天晚上，我是见到过她。我去陆老师家的路上，看见李文红一个人在操场上玩儿。”

顾骏和一起参与审问的同志一样，感到有些兴奋，他们总算往前大大地走了一步。张焰显得十分沮丧，他知道他的处境越来越糟糕。“我没和她说什么话，我直接去找陆老师了……真的，我没有杀李文红，我好端端的，杀她干什么。”张焰偷眼看了一下顾骏，他似乎知道这个人最难对付。“我刚刚是说谎了，我没有在街上转，我也不是八点半离开陆老师家的，你们真要我讲，我只好老实交代了，实话告诉你们，我是十一点多，才离开陆老师家的。”

这是一个新的情况，如果他说的是实话，就有可能解脱自己。顾骏让他交代，真如他所说的那样，他在陆老师家待那么长时间干什么了。张焰说没干什么，随便说说话。顾骏又问说了些什么话。张焰结结巴巴地说没说什么话。他显然不是说的真话，他显然不能自圆其说。从一开始，张焰就给审问他的人留下了谎话连篇的印象。他自以为编造的故事能使他蒙混过关，但是他的狐狸尾巴反而露了出来。

顾骏提醒张焰，破案小组已和小学的陆老师接触过，陆老师说他那天拿了歌本当时就走了。除非陆老师也是帮他说了谎，那么陆老师有什么必要帮他说这个谎呢。张焰表现得有些黔驴技穷，支支吾吾地说自己和陆老师之间有种暧昧关系，陆老师所以这么说，是他和她之间事先商量好的。

一起参与审问的同志十分严厉地说："这事我们将进行进一步调查，如果事情并不是像你所说的那样，这可不是开玩笑的。"

张焰含糊其辞地嘀咕了一句什么，顾骏觉得审问可以暂时告一段落。事情已经很简单，一切都看小学的陆老师会怎样回答。陆老师的证词将成为侦破此案的关键，缺口已经打开了，顾骏知道现在要做的，就是宜将剩勇追穷寇，狠追猛打，一举攻破敌人的最后堡垒。

第三章

一

将近二十年以后，即将光荣退休的顾骏重新关注张焰强奸杀人一案，在局里成为一个不小的笑话。作为一名出色的警官，顾骏一生破获的重大案件不计其数。大家没想到一本纯属虚构的侦探小说，会把顾骏这样的老公安弄得晕头转向。就算像他所担心的那样，张焰强奸案中真出了什么差错的话，责任也不完全在他一个人身上。也许，顾骏只想通过这件事，让大家重新重视他曾经起过的作用。也许，是他太看重自己的名声了，因此人们相信顾骏表面上是想否定自己，其实是更想证明他当年没有错。事过多年，这桩轰动一时的案子早就被人遗忘，顾骏念念不忘的真实动机究竟是什么呢。

更让大家觉得惊奇的，是顾骏提出了建立一个积案小组的设想。根据他的设想，就是从市局机关里，召集几个人，组成一个小组，专门对过去遗留下来的积案和死案，重新进行调查。并不是所有的刑事案件都能侦破，很多案子天长日久，便由积案便成死案。这些案子往往要等一些新的案子的带动，才会有重新侦破的可能。大多数的积案都难逃变成落满灰尘的档案的厄运。顾骏建议可以考虑用适当的人力物力，在积案和死案上做一些文章。这个想法由来已久，他利用自己就要退休这个机会提了出来。

作为一个即将退休的老同志提出来的建议，自然会引起上级领导的注意。这也许是一个发挥老同志余热的好办法，但是顾骏明确地表态，他无意担任积案小组的领导工作。“既然我已经到了退休的年龄，我最多只当顾问。”他提出了一个进一步建议，这就是用招聘的办法，来物色小组长的人选。顾骏已经在市局机关里待了许多年，他太熟悉机关里的情况。不说是人浮于事，但是正是因为机关大了，忙的人忙死，闲的人却没有合适的工作。

关于招聘一个小组长的想法，得到了上级的重视和首肯。这显然是一个合乎改革的思路。于是在一次大会上，局长宣布了招聘的方案。具体工作由一处和七处两个处协同解决安排。方案宣布以后的一周内，没有任何人自告奋勇地出来应聘。一处是刑侦处，合适的人选自然应该是一处的人，顾骏去找一处的处长谈话，刑侦处处长说：“我知道我这有人想去你那里，可是你这用了招聘的办法，人家反而会有压力。要不是真有能力，谁敢应聘？”

顾骏说：“我要的就是真有能力的。”

刑侦处处长笑起来：“我就知道你是想到我这挖人。我告诉你，我这里人手已经不够了。”

顾骏也跟着笑起来。刑侦处处长对顾骏采取招聘的办法提出异议，他告诉顾骏，事实上大家不可能习惯这种提拔干部的方法上的改革。“我们已经习惯了任命，很多有实际工作经验的同志，兢兢业业地干了一辈子，很被动地等待着提拔的机会。没有人会愿意流露出自己是想当官……对了，我可以给你推荐一个人，”刑侦处处长突然想到的说，“这人叫马千里，是个业务能力很强的同志。我觉得他很合适。”

顾骏没有作出反应，既然是招聘，他不想接受推荐的人。

刑侦处处长说：“我知道他想应聘，因为我问过他。我告诉你，这人的毛病就是性子急了些，也可以说，就是有些毛手毛脚。为了这该死的坏脾气，已经让我处分过两次。不瞒你说，他的处分刚刚结束。你知道，在前不久的一次审讯中，他一拳把一个嫌疑犯的三颗牙齿都打掉了，而偏偏这一次，我们又抓错了，你说这事多糟糕。”

顾骏随口问着：“他现在的警衔是什么？”

“三级警督。”

顾骏知道应该告辞了，他感到一种说不出的失望。

二

最后实际上来应聘当小组长的，就只有马千里一个人。顾骏在一间新开辟出来的办公室里和他见了面。这是一个人高马大的家伙，熊腰虎背，难怪一拳会把别人的三颗牙齿揍下来。马千里是一名已经有了二十年警龄的老公安，他无疑是刑侦处最出色的警探。他的缺点正如刑侦处长向顾骏介绍的那样，业务能力强，就是性子有些急，毛手毛脚。

“你对今后要做的工作，有什么具体的想法？”顾骏开门见山地询问这位走马上任的小组长。积案小组的工作以后就要由这个人领导，作为顾问，顾骏不知道他们最初的合作是否愉快。

马千里很干脆地回答了，他说自己没什么想法。这个回答不可能不让顾骏感到失望。既然自己没什么想法，他干吗还要应聘呢，难道就是为了来当小组长这芝麻绿豆大的小官。马千里似乎看出了他脸上的失望，但是并不觉得自己有什么地方说得不妥。“在哪都是干活儿，我想，来这儿也是一样，反正是干活儿，你说对不对？”马千里耸了耸肩膀，他是个实实在在的人，说这话，并没有任何开玩笑的意思。顾骏是市局里公认的出色警官，马千里听说过许多关于他的故事。他很愿意和他一起干，不过他不想在这时候说奉承的话。他最讨厌那种肉麻的讨好卖乖。

“我们的工作该怎么开始呢？”顾骏征求他的意见。

“不是已经开始了吗？”

“已经开始了？”

“我已经读过那本推理小说，”马千里意识到自己让顾骏吃了一惊，“顾老，和你一样，我也对那小说提到的故事有兴趣。也许我们就应该从这案子开始。当然，我这么做，不是想讨你的好，说老实话，我有我自己的原因，也有自己的想法。”马千里说着，不往下说了，顾骏正在听，不知道他为什么要停下来。推理小说本来是顾骏想提到的话题，他没想到却是马千里先说出来。

“你怎么也会想到读这本小说呢？”顾骏问。

“全局的人都在读这本推理小说，难道顾老没注意到，晚报已经连载，好像有一个多星期了。”马千里看着顾骏的眼睛，这是他的习惯，当他想研究别人内心正在想什么的时候，他就死盯着人家的眼睛看，“我想你要是不反对的话，我们就把张焰这个案子，作为我们小组开张的第一件事。”

顾骏说：“我正希望这样。”

马千里告诉顾骏，他所以对这案子有兴趣，其中一个小小的秘密就是，当年张焰被处决的时候，他正奉命在刑场戒严。张焰等十名囚犯是马千里第一次亲眼目睹的执行枪决。那一年，他从公安学校刚刚毕业，在事后的许多天里，晚上临睡觉前，他只要一闭上眼睛，眼前就浮现出罪犯的面孔。他已经记不清张焰长得是什么模样，只知道在十个人中间，第一个被押到刑场的就是张焰。张焰从敞篷卡车上被全副武装的解放军战士押了下来，他被带到执行枪决的地点，这地方离马千里所在的位置很近。其他的死刑犯也被押了下来，场面非常的平静，第一个被押下车的张焰实际上是最后一个被处决的。枪声响了起来，跪在那的罪犯，一个接着一个向前面扑过去，一名身穿白大褂的军医，手里拿着一根细细的铁签，走上前验尸。

顾骏想，二十年以后，让马千里来重温张焰的故事，这似乎是一个很有趣的巧合。这似乎是天意。马千里和张焰同年，他们也许真的是有缘。

三

积案小组招兵买马的工作，在对张焰强奸杀人一案的回顾中，初步告一段落。最有戏剧性的，是除了组长马千里之外，还有两名姓马的应聘入选。一个是四十六岁的马得富，二级警督，是著名的慢性子，一眼看上去就是非常迟钝的样子。马千里曾和他打过交道，他知道自己性子太急躁，有一个慢性子的人做搭档，是件好事。还有一个是女士，叫马莉莉，是回民，年轻而且漂亮，刚从刑警学院毕业，在刑侦处干得挺出色，为人热情爽快，伶牙俐嘴，动不动就要和人干架。她是积案小组的技术员，会电脑，还会英语，积案小组自从有了她，顿时就热闹起来。

为了使三位姓马的区别开来，人高马大的马千里被正式定名为大马，马得富因为年纪大，便叫老马，而马莉莉自然是小马。顾骏笑着说，想不到会这么巧，三头马聚在一起，积案小组几乎成了马厩。

积案小组终于有机会坐在一起开会。大马是召集人，他让老马先说几句，老马怔在那不吭声，隔了半天，才支支吾吾地要作为顾问的顾骏先说。顾骏笑着说："我也没什么好说的，积案小组既然成立了，以后会有许多工作要做。我只是希望大家以后能好好干。"

小马火烧火燎地插嘴了："顾老，先别说以后的事，现在我们干什么？"

"干什么，"大马笑着说，"不是张焰那案子吗。"

第四章

一

小学的音乐教师陆文群一口否定了张焰在她那里待了两个小时的说法，她同时也否定了自己和他存在着暧昧关系。这是一种毫无根据的瞎说八道，关于这一点，陆文群说她的丈夫可以作证。她丈夫那天晚上大约九点多钟回来的，一直到天亮他们都在一起。陆文群的丈夫叫李小龙，他同样不相信自己妻子和张焰之间有什么暧昧关系，对于警方作出的有关暧昧的提示，他似乎感到有些愤怒。“这可能吗?”李小龙以反问的口吻，向顾骏提出了疑义，“幸好我在家，要不然这事还真说不清楚。你们难道不觉得这种想法太滑稽了一点儿，我妻子会和比她小许多岁的毛孩子搞到一起去?”

通过进一步的调查，顾骏掌握了两条对张焰很不利的证据。第一条，被害李文红和张焰有着非同寻常的纠葛。在审讯中，张焰承认他早就和李文红发生过关系，事实是，在李文红十二岁的时候，他就以用口琴吹歌给她听，诱奸了李文红。张焰是引诱李文红走上堕落的第一个男人，他和她好一阵坏一阵，渐渐地把兴趣转到了别的女人身上。调查表明，张焰的道德品质十分恶劣，是那种典型的街头不良少年。

第二条对张焰不利的证据是，一位去外地度暑假的女教师回校以后证实，出事的那天晚上，她正好去火车站，时间是八点多一些，她看见张焰在操场上和李文红说着话。李文红的情绪很不好，她咿里哇啦说着什么，看样子是在和张焰吵架。女教师清楚地记得李文红带着哭腔对张焰又喊又叫，甚至说着很下流的字眼。他们就站在那个后来吊着李文红尸体的云梯旁边，女教师记得张焰当时还把腿搁在云梯的一根铁管上，吊儿郎当的样子，好像对李文红说的什么话都无所谓。

张焰始终都在抵赖，他先是否认自己诱奸了李文红。他把一切都推到了李文红身上，说是李主动要求和他发生关系的，他列举了一打和李文红有关系的男孩子的名字，以此证明李文红是一个很不要脸的女孩，她差不多和整条街上的坏男孩都睡过觉。至于那天晚上李文红对他大喊大叫，他自己也不明白是怎么一回事，也许是她知道他和音乐老师关系暧昧，所以因为吃醋，她变得有些疯狂。李文红是一个有脾气的女孩子，她疯疯癫癫大喊大叫，本来就是常有的事情。张焰说自己不可能仅仅因为她对自己大喊大叫，就把她杀掉。

对张焰的审讯一次又接着一次，张焰叙述中的漏洞也越来越多。当他听说陆文群老师否认了对他来说至关重要的时间证据以后，他又把已经说过的“从陆老师家出来，在街上无目的地走了一大圈儿”的话重复了一遍。

审讯记录上是这么写着的：

问：你到底在陆文群家待了多少时间？

答：我记不清了。

问：你想想再说，老实交代。

答：我没有杀李文红。

间：你到底在陆文群家待了多少时间？正面回答，不要绕圈子。

答：反正我没有杀李文红，我杀她干什么？我在陆文群家待多少时间，这有什么重要的，她说我拿了歌本就走了，那我就是拿了歌本就走了。我在街上转来转去，转到十一点多的时候，我就去打牌了。

问：既然你没有在陆文群家待两个小时，那你为什么要编这样的故事？

答：我觉得这样省点儿事，免得你们老是问我。

二

二十年以后，积案小组的三马分别阅读了当年的审讯记录。由于张焰最后承认了是自己杀害了李文红，因此，如果对这案子还有什么疑问的话，那就是当年的审讯，究竟采取了什么样的方式。换句话说，有没有诱供和逼供。大马并不认为事情的真相像小说描述的那样简单，小说中的男主人公是在警方的逼供下，被迫承认自己杀了人。

大马希望顾骏发表自己的意见。他是当事人，对这件案子最有发言权。顾骏否认了逼供的假设，虽然事情已经过了漫长的二十年，顾骏对当时的情景记忆犹新。作为三结合破案小组的组长，顾骏坚决反对逼供。破案小组屡屡遭到了张焰的愚弄，他一会儿承认杀了人，一会儿又翻供，把破案小组的每位成员都弄得筋疲力尽。由于李文红一案在梅城产生的巨大影响，迅速侦破此案具有特别重要的意义。有许多显而易见的证据证明张焰就是凶手，事实上，当那么多证据掌握在警方手中以后，破案小组只是在尽最大的耐心，等待张焰坦白交代。

张焰是在连续审讯十四天以后交代的。在这十四天里，他十分狡猾地和警方兜着圈子。他编造了许多拙劣却又是十分逼真的故事，不断地陷入不能自圆其说的陷阱之中。是他自己把自己逼到了走投无路的境地。警方的耐心终于使他精神崩溃，他开始严重地失眠，刚开始还是审讯人员不让他睡觉，可是到了后来，他不得不承认自己只要是一闭上眼睛，眼前便会出现李文红吊在云梯上的影子。有一天，张焰要求服用安眠药，顾骏先是拒绝了这一要求，因为他害怕张焰有自杀的企图。顾骏曾听说过有人把每天晚上吃的安眠药积累起来，一次吞服以达到自杀的目的。

警方没有放弃审讯，该有的罪证似乎都有了，现在需要的就是等待张焰招供。审讯人员让张焰回答这样一个问题，当他意识到李文红已经怀孕了，他会怎么想。张焰说，他首先想到这和他没什么关系。他说李文红是一个很容易就和别人上床睡觉的骚丫头，凭什么说她肚子里的小孩就是他张焰的。审讯人员说，要是李文红一口咬定这小孩是他的，他又怎么样。张焰无话可说，有些恍惚地问，“她这样说了吗？”

审讯人员冷笑着说：“这得问你自己。”

张焰叹着气说：“你们为什么非要我承认是我杀了她呢？”

审讯人员说：“我们只要你说老实话。”

“该说的老实话我都说了，我告诉你，那天晚上，她要和我干那事，我都没干。”张焰苦着脸，他想用这话来引起别人的兴趣，但是审讯人员显然是不乐意再和他兜圈子。问题的要害，是他必须如实交代他究竟怎么把李文红弄死的。回避没有任何用处，他事实上已经无路可走。张焰无可奈何地说：“这种事，只要一承认，我肯定就是死刑。”

审讯人员再一次向他说明政策：“坦白从宽，抗拒从严。”

张焰说：“这种事有什么从宽不从宽的，我坦白了，难道还能不判死刑，你们不用蒙我了，我不会承认的，除非你们给我吃安眠药。”

破案小组的成员集中起来开了一个会，一致决定加强攻势，坚决不向张焰让步。顾骏又一次亲自对张焰进行了审讯，他告诉张焰，他不能睡觉的直接原因，不是因为没有安眠药，而是因为他现在内心有严重的内疚。如果他有勇气把自己干过的事统统说出来，也许他就能够心安理得地大睡特睡。“事情非常简单，这就是事情究竟是不是你干的，全市有这么多人，为什么我们不找别的人，单单找到了你？”顾骏不慌不忙地说着，“实话告诉你吧，我们有足够的耐心等着，现在没有耐心的恐怕已经是你。”

张焰果然是失去了耐心，他趁看守不注意的时候，试图上吊自杀。他把自己穿的汗背心挽成绳索，想悬在窗钩上将自己挂在那儿，可是汗背心承受不起他的重量，他咚的一声，重重地跌在了地板上。这一次，医生给张焰打了一针镇静剂，他跌入梦乡昏昏而睡，足足睡了二十个小时。醒来的时候，他的眼睛望着天，好半天不说一句话。最后，他眼睛里闪着光芒说："好吧，你们想知道什么，我都告诉你们。"

三

小马见到了《黑暗的日子》的作者谭大平，《黑暗的日子》就是那本以张焰一案为素材的推理小说。积案小组的其他成员都在埋头重新研究当年的审讯记录，小马决定另辟蹊径，直接找小说的作者谈一次话。局里的人都知道，正是因为这本小说，引起了人们对一件已经成为过去的历史又一次有了兴趣。报纸的连载起到了推波助澜的作用，电视台已经正式和谭大平签约，小马去见谭大平的时候，他刚完成十集的电视剧本，踌躇满志，错把穿着便衣的小马当成了某报社去采访他的女记者。

"我已经申明过了，这申明就写在小说的扉面上，难道你没见到上面写着'本书纯属虚构'这几个字?"谭大平警惕性很高地说着，他早就听人说过公安局可能会找他的麻烦，在过去，他一点儿不担心来自公安部门的麻烦，作为一个名气不大的作者，他知道公安局的干预，反而会让他出名，现在他已经出了名，又是晚报连载又是拍电视，他开始有些担心公安局的干预。

"可是这城市所有的人，恐怕没什么人会在想它是虚构的。"小马不动声色地看着谭大平，这是一个书呆子兮兮的人物，戴着一副近视眼镜，一旦他知道了小马的身份以后，便显得很紧张，原先的踌躇满志立刻没了踪影。"你真的觉得自己的小说，仅仅是虚构?"小马问着。

"当然是虚构。"

"完全是虚构?"

谭大平吃不准小马找他的用心究竟是什么，他仍然保持着警惕性，但是又隐隐觉得小马并不像是来找他的麻烦。"也不能说是完全虚构，百分之一百的虚构是写不出小说来的。"谭大平用手托了托眼镜框，很严肃地说着，"这是我的第一部长篇小说。为了写这部小说，我收集了许多资料。你要是看过我这篇小说，就会知道，其实我是在控诉'四人帮'时期的黑暗。"

小马不想和谭大平绕圈子，她直截了当地问谭大平："对不起，我想问你一下，张焰被枪毙的那一年，你多大?”

谭大平怔了一下，很快反应过来，不知道怎么回答才好。他支支吾吾地说着：“我小说中的张火，和张焰其实没什么直接的关系。”

但是，小马仍然要他回答这个问题。

谭大平想了想，说：“我那时候小学六年级，大概是十三岁吧。”

“你认识张焰?”

“我?”谭大平又一次托了托眼镜框，这是他的习惯动作，眼珠子滴溜溜转了一圈儿，“我当然认识，我们住在同一条街上，我小时候，放学路上，常常看见他坐在门口吹口琴。他是个大个子，一个高高大大的人坐在门口吹口琴，这是很显眼的。他的口琴吹得不错，我记得他那时候经常吹的一首曲子，就是《莫斯科郊外的晚上》。”

“那么那个被害的女孩子，你认识不认识?”小马继续问着。

“谈不上认识，不过也知道，那时候她的名气很大，我们一起玩的小男孩子都知道她是坏女孩子，有点儿像现在的女流氓，或者说是失足女青年。她的名声当时很不好。”

“名声怎么不好?”

谭大平没回答，这问题似乎不用回答，女孩子的名声不好，谁都能想到是怎么一回事。他脸上做出一种很古怪的表情。

小马觉得应该让这次谈话更直截了当，她看着谭大平，突然说：“为什么你会觉得张焰是被冤枉的，为什么……不是说你的小说，而是说张焰这个人，这样说吧，我们不管你的小说是怎么写的，也不追究你的小说是否真实，你的小说和我们这次谈话没什么关系，我现在要问的，就是你为什么会觉得张焰可能是无辜的?你把你的想法说出来好了，实话告诉你，我们现在已经立案，对这事重新进行调查。”

四

事实上，对张焰可能被冤枉这一点，早在他被枪毙之前，顾骏就想到了。在死刑判决之前，顾骏曾向分管政法工作的市委副书记提出自己的看法。虽然张焰自己已经招供，可是显然有些疑点要澄清。张焰的交代中曾提到，他那天去陆老师家，确实是去幽会的，拿歌本只是个借口，他所以待了两个小时就走，是因为陆文群那天身上正好来例假。她丈夫本来说好是上夜班的，后来怎么又回来，这就说不清楚。

张焰的这番话所以不被相信，是陆文群丈夫的同事证实，那天晚上因为停电，夜班取消了，陆文群的丈夫在九点钟的时候就回家了。他是在小学的门口和同事分手的，而他回到家中时，张焰已经拿了歌本走了。陆文群的邻居也证实，那天晚上陆文群丈夫很早就回来了，他们虽然不能确定他究竟什么时候回来的，但是曾看见他替陆文群倒洗澡水。那是一个很热的夜晚，大家睡得都很迟。他们看见李小龙拎着铅皮小桶往阴沟里倒水。

顾骏感到可疑的，是张焰说出了陆文群那天身上正好来例假的细节。这个细节当时并没有得到证实，因为陆文群否认了。尽管陆文群就算是不否认，仅仅是知道她身上来例假，也不能证实张焰就一定和她有关系。陆文群的丈夫也坚决否认妻子的不忠实，觉得张焰的说法完全是无稽之谈。他感到愤怒的是，张焰这个小流氓胡说八道，败坏了自己妻子的名声。可是当被询问陆文群那天是否真的来了例假的时候，李小龙的脸色非常难看，他显然被问住了，怔在那里哑口无言。

陆文群老师长得并不好看，且不说比张焰要大许多岁，就是她和他年龄相当，人们也很难相信张焰会喜欢又矮又胖又黑的陆文群。张焰是一个拈花惹草的街头少年，他到处追逐漂亮的女人，而且确实也讨不少女人的喜欢。人们都不相信陆文群会和张焰有染，张焰的同伴曾亲耳听他说过“陆教师这人怎么这么难看”这种话，他甚至问过他的同伴，如果让他白和“陆文群上床”，那他干不干。张焰还说过陆文群有狐臭，熏得人气都喘不过来。他说过，如果要和陆文群睡觉，必须带着氧气瓶才行。

由于张焰最终招认了自己是凶手，对于他和陆文群究竟是否有男女关系的调查，便失去了意义。张焰的招认意味着可以结案，一旦结案，有些事再想推翻，就有一定难度。在张焰招认的一个星期以后，在小学校园里玩耍的小孩，从水泥乒乓球桌的砖缝里，发现一张纸条，纸条上用歪歪扭扭的字体写着：

> 今天是个倒霉的日子，一切都重新开始，李文红要在今天结掉一切。我不是个坏的女孩子，不想人们想的那么坏……我不在乎人们怎么想我，我就是我。

经过笔迹专家的鉴定，认定纸条上的字，是李文红写的。她显然是不会写或者是临时忘了结束的“束”这个字，而“不想”是“不像”的误写，这是一张没有写完的条子。由于雨水的浸润，写这张条子的具体时间已经无法辨认。让顾骏感到疑惑不解的是，根据这张纸条放置的位置，当初在检查李文红衣物的时候，完全有可能发现。顾骏记得自己当时曾经很仔细地检查过每一张乒乓球桌子。当然任何仔细仍然可能会有疏漏的地方，这不完整的几句话意味着什么意思呢，李文红又是在什么样的心情下写下了这几句话？

如果这几句话是在李文红临死前写的，它对张焰也许有些帮助，因为这可以理解为是李文红写的遗书。这意味着李文红是自杀。可是李文红为什么要自杀呢，这是一个揭不开的谜。必须要找到她自杀的动机，此外，还有许多新的问题不能解释。第一，怎么解释李文红膝盖上的擦伤痕迹。第二，如果这是一封遗书，写这封遗书的笔又在哪里。经鉴定，遗书是由双色圆珠笔写的，开头的第一笔还留着红色笔痕，现场勘查时并没有发现这种双色圆珠笔。如果藏在水泥乒乓球桌缝中的纸条还有可能疏漏的话，那支用来写字的双色圆珠笔是不可能发现不了的。

顾骏提议暂缓撤销破案小组，他向政法副书记打了一个报告，政法副书记因此召他谈了一次话。由于顾骏只是在进行假设，政法副书记很耐心地听着，终于失去了耐心："全市人民对于能迅速侦破此案，欢欣鼓舞，阶级敌人的嚣张气焰已经被我们打下去了，我们完全没有必要怀疑存在着不是张焰作案的可能性，有人证，有物证，事实证明我们没有冤枉他。"

顾骏不得不承认自己仅仅是存在一些疑问，这些疑问都不成熟。

政法副书记说："如果罪犯翻供的话，我们还可以重新审查，可是你知道张焰已经供认不讳，他完全承认是他干的。"

大马对重新关注张焰强奸杀人一案似乎缺乏起码的热情，积案小组过了一段时候开碰头会，大家谈自己的看法，他一言不发，像个局外人那样听小马喋喋不休地说着。这似乎和他的急性子有些不吻合。小马令人难以置信地成了谭大平的赞成者，她相信小说情节的真相，就像小说里所写的那样，真正的凶手不是张焰，而是陆文群的丈夫李小龙。

"有充分的证据表明，小学的音乐老师陆文群和张焰之间有暧昧关系，也就是说，案发的那天晚上，张焰确实是在陆那里待了两个小时，这两个小时很重要，因为只有这两个小时能证明张焰不是凶手。而陆文群的丈夫李小龙那天晚上也确实是在九点钟左右就回来了，他的同事看见他进了学校的大门，也就相信他是回了家，其实他是在操场碰到了李文红。这样，事情就容易解释，他强奸了李文红，由于李文红是认识他的。事后，李小龙将李文红杀害，伪造了自杀现场。”

小马几乎是在复述谭大平所写的小说中的细节，大家都在听她讲，没有任何反应，这种没反应意味着都不赞成她的意见。老马心不在焉地拿起一张报纸看起来，一边看，一边喝茶，顾骏和大马不约而同地都把目光转向老马，小马不往下说了，她也看老马。老马毫无反应地喝茶看报，他仿佛知道大家的目光所在，依然无动于衷。小马不乐意了，噘着嘴说：“你要是不同意我的意见，你可以提出来嘛！”

老马做出一惊的样子，说：“我同意，谁说我不同意了？”

小马要顾骏发表意见，顾骏笑而不答，小马又要大马表态，大马沉思了一会，皱着眉头说：“事情绝不会这么简单。”

小马认为这不能算是表态，这只是在敷衍。“事情有时候就是这么简单，有时候又是这么复杂，是被我们自己弄复杂了。我是这么想的，顾老为什么会要我们重新关注已经成为历史的张焰强奸杀人案，我想，就是为了不想让真正的凶手逍遥法外。顾老，你说是不是？”

顾骏仍然笑而不答，是微笑，他不想把自己的想法说出来。

大马说：“如果我们在张焰这个案子上已经犯了错误，那么，更重要的，是我们不能再犯同样愚蠢的错误。”

小马不解地说：“你这话什么意思？”

大马不耐烦地说：“我们恐怕不能再让李小龙成为第二个张焰。”

第五章

一

谭大平告诉了小马他为什么怀疑李小龙是杀害李文红的凶手。事出有因，由来已久，这要追溯到他为陆文群送信开始说起。那时候，他还在上小学，有一天，陆文群老师在一个没人的地方，喊住了谭大平，问他能不能为她带封信给张焰。谭大平读书时是一个极听话的孩子，音乐老师如此信任他，他当然愿意效力。这样的信前前后后带过好几次，甚至在李文红被害之后还带过。信总是放在一个不封口的信封里，不过谭大平从来没想到过抽出来看看。

张焰被枪毙以后，有很长一时间，谭大平睡觉时都要想到他。张焰挂着斩牌在街上游街的情景，不停地浮现在他的眼前。谭大平时不时地做着噩梦，已经成为鬼魂的张焰以不同的方式，走进他的梦境。记得张焰曾经威胁过他，不许他把替陆老师送信的事告诉别人。张焰说："你小子要是胡说八道，我就把你的舌头剪掉。"在谭大平的印象中，张焰只是个游手好闲的年轻人，成天坐在自家门口吹口琴，谭大平不明白他为什么要对自己那么凶。早知道他对自己会这么凶，谭大平根本就不应该替他带信。

多少年来，谭大平一直后悔没有将信封里的信抽出来看一看。在这些没封口的信封里，究竟藏着什么样的秘密。这些秘密一直像不解的谜一样纠缠着谭大平。在张焰被枪毙的第三年，一次偶然的谈话中，谭大平听见自己的母亲重提旧事，和父亲说起张焰曾经交代过，说他和小学的陆老师有一腿。谭大平的母亲曾以居委会主任的身份，进入以顾骏为小组长的三结合破案小组，对张焰的审案过程有相当的了解。作为女人，她相信陆老师不是个好东西，"好端端的，让人家一个大小伙子上她那里去拿什么歌本，我看就是没安什么好心。"谭大平不声不响地在一旁听着，他已到了知道"有一腿"是什么意思的年龄，母亲又说了一些别的什么，有些话说得很难听。

谭大平从二十岁的时候开始写小说，先是给纯文学刊物写，写了一大堆，人家不肯刊用，又给报纸写，写十篇，碰巧了，能用上一两篇。又写什么通俗文学，编那些庸俗不堪的故事，还是屡屡退稿。退稿退得太多了，他对自己的前途终于产生了怀疑。用他在接受记者采访时说过的话说，他写作《黑暗的日子》是自己文学尝试的最后一搏。"要是这篇小说，还写不出个名堂，我将改行干别的。"他确实是这么想的，文学的梦想使他变得神经兮兮，而立之年已过了，没一个女孩子看得上他。

为了写《黑暗的日子》，谭大平下了一番苦工夫。他收集着当时的资料，采访当事人。最初他只是想重新复述这个案例，因为他并不怀疑张焰是罪证确凿的罪犯。由于张焰强奸杀人一案当年在梅城巨大的影响，很多人都乐意向他重复这个故事。经过时间的洗刷，这个故事开始变形，开始走味，谭大平试图走进这个故事，但是最初的努力证明，他越是做这种努力，距离这个故事的中心也就越遥远。

谭大平采访了李文红的继母，当这位继母知道了他的打算以后，她拒绝提供任何帮助。李文红的父亲已经死了，这位继母不愿意让自己生的儿女，知道他们的异母姐姐的不光彩的历史。李文红在生前已经给她增添了足够的麻烦，她是个不学好的女孩子，一提起她，她的继母就会老大的不高兴。“她让人给杀掉，是迟早的事。”事过多少年，这位继母仍然咬牙切齿。

谭大平告诉小马，他最初决定写《黑暗的日子》，眼前老是有张焰和李文红的影子飘来飘去。他意识到自己只有把这两个人变成文学作品中的人物，自己的心灵才能得到安宁。“我一想到张焰坐在家门口，用口琴吹奏《莫斯科郊外的晚上》，就有一种说不出来的激动。我想，这个场面是我获得文学灵感的重要原因。”他向小马说着自己的创作起因和过程，说着说着，完全忘却了对方的警察身份，同样的话他已经向报社的记者说过了，但是忍不住还要再说，“我也一次次地想到李文红这个人，这是一个活生生的女孩子，她美丽漂亮，有一天，却赤条条地像一面旗帜似的挂在空中。她是我见到的第一个女人的裸体，用艺术家的话来说，女人的身体是最美的，可是竟然以这样残酷的方式首次出现在我的眼前。”

二

大马和小马拜访了早已搬到城市的另一头去居住的李小龙和陆文群夫妇。这地址是谭大平提供的，在写作《黑暗的日子》的过程中，谭大平曾经采访过他们。和李文红的继母一样，陆文群拒绝向谭大平讲述过去的故事。虽然谭大平曾经为她送过信，但是陆文群断然否定了这回事。

谭大平告诉小马，正是因为陆文群的断然否定，使他产生了将小说原有的故事完全颠覆的想法。“真正的灵感就是在这时候产生的，我知道这里面绝对有问题，我知道问题就在这里。事实也真是这样，陆文群心里很不踏实，看得出，尽管她嘴里在否定，可我能看出她在内疚。”谭大平对陆文群说，他知道出事的那天晚上，张焰实际上真的是在她那里待了两个小时，但是，她像今天否定他曾经为她送过信一样，对警方否定了这两个小时的存在，而正是因为这种否定，让张焰送了命。谭大平向陆文群发起了有力的攻击。“我知道你为什么要否定这两个小时，一是为了你自己的名声，另外一个，恐怕就是为了保护你的丈夫。”谭大平告诉小马，当时他十分大胆地运用了推理，他像一个侦探似的说着话，把已年过半百的陆文群的精神完全击溃了。他大获全胜，因为陆文群几乎是默认了谭大平的话，最后她像一个女孩子一样号啕大哭起来，一个已经五十多岁的老女人会这样，太说明问题。

大马和小马见到了刚从医院化疗回来的李小龙。李小龙四个月前诊断出患了胰腺癌，做了手术，手术似乎还算成功，可是医生告诉陆文群，胰腺癌是一种很容易复发的癌症，而且事实上李小龙的癌已到了中晚期，也就是说，愈后不会太好。大马和小马的出现，李小龙和陆文群仿佛早就预料到了，当小马说明他们的身份和来意以后，陆文群没有急着回答问题，而是先说明丈夫李小龙的病情，她用一种令人难以置信的平静语调告诉面前的大马和小马，说李小龙已经活不长了。

小马感到非常吃惊，她注意到大马也和自己一样不知所措。陆文群的话让他的丈夫感到很尴尬，他既不想否认，也不想承认，呆呆地站在一旁。过了一会儿，他无缘无故地笑起来。陆文群说："其实我们夫妇早就想到你们会来，那篇小说在晚报上连载，我丈夫就想去找你们，就想找你们把话说清楚，我说用不着，你们会来的，你们会主动找上门。"

大马解释说："我们的来意很简单，只是想澄清一些事实。"

陆文群苦笑着说："我们等你们来，也不过是想澄清事实。"

小马觉得眼前的场面太过于戏剧性，她看着陆文群，笑着说："这真是太巧了，我想我们也不必绕弯子，大家都本着实事求是的精神，把该说的话都说出来。大马，你说是不是，我们还不至于傻得会把小说上的故事，就当做是完全真实的事实，小说毕竟是小说，我们知道，小说的作者在写小说的过程中，曾来找过你陆老师……"

大马觉得小马话太多了一些，他直截了当地问陆文群："其实很简单，张焰出事的那天晚上，他究竟在你那里待了多少时间？"

陆文群看着大马，这是她必须回答的一个问题。

大马和小马在等待着她的回答。李小龙脸上有些麻木。

陆文群憋了半天，说："他在我那里待了两个小时。"

大马和小马情不自禁地对看了一眼，小马眼睛里闪耀着激动，陆文群的话意味着张焰强奸杀人一案已被推翻。大马注意到李小龙重重地叹了一口气。陆文群把目光移向她丈夫，他们互相对视着，满脸的无可奈何。显然他们是商量好的，不准备继续保守住这个秘密。这个秘密已经保守了二十年。二十年来，这个秘密压迫得他们喘不过气来。他们被这个秘密深深地折磨着，一旦这个秘密说出口以后，他们感到一种说不出的放松。

小马转向李小龙："那么，那天晚上的这两个小时里，你在干什么？"

李小龙脸上毫无表情地看着小马，然后，他转过脸去看大马，接着又看他的妻子陆文群，仿佛有什么话说不出口。陆文群用鼓励的目光看着他，他犹豫着，仍然不敢开口。小马又紧逼着追问了一句。李小龙绝望地咽了一口唾沫，说：“我没杀她。”

三

李小龙夫妇在审讯室里回答了警方的讯问，他们分别重新复述李文红被害那天晚上的发生的事。陆文群承认自己做了伪证，她一再强调自己没有想到这个伪证如此严重，最终竟然让张焰送命。那天晚上，张焰的确是在她那里玩了两个小时，他们没完没了地下着跳棋，张焰总是赢，他终于觉得太没意思，一推棋盘说：“老下棋，没劲。”他说了这活，便懒洋洋地离去了。

顾骏在整个审讯过程中一言不发，一支接着一支地抽香烟。尽管他事先已经知道了答案，但是听见陆文群亲口说出事实真相时，顾骏仍然感到深深的震动。小马向他汇报了事情的进展，多年来心头的疑问终于被证实，顾骏感到一种说不出的滋味。他的眉头紧皱着，脸色沉重。二十年过去了，记忆中的陆文群并没有发生太大的变化，顾骏记得早在二十年前，陆文群看上去就不年轻，现在她看上去也不太老。陆文群属于那种年轻时不显得年轻，老来也不觉得太苍老的女人，仍然是那么黑，那么矮，那么胖。她十分平静地叙述着二十年前的陈年旧账，好像是在说别人的故事。

陆文群一再强调，她所以要作伪证，是和张焰共同商量的。她详细交代了自己和张焰从结识到通奸的过程。她交代说，出事以后，她和张焰偷偷见过一次面。就如何回答警察的提问，编好了一套统一的口径。事实上，正如张焰的口供中所提到的那样，他们常常在李小龙上夜班的日子里幽会。对音乐的共同爱好，使他们勾搭成奸。出事的那天晚上，因为陆文群例假在身，他们并没有上床睡觉，只是下了下跳棋。李文红出事以后，陆文群根本不相信这事是张焰所为。她担心的是，张焰将他和她之间的事情说出去。这是一件了不得的丑闻，一旦败露，她再也没有办法做人。

张焰的不在乎态度，让陆文群更加相信这事和他无关。她知道张焰和她一样，害怕他们之间的不正当关系公布于众。他告诉她，他会编一个天衣无缝的证词，很容易地就把警察给蒙过去，而关键的是她不能惊慌，警察无论怎么盘问，她都应该镇静，千万不要露出破绽来。她照他的话去做了，可是最后出卖她的却竟然就是张焰。他不仅仅说出那天晚上两个小时是在她那里消磨的，并且说出了他们之间的关系。为了保护自己的名声，陆文群采取了矢口抵赖这一笨办法。好在当时警察需要的，正好就是她的否定答案，她的话很轻易地就被相信了。

李小龙在谈自己的问题时，和陆文群一样的平静。他交代出了更加戏剧性的一幕。那天晚上陆文群作伪证的两个小时里，李小龙和后来遇害的李文红在一起。他所以要掩盖这两个小时的真相，恰恰和陆文群一样，是也有不可告人的事情。他们夫妇不谋而合地互相为对方作了伪证。

据李小龙交代，那天晚上，他走过操场时，看见李文红正伏在水泥的乒乓桌上，凑着一盏昏黄的路灯写着什么。他看见她一边写，一边把笔放在嘴里咬着，很吃力地动着脑筋。于是他就主动向她打招呼，问她在写什么。李文红本来就写不下去，说：我写什么，关你什么事。李小龙说：小丫头，说话怎么这么凶？李文红说：我高兴，我就凶，我又不是你什么人，要你管。你有本事，还是回家管管你老婆好了，你老婆正在家里和别的男人睡觉呢，你赶快回家看戏吧，绝对好看。

作为邻居的李小龙几乎是看着李文红长大的，他看着她从黄毛丫头，发育成为一个漂亮的大姑娘，看着她不学好，看着她和不同的男孩子鬼混。他还听说过许多有关她难听的故事，在她父母上班日子的时候，街上的不良少年就从学校的围墙上面爬进来，然后钻进李文红的小房间。在李小龙和李文红家居住的那排平房后面，有一道细细长长的夹道，这条夹道早就废弃，两头都被封死了。有一次，李小龙注意到李文红大白天将门锁上了，他偷偷地爬进夹道，从没关严的窗缝里，他看见李文红赤身裸体地在房间里走来走去，嘴上衔着一根香烟，另一个男孩子斜躺在床上抽烟。

那天晚上，当李文红说李小龙的妻子陆文群正和别人私通的时候，他既不相信，也不恼火，他承认自己当时对李文红已经有些不怀好意，假装威胁说要揍她。李文红说：真的，我又不骗你，你要不相信，我和你一起去捉奸。李小龙说：要是你骗了我怎么办？李文红说，要是我骗你，你让我干什么都行。于是他们两个人真的翻越墙头，到了细细的夹道里面，小心翼翼地来到李小龙家的窗前。房间里，陆文群和张焰正坐在那下跳棋，下得津津有味。等了很长时间，房间里还是在下棋，李小龙把李文红扯到了夹道的死角里，说：好呀，你骗了我，这怎么办，我饶不了你。李文红有些害怕，身上的邪劲没了。李小龙又说：你不能这样随便败坏我老婆的名声，你说究竟怎么办？李文红说：你老婆跟他就是有一腿。

李小龙伸手摸了摸李文红结实的小奶子。李文红没有反抗。李小龙说自己当时也只是想摸摸她的小而结实的奶子。他很害怕，只是想轻轻碰一下。李文红突然说，你要耍流氓，就耍流氓好了，她反正还没跟他这么大年纪的男人干过呢，他要想干，她就让他干一次。李小龙更害怕了，因为他们不小心弄出了声响。李文红说：你不要怕，在这不行，我们出去。李文红将李小龙带到一间空教室前，她很老练地将手从破玻璃中伸进去，拔起了销子，然后和李小龙一起钻了进去。李小龙这时候发现自己已经神使鬼差地完全听李文红这小丫头的摆布，他们把前排的第一张课桌当做了床，李小龙很害怕，刚开始入港就完事了。李文红说，你真没用，我在这教室里起码和十个男孩子干过这事，难怪你老婆会不喜欢你。李小龙让她说得无地自容，他做梦也不会想到才十六岁的李文红会如此成熟，又会如此地不要脸。

李文红又一次旧话重提，她告诉他，说张焰真的和他老婆陆文群有染。这时候，李小龙突然有些相信她的话了，他想起自己的妻子这一段时候，总是找借口不和他做爱。那个叫做张焰的小伙子却是三天两头来，不管他是否和自己妻子有一腿，李小龙突然感到很恼火。李文红刺了他一句，说你这人真没用，老婆跟了别人也不急。李小龙本来已经准备从窗子里爬出去 ，真是鬼使神差，他却粗暴地把李文红拉到那张课桌前，脱下她刚刚穿好的裤子，把她掀到桌子上。这一次很出色也很持久，李文红像只雌猫似的呻吟着，指甲深深地掐入到了李小龙的肉里面。

四

李小龙发誓说自己没有杀李文红，他很平静地说，自己已经是一个快死的人了，没有必要再隐瞒什么，他说自己的每一句话都是真的。也就是说，他没有杀李文红，那部在报纸上连载的小说完全是瞎说八道。李文红那天晚上神经兮兮的，李小龙不过是一个占了她便宜的男人，事后心里的确有些乱，但是他绝对没想到杀人灭口。李小龙的交代引起了积案小组成员截然不同的看法，大家都为李小龙究竟是不是谋杀李文红的凶手争论不休。

小马认定李小龙就是凶手。她觉得事情就是这么尴尬。一个毫无侦探经验的三流小说家，连蒙带猜地接触到了事情的真相。李小龙强奸了李文红，事后出于害怕，杀人灭口，伪造了现场。现在，李小龙已经承认了他和李文红发生了性关系，小马认为他其实是掩盖了强奸的实质，她不相信事实真相如李小龙所说的那样，李文红会主动要求和他发生关系。她十分肯定地说："他说的根本不是真话，他是在编故事。"

老马慢慢腾腾地说："那么他编这样一个故事，对自己有什么好处呢?"

大马也支持老马的观点，李小龙如果是在说谎，他干吗要编这样一个显然对他十分不利的故事。“我们恐怕不能过于受那本推理小说的影响，事实上，不知道小马你注意到没有，你正在受那本小说的迷惑。”大马发表了自己的见解，他并不认为是李小龙杀了李文红，“我去医院了解过李小龙的情况，医生说，像李小龙这样的病情，他已经没多少日子可以活了，李自己也已知道这结果。此外，根据当年的现场勘查记录，死者李文红是被挂在云梯上的，我不知道这云梯究竟有多高，不过，我想仅仅是李小龙一个人，很难将死者挂上去，这是因为，一，时间很短，在尸体还没有僵硬的情况下，这很难完成，我们应该注意到，李小龙的个子很矮。二，李小龙的心情当时一定很复杂，他在匆忙之中，还得惦记着妻子对自己的不忠，同时，因为杀了人，必然慌张，在这时候，他似乎也不应该过分的从容，小心翼翼地把死者的衣服脱下来，一件接一件叠好，放在乒乓球桌上。”

大家都要作为积案小组顾问的顾骏说说自己的意见，在审讯中，他一言不发，现在如果他继续保持沉默，好像也说不过去。他该说说话了。他是当年的破案小组的负责人，他最有资格说话。到目前为止，张焰强奸杀人一案，已经基本上完全被推翻了，毫无疑问，由于工作的失误，张焰被冤枉了。作为主要的当事人之一，顾骏感到很难过，他有着不可推卸的严重责任。但是在二十年以后，能够把错误纠正过来，这毕竟是好事。

顾骏也不认为李小龙会是凶手，早在二十年前，和李小龙第一次见面的时候，他就被排除在凶杀的嫌疑犯之外。正如大马注意到的那样，李小龙身高只有一米六多一点儿，他必须站在凳子上，才能将李文红挂到云梯上去。顾骏曾对现场进行过仔细勘查，身高一米八〇的张焰也必须踮起脚来，他的手才能勉强碰到云梯。顾骏觉得应该说出自己对这案子的真实想法，这想法当年就有了，二十年来，他常常还在这么想。“如果我们回到这样一个基点上，又会怎么样呢？如果李文红是自杀……她会不会自杀呢？”

五

许多看上去十分复杂的案子，一旦完全弄清楚，有时候并不太复杂。积案小组在顾骏的提示下，把注意力都集中在那张从水泥乒乓球桌的砖缝里发现的纸条上。既然这张纸条上的字迹已被证实是李文红写的，如果它是遗书的话，一切问题也就迎刃而解。早在张焰招供之前，顾骏就提出过自杀的假设，他的这一提法，遭到了当时的三结合破案小组的所有人员的反对。张焰的招供认罪使得自杀的提法完全失去依据。现在，又到了重新考虑自杀可能性的时候。

据李小龙交代，他曾看到她伏在乒乓球桌上写什么东西，不过他并没有看清楚她当时用的是什么笔。有一个很重要的细节对不上头，那就是当时在现场并没有找到那支用过的笔。因此不能排除以下几点疑问：一，李小龙在说谎，他根本就没看见她在写。二，有人逼着她写，这个人可能是李小龙，也可能不是，写完了，又随手将笔带走了。这支笔究竟会跑到哪里去至关重要，如果它能被找到，便能证实李文红那天确实写过这张纸条，这一证据对于证明李文红是自杀有着决定性的意义。

至于会不会有人逼着李文红写下纸条上的内容，事实上可能性不大。从纸条上的内容来看，没有任何这种迹象。经过二十年的思索，顾骏越来越倾向于是自杀。其实就是身高一米八〇的张焰，要把李文红挂到云梯上，也有相当大的难度。李文红被挂在云梯的中间，由于胸罩的两头分别系在云梯的两根铁管上，并没有形成圆环，勾住她的脖子非常困难。如果李文红是咽了气再挂上去，这难度会更大，因为死者的脖子通常都是向后仰的。顾骏在事后的二十年里一直反复思索过这个问题，当时他作为一名基层的派出所所长，在侦破技术方面显然还不成熟。有一次，他甚至做过一次试验，试验证明，只有自杀最符合情理。

李文红为什么要自杀呢？怀孕不可能是唯一的原因，她是一个很放纵的女孩子，据说在此之前，她已经堕过一次胎。是什么原因会让她感到万念俱灰，是因为张焰不再爱她了，显然不是。张焰和陆文群的关系只会让她不痛快，但绝不至于因此产生自杀的念头。大马和小马根据顾骏的提示，去拜访了李文红的继母，这次拜访使案情有了突破性的进展。

李文红的继母说出了一个从未披露的秘密，这个秘密很可能是李文红自杀的直接原因。在父亲的一个老熟人的关照下，李文红被来自武汉的一个部队医院招去当护士。当兵是那个特定时代里很多人的美好梦想，一切都很顺利，然而她自己太不争气，正式当护士以前，要下连队生活两个月，可是她在短短的半个月里，便和一名带她们的副班长有了不正当的接触。在男女关系上，李文红总是表现得过分随便，事情暴露了，于是她立刻被部队开除。这个打击对李文红来说实在太大。最伟大的梦想转眼就破灭了。她很丢脸地回了家，继续那种无所事事游手好闲的日子。出事的那天下午，她又为一件小事和继母大吵了一架。继母重提她被部队开除的事，李文红大为恼火，用很下流的话骂了她的继母。那天正好李文红的父亲不在家，继母威胁说等她父亲回来，要把这些话都告诉他。李文红说："你告诉好了，反正我不想活了。"继母说："你用不着拿这话来吓唬我，你等着好了，你爹回来饶不了你。"李文红嘴硬地说："我等着就等着。"吃晚饭时，天已经黑了，李文红的父亲回来了，李文红二话没说，就跑了出去。

李文红的继母最初也怀疑李文红是自杀，后来警方证实了是被谋杀，她心里的一块石头落了地，因为这样她就可以摆脱内疚的折磨。二十年以后，李文红有可能自杀的话题被重新提起，李文红的继母觉得自己不能再保持沉默，她对前去调查的大马和小马说，李文红是一个神经质的姑娘，她什么都不害怕，也不是太在乎。她父亲有时候也揍她，揍起来挺厉害，但是揍得越厉害，反抗也就越出格。她已经不止一次用不想活了来威胁过她的父母。

毫无疑问，李文红被部队开除，对她打击太大了。参军是一个改邪归正重新做人的机会，无论是她的父母还是她自己，都寄托了巨大的希望。这个机会的失去，意味着她只能陷在旧日生活的泥潭里不能自拔。虽然她才十六岁。可是她在堕落的深渊中已经滑得很深。李文红的继母说，当李文红死亡的消息刚传来的时候，她的心紧紧地揪了起来。

六

能证实李文红自杀的最重要证据，最后是从当年在水泥乒乓球桌缝里发现纸条的那个男孩子身上得到的。男孩子说了谎，纸条子是他塞进去的，这纸条子最初是放在他课桌抽屉里，和纸条子放在一起的，还有一支双色圆珠笔。男孩子非常喜欢那支笔，便把笔藏了起来。由于纸条子上写着李文红的名字，小男孩出于一种好奇心，偷偷地将纸条子换了一个地方。在打乒乓球的时候，他假装无意中发现了那张纸条子，然后和小伙伴一起将纸条子交给老师。这个很有心计的小男孩，就是后来的《黑暗的日子》的作者谭大平。有趣的是，在谭大平的小说中，这一细节却没有被运用。经过核对，谭大平当年发现纸条的教室，就是李文红带李小龙去的那个教室。李小龙说的全是真话，他曾看见她伏在外面的水泥乒乓球桌上写纸条，却没在意她后来又随手放进了课桌的抽屉。

在大马的建议下，积案小组请了一名法医，又郑重其事地进行了一次顾骏曾经做过的试验。他们在附近的小学里，找到一个和当年相仿佛的云梯。试验再次证明，只有存心自杀，一个人才有可能像李文红那样悬挂在云梯上。他杀以后的悬挂完全是另一个模样。

李文红膝盖上的擦痕有两种解释，一种可能性是，她和李小龙爬夹道墙头时留下的，另一种可能性是，在自杀时，她将胸罩分别系在云梯上两根不同的铁管上，在把头卡上去的时候，显然失败过一次，从云梯上掉了下来没站稳，跪在了粗糙的地面上。至于她为什么要赤身裸体这只能用她的病态心理来说明，也许她已经没有什么羞耻心，也许这是她认为最好的办法，她不喜欢这个世界，赤身裸体而来，同样赤身裸体而去。

第六章

《黑暗的日子》在拍电视的过程中，情节进行了重大的改变。片头的“本剧纯属虚构”几个字被删掉了，剧名也被改成《重见阳光的日子》。电视剧播放的时候，整个梅城都在谈论电视剧中的情节。张焰又一次成为这个城市的一号主角。

李小龙在电视剧播放前就死了。

顾骏和大马应邀担任这部电视剧的顾问，只是挂名的，他们实际上没有对正在拍摄的电视剧提任何意见。

《重见阳光的日子》将参加全国的电视剧“金龙奖”角逐。

原载《啄木鸟》，1995 年第 6 期

刑侦队长之死

（中国香港）郑炳南

一

“王大嫂，王大嫂，老王去了哪里？老王在家吗？”卫宝粗大的手掌呼呼呼地拍在三〇六号房门上，“新婚之喜”的红纸还在门楣上闪闪发光。

“卫副局长就是这种急性子。”刑侦大队副队长甄丰思忖，伸手按揿已拉开的铁闸旁边电铃。

屋里传出解开防盗链的声响，门一阵吱嘎打开来，一张俏丽的面孔诧异地盯着门外两位戎装笔挺的警官。小巧精致的鼻子和上下均匀的鲜红嘴唇，浓淡适中的眉毛和凤眼，都呈现着蒙眬欲睡状态，分明是被敲门声吵醒的。

“卫局长，什么事？王平不是和你们去布吉吗？”声音中的不满令警官们觉得尴尬，她一定是在暖被窝里踌躇了好一会儿才起来的，寒流令早晨气温降低到十度，没有人愿意太早面对“现实”。

“我们等了一个小时，老王从来没有迟到记录，才急着来找他。”卫宝不等主人邀请就大步踏进屋里，浓密的眉毛和高大魁梧身体，充满着北方汉子气概。

去年，王平双喜临门，擢升刑侦队长和结婚两桩喜事前后不到十个月时间。四十岁的老刑警在一月份被局长破例提升，由小队长越级接任刑侦大队长，副大队长甄丰觉得理所当然。王平耿直实干，对邪事歪风不假辞色，不讲究辈分情理，上级在历次正常晋升推荐意见中，都以鲁莽暴躁，无法令下属心悦诚服为理由建议考虑研究。

屡立奇功的破案英雄只因为不善逢迎而滞留原职现象，令很多刑警队员愤愤不平。甄丰由王平的下属擢升为上司，心里就有千万种别扭不安感觉，反而王平安慰他说："只要甄丰把大案交给他办理就是好样的汉子。"

老局长退休，新局长上任，王平终于等到赏识的慧眼。新局长在河北工作时，已久闻深圳王刑警破案有如神助的大名，趁刑侦队长退休，就顺从民意令王平晋升。那年十一月，王平队长喜上加喜，经人介绍，一见钟情。

在局长主持的简单隆重婚礼上，新娘子令贺客有惊艳的感觉，不管男女，酸溜溜之外都有这样的疑问：如此美艳如花的二十一岁少女，会爱上不修边幅，望似老头的王队长？莫非她是强烈的恋父狂和英雄崇拜症患者？

"王平六点钟起来，我记得他在六点半出去的。"她疑惑地说道。

"不对啊，我们约好八点半见面。"甄丰说，"以王队长走路速度，由宿舍去荔枝公园只要十分钟时间。他不需要提早两个小时出门，尤其在这么冷的天气。"他是新一代刑警学校毕业的，喜欢每事追根究底。

"我们和唐副局长，司机，四个人在荔湖大厦停车场等他。"卫宝接着说："我是急性子的人，电话又不通，怕他发烧生病才赶来的。"

"他出去，我撂起电话睡觉。"她开始露出不安的神色说，"他说过八点半和你们去布吉镇检查"三扫"工作，我问过这么冷要早起来干什么？他说在荔枝湖旁有人等他。"

"什么人?"卫宝诘问，粗厚的声音里充满期盼。

"他没说，只说很重要，他是从来不把公事带回家里谈的人。"

卫宝迅速地转身走说："通知在荔湖大厦等的唐副局长，一起去荔枝公园看看。"

布吉是深圳经济特区二线大镇，也是三扫重点，深圳公安局管刑事案件和治安的两位副局长和刑侦大队正副队长，应该在今天上午九时三十分到达布吉镇派出所，和镇所长及公安人员检讨"三扫"计划，王平队长失约，副局长唐尊和司机留在见面地点，以候王队长突然出现。

甄丰用无线电话向唐副局长介绍情况，唐尊认为事不宜迟，他建议自己由荔湖大厦沿湖边向红岭路方向找，卫副局长和甄丰从同德路向南，大家一起在红岭路和深南中路路口会合。

卫宝走不上十步，突然停下来，盯着甄丰的眉清目秀，仿如刚毕业的大学生面孔说："不对，我们要赶上他，这边有什么好找的。"

甄丰顿时了然于胸，怪不得王队长说过，卫副局长是精中有细厉害人物。他们来的时候已穿过荔枝公园同德路最宽广地一段路，剩下的半截路该和同德路平行，王平如果和人有约，不会选择毫无遮挡，一目了然的道路和湖泊之间。

"小甄，快走，我觉得事有蹊跷。"卫宝神色凝重说道。

甄丰知道副局长所指的问题，谁都知道王平和唐尊间出了问题，两个直性子男子汉，突然间互不交谈，相互躲避对方出现的场合，互相厌恶，互不答腔。因为他们都是不习惯向第三者倾诉的性格，令人觉得这无声的对抗隐藏着不易解开的怨恨。不过，如果因这种普通的感情疙瘩，来对唐副局长的安排起疑，甄丰顿觉反感。唐副局长和王队长的机智廉洁，大公无私品格，一向为公安局同僚所尊敬，只有卫副局长因嫉妒才会如此无限上纲的怀疑。

他们跑回荔湖大厦停车场，司机小王证实唐副局长十分钟前吩咐他留守警车，自己沿湖边小径找王队长去。

话声未完，卫宝已抢在前面，沿小径追踪下去。嗖嗖的寒风在树丛中迎面扑来，冷寂的公园里见不到晨练人影，卫宝突然扬起右掌示意，甄丰顺着他的手掌看过去，只见右边用竹篱笆和矮树围拢起来的培植园竹门虚掩，他们左右冲前，两人互视一眼，甄丰伸手缓慢地推开竹门，卫宝双掌一错护胸，大步踏进。

一个警官蹲在地下，正在解开躺在泥地上的另一个警官前胸制服，警觉地抬起头来，修长的鼻梁，锐利的眼睛，薄如刀片的上唇，右脸颊上有一条长达二寸刀疤。

"你在干什么？唐尊。"卫宝大喝一声，如半空里劈下的霹雳。一步已跨到唐尊面前，运掌如刀切向他的颈项。

"老王遇害了。"唐尊焦急说。低头避过手掌，为求自保，左掌拍向卫宝前胸。

卫宝吸一口气，左脚退后半步，左掌划了一圈，轻飘飘地拍在唐尊的掌上。

唐尊蹬蹬蹬连退三步，涨红的面孔现出愤怒神色，惊喝道："你来真的?! 卫宝。"他觉得气息汹涌，强忍着冲上喉咙的一口鲜血。

卫宝这一下翻云掌用足十成功力，简直想把唐尊一掌击毙。唐尊措手不及，知道接不了第二掌。

甄丰眼见形势不对，攻魏救赵，一掌拍向卫宝后心，卫宝脚尖在地下一点，飘退而后，怒视甄丰斥喝：“你干什么？”

“卫局长，不能这样蛮干。”甄丰急解释道。

“你亲眼看见的，他杀了老王，还在他身上找东西。”卫宝说道。

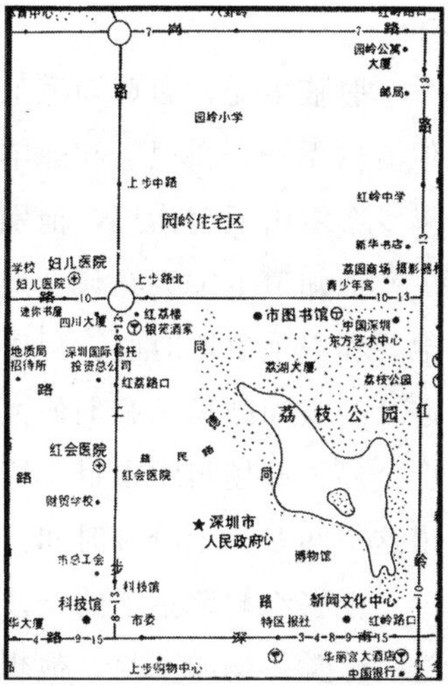

唐尊趁机深吸了两口气，把波动的气息平伏下来，他退后几步，冷冷说道：“卫宝，什么时候你会为老王拼命出头？”他转头向甄丰解释：“我刚发现他，正检查他中了什么暗算。”

卫宝从鼻子里哼了几声，看着甄丰蹲下去，把尸体上的衣纽解开到腹部，一个黝黑的掌印出现在王平瘦削的肚腹上。

“开碑掌！”甄丰和卫宝同时惊呼，一齐望向面如白纸的唐尊。

卫宝愤愤大喝：“放眼广东，谁都知道只有你懂开碑掌，想不到你会用来残杀自己同袍，老天爷有眼，给我们撞上，我要替老王报仇。”声音悲壮凄凉。

“等一等。”唐尊背倚竹篱笆，手腕的骨骼因运气啪啪啪一轮响动。甄丰不由得退后一步，他久闻唐副局长的开碑掌有裂碑碎石之功，虽受伤之下，一掌之力，谅非自己可以抵挡的。

“小甄，尸体僵硬如石，在这种冷天气里，死亡也有一小时以上，有人布下陷阱嫁祸给我。”唐尊说，“我赶在你们前头只十分钟，不可能杀了老王。”

“说得好。”卫宝神色凛然，踏前一步说，“你们七时见面，你杀了他之后，赶到荔湖大厦和我们会合，本来万无一失，天可怜见，你可能发觉留下破绽，才支开我们，重回现场收拾残局。人证物证俱全，你还敢狡辩，甄丰，逮捕凶手，回局里弄个明白。”

甄丰眼中精光暴长，踏前一步，只见唐尊手掌一翻，手枪出现掌中，他沉声说：“人不是我杀的，无论是嫁祸还是栽赃，事情总会水落石出的。”

唐的背部劲力到处，竹篱笆噼啪粉碎，两颗子弹削过卫宝和甄丰耳边，俩人不约而同地翻扑在地，等他们抬起头，唐尊已不知去向。

二

肘腋生变，唐尊知道卫宝不是省油的灯，尽管局长和大部分同僚会相信他清白无辜，在卫宝和甄丰指证下，将不得不以重大嫌疑犯追缉他归案。如果专案组由卫宝指挥，他别想有重出生天的幻想。

他知道卫宝会在什么地方摆设关卡，重要的哨岗分布情况也一清二楚。他要和卫宝争取时间。程序上，卫宝会紧急知会局长，局长必定亲临现场，涉及公安局副局长和刑侦大队长的案件处理更应慎重。致命掌印和两位人证会令局长即场组织项目小组，以资历能力衡量，只有卫宝能够担当。唐尊知道这中间有三十分钟时间，他必须尽量利用这段时间来保护自己。

他在红岭路拦了的士。只费五分钟就返回宿舍。翻腾的气息在的士里调息后才觉得畅顺平复。他想：“传说中翻云掌摧枯拉朽，卫宝的样子毫不留情，十成的功力不过尔尔，闻名不如交手。”

刺骨的寒风帮助他在无人知道的情况下回家，他镇静地收拾物品，拿了易容工具，连同制服放进旅行袋中，然后他盯着桌子上的相片犹豫不决，离婚的妻子和女儿唐雅丽笑着注视正欲逃亡的警官。他相信婚姻失败责在自己疏忽亲情，不怪责“前妻”把女儿带回贵阳娘家，自己如果不能洗脱嫌疑，找到凶手，卫宝一定会去贵阳缠着母女。为什么我总把痛苦和麻烦给她们，他深深地感到自疚。

唐尊叹口气，把相片从相架里抽出来，放进贴身内袋。他想：要来的总归要来，世事总在邪正中纠缠不分。

唐尊回到街道上，换了几次的士，在深圳市区兜了一个个圈子，指示最后一辆停泊在文锦路儿童公园附近。他想，卫宝必须耗费不少精力去一一拼凑车程和目的地，然后判断唐尊故弄玄虚的目的，是否在这里改搭长途车辆离开深圳开始逃亡？这种游戏会令卫宝滋生挑战感和心理满足。

他绕着公园走了半圈，翻过围墙进了冷寂无人的公园里，在男厕所里用易容工具填补脸颊上的刀疤，加阔腮角特征，把脸孔变成三角形。对着镜子重温爱钱如命想发财表情。

离开公园后，他提着旅行袋乘坐的士，赶回公安局宿舍附近的住宅群，在靠近科技馆的一栋出租房子的五楼单位，掏出锁匙进去，打开灯，见一切摆设如旧，才松了口气，他只用了二十七分钟，布置了足够卫宝忙上三天才弄明白的线索，但在紧绷不能松懈的脑海里，还有一个没有答案的疑问："卫宝全力一击的翻云掌如此稀松平常？为什么？"

这里是他个人使用的安全屋，在整整四个月里，他每天都在固定时间易容来这里露面，以便管理处和邻居知道名叫罗翰的个体户存在。罗翰是自东北哈尔滨来深圳找机会的商人，完整证件证实存在的真实性，就连死去的王平，都不知道他的第二个身份和地点。

正如他们所约定的，唐尊也不知道王平布置的安全屋地点。这是任何一人出事，伙伴会有匿藏机会的安排。

半年前，一封匿名信把王平和他卷进危险旋涡中，信件向刑侦队长提出三大挑战性问题："为什么公安局不知道每个深圳市民都知道的娼妓泛滥情况？为什么公安局看不见每个深圳市民都看见的舞厅、发廊在公开拉客卖淫情况？为什么公安局不能像每个深圳市民都怀疑的去怀疑有没有人在包庇？贪污？匿名信建议"三扫"要由治安部门中开始清理。

王平把匿名信让上司唐尊过目，他们不得不同意写信的人义正词严，言之有理。可是，卫宝副局长管辖城市治安近十年，他们不可能逾权追究，去高层会议上责问：为什么妓女能如野草一样扫后重生？什么人在为酒店、歌厅和发廊背后撑腰？令这些滋生细菌的地方肆无忌惮？

他们不能向局长说：是不是程序出现漏洞？是不是应该去调查、怀疑身边的同甘共苦同志？因为，这些严重指控涉及责权一身的卫副局长。

"他可以说，这是席卷全国风气，非一区一地可以控制的"唐尊回答。

王平摇摇头说："没有一层紧扣一层关系网，这些使政府丧失威信，令共产党失去民心的罪恶不会大行其道。这封信找回我丢失多时的良心，我们和许多人一样，闭着一只眼睛太久了。"

要指控共事多年的同僚被下属蒙骗，甚至贪污受贿，就必须有确实证据：唐尊觉得这种指控不但冒天下之大不韪，而且牵连甚广，如果卫宝牵涉其中的话，事情更不简单。

卫宝的性格和他的翻云掌一样阴柔和粗暴混合一体，非普通人能看得穿，这个人的关系网不是简单的蛇头到蛇尾而是像蛛网一样千丝万缕。

为了自保，唐尊建议各设个人安全屋留有后路，再表演一场君子绝交，互不恶言的戏，减少卫宝的警惕。他们分工合作，唐尊利用职权，从档案室里找寻卫宝滥权和假公职以快私情的破绽。王平假借刑侦工作身份，从发廊、歌厅、酒店追究幕后黑手。

卫宝办理的案件和档案做得四平八稳，条理清楚，没有漏洞可找。向发廊和歌厅收取保护费的组织结构严密，王平觉得色情贩子在金钱来往和指挥形式上重复公安工作方式，这种讽刺性的发现令王平激愤，怪不得发廊的主人们是那么满不在乎无法无天，自忖稳如泰山姿态。

两位各具二十年资历的老公安顺藤摸瓜，愈接近蛇头就愈小心。不是害怕拨草惊蛇，而是怕被蛇头反过来咬一口。

现在，唐尊知道自己没有杀死王平，洗脱嫌疑追究杀人凶手的关键着落在法医官刘旦身上。因为，尸体会在第一时间由刘旦和助手王夫之解剖检验死因。凶手假冒了开碑掌印，不可能假冒了开碑掌伤人后经络不断，骨骼粉碎如沙的独特无二情况。

许多外家刚劲掌力都可以在一瞥之间假冒开碑掌，解剖却可以令真假分清，找到真相。

法医官刘旦年轻有为，是唐尊的忘年交，如果能够见面，一定会坦告真相。

三

这里是标准式政府员工宿舍建筑，长走廊一边是住宅，另一边只有齐腰围墙。夏天凉爽，可以赏月和跟对面楼宇乘凉的人聊天。刘旦夫妇居住第二栋四楼，他们都不是夜猫子，十一时已进梦乡，因为，夫妇俩每天一早要去市总工会参加气功研修班。

没有人对拉高衣领遮挡寒风的唐尊产生兴趣。

刘旦的邻居灯火通明，紧闭的大门里传出难听的卡拉OK声音，看来不喜欢招惹是非的年轻夫妇，必须经过不短时间，才能和这种邻居平安相处。

唐尊在开门工具中选择了合适的铁钩，插入铁闸锁孔，他陡地愣住了，发觉闸锁有异，伸手一拉铁门随手而开，热血兀地涌上胸口，他知道刘旦睡觉不可能不关铁闸，有人快他一步来了这里。

唐尊右掌贴门，劲力到处，木门轻悄悄地移开。他身形一闪，右掌护胸进了客厅。

他来过这里，月光从窗户透进熟悉的地方，屋子里有不寻常地冷寂。他三步窜到睡房门口，从敞开的房门瞧了一眼，见夫妇俩睡得甘甜。唐尊迅速地从书房、厕所到厨房游走一遍，重回睡房，靠近床边时，才发觉情况有异，睡觉的人没有呼吸动静，他拉上窗帘开灯，刘旦夫妇睁大双眼的僵硬脸孔盯着天花板。

“我来迟了!”唐尊心理在责备自己，他掀开被褥，只见尸体胸口都插着齐柄刃首。“又是杀人灭口！这笔账又要算在我身上?”他伸手在刘旦脸上一探，发觉肌肉暖热，看来被害只在一瞬间之前。

“王夫之，对！如果刘旦因解剖死因被杀，他的助手王夫之危在旦夕。杀了三人的凶手不会放过他。”唐尊思忖到此，左脚在地下一蹬，背后如带眼睛倒射而出，右脚尖在客厅沙发上一点，身体在空中转了半圈，人已到了门外，随手掩回屋门，如果凶手是卫宝这种高手，会和他一样在出发前已在手指上涂喷发胶，消除了指纹的存在。

王夫之住在下层楼，生死就在瞬眼之间！唐尊深吸口气，手掌骨节噼啪微响，如鹞子般翻出走廊围墙之外，右掌五指如爪，硬生生插入砖石之中，挂在大楼外，他略一挺腰松开右手，人已站在王夫之门口。

就在此时，铁闸半掩，灯光通明的屋里传来连续几声闻哼和身体倒地声音，唐尊一掌拍出，踏进屋子贴墙而立。

眼前顿时一黑，有人在刹那间关闭灯光，唐尊感到一股掌力由左侧袭来，他不敢缓慢，嘿了一声，右掌划了一圈和对方结结实实地对了一掌。对方退后一步，刚猛的掌力紧接着击向小腹，唐尊左掌护胸，右掌改守为攻连拍三掌，说时迟，那时快，他察觉黑暗中有两点疾风直刺肚腹之间。唐尊右掌掌力疾吐，按在对方手掌上，借敌人力量，跃上半空，左掌五指插入天花板，两把匕首噗噗插进墙壁之中。

眼睛就在这个时候习惯了黑暗，他见黑影一闪，出了门口，唐尊左掌放松从天花板落下，右掌在地下一按，人如箭一样追出门去，走廊外空无一人，他俯下身看，只见黑影刚用脚尖在高到二楼的光秃秃凤凰木树干上一点，借助树枝弹力，跳落地下，很快地消失在寒冽的冷风中。

唐尊回转屋里，关门开灯，客厅中倒卧着胸插匕首的王夫之一家三口。

唐尊痛苦地低声吼叫，凶手一定是王夫之一家信任的人才会没有呼救机会。

就在此时，他眼前一亮，见王夫之的尸体动了一动，他抢前扶起王夫之，中指在毫无血色的脸孔上，从额到嘴连弹六个穴道，王夫之失神的眼睛张开来。

“谁下的毒手，小王。”唐尊喝道。

“找、找上官大姐。”王夫之一口气接不上来，头一歪气息全无。

唐尊悲苦地放下尸体立刻离开，凶手每次都快他一步，消灭可以证明他清白的机会。看来敌人比自己更果断厉害。

上官倢羿是卫宝妻子，父亲上官清是三八老干部，卫宝是跟他二十年的警卫员，上官清将军把女儿上官倢羿交给由小跟着他的亲信，不但打破阶级观念，也使卫宝令人刮目相看。上官将军逝世后，卫宝仕途畅通，擢升公安局副局长高位，和年纪大他八年的妻子不无关系。

“对!”唐尊思量：“上官大姐和将军都不会助恶为虐，如果卫宝为非作歹，她一定会以国家利益为重。”

四

卫宝夫妇在两年前已经分居，上官倢羿和十岁儿子回娘家照顾已届九十母亲。唐尊在年节间都跟着伙伴去拜访问候，那时候，对没有露面的卫副局长已感纳闷，身兼丈夫和女婿的主人每一次都不在场违反常理，看来，王夫之的遗言另有含意。

如果刚逃走的凶手跟卫宝有关，公安人员会立刻大举出动搜捕唐尊。卫宝知道故弄玄虚的对头人还藏在身边，焦急下全市搜捕可想而知。眼下，卫宝最想不到的地方，可能只是他的岳母家里。

唐尊穿过两条大街，横过红会医院，瞥见三辆没有标志的刑侦大队专用车辆飞驰过去。

“来得好快，卫宝没有浪费时间。”唐尊由心里喝一声。他伸手在市委休干大院三栋地下围墙上一按，就翻进了小花园，来到了估计的房间外，在窗户上敲了敲。

“谁?”上官倢羿警觉地声音问。

“大姐，是唐尊。”

“唐尊？你等着，我来开门。”声音里没有一点犹疑。

他转到门口，客厅里迅速亮灯，上官倢羿披着大衣开门，蹙紧的眉头不减英姿风发气概，上官将军生前说过，如果她是男的，肯定是另一位将军。

唐尊关上门说："大姐，我必须找你。"

"你来找我，我很高兴，我不相信你会杀害王平。"

积压很久的别扭和委屈陡地涌上胸膛，唐尊眼眶微红，感激地接过上官倢羿递过来的热茶说："凶手杀人灭口，不让解剖结果公开，刘旦夫妇和王夫之一家三口刚被杀了。"滚热的温暖从茶杯直沁掌心。

"怪不得王平的遗体昨天下午紧急火化，说是遗属许平君的要求，却违背侦查搜证的规矩。"

"火化了？分明是毁尸灭证，使我不能翻案。"

"为什么会这样？告诉我。"她的声音中就有父亲这位老公安干部的威严影子。

唐尊从王平收到匿名信和合谋收集贪污罪证说起，卫宝的嫌疑最大，除了长达十年管辖城市治安责权，而且也没有人会相信，精明能干的副局长会被下属玩弄。当然，他可能是身不由己的。

王平可能触动贪污集团的警戒线，他们怀疑他和唐尊的绝交表演，或者不管真假，借手唐尊布置成个人恩怨的残杀案件。

"和我格斗的凶手掌力属刚猛一路，卫宝的翻云掌走的是阴柔功夫，黑暗中的人算不到他头上。"

"不，你不知道。"上官倢羿说："卫宝除了翻云掌，我父亲还传授了他的金刚掌功夫。"

"金刚掌？我们都不知道！"

"一刚一柔，刚柔并济，柔为用、刚护身，这是父亲生前的叮嘱，想不到他只在翻云覆雨中下工夫。"

上官倢羿昂头说："二十二年夫妻，我发觉他瞒着我在外面养了女人，听说不止一人。"

"为什么？为什么卫宝会变成这样？"

"他去了一次香港，要利用他职权的人带着他去花天酒地，吃喝嫖赌什么都齐。回来后和我吵架说，他的前半生被骗了，他有权利去追补失去的一切，要享受够本。我们吵了很多次，他狠着心和妻儿一刀断绝，二十二年感情败在十天香港游上。我还存心在旁规劝，希望浪子回头，以为他只是贪图女色便宜，想不到，我应该一开始就不瞒局里同志，大义灭亲。"

卫宝懂得金刚掌功夫，可以解释王平胸口的致命掌印，也可以解释他能运指如钢和唐尊一样插入围墙，借凤凰木树干弹力逃走的能量，可是，刘旦和王夫之这样迅速地死亡，消灭了唐尊翻案机会，他没有证据可以指控卫宝设局陷害他了。

“小唐，贤愚邪正固因人不同，弄成今天局面，错在我们这一批老同志，我们脱不了头脑一热的冲锋激情，十五年改革开放，没有强调教育，没有灌输正确的世界观，我们只强调先富起来，要把经济搞上去，卫宝这种人连解放全世界被压迫人民信念都丢开不用，去到用钱的多寡和享受来衡量成败的尺度前面当然彻底崩溃，所以，他才会狠毒地埋怨被共产党骗了数十年，要利用职权玩个够本，一个不强调民族、国家信念的社会，失去信念和正确人生观的国家无论怎样现代化，只会是贪污腐败的发臭国家，会很快地被邻国吞并欺负。”上官倢羿的眼睛中泪珠翻滚，她果断地说：“快去找王平遗孀许平君，看谁怂恿她火化王平尸体，由她身上打开缺口。”

当唐尊走到门口时，她说：“中央反贪污特遣组将会进驻深圳，我答应你会把材料交给他们，请他们为民除害。”

五

“王平生前和我谈起你们联手查案的事，我相信你没有杀他。”许平君的声音和她的脸孔一样令人舒服，温言软语由厨房里传出来。

唐尊全身神经如熟铁放进冷水里，“嗤”一下几乎麻痹，他艰涩地问：“老王把我们掩人耳目，作态闹翻的计划全告诉你啦？”

那双动人魂魄的凤眼由厨房里走出来，把冒着热气的茶杯放在饭桌上说：“当然，我是他最亲密的人，我俩之间没有秘密。”

“那么，他一早离开你出去，你应该知道他去见什么人。”期望在唐尊心中搅动着。

许平君迷惘地摇了摇头，黑白分明的大眼睛令人不忍心指责她说谎。深夜两点钟到她的门口，他刚举手敲了一下，她立刻开门，他几乎想向诧异的脸孔问：“难道你在等我来找你？”

头发上的白花增加她的娇俏和可信性，她哀伤地说：“我不能回房里睡，睹物思人，眼泪都流干了。每天晚上就枯坐通宵，白天太疲倦才能小睡。”

他心中的疑惑没有消失，不想增加她的哀伤，不能问她：“你没有朋友相陪？没有亲人相助？”他只得引开话题说：“嫂子，谁叫你把老王的遗体立刻火化的?”

“谁叫我?没有人叫我。”那大眼睛天真地眨了眨说:“我不忍心他躺在冷冰冰的箱子里瞪着我。”

唐尊拿起茶杯,让透过掌心的热力把翻腾地心绪抚平下来,他又难以启齿问她:“难道你忍心他被烈火烧成粉碎?”

“嫂子,请把老王离开的情况说一遍。”他心有不甘地说。他接连喝了几口茶,让那烫舌的茶水含在口腔中翻滚。

许平君慢慢地在饭桌另一边坐下来,细腻的声音在客厅里飘荡着。她说故事纹理清楚,王平对妻子的询问含糊以对,令她气恼地不理睬斗气,她在被窝里听见他开门出去,就撂起电话筒,故意不听他电话,想让丈夫吃点焦急的苦头。大约在九时四十五分,才被呯呯呯的拍门声和卫宝叫声吵醒。她记得很清楚,是因为一张开眼就看见台钟。

唐尊按捺着声音说:“大嫂,卫副局长怎么叫门的,请再说一遍。”

许平君纳闷地说:“他说,王大嫂,王大嫂,老王去了哪里?老王在家吗?”

唐尊手掌在桌面上一拍手说道:“着落在这句话上,他就是杀老王的凶手。”

“什么?你说他是凶手?”计平君激动地站起来问。

唐尊觉得脑中一阵昏眩,心里一凛,深吸口气,觉得丹田中空荡荡不着力,他厉声说:“大嫂,你在茶里放了什么?”

许平君神气大变,迅速退后拉开大门,让狰狞冷笑的卫宝进来。

一切不可解释的脉络顿时在唐尊的脑海中得到答案。许平君在深夜等待的人出现眼前,那满脸春意的诡异感觉找到根源,指挥孀妇火化夫体的主谋就是他。

唐尊就这样坐在椅子上,冷冷地看着许平君靠到卫宝身上,卫宝哈哈大笑搂住她纤细的腰肢。

“她放了我留在这里的软酥粉,这东西比外国那些麻醉药还厉害,唐尊,你完蛋了。”

唐尊涨红着脸想站起来,又颓然跌靠在椅子上,恨恨地说:“你好厉害,我终于搞清楚你的翻云掌变成骚背手的原因,姓卫的,沉迷女色毁削身体,可是因果报应。”

“不是这样,我怎会知道你和王平在做戏,想在背后算计我?这骚货是经我做媒搭上王平的，王平没脸子告诉你吧？你们的身边安了我的人，你可死得眼闭了！”卫宝恣意地用大手在咭咭吃笑的许平君身上抚摸说：“还是我这种北方汉子够劲，她离不开我，对不对？”

唐尊对许平君的骚态视而不见，平静说：“你不应该滥杀刘旦和王夫之两家五口，只为了嫁祸于我！”

“不，这案子和你不相干，王夫之嫉妒上司，我以杀人和畏罪自杀结案。算在你头上会惹人思疑。你只要背暗杀王平的罪就够了。”卫宝得意洋洋地说：“现在，尸体火化，验尸报告证实是你的独门开碑掌所杀，验尸官凑巧因下属寻仇同往阴司，我就算现在放过你，也是死路一条，姓唐的，你认命吧！”

“想不到，想不到！”唐尊脸上的神色冷淡如常说：“想不到上官将军一世英名，手下有你这种禽兽，杀夫夺妻，谋财害命，庇娼包赌，恶事少不了你，想不到上官大姐会看中你这种畜牲。”

“嘿嘿，姓唐的，这些老八股骗不了人，什么国家民族，什么爱民如子和洁身自爱的法螺没有用了。”卫宝示威般在许平君身子上摸捏说：“咱们是无神论者，不相信报应迷信。刻薄自己，像焦裕禄剩下死后虚名有什么用？他白活了一世，什么都不懂，他懂得我在澳门赌场一掷千金的豪情吗？他喝过一千块美金一瓶的名酒吗？他享受过三千块美金一晚的总统套房吗？他睡过了多少第一流的女人？这种未见世面乡巴汉，才会为不相干的人丢掉性命。人不为己，天诛地灭，是聪明人才懂得的这理。”

唐尊说：“既然这样想，为什么还要做官？贪污枉法，荼毒百姓，你对得起上官将军？对得起把徽章交给你的人吗？”

“我只要对得起自己。”卫宝傲然说：“对得起这一生。死后臭名、英名对我毫不重要。”

唐尊缓慢地站起来说：“好，那我要为民除害。我相信光明正大的生活比醇酒美人快乐，理直气壮比强词夺理自然，人生数十寒暑，这场梦的价值就是一点正气。来吧！”

唐尊跨前一步，身体摇晃一下。卫宝愕然地推开怀中女人，退后一步，左掌划着圆圈向前伸出，不相信地说：“身中软酥粉还敢如此逞强？你自忖挡得了我一掌吗？”

唐尊的手掌挡在胸前，指节噼啪作响，沉声说：“正如你隐瞒金刚掌功夫，用来冒充开碑掌嫁祸于我一样，卫宝，你也不知道我懂得龟息功夫，你以为占尽上风，置我于死地，才得意洋洋地自揭老底，给我有时间把喝下去的原物奉还。”

他大喝一声，如半空里打了个霹雳，喝下的茶水由腹中迫出，如水箭般直射卫宝。卫宝嘿了一声，左掌拍出，将迎面而来的水箭拍拨向一边。

只听见一声惊惶呼叫，蜷缩一边的许平君被淋了满头遍面，叫道：“我吞了，我吞了。”

唐尊踏前一步，拍出一掌，凛然说：“物归原主，冥冥中总有主宰，恶贯满盈，报应不爽，姓卫的，你沉迷女色，挡得下我这三掌吗?”

唐尊第二掌跟着拍出，卫宝当当当连退几步，身形一晃，已退进睡房。唐尊精神一振，随着第三掌拍出，左腿就要踏进房框，蓦地，一个黑黝黝的枪口和手掌只有两尺距离，卫宝持枪现身逼前说：“想不到吧，我留有这一手，姓唐的，把手掌慢慢放到头上。”

唐尊一点点地收回手掌，盯着不断迫近的枪口后退出房来。

“我可以一枪毙了你，结果了事。”卫宝得意地说：“也可以放虎归山，让你成为全国通缉杀人犯，尝尝做坏人被公安追捕的滋味。”

“我不能动了，救命!”许平君连叫救命的声音也令人怦然心动。

卫宝斜瞥一眼，枪口随着动作一摆，唐尊头一低，脚尖一蹬，闪电般避开枪口，刹那间，右脚已把地下的小凳踢出，左手如爪在墙壁上捏下一团砖泥一起弹向卫宝，右手在地下一按，人已弹射出门外，动作如行云流水，一气呵成。

卫宝避开小凳和泥沙，一步抢到许平君前面，蹲下来扶起她说：“不要紧，喝碗糖水就可以化解毒性。”

许平君娇喘着说：“给他跑了。”

卫宝阴沉地摇头说：“他跑不了，逃不了枪毙的命运。”

六

唐尊抢到楼梯，右脚在地下一蹬，左右手轮换撑着扶栏，闪电般在楼梯间一层跳下一层，刚出街口，寒风飕飕迎面而来，他三步变作一步，连越几个街口，就在此时，他身形一挫，硬生生地停步。

由昏暗角落走出来的黑影一步步走到路灯下，右手的枪指着唐尊，清秀面孔笼罩着一层杀气，锐利的眼睛盯着俘虏没有眨眼。

“唐局长，请跟我回局里弄个清楚。”刑侦副队长手里的枪稳如泰山。唐尊知道这个小伙子有百步穿杨的绝技。

“小甄，杀老王的是卫宝。”

“卫局长?”甄丰不相信地说：“难以令人相信。唐局长，他和我在一起，我是他的不在场证人。”

“你没有和他一起在六点半钟去见王队长，你在八点三十分左右才和我们见面，我找到老王尸体，你陪他作证都在他预计之中。”

“唐局长，你也没有六点三十分到八点三十分这段时间的证人。你还要解释王队长身上的掌印。”

“我没有，但是，你可以作证令卫宝难逃法网。”

“什么?”

“你和卫宝去找王平，你回想清楚，他怎样叫门?”

“他说，王大嫂，王大嫂，老王去了哪里？老王在家吗?”甄丰认真地一字字说。

“对了，既然怀疑他生病在家，为什么一开口不叫老王？只叫王大嫂?分明已知道队长不会在里面，已经死了。他只是在利用你证明他的行为。不过，这句话露了馅。”

甄丰喃喃说：“既然找他，为什么叫王大嫂？对！唐局长，他心中有鬼，你说得有理。咱们可以回局说个清楚，不单是我，王大嫂也可以作证。”甄丰收起手枪，严肃地说。

唐尊摇摇头说：“不行，我们不知道他有多少同党，还有谁一起跌进污水中。”

唐尊讲述了他和王平追查贪污枉法投诉内幕，以及卫宝勾引了王平老婆，知道内幕设局陷害的来由。他说：“卫宝一定会想到这个破绽，一旦她改变供词，人们只会相信未亡人，不相信你。你还要小心，如果卫宝怀疑你记着这对白，不会放过你的。除了翻云掌，他还懂金刚掌力。”

“金刚掌？怪不得你背了黑锅。”甄丰沉吟良久，突然一掌拍向唐尊，唐尊吓一跳，右掌伸出对了一掌，左掌击向甄丰小腹，企图把他迫开。

竟知甄丰不加招架，让小腹结结实实地挨了一掌，哼了一声软瘫在地。唐尊吃了一惊，抢上前去，扶起他问：“你为什么不还手?”

“开碑掌名不虚传，幸亏你手下留情。”甄丰痛苦地说：“唐局长，不来苦肉计，卫宝不会相信我拦不住你。”

“去找上官大姐。”唐尊赞许地点头说：“她会告诉你卫宝堕落经过，她答应向中央特遣组汇报。你要好好保护她。”

“如果卫宝试探我，会指派我领导专案组去全国缉捕你归案。”

“如果这样，你公事公办，不要露出马脚，不要重蹈王队长覆辙。好好保护上官大姐和王队长遗孀。”

“保护谋杀亲夫淫妇？为什么！”

“她的供词跟你一样重要，对付卫宝这种善于利用权势和法律的坏蛋！必须收集足够证据，一网打尽。小甄，我会立刻远走高飞，引开卫宝注意力，让他在你的眼前暴露罪行，告诉上官大姐，只要你们在《羊城晚报》上刊登‘糖果广告’，我就会接触你们。”

甄丰支撑着站起来说：“你放心，我相信邪不能胜正，我不相信千万革命烈士用鲜血和头颅换回来的江山，会坏在这群贪官污吏手中。”泪珠在年轻人的眼睛中闪烁着。

唐尊握了握甄丰手掌，沉重地点了点头，转身离开，他知道前面的路还长，他将会面对着必须面对的邪恶。高大的身躯就这样消失在呼啸的寒风中。

原载《推理小说》，1996 年第 1 期

教授之死

尹曙生

一

中文系李玉斌教授之死迅速在华安大学、在东海市传开了。

这位现年54岁、戴着黑边眼睛、风度翩翩的教授，是大学生们崇拜的偶像。女大学生更是希冀、憧憬自己将来也能找一个像李玉斌教授这样学贯中西、潇洒自如的丈夫，不枉做个女人。到过教授家的女大学生们曾暗中嫉妒他那经常生病、办了退休手续的妻子——中文系原讲师方燕茹，认为她不应该拖教授的后腿，不应该让感情丰富的教授成为她一个人的伴侣；她应该提出离婚，让教授自由，让别人有机会选择他。他不应该只属于方燕茹一个人，尤其在她病成这样的时候……

尽管他比学生们年龄大近30岁，但是你看，他哪像是50多岁的人！新来的校长准备到中文系听课，但是他来时，下课铃声已经响了，李教授正在和同学们聊天。校长不认识李教授，他以为他已经走了，大声说："同学们，我是新来的校长，是来听课的，来迟了。给你们上课的是李玉斌教授吧，我有事想同他商量，你们谁愿意带我找他去?"学生们同李教授一起哈哈大笑起来。校长不明白他们笑什么，指着李玉斌教授说："小伙子，你带我去找吧，女孩子们喜欢玩，让她们继续玩!"大伙儿更是笑得前仰后合。李玉斌对校长说："我没有去过李教授家，怎么能给你带路呢?"校长说："我听教务长说，李教授的课非常受学生欢迎，尤其是中国文学史，不少学生课后经常到他家请教，难道你没去过他家？难道教务长说的不是那么回事？你们都是中文系学生，你们喜欢不喜欢他的课？”李玉斌说：“教务长言过其实了，李玉斌机灵倒是有一些，口才也还可以，但智慧不足，学问更谈不上。当然优点也有，没有架子，同学们喜欢同他接近，此刻他正在和同学们聊天呢！”校长说：“对李教授评价暂且不谈，你先带我去见他。”李玉斌说：“他就在这儿！”

校长恍然大悟：“什么？难道你就是李玉斌教授？啊！当然是你。不是你能是谁呢？我到校第一天上班就约请教授开座谈会，你没有到，教务长说你应邀到新加坡讲学去了，所以没有见到你。今天就是想见见你，谁知道你在同学中间使我分辨不出谁是老师谁是同学。是什么秘方使你青春常在？”

这是发生在两年前的事。不久，方燕茹病故。谁也想不到身强力壮、行动敏捷的李玉斌教授在妻子离世不到 3 年就离开了人间，而且不是病死的，他一点儿病也没有，在死之前的一天他还在给中文系讲授“李煜、李贺、李商隐诗词特点及其在中国文学史上的地位”，还是那么抑扬顿挫地侃侃而谈，像行云流水，汩汩滋润着每个听讲者干涸的心灵。他怎么会突然死了呢？

校方请求公安机关进行尸体解剖，弄清死亡原因，以便向从美国回国奔丧的李教授的儿子——博士研究生李小斌解释。

市公安局副局长兼刑侦处处长万国玉率领精干的刑事侦查员和法医、化验、照相、指纹等刑事技术专家来到李教授家。李教授尸体躺在双人床上，盖着毛巾被，若不是报案者说他死了，谁见了都会以为他正睡得香呢！可不是吗？穿着睡衣，齐胸盖着毛巾被，双手放在身体两侧，平躺在床上，双目微闭，表情自然。室内物品摆放整齐，没有任何零乱感觉。昨天上课时穿的那套咖啡色西服整齐地挂在衣架上。

法医掀开毛巾被，解开睡衣，整个尸体表皮找不到一点破损或受伤痕迹；死者表情极为自然，死前没有任何痛苦状态，可以排除因脑溢血、心脏病猝死和服毒药死亡的可能性。

万国玉副局长告诉校方领导，从现场情况初步分析，可以排除被外人用钝器、锐器、枪弹打击致死，排除被外人用绳索、手指扼住脖颈窒息致死，以及排除服毒致死的可能性。我们怀疑可能服了过量安眠药而致死。李教授家小保姆（外人这样称呼）林芳立即作出反应，说李教授身体健康，从未见他吃过什么药，睡眠一向很好，不需要安眠药，更谈不上服了过量安眠药。

法医从教授胃内残留物中取样化验得出结论：李教授是服了过量安眠药

而中毒致死。

死因结论一公布，舆论哗然。李教授的学生和同事联名向公安局写信，认为李玉斌教授身体健康，从不吃药、打针；和他一起出差的人反映，李教授睡眠特佳，上床5分钟就打呼噜，即使有人在房间聊天，对他睡觉也没有任何影响，他不可能吃安眠药，要吃也肯定是外人强迫或偷偷让他服下的。强烈要求追查让他服药的人，追查凶手。

李教授自从妻子方燕茹去世后，家中只有他和小保姆林芳，难道是她让他服了过量安眠药？不是她又能是谁呢？

林芳反映：李教授死亡前那天晚上，除中文系几个学生先后到家来过，早的9时多，迟的11点前离开，林芳为他们倒茶，给他们开门、关门，除此之外，没有其他人来过。侦探们询问到过李教授家的学生，和林芳说的一致，没有什么破绽；门对门的邻居、学校保卫处长也证实，他家请人在装修房子，门始终开着，直至凌晨1点才关门睡觉，11点钟以后没有发现有人来过李教授家，大约11点半左右李教授家里的电灯熄灭了，说明他已经上床睡觉。这和林芳说的情况一致。林芳说，李教授送走最后一个学生就洗脸、刷牙，准备上床睡觉。我像往常一样给他送一杯热牛奶，他喝过牛奶对我说："今晚我不写文章，我要睡觉了，你也不要等，早点睡觉去吧。"我走出李教授的书房兼卧室，没有立即休息，在织毛衣，大约20分钟后见他室内电灯拉灭，我才上床睡觉。

由于教职员工和同学们情绪激烈，各种谣传不胫而走，闹得沸沸扬扬。万国玉副局长不得不在学校召开的教职员工和学生大会上进行解释。他说："李玉斌教授死亡原因，经我们从他胃里取出的残存食物和胃液、血液反复进行化验证明，李教授系服了过量安眠药而中毒致死。大家怀疑安眠药是有人强迫李教授服下的，因为他身体一向很好，睡眠也好，从不吃药，包括安眠药，小保姆林芳也证实这一点。但是我要告诉大家，从我们勘察现场和尸体检验得出的结论是：安眠药是李教授自己服下的，不是别人强迫他服下的。这是因为：一是小保姆林芳和保卫处郭处长证明，那天晚上除中文系学生去过他家，11点钟之前都离开了，11点后再没有人去过他家，夜里门窗都关着，且完好无损，不可能有外人闯入他家强迫他服下安眠药；二是李教授身强力壮，即使有人强迫，一定会发生搏斗情况，可是室内和李教授身上都没有留下任何搏斗痕迹；三是李教授学识渊博，深受人们尊敬，他热爱教育事业，为人谦虚谨慎，与同事团结友爱，没有得罪过任何人。在职称评定时他总是谦让，和他资历一样的人，总是在他前面先评上讲师、副教授、教授，最后才轮到他。他学富五车，才储八斗，但没有人嫉妒他；四是李教授银行存款单、名人字画、丰富的藏书完好无损，图财害命亦可排除；五是大家怀疑小保姆林芳将安眠药偷偷放在开水里让他喝下，这个问题我们从一开始就考虑过了，但是经过侦查，我们认为应当排除，理由是李教授健康活着是林芳利益之所在，她不能从李教授死亡中得到任何好处。林芳虽是小保姆，但他对林芳视为自己女儿一样。林芳正在中文系旁听。她是一个孤儿，其母临终前把她托付给李教授和他妻子方燕茹，要他们收留林芳做家务，以维持生活。李教授夫妇只有一个儿子，在美国读博士学位，林芳刚来时他们夫妇把她当做自己女儿一样，让她补高中课，两次参加高考，均因成绩欠佳而未被录取，教授让她自费上大学。不了解情况的人把林芳看做是他家小保姆，实际上林芳是受其母托付交李教授夫妇抚养的。林芳把李教授夫妇视为自己的亲生父母，对他们夫妇关怀备至，没有要害死李教授的思想基础和动机。

大礼堂里，一片寂静，大家都在认真倾听万国玉副局长的话，生怕漏掉一句话、一个字。他们佩服万局长的逻辑分析能力和推理的准确性，但是仍然不理解李玉斌教授为什么要服安眠药自杀？认为这个谜不解开，这个案子就没有完，你万局长休想撒手不管。

万局长似乎透彻地了解大家的心思，他停顿一会儿，发现刚才还是鸦雀无声的礼堂突然嘈杂起来。大家交头接耳，有满意的，有不满意的，有的在大声进行辩论。于是他接着说：“同志们对我的解释可能不太满意，因为我只说明了李玉斌教授不是被别人害死的，是他自己服安眠药致死的。他为什么要服这么多安眠药，我们还没有弄清楚。你们要我回答，坦率地说我也回答不了。但是作为公安局，我们只要查清李教授不是被别人害死的，任务就算完成了。至于他为什么要服这么多安眠药而导致死亡，这不是公安局工作职责必须查清的问题。所以，我们的工作就到此为止。当然，如果有人提供重要线索，能证明李教授是被别人害死的，请随时和我们联系，我们一定继续进行侦查。没有证据随便怀疑别人害死李教授是不应当的，不要犯了诬告陷害罪哟!”

与会者激动的心情逐渐平静下来。有的人虽疑虑万端，但都是出于对李教授之死的惋惜心情。感情大于理智，一旦冷静下来，还是能够接受现实的。

二

校园逐渐平静了，教职员工和同学们的心情也逐渐平静了。但作为这起非正常死亡案件的调查人，公安局副局长万国玉，心情却没有真正平静下来，近30年的刑事侦查工作，形形色色的案件他不知办过多少，自杀案件他也不知道调查过多少，杀人和自杀，因果关系、动机、目的都很清楚，唯独李玉斌教授自杀找不出原因，因而不能令人理解。他曾设身处地想过，如果他是学校老师、学生，也会向前来调查的公安干警提出各种各样问题的。调查组撤出学校，但他的大脑一有空闲就想到学校，想到李玉斌自杀事件上。他自己对这个自杀事件所作的结论开始是坚信不疑的，时间长了反而显得自信心不足，怀疑自己是不是有错。他准备暗中进行调查，一旦有了重要线索，就立案重新开展侦查工作。

一个星期后，李教授的追悼会隆重举行。校方负责人在念悼词时，用了大家都能接受的“不幸死亡”这个词。丧事办完后，李教授的儿子、在美国读博士学位的李小斌同林芳商量，要她继续住在他家，看管房子。他还将父亲5万多元存款交给她，要她继续读完中文系的全部课程，拿到大学毕业文凭，然后找一份工作。林芳答应了。由于她极度悲哀，身体很虚弱，李小斌深受感动。他出国8年，父母曾多次写信告诉他，自从林芳来到他们家，对他们照顾得无微不至；并告诉他，他们把她当做亲生女儿一样对待。母亲死后，她更是无微不至地照顾父亲。李小斌非常感激她。他在美国学的专业是中美文学比较研究，准备拿到博士学位后回国，像父亲一样到大学任教。他已经30岁，靠自己一边打工挣钱，一边学习，无暇、无钱考虑自己的婚姻。他想若能在国内找一个像林芳这样同他们家关系密切的人做妻子，是一件幸事，况且父母生前竭力称赞她是个心地善良的姑娘，且美貌出众，何不认真找她谈谈，把关系确定下来呢？但是林芳整日以泪洗面，怎么好开口呢，还是回美国后写信说吧。

李小斌在收拾行李，准备明日出发回美国。他回来时没带什么东西，走时也没有更多东西要带。他要带走的是父亲刚出版不久还未来得及寄给他的文学理论专著，约60万字的上、下册两本书。他坐在父亲书房兼卧室的藤椅上，看着父母黑白结婚照，潸然泪下。童年、少年时父母对他的爱历历在目，记忆犹新。父母之间相亲相爱，他也记得清清楚楚，明明白白。比如父母上班，分手之前互相吻别，在极左年代是罕见的，而他们却天天如此，为此曾受到批判，说这是资产阶级生活方式和生活情调，但他们仍然我行我素，直至双方分别被关进牛棚。从牛棚放出来后，他们首次在校园内遇到，不顾工宣队、军宣队禁令，肆无忌惮地抱在一起相互狂吻起来。这一举动很快传遍全校。他似乎觉得父母之间也有小摩擦。一次母亲主动吻父亲，父亲似乎不那么热烈回应。母亲生气地推开他："你又想她啦?"父亲恍然大悟，把母亲拦腰抱住，放到沙发上，在她脸上狂吻。母亲气喘吁吁，大叫："小斌、小斌，你爸爸欺负我，你来帮我呀!"他无动于衷，因为他知道是闹着玩的，他还从未见过他们吵过架呢!

他在沉思、回想。林芳端来一杯茶放到写字台上，轻声问道："小斌哥，有什么东西需要我帮你收拾?""不用了。我没有什么东西好带，就带父亲刚出版的两本书。你坐下，我有话要对你说。"

林芳仍然沉浸在悲哀之中。李小斌为她对父亲的一片忠诚之心深深打动。几天来，在他面前出现的林芳就好像是他的妹妹，她对父亲之死的悲痛就像是一个深受父亲溺爱的女儿的悲痛一样，是发自内心的、真诚的，毫无掩饰、毫无做作的。同她相比，李小斌感到惭愧，因为他对父亲之突然死亡先是惊讶，后是悲伤，再后是理智对待。他认为人总有一死，人死不能复生，要从悲痛中解脱出来。所以他现在考虑的不再是父亲的死，而是自己的未来，自己的打算。面对林芳，他想自己是不是自私了一点。可是不如此，整天在悲哀中度过也不是法子呀!

"芳芳，我到美国读书已经8个年头，在这几年当中你像我的妹妹一样照顾我的父母，其实即使我有一个妹妹也未必能像你那样无微不至，说不定父母还要为她操心，甚至为她怄气，用很多的精力养育她、照顾她。而你——一个同我们家无任何亲缘关系的女孩，把全部的爱奉献给一对老知识分子，替代他们的儿子，我怎么能不感激你呢。我妈妈死后，爸爸的同事们都认为他可能要一蹶不振，他的才华和智慧将逐渐失去光泽。可是出乎他们的意料，在很短的期间内他就从悲哀的阴影中走出来，精神抖擞地走上讲坛，并写出了能代表他最高水准的学术著作，取得了他一生中最高的学术成就，为他成为中国文学史方面的权威奠定了基础。这都亏了你呀！你不仅承担了全部家务，实际上这个家就是你支撑的呀！你还是他的私人秘书，来往信函的出来，文稿的整理、打印、校对，全落在你的身上，没有你的帮助，就没有这一切……”

“小斌，你说的都是实情。但是你忘记了一个更主要的事实，这就是一个无依无靠的孤儿被一对充满爱心的高级知识分子收留，他们把她当做自己女儿一样教育、抚养，使她免遭社会上很多女子走上风尘道路的苦难与悲哀，使她鼓起生活下去的勇气，使她圆了上大学的梦，这孤儿能无动于衷吗？她能不把全部的爱奉献给他们吗？他们就是她的再生父母呀！”林芳又悲戚起来，拿出手绢擦脸上的泪，眼圈儿又红了。

“爱，是相互的，这一点我很明白。正因为这样，我不把你当外人看待。父母在世时把你当做他们的女儿，当做李家的人；父母不在了，我也把你视为李家的人，视作自己的妹妹，希望你住下来，继续完成学业。一旦我拿到了博士学位就立即回国。我想请你等我回国后我们在一起生活好吗？也许我很冒昧，不该提这样的问题，但是我怕假如现在不提出来等我回来时也许就晚了。你能答应我吗？我这个想法不是一时心血来潮，而是经过深思熟虑的。过去我不了解你，自从你来到我们家之后，从父母的来信中，从他们寄给我的你的照片中我早就认识你了。假如父亲不去世，我也准备直接写信和你谈这个问题……”

林芳低头不语。听了李小斌的话，她似乎更加痛苦，脸上的肌肉在抽搐，手颤抖不已，茫然不知所措。她必须回答李小斌的话，但又不知如何回答好。李小斌走到她跟前挨着她坐下来，一只手握住她的手。她像触电似的抽回自己的手，移动座位，和他拉开一定的距离，慌乱中她喃喃地说：“小斌，我配不上你……再说我已有男朋友。”李小斌站起来：“对不起，我不知道你已有了男朋友，收回我刚才说的话，祝贺你。”林芳如释重负。她的谎言避免了她继续处于尴尬的境地。

三

万国玉副局长满以为案子已了结。李教授自杀的原因虽没有搞清楚，但那不是公安局职权范围内的事。可是不久接到市人大部分常委联名写的信，对市公安局关于李玉斌教授自己服安眠药自杀的结论提出质疑。市委领导要公安局慎重考虑人大常委们的意见，不要草率作结论；要公安局继续调查李玉斌死亡原因，并将结果向人大常委们汇报，接受市人大的法律监督。

万国玉副局长在局党委会上建议，由他继续查清李玉斌出此下策的原因。他要求派一个学过心理学的法律研究室的人配合他就可以了。他说他也认为李教授死得蹊跷。科学技术手段该用的都用过了，现在需要彻底了解李教授生前家庭情况，看能不能从心理学上有所突破，否则，说他自己服安眠药自杀不能令人信服。法律研究室新近分配了一名法制心理学硕士研究生，叫王辉。于是局党委研究决定由王辉跟随万局长进行调查。

万国玉，一个在公安战线工作了 35 年的老公安。他 20 多岁时由警校毕业，分配到派出所当治安员，然后是公安分局刑警队队员、刑警队副队长、队长，市公安局刑侦大队副大队长、大队长，市公安局副局长兼刑侦处处长。从这个简历你就可以看出他是一个台阶一个台阶升到市公安局副局长职位的。支撑他职位上升的基础，就是他在刑事侦查工作中把一个又一个穷凶极恶、狡猾多端的犯罪分子捉拿归案，受到应得的处罚。犯罪分子既害怕他，又非常恨他，给他写过匿名信，打过匿名电话，寄过子弹。家人和亲友为他担心，在他晋升市公安局副局长后，劝他不要再分管刑事侦查工作，不要再兼任刑侦处处长。李教授丧事处理完毕后，他提议并经市局党委研究同意，他不再兼任刑侦处处长，但仍然分管刑侦工作，因为市委领导在市公安局领导班子调整分工时明确指出：公安局领导的分工，市委尊重市局党委意见，但刑事侦查工作分工不要轻易调整，因为当前严重刑事犯罪有增无减，成立社会治安的主要热点问题，鉴于万国玉同志长期从事刑侦工作，经验丰富，还应该由他分管为好。

人大常委会对公安局作出李玉斌教授系服安眠药过量而导致死亡的结论不满，使万国玉认识到不弄清李玉斌为什么服过量安眠药，人们的不满情绪就不会平息，对公安局和公安干警的信任就会产生不利影响。他决心要查清教授自杀的原因。

他带领王辉经常出入李玉斌教授家。教授虽然不在了，但因为有林芳在，家里仍然收拾得干干净净。教授生前用过的物品、卧室兼书房的摆设一如照旧。万国玉和王辉坐在写字台前同林芳长谈，从李教授的饮食起居到生活习惯，经常出入李教授家门的学生、同事，到他自己常去的地方、拜访的对象，从往日到死前的情绪变化……都是交谈的内容。但是万国玉想，越是没有反常表现就越说明他死得蹊跷，就越应该弄清楚。凭经验、凭直觉、凭现场勘察，万国玉始终认为林芳不可能谋害教授。但是从几次谈话中他感觉到林芳表现出来的思想感情不仅仅是真诚的悲痛，而且似乎还表现出真诚的悔恨。悔恨什么？教授对她有恩，还是她对教授不薄？为了解开教授服过量安眠药之谜，需要了解他去世之前的点滴情况、细枝末节，而这，只有通过林芳才能了解到。要林芳毫无保留地给予配合，就必须使她相信：公安局充分信任她，李教授之死是他自己服过量安眠药，与林芳无关；公安局再次来调查是因为有人不相信公安局的结论，只有找出李教授服过量安眠药的原因，人们才会相信公安局的结论，而公安局的结论对林芳是有利的。

“林芳同志，”万国玉副局长对仍处于悲哀之中的林芳说，“我们对你充分信任，这一点务请你明白。我们来调查绝不是对你有什么怀疑。我们的刑事科学技术鉴定结论是准确无误的，就是说教授是自己服了过量安眠药而致死的，与你无关。你不会、不可能、更不希望给他服这么多可能导致死亡的安眠药。但是我们不弄清教授在什么情况下为什么服这么多的安眠药，我们的结论就有人不相信。对公安局而言，有了科学结论，信服不信服我们可以不管，但是对你而言，情况就不是这样，因为在这两人世界里，总会有人把服这么多安眠药同你联系起来。所以，查清真实原因，对你是有好处的。你尊敬李教授，把他视为父辈，我们相信你会积极配合我们的。”

林芳抽抽搭搭，长时间不语……

“林芳同志，我想问一下，李教授去世之前，尤其是去世的那天晚上，你是否发现有什么反常表现？据中文系同学说，李教授去世前大约个把星期，在上课时曾说过‘死亡是解脱痛苦的最佳方法’，并举出俄国诗人叶赛宁、马雅可夫斯基和小说家法捷也夫，批评普希金在家庭婚姻上出现危机又无力挽救的情况下不去自杀而和人决斗被打死，实在是不体面的事，是愚蠢的！这是在学校调查时同学们说的。这就更加使我们相信：李教授是自己服安眠药自杀的。他思想上肯定很痛苦，否则他不会走这条路。他痛苦什么呢？他是一个学识渊博、受人尊敬的学者，把自己的全部精力投入到中国文学史研究上，淡泊名利，与世无争，没有什么事值得他痛苦。但是他却被痛苦压得喘不过气，最后走上绝路。林芳同志，你对此有何想法？他为什么要这样？你同他接触最多，有没有值得我们思考的线索？教授夫人方燕茹去世后，他曾经消沉过一段时间，但很快就振作起来。有人给他介绍配偶，他以年纪大了为由拒绝。其实他身体很好，得益于豁达大度，他不像一个年过五旬的人，而像一个30多岁的青壮年。他的女研究生中有人偷偷爱着他呢！她们经常到教授家里来，除了请教外，恐怕也有爱的因素吧。这一点你肯定比我们清楚。”

林芳仍然不说话，用手绢不停地擦自己的眼泪。她脸部肌肉抽搐得厉害。她不想说话，但欲言又止。她知道万局长和公安局相信她不是谋害教授的人，她既感动，又内疚；既内疚，又悔恨。

“林芳同志，你不要为难，仔细想想，我们改日再找你谈吧。你不要过分难过，人死不能复生。李教授走这条路完全由他自己负责；不管遇到什么难题，自杀总是懦弱的表现。”万国玉副局长说着准备站起来离开这儿，林芳哽咽着说：“万局长，都怪我不好，没有照顾好教授……”哽咽得说不出话。

“你冷静下来，不要难过。我不是说了吗，李教授这条路完全由他自己负责，怎么说怪你照顾不好呢!”万局长话音刚落，林芳突然站起来，大声地说：

“不，是我不好，是我害死了李教授！我有罪呀！你们惩罚我吧!”说完放声号啕大哭起来。

林芳的话音刚落，万国玉、王辉不约而同地站起来。他们简直不敢相信自己的耳朵。这是真的吗？怎么可能呢？万局长清清楚楚地记得现场勘察和化验结果，安眠药只能是教授自己服下，不可能是别人要他服下，更不可能是林芳，没有利害冲突使她会这样做。教授健康地活着对她有利，对她前途有好处，她不可能害死教授。可是林芳为什么要这样说呢？

“林芳同志，你怎么能这样说呢？教授是自己服安眠药致死的呀，怎么能怪你呢？难道我们的结论错了吗？你刚才说的话是什么意思?”万国玉副局长说完坐下来，他要问个明白。

“你们的结论没有错。我没有给教授服过安眠药，那天晚上也没有别人给他服安眠药。教授的书房里从不放热水瓶，我是按规律每天晚上定时定量给他送茶或饮料，包括一杯热牛奶。我送完这些东西，教授要我给他在保温杯里倒一杯开水留下，他说最近天气干燥，也许夜里想喝水。他就是用这杯开水吞下那些安眠药的。但是他为什么要服安眠药，那都是因为我……”林芳泣不成声。

“你是不是做了令李教授非常不高兴的事而使他……不！不！无论你做出什么不好的事，他也不应该出此下策；就是亲生女儿犯罪，当父亲的也不应该一气之下走上绝路，何况你并没有犯罪呀！林芳同志，教授之死使你受到很大的刺激，你不要责怪自己了。今天已经很晚了，我们改日再谈吧。”

林芳涕泪横流，发出歇斯底里的喊叫：“老天爷惩罚我吧！……”

万国玉、王辉竭力规劝，要她冷静，并严肃地告诉她，不要步李教授的后尘，自杀是懦弱的表现。李教授虽然是知名学者，但他仍是一个懦弱者，不敢面对现实，做自己应该做的事……在这一点上不值得同情。

四

3天以后的一个晚上，万国玉、王辉再次来到李教授的卧室兼书房，同林芳促膝长谈。

林芳冷静多了，且消瘦多了，仍然没有从悲哀中解脱出来，但不再流泪。

“我说是我害死了李教授，”她没等万局长、王辉问话，自己先讲了起来，“当然只是猜测，因为除了我做了错事，不会有任何其他事致使他走上这条路。我真后悔啊！可是我又想，我错在哪里呢？爱，也是错误吗？一个无依无靠的孤儿，被一对高级知识分子收养，视为自己的亲生女儿，使她有了光明的前途。自从我一进这个家，他们就把我当做亲生女儿，小保姆、佣人的概念在我心里烟消云散。我从内心感受到他们就是我的亲生父母，我是他们的亲生女儿。他们给我制订了详细的学习计划，要我在5年内取得大学毕业文凭。我尽心尽力忙家务，那是以女儿的身份，孝敬父母的职责，而不是以保姆的身份、雇佣者的身份来做事的。方妈妈去世后，他悲痛万分，为了减轻他的痛苦，我更加勤奋、更加体贴他，使他很快地振作起来，投入到学术研究中去。大约在半年前，我的思想产生了变化……”

林芳停顿下来。王辉给她倒了一杯开水递到她跟前：“喝点水吧。你还没有说完，但我坚信不疑，你不可能害教授。也许你的所作所为促使他走这条路，但那不能怪你，你是处处为他着想。你是爱他的，爱，当然没有错。我的意思是，你没有错。一定是教授误解了。你大胆地说吧，该保密的，属于你个人的隐私，我们不会透露出去。”

“我没有做什么见不得人的事，没有什么不可以公开的。”林芳喝了几口热水，接着说，“开始我像女儿对待寡父那样对待他，慢慢地这种像女儿对待父亲的感情逐渐起了变化。我想，我毕竟不是他的女儿，他姓李，我姓林，他夫人去世了，我为什么不能取代她的位置，关心他、照顾他？我是爱他的呀。不错，他年纪大，完全可以做我的父亲，但是年龄难道能阻碍我们结为夫妻吗？中国近代史、现代史上很多伟人不是娶了比自己子女还小的妻子吗？如孙中山娶宋庆龄。政治家能这样，文学家为什么不可以？当然可以。梁实秋就是例子。我想嫁给他不仅是为他着想，也是为我自己着想。他是个知名学者，和他永远生活在一起，使我终生有个好老师，我也许能成为一个文学家。最重要的是他也爱我，尽管他是以父亲对女儿的对待我，但我不是他女儿，要他转换角色并不难。他虽然50多岁，但身体健壮，精力充沛，他应该得到爱，而我就是他最理想的对象。有了这个想法之后，我就更加频繁接近他，夜晚趁送饮料之机，给他捶背，在他面前撒娇，坐在他腿上，抱住他的脖子。他像父亲般地摸着我的头，说我是个乖女儿。讨厌的是他的几个女研究生，自从方燕茹去世后，她们都在施展手段以图得到他的好感。我感到不能长期拖下去，否则我的计划就要落空。一天他从学校回家，我在门前接他，说：'教授，今天怎么这么早就回来了?'他大吃一惊：'你叫我什么?''我叫你教授呀！你不是李玉斌教授吗？难道我叫错了?''什么教授不教授的，听了不舒服，你应该喊我爸。''可你不是我爸呀，你姓李，我姓林，我们没有血缘关系，以后我就叫你李教授。''我说你是怎么啦？芳芳。你对我有意见就直说，不要转弯抹角。''我说的都是实话，并没有转弯抹角，你就是李教授，我的老师，也许还是我的情……'我把'人'字说得很轻，他没有听见，但情字听清了。他恼怒了：'不允许你胡说八道，你应该集中精力搞好学习，不应该胡思乱想。'"

"这次谈话之后，他突然对我冷淡起来，脸上的笑容消失了，一脸严肃的样子。我仍然我行我素。我给他写了几封信，把我为什么要这样做告诉他。他对我说，他不准备再结婚，要把全部精力用在学术研究上，希望我找个好对象结婚，仍然住在家里。我回信说除了他，谁也不嫁。他要不愿意，我一辈子不嫁人。僵持3个月时间毫无结果。我看得出来，他不愿意不是因为不喜欢我，而是他感觉年龄悬殊太大，怕委屈了我，同时他害怕社会舆论压力，最重要的是他感到如果和我结婚，对不起我死去的妈妈……"

"你能给我们讲一下你妈妈的情况吗?"万国玉副局长和王辉感到在教授自杀事件的背后隐藏着复杂的情况，只有了解了这些情况，才能对这一事件作出有说服力的解释，才能平息大家的怀疑和猜测。所以万国玉还是向林芳提出了这一问题。不过他又补充说："当然，我们不能强求你给我们介绍你家庭成员情况，我们的意见是如果你愿意的话，我们愿听听，这倒并不是因为我们有好奇心，而是觉得可能对教授作出的决定产生过影响的一切情况我们都想了解。”

五

“我妈妈同李教授夫妇是大学同学。这是我妈妈患了肺癌临终前告诉我的。她说，‘我和李玉斌、方燕茹都是大学同学。起初我和李玉斌谈恋爱，反右派时，他被打成右派分子，我是共产党员，组织上要我和他划清界限，否则要开除党籍。在万般无奈情况下，我们中止了恋爱关系，后来和你爸结婚了。你3岁时爸爸去世，15年过去了，你今年18岁了。孩子，你妈妈命苦，你也命苦。妈妈这病治不好了。我走之前只有把你托付给李玉斌和方燕茹才放心。改革开放了，政治上包袱没有了，他们的事业蒸蒸日上。看着老同学的情分上，我想他们是会接受你的。这么多年来，我同他们夫妇没有联系，这你应该能够理解。我毕竟同李玉斌热恋过，丈夫又去世了，如果我频繁地与他们联系接触，会给他们家庭关系带来不良影响。我要死了，把你托付给他们，我想他们一定会欣然接受的。为了当初的爱，我给方燕茹腾出的位子，他们也会接受的。’我妈只给我说了这些。至于她同李教授热恋到什么程度，她同李教授分手后他是不是恨她，她都没有跟我说。”

“你既然知道你妈同李教授曾经热恋过，以后迫于政治压力中断恋爱关系，你为什么还要主动同李教授……”万局长正在字斟句酌，林芳打断他的话：“你的意思是说我为什么要找我妈妈过去的恋人做丈夫？”她两眼看看万局长，又看看王辉，“为什么不可以？我妈并没有与他结婚呀。再说是我妈经不起考验，背叛自己的初恋，给他带来了精神痛苦，我这样做多少带点替我妈赎罪的心情。”王辉说：“法律没有规定女儿不可以和妈妈的恋人结婚，你想同教授结婚，没有违反法律规定，别人无权干涉。但是如果像你说的是为了赎罪，我们不敢苟同，因为这里无罪可赎，你妈离开初恋的情人，同别人结婚，不管由于什么原因，都不是犯罪行为，充其量只是个道德观念问题。所以李教授不接受你的要求是有道理的。你如果不是刻骨铭心地爱着他，而是为了感恩、为了赎罪同他结婚，不会有幸福。李教授是对的。我们还是不明白他为什么自杀？”

万国玉接着说：“是啊！我们要弄清楚他为什么要自杀。因为你爱他，想和他结婚，他不同意就行了，为什么要自寻短见？林芳同志，恐怕你对我们隐瞒了什么。李教授是知名学者，不会因为这件事而轻生。到目前为止，我们还是认为他死得不明不白。我是指他不该这样做，他有理由拒绝你求爱，干吗要走绝路呢?”

“你们一再说对我不怀疑，实际上还是怀疑我。”林芳说完这句话，深深地叹了一口气，接着说，“我自己也想不通他为什么要这样。为了要得到你们的充分信任，我什么也不顾了，把发生的事都说出来，让你们分析判断。他去世前大约半个月的一天晚上，10点多种，我给他送一杯开水，坐下来，对教授说：‘李教授，你为什么要拒绝我？你不喜欢我、不爱我了吗？我想陪伴你度过下半生，对你对我都有好处。你是不是认为我和我妈妈一样不可靠，会背叛你?’他打断我的话：‘我喜欢你，也爱你，就像喜欢和爱我的儿子一样。这是父辈对子女的喜欢和爱，而不是恋人之间的爱。我还要纠正你的话，你妈并没有背叛我，她主动中断恋爱关系，确实是迫不得已，她没有错，我不怪她。我们都很痛苦，可是有什么办法呢？我一直忘不了她，她也一直忘不了我。我对不起方燕茹，没有把对你妈的爱真正转移到她身上，我们互相尊敬，但是缺少爱。在你未出世前，我和你妈妈见过一面……’他说到这里哽咽得没说下去，过了很长时间，像是自言自语似的：‘人的一生是极其短暂的，真正的刻骨铭心的爱只有一次，失去这一次，就永远得不到了。’他又看着我的脸对我说：‘你知道吗？我和你妈妈在一起抱头痛哭，很长、很长时间，我们失去了理智，实现了肉体结合。当我们各自回到家里时，我们自责、内疚，我对不起妻子，她对不起丈夫，就是你爸爸。我们发誓永远不再相见。我们的幽会很快被方燕茹知道，她没有说，但我感觉到了。芳芳，你想想，你要陪伴我终生，岂不荒唐?’我反驳说，‘这有什么荒唐的，这类事在其他国家多着呢!’他说：‘我们是中国人，住在中国，不在外国。芳芳，你是个好孩子，你要理解我呀!’我说，‘正因为我理解你才决定陪伴你终生。’他说：‘陪伴我终生我不反对，那是以女儿或儿媳孝敬父母的身份，而不是别的什么身份。芳芳，小斌在美国留学，他打算拿到博士学位就回国，我向他介绍了你的情况，他非常高兴，乐于做你的哥哥或情人，他说等他回来后同你直接谈。’我说：‘我爱的是你，不是你儿子，对你儿子我一无所知，无爱情可言。’他说：‘小斌比你大两岁，你那荒唐念头不仅使他处境尴尬，也使我处境尴尬，难道你要比你大两岁的小斌喊你妈或叫你阿姨吗？你太固执了，你走吧。’他叫我走，我偏不走，躺倒他床上，他生气地跑到校图书馆，直到后半夜才回来。”

“你勇气蛮大的嘛，敢于大胆地爱，至于国情、影响，你是统统不考虑的。这就是你们这一代人的特点。”万国玉副局长插话。

“我们干吗要遮遮掩掩，李教授和我妈的悲剧就在于他们软弱，为此他们遗恨终生。我要吸取他们的教训，抓住机会不放。我既然做了就要对你们说出来。第二天，我在卫生间的门锁上做了小手脚。大约10时半左右，李教授正在洗澡，我在房子里想，他是真心爱我的，但他有很多顾虑，要说服他一时办不到，只有造成既成事实，他才会答应。于是我脱衣服，冲进卫生间，把正在淋浴的李教授紧紧抱住……”

“感谢你毫无保留地告诉我们你的隐私情况，我们一定为你保密。”王辉说。万局长肯定地点点头。

“从此我们睡在一起。我们都感到非常幸福和满足。我们商量暂时不对外宣布，等我拿到大学毕业文凭，找到正式工作再到婚姻登记机关登记结婚。”

“你同教授同居后，有没有发现他情绪有什么变化？如果有，从什么时候开始，为什么？”万局长问。

“他非常高兴，有时像个孩子似的。他开始不喜欢女研究生们不断到我家来，他甚至撒谎说他身体不舒服，正在检查，要他们少来。一天他对来我家的女研究生不耐烦地说：‘你们有什么问题等我到学校上课时当面提问，今后少来我家。等他们走后，他对我说，他这样做的目的是要和我在一起时间多些。我说没关系，你的事业重要，研究生们需要你指导；我已经24岁了，也需要加倍努力搞好学习，早日拿到大学毕业文凭。他很惊讶地问我：‘什么？你不是25岁吗？怎么是24岁？你看你多粗心，连自己多大岁数都记错了。’我说我没有记错，是我妈给你说错了，或者是你听错了。我是1966年7月27日生的，我的出生证、接生的阿姨都还在。我妈难产，我差一点在她肚子里憋死了。他说，你出生证带来了没有，拿来我看看。我把出生证拿来递给他，他一看，脸色陡变，跌坐在沙发上，大喊一声：‘天哪！你都做了什么?!’我感到莫名其妙，问他为什么这么激动，他就是不说。当晚他要我搬回自己的房间去住。我不知道发生了什么事，小心翼翼地服侍他，他总是感到很痛苦。我一点不明白，我的出生证为什么引起他如此痛苦！我24岁、25岁和他有什么关系？他为什么要这样，我妈妈临终前打电话把我托付给方阿姨，是方阿姨把我领来的，坐了5个小时的火车。我妈给方阿姨说我是1965年7月27日生，而且在那之前对我说，阿芳，你记住以后谁要问你什么时候生的，你就说 1965 年 7 月 27 日生的。我不知我妈为什么要把我说大 1 岁。我和李教授既然结成夫妻，我不能瞒他，如实说出我的出生年月，这有什么错呢?”

“你能说说你爸爸的情况吗?”万局长问。

“我爸爸的情况我什么都不知道。听我妈说他是工厂里的车间主任，我妈是技术员，他们是 1963 年 10 月结婚，1966 年 5 月他因违反操作规程发生爆炸事故，炸死 8 名工人被逮捕，我才出生一个多月。有的人说他是 1965 年 5 月被逮捕的，我不信，因为要是那样的话，我就不可能出生。因为不可能，所以我没有到公安局问过。他在监狱里关了 4 年，因为有病保外就医，回家不久就病故了。我对爸爸什么印象也没有，说不出来。”林芳好像有什么感悟似的，站起来，走到万局长坐的写字台边，“你们为啥要问我爸爸情况？他已经死了快 20 年了，他同李教授去世有什么关系？我可以肯定地说，绝对没有任何关系。李教授根本不认识我爸爸，我们又不住在一个城市。”

“随便问问，想了解一下全面情况。你是 18 岁时来到李教授家的，你妈妈生前同你说过李教授和方燕茹的情况吗?”万国玉问。

“很少说。一次妈妈在看过去的照片时出神，以后我经常见她在看同一张照片，是一群学生游太湖时照的，其中有李教授和我妈，而且他们站在一起，看得不太清楚，好像拉着手。以后她把照片收起来不让我看。我妈去世后，她藏的影集里有十几张她和李玉斌合影的照片。我不觉得奇怪，因为他们曾经热恋过嘛!”

“感谢你对我们的信任，给我们介绍了这么多情况，为我们判断教授之死大有好处。”万国玉副局长说完，伸出手主动同林芳握了一下，有汗，有点抖。

六

第二天上班，万国玉叫王辉到他办公室。

“小王，你认为教授为什么要自杀？虽然有些问题还要继续调查，但眉目已经有了，如不出所料，我们很快就能找出他自杀的原因。市人大常委会等着听我们作专题汇报呢!”

“局长，你在考我？我说说，试试看能不能对你的路子。李教授自杀是在他同林芳发生了肉体关系之后，林芳说出来了她准确的生辰年月，引起教授的震惊。他为什么那样震惊？除非林芳是教授的女儿外，他没有任何理由震惊；如果林芳是他女儿，他犯了罪，虽然不是故意犯的，否则他没有任何理由自杀。看来林芳妈妈向教授夫妇隐瞒了林芳确切的生辰年月，目的是不给他们家庭制造裂痕；她相信他们夫妇会把林芳当自己孩子看待的，尤其是教授，虽然他在关键的时刻离开了他，他是能够理解的；方燕茹也会欣然接受她女儿的，因为是她主动离开他，才使方燕茹能同教授结婚，如愿以偿。当时有几个女孩子都在追求英俊潇洒的李玉斌，再说她已是将亡之人，不会给他们的家庭带来任何威胁。她守寡这么多年，从不给他们夫妇写信、打电话，方燕茹很感动。现在我们只要调查核实三个问题，就能一目了然。一是林芳确切生辰年月，她有出生证，到当地派出所查一下原始户口登记就行了；二是到当地公安机关查一下林芳父亲被捕的确切日前；三是调查教授和林芳母亲 1965 年 8、9 月间在什么地方，干什么，是否会过面？可以肯定他们在 1965 年 8、9 月肯定会过面，而且同居过，否则林芳不可能出世。第一、第二两个问题调查结果一定会同我们现在掌握的一样。第三个问题困难一些，但也并不难。把这三项调查任务交给我好了，半个月内结束调查，给你一个满意的答复。”

“小王，你不愧是硕士研究生，进公安机关时间这么短，听听情况，就能对这个案子的可能结局作出逻辑性很强的结论。我们当年可没有你这么高的水平。因为我们文化程度低，分析、判断能力差。我多次说过，公安机关要不断地从大专院校毕业生中挑选愿意从事公安工作的同志，不断提高公安干警整体文化素质。没有文化的军队是愚蠢的军队，愚蠢的军队是不能战胜敌人的。后继有人，我们就放心了。”万局长站起来，拍拍王辉的肩膀，示意他可以走了。

七

王辉的调查非常顺利。当地派出所户口登记记载林芳是 1966 年 7 月 27 日生。林芳爸爸是 1965 年 5 月 18 日被捕，法院判决书上写得明明白白，是因玩忽职守罪而被捕判刑的。在林芳妈妈生前所在的工厂里，王辉召开几次座谈会，一些老工人对她担任技术员期间工作认真负责、对人态度和蔼可亲都赞不绝口，对她的不幸表示同情。一位老工人说：“她同丈夫结婚不久，丈夫就被逮捕了。有一次她要去监狱探监，请3天假，请假条还是我交给管生产的副厂长的。过了几个月她肚子大起来了，她主动说是探监时监狱本着人道主义，让他们夫妻团聚而怀孕的。丈夫保外就医回来后，不知为啥，为孩子的事还同她大吵大闹一次，很快他就死了。林芳是她一人拉扯大的。一个女人，又工作又带孩子，真不容易啊。有人给她介绍对象，劝她再婚，她就是不同意。还不到50岁就去世了，真可惜啊！”

“师傅，你可记得她请假的确切时间?”“我想想。芳芳是1966那一年生的。那是1966前一年的国庆节前。因为我送请假条时被副厂长批评了。他说：‘国庆节快到了，全厂都在加紧生产迎国庆，为什么不能迟一点去? 她请假没找到我就等一等嘛，你代她请假不合厂里规矩。’因为我挨了厂长批评，所以我记得清楚。”

王辉又到教授所在学校了解。该校老师凡参加各种学术性会议都有记载。1965年9月20日至25日中文系丁祖慈和讲师李玉斌到上海参加《中国文学史分类》学术研讨会。王辉去调查时，丁祖慈老教授仍然心情激动，他说李玉斌带的一篇论文很受与会者的欢迎，那篇论文还是在我的指导下完成的呢。王辉问丁教授开会时住在什么地方，丁教授说，我只记得住在延安路一个宾馆，名字忘了。会议安排我和李玉斌住一间房子，他说他打呼噜厉害，为了不影响我睡眠，他住到一个远房亲戚家里。王辉接着查李玉斌档案，在他填的个人履历表上，社会关系栏目内填上了姨妈，家住上海。王辉直奔上海找到他姨妈家，90高龄的姨妈还健在，说到李玉斌，老人悲痛不已。王辉问李玉斌夫妇是否来看望过她，老人肯定地说：“唉！还是他们结婚不久在我家住了3晚，玉斌以后来过两次，他妻子再未来过我们家，我还有点不高兴呢！”“他们住在你家里的3天时间，当时很高兴吧?”“那时他们年轻，当然高兴。他们是关在房子里，和我没说过几句话。一天我发现他们不知为啥哭了，燕茹对玉斌说‘我对不起你’，被我听见了，我还说了他们几句：‘夫妻之间不要说这种话。’”“你老人家过去见过方燕茹，认识她吗?”“没见过，我也不认识，是玉斌带她来时才认识的。”

王辉拿出方燕茹和林芳妈妈的照片让老人看，老人立即指出：“就是她！”她指的是林芳的妈妈，而不是方燕茹！

在省人大常委会会议室里，万国玉副局长汇报了调查情况，说：“李玉斌服安眠药自杀，是因为他无意中犯了罪。面对自己的亲生女儿，他认为只能走这条路，否则痛苦将陪伴他终生；他不能向林芳泄露他的秘密，否则她也会悔恨终生。他走了，可以让林芳活下去，他爱自己的女儿。”

万国玉要求与会人大常委们，为了使林芳不出现意外情况，一定要保密，不能让人知道林芳就是李玉斌教授的亲生女儿，否则她怎么能活下去呢？

原载《人民警察》，1996 年第 3 期

电闪雷鸣

崔亚斌

上

1

明海区位于晖安市城北，是个远郊区；鸡冠村又远在区中心东北三十多里。所以，虽然这个小小的村落从名义上说也属于大都市管辖，但却是个不折不扣的偏远村庄。倒数二十多年，如果有谁撂下锄板跑趟省城，那就是村里的头号新闻了。现在，村里经商跑外的无数，家家户户又都有电视机、收音机，小小的鸡冠村也当刮目相看了，除非省城发生了诸如银行特大抢劫案、区内某某地方出了有特异功能的“仙人”这一类的轰动性新闻，一般家长里短的话题已经不能再引起忙于发家致富的人们多么大的兴趣了。

然而最近一段，鸡冠村的老老少少却都在惊异地互相传告着本村一个爆炸性的消息：老秦家的三姑娘要到省城告状了！

这个消息的中心人物秦月秋，是本村老户秦德奎的女儿。不到一周前的一天，她匆匆回到娘家，工夫不大，就从屋里传出她和父亲的争吵声，爆炸性的消息也就是这么透露出来的。

“我妹妹死得不明，我就得告去！”秦月秋的话悲痛中含着激愤，有一股咄咄逼人的冲劲儿。从这声音就可以想象出，这是个刚强泼辣的年轻女性。

过了好一会儿，才传出秦德奎憨厚懦弱的回应："告，你能告倒人家吗？"

"怎么告不倒？我妹妹如果真是他害死的，公安局、法院就能做主，给他判罪，为我妹妹报仇！"

"可是你不想想，人家是非农户，村里村外关系多，咱家孤零零的没个依靠，这要打起官司来……唉！"

"爸，你不用唉声叹气的，有理走遍天下，打官司到哪我也不怕！"

"你告到公安局，要是你妹妹不是他害死的，能答应你吗？你怎么收场？咱们这脸往哪搁？怎么在这村子里呆？"

"我看透了，你这一辈子总是怕这怕那的。告状由我去，反正这个状我是告定了，谁也拦不住！"

秦德奎沉默了。他虽然是长辈，却说不过女儿，更不敢想象自己能拦住女儿去做她要做的事情。在四个姑娘中，老三心眼快，嘴也最厉害。

几个在外面的邻人听到这里，有的心里一动，觉得有点耳熟。想了想，哦，他们爷俩刚才这段对话，倒和评剧《杨三姐告状》差不多！

《杨三姐告状》的剧情在北方农村流传很广。那出戏是根据民国初年一件真实的案子创作的，演的是河北省滦县高、杨两家的人命纠纷。高家老头是滦县地主，在唐山开有瓷器铺，家业可观。他生了六个儿子，大儿子娶妻裴氏管理家务，五儿子娶了妓女金玉，六儿子高占英娶了一般农户杨家的女儿杨二姐。高占英品行不端，与大嫂、五嫂乱伦通奸，被杨二姐撞见，发生了口角。夜里，高占英残忍地杀死了杨二姐，摔死了自己三岁的女儿。杨二姐胞妹杨三娥发现姐姐的冤情后决心为姐姐报仇，出头告状。她不屈不挠，受尽磨难，终于迫使官衙开棺验尸，真相大白，打赢了这场官司。

历史常常出现惊人的相似或偶合。七十多年后的今天，在这间普通的农舍里，又发生了一场长、幼两辈人之间的争吵，极似当年杨三娥告状前与其母发生的争吵。

"再说，人都埋五六天了，还告什么呀？"过了一会儿，秦德奎打破了沉默。

"人埋了，还可以开棺检验嘛！"

"要告，你有啥根据？"

"那多了！"秦月秋似乎早就有了准备，给父亲一一说了起来。可能她意识到了事关重大不能外漏，话声明显地低了下去，外面的人站在远处是听不到的。过了一会儿，她的声音又高了起来："爸，你不用怕。我也知道这不是小事，出了什么问题由我这个当姐姐的一个人承担，牵连不着你!"

门开了，秦月秋气呼呼地走了出来，听窗根儿的邻人们不好意思，赶紧装作没事似的躲开了。

"你上哪去?"秦德奎以为女儿现在就去公安局，要追出来，可是被老伴刘玉坤从后面拽住了："你这人哪，胆子太小了。咱家的人已经死了，还怕的啥!"秦德奎说不过三女儿，可是他不惧内，扭脸和老伴吵吵起来……

2

秦月秋要告的是她的妹夫——赵伟。

事情还得从秦月秋的妹妹——秦月冬的死说起。

5月3日那天，天还没亮，住在高台村的赵伟和他的哥哥赵杰急急忙忙地来到岳父家报丧：当天夜里秦月冬起来解手，摔倒在屋地上放的电鼠板上，触电死了!

这晴天霹雳几乎震昏了一家人。刘玉坤浑身发抖，颤着声问："还能救不?"

"不能了……人不行了……妈……"妻子不幸身亡，赵伟悲伤得哇哇哭起来。

噩耗迅速传遍了秦家在当地的所有亲属，人们纷纷奔往高台村赵家。

秦德奎的悲痛，要比任何人都更为强烈。村里人都说秦德奎的四个女儿是四朵花，秦德奎和老伴对最小的女儿秦月冬最疼爱。当初，秦月冬和赵伟搞对象，他是不同意的。赵伟是明海区公路处的养路工人。秦德奎并不是挑拣他的工作，在这一带，像赵伟这样端着铁饭碗的非农户还算不错的；再说，月冬个子矮，长相也一般，在砖厂干小工……条件也并不怎么好，还要攀啥高枝呢?秦德奎主要是对赵伟这个人不放心。他凭借大半生的阅历和经验，总觉着把小女儿交给那个长相不赖、举止轻浮的小子靠不住。可是，现在的年轻人都任性，女大不由爷，月冬铁了心，发恶誓要嫁给赵伟，半年前就和他同居了，生米做成了熟饭。为这个，秦德奎又气恼又伤心，好几天没吃饭。不过，刘玉坤和月秋娘俩对赵伟的印象还不错。她们说，赵伟人挺机灵，初中文化，又是个吃商品粮的道班工人，比月冬小两岁，这还有什么可挑拣的呢?她们都同意了。秦德奎孤掌难鸣，最后也只好默认了这门婚事。结婚后，听说两个人感情还不错。可谁又会想到，月冬她……这真是祸从天降啊!

住在韭菜沟村的秦月秋，是当天清早接到亲戚报的凶信。这事太突然了，当时她的心“咯噔”一下子，脚没站稳，手扶门框才没倒。亲姊妹，手足情，怎不叫她揪心撕肺似的心疼啊！她啥也不顾了，急急忙忙往娘家去，一边走一边想：前些天还到月冬家去一趟，她有说有笑好好的，怎么说死就死了呢？叫电鼠板电死的？什么样的电鼠板？小小的电鼠板就能把一个大活人电死吗？

昨夜下了一场大雨，乡道泥泞不堪。秦月秋一哧一滑地来到娘家，人已经走光了，大门上挂着锁。她又赶紧奔高台村，到赵伟家已经九点多了。屋里屋外人挺多，出出进进的，一派办丧事的悲凉景象。

秦月冬的遗体已经停在那了，脸上蒙着一块白纱巾，脚踝上拴条红线，头前亮着长明灯。秦德奎、刘玉坤老两口带着两个女儿还有女婿们已先到了，女人们个个哭得眼泡红。两个姐姐看见路比较远的月秋赶到，好端端的四朵花少了一朵，更加悲号不止。秦月秋痛彻心扉，发疯似的扑向死去的妹妹……

秦月秋哭了一阵，轻轻掀起妹妹脸上的纱巾，看见她的死相很惨：脸青了，右脸颊露着肉，鼻子成了尖的，嘴破了，手背上有水泡……难道电死的人都是这个样吗？

秦月秋边看边哭，情不自禁地抓住妹妹的一只手。妹妹的两只手放在胸前，手往里抠抠着。她的手冷冰冰的，再也不是记忆中那温暖而调皮的手了。秦月秋使劲地摇撼着，好像妹妹是在睡觉，要把她唤醒。忽然，秦月秋看见妹妹的左手背上有一块硬币大小的红伤。揉揉眼睛细看，那是一块红斑，和脸上的伤痕一样。这是怎么回事？为什么手上也有伤呢？妹妹到底是怎么死的？

赵伟神情悲伤，忙着敬烟倒茶，招待着亲友邻居们。他的眼窝里也汪着泪水，“唉、唉”地叹个不住。他此时的心情人们可以理解，恩恩爱爱才过半年多的小夫妻突遭不幸，他怎么能不难过呢!

十一点，赵家借来一辆马车，要送死者去火化场。当然，这需要死者的父母表态。

在一边暗暗垂泪的秦德奎对赵家的人冷冷地说：“该死的留不住。这尸骨，你们就商量着办吧!”并不是秦德奎对小女儿薄情寡义，而是当初她在婚事上大大伤了他的心。

可是，刘玉坤哭着喊着坚决反对：“不行！我不同意火化！”

赵伟走过来劝道：“妈，还是火化好。不然，你老人家今天去哭，明天去哭，多影响身体呀！”

“说不行就是不行！”刘玉坤说，“我女儿太年轻了，死得暴，现在还要用火烧她……我这心哪……”话没说完又痛哭起来，“再说，埋了我还能到坟上去看看，要是火化了，我……上哪……去看……她呀……”

赵伟的父亲说：“好，好，听亲家母的，不火化就土葬。快点准备棺材！”转身又对赵杰说，“得做饭哪，快买菜去！”

赵杰答应一声，骑上自行车走了。

这里的村干部对村民丧葬的事抓得不紧，并且已经有老人故去后在闲散地土葬的先例，加上秦月冬死得暴，家属要求强烈，也就没有人出面制止土葬。

在一片悲恸欲绝的哭声中，秦月冬的遗体装棺入殓了，抬上大车，缓慢地向村东驶去。

这期间，人们没有见到赵伟，他躲在小屋里没出去。三奶奶懂“令”，说有风俗，用一条细绳把他拴在凳腿上了，不让他出去，他只得服从。

办完丧事，秦德奎夫妇和几个女儿回到家里，悲悲戚戚，哭哭啼啼，哀痛的气氛笼罩着一家子，久久不散。秦德奎又一连几天没吃饭，打自己好几个耳光。当初他不同意小女儿的婚事，好像有什么预感，总觉着把月冬嫁给老赵家不会有幸福。不过话又说回来，尽管他早就认为赵伟人品不正，但要说他谋害自己的女儿，那可想也没敢想。

现在，三女儿提出妹妹死得不明，要求公安机关开棺验尸，秦德奎拿不定主意。打人命官司，那可不是闹着玩的。这些天，小女儿的死成了全家人和亲戚朋友议论的主要话题。刚才月秋说出的那几条疑点，有她自己想到的，也有大家提的。现在经她一条一条地说出来，也显得有些根据，叫秦德奎听了觉得都在理上。唉，还是那句话，女大不由爷，她实在要告就告去吧。

其实，秦月秋没去公安局；为了壮胆，她去找了叔叔。叔叔和秦德奎不一样，对告状表示支持，鼓励说：“你去告吧，有什么事我兜着！”

秦月秋决心已定，回到家求人写了一份申诉状。

明海区公安分局：

我叫秦月秋，申诉我妹妹秦月冬死因不明，特此提出申请，要求开棺检验……

“秦三姐去告状啦!”这消息在鸡冠村风似的传开了。

3

秦月秋一纸诉状请来了市公安局刑警支队技术科的法医吴凯和孙昆。

那天是星期日，吴凯本该去趟市图书馆，或者在家整理一下案例笔记的。吴凯从事刑侦法医工作快三十年了，他几十年如一日养成了一个习惯：每承办一件案子，工作再忙，也要抽出时间来写案例笔记，从未间断，笔记积攒了好几十本。他的笔记本几乎成了市公安局刑侦资料库，不仅他自己写工作总结或学术论文十分方便，连市局办报的记者和写公安史的笔杆子们都时常向他咨询或讨教呢。吴凯还想，到了离开岗位那一天，还可以在那些资料的基础上整理出点东西，为刑事法医工作再做力所能及的贡献。可是今早吃过饭后坐在写字台前，才发觉那个正在使用的笔记本留在了法医室。惜时如金的他不愿让一天的光阴白白过去，便决定先去支队，然后再到图书馆。

吴凯推着自行车向支队院里走，迎面走来了青年法医孙昆，笑着朝他一点头：“星期天怎么还来了?”

“取点东西。”吴凯知道孙昆今天值班，“没案子?”

“没有。但愿一天平安无事!”

“平安无事”，是法医室的一句趣话。近来本市命案迭发，上周一天内就出三个现场，弄得法医室人手紧缺。所以，如果一天从早到晚没有案子，几个好说好笑的青年法医就会在下班时俏皮地学着那部老掉牙的电影喊一嗓子：“平安无事喽——”嘻嘻哈哈相视一笑，显得少有的轻松。

吴凯拿了笔记本刚下楼，孙昆又把他叫住了，神态上已没有了刚才的轻松：“老吴，明海区分局刚报上来个开棺验尸的案子，庄科长给我了，一会儿他们来车。开棺这事我没做过，您……赶上了，能不能帮我去看看?”

看来，“平安无事”的愿望今天又告吹了。

“你不是在值班吗?”

“小武昨晚和我下围棋没回去，替我。今天天气不错，我都和那边说好了。”

看到青年人的工作积极性，吴凯心里很高兴。他想了想，点头说：

“我去。”

吴凯打乱自己的日程安排答应了孙昆，是考虑到开棺验尸是一种特殊的尸体检验，《法医学》上有专门论述，对法医来说也不常见。不仅有难度，还要注意执行政策。稍有疏忽或不愤就会导致失误，造成不良影响。

吴凯在三十年法医实践中，曾做过几次开棺验尸，记忆犹新。1965 年，吴凯像眼前的孙昆那样刚做法医工作不久，随一位老法医到黑龙江省绥滨县一个村子开棺验尸。死者入土还是 1947 年的事，整整过去十八年了。一封普普通通的检举信邮到了晖安市公安局，揭发死者的妻子当年与一名农会干部有染，死者患感冒时喝了妻子买回的中药，当夜病情加重，第二天天亮前就死了，群众怀疑是被那个女人与农会干部合谋毒死的。老法医和吴凯肩负使命，在当地干部和群众配合下确认了埋葬死者的坟墓，提取了棺盖土、棺外近棺旁两侧土。掘坟开棺后，发现尸体腐败成泥状。经仔细检查，尸骨上没发现任何损伤。他们又提取了尸体头部、脚部、胃肝部、下腹部、腹侧部等处接近棺底的土，并提取了头颅骨、舌骨、椎骨和四肢小骨。回到晖安市后，根据当时的设备和条件，对提取的检材用雷因希氏法检砷，获阳性结果；以古蔡式法作砷定量检查，结果发现，死者椎骨含砷量是每公斤 150 毫克，胃肝部尸土含砷量是每公斤 57 毫克，都已远远超过了正常人骨含砷量（每公斤 0. 0087 毫克）和棺外土含砷量（每公斤 1. 4 毫克）。结合死者生前并无宿疾，死前有剧烈腹痛吐泻症状、死得较快等情况分析，符合砷中毒表现。法医们认定：死者系死于砷中毒。在确凿证据下，在政策攻势面前，那一对已经混入共产党内并在一个单位窃据了领导职务的男女，不得不承认了他们十八年前的犯罪勾当，受到党纪国法的惩处。

那次开棺验尸及其成果，给吴凯留下难忘的记忆，使他从实践中认识到了刑事法医工作的神圣与威力，深深爱上了自己的岗位。他就是从那时写起案例笔记的。

孙昆从医大法医系毕业分配到法医室工作时间不长，缺少实践经验。他主动求助，吴凯想想当年自己头一次开棺验尸时的心情，深感对青年同志有一种责任与义务，不能拒绝他。

功夫不大，明海区分局刑警大队的技术员和治安科的两位同志驾车来了，孙昆手提勘查包，招呼了摄影员崔萌，和吴凯上了车。

车里，吴凯向分局的同志询问案情，这是他的老习惯。他问：“说那个秦月冬是触电死的，怎么下的结论？有什么根据吗？”

治安科的同志说："出事后，乡政府报告了区农电局，区农电局副局长带一位姓郑的工程师到现场看过，对死者家中的电线电路作了检查鉴定。触电当时，外面打雷下雨，屋地上放着电鼠板。郑工程师认为，秦月冬是被间接雷打死的。"

"间——接——雷……"吴凯品咂着这个陌生的名词，又问，"秦月冬和她丈夫感情怎么样？"

"当地群众反映，他们是自由恋爱，没登记就同居了约半年多，小两口处得还不错。"

"她男的叫什么名字？"

"赵伟。"

"人咋样？"

"道班工人，无前科，表现据说不错。"

吴凯与治安科同志的对话，在孙昆听来觉得挺新鲜。他原以为，法医和侦查员不同，他的职责就是对非正常死亡的人尸体作技术鉴定，那么，为什么还要打听那些与技术无关的事情呢？孙昆并不知道，这是吴凯多年积累的经验之一。他认为，不放过任何机会了解与案情相关的种种细节，具有重要的参考价值，有助于在尸检鉴定方面作出正确判断，有利于案件侦查。

汽车驶抵鸡冠村，在村干部陪同下，向东行约三里地，在一座丘陵前停下了。

南山坡上是一片荒地，没有树木，一座凸起的新坟孤零零地出现在人们面前，很是显眼。

"公安局的法医来开棺验尸啦！"这个消息很快就传遍了全村，人们纷纷赶来看热闹。他们过去只从《杨三姐告状》的戏剧中听说过开棺验尸，现在可是真的，能不感到好奇吗？功夫不大，山坡上就站满了人。

秦家的人全员出动，想走近坟前，被制止了，只让秦月秋一人到场。微风吹乱了秦月秋的头发，飘到额前，也掩盖不住她那焦急迫切的神情。是的，比起往昔那位杨三姐在州府县衙所经历的种种磨难，她今天是幸运的。虽然告状也小有周折，但毕竟受到了公安机关的重视，不到一周就从市里请来了法医。看那位身穿便衣的老法医，可能快六十岁了，鬓角已经花白，脸上皱纹很深，两只深陷的眼睛机敏锐利，举手投足沉稳有力，显得很有经验。给人治病的医生越老越有经验，法医也是同一个道理吧？秦月秋用手掠了掠乱发，凝视着那座新坟，眼里噙满了泪水：好妹妹，为了弄清你怎么死的，入土后还要来惊动你，可姐姐这么做也是迫不得已呀……

吴凯登上土岗，扫视一下所处的环境，然后走到坟前转了一周，指着坟对孙昆说："这倒很好，只有这一座坟，不存在辨认的问题。如果是乱坟岗的旧坟，坟很多，辨认工作特别重要，最好找老人仔细辨认。不然，挖错了坟，死者家属就不会答应你。答应不答应事小，把案子搞错了可是大事，以前有过这种教训。"

人们听了，都信服地点了点头。特别是孙昆，深感这是老同志的经验之谈，牢记在心。

"动手挖吧！"吴凯向村干部找来的几位青年农民挥了挥手。

4

锹镐齐下，扒掉坟堆，启开棺盖，尸体露出来了。

按习俗，秦家的人用四根木杆在坟墓上方扯起一块篷布遮挡阳光。

吴凯和孙昆打开勘查包，穿上塑料罩衣。在孙昆来说，吴凯能到场看着指点就可以了，可是吴凯坚持着也要伸手，拦也拦不住。

虽然仅埋葬十一天，但因时已芒种，气温升高，尸体已经高度腐败，呈巨人观，全黑了。抬出尸体，一股强烈的尸臭迎面扑来，远处顺风观看的农民们赶紧捂着鼻子换了位置。

死者的双手裹着纸，各拿着一块蛋糕。这是家里懂"令"的人让她在去阴曹地府的路上喂拦路狗的。

吴凯向尸体投去第一眼，心里不禁一动。死者虽然是土葬，穿的衣服却很一般。按情理，对丈夫来说，新婚仅半年的妻子突遭横祸死于非命，装殓时给她穿得好一点也是寄托哀思的一种表示，而且是家中经济状况可以做到的。可是眼前这样，未免显得寒酸而又过于草率了。

的确，吴凯临场验尸，他那犀利的目光注意的不仅仅是尸体。

有吴凯在场，孙昆忐忑不安的心笃定多了。他一面仔细检查尸表，一面口中念念有词地做着描述，由区刑警大队技术员在验尸记录纸上飞快地作笔录："开棺检验所见：女性青年尸体，发育、营养及体质外貌均无异常状态，无钝、锐器损伤。身长158厘米，眼、口呈巨人观，胸腹部已出现尸绿及血管网，皮肤有多处形成腐败气泡，但四肢未见明显腐败……"

孙昆有些心急，取出了短小锐利的解剖刀，但被吴凯用手势拦住了。他走近尸体，俯下身，仔细检查尸体上的损伤情况。他看见，全身共有电伤四处：在右面部以颧骨为中心有一处，左、右手背各一处，左肘体侧下部一处。

“来，小崔！”吴凯召唤着，指着那儿处损伤说，“把这几个地方好好照照，多照几张！”

崔萌早在等候着了。他巴不得快点完成自己的差事，好离这腐烂发臭的尸体远一些。他动作敏捷地调好相机，咔嚓！咔嚓！快门清脆地响着，将吴凯指点着的那些部位一一摄入镜头。

孙昆也俯身仔细观察那些表皮损伤。他看到，吴凯最注意的是右面部和左、右手背上的三处损伤。

右面部有横向平行排列的铁丝压痕，皮肤已经硬化，呈黄褐色，很像电伤形成的电流斑。电流斑，亦称电流标记，是电流通过皮肤形成的特殊的损伤。不过，吴凯看到，秦月冬尸体右面部这块较大面积的损伤缺乏表皮隆起和皱缩这一特征。这就是说，这部分皮肤对电流的反应能力不显著。

与右面部损伤形成鲜明对照的是死者左、右两手手背上的损伤，它们才是触电形成的典型的电流烧痕，即电流斑，生理反应十分明显……

猛地，吴凯“嗖”地站了起来，微微眯缝两眼望着远天，陷入了沉思。此刻，好似电光石火，一个疑问在他脑中倏地一闪。据治安科的同志介绍情况说，秦月冬是半夜起来解手，摔倒在电鼠板上触电身亡的。那么，为什么这两处典型的电流斑却是在手背上呢？一个人在突然向前摔倒时，本能的保护性质应通常总是两只手掌朝下的。难道秦月冬倒地时是手心向上、手背向下吗？

手背，手背，手背……

一块疑云在吴凯心中升起，而且迅速弥漫开来……

“老吴……”孙昆轻轻叫了一声。他望着独自出神的吴凯，不知该怎么做。

吴凯从沉思中醒悟过来，指着尸体手背上的电流斑，意味深长地对孙昆说：“好好看看这个，嗯？”

因为这是在验尸现场而不是在支队的议案会上，吴凯不能把心里想的直接说出来。

头脑机敏的孙昆已经领会了吴凯的意思，知道那两处损伤必有说道，他再次俯身看了一会儿，然后抬眼向吴凯点了点头。

“来，小崔！把这个地方再照两张，近一点！”吴凯说。

崔萌从命，手拿相机又拍了两张局部特写。

“小孙，把它们提取下来！”吴凯又说。

孙昆照办。他知道，提取这两块皮肤要带回去作技术鉴定。

孙昆接着做了颅、胸、腹三腔剖验，没发现可疑病变和损伤。

整整工作两个小时，验尸结束了。孙昆很累，把尸体缝合好后，直起腰长吁了一口气。下步怎么做？他询问地望着吴凯。

可是，吴凯却不看孙昆，双眉微皱，望着重新装入棺材的尸体又沉思起来。

中

已经过午了，远处围观的人们陆续散去，唯有秦家的几个人没有走。吴凯把秦月秋叫到一边，两个人低声交谈起来。

吴凯问：“你要求开棺验尸，说妹妹死得不明，有没有什么根据？”

“那可多了！”秦月秋稍想了想，掰着手指头说，“第一，我妹妹脸上有红伤，左手也有红伤。我看那不是电伤，她不是触电死的。第二，我听说，一般触电死亡不可能一动不动。我妹妹的脸一直挨在电鼠板上，好像连一点挣扎都没有，这可能吗？第三，我听赵伟的邻居说，最近他们俩口子打了很多回架。都因为什么？第四，赵伟这人以前和一个女青年有过关系，后来和外甥女吴玉华也不清楚，生活作风不正派。第五，我妹妹死后，赵伟一点儿也没有伤心的样子。媳妇死了，他还东一趟西一趟地串亲戚，会朋友，打扑克，哼小曲儿。第六，那天出殡为什么那样急？这里面肯定有鬼！第七……”秦月秋一口气地说下去，几乎没有什么停顿。显然，这些疑点在她脑中已经不知折腾多少回了。

吴凯注视着秦月秋有些憔悴、显得激动的脸，暗暗佩服这是一位性情刚烈坚毅的女子，不过他脸上的神情却是冷淡的。待秦月秋说完，他板着脸问：“这些，仅仅是你个人看法。如果验尸鉴定你妹妹确实是电死的，怎么办？你有没有这方面的精神准备？”

秦月秋咬了咬嘴唇，用手抿了抿被风吹乱的头发，用坚定的语气说：“我相信公安局。要我负什么责任，我就负什么责任！”

吴凯等人在村里草草吃过午饭，已经下午三点多了，按说应该回去了，可是，吴凯却挥了挥手说："走，咱们到触电现场看看去。"

不仅区分局的人觉得意外，孙昆也说："都过八天了，哪还有什么现场啊？"

"没了也得去。"吴凯执拗地坚持，"原始现场当然谈不到了，可那个地方我们应该去看一看，也许能得到什么。"

的确，吴凯不同于一般法医的是现场观念特别强。他认为，不管是案件的原始现场、变动现场、灭迹现场还是伪造现场，法医只要有条件必须亲自到现场，结合勘查进行法医工作，不能因为大意、偷懒或畏难而拒绝去现场。虽然法医不是侦查员、痕检员，但也要具备一定的侦查、勘查知识，这对工作是很有用的。

孙昆只得服从，跟了过去，其他人也上了车。

5

市、区两级公安机关来开棺验尸，赵伟是下午才知道的。他听后满不在乎地笑笑说："验就验吧，反正小冬又不是我害死的！"

小冬，是他对秦月冬的爱称。

的确，人死了，埋掉了，都烂了，还有什么可看的呢。赵伟心里似乎很坦然。

出事的第三天下午，区农电局接到红石乡政府的报告后，王副局长和郑工程师乘车来到高台村，在乡干部的陪同下到赵伟家中检查。

赵家兄弟俩住的三间房是晖安地区农村常见的一明两暗式的格局，坐北朝南。赵杰住东屋，赵伟住西屋，中间是过道兼厨房。两家都是青砖铺地。

赵伟把两位客人让进自家屋里，忙着敬烟，嫂子也过来倒茶，两人介绍了事情经过。嫂子指着赵伟叹了口气，说："他们小两口感情可好呢，谁能想到会出这样的事呀，太不幸了！"

王副局长和郑工程师查看了电线电路。王副局长问："听说秦月冬下地是光着脚，没穿鞋？"

"是，"赵伟回忆说，"我也挺纳闷儿，她怎么没穿拖鞋呢？可能是睡懵了，也可能是人一摔倒，把拖鞋甩掉了……"

郑工程师一面听着他们的谈话，一面透过南窗，以内行的目光望着门前那在同一根电柱上架设的十千伏高压线和两百伏照明线。前天凌晨，本地区下雨打雷，击倒了四根电柱和三棵树，他为此很忙了一阵子。想到这里，他转过身问赵伟："前天夜里，你们这边打雷没有？"

"打了。"赵伟忙说，"那雷一个接一个地在窗户外面响，震得玻璃都直忽闪，可吓人了。"

郑工程师环视屋内，没发现进雷点。东墙南端安装一个电盒，他踏着木凳看了看电盒，保险丝也没烧断。到底是怎么回事呢？他苦苦思索，忽然眼前一亮，跳下来拍掉手上的灰尘，走到王副局长面前说："原因找到了！看来还是雷的作用……秦月冬不是直接被雷击死的，是被间接雷击死的。这就是说……"

站在一边的赵伟很感兴趣地听着，频频点头赞同。待郑工程师讲完，他说："对，对，说得太对了！"

王副局长听了，也觉得郑工程师既然是专家，讲的一定有道理。这是一次人力无法抗拒的天灾。好几棵碗口粗的树木和电杆尚且被雷击倒，秦月冬一个柔弱的青年女子还能抗住雷击吗？他们好言安慰了赵伟一番后就走了。这个结论也被区公安分局治安科接受了，没再搞什么调查。死者埋葬了，赵伟照例上他的班，一切都恢复了正常。

秦月秋到公安机关告状，这是赵伟没想到的，但他不以为然。查就查吧，内无毒，外无（打）伤，能查出什么来呢？所以，当有人告诉他"公安局来人了"时，他最初还以为是由于他使用了电鼠板，公安局来查他偷电呢！

吴凯打量赵伟，一米七二三的个子，留长发，一双大眼睛机灵有神；牛仔裤，夹克衫，皮鞋锃亮。虽然他一直待在农村，却生着个城市小伙的胚子，几乎看不到农村青年那种粗犷与自卑。对他来说，秦月冬是高攀了，难怪她违抗父亲非要嫁给他不可。

吴凯环视赵伟的住房，南面是一铺火炕，北面有一张单人床，东西两侧摆放着沙发、茶几、缝纫机等家具。虽然结婚才半年，可是从屋里的家具摆设上看不出新婚的样子来。吴凯想，这不仅与当地经济条件有关，也与秦月冬草草匆匆和赵伟未婚同居有关吧？

吴凯注意到，在东墙北侧有一个连接电源的电插座。

赵杰夫妇骤见来了不少警察，未免有些紧张。赵伟却显出一副见过场面的样子，神态自若。吴凯让他讲讲出事的经过，他脸上显出痛苦的神情，说："我们家老鼠多，总在夜里跑来跑去地折腾，小冬可烦了。今年 4 月初，我到叔伯哥哥家，看见他家有个电鼠板，觉着挺有意思。我回来也照样做了一个，晚上拿出来放在地上电老鼠……”

吴凯问：“你那个东西还在吗？”

“出事后，那个东西让张会元烧了。他说那东西晦气，不吉利，不能留。”

“张会元是谁？”

“我在这。”一个年约四十的男子从外面走进来，脸上显出不大自然的笑容，“我是村治保主任，那东西让我烧了。”

吴凯看了看那位治保主任，真是不好说他什么，转过脸又问赵伟：“你做的那个电鼠板什么样？”

“那东西挺好做。”赵伟用手比量着说，“是个八寸宽、一尺来长的木板，木板上钉着玻璃钉，用两条细铁丝绕几道，一头固定在钉子上，另一头连接在带插头的塑皮电线上。”

“接着讲吧！”

“5 月 2 日晚上睡觉前，小冬让我把电鼠板接通电源放在屋地上，然后我们就睡了。下半夜三点多钟，我醒了，叫小冬起来上班。她在砖厂工作，每天早晨四点上班。可我伸手一摸，人没了；打开灯一看，见她身穿背心、裤衩，双手扶胸，脸朝下趴在屋地上。不好，出事了！我赶紧下地，把电源插座上的开关闭了。跑到小冬跟前一看，啊呀！她的脸正贴在那个电鼠板上，皮肉叫电烧伤了一大块。我摸摸她的心口，已经不行了。我跑到东屋，叫起了哥哥和嫂子……”赵伟声音哽咽，低下头，难过得说不下去了。

“当时，可把我和他嫂子吓坏了！”赵杰接过话头说，“我听弟弟喊，就翻身下地跑过来看。小冬在地上躺着，我要过去，他嫂子把我拦住了：‘别碰，有电！’我一看，那个电鼠板的电插销还在座上插着呢，就跑过去拔下来了，然后去找咱村懂点医道的姜永吉。可是，唉！人已经不行了……”

在刚才赵伟讲述的过程中，孙昆始终注意观察着那个同龄人的表情变化。看得出，这是一个头脑机灵、反应敏捷的青年。尽管显得悲伤，他的神态是沉着的，语句是流畅的，讲得条理清楚，没有迟疑，没有破绽。但孙昆总觉着，这个人的两只眼睛转动得未免太活了，与这类机灵得似乎有些过分的人交谈，会使你担心他的话的可信程度究竟有多大。

吴凯也在观察着赵伟。与孙昆不同的是，他注意的不仅是对方的神态，更注意话里的内容，极力想从那些话里得到自己想得到的东西。

哦，有了！赵伟发现妻子触电倒地后，只是关闭了电源开关，却没有把插销从电座上拔下来，这合乎常情吗？为什么不拔呢，是不是故意让它留在那里给别人看？

手背，手背，手背……

吴凯站起身问赵伟："你把电鼠板放在哪了？"

赵伟走到屋地中间，指着砖地说："就是这。"

"你爱人摔在地上是什么样子？"

"她是头朝北，脚朝南，脸朝下趴在这，一只拖鞋踢翻在……这。"

"你画一下。"

"没有粉笔呀！"

但这难不住吴凯："你家有没有玉米面？用撒玉米面的办法画一下电鼠板和你爱人倒在地上的位置。"

还真有高招。孙昆看了看吴凯，从心里佩服老同志。

赵杰用小盆取来玉米面，交给赵伟。赵伟想了想，弯起腰在地上比量几下，然后抓起一把玉米面，边撒边画起来。虽然他画得不像个人形，但是头、身子和四肢的位置都标得清楚。

"仔细看看，当时是这样吗？"吴凯问。

"错不了。"赵伟说。

吴凯转身对崔萌说："照下来。"

此时，吴凯很后悔：带来个痕检员就好了。

那个懂医道的姜永吉被找来了，也确认了赵伟在地上画的人形就是秦月冬倒毙的位置。姜永吉是继赵杰夫妇之后第三个进入现场的人。过后，吴凯单独找了他，让他谈谈当时的情况。他说："……赵杰喊我，我只穿条线裤就跑来了。我进屋，看见秦月冬穿着背心、裤衩，在地上趴着，两只手压在胸脯下面，那个电鼠板压在她鼻子下面。我一摸她脉，没救了。我让赵伟把她翻过来，他一扳，秦月冬像块板子似的，'咕咚'一声翻过来了。这还有什么救？前些年有个青年触电了，我给做的人工呼吸，做了两个小时我都没怕。人家那脸是本皮本色，可秦月冬脸都青了，身子都硬了……"

崔萌拍完照片，吴凯仔细端详赵伟在地上画的人形，然后扭头看了看南炕，在他的脑子里映起了"电影"：那天深夜，在这间屋子里，一个年轻女子醒了，摸着黑下炕，不料摔了个跟头，向前一扑，倒下了，脸触到砖地上那个通了电的电鼠板上，叫也没来得及叫一声就死了……

这，可能吗？

在一个电闪雷鸣之夜，一个年轻的女子肯出去解手吗？年轻人腿脚灵便，在自己常年居住的屋子里，从炕上下来还能摔个跟头？砖地溜平，是什么把她绊倒的？拖鞋？一只拖鞋能绊倒她吗？即使真的倒了，这又能摔出多远呢？现在看，从炕根到电鼠板足有两米远，身高不足一米六的秦月冬能够到那个电鼠板吗？

还有——手背，手背，手背……

吴凯让孙昆检查了那个电盒，两安培的保险丝完整，但有放射状黑色烧灼的痕迹。

这时，很少说话的崔萌出其不意地问了村治保主任张会元一句："你那个电鼠板是在哪烧的？"崔萌很生气，按通常情况他应该给那个致人死命的劳什子拍照的。

吴凯赞赏地向崔萌投去一瞥：问得好！

没等张会元开口，赵伟说："那天我三奶在外屋烧火搅猪食，张主任把电鼠板扔进灶坑里烧了。"

孙昆也受到启发，和崔萌一起到外屋去，过了一会儿他回来问赵伟："你家扒完柴灰倒在哪？"

"外屋院子，园田地里。"

孙昆他们走出屋，在院里找到那堆柴灰，扒拉一阵，果然捡到几根铁丝残段。

那个张会元长出了一口气，看了看吴凯，好像在说：看，没说谎吧？不然我还担了责任呢。

吴凯接过铁丝残段看了看，问赵伟："这铁丝哪来的？"

"是从我姐夫家要的，冬天安炉子吊烟囱用。"

"还有剩的没有？"

"有。那不是吗！"赵伟指了指西墙，"都在那呢。"

众人望去，墙上挂着一卷直径0.1厘米的镀锌铁丝，与在院子里找到的铁丝残段一样，只不过后者的锌皮烧掉了。吴凯让孙昆从那卷铁丝上截取一段，收了起来。

赵伟冷静地注视着，不声不响。看见孙昆把那段铁丝小心翼翼地收进勘查包里，他的嘴角微微翘了翘，似笑又不是笑。

沉默一会儿，吴凯冷峻的双目逼视着赵伟，问："你说，你爱人是怎么死的？"

“还用问，触电死的呀!”赵伟苦笑一下，似乎在说，到现在还提这个问题实在多余，“区农电局的局长和工程师来这检查过了，说那天夜里下雨打雷，我爱人是被间接雷击倒了，又正倒在电鼠板上……”

吴凯没说什么，脸上掠过一丝冷笑。

该做的都做了，该看的都看了，该问的也都问了。分局用车把吴凯等人送回市内，已是华灯初上。

吴凯到车棚取自行车时，问孙昆：“小孙，你注意没有?”

“什么?”

“在咱们尸检和调查过程中，区分局的人一直在一边观望，没有表态。”

孙昆茫然，摇了摇头。头一次开棺验尸，他的神经一直处于紧张状态，哪还顾到看分局的人的反应。区分局的人没有表态，难道这里面还有什么文章吗?

6

周一上班后，吴凯和孙昆把鸡冠村开棺验尸的情况向科长庄俊斌作了汇报。吴凯认为，通过尸检和初步调查，种种迹象表明，秦月冬之死并非因雷电之类的自然因素而导致的意外死亡，很可能是一起人为的电击杀人案!

庄俊斌顿感问题严重，把吴凯和孙昆带到副支队长黄刚的办公室，让吴凯把情况向支队领导谈一谈。

崔萌干劲儿也很足，照片很快就冲洗出来了。吴凯拿着照片，一条一条地讲了赵伟有重大杀人嫌疑的根据。

黄刚原来也是一位法医，吴凯既是他的搭档，也可以说是他的老师。黄刚提升副支队长后，分管技术工作。所以，他对吴凯所讲的那些一点儿也不外行。

吴凯说：“秦月冬两只手背上的电流斑，生理反应明显，是生前触电形成的。由于两只手背触电，电流通过心脏，引起心跳停止，造成死亡。但是，两只手背上的电伤是秦月冬自己难以形成的。即使她下地摔倒，也不会在这两个部位上触电。既然她倒地时双手压在胸下，没有触到电鼠板，那么，手背上的电伤又是怎么形成的呢？只能说，是他人加害才形成的。”

“其次，现场有问题。赵伟用玉米面在砖地上画的尸体原始位置和姿态，与尸体上的电流斑的形成和部位不符，存在矛盾。人们都知道，老鼠一般是顺着墙根跑窜的，电鼠板为什么要放在屋地中间呢？秦月冬摔倒后，脸能贴在电鼠板上吗？如果她是雷电致死的话，两安培的电盒保险丝为什么没有熔断呢？”

“还有，也是更重要的一点，”吴凯加重语气说，“孙昆已经提取了尸体脸部和手背皮肤上的电流班，又提取了电鼠板铁丝烧毁的残段和没经燃烧的镀锌铁丝。我提议送到省公安厅作微量金属元素分析，看看两者所含的成分是不是一样。如果脸部和手背的电流斑的金属微量成分出现差异，那就说明它们触电的媒介不是同一个物体……”

黄刚听完，同意吴凯的建议。他还说：“要抓紧作出鉴定。为了慎重起见，可以邀请医大、省厅刑科所的教授和专家对鉴定进行复核。如果肯定是件案子，就要与明海区分局密切协同，侦破此案。”

两天后，省厅作的微量金属元素分析结果出来了。从死者脸部提取的电流斑金属微量成分与从赵伟家提取的镀锌铁丝一致，但手背电流斑却出现了差异。这就是说，脸和手背触电的媒介不是同一个物体。死者脸上的电伤和手背上的电伤也不是在同一时间形成的，前者是在生活反应能力甚弱的情况下形成的。手背电伤形成在先，脸部电伤形成在后……

在吴凯指导和修改下，孙昆写出了尸检鉴定。应吴凯之邀，这一鉴定经医大法医系教研室和省厅刑科所工程师复核，得到了认同。

这就是说，秦月冬很可能是他杀致死。

可是，鉴定书发到明海区公安分局后，等了好多天，也没得到回音。吴凯感到不解。难道区分局还相信着农电局那个鉴定结论，对法医提出的看法有怀疑吗？

和吴凯焦灼的心情一样，鸡冠村的秦德奎一家人，还有当地的群众也在渴望着这件案子早日真相大白。据说，从秦月冬死后，当地一直阴雨连绵，可是到开棺验尸那天，天忽然变得晴朗了。也真巧，晚上电视台播出了电视连续剧《杨三姐告状》。有的老年人在背后说：“那满天的乌云都是秦月冬的冤气呀！这回可散了，很快就能查清楚。”然而，开棺验尸后，区公安分局没再来人。人们向村东的南山坡望去，一缕缕烟雾袅升上天空。人们议论说：“秦月冬她妈又去烧纸了，这案子怎么还没查出个头绪来呢？”

秦月秋在家坐不住了，来到刑警支队，指名要见吴凯。吴凯关心地问起案子情况，秦月秋说：“我找区分局不少次了，可是一直没给准信，叫我回去等。我看哪，他们是相信那个农电局工程师的，还是认为我妹妹是雷电击死的。”

吴凯送走秦月秋，心里像开了锅。显而易见，对于秦月冬的死因，两种观点鲜明对立：一种认为她死于大自然的灾害，即所谓“间接雷”；一种认为她是被人所害，她的丈夫赵伟嫌疑很大。吴凯想，许多事情都是复杂的。明海区公安分局偏信农电局的鉴定结论，除了技术方面的原因外，是不是还有“脸面”上的原因呢?

吴凯对于自己提的那几点根据坚信不疑，但他办案向来是谨慎的，也想听听别人的意见，共同探讨研究这个案子。他经过一番考虑后，转身去找庄俊斌，说：“我们能不能开个案件讨论会，把秦月冬那个案子再分析研究一下?”稍停又说，“如果把明海区分局的同志也请来，就更好了。”

庄俊斌微微笑了笑，他知道后面那句话才是吴凯最希望的。庄俊斌想了想，同意了。

是日，讨论会在三楼法医室里举行。技术科的领导和法医室的人都参加了，明海区公安分局治安科科长带着几位同志也来了。随他走进会场的还有一位两鬓花白、身穿西装的中年男子，吴凯等人谁也没见过。

“这位是郑工程师。”分局治安科长介绍，“区农电局的。”

吴凯一怔。哟，他不就是那位“间接雷”理论提出者吗！吴凯原想在这次会上把对案件的看法再比较系统地向区分局的同志讲一讲，以便引起重视，对嫌疑人赵伟开展侦查；没想到，他们倒把自己的“对头”也请来了！

“好，好啊！”吴凯笑向郑工程师伸出手，“欢迎，欢迎……”他心里想：你来了更好，我巴不得能见到你哩！

郑工程师在案件讨论上出现，证明了吴凯的分析是对的。对于秦月冬的死因，区分局在“间接雷”和他杀这两个对立的观点之间犹豫不决。现在，让郑工程师出席讨论会很可能是区分局的意思：不是要讨论分析案子吗？究竟哪一方观点正确，你们就面对面地发表高论吧！

市、区两级公安机关的人经常接触，老熟人见了面每每说些俏皮话寻开心，甚至动一点拳脚。可是今天不行了，因为多了一位郑工程师，逗趣取乐的事一概免了。这样，会场上本来很欢快的气氛一下子变得严肃了。

孙昆有点担心，借倒茶水的机会走到吴凯身边，低声说：“老吴，你得否他！”

吴凯不动声色，微微一笑。

讨论会由庄俊斌主持。在一番必不可少的客套和已经尽人皆知的案情介绍之后，讨论很快就触到了那个敏感的实质性问题：秦月冬是怎么死的?

“我先说说！”郑工程师动了动身子发言了，“这个事发生的第三天，我和王副局长去看了，没什么问题！”

屋子里鸦雀无声。几位年轻的法医把脸转向吴凯，意思是说：听见了吗？这是在向你挑战呢！

吴凯听了那“当头炮”式的话，不仅没有什么反感，倒替郑工程师暗暗着急起来：老弟，你这样说话，可要后悔呀！

心地善良的吴凯，即使面对咄咄逼人的论战对手，还在替对方着想。

“没问题！”郑工程师又重复了一句，“秦月冬是被间接雷击死的。你们想，人家小两口结婚才半年，热乎还没热乎够呢，还能加害吗？‘间接雷’这个名字是我起的。它是怎么回事呢？是这样：那天夜里，形成雷的高压电场使照明线产生雷电感应，形成超高压的合流雷电行进波，在一瞬间被导线引进老赵家的西屋里。电压越高，电流越小，所以电盒里的保险丝没烧断。当行进波引到那个电鼠板的终点的时候，击穿了绝缘程度很低的木板，他们屋的砖地有些潮，入地后，使电鼠板周围的地面产生高压电场，形成一个电容。正赶上这个时候，秦月冬光脚下地，一只脚先着地，另一只脚跟着落地，产生跨步电压，脚一麻感电了，倒下了，脸正巧贴在电鼠板上，电流通过心脏造成回路，就死了！这是一种巧合现象。也就是说，赶上点儿了……她的死没什么问题，是间接雷——不是直接雷——打的。没问题……”

一口一个“没问题”，郑工程师的发言旗帜鲜明，毫不含糊。

“间接雷”、“合流雷电行进波”、“跨步电压”……这些名词玄而又玄，把在场的法医们说得一愣一愣的。虽然厚厚的一大本《法医学》上也有“雷、电击伤”的一章，但郑工程师那些使人似懂非懂的陌生的名词却是他们头一回听到的。

郑工程师讲完后，会场上静得出奇。庄俊斌和法医们把目光转向吴凯。是啊，吴凯是论战另一方的主将，人们期待着他对郑工程师挑战般的发言进行答辩。

吴凯早就想反驳了，但他那宽容的性格使他冷静地听完了对方的话。轮到他发言时，他的语调是心平气和的：“我是搞法医工作的，对电不太熟悉。但是听了郑工程师的话，我有几个问题想问一问。郑工程师，如果按照你的说法，当时外面有雷，传导到屋里这个……电容——”

“哦，也就是电场。”郑工程师笑着解释。

“反正就是那么个意思吧。”吴凯也笑道，“我不知道能否形成这个电容或电场。假若形成的话，天上打雷放电有几百万、上千万伏的电压，导进屋里地面，和电鼠板形成两极，那么，在秦月冬倒地的一瞬间，应该打个响雷。可是，为什么连在同一间屋里睡觉的赵伟都没提供这个情况呢？不仅他应该听到，邻居也应该听到，为什么却没有一个人说起这件事呢？电盒保险丝应该烧断，为什么还完好无损呢？赵伟和他哥哥不是都说，秦月冬死后电灯还亮着，电闸也没拉下来吗？这些都怎么解释呢？”

人们又向郑工程师望去，但他没有作答，眼睛眨了眨，身子不安地动了动。

“这只是其一。”吴凯停了停又说，“其二，正像你刚才所说的，秦月冬光脚下地，就触电了。假若真是这样，那么，她的脚掌应该首先被电烧伤，产生电流斑。这是常识。可是，为什么死者两只脚掌上却没有一点儿电伤的痕迹呢？”

郑工程师仍然没有回答，他的脸色变红了，好像流了汗。

“其三，”吴凯继续说，“如果秦月冬是因为雷电因素倒地的话，那么，人在摔倒时的保护性反应，应该是手掌向下着地。可是，为什么电流斑却出现在她的两只手背上呢？还有，经过技术鉴定，她的脸和手背上的电烧伤的金属微量元素不同，这又怎么解释呢？……总之，现在我们有充分的根据说，秦月冬手背上的电伤是在她活着的时候电极打的，脸上的电伤则是心脏停止跳动后的反应。结论：秦月冬因他杀而死！”

一个又一个问号提到郑工程师面前，使他如芒刺在背，坐不安稳；最后一句话，使他的身子震颤了一下。虽然5月天还不算热，窗户也开着，他脸上却流下了汗水。

吴凯看到郑工程师忐忑不安的样子，心里有些不忍：不管怎么样，这是位工程师，搞技术的，别再难为他了，便停止了提问题，笑了笑说：“郑工程师，你还有什么意见？”

“没意见，没意见！”郑工程师赶紧欠身答道，“我，我刚才说的那些，只是理论上的分析，供参考，供参考……我，我不太了解情况……”

刚才他发言时还理直气壮，一口一个“没问题”，现在却变得惴惴不安了，恨不得早点离开这个会场。吴凯又看了看他，不觉有些好笑，心里在说：老弟，你未免过于善良了。难道小两口结婚不久，也能成为否认杀人犯罪案件的一条根据吗？

后来其他人在会上的发言，没有一个再重复郑工程师的“间接雷”理论，形成了赞同吴凯他杀观点的一面倒之势。

最后，吴凯说："今天只是一个讨论会，究竟秦月冬之死是不是个犯罪案件，其性质还要由区分局来定。"

庄俊斌简要地说了几句收场的话，最后，他的神情变得严肃了，说："今天的会议内容一定要保密，绝对保密！所有在场的人都要保密！谁如果失密，要负法律责任。"

郑工程师的身子又不安地动了动。满屋子的人都是警察，只有他一个人不是。他多心了。

散会了，明海区公安局分局那位治安科科长笑着朝吴凯走来，握住他的手说："吴法医，你对案子的分析太精彩了，我们……服啦！"

"大家在一起讨论嘛！"吴凯见郑工程师已经走远，说，"工程师的论点不能成立。我敢肯定，秦月冬之死是件杀人案。你们回去向领导汇报吧！"

"一定，一定！"治安科长点头答应。

下

7

当明海区公安分局对赵伟立案侦查时，赵伟正带着一个叫关玉华的姑娘游晖河，逛龙山，沉浸在第二次恋爱的欢乐之中。

论起来，关玉华是秦家的外甥女，她管秦月冬叫四姨，管赵伟叫四姨父。最初，她是为了一件与自身利益相关的事情来到赵伟家，才与这位仅比自己大一岁的姨父有了来往的。

今年2月，关玉华的家搬到红石乡。当时，她正和一个姓于的养路工人搞对象。关玉华想到，赵伟也是养路工人，对小于的情况一定了解，何不到他那打听一下？便来找赵伟。她和秦月冬唠完家常，趁秦月冬走出屋的功夫，转向赵伟，提起了正题："四姨父，你看小于那个人怎么样？"

赵伟眼盯盯地看着关玉华，出了神。他没想到，由于和秦月冬结婚，引出来这么一个长得怪俊的外甥女。这么好看的姑娘和小于搞对象？美的他！便说："那个小子呀？不怎么的，长没长相，还小里小气的。"

"可不，"关玉华把嘴一撇，也来了气，"让他给我买点东西，他总说：

‘等盖完房子吧。’”

“哼，他能给买什么，”赵伟鄙夷地冷笑，“那是用话搪塞你呢。没结婚就这么小抠儿，结了婚更完了！”

没过多久，关玉华就和小于吹了。

关玉华又认识了一个小胡。这个小胡不同于小于，给关玉华买了电子手表、皮鞋、纱巾，还有不少衣服。关玉华又来到赵伟家，想再听听他的看法。

“依我看，姓胡的那小子也不怎么的，抖抖嗖嗖的。”赵伟轻蔑地说，然后堆起笑脸，“小华，等哪天我给你介绍一个，是个工人！”

工人，非农户，对于一个急切寻觅伴侣的农村姑娘来说，竟也可以成为一种诱惑。可是，关玉华细眉微蹙，为难地说：“可我，已经……收了他的东西啦！”

“那怕啥，再退给他！”

“有的东西都用旧了……”

“我借给你钱还他，就和他吹了吧！”

关玉华垂下眼睑，有些犹豫。

赵伟又用话激道：“别的不说，你看姓胡的那小子个头多矮呀！你要是和他结婚，就像我跟你四姨似的，一高一矮，走到街上都不好看。”

关玉华抬眼看了看赵伟，果然，他不仅比秦月冬高出一大截，比那个小胡也高出半头。她怪嗔地讥讽说：“你既然嫌我四姨个子矮，为什么还和她恋爱、结婚呢？”

赵伟现出苦笑，无可奈何地长叹一声：“唉——后悔药没地方买呀！”

这次谈话后没过多久，关玉华果然又和小胡吹了。

秦月冬知道了是赵伟做的手脚，责怪他说：“老话讲：‘宁拆十座庙，不拆一对婚’。人家处得挺好的，你老在里面搅和什么！”

赵伟笑了笑，没说什么。他见关玉华和两个对象都吹了，心里很得意。他想：小华长得那么好，能让那两个小子把她得到手吗？

“五一”节前夕，也就是秦月冬死前一周的一天，关玉华又来到赵伟家。两个对象吹了之后，她来得更勤了。赵伟趁秦月冬上厕所的功夫，悄声问关玉华：“明天我上晖安办事，你去不？”

关玉华想了想说：“去。”

赵伟诡谲地笑了笑：“明天你先走，我在半道等你。”

关玉华抿着嘴笑，点了点头。秦月冬回来了，他们什么也不说了。

如果说，以前关玉华来找赵伟为她搞对象的事出谋献策还是公开的话，那么现在，他们两个人的心里话只能背着秦月冬说了。特别是赵伟，他开始感到秦月冬是个障碍，一个多余的人。要是没有她多好……他常冒出这么个念头。

一种见不得人的情感在赵伟和关玉华之间交流着，而且越来越变得浓烈了。

果然，第二天，当关玉华走到机修站时，碰到了扶着自行车早已等候在那里的赵伟。赵伟欣喜地朝她招招手，拍了拍后车座："上来吧！"

关玉华轻盈地一跳，坐上了"二等车"。赵伟踏着车子，沿着公路飞快地向火车站驶去。

在晖安，赵伟什么事也没办，领着关玉华在这座繁华的城市里游逛起来。关玉华心里明镜似的，早就猜到赵伟就是要带她出来玩一玩，乐一乐。

在商业城，赵伟花六十多元钱为关玉华买了条花纱巾。关玉华问："你不给我四姨买一条呀？"赵伟冷漠地说："没准备那份钱。"

街市上行人如流，不乏一对对红男绿女，他们旁若无人地勾肩搭背，亲亲昵昵地走着。赵伟看在眼里痒在心上，向关玉华靠了靠，伸手去拉她的手。关玉华怕遇上熟人，躲闪着说："这多不好，快撒手。"

"那怕什么！改革开放了，你还那么封建。"

后来，赵伟买了两张电影票，和关玉华走进了电影院。偌大的电影院，观众不过二三十人，大多是成双成对的。灯一闭，赵伟的手就不老实了，在关玉华身上乱摸……关玉华走不了也躲不开，胆子似乎也大了些，只好由他。

赵伟有些满足了，无心看电影，和关玉华低声说话，过了一会儿，他涌起一件心事，用忧郁的声音说："华，你四姨向我要三千元钱。"

"为什么？"

"我看不上她，不和她过了，她就向我要三千元钱。"

关玉华听了，心里的滋味是复杂的，说不清是高兴还是感叹。

赵伟说的事情是真的，没有扯谎。秦月秋告状前，听邻居说在一段时间里妹妹和赵伟吵嘴打架，其因由概源于此。自从关玉华出现在赵伟面前后，他怎么看都觉得她漂亮，从心里喜欢；转过脸再看秦月冬，皮肤粗糙，个子挺矮，越看越觉得难看，使他感到厌恶。他以为，反正也没履行结婚登记手续，没生孩子，把她撵回娘家就算离了，自己可以再找一个——当然是关玉华了。于是从4月起，他向秦月冬提出了“散伙”的要求。可是，秦月冬却不答应，她有自己的条件：“我走也行，得把冰箱、缝纫机、沙发、茶几给我，另外还得给我三千元钱。不然，我来的时候是姑娘，走的时候成了媳妇，这名誉我丢不起！”

“五一”节前那些天，赵伟一直被这件事情困扰着。他现在急于摆脱秦月冬的迫切心情，比过去追求她那阵子不知要强烈多少倍。可是，哪来的三千元钱呢？每月开的工钱，连吃带喝，到月末一个硬币都不剩。东西都给她，自己还剩下什么了？再说，父亲还向他索要两千元钱呢。原来，赵伟母亲去世后，父亲续娶了妻子，带来一个儿子。老头的意思是，三间房子三个儿子（包括养子），每人应得一间。现在赵伟和赵杰各住着一间半，每人就应该拿出两千元钱来给三儿子解决房子问题。于是赵伟想：倘若和秦月冬离了，可以再找一个媳妇，到媳妇家去住，那样不仅自己合算，还能气气老头子呢……可是，秦月冬一百个不答应一千个不答应，离婚条件要得挺高，真叫他犯难。他恶狠狠地想：秦月冬要是死了才好呢！

此刻在电影院里，赵伟紧紧搂着关玉华，驱掉心头的不悦，沉醉在快意之中，两只灵活得过分的眼睛射出贪婪的淫光，在关玉华的脸上、胸脯上扫来扫去：“真的，那电影演员也没有你漂亮。华，我们早些认识就好了……”

喜欢听男人用美丽的词句夸自己，可能是一些女人的天性。关玉华明知道自己的相貌、身段和电影演员相比差多了，但她心里却是甜滋滋的，将身子向赵伟靠了靠。和赵伟在一起，使她感到舒坦、惬意。假若秦月冬真的走了，不用说，就会由她去顶替那个位置。这是赵伟和她两人心照不宣的事。

没有不透风的墙。赵伟和关玉华的晖安之游终于让秦月冬知道了，她和赵伟又吵了起来。赵伟恼羞成怒，说：“咱们过不到一块儿，你就走吧！”

“没那么容易！”秦月冬见赵伟变得冷酷无情，一阵心酸，眼里涌出泪水，“当初你尽对我说好听的，现在翻脸不认人，我真瞎了眼！”

赵伟冷笑。

“我来的时候是个姑娘，现在让我走，将来到谁家不给气受？”

“那你说怎么办？”

“我不能白走，东西带着，你还得给我三千元钱！”

可怜的秦月冬见赵伟情断义绝，也失却了信心。她以三千元钱开出了自己的身价，作为离异的补偿。她不是为了要钱，而是为了泄愤。不能白白便宜了这个家伙。想起当初父亲的规劝和自己的执拗，她懊悔已极，心几乎要碎了。

妈的，又是那个数目。赵伟气恼得要挥起拳头，又控制住了。这次吵架在客观上成了一次试探的机会，使他知道了，如果真离，秦月冬“要价”的态度是坚决而不会妥协的。他真没有办法了。

这次吵架后的第三天，即5月2日夜，秦月冬触电身亡。

赵伟和秦月冬吵架，关玉华也有所闻。不过，秦月冬死得这么突然，却是她绝没想到的。群众的种种议论以及公安局来验尸，她都听说了很多，也产生了疑问。所以，当赵伟带她游龙山时，她直爽地向他提出了那个一直萦绕在心头的问题：“四姨到底是怎么死的？有人说是你害死的……”

“别听他们放屁！”赵伟满不在乎，“还有人说是咱俩合谋害死的呢！还有人说我是下药了，说啥的都有。事有事在，我不怕。法医不是验过尸了吗？到头啥也没验出来！”

“你一个人住那屋不害怕吗？”关玉华好像放心了，换了话题。

“不怕。”赵伟说，“过两天搬家，在下坎子盖四间房，我哥两间，我两间。等盖完房子，咱们就结婚！”

关玉华点了点头。两人的关系已经发展到这一步，那还用说吗！

“哼！”赵伟气愤地说，“以前我没想和你成，现在你三姨这一告，我恨她，非和你搞不可。”

“告你怎么的，人家对你有怀疑嘛！”关玉华故意反驳，“你实话告诉我，我四姨到底怎么死的？”

“电击死的呗！天上打雷，又有那个电鼠板……”望着天真的关玉华，赵伟感到这个姑娘简直是小菜一碟，脑子还不如秦月冬呢，“哼，让她告去吧。告输了，白花好几百块验尸钱！听说，结论快下来了。”

“什么结论？”

“百分之九十五是电击死的。要是我害的，公安局不早把我抓起来了？现在他们顶多罚我放电鼠板偷电。”

“可是……”关玉华自言自语。她想，如果秦月冬是赵伟害死的，公安局还能让他带着自己东游西逛吗？

赵伟显得很开心，拥着关玉华向绿丛深处走去……

8

不是不报，时候没到。7月20日，明海区公安分局将赵伟拘留了。

那是秦月冬死后两个半月的一天下午，赵伟到邻居家帮忙盖房子，他正搬起块石头，一个陌生人走到他身边，喊了声："赵伟!"他放下石头问："什么事?"没等他看清那个人的脸，就被一副手铐铐住了双手。

公安局并不管偷电的事。拘留赵伟，是因为他有杀人的重大嫌疑。

法医舌战电气工程师，驳倒了"间接雷"致死论，使明海区公安分局改变了态度，也不再顾全"脸面"了，对秦月冬死亡一案重视起来。6月下旬，专案组来到高台村和鸡冠村，深入群众，访问死者家属，询问知情人。经过二十多天工作，发现了赵伟如下问题：

秦月冬生前曾对别人说，赵伟不让她生孩子；要是生孩子，就和她离婚。这是什么问题呢?分析认为，赵伟这一态度并非为了计划生育，极有可能是他对秦月冬没有真正的感情，没有与她长期共同生活的打算。

赵伟多次和秦月冬打架，撵她回娘家。秦月冬在经济上提出了条件，但根据赵伟经济状况，他无法满足。

赵伟背着秦月冬，与一个叫关玉华的未婚女青年暧昧，很不正常。

赵伟品质恶劣，道德败坏，曾以搞对象为名在道班强奸一名未婚女青年。由于这个女青年没有投诉，不了了之……

这些情况，进一步表明赵伟具有杀害秦月冬的思想基础和作案动机。

传唤关玉华，她如实讲了和赵伟一系列接触的情况。关于秦月冬之死，她不了解，赵伟也没有对她透露过。但有一点值得注意。关玉华说："我问过赵伟'四姨怎么死的?'他总是说'到时候你就明白了。'"

专案组人员分析："到时候"是什么意思呢?极可能是赵伟图谋和关玉华结婚之后，当他有了一种安全感时，才肯向她吐露真情。

传唤赵伟的亲属和其他证人，对秦月冬之死提不出什么有价值的线索。

现在，使案情大白的关键在于赵伟的交代。可是，赵伟在被拘留审查中，一查坚持说秦月冬是自己触电死亡，不是他害死的。这也不奇怪。他在被拘留前就有了思想准备，和关玉华打了招呼："万一我被公安局抓去，押我十年，你等我不?"关玉华说："我就等你十年!"看来，赵伟真的要和公安机关长期较量了。对他的几次审讯都毫无进展。

预审员老霍面对赵伟这个狡猾死硬的对手沉不住气了，打专线电话找吴凯："老吴呀，这个小子顽固得很，怎么也不供，你看怎么办?"

在晖安市公安系统，谁都知道吴凯是法医。可是，现在预审员攻不下对手也来找他了，这是为什么呢?

在刑警支队法医室，这个问题的答案最简单不过了，因为此案是以吴凯为主搞起来的。孙昆开玩笑说，秦月冬之死的案子是由吴凯“承包”的。

其实，不必用电话找，吴凯一直在关注着案子的进展。他对案件的有关材料反复认真地作了复核和研究，更加坚信，这是一起罕见的电击杀人案，犯罪分子虽然年轻，却是个残忍而狡猾的家伙。

此刻，吴凯手持话筒，沉吟片刻后说：“小霍，这个案子我可以担保，他杀人犯罪是毫无疑问的。哪有一抓起来就供的，他这人不一般哪！你要针对他的犯罪心理对症下药。他以为你没掌握证据，和你死顶硬抗。你不必连着审，把他‘晒’几天再说！”

吴凯既给预审员打了气，又授了计。这些话不是他顺嘴随便说的，而是经验之谈。他虽然是法医，但常有接触嫌疑人或犯人的机会。他经常分析案情，揣摩他们的心理，同他们作精神、意志和智谋上的较量。

几天后，老霍又打来电话，高兴地说：“老吴，他供了！秦月冬确实是他用电击方法害死的！”

“是吗？”吴凯精神一振，舒畅地笑了，“供了就好！”想了想，再次授计：“小霍呀，既然他供了，你就让他把作案工具再做一个。他要什么材料你都满足他，照原样做出来。小霍呀，别太乐观了，要进一步取得证据。他不是说把那个杀人工具烧了吗？那就让他再做出来！”

预审员老霍都四十多岁了，可吴凯还是习惯地叫他“小霍”。

吴凯把这个消息告诉了庄俊斌、孙昆等人，他们也很高兴。

第二天，老霍又给吴凯打来了电话：“老吴，他把那个玩意儿做出来啦！”

“好，万无一失了，你报捕吧！”吴凯说完，轻轻放下话筒，如释重负地长长呼出一口气。

是啊，为了这个偶然接手的案子，两个多月来他劳心费神，做了大量超出法医职责范围的工作，现在终于看到了成果，再也没有比这更使他感到高兴的事情了。

9

在看守所拘审中的赵伟，究竟做出一个什么样的杀人工具呢？

真是不可思议，他的灵感来自屠宰场。

春节前，赵伟随家里人到红石镇食品收购站卖猪，走进了屠宰场。农村杀猪他见得多了，用绳子把猪捆起来，白刀子进去红刀子出来，不稀罕；可是屠宰场里怎么杀猪呢？他感到好奇，走进屠宰车间，伸长了脖子看。他看见，工人们往活猪身上浇水，然后拿着一个带电线的像哑铃似的黑东西往猪身上一碰，猪当即失去知觉，再也不叫不跳，乖乖地任人宰割了。

赵伟啧啧称奇，指着那个黑东西问："师傅，这个玩意儿叫什么？"

工人答道："电锤"。

"嘿，这玩意儿真不错，杀猪省事多啦！"

赵伟还想看下去，家里人喊他往回走，他才离开了。

关玉华搬到红石乡住以后，随着赵伟和她的接触日渐频繁，他那喜新厌旧的思想越来越强烈了。他提出的离婚要求，实际上被秦月冬经济上的要求驳回了。对"第三者"的"爱"和对妻子的恨与日俱增，从4月下旬起，他就萌生了杀死秦月冬的恶念。可是，究竟采用什么方法，他还没有想好。打死怕验伤，毒死怕化验，他这个"聪明人"是不干那类蠢事的。但杀死秦月冬的企图像一条毒蛇钻入他的脑髓，不能消失。何时动手，只等机会。5月2日晚，天阴沉沉的。和往常一样，赵伟和秦月冬吵了几句后早早就入寝了。睡到半夜，赵伟忽然醒了，再也不能入睡。他有心事，用他自己的话说，"觉着闹心"。"闹"什么"心"？是那条盘踞在脑髓里的毒蛇又蠢动起来了。借着闪电的光亮，他看了看身边的秦月冬，她仰面躺在被窝里，发出均匀的鼾声，睡得正香。

外面在刮风，不时就打闪鸣雷，好像下起了小雨，落在窗玻璃上"嗒、嗒"作响。

到下半夜了吧？

杀死她！而且就是现在！

杀了她，我就可以再搞一个，年轻漂亮的关玉华就成了我的老婆；杀了她，我就可以不必给她那三千元钱了，还保住了屋里的家具；杀了她，我或许可以到关玉华家去住，就又省下了父亲要的那份钱……

杀了她，就是现在……

怎么杀？电鼠板……电锤……对，有办法了！这么干，谁也看不出来！

的确，事情就是来得这么突然。当他临睡时，还不曾有丝毫"今夜动手"的想法和准备；可是一觉醒来，闪过脑子的强烈欲念就是杀死秦月冬。说突然也并非突然，这是他长时间酝酿的杀人恶念在一瞬间的突然发作。他觉着脑子特别清醒，也特别好用。

赵伟在炕沿下面摸到开关，打着了电灯。他看了看秦月冬，没有醒。

赵伟悄悄穿鞋下地，忙了起来。也许由于他头脑聪明，也许不久前制作的那个电鼠板为他提供了经验，好像有现成的图纸在那摆着似的，他干得熟练而迅速。他找到一块近四寸长、两寸宽、一寸厚的木板，两片铁折页，几颗小钉，仅用十来分钟，就做完了。这就是他用土法制作的“电锤”。在制作过程中，他尽量不弄出一点声音。他拿着这种杀人工具，走向熟睡中的妻子……

可怜的秦月冬，不知是由于白天干活儿太累了，还是因为睡梦中重温着过去那些幸福的岁月，睡得格外沉。赵伟打亮电灯时，她没醒；赵伟把一件杀人工具做成了，她还没醒。她丝毫也没觉察一个凶残的“高占英”式的杀人凶手正在向她走近……

当赵伟确认秦月冬已经死亡，这才关闭了电源插座上的开关，关闭了电灯，上炕睡觉了。

说来使人难以置信，赵伟害死了新婚仅半年的妻子，就像杀死一只小鸡，居然能重新安然入睡！对于这一情节，连预审员老霍也感到惊异了，他问赵伟：“当时你能睡得着吗？”赵伟淡淡地回答：“能睡着。”

老霍在市公安局干预审也有二十多年了，什么千奇百怪的人犯没见过？但赵伟这样的家伙他还是头一次遇到。不能不说，这是一个心毒手狠而又沉着冷静的杀人犯。

前后历时三个月的侦查和审讯，使秦月冬一案终于真相大白。秦月秋胜诉，“高占英”式的人物赵伟被押赴刑场，一声枪响，结束了他年轻而罪恶的生命。

10

清明时节雨纷纷。鸡冠村村东边的南山坡上，那座孤零零的土坟又垒高了一些，坟包透出新绿，一棵棵柔嫩的小草迎风抖动着。秦月秋又陪着母亲烧化了冥纸，含着眼泪说：“月冬，我的好妹妹，安息吧！你的冤仇，公安局和法院给你报了！”

这天，吴凯走在街上遇见了老霍，老霍笑着对他说：“老吴，秦月冬那个案子，你办得太漂亮了！从前滦县有个杨三姐告状，现在咱们这里又出了个秦三姐告状，哈哈……”

“大家干的工作，我一个人算啥。”吴凯谦虚地说，“如果让赵伟那样的坏人从咱们手下滑过去，不就是失职吗?”匆匆说了几句，吴凯就走了。

是的，虽然“承包”秦月冬被害一案的吴凯受到了人们的赞扬，但不知为什么，在他心里隐隐有不满足之感。

这天夜里，吴凯迟迟没有睡，坐在写字台前补写办案笔记。他又找出崔萌拍的那几张开棺验尸的照片，取出一柄放大镜，在灯下仔细察看……

哦，看见了，看见了！这是一张死者左手背的特写照片，他让崔萌特意多拍的一张。在那块电流斑上，隐隐约约有一个呈直角的印痕。

“这就是那片折页的印痕。”吴凯兴奋而不无遗憾地自言自语，“唉！我是老眼昏花了还是怎么的，验尸的时候怎么没看出来呢!”

原载《金盾》，1996 年第 11 期至 1997 年第 1 期

激情杀人

陈铁军

对于吴医生这件案子，刑警边沿只有一句话的评语。这是他从前常说的一句口头禅，每当他忧急、焦虑、烦躁的时候，就会不由自主脱口而出，后来大家都觉着老这么说有损公安人员形象，在领导和同志们的批评监督下，他渐渐克服了动不动这么一说的毛病。但是只要话题牵涉到这案子，他总是忍不住一张嘴又将这话说了出来。他是这么说的："我操他妈!"

大致案情是这样。

这天是这个城市建筑公司发工资的日子，女出纳徐然在热切期待的目光中乘坐一辆出租汽车，到该单位的开户银行取款。当时她丝毫也没想到，这辆汽车正拉着她驶向出事地点。该单位保卫科长事后对警方解释说，单位里的三部小车早就开零散了，因为近些年来企业不景气，工资都是以剜肉补疮和寅吃卯粮的形式勉强维持着，修车这种事情根本造不到预算内，所以很长一个时期以来，财务人员往来银行都是到大街上叫出租车。开始他们还对世道存有一定戒心，每次都派人押款，但由于一直没出什么事儿，便把这个世界误认作了太平盛世，产生了麻痹大意思想，押款这茬儿也就不提了。而徐然就在这一片松懈的气氛中出了事儿。

事儿出在银行不远处。因为这个银行临着十字路口，门前禁止停车，出租汽车怵于安全岛上站着个警察，都不敢在这儿上下客，所以徐然取了款后，只得沿马路朝着某一方向行走一段距离，到脱离警察视线的地方叫车。就在怀抱钱兜儿的她东张西望，寻找亮着空车红灯的出租车的那一瞬间，马路上响起一片尖锐刺耳的汽车刹车声。人们目瞪口呆地看到，这个女人与一辆疾驶的汽车发生了正面冲突。只见她就像一张被风刮得乱跑的旧报纸，忽地翻卷飞离了地面，在空中呼呼啦啦舞蹈片刻，才缓缓跌落下来。直到女人仰面朝天倒在了路中央，撞了她的客货两用汽车才真正停顿下来。待人们反应过来出事了，徐然已经失去了知觉。肇事司机当时的表情似乎是吓蒙了，半天才清醒过来，拦截了一辆出租车，将徐然连人带包塞了进去。肇事司机本人也上了车。目击了事件的人们事后对警方解释说，他们之所以听任了这个肇事司机的离去，一者人是他撞的，他对受害者当然负有抢救义务；二者肇事汽车还停留在现场，有庙呢还怕和尚跑了么。出租车二话不说驶出人群，很快消失在稠人广众的车流里。这辆汽车的坚定不移的态度，给人的感受是不幸的女人已被拉向了某个可以得到救助的地方。但约摸半小时后，人们却在距此不远的一段偏僻河岸上发现了这个女人。她毫无知觉地躺在铺张弥漫开来的血泊里，就像一个人熟睡在一幅醒目的红床单上。很显然，她被那辆出租汽车丢了下来，但是她装钱的包却没有一起丢下来。事后警方推测，事情经过很可能是这样，那辆出租汽车在驶向某个救人之处的途中，无意间发现了受害者携带的钱，不由得见财起意，将受害者抛弃而只带走了她的钱。人们报警的同时，给这个城市的急救中心打了紧急求救电话。蓝光闪闪的急救车拉走了破碎不堪的女人。主持抢救工作的医生姓吴，是这个著名急救中心最著名的外科医生。吴医生查看受害者伤势后，当即制订出一套简明扼要的抢救方案。手术进行了二十多个小时，在吴医生和助手们坚定不移地挽留下，本来去意已决的生命终于滞留了下来，残缺不全的身体也得到了大致修补。警方目前正在等待死里逃生的女人恢复神志，好从她那里进一步了解案情。

按说这本不是什么大不了的事儿，整个事件发展至此，无非是一起由交通肇事而引发的趁火打劫案，在这个人人都管钱叫爷的年头里，人们早已对此习以为常和熟视无睹，如此区区小事儿原本没什么值得一提的。甚至就连那些等着出纳回来发工资最后白等了半天的人，也只是将愤怒宣泄在了这个公司的主要领导身上，纷纷责骂这个领导没有进取精神，不敢搞行业不正之风，以至于在房地产事业如此兴旺发达的今天，一个国家经营的堂堂正正的建筑公司竟然挣不到钱，而把钱都让那些来自不知什么地方的包工队挣去了，弄得这么大单位连修个破车都没地方开支，终于导致了今天这样的不幸，而没有一个人对这起不幸事件本身大惊小怪。但是就在人们都以为这事儿不过如此了的时候，发生了一个谁都没想到的意外，使得整个事件突然蒙上了浓厚的神秘和诡异色彩——徐然出事儿后，单位安排了一个人临时接替她工作，此人第一天上班，打开由徐然经管的保险柜时，在堆积如山的单据账目中，发现了一封徐然本人写给组织的信，这封信的内容令所有读到它的人都愕然睁大了眼睛。谁也没想到，徐然在事前就已经预感到了这次被害，并且一直在为这次迫在眉睫的加害担惊受怕。她在洋洋数千言的此信中，几乎是用毛骨悚然的语气，详尽描述了她的惊恐万状的心理，并且在信的结尾充满激愤而又不容置疑地起诉道：如果她真的出了什么意外，不论她是以什么方式遇害的，陷害她的人都只有一个，那就是她的丈夫。显然她写此信的动机是想预留一条线索，以便她万一出事儿之后，人们可以轻易地弄清事实真相。她的这一断言式的指认令所有人都呆若木鸡。因为这里面有个十分凑巧的巧合。徐然所谓的“丈夫”，正是在急救室里持续工作二十多个小时，终于挽回了她的生命的吴医生。吴医生就这样走进了刑警边沿的视野。

通常情况下，人们对一个人的最初认知总是现在时的，也就是说人们最先认识的总是这个人现在的模样，然后随着与这个人接触的不断深入，就像从后向前翻阅着一部书，认知的触角才能不断地延伸向这个人的过去，使得认知结果逐渐由片段和残缺变得连贯而完善，认知过程在这里实际上是一个不断回溯的过程。但是对于刑警来说却是个例外，这一职业总是使得人们有意识地忽略去一个人的现在，而将这个人的履历从前往后翻，一直翻阅到最目前的这一页。刑警边沿对吴医生的认知也是这样从头开始的，他的追问一直上溯到了吴医生黯淡无光的童年和少年时代。

那时的吴医生还生活在他后来在履历表籍贯栏所填写的故乡小城里。他的父亲是县医院锅炉工，母亲则是一个从农村嫁出来的家庭妇女。锅炉工这份差事笼统地听起来不是很悦耳，但是具体放到医院里却比医生还“牛×”，因为即使是医生也不能不喝开水，而这个烧开水的却体壮如牛平时连感冒都很少得，这就使得他很少有求别人而别人却谁也不敢得罪他。沾着父亲的这点儿光，儿时的吴医生倒也没受什么委屈和亏待，故而他对那段生活没有任何怨言。但是后来不行了，变故发生在吴医生的小学时代。那一年，突如其来地，他年纪轻轻的母亲患了一种本该几十年以后再患的病，医生们叫做脑溢血，虽然仗着家里在医院有个说话算话的人，命是勉强保住了，人却成了半身不遂的残疾人，除了会吃其他什么都不会了。吴医生从此就像俗话常说的赶了背集儿。父亲是个粗人，很不耐烦以琐碎为主要特征的家务活儿，尤其这活儿里还包括着照管半死不活的病人，便从母亲的老家雇来个寡妇做保姆，条件是管吃管住但不给钱。这事儿要搁现在就算是农村人也不会干，可那会儿的农村可能确实就像后来报上常说的比较穷，能有个吃饭的地方就不错了，这个寡妇不仅干了而且干得很欢实，很快将这个眼看败落了的家整理得居然有了些中兴气象。这一来父亲反倒过意不去了，觉得应该对这个寡妇更好些，便隔三差五把母亲从前的衣裳找出来送给寡妇穿。不料这一穿，坏了。从前这些衣裳穿在母亲身上时，父亲从来不曾觉着有什么好，尽管那时这些衣裳都正时髦着。如今这些衣裳虽说早已过时了，但换个人一穿竟令父亲突然觉得好得不得了。这个父亲晕鸡似的呓怔半天，终于反省过来衣裳就是这些衣裳，主要得看穿在了谁身上，衣裳好坏是由人的好坏决定着的。这么今昔一对比父亲觉得他这一辈子算是白活了，一种虚度光阴的失落感和时不我待的紧迫感油然交织而生。就是从这儿起这个家的格局发生了重大变化，寡妇的排名从最后一名跃升至第一，而母亲和吴医生的名次却由第一跌至了最后。这种变化集中表现在这个家的房间占有权的重新分配上，从前是父母亲住大屋，吴医生和寡妇住小屋，现在两个男人原地没动，而两个女人的位置却掉了个个儿，出处不明的寡妇堂而皇之地跻身进了大屋，名正言顺的母亲反被扫地出门，和吴医生一起屈居在了小屋里。母亲的失宠其实就是儿子的失宠。吴医生就这样被从家庭的中心，也即是生活的中心贬谪了出来，由不可或缺的主角变成了可有可无的配角。他在这一时期里第一次体验了被遗弃的孤独感。等到吴医生上中学的时候，这种情况更加恶化了。父亲和寡妇越来越肆无忌惮的调情终于将无能为力的母亲气死了。可是这一变故不仅没使家里少去一个人，反而平白无故又多出几个人。直到这时吴医生才知道，这个寡妇曾和前夫有过四个孩子，这些孩子此前一直被寄养在各种名目的亲戚家，此刻就像当时正演的电影《列宁在十月》中涌进冬宫的无产阶级队伍一样涌进了这个家，而且一进门就行使起了当家做主的权利，将旧主人剥夺得更加一贫如洗。由于小屋里的居住人口骤增到了五个，而可居住的面积却没有增加，吴医生先是失去了他的床，不得不睡在角落里的地铺上，之后又被四兄弟合力逐出屋子，流落到了临时搭盖的杂物间里。住宿待遇的不断恶劣实际隐喻着他在生活中的地位变化。也就是说这时的吴医生所遭受的已经不仅仅是被贬谪，而是被放逐了。这一时期简直可以说是吴医生整个人生中最灰暗阴沉的一节儿，在这些个寒冷的日子里，他越来越明显地感觉到他正同“家”这个字之间发生着某种无可挽回的分离，以至于他在这个家里常常会发生一种误入了别人家里的错觉，这种日甚一日的局外人感觉将他的幼小心灵揉搓得就像一件旧背心似的到处都是窟窿眼儿。有段时间吴医生不止一次地试图夺回曾属于他的中心位置，但他瘦得就像俗话常说的狼见了都掉眼泪儿，根本不是四兄弟的个儿，三天两头被打得鼻青脸肿，而且每次打架不管谁有理谁没理最后闹到父亲那儿总是他没理，结果他不仅要挨四兄弟的打最后还得挨他父亲一顿打。这一切使得吴医生仅仅十几岁便产生一个不应有的念头——每当他看到一些老年痴呆症病人坐在轮椅中，从潮湿阴暗的病房里推到暖意融融的阳光下的时候，就想什么时候我也能混上这样一辆俩轱辘的车就好了，我就可以过上这种除了吃喝拉撒睡，什么心也不用操什么事也不用愁的美好生活了。就在这时吴医生彻底失去了他的家。这一年里，他考上了一所离家很远很远的医学院。

刑警边沿是在吴医生当年生活的地方了解到这些陈年旧事的。这是一个位于四川和湖北交界处的长江岸边的蕞尔小城，整个城市临江依山而建，各式各样的建筑物高低错落，参差不齐，山脚码头上大小轮船往来麇集，呜呜咽咽的汽笛声连绵不断。随着时间推移，这个山城早已面目全非，甚至就连事件主要场景中的那个县医院也已另迁新址，吴医生家的旧屋更是早被一家批发本地土特产的店铺所取代。但是边沿仍然触景生情，十分真切地看清了少年吴医生的面目轮廓。是的，这是一个心灵饱受扭曲和伤害的人，这个小城对他的粗暴贬谪和放逐，毫无疑问将对他的一生发生定向和定位性影响，注定了他一生都只能是这样一种人——心理成熟而乖戾，性格孤僻而畸形，但个性又无比的倔犟，一旦认准了方向，非一条道走到黑不可，不见棺材绝对不落泪 。这种人往往是什么出其不意的事情都能干得出来的，而且无论多么匪夷所思的事情发生在这种人身上都不会令人大惊小怪。

刑警边沿离开山城的时间是晚上，他是乘坐路过此地的长航客轮走的。短促而潮湿的汽笛声中，轮船缓缓驶离码头，顺流而下。随着轮船越去越远，伫立船尾的边沿觉得山城夜景犹如渐渐拉开的默片时代的电影镜头。他看到层层叠叠的建筑群落轮廓分明，难以计数的人家窗口灯火蔼然，或高或低或远或近，温情动人得就像一个伤感故事；他看到建筑物间的界限渐渐模糊，千家万户的熠熠灯火融成一片，成簇成群的光点倒映在摇动的江面上，真实与虚幻交相辉映难以分辨；他看到黑色的江面越来越开阔，这时的山城景色已经推移到夜幕的大背景上，闪闪烁烁的灯群完全失去了立体感，远远望去就如一堆被风吹得忽明忽灭的灰烬，给人以一种无法挽回的结局感。就在山城的最后一点灯火行将被黑暗吞噬之际，突如其来地，刑警边沿无端地感到，当年吴医生乘坐客船背井离乡时，面对此情此景，肯定会产生一种与某种东西诀别的怅然若失感。这东西不是别的，正是如山城灯火般温暖的生活。

吴医生考取的医学院就在他此刻居住的城市里，这个医学专业是父亲不顾他本人意志迫使他选择的。刑警边沿直到走进这所高等学府，看到图书馆台阶上成群结队的医科学生，才真正醒悟到那个遥远山城的县医院锅炉工为什么执意要让儿子读医学院。显然，当这个父亲得知儿子考上大学的一瞬间，就已经决定将这个累赘从家里永远割除了。很长时间以来，这儿子一直是个影响他家庭安定团结的消极因素，令他一想起来就觉得如鲠在喉不吐不快。但是话说回来他毕竟是个父亲，他生下一个儿子却从来未曾善待过他，现在他就要同这个儿子永远地解除父子关系了，不期然地，父亲的心里竟萌生起了一缕难得的温情，他要在儿子最后消失之前，为之今后的一生指一条明路，至于以后混得好不好就全看儿子自己了。如此，也算他这个做父亲的仁至义尽了，将来再想起这事儿的时候才会心安理得。作为县医院锅炉工，他当然明白，医生到底是医生，尽管在医院里医生为了喝开水很可能去巴结锅炉工，可是出了医院大门，人们只会跟迎面碰上的医生打招呼而决不会搭理这个同样是迎面碰上的锅炉工。大概吴医生也明白了父亲的这种心理，因此自从他考上大学后就再也没有回过家，既没有得到过家里的音讯，也没有给家里写过一封信，事实上他与那个远在天边的家庭完全失去了联系。刑警边沿曾在那个山城访问过吴医生的父亲。他是着便装去的，使用的是临时编造的假身份，他之所以这么做主要是担心案情没搞清楚之前，父亲给儿子通风报信，但是一进门他立刻发现自己的这种谨慎完全是多余的。锅炉工和他的寡妇都已鬓发斑白，就连寡妇的四个儿子也已各自娶妻生子成家立业了。这天恰逢锅炉工不知多少岁生日，散居各处的儿子们都拖儿带女来为父亲祝寿，席间觥筹交错、笑语喧哗，把老两口打发得容光焕发眉飞色舞，恍若年轻了多少年，一望而知这是一个暖意融融的大家庭。是的，这个家庭是那么的圆满，生活所必需的欢乐他们一样也不少，因此他们没有任何缺陷和遗憾，由衷的满足使得大家几乎谁都记不起来他们在这世上还有一个亲人了，就好像他们中间从未有过这么一个人似的。吴医生就这样被从生活中单独地剔除了出来。这时的刑警边沿完全能够理解吴医生此刻的寒冷和绝望，因此他明白，此刻的吴医生一定非常急需找一件什么事儿干干，而且这事儿越麻烦越好，最好能干个没完没了，以消解和冲淡被生活废黜所造成的刻骨铭心的伤痛感。如果他是吴医生他就一定会这么做。

吴医生就这样逃避到了医学院的学业里。特别是每当寒暑假，别的学生都各回各家，整幢寝室楼里仅剩了这一个无家可归人的时候，他更是全神贯注、废寝忘食地埋头在卷帙浩繁的书卷里。他这么做的最初动机如同刑警边沿推测的那样，只是为了消磨孤寂的时光，就像一个无所事事的人为了消磨无聊的时光翻开一本书一样。这本书完全是信手拈来，随意翻开的，这个人事先对书的内容一无所知，之所以选择了此书完全是因为顺手，而其他书则需要费些周折才能取到。正因为拿来得太随便，这个人对书的可读性并没抱太大希望，也许拿到的只是一本很没意思的书，所以起初读得并不是很经意。但是翻过几页之后，这个人突然发现这是一本与众不同的书，特别是随着情节的渐渐展开，故事开始显露出它的迂回曲折、扑朔迷离、别开生面和出其不意，这个人终于在不知不觉间被吸引了进去，脸上现出迷离恍惚、如痴如醉的表情，并开始对书之外的一切事情视而不见和充耳不闻。待到最后的高潮即将来临之际，此书于此人已如酒精于酒鬼毒品于吸毒者，也就是说这个人已经沉溺到了不能自拔的程度，成了这本书的俯首帖耳的奴隶，被这本书役使得人不像人鬼不像鬼。吴医生这一时期的情形与此人一模一样。这个完全是不经意间误入医学领域的人，以前从不知道这里面的景象是如此的引人入胜，那些貌似枯燥乏味的教科书为他揭示了一个闻所未闻的奇异世界，使得他刹那间被惊呆了，只顾全身心凝视和感受，而完全忘却了自己的存在。他在这个美不胜收的世界里颠倒迷醉，流连忘返。他很快和这个世界水乳交融，难分难解。他很快对这个世界历历在目，了若指掌。现在他的目光开始变得无比犀利，具有了去伪存真的扫描和透视功能，已经习以为常将衣冠楚楚的人们做脓血观和骷髅观。现在他已经认识了人体所有的皮肤、脂肪、肌肉、血管、神经、器官和骨骼，并且熟悉每一种东西确切的位置、走向、形状、构造、特征、性质和功能，他对这一切都是那么的洞若观火，明察秋毫。现在他已经开始在想象中对人体进行具体的手术。在想象中他就像一名真正的外科医生一样，将这种高难技术操持得那么轻而易举。他得心应手、游刃有余地解剖着错综复杂的肉体，就像庖丁解牛一样，这种淋漓尽致的切割分解令他如鱼得水般的畅快不已。持续不断的遐想淡化了笼罩他的灰黯和悲伤，犹如透射阴翳的阳光，为他的生命和生活注入了一线亮丽的生机，使得他重新感受到了生趣和乐趣。这种感觉完全出乎了他的意料。这一意外收获反过来促使他更加忘我地投入到了这种快事中。他就这样孜孜不倦、乐此不疲、昏天黑地地浸淫在学习里，就像一个纵欲的人无度地沉溺在放荡的生活里……

当刑警边沿对吴医生的认识到达这一层次时，他已经十分明晰地感觉到，这个姓吴的人毫无疑问将会成为一名优秀的外科医生。因为吴医生的整个大学时代都令他联想到一部名为《象棋的故事》的外国小说。一个被纳粹单独监禁的人，为了同令人绝望的孤独抗争，旷日持久、饮鸩止渴地研读着一本象棋棋谱——他在那段黑暗日子里所能得到的唯一的书——自己与自己夜以继日地捉对厮杀，最后，当人们把这个人从纳粹魔爪中解放出来的时候，他已经自学成了一名象棋大师。人是环境的产物，环境对人的成长有着巨大的诱导、定向和决定作用。刑警边沿认为这时的吴医生已经拥有了可能使人变得出类拔萃的环境因素。

一次纯属意外的事件，令吴医生重新找回了被故乡小城所剥夺的东西。

由于过早与家庭断绝了经济来往，吴医生在医学院的最初日子几乎天天处在衣食无着的悲惨境地，纯粹迫于辘辘饥肠的再三要求，他在大学最后两年里开始利用假期四处打工，也就是俗话常说的勤工俭学。正好那一时期国家提倡改革开放，人们吃饱之后开始有了长生不老的追求，各种“专科”的民间医院如雨后春笋冒了出来。时至今日，人们仍能从各级工青妇团主办的发行量很大的综合性杂志上看到这类医院连篇累牍的医疗广告，是人都声称自己声誉卓著，其名字和独特疗法已被载入不知谁编的《中国名人录》和《疑难杂病名医辞典》。其实许多按着这种广告求医问药的人现在都在四处告状。不用说，这些虚有其名的医院非常需要大批具有专业知识的人来弥补它们自身的先天不足，这就为吴医生这样的人提供了大量的挣钱糊口的机会，因此他很容易就谋到了一份差事。

这是一家以治疗胆的各种疾病为专科的医院。吴医生初来乍到时，并没有人对他正眼相看，而只将他视做了为手术器械灭菌消毒的寻常临时工，就像看大门、烧开水和打扫卫生的其他临时工一样。连吴医生本人来此的目的也纯粹是混饭，吃了饭以后好回去接茬儿看他的书，丝毫没有奢望自己的聪明才智得到这里人们的认同。然而最不可能发生的事情偏偏发生了，有一天医院对一名患者进行手术治疗，主刀医生就是医院院长本人。这是一起微不足道的胆道手术，甚至就连吴医生这种学生，约略看过病历之后，都能易如反掌地形成一个手术方案，并对将要进行的手术胸有成竹，何况一名拥有院长职位的人，更何况这家医院又是以胆为专科的——这里面本没有吴医生什么事儿。谁知手术进行到半截儿时，事先任何人都没料到的意外发生了，因为医院就是院长本人开的，院长之职等于他自封的，事实上这个头衔说明的只是产权关系而并非技术段位，可事情的不幸就在于叫院长的人太多把这人给叫糊涂了，自己都搞不清自己是不是名副其实了，昏昏然中竟将自己真的误认作了十分了得的人，这世上没有办不了的事儿，以至于一出手便形成一个致命错误。先是手术切口过短，造成应该接受治疗的脏器没有获得良好暴露，无法看清手术区的解剖关系，致使手术变得非常难以操作。接着，这个尸位素餐的人又没意识到，这时应该按照常规开阔刀口，直到手术部位完全呈现在视野之内，手术才能继续进行。反而无知无畏，丝毫没有顾忌到手里拿的是把刀子，想当然地蛮干开了。结果将原本针对胆部的一次切割误加到了肝部，一刀将平白无辜的肝戳了个大口子，造成被误伤的肝部涌泉似的呼呼冒血，导致病人面色苍白，血压骤降，就在手术台上昏迷了过去。这个院长见此情景才明白，他不是在手术，而是在谋杀，而且距得逞只有一步之遥，当场吓傻眼了。而与此同时，与事故有着不同程度关系的麻醉师、助手和护士，也都大眼瞪小眼愣在了那里，没有一个人想到去制止事态的进一步恶化，整个手术室都笼罩着一种绝望的气氛，眼看一起死亡事件即将发生。吴医生就是在这个时候站出来的，就像一部电影的恃强凌弱场面里突然出现的那个除暴安良的人。此前他在这起事件中所分得的角色是传递手术器械的人，也就是说他的位置一直处在事件最边缘，而现在他走进了事件的中心。由于人们已经习惯了他的外围人身份，因此当他遽然出现在中心位置时，所有的人都感到了突兀和困惑。谁也没想到正是这个毫不起眼之人，即将做出一件令他们所有人愕然不已的事情。对于这起医疗事故，医院事后的诊疗记录中是这样写的——“肝部手术性损伤，造成大量出血，病人因失血过多而休克。院方采取紧急救治如下：一、将止血粉填入创伤区域，促进止血并清除淤血；二、通过大量输血和补液等积极措施，纠正休克现象；三、延长手术切口，使肝脏获得良好暴露，探明肝部破裂情况；四、行肝创面修补缝合术，用缝补办法修复肝脏破裂区域；五、清理腹腔血液、积液，行腹部缝合术。全部救治工作历时三小时四十分。病人于翌日凌晨脱离危险。手术极为成功，术后没有任何常见的手术并发症发生。”这份诊疗记录对于这次救治过程叙述得极为简约，而且没有注明这次抢救者的姓名，但是即便如此，人们仍能从中感受到整个过程的错综复杂、紧张激烈和惊心动魄……吴医生就这样成为了人们关注的焦点。他被睽睽众目异样地注视着，这目光先是惊愕不已，继而难以置信，终于炽热如火。这个被无数目光热烈簇拥着的人直到这时才明白发生了什么，他完成了一次梦寐以求的手术！他只是一个其貌不扬的医科学生，至今尚未完成规定学业，从未有过任何临床实践和经验，但是他却在没有任何指导和帮助的情况下，就像一名真正的外科医生一样，用他的热情和激情，将一个即将逝去的生命盛情挽留了下来。他感到汹涌的热泪夺眶而出。他丝毫没为自己的流泪而尴尬，反而放任泪水恣意纵流，他感到此泪流得畅快无比。

时至今日，刑警边沿已经很难设想当年的具体情形，而只能依据调查中得到的片段和残缺的描述，大致做出这样的推断——显然，在吴医生漫长的大学岁月里，由于日复一日的无处停泊和无所依托，学习已成为他逃避苦闷空虚的唯一处所。他只有把全部精力都倾注于学习的时候，才会暂时忘却烦恼和忧伤，破碎的心灵才会得到抚慰。于是，他开始不断地将自己沉浸到学习中去。他这么做完全是有意识的。他已经在这种行为中注入了很大成分的感情因素。久而久之，不断重复的行为自然而然地发展成了习惯。他开始对学习表现出极大的迷恋。只有在学习的时候，他才会感到活得充实活得有意义，才会焕发出极大的灵感和激情，才会产生高度兴奋的精神状态。这时学习之于他，已不仅只是对伤痕的慰藉，更多的已是对心灵的愉悦，他正不知不觉地从这件事情中寻求并获得愉快的心理满足。这是毋庸赘言的，如果某种行为不能使人感到高兴，而只会令人感到痛苦，人们便不会反复不断地重复它，它就不可能形成习惯。习惯一旦固定下来之后，便不仅渗透进了人的行为，而且渗透进了人的意识。也就是说，这种习惯已不仅仅是行为习惯，而且也是思维习惯。思维一旦形成了习惯，无形之中便省略了理性判断的程序，使得习惯获得了自动的表现力，进入了无意识或不自觉的自为状态。刑警边沿认为这时的吴医生便已处在这种状态里，他的这次救助行动很可能并不是一种有意识的主动行为，而是习惯冲力的一次完全无意识的自然流露。当他看到手术台上有一个人正在濒临死亡，而其他的人却对此完全束手无策，就像吸烟历史很长的人看到了香烟一样，烟瘾一下子被激发了，想抑制都来不及。他是别无选择地走进这起事件的。当他将自己置于事件的中心的时候，很可能连自己都没有意识到自己在干什么。这时他的行为已经完全脱离了他的控制，被一种强大惯性驱使着，不由自主地向前滑去，他只有屈从于这惯性。直到他淋漓尽致、完美无缺地完成了这次救助，如释重负地嘘一口气，重新感到此刻正置身何处，感到人们瞠目结舌的注视的时候，他才省悟过来他干了什么——他干了一件连自己都难以置信的事。这个医科学生就这样不知不觉地表现出了他的出类拔萃的医学才华，使得人们第一次认识到了他的价值，也为自己赢来了生命中的第一次喝彩。从今以后他将再也不是一个无关痛痒、微不足道的人。正相反，他已经重新成为一个不可或缺、举足轻重的人。他在不知不觉走进这起事件的中心的时候，实际上也在不知不觉中重新走回了生活的中心。刑警边沿猜测，对于吴医生来说，这次救险很可能是里程碑式的，这起偶然事件为他赢得的赞誉，毫无疑问将带给他更加强烈的心理快感和满足，而这对于他无疑是个巨大的激励，很可能使他从这一刻起就开始期盼着另一次类似事件的发生，从而再次重复这种巨大的心理快感和满足，甚至促使他去主动寻求这样的事件，将这种快乐体验变为自己的积极追求。就像小孩儿尝到了糖的甜头，必然一而再再而三地缠着母亲要糖吃一样。

刑警边沿在这之后的调查中，越来越发现事实与推断之间正发生着重合。他随身携带的用于记录访谈内容的破本儿对此做着不容置疑的旁证。

首先，这个吴医生的个人习惯意外地为其赢得了巨大声誉。而名声大噪带给他的心理快感反过来更加深了他的习惯。

证据来自这个城市的各个野鸡医院，对于这一点他们是这样说的，自从吴医生成功修复了那只行将报废的肝脏，他的这一事迹很快被现场目击者和患者亲属传扬开来，这使得他在整个城市的民间医界异军突起，片刻间成了一个众目瞩望的人，无可救药的患者都将他视作了救命的活菩萨，也不管自己的病对不对口，都争先恐后、指名道姓地要求挨他的刀，结果出事那家医院不仅没身败名裂，生意反倒红火起来。许多类似性质的医院看到有利可图，纷纷到学校打听这个人，高薪聘请他去主刀，这里边甚至包括一些以割除鸡眼和痔疮为专科的医院。而那家胆专科医院的院长为了垄断这个难得的人才，除了许以更高薪水之外，甚至不顾此人还是未毕业学生这一事实，不容分说将自己同样未毕业的正在另一所大学学习财会专业的女儿许诺给了他。这一切都无疑是对吴医生个人价值的最大褒奖，没有什么能比这更鼓舞人心的了。这个医科学生显然意识到了这份奖掖，因此人们看到他这一时期情绪空前高涨，生活异常忙碌。对于所有与手术刀有关的邀请，从不挑肥拣瘦推三阻四，反而来者不拒有求必应，每次都以极大的热忱、充沛的激情和忘我的精神投身其中。哪怕是极小的手术，也要反反复复研究患者病情，精益求精设计手术方案，尽善尽美实施手术操作。仅在大学时代最后两年里，他便为各类患者成功实施了近百例外科手术，平均每个星期天一例。所有手术都完美得近乎无可挑剔。这个城市的野鸡医院之所以至今仍在民间享有一定声誉，很大程度上得益于吴医生那一时期的夜以继日和卓有成效的工作。刑警边沿在调查过程中收集到许多曾经吴医生主治的患者病历，凡是人能得的病差不多都让他看完了，什么腹膜炎、胃溃疡、肠套叠、脾游走、胰腺肿瘤、化脓性胆管炎、阿米巴性肝脓肿，许多名称边沿都闻所未闻。可见这个医科学生这一时期里已经对他的个人习惯越来越爱不释手。这一切反过来又为他赢得了更大的声誉，使得他越发名闻遐迩，红得发紫。

其次，更多的声誉带给吴医生的毫无疑问是更加强烈的心理快感，而这种无与伦比的快乐体验使得他更加沉浸在习惯中而乐不思蜀，最终使得这种习惯变成了他独特的娱乐方式，并且积淀、固定成了癖好。

证据来自吴医生供职的这个城市急救中心。对于这一点他们是这样说的：这个城市每天都在发生着各种各样意想不到的灾难，而这家急救中心的职责就是为这些事故中的受害者提供及时救助。为了方便当事人紧急求救，该中心电话号码与火警、匪警一样都是只有三位数，仅从这一细节就可看出这个单位的性质实际上就是四个字——随叫随到。这就要求这儿的每一个人都要有崇高而强烈的忘我和献身精神。但事实上这个要求长期以来却一直停留在说说而已的层次上，大家嘴上都这么说，但真这么办的数来数去也就那么有限的几个人，而这之中表现最突出的就是吴医生。人们从没见过像吴医生这般敬业的人。这个医科学生从毕业分配到这儿的第一天起，便成了首屈一指的业务骨干，无论意外发生在哪里，总是第一个出现在现场，卖劲儿得就好像出事儿的是他家里人。有时情况正巧发生在他不值班的日子里，但是只要他一得知消息，不论白天黑夜，都会立刻放弃休息，主动承担起营救工作，而且不要任何额外的报酬和补贴。有时候被难者伤情过于严重，手术常常需要持续几十个小时。可愈是这种错综复杂的时刻，他的精神愈是鼓舞和振奋，常常是一场旷日持久的手术下来，不仅丝毫没有倦色，反而更加容光焕发，仿佛有毒瘾的人刚刚吸足了毒品似的。他的这种舍身奉公当然得到了更加丰厚的回报。由于他的出色表现，单位年年都将先进工作者这一光荣称号隆重授予他，并且在年纪轻轻的时候就为他破格评定了高级职称。许多人对此不可思议，但是当调查深入到这一层次时，刑警边沿却已认识到这一切都是顺理成章的。吴医生对工作的投入实际上就是对娱乐的投入，忘我的工作实际上就是忘我地玩味着出类拔萃的快乐。而急救中心这份工作就仿佛专为吴医生准备的一样。吴医生原本就已形成了某种生活习惯，而恰在此时他又获得了一份这样的工作，这份工作的性质与他的生活方式简直可以说是不谋而合、不期而遇，因此二者之间立刻发生了兼并和同化。也就是说在吴医生的这一时期里，工作就是生活，生活就是工作。如果说他的生活习惯在此前还属无照经营，此刻则领到了正式执照。如果说他所获得的声誉在此前还属于非法收入，此刻则完全成了正当收入。就这样吴医生的个人癖好终于被得天独厚的环境条件固定了下来。刑警边沿由于一时找不到适当的形容词，便将这个医生的这种癖好简单冠名为手术癖。

最后，由于吴医生在癖好中不知不觉地越陷越深，终于导致了他的不能自拔。

证据来自吴医生的妻子徐然，也就是那个胆专科医院院长的女儿。由于丈夫将本应给予妻子的一切都给予了工作，也就是说给予了他的个人癖好，使得妻子在这个家里总觉得一贫如洗，因而早就对此忍无可忍。她在那封放在保险柜里的给组织的信中，近乎宣泄地表达了对这个工作狂的义愤填膺的感情。她是这样说的：吴医生的手术癖不仅表现在工作中，同时还表现在生活中。这也就是说，他将工作中的一切都顺延到了生活中。黑夜已经成了白天的延续，今天已经成了昨天的延续，休息日已经成了工作日的延续。这种情形已经到了即使是最宽容的人也无法容忍的地步。由于业务能力最强，每逢特别复杂高难的手术，他便成了这个急救部门的唯一指望，如果赶上他不值班，人们便通过电话四处搜寻他。这本来很正常。可是人们这么做的时候谁都没想到，由于他们此举正投其所好，久而久之竟使得他形成了某种条件反射，只要电话铃一响，即使是一个毫不相干的电话，他也会立即联想到有人遭遇了不幸，而这个电话正在呼唤他去拯救不幸的人。因此他总是怀疑挂掉电话的妻子擅自回绝了这次呼唤，为此这个妻子总是毫无来由地蒙受他怒气冲天的斥责。这绝不是无中生有、耸人听闻。这种情况发展到后来，他竟然出现了幻听，也就是说电话机明明沉默着，可是他却分明地听到电话铃声响个不停，似在催促他立刻赶赴到手术台旁。到最后他的这种癖好几乎发展到不分时间、地点和对象，随时随地都会信口开河般地流露出来的地步。不论是在单位里、家庭中还是社会上，只要碰到一个面呈菜色之人，便会脱口而出道："看你气色很不好。你的上腹部是不是经常隐隐作痛，发作周期数周至数月不等，而且随着发作周期越来越短，每次的发作期越来越长？很明显你已经患了胃或十二指肠溃疡，如不及时治疗很可能会导致胃穿孔、胃出血以及更加恶性的病变，严重的甚至会危及生命。不过你也不要过于惊慌。你只需要进行一次小小的手术，割去胃部的溃疡部分，就能彻底治愈这种可怕的疾病，重新找回健康的感觉。"然后开始不厌其烦地讲解手术的具体方案、操作过程和注意事项。其结果是时间一长，认识的人见到他都远远躲着走，不认识的人则毫不客气地抽他几耳光。以至于他的妻子经常听到人们在背后议论道："这人的丈夫是个精神病。"由于掺杂着强烈的感情因素，这个具有财会专业大学文凭的女人或许在叙述时稍有失实之处，对某些细节按照个人好恶进行了某种程度的夸张处理，但是刑警边沿对其中的基本事实深信不疑。显而易见，由于吴医生年深日久地浸淫、沉醉在癖好中，随着癖好的地位越来越根深蒂固，癖好的脾气也开始变得越来越执拗，越来越经常地擅自摆脱人的制约而自行其是，甚至吴医生已不在工作岗位上的时候，也就是说形成癖好的环境因素消失了，癖好仍然按照原先的轨道继续进行下去，并在惯性使然下，不知不觉地延伸、弥漫到了他生活的所有角落。

刑警边沿对吴医生的熟悉程度已经越来越像个老相识，而直到这时他才第一次见到这位调查对象本人。这是一次刻意安排的会见，刻意得令人丝毫意识不到这之中的人为痕迹，给人的感觉就像一次漫不经心的邂逅。刑警边沿正是在这次见面中，印证了此前对吴医生的全部印象。这是一个令人过目难忘的人，此人寻常总是一脸的无精打采，办事拖泥带水，说话词不达意，常常正跟人说着说着话，会毫无预兆地突然走神，视线越过对方头顶，空洞无物望定一处，让人联想到魂不守舍这个词儿。可是只要一触及心爱的工作，便从头到脚判若两人，目光炯炯有神，精力高度集中，表达言简意赅，动作精确实用，仿佛整个人都在熊熊燃烧。此人的穿着看上去那么寒碜，已经不能简单地用衣冠不整加以形容，衬衫都已龌龊得认不出本色，衣服左右肘部各有一个洞，一只皮鞋咧开了嘴，两只袜子则不是同一种花色，一望而知是心不在焉穿错了。但他对此从不在意，更不在乎人们如何看待他。就像一位名人说的："这有什么关系呢？如果我不出名，反正没人认识我；而如果当我出了名，反正人们都认识我。"因为边沿对吴医生的形象做过事先勾画，故而在这次会面中，没有经过任何介绍，只一眼便认出了这个人。是的，此人的一切都与他事先勾画的一模一样。唯有对某种事物过度倾注的人，才能生活得如此超然物外，除了对他所癖好的事物之外，对其他任何事情都漠不关心。对于吴医生的怪癖，如果说边沿此前还是道听途说，那么这次会面则使他掌握了确凿无疑的证据——吴医生本人就是最有力的人证。这种落实了某件事情的感觉，突如其来地令这个刑警产生了一阵若有若无的不安，就仿佛一个心里有事儿的人隐隐预感到可能要出事儿。开始，他被这种无端的不安弄得莫明其妙，半天找不出这种情绪的具体出处。俄而，才恍然意识到令他不安的东西是什么。此物非它，正是吴医生那炽热奔流的非常癖好。尽管截至目前，人们尚未发现吴医生的这种癖好于人于己有什么不良影响，虽然它已初露了病态的端倪，但是如果丝毫不加节制地就此发展下去就很难说了。因为癖好这种东西，它的性质决定了，无论良癖恶癖，只要发展到了极端和极致，最后都会变成恶癖。刑警边沿就是从这时候起，开始为吴医生的前途深感担忧。

由于受害人徐然尽管摆脱了生命危险，神志却始终处于昏迷状态，至今无法接受警方的询问，所以案发至今，警方主要致力于通过丢弃现场的肇事汽车查找逃逸司机，而由刑警边沿所承担的对吴医生的调查，只能算是案件主干旁逸出来的一条枝蔓，大多数人都没把它特别当回事儿。但是就在这天，案情取得了意想不到的进展，寻找逃逸司机的那帮刑警首先找到了肇事汽车的所有单位。这是一家名称很吓人其实只有几间门面房的个体副食品批发公司。刑警们是在车辆管理部门协助下，根据车牌号码，经过大海捞针似的排查，最后敲开这家公司大门的。该公司经理却声称此车原为一家副食品零售商店所有，该商店因经营不善而于数月前倒闭，才抵债抵到他们名下，问题就是在该车所有权变动不久，又发生了一次关于所有权的变动——因为是破车，这家公司没怎么把它放眼里，日常就随便停放在路边，但是就在半个月前的一个晚上，如此之破的一辆车竟也被不知什么来历的贼盗走了。刑警们在这家公司所在的辖区派出所查到了他们的报案记录，证实了失窃之说不是瞎掰。这就是说，这辆汽车早在肇事之前就已被人偷走了。驾驶它撞倒徐然并将它遗弃现场的，很可能就是偷走它的那个人。这使得案件性质发生了根本性变化。因为如果肇事人和盗车人真是一个人，那么这起案件就不是简单的由交通事故而引发的趁火打劫了，而很可能是一起事先预谋的抢劫。

直到这时警方才又想起了那辆拉走了两名当事人，并将一名当事人抛弃无人之处，而同另一名当事人逃之夭夭的出租汽车。这才觉得此车赶到现场的时间有些过于恰到好处了，仿佛事先就知道这里要出事儿似的。于是回过头来再找这辆出租汽车。遗憾的是当时目击了事故经过的人们，这时已经记不起这辆汽车的模样了。事实上人们即使在当时也未曾细致留意过这辆汽车，其实他们的注意完全被肇事汽车吸引着，对于这辆被认为是偶然经过现场的汽车只是粗略扫了几眼，隐约知道这是一辆红色轿车，其他的细节则全部遗漏。这辆实质上参与了事件的汽车就这样轻而易举、若无其事地驶出人们的视线。这使得整个案情更加错综复杂，看起来不仅像是一起预谋抢劫，而且像是一起事先分工、配合默契的合谋抢劫。于是这样一个问题就摆到了警方面前——如果这确是一起周密计划的合伙抢劫，那么这次抢劫就必然是具有专门的针对性的。也就是说，劫匪事先就已了解到这天是建筑公司发薪的日子，并且对作案对象，即负责此项工作的女出纳徐然的取款时间、地点、方式和一切相应细节了若指掌。可劫匪是采取什么办法、通过什么渠道获悉这一切的呢？就这样，由于侦查视线的转移，对于吴医生的调查由旁枝升格成了主干，刑警边沿由此而在这件案子里唱起了主角。

案情进展到这一步，徐然放在保险柜中那封信，自然而然成了全案的主要线索。吴医生最初就是经过这封信进入刑警边沿的视野的。此刻，当边沿再次展读它的时候，这个人物已经距他很近很近，整个形象生动得几乎可以触摸。这封信中有一段是这样写的——

……作为与吴某人共同生活多年的妻子——虽然这种夫妻关系由于对方原因多年来一直名存实亡——我在这里绝没有人为编造、歪曲情节，肆意诋毁、破坏他形象的意图，我在这封信中所讲述的一切都是百分之百的事实。吴某人就这样日甚一日地变成了一个心理变态的工作狂，更准确地说是手术狂。尽管心理变态一词的词性本身充满了贬义，但我仍然要在这里使用它。因为舍它之外，我再也找不到更恰当的词汇用以形容此人一反常态的心理和行为。是的，这个人的一切都与正常人相反相悖。在我们这个大致美好的世界上，正常人由于习惯了和平安宁的生活，总是对出其不意的灾难感到惊慌和恐怖，对鲜血淋漓的场面感到颤抖和窒息；可是这个人却正相反，他总是盼望着灾难和流血的发生，越是骇人听闻的灾难和触目惊心的流血，越是令他感到鼓舞和振奋，因为只有源源不断的灾难，才能使得一名以手术见长的外科医生时时刻刻有事做，时时刻刻地成为人们关注的焦点。正常人出于同情心和怜悯心，总是祈愿当灾难意外来临之际，所有的人们都能够幸免于难，即使实在回避不了，也希望把伤害减少到最小；可是这个人却正相反，他总是盼望着甚至是渴望着人们被伤害得越重越好，越是巨大的伤情和严重的伤势，越是令他兴高采烈和手舞足蹈，越是需要他使出浑身解数去手术，他的职业智慧和才华只有在这时才能得到最充分的表现，他的名字也只有在这时才能得到人们的交口赞誉。是的，这个人是如此变态地酷爱着他的手术，更准确地说是酷爱着人们的赞誉。手术之于他已经如同呼吸之于生命。每当他完美无缺地完成了一次手术，成了人们关注赞誉的中心，无论走到哪里都被鲜花和掌声簇拥着，他就会感到活得有价值有意义，感到极大的快乐和满足。而每当他有一段时间什么手术也没做，成了一个被遗忘的人，无论对谁都无足轻重无关痛痒，他就会感到活得无价值无意义，感到极端的痛苦和空虚。因此他要自己每时每刻都是事件的中心，生活的中心，而绝不能容忍被置之于事外。而对于他来说，滞留在中心的唯一借口就是工作，就是手术。因此，每当他的工作日程中排满了手术，他的情绪就会处于极度高昂、亢奋状态，人们便会看到这个人容光焕发、精神抖擞、谈笑风生、妙语连珠，感到这个人的人生态度是那么的开朗乐观和健康向上。而每当他的日程表上出现了哪怕是极为短暂的空白，他的情绪便会一落千丈，甚至产生悲观厌世心理，人们便会发现这个人神情沮丧、形容枯槁、万念俱灰、一蹶不振，感到这个人的现实状态是那么的颓唐荒废和阴沉灰暗。这已经不仅仅是简单的变态，而是严重的病态。这个吴某人已经完全被病态的癖好主宰了他的人生。他已经彻底地从一个正常人沦丧为不正常的人，从一个自由的人沦丧为一个不自由的人。这种人是什么可怕的事情都干得出来的——如果他那可怕的癖好要求他这么干的话。请相信我说的都是真话。因为我已经清楚地预感到，现在他就要这么干了……

刑警边沿最初阅读这一段落时，就已经隐隐觉察到，在吴医生夫妻之间，很可能会发生某种非常的不幸。只不过当时他对此信所使用的激烈语气和肯定措辞持有一种戒备心理，不愿轻易被写信人的指控所左右，由此导致很可能是错误的判断和结论。但是现在他的这种态度开始发生了动摇。因为事到如今再重读这一段落，这种隐约的感觉不仅没有淡化，反而更加深化了。这使得他对这封信产生了强烈的继续阅读的愿望。尽管此前他已经阅读过不知多少遍，对接下来的内容早已倒背如流了——

……这件事情的发生完全是必然的。就在我写这封信的时候，社会形势一片大好、越来越好。通过前一时期的严打斗争，社会治安发生了根本好转，由犯罪而导致的伤害和流血事件越来越少；通过交通安全月活动，混乱的城市交通状况得到了良好改善，各类交通肇事、失事越来越少；通过安全生产宣传活动，各行各业文明、安全生产蔚然成风，生产活动中的工伤事故越来越少；通过治理整顿行业不正之风，制假售假活动得到了有力打击，由误用假冒伪劣产品而引发的意外事故越来越少。总之一个时期以来，我们的人民安居乐业，城市井然有序，到处是一片歌舞升平景象。这是以前从未有过的。这一切都意味着吴某人的悲剧从此开始了。因为人们越是生活在和平的环境中，可能受到的伤害就越少，而人们所受到的伤害越少，以外科医生为职业的人就越无所事事，这是吴某人绝对不能容忍和接受的。由于他病态的个人癖好是与广大人民群众切身利益根本相悖的，这就使得他形成了这样一种阴暗心理——凡是人民反对的他就要拥护，凡是人民拥护的他就要反对。因此当广大人民群众为社会的稳步健康发展鼓掌叫好时，这个人却躲在阴暗角落里咬牙切齿地仇恨和诅咒着当前的大好形势。在这里我可以负责任地讲，这个姓吴的人在这一时期里，几乎没有一天不在巴望着天下大乱，而且越乱越好。但是由于社会进步的不可逆转，他的这种巴望渐渐变成了绝望。随着这个专为遭受不幸的人们而存在的急救中心越来越形同虚设，这个曾经名噪一时的外科医生的名字开始渐渐被人们所淡忘，人们开始从他身上看到越来越多的变化。人们先是见到他双眼血红，忧心如焚，犹如一个毒瘾发作却到处找不到毒品的人，内心深处正在经受着无比剧烈的痛苦煎熬。之后又见到他神情悲愤，目光涣散，面部肌肉不停抽搐，双手痉挛得抓不住东西，看报纸时把报纸看得哗哗乱响。再之后又见到他整个脸上了无人色，眼窝和面颊凹陷进去，额头和颧骨却凸突了出来，形容要多难看有多难看，仿佛罹患了某种不治之症，再不采取点儿什么措施很可能就没救了。到后来人们索性再也见不到他了，因为这时他已经真的罹患了重病。他是气血妄动、淤滞凝结而病的，症状是上吐下泻，高烧呓语，神志昏乱，直至气息奄奄。他病倒得那么突然，而痊愈得又是那样缓慢，令人深刻地体验了那句俗话‘病来如山倒，病去如抽丝’。在这一系列生理变化发生发展的过程中，他身上的某些东西开始越来越令人望而生畏。人们感到他不管看到谁都目露凶光，面带杀机。不明真相之人都以为这个人已经起了杀人越货之心。其实不然，事实上这时他已患上了一种被称为妄想症的精神病，他正在狂热地幻想着为他们每一个人做手术。他就像一个溺水之人拼命想捞一根救命稻草似的，瞪大双眼拼命盯视着从他面前经过的每一个人。他认为他所看到的每一个人都患有程度不同的各种疾病，都需要接受程度不同的手术以解除这些疾病。他根据不同病人的实际情况调节着麻醉用药，把握着麻醉的程度和范围，既注意不扰乱病人正常生理功能，又能照顾到手术的实际需要。对于那些身体强壮、对麻醉药物耐受程度强的人，他将对他们进行深度和全身麻醉。而对于那些体质羸弱、可能对麻醉药物有不良反应的人，他则对他们进行轻度和局部麻醉。他根据手术的种类、大小、难易，结合病人身体状况，精心选择着最为理想的手术切口。对于浅表器官的手术，他视被手术器官的具体部位，采用腹部正中横切口或纵切口，这种切口既不易切断神经和腹膜，对病人生理功能造成伤害，又有利于器官的充分暴露，使其后的整个手术变得便于操作。而对于深层器官，他则采用胸腹侧部的‘丁’字切口。他的这一选择完全是出于深部器官手术的实际需要，为实际手术提供充裕的操作空间，使手术者即使是在纵深区域也有足够的回旋余地，保证手术能够顺利进行。他就这样在想象中肆无忌惮地切割、分解、剖析着所能见到的每一个人。他的这种对人体的破碎是那么的大刀阔斧，自然流畅，无拘无束，痛快淋漓。有些人因为经常重复地出现在他面前，所以他对这些人的肢解和割裂也是重复的。而且正因为这种不断重复性，他对对象的生理构造越来越熟悉，即使闭着眼睛也能确切地说清身体各部位零件的一二三四。这使得原本属于技术工种的手术越来越像是熟练工种，而他本人也越来越像是个熟练工人。对操作的驾轻就熟和得心应手，促使他越来越经常地产生动手动脚的冲动，动不动便忍耐不住地想干些什么。他的这种跃跃欲试的表情，使得经常出现在他面前的人们越来越感到迫在眉睫的威胁。而对这威胁感受最深最切的人就是我。没有人能够比他的妻子更经常更接近地出现在他面前，因此没有人能够比他的妻子更深刻更频繁地处于随时可能被宰割的危险中……

至此，刑警边沿已经不得不承认，他早期的预感没有错，他感觉中的那种非常的不幸，可以肯定就要在这对貌合神离的夫妻间发生了。尽管他仍然认为这封信的写法，很像是盛行于许多年前的那种揭发材料。

事实上事件发展到这里时，还曾出现过一次短暂的停顿，就像一辆正在行驶的汽车在某个十字路口被红灯滞留了片刻，但是这次停顿实在太短暂了，而整个事件的连续性又是那么的强，所以即使将它忽略不计，这起事件在逻辑上仍然显得很连贯很合理，因此就连刑警边沿也将之疏漏了。

的确，这一时期的吴医生就像他妻子指控的那样，在想象中肆意恣睢地解剖着他所见到的每一个人，这使得经常出现在他面前的人们越来越感到迫在眉睫的威胁，尤其是与他接触密切的他的妻子。他一开始只是在想象中解剖着这个女人，但是随着想象日复一日地不断重复，他在幻想中不断完善着解剖的每一个步骤和细节，努力使得所用步骤和细节都无懈可击，这种想象开始变得越来越栩栩如生，呼之欲出，越来越有质感和实感，怎么触摸怎么像真的。久而久之，连他自己也陷入了恍惚和昏乱之中，越来越含混了真实和虚幻的区别之处，分辨不清哪是真的哪是假的了，常常把真的当成了假的，而把假的视做了真的。这种真假混淆的局面终于使得他越来越不由自主，常常在假想中情不自禁地真的站了起来，带着迷醉而狂热的面目表情，状似梦游般地走向了真实的女人，不知不觉间险些导致一次人体解剖的事实发生。直到女人蓦然发现这个恍若幽灵的人，惊恐万状叫出声来，尖锐刺耳的叫喊犹如利器撕碎了他的梦魇，他才激灵醒来，还魂似的回到现实之中，意识到这件事情的性质，并被其中的凶险和利害惊出一身虚汗。如此反复几次后，他开始意识到这种情况的严肃性和严重性——他的反常癖好已经成了他人生的枷锁。现在他已经陷入了癖好的囹圄之中，他的所有行为都受到了这具枷锁的限制，他正在这具枷锁的役使下做出可怕的事情来。这是他第一次冷静地反省自己。这一意外发现令他不由得大惊失色。他开始拼命抗拒和挣扎，试图摆脱这具沉重的枷锁，重新获得应有的自由。这种抗争完全是本能的。他采取的办法是强迫自己将注意转移到其他事情上去，试图学习并培养起其他癖好，借助新生癖好的力量来削弱和瓦解固有的癖好，就像俗话常说的饮鸩止渴和以毒攻毒，这对他来说是十分艰难的。作为医生他一直在生活中保持着适当的洁身自好，从未养成过职业癖好之外的任何恶习，但是现在他已经顾不得那么多了。他先是试图染上烟瘾，接着又试图把自己变成酒鬼。他甚至主动与单位里一名曾因参赌受过警方处理的年轻医生结为挚友，不惜将自己作为一名优秀外科医生的所有收入统统倾注在赌博上，夜以继日地将自己的肉体羁绊在各种各样隐秘和半隐秘的赌博场所中，以寻求灵魂的解脱和轻松。他在投入赌注时的奋不顾身，令这个城市资格最老的赌徒都为之暗自心惊。但是一切都为时已晚了，这时任何新癖好都已无法磨灭旧癖好在他身上的深刻烙印了。因为他从任何新癖好中都体验不到旧癖好所带给他的强烈快感，所以他无论怎样努力也无法对它们注入感情因素和色彩，让它们在自己心灵中占据一席之地。也就是说，他的旧癖这时已经获得了力量。它最初纠缠他的时候很可能只是一张虚弱的蛛网，很容易被挣破，但是这时它已变成了强大的锁链，任何挣脱的企图在它面前都已显得苍白无力了。他的肉体虽然不分昼夜滞留在赌桌旁，可是他的眼睛却对赌局视而不见，他的心灵仍时时刻刻都被渴望解剖的念头占据着。这使得他对所有赌徒的注目都成了透视性质的，这些各具神态表情的人们在他心目中都成了只有解剖学意义的人体，面对这些熟悉不过的人体他再一次无法遏止地开始了有关解剖的联想，并且深深沉溺在这种血腥的想象中而不能自拔。在伤筋动骨的挣扎中，他从来没有那么深刻地感到了作为人的不自由。他的心被剧烈的痛苦啮噬着。不明真相的人们根本无法想象这痛苦何等之剧之烈——蹂躏一个人就像捏死一只臭虫一样。当他最后意识到自己所有的努力都已归于失败的时候，终于陷入了彻底的绝望，这时他才清晰地认识到，他完了！他已经彻头彻尾地沦为了癖好的奴隶。他若想从被奴役的地位中解放出来，只有一个办法，那就是死去。这一刹那他感到所有的力量都丧失殆尽。这种精疲力竭的感觉刚一露头，立刻如涨大潮般湮没了他的全身，使得他整个身心都仿佛虚脱了一般。这时，他明知道自己正向着某个黑暗无底的深渊缓缓坠落，却只能眼睁睁地听任这次坠落的发生，对正在坠落这一事实丝毫无可奈何。他为自己如此虚弱不堪而深感悲恸，情不自禁呜呜痛哭了起来。最后他终于放弃了所有抗拒和挣扎，听任了自己的堕落……

在一个谁都料想不到的时刻，本案取得了决定性突破。一个时期以来，这个城市的警方一直致力于通过严厉打击"黄赌毒"，净化越来越污浊的社会空气。在一次深夜突击行动中，警方捣毁了城市最大赌博窝点，当场抓获了一个数十人的赌博团伙，收缴了全部赌具和巨额赌资。警方连夜突审了参赌人员。在对其中两名赌徒张某李某的审讯过程中，当问及赌资的具体来历时，两人不约而同地表现出了可疑的支吾和遮掩态度，令人感到其中真相严重不可告人，引起了警方高度重视，决定对这一疑点进行重点质问。在强大的审讯压力下，这两个嘴硬的人越来越捉襟见肘、力不能支，终于在翌日凌晨和中午分别崩溃，交代了巨款的真实出处——这些钱是他们合伙抢劫而来的。并且供出了唆使此次抢劫的人——一个来历不明的姓吴的赌徒。

刑警边沿是事后得到这一消息的，当他闻讯赶来时，整个审讯已经结束，张某李某已经被收审关押到了拘留所。这个刑警没有立刻提审两名人犯，而是先看了对他们的审讯记录。张某自述系无业游民，因有汽车驾驶技术，曾供职于某副食品商店，负责驾驶一辆主要用于载货的客货两用汽车。后该商店因经营不善而宣告倒闭，他所驾驶的汽车也被某副食品批发公司作为抵债物开走，使得他再次沦为一个衣食无着的人。为了谋生，他与另一个社会闲散人员李某合伙借贷，租赁了某出租汽车公司的一辆红色“拉达”车，一人一天轮流拉客，谁拉的钱归谁。张某李某都有多年赌博经历，并且都曾因赌博被公安机关多次处理，是这个城市里有名的赌徒。但是很长时间以来，两人就像俗话常说的点儿一直很背，仿佛跟输字儿认了某种形式的干亲戚，一输再输，越输越想赢，越想赢越输，简直把眼都输红了，直到输得各欠了一屁股赌债，被债主撵得一天到晚东躲西藏，最后终于把债主们惹恼了，扬言再不还钱就废了俩王八蛋，所使用的语气给人的感觉绝不是开玩笑，吓得两人即使是在光天化日之下都不敢出来见人了。所以最近一个时期以来，两个都快被逼疯了的人一直在琢磨着怎么想个办法摆脱这种困境。就在这时那个姓吴的赌徒来了。吴某显然早已了解到两人的处境，开口便道，他可以帮助他们弄到一笔钱，但是他们必须答应他一个条件。而这时只要能弄到钱，已经没有什么条件是这两个人所不能答应的了。于是吴某引诱道，他知道某单位发工资的具体日期，每当这一天的某个时间，该单位一名女出纳都要到银行提取这笔巨款，由于这个单位本身不具有派车条件，所以每次取款都是临时拦截出租汽车，没有任何防范和保护措施，往返都是女出纳独自一人，这对于急等着钱用的人显然是个不可多得的好机会，如果他们不嫌这笔钱少的话，他可以告诉他们这次取款的具体时间、地点、女出纳的行经路线，以及与此相关的所有细节，并且帮助他们事先将人认识清楚。他们具体采用什么办法劫取这笔钱他不管——如果事情成功，无论多少钱他们都可以拿走，他本人分文不要，也就是说他这么做完全不是为了钱。他只要求他们在劫取这笔钱的时候必须使用暴力，而且使用得越充分越好。换言之他要求他们必须对女出纳造成严重的人身伤害，具体严重到什么份儿上随他们的便，只要能保证不把人弄死这个大前提，伤害的程度越严重越好。这就是他唯一的条件。他没有说明这么做的意图何在，他们当时也没想那么多，只笼统地认为此人和女出纳之间大概存在着什么无法解释的冤仇。这笔交易看起来很公平，一方得到了他们需要的钱，而另一方则伤害了他所仇视的人。因此他们连嗝儿都不打便同意了这个交换条件。考虑到事件将发生在光天化日下，采取通常的犯罪办法很可能会导致最后无法脱身，张某李某进行了周密的计划和分工，先由张某出面盗回了他曾经驾驶过的、这时已归属某副食品批发公司的那辆客货两用车——张某在该车易主时就没有交出它的备用钥匙——并用这辆已经改换了主人的汽车，人为地制造了一起专门针对女出纳的车祸，再由事先等候在现场附近的李某驾驶两人合赁的出租车连人带钱一起拉走。由于事先的策划和准备工作做得很细致很充分，他们几乎没费任何周折便成功实施了这次抢劫。刑警边沿在接下来的阅卷中，看到张某的上述供词在对李某的审讯记录中得到了大致证实。张某李某在审讯中异口同声说，不知道这个姓吴的人的确切名字，也不知道他的真实来历和去向，只知道这是一个出道虽晚但成名很快的赌徒，他视金钱如粪土的做派在整个城市的赌界中闻名遐迩。他们最初是在赌博时互相结识的，此后不断在各种各样的赌博场所见面，但彼此间从未发生过除赌博之外的其他接触。他们也不清楚被抢劫的女出纳的具体姓名和单位，以及吴某何以对她的情况如此了若指掌，他们之间究竟是一种什么样的关系，对此吴某没有说而他们也没有问。刑警边沿看过审讯记录后去了拘留所，这时张某李某已被分别关进不同的号，他隔着铁门向他们出示了吴医生的免冠照，还没等他问什么，两个人已经不约而同地脱口道："就是这个人！"

当刑警边沿的调查进行到这里时，无意之间发现了这样一个细节。就在徐然出事前不久，这个城市的电视台曾经找到这个急救中心，要为它们摄制一部电视专题片，宣传方兴未艾的救死扶伤事业。为了形象说明这种事业的艰苦卓绝，他们需要一些错综复杂的手术场面。在这个急救中心里，业务最优秀的人当然首推吴医生，因此单位领导决定由他作为出镜人选。但是偏偏就在这一时期里，这个中心的救护车辆出动次数较往常少了许多。吴医生所能接触到的手术均不能满足“错综复杂”的要求。单位曾经提出缓拍，电视台的答复是暂缓几天也可以，但是不能无限期地缓，因为这部片子要赶在与救死扶伤有关的世界什么日播出，而这个日子已经为期不远了。

刑警边沿猜测——仅只是猜测——很可能促使吴医生最终下决心的正是这件事。这时的吴医生已经距离人们关注的中心越来越远了，差不多已经变成了一个人们可以视而不见的人。因此这对他来说是个机会，这一机会的珍贵甚至可以用“千载难逢”这样的词汇来形容。因此他不能放过它。他要通过这一契机，重新回到阔别已久的中心位置去。那儿才是他在这世上真正的家。为达此目的他什么可怕的事情都可以干，当然这种猜测是很难证实的。

直到吴医生的这次加害于人取得了尽善尽美的成功，他才猛然意识到，这其实是一次禁不起任何推敲的、成功系数微乎其微的冒险。因为事情发生之前，他一直受到当事人这一角色的严重局限，无法对事物产生清醒而完整的认识，直到事情已经成为过去之后，他以旁观者的身份对全部事件重新回顾，才蓦然发现他在这件事情中的所作所为是多么的潦草、盲目和荒谬。是的，整个事件是那么的破绽百出和挂一漏万，它能够取得如此完美的成功简直是个天大的奇迹。万一张某李某事到临头言而无信，只抢走了他们所需要的钱，而没有对对象进行他所要求的伤害，或者偷工减料和敷衍搪塞，没有造成他所要求的伤害程度怎么办？万一张某李某一心一意只顾抢钱，或者在抢劫过程中遇到了对象的意外反抗，对伤害程度丝毫不加把握和节制，导致伤害过度，造成对象不慎死亡怎么办？这不是胡思乱想，在这种见利忘义的歹徒身上，什么出人意料的事情都可能发生。而他与这些人只是照过几次面，甚至连他们的真实姓名都不知道，出了这种事情想找人讲理都没处找。退一步讲，就算他的这些假设全是多虑，事实上什么事情也没有发生，张某李某都是很讲信用的人，一点儿也没有辜负他对他们的厚望，把对象伤害得恰如其分、恰到好处，与他事先设想的一模一样，这里面仍然存在一个致命的问题，那就是谁能肯定这个饱受伤害之人一定会被送到他的手术台上来。尽管这个急救中心从一开始就有意识地简化了它的电话号码，以确保即使是最蠢笨的人也能很容易地记住它，但这并不意味着它已十拿九稳地烙印在了人们的记忆里，万一第一个经过现场的人不幸遗忘了或者根本就没听说过这个号码，而将人就近送到了其他的救治之处，他忙活半天岂不是白忙活了。

当然，这些倒霉的情况也有可能不会发生，但谁也不能担保它们绝对不会发生，万一这些情况中的任何一种不幸发生了，都会造成全部努力的前功尽弃，他都将成为一个得不偿失的人……

谢天谢地的是这一切都没有发生，现在这个被伤害的人已经按照设想、准确无误地被送到了预定的手术台上，而吴医生正在对其进行伤情和伤势检查。这个医生终于等到了这个渴望已久、激动人心的时刻。是的，此刻这个昏迷不醒的人就躺在他面前，但他丝毫也没意识到正在面对着的是个什么人，此人与他有着什么样的联系。在他眼里他所面对的只是一个毫不相干的人，一具没有任何生命和感情意义的纯粹的躯体，现在这具人体遭受了严重的破坏，而他将要对这些破坏做必要而充分的修补，因此他此时完全是以一个外科医生的目光在做检查。这个外科医生面对残坏不堪的人，几乎不能自抑地发出了一声由衷的赞叹——我操！这个张姓和李姓歹徒简直就是伤天害理的天才。几乎没费吹灰之力，只用了一刹那的时间，就把一个完整无缺的人体弄得如此千疮百孔、支离破碎，美丽动人得就像一件不慎掉在了地上的精美瓷器。他惊喜万分地看到，这个人是被强大外力撞击腹部向后跌倒的，除了倒地时导致后脑颅骨骨折，造成颅内出血外，整个腹腔中的所有脏器都发生了破裂。吐出物有大量血液成分，说明胃部受外部压迫导致内部压力过大，被迫发生了自行减压性质的爆裂；腹部检查发现肠鸣音减弱并有移动性浊音，说明肠道在强烈挤压下，仓促发生了漏洞百出的穿孔；X 线扫描查出肝部阴影明显增大，说明肝脏发生了四分五裂的破碎，现在这个肝已经发生了大面积组织坏死；超声波检查发现脾脏增大、腹腔内有积液，说明脾脏遭到了折断肋骨的有力戳刺，发生了不容置疑的穿破；实验室检查血液中还含有大量白细胞、尿淀粉酶和血清淀粉酶，说明胰腺遭到了无形力量的猛烈揪扯，发生了骇人听闻的撕断。总之一句话，这个人所受到的伤害简直严重到了无以复加的程度，只差一点儿便成了一个死人，而又恰如其分、恰到好处地没有死去。一个活人所能承受的最大伤害不过如此了，而一个外科医生所能遇到的最严峻挑战也不过如此了。这个被挑战的外科医生亢奋不已，先是由于心律骤然失常，心跳强劲有力得几乎蹦出了嗓子眼儿，接着由于心律极度过速，他感到呼吸发生了困难，眼前一阵阵发黑，为了避免窒息不得不扯去口罩，大口大口呼吸着空气。一切都像他预期中的那样好，甚至比他想象的还要好，几乎完美得挑剔不出任何瑕疵。这简直令人难以置信。这一刹那，欣喜若狂的外科医生眼前出现了幻觉，他看到自己仿佛正在走向领奖台，四周是数不清的欢呼的人们，和数不清的抛掷而来的花束和彩带。他感到整个人如在恍恍惚惚的梦境中，毛孔舒张，通体畅然，整个身心都被幸福的狂潮湮没了。有生以来他从未像现在这般快乐过。

对于吴医生在这个时间里的这种个人心理活动，刑警边沿无法得知也无从得知。斯时，徐然的信件还收藏在保险柜里而没有被人发现，人们对这一案件的认识还停留在现象的层面上，而没有意识到它的实质。案发当天报纸的社会新闻版，通过大量生动翔实的事件，报道了这个城市的人们于这一天里都在想什么和干什么——一辆银行运款车被抢劫，几名歹徒抢走巨款后不知去向；一个制售假酒的窝点被捣毁，但假酒大部分都已被人喝进了肚里；一家医院因故意延误医治而导致了一名急症患者的死亡，所以发生这样的拖延据说是当时值班的医生没有收到预期的红包；一家夜总会因使用俄罗斯三陪女招徕顾客而被勒令停业整顿，这些洋娼曾使得这个夜生活场所在整个城市红极一时；一辆化工厂闷罐车抛锚在市郊公路上，罐中有害液体被农民误认做农药哄抢而去并浇灌在了自家菜地里。总之一句话，每个人都在想着和干着实实在在的事儿。也就是说，这早晚的人们都有着积极的生活态度和明确的生活追求，脚踏实地、勤奋务实、没有人去追求任何不切实际的东西。对此没有任何人大惊小怪，相反大家都觉得很正常，而且只有这样才正常，反之便是不正常。谁都想象不到在如此务实的社会风气中，会有那么个别人躲在阴暗潮湿的角落里，像个昏热病患者那样梦寐以求着不着边际的东西，并且为此而做出狰狞可怕的事情来。这简直太与我们的社会南辕北辙、格格不入了。由于吴医生的心态严重脱离实际，以至于专长揣摸人们心理的刑警边沿，都无法对此做出设想和猜度。因此当他终于弄清事实真相时，内心的震惊简直难以言述。

至此，他已经确凿地将吴医生认定为最大嫌疑犯，剩下的事情就是将这个人抓捕归案了。但是就在他刚刚办理好了对这个医生的收审手续，正准备前往拘捕此人之时，猝不及防地，得到了一个恍如噩梦般的消息——吴医生自杀了，并且在死前杀死了他的妻子。

直到这个刑警进入现场之后，仍然难以置信这一噩耗是真的。现场在一间单人病房里。因为最近一个时期各类事故受害者不多，病房不是很紧张，加之又是本单位职工家属，所以徐然在手术之后的观察和治疗，都被安置在这个规格较高的单独房间里，前不着村后不挨店。这一安排原本是出于好意，为了能使她有个清净的环境恢复创伤，谁也没想到这种好心最后反而害了她。吴医生正是利用这一无人注意和干扰的空间，从容不迫、有条不紊地实施了他的杀人和自杀。他是采取外科医生最熟悉的切断动脉方式杀死妻子和自己的，使用的工具则是他最心爱的手术刀。从遗留现场的一支注射器和两支普鲁卡因玻璃管分析，他在行凶之前对预谋行凶的部位分别实施了局部麻醉，以减轻动脉被利器割裂时的痛楚感觉。换言之，无论被杀者和自杀者都死得不痛不痒，他们所选择的死亡方式是至今仍被人们争论不休的安乐死。但这并没有淡化这次死亡所带给人们的深刻震动和感动。两个死去的人紧紧拥抱在一张病床上，面孔苍白得没有一丝血色，两条割裂了要害的手臂彼此纠缠在一起，裂开的创口犹如两张涂抹得过于浓艳的唇。这时他们的血都已流尽，两个依偎在一起的人完全浸泡在了黏稠的血液里，此情此景猛一看去，会使不明真相的人们误以为这不是一场凶杀，而是一次殉情，过于浓重的血腥和过于刺激的场面足以令任何看过一眼的人们留下刻骨铭心的印象。尤其是刑警讷沿，因为他对两个死者都已十分了解，就像死去的是自己多年的熟人一样，所以当他睁大眼睛，一动不动注视着惊心动魄的现场情景时，内心深处的强烈感受霎时使得他看上去就像一个先天的痴呆儿。

警方在现场发现了吴医生留给人们的遗书。这个医生在他最后的遗言里，直言不讳、毫无保留地阐释了他的杀人和自杀动机。这封说明真相性质的遗书使得人们不由得更加震惊。吴医生在遗书中是这么说的——

我决定结束自己的生命。理由很简单。就在今天早晨，我的妻子终于从昏迷状态中苏醒了过来，但是苏醒不苏醒于她来说已经没有什么区别了。她在事故中后脑颅骨骨折，造成颅内出血，被严重危及过生命。当时我曾为她进行了血肿清除术，采用脑针穿刺办法抽出脑中凝血，缓解了她的生命危机。那时我并没有意识到，在她的全部伤势中，这次颅内出血很可能是最致命的，它将会给人留下无法想象和无可救药的后遗症。现在这种情形终于出现了，我的妻子终于从昏迷中苏醒了过来，但是却已经丧失了对事物的所有意识和感觉。此刻她表情迟钝，目光呆滞，四肢彻底瘫痪，大小便完全失禁，只能勉强张口进食一些流质食物。这就意味着，她已经变成了一个可怕的植物人。这就意味着，从今以后，她只能毫无知觉地躺在病床上，半死不活地了此一生了。这对于任何一个人来说，活着都不如死去，活着已经等于了死去。也就是说，她苏醒之时，实际上就是她的死去之日。这世上已经没有我妻子这么个人了，她已于那一瞬间悄然离开了人世。而说出来也许没人会相信，杀死她的人正是她的丈夫，也就是我。

是的，我就是杀死我妻子的那个凶手。我的妻子事实上并非死于众所周知的那场车祸，而是死在我的迫害之下。这是千真万确的，而绝不是我故意骇人听闻。关于这一点我不想在此多说什么，相信不久之后警方将会对此做出圆满的解释，目前他们正在就此进行全力以赴的调查。也许警方至今仍在歧路上徘徊，但我相信他们有能力最终拨乱反正，将此事查个真相大白。届时人们将会大吃一惊，没想到这个姓吴的竟是如此穷凶极恶之人。我在这里需要说明的是，尽管是我杀死了我的妻子，但我并不是人们想象中的那种人。

我不是在为自己开脱，我真不是人们想象中的那种人。对于我妻子的被害，连我本人也深感震惊。她的死既是我的错又不是我的错。事实上当我预谋并且实施对她的杀害的时候，连我自己都没意识到我这是在干什么。我的所有行为都不是故意所为，我这么说一定会被认为是推卸责任——在整个事件过程中我所扮演的完全是一个被动角色，就仿佛被某种无形的力量附了身，我在这个神秘力量面前莫名其妙地丧失了否决权力，成了被这个力量操纵着的玩偶，我所做的一切都是受了这个力量的主使。就这样我被这个力量驱使着，终于在不知不觉中干出了自己也不能相信不可思议的事。也就是说，事实上应对我妻子之死负主要责任的并不是我，而是这个力量，是它借刀杀人，假我之手杀害了我的妻子。直到我妻子死去的那一瞬间，我才恍然大悟我干了些什么——我杀了一个人！是我采取极其残忍的手段，把这个人活泼鲜灵的生命无情剥夺了，只给她留下了一具麻木不仁的躯壳！对此我简直难以置信。我甚至找不出一句恰当的话来，用以形容我内心的震撼和惊愕。那么这个力量是什么呢？直到此刻，我即将告别人世的最后一刻，才意识到这其实是一种可怕的激情，是一种强烈地渴望引人注目的激情。我无法想象和忍受自己无声无息地了此一生，我要将自己的一生都放在一个显眼的地方。正是这种激烈的情绪最终毁灭了我。尽管这种激情流露完全是无意识的。就在今天我照了镜子，对于镜中的那个人连我自己都已感到陌生和吃惊，他的毛发是如此蓬乱，衣衫是如此褴褛，面目是如此狰狞，眼神是如此阴险，连我自己都为这一丑陋不堪的形象而作呕。我不知道我是从何时起变成这般模样的。我对这种变化无论如何不能接受和不能容忍，结果我砸碎了这面镜子。就在我将镜中人砸得支离破碎的一刹那，我知道我已经做出了一个决定——我决定结束我的生命！

我已经决定结束我的生命。我的自戕纯属个人行为，与其他任何人无关。在我死去之前，我决定彻底杀死我的妻子。我已经毁灭了她的精神，现在我要毁灭她的肉体。如果说前者是无意的话，后者则完全是故意的。她已经不能为我们的社会创造任何财富，而只会白白消耗社会财富。从这个意思上说，她于人于己都已是个彻头彻尾的废人，已经失去了继续存在下去的理由和必要。我不愿意自己一走了之，而把这样一个沉重的负担转嫁给社会。在这份遗言的最后我郑重声明，我自愿把我的所有器官都捐献给我所供职的急救中心，请他们在必要时候移植给需要的人们；我自愿把我的所有财产都上缴给我所隶属的党支部，不论多少都算做我的最后一次党费。一切有关事宜请领导和同志们代为办理。

由这封遗书可以看出，吴医生直到死前都不知道他已经成为本案的重点嫌疑对象，正在面临着被揭露的危险，因此可以推断，他的死不是畏罪自杀，结束他生命的凶手完全是他自己内心难以承受的强烈震惊、悔恨和内疚。这是一个充满矛盾的人。一方面他的习惯已经远远走出了习俗之外，为习俗不能容忍；另一方面他的观念却还严格局限在习俗之内，与习俗不分彼此。因此当他的习惯与习俗发生严重冲突的时候，也即是与他自己的观念发生了严重冲突；被习俗所不能容忍的时候，也即是被他自己所不能容忍。这就注定了他最终的自暴自弃和自我毁灭。他的死既是自杀又是他杀。对于他的悲剧，任何人都只能眼睁睁地旁观，再着急也爱莫能助。这使得刑警边沿悲愤交加，当着那么多人的面，突然说了一句很难听的话。这是他从前常说的一句口头禅，每当他愤怒、焦虑、烦躁的时候，这句话就会不由自主脱口而出。后来大家都觉着老这么说有损公安人员形象，在领导和同志们的批评监督下，他渐渐克服了动不动这么一说的毛病。但是此刻终于抑制不住满腔的悲愤，一张嘴又将这话说了出来。他是这么说的："我操他妈！"

这个城市的电视台拍摄了由吴医生主刀的这次复杂手术的全过程，就在吴医生死后第二天，刑警边沿以调查的名义借阅了这些录像带。他是在灯火阑珊的深夜，独自坐在电视机前观看这些录像的。电视屏幕上先是出现一片炫人眼目的雪花，接着图像清晰了起来。这时吴医生来了。由于这架摄像机的拍摄范围局限在手术室范围之内，不能同时对这片区域以外发生的事情进行交代，所以吴医生进来的时候就已经更换上了手术专用的清洁衣、裤、鞋、帽。因为手术帽低得几乎压住眉毛，而消毒口罩又将眼以下面部全部遮去，刑警边沿只看到了这个外科医生的一双眼睛。这是一双炯炯有神的眼睛，目光中燃烧着的不可遏止的创造的欲望和激情，同时又令人感到一种超凡脱俗般的镇定和冷峻。这个既热烈又冷静的人一走进画面，没有做任何多余的顾盼，便义无反顾地走进了无影灯光中，就像一个舞台剧演员走进了舞台灯光中。仿佛为了迎接他的到来，这次手术所要求的一切术前准备都已就绪。即将接受手术的人已经被安置在手术台上；助手已经将手术区的毛发细心剃除，手术切口附近的皮肤充分消毒，并严格规范地在手术范围之内铺盖了无菌单；麻醉师已经根据手术的具体需要，采取针刺、注射和吸麻等不同的麻醉方法，对手术区域进行了程度、范围不同的麻醉；护士也已经对手术所需的刀、剪、钳、镊、钩、夹、针、线等一应器械进行了无菌消毒处理，这些闪闪发光的金属工具井然有序地排列在弯盘里，就像光彩夺目的工艺品琳琅满目地陈列在展柜里。所有的布置都是那么的周到和完美，只有正中的位置空缺着，这一明显的缺陷使得人们产生了一种殷切的期盼和等待，而吴医生就是被期盼和被等待着的人，他的到来对这一美中不足毫无疑问是个尽善尽美的补充。现在他已经当仁不让地走到了这个属于自己的中心位置上。他等待这一时刻已经很久了。在他软弱无力的少年时代，那些身强力壮的人们曾将他从这个中心位置上驱逐了出去，但是他经过漫长艰苦的努力，此刻终于又重新走回了这个中心。仿佛为了证明这个位置非他莫属，他一就位便开始了手术区域的切开工作。由于各种脏器都需要不同程度的修补，手术区域很大，所以他选择了难度最大的联合切口，即在上腹部正中做一纵向切口，再在左肋缘下做一斜向切口。然后操刀由表及里地进行切割，先是切开了前沿的皮肤和脂肪，接着切开了纵深的肋膜和肌肉，之后切开了腹腔的最后防线腹膜。他的切割形式因地制宜，不拘一格。在切割比较松弛的皮肤和脂肪时，他采取的执刀方法是行云流水的执弓式：在切割相对结实的筋膜和肌肉时，采取的是披坚执锐的指压式：而在切割最深部的腹膜时，采取的则是钩深致远的执笔式。在全部切割过程中，犹如深翻土地的铧犁无法回避地要犁断纵横交错的杂草根须一样，手术刀无法回避地切断了难以计数的大小血管，完善而彻底的止血便成了手术中至关重要的一环。他对汩汩涌漾的血管所采取的对策是结扎。他的打结手法左提右挈、飘逸灵活。对于浅表和细小的血管，他使用的是稳妥可靠的双手打结法，打出的是结实牢靠的方结；对于较深和较大的血管，他使用的是执简驭繁的单手打结法，打出的是直截了当的外科结；而对于纵深和粗大的血管，他使用的则是取长补短的止血钳打结法，打出的则是不可开交的三重结。随着切开工作的完成，展现在他面前的手术视野是那么的开阔，所有应该暴露的脏器都得到了最充分的暴露，即使是通过摄像机镜头，仍能清楚地看到各个器官的呼吸和颤动。这些器官此刻还由组织彼此密切地粘连着，因此他接下来的工作是分离，使器官的损伤部位获得进一步的暴露。他采取的分离顺序是由简单到复杂，由外围到核心。对于致密的组织，他采取的是迎刃而解的锐性分离，使用的是锐不可当的手术刀和组织剪。而对于疏松的组织，他采取的是投机取巧的钝性分离，使用的是顺水推舟的刀柄和手指。这是一项对熟练和精确度要求极高的工作，操作者必须要像俗话常说的如数家珍一样，熟悉所有器官的准确分布、位置、结构、走向和关系，惟其如此，才能在具体操作中对回避什么、剥离什么明察秋毫，该回避的回避，该剥离的剥离，而不会发生损伤。因此他干得事无巨细、一丝不苟、条分缕析、头头是道。他聚精会神分离着一塌糊涂的脏器，就像一个雕刻师傅兢兢业业镂刻着一件作品。经过他分门别类的剥离，原本混为一谈的脏器开始明确出它们各自的独立性，就像一件雕刻品开始呈现出精致的花纹一样，现在它们一是一二是二，丁是丁卯是卯。当他的挑拨离间全部完成后，整个手术终于进入了正题，也就是说他终于可以对这些千疮百孔的器官放开手脚为所欲为了。这与其说是一次手术，不如说是一项工程，一项修复和重建废墟的工程。在接下来的修复和重建工作中，他采用的办法是该补缀的补缀，该切除的切除，该剪辑的剪辑。对于微不足道的破裂，他选择的是补缀，就像一个裁缝细心补缀一件衣服上的破洞。他的缝补是那么的平整光滑、天衣无缝，不放大和定格几乎看不出任何破绽，不明真相之人根本意识不到这件东西曾被修补过。对于满目疮痍的损伤，他先择的是切除，就像一个厨师麻利地切去一棵蔬菜的虫噬部分。他的切除是那么的直截了当、不偏不倚，既没有残留任何坏死的东西，也没有误切任何完好的东西。而对于部分破损部分完好的器官，他则选择了剪辑，就像一个管工果断地锯掉一条水管中漏水的一截，然后再将水管重新接续起来一样。他的剪辑是那么的不动声色、不露痕迹，犹如删除了一篇文章的冗赘段落之后，由于上下文衔接得又巧妙又自然，令读它的人们感到起承转合得如此流畅，丝毫也察觉不到这篇文章曾被删改过……整个手术过程中，他如此专注，如此陶醉，如此冲动，如此亢奋。神情高度忘我，风格热情奔放，手法鬼斧神工，动作神出鬼没。整个操作既有动感，又有力度；既优美流畅，令人眼花缭乱、目不暇接，又没有任何多余的举止和动作。仿佛不是在手术，而是在示范；不是在工作，而是在卖弄；不是在娱人，而是在自娱。他用自己的全部身心将错综复杂的劳动变成了赏心悦目的表演，看得在场的助手和护士目瞪口呆，几乎忘了配合他的工作。消毒口罩将他的面部遮掩得严严实实，人们无法看到他此时此刻的表情，但是从他如痴如醉、神采飞扬的眼神中，却能明显、强烈地感受到创造的喜悦和快感……刑警边沿没等录像放完便关掉了电视。

大约半个月后，刑警边沿在电视中看到了这部宣传救死扶伤事业的专题片。开头，先是这个城市主管文教卫生的副市长谈救死扶伤的重大现实意义和深远历史意义，接着是主管局的局长谈创办这个急救中心的巨大投入和艰辛历程，之后是急救中心主任谈他们在工作中是如何具体贯彻和体现救死扶伤精神的。这些口若悬河的人们的特写自始至终占据着电视屏幕，仅只是在节目的最后出现了手术画面，而且是轻描淡写，一带而过，所使用的都是全景镜头，给人的感觉完全是在为上述人们的谈话做注脚。这个刑警是在一家人头攒动的快餐店里吃晚饭时看到这个电视节目的。斯时夜幕初临，主题纷繁的霓虹在深紫色暮霭中竞相闪烁，将整个城市装饰得珠光宝气。由于这部专题片的最后剪辑结果大大出乎他意料，以至于他看了好半天才反应过来，这并不是一个与他毫不相干的节目，这才开始注意在屏幕中搜索熟人的面孔。但是他只能笼统地看到一群身着无菌手术服的人正围在一堆儿忙碌着什么，加之这些人的面孔又全被消毒口罩遮挡着，仅从一闪即逝的画面上根本分不清楚他们谁是谁。就这样，还没容他再详细辨认，这个短暂的节目就已经结束了，取而代之的是这个城市发生的另一些新闻……

原载《啄木鸟》，1998 年第 1 期

最后的佳作

王建武

一

秦瑶微笑着走进洁净、豪华的会议室。她在铺着墨绿色台布的长形会议桌旁的一张电镀折椅上坐下来，穿着海蓝色西服裙的漂亮女招待给她斟满一杯清馨的龙井茶，飘然而去。

这是全国作家协会在风景宜人的杭州市新雅宾馆举办的一次笔会。这次笔会拟开二十天，前些天主要是创作、改稿，往后几天安排了对一些中青年作家作品的创作风格进行研讨。秦瑶近期发表的几篇中篇小说，被列为重点讨论篇目。会议主持人宣读了讨论作品的顺序，又提出些具体要求，然后请秦瑶首先发言，谈谈她的系列中篇《心灵的震颤》的艺术构思和创作过程。

秦瑶年方29岁，清秀文静的仪表里蕴含着爽快的气质。她接过主持人推过来的麦克风，用手轻轻地捋了捋额前的刘海，侃侃而谈。

秦瑶是当代文坛女性中的佼佼者，五年前，她的处女作《爱在夕阳》发表之后一鸣惊人。读者如痴如狂，出版社连续再版，而她本人则在全国优秀中篇小说评比中荣登榜首，自此奠定了她在文坛上令人钦羡的地位。她的文稿让各文学杂志、出版社的编辑们抢破了头，就连她成名前厚厚一摞退稿，也被那些二流三流的杂志社想方设法挖走。《心灵的震颤》是她最近发表的系列小说，在读者群和文化圈里都产生了轰动效应。

“人之原恶，人之原善，是中国几千年文明中人们喋喋不休地争论的一个命题。我个人绝无意在此作一番是非论证，我只是想尝试着在人心向善向恶的心理中探索和挖掘由善至诚，由恶至罪必然或非必然的趋势。我在创作这部系列小说之前，曾经采访过不少监狱中的劳改犯，也翻阅了大量国内外典型案例，我冥思苦想着能在一个合理的思维中，概括描述人们由恶念导致犯罪的轨迹，对于这个问题我似乎已然找到了答案，这就是……”

秦瑶刚说到这，突然停顿下来，女招待俯身很有礼貌地对她说：“对不起，秦瑶女士，打搅您一下，服务台有您的长途电话。”

“可以请他们稍等一下吗？”

“那位先生说，他有非常紧急的事情，务必请您马上去。”

秦瑶朝会议主持人耳语几句，便随女招待走出会议室。

她拿起话筒，对方是一个陌生男人。

“您是秦瑶吗？噢，我是B市公安局刑侦处葛仁。”

“发生了什么事情？”秦瑶的神色有些紧张。

“请问胡学刚是您丈夫吗？”

“是呀，他怎么了？”

“他死了。”

“死了？不可能，我不相信！”秦瑶拿话筒的手在微微颤抖。

“这是真的，请你马上返回B市。”对方的话不容置疑。

二

首先发现胡学刚死在屋里的是柳娜，她是胡学刚的朋友章晗的妻子。据她说，4月28日上午9点多钟，她去胡学刚家送还他前两天在他家搓麻将时落下的一串钥匙。她来到215房间，先敲了敲门，屋里没人应，她以为胡学刚出门了，想着用钥匙打开门，给他放在桌子上。可是没想到，开门后，却一眼看到胡学刚吊死在屋角暖气的水管上。她吓得魂都没了，号叫着冲出门外。

在楼门口戴着红箍看院的两个老太太是这样形容她们瞅着柳娜从楼里跑出来的情景：她像中了邪似的，脸色煞白，只说了一句“吊死人啦！”便瘫倒在地……

当市局刑侦处刑警队队长葛仁带着他的两个警察学院实习助手王伟和周萍

赶到青年公寓现场时，这里早已被闻讯赶来的派出所民警严密地控制起来。

215号是一套二居室住房，室内门窗紧闭，没有丝毫撬砸痕迹。死者叫胡学刚，是个个体户。他的尸体吊在卧室墙角上端的暖气管上，尸体的面部表情十分恐怖，口鼻眼耳中均有血液流出后凝结的暗红色斑迹。法医在现场验尸时，发现胡学刚的脖颈处除了那道向上的勒痕外，还有一道平行向后的勒痕清晰可见。这些迹象表明胡学刚是死于他杀。可是这一切似乎又被桌上一个茶杯下压着的一张胡学刚亲笔写的遗书所否定。那张遗书是这样写的："生活之路如此艰难，我将离去，无怨无恨。"遗书旁有一枝金星牌钢笔。

"这个现场倒是有点名堂。"葛队长皱着眉头，自言自语着。他在现场搜寻着可疑的痕迹，无意中在床头柜上发现一个"三九胃泰"的空药瓶。看样子死者生前患有胃病，这药是刚吃完，空瓶被随便扔在一边。葛队长小心翼翼地把小瓶包好，放到自己手提包里。

"葛队长，快来，这有一枚指纹。"细心的周萍在卧室里组合穿衣柜上的拉手上发现一个很清晰的指纹，高兴地叫起来。葛队长让技术员取下这枚指纹，然后拉开柜门，仔细检查了一番，他发现里边似乎有脚踩过的痕迹。

更确切地说，这是一个女人踩过的痕迹。

三

葛队长办案喜欢往公园里跑，这似乎有点怪僻，两位助手跟他跑了几桩大案，都是在公园里捋清的线索。据葛队长自己说，他独自侦破的第一起谋杀案，就是在关键时刻，到公园里散心，偶然迸发出灵感才打开局面的。自此，每当他遇到难题时，总喜欢到公园里来，这似乎已被他的两个实习助手戏称为专利。

果然，当他们来到梅山公园，默默无言地在后山一片松林里闲遛了一会儿之后，葛队长一路上紧锁的愁眉，已然舒展多了。

"闷了半天，谈谈你们对这个案子的看法吧。"葛队长朝两位助手努努嘴。

"我看发生在215房间的谋杀，根据死者脖沟处两道勒痕分析，他是先被凶手用绳子套住，用力勒死，尔后将他吊在暖气管上，伪造自杀假象。"王伟憋了半天的话，一口气吐出来。

“我也同意王伟的意见，这个案子是蓄谋杀人，可是我总觉得，凶手是先给他服食了剧毒药，置他于死地，然后将他吊在暖气管上伪装自杀。”周萍性格沉稳些，说话语气也不是那么肯定。

葛队长对两位助手的回答似乎不尽满意，不过他还是用启发的口吻对他俩说：“我提两个问题，你们往深里琢磨琢磨。首先是凶手的智商问题，他是聪明，还是糊涂？假设他真是先毒死胡学刚的，那么也伪造一个服毒自尽的现场不就完了吗？何必画蛇添足地再用假上吊去证实他的‘真服毒’呢？再有，死者脖子上的勒痕告诉我们，凶手是先勒后吊。”葛队长比划着王伟的脖子做了个姿势接着又说：“综观凶手现场动作的全过程，他先用毒药，后用绳勒，两种置胡于死地的方式并用，最后再将他吊在暖气管上，这里至少向我们透露了几点信息。”葛队长说到这停下来，等待他的两个徒弟开口。

“凶手的思维方式很怪僻。”周萍先说。

“嗯，可以算一个，还有呢？”

“看来凶手想杀死胡学刚的心情很迫切。”王伟又补充了一条，赢得了葛队长的肯定。

“凶手是死者所熟悉的人，他应当有较为自由出入胡家的便利条件。否则现场肯定会留下撬砸门窗的痕迹。”葛队长自己说出了第三点之后，看到周萍好像还有什么问题，便笑着说：“小周，我知道你想问什么，那枚留在大衣柜拉手上的指纹对吗？”

周萍点点头。

“如果我没猜错的话，应当是柳娜的指纹。”葛队长出乎意料的这句话，令两位助手吃惊不已。

“你怎么断定是她呢？”葛队长从他俩的眼神里看出这样的问语。

“我注意观察了那枚指纹，它小于一般男性的指纹，另外，它是在拉手背面留下的，纹路很清晰，这说明此人在开柜门时是用了一定的气力的。我试着开了开那扇穿衣柜门，有些紧，对男性来说，似乎倒不用费什么气力。因此，我断定是女人。至于为什么说是柳娜，这或许是一种直觉吧。”

葛队长刚说到这，腰间的 BP 机突然叫了起来。他按了显示钮，对两位助手说：“我们该走了，你俩去给民航打个电话，查询一下从杭州到 B 市的班机。明天胡学刚的妻子或许能给我们提供一些有价值的线索呢。”

说完，他把烟头掐灭，很准确地投掷到三米开外的一个张嘴蛤蟆状的果皮箱里。

四

来到215房间门口，葛队长轻轻地敲了敲门。从里面传来一个女人的问话声：“谁呀？”

葛队长用手触了一下周萍，示意她回答。

“是我。”周萍轻声答道。

门开了，站在他们面前的是一位30岁左右，应当说还称得上漂亮的女人。

“请问，您就是秦瑶吗？”葛队长直视着她的眼睛，用平和的口吻问道。

“我就是秦瑶，你们是？”

“那我们就是‘有言在先’了，我是葛仁。这位是我的助手叫周萍。”葛队长幽默在前，意为缓和一下紧张的气氛。

“请进屋里谈吧。”秦瑶很客气地把他们让进屋里。

“噢，这儿很乱，我刚下飞机，还没来得及收拾。”秦瑶将客厅沙发上旅行箱和外衣挪到一边，招呼他们坐下，然后给两人沏了杯茶，坐在对面一把折叠椅上。

“我们对您丈夫的不幸深表同情，您丈夫的尸体现在按程序要进行解剖。检验，到时候我们会安排您同他再见一面的。”葛队长的语气低沉。

“我真没想到他会……”秦瑶低声抽泣起来。

“请您节哀，多保重自己的身子。我们今天是想找您了解胡学刚自杀前的一些情况。”葛队长暗中注意观察她神态的变化。

“我会尽力合作的。”秦瑶用手帕擦擦泪点头说。

“好，那我就提几个问题，因为这是例行公事，有什么问题不妥当的，请别介意。”葛队长让周萍准备好问话笔录纸。

“请先谈谈他的基本情况。”

“我丈夫叫胡学刚，今年32岁，初中文化程度。以前在市化工用品厂当检验员，后来辞职干个体。不过，他似乎不是做买卖的料，钱没挣多少，倒是三天两头赔钱。最近，他跟我说跟人合伙从海南贩西瓜，结果又折腾进去几万。”

“哦，跟谁做买卖，你知道吗？”

“章晗，京达贸易公司的副总经理。”

“他妻子是不是叫柳娜？”

“对呀，你们认识？”

“嗯，对了，你丈夫得胃病有多长时间了？”

秦瑶听葛队长问起这句话，神态突然有些失措。

“对了，他胃不好，大约快一年了。”

“我猜想你丈夫做买卖东跑西颠的，饥一顿，饱一顿，胃肯定有毛病。”葛队长有意岔开话题，随口又问，“你是在一周前去的杭州吗？”

“是的。”

“你走之前，他有过这方面情绪的流露吗？除了赔钱之外，还有什么不顺心的事吗？”

“他说过，人活着一点劲儿也没有，为了挣几个臭钱，拼死拼活的。说起不顺心的事，也就是他最自卑的，是……”秦瑶说到这，欲言又止。

“是什么？”葛队长盯着她的眼睛追问了一句。

“他不能生育，我们去检查过。”

“哦，这倒是一个悲剧。”葛队长沉思片刻又问道，“你们夫妻之间有什么隔阂吗？”

“我们结婚六七年了，应该说是有感情的。”

“应该说……”葛仁在心里体味着她这句话。

“对了，你丈夫在自杀之前，写了一份遗书，请你看看。”葛队长从包里取出那张纸，递给秦瑶。

秦瑶的手在微微颤抖，她接过遗书看了一遍，哽咽地说：

“这是他的笔迹。”

葛队长劝慰了她几句。

葛队长在闲聊中注意到客厅两侧的卧室和书房门都紧闭着，他心里若有所思。一会儿，葛队长把手伸向衣兜里去掏烟，却只拿出一个空烟盒，他不无遗憾地摇摇头。秦瑶见此情景，连忙说：“真对不起，我忘了给你拿烟了。”说完，她起身推开卧室的门，从里面取出烟，而后又进书房里去找来烟缸。

尽管她进出的动作很快，葛队长还是看见里屋似乎乱糟糟的，像是在屋里找什么东西。

葛队长起身客气地接过秦瑶递给他的烟，点着。周萍在一旁有点纳闷，临出来时眼见他从抽屉里拿出一包烟装在兜里。

这时，秦瑶家桌上的电话铃响了，秦瑶过去拿起听筒："喂……我是……你是？噢……是的刚到家，你有事吗？好吧，我现在有客人，公安局的，那么你晚上来吧。"

秦瑶放下听筒，葛队长和周萍起身告辞。临走时葛队长给秦瑶留下电话号码和 BP 机呼号，要她有事随时可以找他。

五

一出楼门，葛队长便问周萍："刚才给秦瑶打电话的是谁，你听出来了吗？"

"像是个女人的声音。"

"对，是柳娜。"

"可她这会儿找秦瑶干吗呢？"

"柳娜是章晗的老婆，而章晗同胡学刚一块做过买卖。另外，听街道值班巡逻的老太太们反映，秦瑶不在家时，她断不了来找胡学刚。你还记得昨天她说是给胡学刚送什么钥匙吗？这里可不单单是送钥匙的问题。"

葛队长说着，从衣兜里掏出一支烟抽起来，周萍想起刚才在秦瑶家的事，问道："葛队长，你这是演的什么戏，刚才出门时你明明带着烟，在秦瑶家你又没烟了，这会儿又变出烟来。"

葛队长说着手伸进兜里，掏出一把散烟来。

"这叫借题发挥，其实，我只是想让她把两间屋门开一下，放烟和烟缸的地方，昨天在现场勘察时，我就注意到了。"

"那为什么呢？"周萍不解地问。

"现在想法还不成熟，到时候我会告诉你们的。"

回到刑警队，葛队长打发周萍去趟刑科所。他回到自己屋里，见王伟早已在等候他了。

"葛队长，柳娜很值得怀疑。"没待葛队长问起，王伟开门见山地说道。

"别急，慢慢说。"葛队长点着根烟，拿出笔记本。

"我去她们家的时候，她的神情很紧张，好像是头次跟公安局打交道，我心说了，我又不吃人，你怕什么。可她总像心里头揣着什么，说话老是吞吞吐吐的，生怕哪说漏了嘴。她对我说，她丈夫出差去了，已经走了十天了。可我根本就没问起她丈夫。她跟我又重复了一遍那天现场看到的情况，还说她是头一回亲眼看到上吊自杀的。

“我跟她随便聊了会儿，装作不小心把她用手摸过的玻璃杯摔在地上，我事先观察了她触摸的部位，利用帮她倒碎渣的时候，把那块玻璃装进兜里。刚才，我已经送到刑科所了。另外，我还跑了趟京达贸易公司，负责保卫工作的一位副经理证实了章晗的确在十天前到广州出差去了。听说他是参加一个订货会，大约还得十天八天的才能回来。”

“这么说，他也不具备作案时间了。”葛队长皱着眉头自言自语地说。

“我又问了一些章晗的情况，这位副经理说，他风闻柳娜跟章晗的一个朋友关系暧昧。另外，章晗前些日子私下从会计那借支了几万块钱，不过，很快又还回来了。”

“哦，这么说，胡学刚做这趟买卖的本钱是章晗挪用公款垫支的。”葛队长边说边往本上记着。

正在这时，周萍急匆匆从刑科所赶来。她把勘验鉴定结果交给葛队长。

尸体经过解剖检查，胡学刚胃液内发现剧毒氰化钾，这是他致死的原因。在他胃内还发现过量的安眠药，这些安眠药如果单独服用其量不足以致死。死者胃内还检验出“三九胃泰”和酒精成分。解剖胃壁果然发现胡学刚患有胃溃疡病。另外法医分析验证了胡学刚脖子上的两道勒痕是在他生理性死亡后形成的。死亡时间是在28日夜里11点左右。

葛队长看完验尸报告单，一语不发地思索着。这桩案子现场提供给他们的线索真是有些离奇，同一现场，同一死者，却呈现三种死因：服毒、吃安眠药、上吊。

那么，应该从何处着手呢？

“葛队长，这还有两份指纹痕迹鉴定报告。”

葛队长接过报告看，第一份鉴定报告证实金星钢笔上的指纹是胡学刚本人留下的，遗书经笔迹鉴定也是他亲手所写。另一份鉴定则印证了葛队长的猜测，穿衣柜拉手背面的那枚指纹，同王伟智取柳娜的指纹完全一致。

“葛队长的第六感官还真灵，柳娜果然去过现场。”两位助手佩服地说。

“确切地说，是她自称去还钥匙发现胡学刚吊在屋里之前，她就在现场待过。而且，这中间她还匆匆忙忙地躲进穿衣柜里。很显然，此时有第三者光顾。那么，这位第三者是谁？深更半夜来此究竟想干什么呢？是来捉奸的吗？可是有直接利害关系的章晗和秦瑶都远在千里之外，那么还会有谁呢？这里，我想给你们留下一个不大容易解的谜，你们好好琢磨琢磨。我们来分析分析柳娜，假设是她毒死胡学刚，而后又在现场布疑阵，可是我想，先不谈她谋害动机，即使她有可能寻机投毒害死胡学刚，但是她怎么可能有那么大的力量，把沉重的尸体吊在暖气管上？”

葛队长抽着烟，在屋里来回踱着步，像是对自己，又像是对两位助手说：“这又像个连环扣，可是线头在哪呢？”

“葛队长，我还有个问题。”周萍接过话头，“那份遗书我总觉得不大对头。我想，这绝不可能是柳娜事前用刀子逼他写的，可是他却不合情理地写了。我说不合情理首先是说，一个并不想寻死的人，绝不会给自己写封绝命书，再有……”

“并不想寻死，你从哪得出这个结论呢？”葛队长打断周萍的话问道。

“像胡学刚这种有既定的吃喝玩乐人生观的人，悲观厌世不可能是他选择的道路。另外，他如果执意去死，何必还要服用维持生命的胃药呢？”

“好，这个想法对路子。”葛队长对周萍由衷地表示赞赏。

“再有，这份遗书口吻并不符合胡学刚的身份特点。我要是他，就会这样写‘活着真他妈没劲儿，死球算。’干脆痛快。而这份遗书，倒像是舞文弄墨的人所写。”

周萍一口气道出自己的看法。葛队长不由得心里暗暗赞叹，她提的这个问题同他想到一块了。没等他表态，王伟接上话茬说：“这么说，你是怀疑秦瑶了，她可是全国知名的大作家，何况，案发时她根本没在现场。依我看还得从柳娜身上做文章。”

葛队长抽完最后一口烟，将烟蒂掐灭，准确地投进桌上的烟灰缸里，而后对两人说：“你们的思路应该说都有谱，现在让我来肯定或否定，还为时过早，这里有几个疙瘩还拧着。不过，我有一个预言倒是可以先告诉你们，明天一早，秦瑶会主动来找我们的。”

“真的，又是第六感觉？”两人将信将疑。

“不完全是，走着瞧吧。”

六

果然没出葛队长所料，第二天一早，秦瑶便来到刑警队了。

“我有些情况要向你们反映。”她的神色似乎很急切。

“别急，慢慢说，小周你来记录一下。”葛队长很客气地给她倒了杯茶水。

“我丈夫的死不是自杀，他是被谋害的!”她的情绪似乎很激动。

“哦，你有什么新证据吗?”

“嗯……证据倒没有，不过，我可以告诉你们，我丈夫在我出差走的前几天情绪很反常。他对我说做买卖赔了一笔钱，可他那两天却没流露出丝毫的愁闷，倒显得挺轻松愉快的。还有，和他一块儿做过买卖的章晗，也来找过他。那天两人背着我嘀咕什么事，像吵架的样子。另外……”秦瑶说到这，欲言又止。

“是不是你丈夫同柳娜的关系不太正常?”葛队长接上她的话茬问。

“你们也知道这件事?”秦瑶有些惊异。

“是的，凡是跟调查这起案子有关的事，我们都需要掌握。”

“那我就没什么可瞒的了，我怀疑是章晗。他赚了钱想独吞，再因柳娜让他戴了绿帽子迁恨于我丈夫。害了他，一箭双雕。”秦瑶愤愤地说。

“不过，那份遗书可是你丈夫亲笔写的呀。”葛队长有意将她一军。

“这……我不知道，会不会是他使用某种手段，逼迫他写的呢?比如说，外国就有给人吃一种致使思维受制的药，借着药劲，被害人听从别人的旨意改变遗嘱的案例。”

“这么说，你对此很有研究了?”

“不，那只是为了创作，搜集点素材。”

“我们会考虑你的意见的。”

“那好吧，需要我帮些什么忙，就打电话通知我，你们一定要把杀害我丈夫的凶手抓到。”

“放心吧，这只是时间问题。”葛队长起身送客。

周萍见秦瑶走远了，忍不住问葛队长：“你究竟是怎样得知她会来找我们呢?”

“你说呢？”葛队长反问了一句。

“我想肯定同柳娜有关。”

“对了，昨天秦瑶接的是柳娜的电话，秦瑶当时约她晚上见面，这里就有文章了。昨天，我们在秦瑶家时你注意到没有？秦瑶自始至终没有向我们询问她丈夫胡学刚是怎样死的，而我昨天有意识透露给她，胡学刚是自杀身亡的，她的表情和神态都说明她已经接受了这种结局。这说明了什么呢？”

“她事先知道胡学刚自杀的结局。”周萍似有所悟地接上葛队长的问话。

“不错，正因为我无意中透露给她的信息同她预先知道的信息相吻合，她才坦然地向我们提供她丈夫自寻短见的证据。可谁想，这一切在柳娜造访之后，她的态度突然来了一个一百八十度的大转弯，这是为什么呢？现在，除了我们侦查员之外，柳娜是唯一见过现场实情的人，她不管抱着什么目的去见秦瑶，肯定会将现场见到的情景描述给秦瑶。这样，你试着再往深处想想，就不难料到秦瑶会来的了。”

“她不仅事前知道她丈夫会死，甚至事先知道她丈夫死的方式。”周萍的脑袋瓜挺好使，一点就开窍儿。“真如你所说，秦瑶就是杀人凶手了？”

“我现在还不想这样下结论，首先，她杀人的动机是什么？我还没找到答案；还有案发时，她不在现场；再有遗书问题，也没弄清。不过，两次同她打交道，我发现她是个挺复杂的人，有时很精明，有时却又很糊涂。另外，她很敏感，昨天肯定是从柳娜口中得到某种信息，才决定来个急转弯的。”

“葛队长，我们下步该怎么办呢？”

“你和王伟继续跑柳娜、章晗这条线，别松手。”

“好吧，那你呢？”

“我去看书。”

“看书？”葛队长的话叫周萍大惑不解。

“是的，我这就去图书馆，翻翻秦瑶的大作。不是说文如其人吗，或许，我能从她写的东西里得到一些意外的信息呢。你们有情况，及时通知我。”

七

王伟和周萍按照葛队长的吩咐，整整跑了一上午，收获不小。

城西区委机关办公室主任老赵向他们介绍了柳娜的情况。柳娜工作几年了，表现一直不错。她同章晗结婚后，两人关系也很好，没听说闹过什么矛盾。可最近一段时间，她情绪很反常，常常一人坐着发愣，打字、校对文件也老是出错。她以前很少迟到早退，可前些日子却连续晚来早走。她们一个打字室里的同事反映过，有个男的老打电话找她。老赵还告诉他们这样一件事：几天以前，大概是 4 月 27 日，她要了一张三联单说是去看病，有个同事正好也要去医院，要同她一块去，她却借故推托，自己悄悄去了。

在人民医院，他俩在病历室查到柳娜 4 月 27 日确实来看过病。门诊部的一位内科医生经王伟和周萍提示，终于回忆起来，那天柳娜是来看失眠症的，她自述头痛，夜里老是睡不好觉。这位医生给她开了一瓶安眠药，还叮嘱她按量服用。

王伟和周萍翻阅了柳娜病历档案，这是她头一次来医院看失眠症。

葛队长在电话里听到两位助手的进展情况很高兴，他约助手们下午到城西公园的中心小亭见面。

他们都如期而至。葛队长详细问了情况后，告诉他俩这样一个消息。秦瑶上午 10 点多钟时，呼叫葛队长给她回电话。电话里说她调查了胡学刚同柳娜丈夫合伙做的这批买卖，她跑了货场、工商局，又给海南果品批发公司挂了长途，了解到他们这次一共贩来 5 车皮西瓜，按照当地价格 5 毛钱一斤，到 B 市后他们以 1 块钱一斤批发出去，如此算来去掉成本、运输费和损耗，他们这桩买卖净赚不少于 10 万。

“这倒有点反常，事主主动帮助我们调查线索。”王伟不以为然。

“很显然，她是想让我们全力去注意章晗。”周萍接着说。

葛队长招呼两人沿着竹间小路来到湖畔儿童游乐场。

“这个案子的关键问题是这样：现场向我们昭示凶手应当是被害人的熟人，可是两位有关系的熟人却又不在发案现场，难道是他们雇人作案吗？可是从作案方式来看又不像。”葛队长说完自己的想法，一时想不出答案。他们坐在一条长椅上，看着游乐场上尽情玩儿乐的孩子们。在机械旋转飞机的围栏里，几个孩子坐在飞机里，随着飞机上上下下的旋转，高兴地喊着：“我到南京啦！”“我到上海啦！”

与此同时，三个人几乎同时从长椅上蹦起来，不言而喻，他们一下被孩子们提醒了。

“案子发生在 11 点左右，凶手假设在外地，他可以乘白天的飞机到 B

市，第二天上午乘飞机再返回原地，神不知鬼不觉。当然了，对凶手来说，这里有些问题需要掩饰，不过如果真是章晗和秦瑶作案，他们至少有一整天时间不在当地。”

“葛队长，他们怎么能那么及时地买到飞机票呢?”王伟提出个问题。

“假如你是凶手，怎么解决这个问题呢?”葛队长反问了一句。

王伟想了想说：“要是我，在离开之前，先在一家饭店预订一间客房，同时预订 4 月 29 日的飞机票，等我到了外地，也提前预订好 4 月 28 日的机票。”

“这是个好主意，这样分析起来，章晗和秦瑶在作案时间上又具备了可能要素。不过，我们办案不能单凭想当然推理，还需要去核实。下一步，你们俩分头到广州和杭州跑一趟。”

八

两天以后，周萍先到了杭州。她顾不上游览西湖美景，先赶到新雅宾馆。作协的笔会还在开着。她没有惊动与会的代表，只是通过宾馆保卫部向客厅、餐厅、会议厅、服务台的几位女招待了解 4 月 28 日、29 日秦瑶是否在宾馆里。这一点很快得到证实。因为秦瑶的名气大，几个女招待都认识她，有的还找她签过名。她们都确切肯定那两天见过秦瑶。其中一位姓甄的女招待用自己带日期的“傻瓜”相机还同她合了张影。她把那张照片拿来，果然上面清清楚楚地写着 1990 年 4 月 28 日。照相的时间是下午 4 点，这一下就排除了秦瑶在作案时间上的疑点。

周萍挺细心，她又找到服务台，翻阅了秦瑶离开时结账的存根，发现一份秦瑶交纳的长途电话费收据存底，时间正是 4 月 28 日下午 7 点，通话时间是 7 分钟。她把这张收据复印了一份，小心地夹在笔记本里。

当天，周萍挂了个长途，将杭州之行的情况，向葛队长作了汇报。葛队长对秦瑶那份收据很感兴趣，让她一字不漏地念了一遍，记在本上。尔后，他叫周萍立即乘火车到广州协助王伟监控章晗。

在广州四海大饭店保卫部，周萍见到了王伟。

他详细地告诉周萍这几天他了解的情况。章晗在 4 月 28 日上午至 29 日下午果然没有露面。这个饭店的女招待提供说，4 月 28 日中午看见他穿件风衣出去了，直到第二天下午5点多钟才见他回来。那天晚上一位换洗被套的女招待也证实，她打开过章晗住的这间客房，确实空无一人。另外，他还去民航售票处了解到章晗确实预订了4月28日到B市的飞机票。从广州起飞到B市是下午1点。

王伟将这边的情况，通过广州市公安局的专用长途电话向葛队长作了汇报。得到的指令是，先别打草惊蛇，监控到B市后传唤他。

五天以后，章晗乘飞机返回B市。王伟和周萍通过公安局预定了紧挨着他座位的机票。登机前，他们给葛队长挂了长途，然后装成旅行结婚的年轻夫妻。

飞机从白云机场腾空而起。他俩主动和章晗搭话，一来二去混得挺熟。

他们聊了会儿天儿，王伟对章晗说："我在大学时学了一门看手相的绝招，怎么样，给你看看。"

"好吧，你别说，我还真信这个，不过得看你是不是蒙我了。"

章晗把左手伸给王伟。

"左手代表先天，看你的过去，你老兄家境富裕，官场得意，不用说，八成你是个经理。"

"没错，你算得还挺准。"

"不过看你婚姻线有点麻烦，还真不大好开口。"王伟故意卖了个关子。

"你说吧，没事。说对了我信你的，说不对，就当个乐子。"

"你今年三十，对吗?"

"没错。"

"你爱人小你两岁。"

"对。"

"你们没要小孩吧?"

"真准。"

"你这婚姻线表明，你在30岁时因第三者插足，你爱人将对你有不忠的行为。"

"真的?"章晗的反问并不显得很惊奇。王伟没让他发窘，换过他的右手说：

"我再给你看看命运线，右手是未来相。我看你今年有牢狱之灾。"

"是吗?"章晗这回似乎是发自内心的恐惧了。

王伟装作仔细看了看说：

“当然了，如果你能躲过这场灾难，可是后福非浅呀。”

“你算得挺准，赶明我拜你为师，也学学看手相。”章晗转了个话题，又聊了会儿，便独自仰靠在座椅上，沉思起来。

机场停机坪。章晗手提精致的密码箱从飞机舷梯上下来，他发现一辆警车停在不远的地方。一个其貌不扬的中年警官，表情严峻地走过来。章晗下意识地想往后溜。一回头，看到刚才在飞机上坐在他旁边的给他算命的年轻人，站在身后，用同样严峻的目光盯着他。

章晗整整衣服，故作镇静地说：“你们要干什么?”

“你自己干了什么，你心里还不清楚吗?章晗先生，请跟我们走一趟吧。”

葛队长出示了传唤证，章晗被带上了警车。

九

初审章晗不大顺利。他一口咬定他没有杀害胡学刚，他甚至不知道胡学刚已经被杀。他承认同胡学刚做西瓜生意赚了10多万块钱，可他并没打算独吞，他说已经同胡商量好了，等他出差回来再分利。至于说到他4月28日因何乘飞机返回B市时，他说是到某公司催办一笔广州急需的货款。这个公司的出纳员提供证词，那天下午快下班时确实给章晗办过这笔货款支票。

审讯毫无突破，王伟和周萍真有点着急，拿不到具有说服力的证据，按法律程序传唤嫌疑人又不能超过24小时。这可怎么办呢?

他俩给葛队长挂了个电话，王伟挺着急地说：“葛队长，这边章晗死不吐口，您那还稳稳当当地看书，我们可有意见啦。”

“有意见回去再说吧，你先说事吧。”

王伟将情况大致说了一下，问葛队长下一步该怎么办。葛队长思索了一下，对王伟说：“去找柳娜。”

“传唤她?”

“不，通知派出所，将章晗的传唤证给她看，告诉她章晗有谋杀的嫌疑。”

“这是为什么呢?”

“我敢断定，下午她会去投案自首的。”葛队长胸有成竹地说挂上电话后，葛队长又回到阅览室一张书桌上。桌上摆满秦瑶的作品集子。葛队长利用几天的工夫，已经细细地看完了秦瑶的全部作品。

他发现秦瑶是属于那种一鸣惊人的作家，靠处女作打响，逐步跻身文坛。不过，当他仔细地研究了秦瑶的作品后，发现她的创作过程呈V字形。具体说起点很高，处女作获全国优秀中篇小说奖，而后的几篇东西却不敢恭维，按照葛队长的标准，也就凑合够上发表水平。再往后数年她写的东西进步很快。

尤其引起葛队长注意的是，她的所有作品写的都是她所熟悉的工厂、社会青年题材，唯独处女作《爱在夕阳》写的却是她所不熟悉的一对老年知识分子的坎坷经历和爱情生活。这篇小说，对老年人的生活和心理作了深入刻画。给葛队长的印象是，作者就应当是位年过花甲的老人。

葛队长向图书馆借来几年前的《文学艺术报》合订本，他想看看文艺评论界对秦瑶处女作的评价。他将厚厚的合订本摆在桌面，随意翻着看，突然，他眼前一亮，一则发表在头版的消息，使他怦然心动。

“本报讯：老作家林楠在去出版社的路上偶遇车祸，被一对年轻人送往医院，当日老作家因伤势过重，经抢救无效离世。”

葛队长急忙往后翻报纸，半年后，报纸发表了《爱在夕阳》小说评论。小说是在此两个月前在一家颇有影响的杂志发表的。

葛队长豁然开朗，他推开报纸，拍案而起，惹得旁边的读者直啧嘴。

十

葛队长刚走出阅览室不远，他腰间的BP机响起来，他一看液晶显示，是秦瑶在呼叫他。

秦瑶为什么这时候又找他呢？他预感将有什么事情要发生了，便赶紧掏出手机，拨通秦瑶家的电话。

“喂，你是秦瑶吗？我是葛仁，有事找我吗？”

“我想请问葛队长，从我的作品里研究出什么来了吗？”

“哦，你是为这事找我，告诉你我只是对文学很感兴趣。”

“葛队长，你也不用瞒我了，借给你书的那位图书管理员，是我的一个崇拜者和老朋友，她前两天就给我打过电话，说有位文学评论家想研究我的作品，当然了，从她叙述尊容，我也猜出是您了。我想凭您的观察力和智慧，不难发现我的秘密。”秦瑶的话语中似乎带有一丝绝望的情绪。

“是的，坦率地说，我是发现了一些问题，我想现在找你面谈一下。”

“是想逮捕我吗？我已经料到会有这样一天了。好在这一切都快要结束了。说实在的，从您到我家来的那天，从我们初次见面，我就预感我所做的一切都瞒不过您。我们当作家的观察人的能力应当说同你们并没有很大的差别。我说出来的话想您也不会很吃惊的，是我谋害了胡学刚。至于说我的犯罪动机和作案手段，尽管瞒不过你，我还是如实地写在我最后一篇自传纪实小说里。实际上，我前几天把目标推向章晗，也就是为了多争取几天时间，写完我的小说。不过事也凑巧，章晗也确实因为某些原因，参与了谋害我丈夫的行为。现在，我已经脱稿并寄给外地一家杂志。同时，我也给您寄去一份复印件，您可以把那当做我的供词，因为我不想再牵连别人……”

“难道你非得选择这样的结局吗？我们再谈谈，或许我能帮你出个主意……”葛队长想缠住她，争取一些时间。

“葛队长，您是中国一流的警探，我为不能再活在世间写一写像您这样的中国福尔摩斯感到遗憾。不过，我不想再牵连别人，也不想再给你们添麻烦了，您听着，我现在写下的遗书是我自愿所写。”秦瑶在电话另一端边写边念：“我将离开尘世，无悔无怨，我是服用氰化钾而亡，这是毒死我丈夫剩下的另一半药。如有可能，请公开我的死因，公开我的案例。我的尸体假如还可以应用的话，任何部位和器官都可捐献。最后请转告我的读者读了我最后的遗作，让他们永远地忘却一个不值得崇拜的女人……秦瑶绝笔。”

“秦瑶！秦瑶……”葛队长还想说些什么，但手机里只听到秦瑶呜呜的哭泣声，随后，他听到断续抽泣的话语：“拜托您了，做我自杀的见证人，药我已经吃下去了。”电话“咔啦”一声挂上了。

葛队长放下听筒，飞快地跑到路边，挥手拦了一辆出租汽车。

十一

这天下午，柳娜果然到刑警队来自首了。

在审讯室里，柳娜抽泣着，坐在葛队长和两个助手对面的一把木椅上。

“是我杀死的胡学刚，我全交代，这一切与我丈夫无关。”柳娜开口第一句话这样说道。

“我劝你不要轻易地肯定什么，也不要轻易地否定什么，还是先实事求是地说你的问题吧。”葛队长直言说道。

“我恨胡学刚，他是只色狼。他以前同我丈夫一块做买卖，常到我家去，后来成了朋友。因为我丈夫常出差，胡学刚有时约人来我这儿打麻将，他这个人不规矩，老是跟我动手动脚的。那天，我丈夫到深圳出差，他喝了酒到我这儿来，仗着酒劲调戏我，让我陪他睡觉，我坚决不从。他就威胁我说，他掌握着我丈夫投机倒把，收受贿赂的证据，如果不从就去检察院举报，少说也得叫我丈夫蹲十年八年大牢。我爱我丈夫，我也知道他有几笔钱来路不清。我害怕毁了这个家，左思右想，只好忍辱说是答应他仅此一回。可谁想他竟然一而再，再而三地纠缠我。我真是骑虎难下，既不敢得罪他，又怕我丈夫知道了。后来，他越发来劲，还给我一把钥匙，叫我听他电话，随时去同他厮混。终于，我的忍耐到了极限，加上我又听到一些风言风语，我怕这话传到我丈夫耳中，便下了决心，杀死胡学刚。我没杀过人，也不知道怎样杀死一个人。只是听说吃多了安眠药会死人。4月27日便去医院开了些安眠药。4月28日那天，我丈夫和他妻子都在外地未归。那天晚上9点钟我约他去酒吧，灌了他不少酒。大约10点左右，我们来到他家。他说他临睡前还得吃药，叫我把桌上的三九胃泰药瓶里的药给他……”

“里面还剩两粒胶囊对吗?”葛队长突然打断柳娜的话问道。

“是的，您怎么也知道?”

“我还知道其中一粒胶囊沾在瓶底上，你拨了一下，才取出来的。”

柳娜眼睛睁得大大的。

“你接着往下说吧。”

“他接过药，我又递给他一杯掺了安眠药粉的白开水。他借着酒劲‘咕咚’‘咕咚’几口下肚。后来，他突然叫嚷说肚子疼，在床翻滚，额头冒汗，我想恐怕是安眠药在里面发作了，假装打个电话，安慰他说救护车马上来。他挣扎了一会儿躺在床上不动了。我想他是死了，便将他安放在被子里，把床上床下都收拾一番，把我到过摸过的地方都用手帕擦拭一番，我知道你们都是凭指印足迹找线索。正当我要离去时，……”

“你突然听到门外有动静，有人在用钥匙开门，这时你吓坏了，连忙藏进大衣柜里。那人进来摸着黑，蹑手蹑脚地走近床前，用绳子突然勒住胡学刚的脖子，几分钟后他见胡学刚没什么动静，才松开手，而后将他吊在房间里的暖气管上，最后，他拉开灯，想看一下胡学刚是否真的死了的时候，你隔着门缝看清了这个人竟然是你丈夫章晗！”

听完葛队长接上的话茬儿，柳娜更为吃惊了：“怎么，你们在那间屋里安监视器了？”

“那倒没必要，如果我没说错的话，你就接着往下说吧。”

“我当时大气不敢出，我丈夫要是知道我在这，非得连我一块儿勒死不可。我等他走后，才从柜子里出来，赶紧溜回家。”

“那么，你丈夫当晚没在家吗？”

“没有，从那之后到现在我还没见过他呢。听你们说，他被抓起来了，我觉得对不起他。这一切都是我的过错，是我杀的人，让我去坐牢吧。求你们把他放了吧。”说到这，柳娜忍不住掩面哭起来。

“那么，你第二天早晨为什么又借口还钥匙去胡家呢？”王伟叮问一句。

“我胆小，害了人心里不踏实，我那宿没睡好觉，想起来又后怕，早上想着去看看，万一他没死，再把他救活，也可免了死罪。可是等我进屋一看他那副可怕的样子，魂儿都吓没了。”

“你给秦瑶打电话，是什么目的呢？”周萍也问了一句。

“我是想告诉她一些现场的情况，让她相信胡学刚是自杀的，这样，可以减少对我们的怀疑。”

该问的都问得差不多了。葛队长叫两个女侦查员把她带了下去。

经过一番较量，章晗终于吐了口。原来，章晗身为京达贸易公司副总经理，却常同胡学刚一起私下搞转手买卖，他挪用公款，私借账号，收受贿赂，不少把柄被胡学刚抓到手。另外，胡学刚同柳娜的关系他早有所闻。有一天，他在柳娜身上发现一把钥匙，他没声张，悄悄地配了一把，后来他去胡学刚家证实这把钥匙确实能打开胡家的门。章晗左思右想，他不想同妻子闹翻了，因为柳娜的父亲是他的上司。他便暗中策划着除掉胡学刚。在他们合伙做成这笔贩瓜买卖后，他觉得时机已到，便借出差机会，为自己制造不在现场的条件。他事先已得知秦瑶也要出差，便选择了 4 月 28 日这天下手。他乘飞机当日下午 5 点到 B 市，先去某公司取了货款支票，又去取回预先订好的明日返广州的机票，然后找了个旅馆住下。夜里 11 点多，他潜到胡家楼下，看到屋里灯熄灭一会儿后，他估摸胡学刚已经睡着了，便用钥匙打开门。进屋后，他轻手轻脚地走近床前，他闻到很浓的酒气，又见胡学刚一动不动地躺在床上，以为他喝醉了，暗自庆幸老天相助。动手勒“死”胡学刚后，制造了他上吊自尽的假现场。返回旅店的第二天早上，他又乘飞机返回广州。

十二

晚上，市急救中心给刑警队打来电话，秦瑶经抢救无效，已经死亡。

十三

照例，葛队长向两个徒弟讲述他破案的思路。

“215 谋杀称得上是个奇案，它奇就奇在同一死者，却有三种不同的死法，有三种伪装的自杀现场表现。这首先排除了生人作案的可能性，另外法医鉴定作案时间是晚上 11 点左右，死者的致死原因是吞服氰化钾，而超量安眠药对他的死不起主导作用，绳勒更是在胡死后所为。这里就有一个关键问题：凶手到底有几个？是共同作案还是单独作案？从现场情况来看，凶手应当是三个，而他们之间由于某种巧合，至少有两人出现在现场，实施了谋害胡学刚的具体行为。”

“问题是谁是第一个凶手呢？”

“当然，一开始柳娜的嫌疑最大。她在现场留下指纹，而且在案发时她确实在现场。她在此期间，不知什么原因突然躲进了穿衣柜。这应理解为又有第三者出现在现场。这里的关键问题是，胡学刚此时是否还活着？如果他还活着，那么开门的应该是他，而进来的这位不速之客将是投毒害死胡学刚，而又伪造遗书的第一个凶手。他的整个作案过程肯定逃不过柳娜的眼睛。这样推理会出现什么情况呢？”葛队长停下来向两位助手发问。

“柳娜就没有必要再给已死的胡学刚服什么安眠药了。”王伟抢先答道。

“另外，柳娜为了避开自己的嫌疑，第二天肯定会以某种方式将作案人的情况报告给我们。”周萍补充了一条。

“可是这两点却根本没有发生，这就说明，此时此刻，胡学刚已经服毒死了。此时进入的并非第一凶手，而是那个以为胡学刚未死而用绳子将他勒‘死’的人。而且这个具有如此力量的来者必定是个男人。我想，他应该是柳娜的丈夫章晗。”

“再说柳娜，她没有得到氰化钾毒药的渠道，她只有假借看病，开来安眠药。那么她这安眠药是什么时候给胡学刚服的呢？从情理上说，她应该是在胡学刚被毒杀之前，或者同时。这里就有难解的矛盾了。刚才分析过了，柳娜在躲进柜中时，胡已必死无疑，那么就是说，此时他已同时服下毒药和安眠药，因为在这之间，除了柳娜之外再没有别人在胡学刚身边。很显然，胡学刚服食毒药的方式很奇特，甚至可以说是当着柳娜的面，自觉地吞服下去的。由此，我得出第一凶手并没露面，而是采取某种遥控方式加害于胡学刚。”

“三九胃泰，你肯定是从那个药瓶联想起什么的吧？”周萍插话问了一句。

“是的，胡学刚有胃病，吃的是三九胃泰胶囊，这种药是生吞，假如把胶囊里的药粉换成毒药，这恐怕是谋害人命的最佳选择。如果说从我头一次接触秦瑶观察到的那些反常现象，仅仅是对她有所怀疑，那么我的思路演进到药瓶上时，秦瑶作为第一个凶手的轮廓，已经深深地印入我的脑际。当然了，这里仍然有不少技术上的问题。她出差在外，怎样控制胡学刚死的时间；她借胡学刚的手写了那份遗书是想制造一个他自杀的假象，那么她是怎样让一个不想去死的人心甘情愿地为自己掘墓呢？最关键的问题是她作案的动机。我考虑过他们之间文化素质的差异，他们为何会维持在一种不甚协调的家庭氛围之中呢？这里必有原因。在你们跑章晗和柳娜线索时，我整天泡在图书馆里，翻看了秦瑶的全部作品，终于发现了她的秘密。那天，周萍从杭州打长途说起秦瑶曾经在那天打过 7 分钟长途，当时一下触动了我的灵感，遗书的问题一下解决了。接着我买了一瓶三九胃泰仔细研究，一瓶药 50 粒，如果去掉两粒，刚好是胡学刚八天吃的药量，也是秦瑶出差走到胡学刚死的过程。那么怎样才能让胡学刚正好在第八天晚上睡觉前服食那粒包着毒药的胶囊呢？”

葛队长说到这停下来，看看听得入神的两个徒弟，从桌上拿起一封刚刚收到的秦瑶寄给他的信说：“好吧，秦瑶在临死前将她作案的动机和方式都写进她最后一部自传体小说里了，这是她寄给我的有关章节的复印稿，还是让我们听听她的自述吧。”

十四

生活的道路上，有许多阴差阳错的组合，也有许多不堪回首的记忆。我和他都在一个化工厂里，我是仓库保管员，他是产品检验员。

我酷爱文学创作，立志要当一名女作家。我的业余时间大部分都用在写作上。我的工资奖金也大都花在购买各类文学书籍上。几年间，我有了十几万字的习作，渴望着自己的劳动成果能够得到承认。我尝试着给一些刊物投稿，结果一篇篇都被退了回来，我的心寒透了，难道我真是与缪斯无缘吗？

有一天，我偷偷拿回一些剧毒氰化钾，想就此了结一生。那天正好他来找我，带来两张舞会票。

就这样，他无意之中把我从通向死亡的路上拉了回来。我感激他，但却无法产生更深的激情。我们之间除了缺少共同语言和志趣之外，我感觉他这个人太实惠。我们的关系若即若离，倘若不是此时的一件意外的奇遇，促成了我们的结合，我也许会就此止步。

那天，我同他下班出了厂门，走到一条马路边时，突然一辆汽车戛然而止。只见一位骑自行车的老人被撞倒在车前，我俩赶紧跑过去，这位年过花甲的老人浑身是血，奄奄一息。我们拦了一辆过往汽车，送他去医院。过后，这位老人因伤势过重，再也没有睁开眼睛。

第二天上班时，他交给我一个牛皮纸大信封，说是老人掉在地上的。下班后，我把信封拿回家去，信封敞着口，我拿出里面的东西一看，是一部中篇小说的手稿。我读了一遍，很快被吸引住了。这篇小说文笔深沉，结构严谨，人物性格鲜明，故事情节催人泪下。我连着读了三遍，爱不释手。

我本来想把手稿送还老人的亲属，我给医院和交通队打了电话，才得知老人是作家，妻子早已故世，他只有一个收养的女儿，现在已出国定居。老作家意外地走了，他的最后一部手稿留在我的手里。

这真是一部百看不厌的小说，我几乎每天都浏览一遍。终于有一天，我萌发了罪恶的念头。如果能去发表肯定会一鸣惊人。我的思想斗争很激烈，但终于虚荣的念头促使我昧着良心，署上我的名字，将稿子寄给一家全国颇有名气的杂志。很快，我收到了稿件将被采用的通知书。而此时，我的心却激动不起来。因为一种犯罪感觉使我内心愧疚，感到无地自容。

小说发表后果然产生了轰动效应，我的名字也传遍全国。我惶恐不安，一切来得太快了，千百封读者来信、评论界的赞誉、奖金和烫金的证书……

有一天，他来找我，说话很平和，要求也很简单，他要和我结合，他说他爱我。还没等我找出推辞的理由，他说他看了那部小说，在他拿回家的那天。他还说他永远不会说出那件事。

我无法解释我当时的心境。我也难以回忆，在他限我一星期的考虑时间内，我究竟想了些什么。我只记得我麻木不仁地答应了他。

我后悔，我不该同他结合，或许缪斯在赋予我幸运和灵感的同时，也把不幸的种子播在我的心田。

婚后初始，我们尚能和平共处，相安无事。我自感愧对突来的盛名，从此写作更加勤奋。我要用真正属于自己的作品来充实我的生活，洗刷我愧疚不安的心灵。我又陆续发表了一些作品，尽管都难以达到处女作的水准，但毕竟是我自己的东西，这对我是难得的宽慰。

后来，我的作品逐渐成熟起来，也逐渐形成自己的风格。评论家说，我没有在成功的赞誉中僵死，而是另辟新路。我的笔触开始介入人们灵魂的深层，揭示善恶的渊源。

事业的成功与家庭关系的恶化同步相进。他开始变了，或者说被掩饰的丑恶心灵逐渐开始曝光。起初，他对我的狂热的创作欲望只是难以理解，后来他辞职做起买卖，渐渐地使用一种商业上的目光来注视我们的家庭生活。我把我的稿费收入全给他，他去做买卖，却是亏多赚少。他开始赌博、酗酒，还常常同一些不三不四的女人勾勾搭搭。我成了他的摇钱树，成为满足他虚荣心的装饰品。而我却要忍耐、顺从，还要心甘情愿地面带笑容讨好他。我几乎一无所有，除了我的写作。我是文坛上的骄子，家庭生活中的弃儿。

我曾向他提出过离婚，得到的却是他的嘲讽和辱骂，更为糟糕的是，他偷走了我珍存的使我荣耀、也使我耻辱的那份手稿。他借此作为证据，以身败名裂威胁我。他藏起了手稿，要我答应的条件是：不许再提离婚，稿费的百分之九十归他所有，他的风流韵事不许我干涉。

我终于下决心，杀死我的丈夫。

我苦苦构思着谋杀方案。我想起那小包氰化钾，我用了一半，将它们装进一粒三九胃泰胶囊里。4 月 20 日在杭州有个笔会。于是我在动身之前，给他准备了这瓶三九胃泰。一瓶药共有 50 粒，我取出两粒，把那粒装有毒药的胶囊粘了点胶水，让它附在药瓶的底部。这样，我就可以算出他吃这粒药的时间将是在八天以后的晚上。那天傍晚，我给他打了个长途电话，问他是否按时吃药了，他的回答使我感到万事如愿，他在临睡前将吃掉瓶里剩下的两粒。这时我突然告诉他说，我有一个写作灵感，手头没带笔，怕忘了，让他赶紧找笔给我记下来。因为我在家有时临时想起些什么，常让他帮着记一下，他一点也没怀疑，用他的钢笔，记下了我口述的遗书。我让他将那张纸条压在桌上。我向他说声再见，并又一次叮嘱他别忘了吃药。这是我构思的最后一个杰作，但它不是一部小说，而是一次谋杀。我一生的创作生涯到此可以写上一个句号了。

对了，还有那份手稿，我找到它了，我用一种特殊的方式把它还给了它的主人。假若阴间真有另一个世界的话，我一定要当面向老作家忏悔，求得他的原谅……

“真是一个悲剧式的人物。”听完葛队长读完这封长信，两个助手感慨万分。“这么看来，胡学刚也真是一个恶人……”

“如果她计算的时间再晚一天，真正的凶手恐怕就是章晗夫妇了。”王伟说道。

世间真有不少奇巧、偶然的事情……215 房间的谋杀就是一例。

葛队长点燃烟，默默地沉思起来……

原载《金盾》，1998 年第 5 期至第 6 期

罪恶的搭档

陈翼浦

一

历经几十年，要说南城变化最大的在哪儿，恐怕谁都得说是“南下洼子”。

几十年前，南下洼子是一片臭水坑子，蚊蝇团聚，污秽不堪，后来，政府偏偏看中了这片难得的水面，以它为主体，在四面堆起小山，开辟小路，种植松柏、杨柳，还盖了不少的亭子、楼阁，成了个闻名一方的街头公园：黄榆园。

开初那些年，只是谈恋爱的少男少女们来这儿，或是在弯曲的甬路上漫步，或是坐在垂柳下的长椅上娓娓倾诉。后来，随着步入老龄社会，老人的身影日渐增多，天还没亮，就有三五一伙的老人走进园来，老大爷们互相喊着“老王”、“老李”，老大娘们则互称“王姐”、“李姐”。

老人们开始是“遇早儿”，后来，大概是受了“饭后百步走，能活九十九”的启发，又增添了“遛弯儿”，每当傍晚之时，老人们陆续步入园来，一直遛到天色昏黑。

这天下午，突如其来下了一场急雨，直到傍晚才停歇下来。

晚饭之后，两位老大妈照例到黄榆园来遛弯儿。走过赏月亭前的时候，看见长椅上坐着一位娉婷小姐，她昂首挺胸，木呆呆、直愣愣的。两位老人也没在意。折返回来，夜色已经渐入深沉，那小姐依然直愣愣地坐着，凝住不动如雕像一般，这才引起两位老人的注意。她俩上去一关照，怎么叫，她也不言语，上去搀她；没想到，她往后一仰，倒在长椅上，硬挺挺地像根木头桩子。伸手一摸，冰凉，啊？原来是一具僵尸！

死者名叫于娟，我对她非常熟识，打了足有两年多的交道呢……

二

黄榆园所处的一带是老北京最拥挤、最凌杂的地区，多年的建设已使面貌大为改观，眼下，这里既有现代化的商业中心，又有低矮破敝的古旧民房，形成了具有跨世纪特征的新旧交替、古今兼杂的奇特格局。

祖上没给这方留下多少珍贵遗产，唯一可以称道的便是那座闻名于世的古刹圣安寺。数百年来，曾有历数不尽的名僧来这里讲经传道、主持佛事。那座藏经楼里，珍藏着稀世的天竺佛经；大悲阁里，有近十米高的释迦牟尼坐像，下托莲花宝座，上罩华美藻井，围绕着它，还有六尊如来巨佛；院里的琉璃塔，如冲天巨柱直插云霄，塔体上有多彩多姿的纹样，菩萨、罗汉、力士、胡僧、飞天、伎乐、狮子、麒麟、牡丹花、宝相花……个个栩栩如生。

圣安寺，终年累月，佛事不断，游客不绝，最近，就正在举行“法界圣凡水陆普度大斋胜会”。境内、境外的各方僧人，纷至沓来，云集于此，在这里超度水路鬼魂，普济六道四生，诵经设斋，礼师拜佛，追荐亡灵。佛事共行七七四十九天，时间可谓不短。此时又正值春暖花开的旅游旺季，八方游客，奔涌而来，僧人与游客的汇聚，使这里的流动人口骤然剧增，街道之上人流如潮，波来涌去，终日不绝。

人满未必有患。各行其是，各得其乐，互不干扰，相安相处，何患之有？最令人头疼的是不逞之徒滋事作乱。据群众反映，最近就发现有不良分子，成群搭伙，相互勾结，配合行动，进行偷盗、诈骗的犯罪活动，已经造成极坏的社会影响。

社区负责治安、市容、环卫工作的副主任叫洪元瀚，这天上午，他跑到正义大街 1 号院来求援，要我们出几个人帮助到街上“巡巡”。

“那些狐狗之辈恣意妄为，给咱们中国人、首都人丢尽了脸，现尽了眼，抹尽了黑，咱能坐视不管吗？”我们的队长立刻作出积极反应，把大伙儿聚到一起，铮铮有声地下了指示，“街上这档子事儿，我应下了。安排如下：由雷鸣抻头，各位参与协助，明天一早，凡是没有紧急任务的，一律上街。”

三

这天正值公休假日，圣安寺里没有佛事，僧人们纷纷上街购物、观览；休假的人们，也出离家门，涌到街上；旅游者似乎也在故意凑热闹，偏偏在这个日子口儿聚到这儿来。

我和洪元瀚并肩而行，不知不觉已经步入最为繁华的地段，这里商店鳞次栉比，摊点儿多如牛毛，人流最为稠密，人挤人，肩碰肩，我俩只能沿蛇行线前进。

拐过街角，见路对面有一处工地正在紧张施工，正面挑着个猩红色的布标，写着“文明施工”四个楷体大字，比旁边楼顶上的那个“SONY”公告牌还耀眼。工地果然“文明”，为不致影响市面上洁净的景观，脚手架四周都用高达两米的红白条尼龙布围了个严严实实，宛若一堵斑斓的彩色围墙。为防止渣土碎石掉落砸伤路人，脚手架下都拉上了密密层层的绳网。施工虽然紧张，但只见人影晃动，并无半点儿声响。

“这儿可真是难得一见的文明。”我随口夸赞着。

“说起来，你准不信，知道吗？这是鄙人指导的工程，能不文明吗？”洪元瀚告诉我。

我很好奇，问：“建办公楼？”

“老弟，那是违纪的。”他撇了下嘴，用着训导的口气，“这儿本是一个废弃不用的旧杂物仓库，留着它干吗？废物利用，化腐朽为神奇嘛，社区领导一研究，就把这儿拆平啦，要重建一座三间门脸的两层小楼，算是社区的‘三产’工程，搞个餐饮设施。”

“自家经营，还是引进外资？”

“小门小店，值得求人家洋人吗？”

“酒吧、咖啡屋，还是快餐店？”

“咱可不追求那种洋玩意儿，传统风味就挺好，一层京味火锅，二层炒菜米饭。北京老旧的俗称是饭馆儿，咱还是打算雅点儿……”

“既然是求‘雅’，那店名儿肯定离不开‘轩’、‘斋’、‘楼’喽？”

“没错儿，让你猜着啦，就叫‘五福楼’。”洪元瀚用右手挡着嘴，故意做出神秘模样，“实不相瞒，这还是出自我的构思呢。”

“图个吉利？”

“可不。‘五福’，东西南北中，五方降福，多好！”他颇为自得，“我可不稀罕那些时髦的洋名儿，绕嘴，不好念，记不住，听不懂，也没什么讲儿，还闹个崇洋媚外的嫌疑。雷鸣老弟，你说，那是不是没多大意思？”

我和洪元瀚拐进圣安胡同，这儿是重点巡查地段，圣安寺就在这条胡同里。

四

圣安胡同本来很狭窄，去年进行了扩展，现在已然形同大街，路两边是连绵的摊群，所售大多是佛事用物，佛经、佛像、诵经录音、念珠、木鱼、香炉、蜡扦、供品、供香……这里是僧人聚集之处，他们操着南腔北调的方言，叽里呱啦地边走边谈笑着。

“你看那个尼姑，”我指着前面的一个水果摊，让洪元瀚看，“她不像是在买东西。”

水果摊前站着一个尼姑，大约 20 多岁，眉目清秀，面色红润，穿戴着一套崭新的月白色僧装，正在和女摊主交谈，谈了一阵，只见女摊主给了她一张钞票。尼姑把钱揣进怀里，又掏出一张黄纸，在上面写了些什么之后，递给了摊主。此后，两人便挥手而别。

她在化缘？僧人化缘并不违法，可必须有缘有故、合情合理，而且要有一定的手续。最近确实有僧人为修庙、塑佛、建碑在街上搞集资活动，可我们同时也接到过举报，说有人假扮成僧人，以化缘为名诈骗钱财。这个尼姑是真是假？

我和洪元瀚分着工：“你盯住她，我找那个卖水果的去。”

我走到水果摊前，夸赞那个摊主：“你的慈善之心，真是令人敬佩。”

“她肯赏光，来找我这摊儿，是我的造化，佛光降临，难得呀。”她欣喜异常，满脸一副受宠若惊的神气，“积德行善，日后必有好报，‘恶有恶报，善有善报’，我信这个理。”

“她是哪儿的？为什么要集资？”

"你是……"她打量着我，"……记者？"

"……对。"我顺坡而下，连忙承认，真实身份没有必要暴露，"是记者。"

"她是从五方山崇静寺来的。那边偏僻、贫穷，教育特别落后，她们全体僧尼正帮助当地乡村筹办小学校呢。"说着，她打开钱箱，拿出了那张黄纸，"你瞧，这是她给我的。"

我接过一看，是木刻水印的．很像画符，正中的长方框里有"大慈大悲"四个字，下款是"五方山大严崇静寺"。翻过来，反面写有"刘淑花捐献五十元"一行字，接着便是那个尼姑的签名"崇静寺弟子真素"。

"请你保存好，留着会有用的。"

"当然，当然！"她连声应着。

其实，她和我想的是两码事。我想，这张画符是那个"尼姑"进行"化缘"活动的物证，可她想的是日后那"善有善报"的好运。

告别女摊主，我去追洪元瀚，出了胡同口，在便道旁的一棵白蜡树下找到了他。

"她是假尼姑？"洪元瀚问我。

"我看着像，比丘尼都很讲究衣冠齐整、舒展，她那身僧装奇大，很不合身，上面有许多硬褶，像是第一次上身。她皮肤白皙，不像是从僻远的山野奔波而来；再说，她和摊主道别的时候，那反身挥手的动作很有点时髦味儿，你没注意？她的小指是向上跷起的，娇媚得很，比丘尼的表情动作向来是讲究严谨、稳重的，哪能那样轻佻？"

"刚才，她走出胡同的时候，把那张钞票又掏出来看了看呢，喜滋滋的。"洪元瀚也发现了疑点。

"她在哪里？"我问。

他向电器商场努了努嘴："喏，在那儿。"

我和洪元瀚装作购物的顾客，挤进了电器商场。

"尼姑"正在人群中转来转去游逛着，拐弯抹角，最后停在了音响柜台前。

为招揽顾客，营业员打开一台"先锋"，《玫瑰探戈》那强烈的节奏真是催人欲动。

"尼姑"站在柜台前，望着满架的"沃克曼"出神。

"她又露馅了。"我低声说。

“怎么，她不应该对‘沃克曼’发生兴趣?”

“这有什么不可以？不少僧尼都是音乐迷，”我指着她那双正微微踏动的脚，“你看。”

“她会跳舞?”

“如果举行国标大赛，肯定会胜过你我，乐感很强，探戈的节奏，踩得还相当准呢。”

“尼姑会跳探戈，真稀奇。”

“尼姑”看完“沃克曼”，走出了电器商店，出门一拐，见到个聚众围观的人群，便挤了进去。

我和洪元瀚也随之挤进人群。

圆圈中心坐着一个年轻男子，蓬首垢面，衣衫不整，一脸悲苦颜色，脑门、胳膊上都缠着厚厚的白纱布，有两处洇出了淡红的血色，浑身散发着浓烈的消毒棉的药味。他面前的地面上，铺着一张污痕斑斑的半开白纸，上面写着他的遭遇：他的妻子于去年到北京来打工，可一直也没见有钱寄回来。他一个人拉扯着一儿一女，在河北老家种责任田维生。他已承受不住繁重农活和家务的重压，几次写信要妻子回老家来，可始终也没得到回音，没办法，他只好借钱前来北京寻妻。妻子没寻到，两天前却在路上遇到了两个歹徒，抢去了他仅有的百十多元钱，还把他扎成了重伤。现在，不必说寻妻、还债，就连回家的路费都没有了，他十分顾念老家孤苦伶仃的孩子……

那张白纸的旁边，放着个破搪瓷盆，盆的内外丢着一些散落的钱币。

“尼姑”已然站到了最前边，她默读了一阵白纸上的哭诉之辞，唏嘘着把手伸进大襟，从里面掏出一张50元大钞，弯下腰，放进了那个“积德”盆。

行乞的男子一见，双手合十，俯下身去，连连磕头，缠着绷带的脑门几乎都要碰到了水泥地面上。

“不必，不必，佛家一向以慈悲为本。”“尼姑”用有声有韵的缓慢语调说着，说完，扭身挤出人群。

“‘尼姑’和那个讨钱的，准是一伙的，”我推断着说，“一掏就是50块，太大方啦。再说，把化缘来的钱，这样轻易地施舍出去，回到寺里怎么交代?”

“她在转移赃款?”洪元瀚开了窍。

必须马上正面接触她。

“师父大发慈悲，慷慨施舍，可敬可佩。”我贴上去说。

那“尼姑”先是一惊，定了一下神说：“佛家一向以慈悲为本，救苦救难，理所应当。”

“请问师父来自哪方？”我又问。

“五方山崇静寺。”

“贵宝寺好像不是名刹。”

“对，我们那边很偏僻，人烟稀少。”

“不过，我听说那里山明水秀，景色奇异，正在筹划着开发成旅游区。”

“你对我们那边可真熟。”

“我是记者，很关心这方面的情况。”

“唔，感谢你的关心。”

我穷追不舍，接着问：“据说先世主明静法师的舍利塔已经坍塌，正在修复，不知如今进展怎样？”

“……接近完工，对，工程已经接近尾声。”

正当“尼姑”处于窘境之时，迎面走来一个东摇西晃的醉汉，冲我嬉笑着：“嚯！和小尼姑谈朋友，一定另有一番情味儿吧？”

“作孽！作孽！”“尼姑”满脸羞色，仓皇地钻进了旁边的胡同。

她要借机溜掉！唉，溜就溜吧，暗中尾随更好。我和洪元瀚穿大街、过小巷，七转八弯，一直追到永定门外冰窖胡同的天福旅店。

“尼姑”进了天福旅店后院的小南屋，一进屋就把僧装脱掉，涂脂抹粉、插金戴银，忙乎起来，转眼的工夫，变成了一个艳丽的风流小姐。

洪元瀚想起了刚才的事，问我：“真有崇静寺？真有明静法师的舍利塔？你怎么知道得那么多？”

“这是以诈对诈，即兴胡编的，我必须给她个全知根底的印象，把她唬住，她只能顺着我说。”

又等一会儿，那个伤残的“不幸丈夫”果然出现在胡同口，他乐颠颠地直钻进天福旅店的小南屋，连头上的绷带都没解就把那个小姐抱住，发着疯地亲热起来。

两个人终于安静下来，并肩坐在床头上，男的从裤兜里掏出一把钞票，女的一边捋，一边数着。

我率先直冲进去，一举警官证，那女的立时吓出了眼泪。

“饶了我们吧，”男的带着哭音央求着，“我们正在筹划着结婚呢。”

他们没有隐瞒真情，女的叫于鹃，男的叫丁佐，两个人同在一个棉纺厂，一个是挡车工，一个是机修工，两个月前一同下了岗。

洪元瀚规劝着他们："年轻力壮的，凭力气挣钱多好，干吗非干这种害人败己的营生?"

五

五福楼开业了，洪元瀚带着工作人员整整忙碌了一夜，洒扫擦拭，披红挂彩，布置得还真有气派。店门两边柱子上挂着写有"形味色香多雅趣"、"烹烧蒸煮俱清醇"的楹联。店门里竖着一扇一米多高的黑色雕漆屏风，上端横向镌刻着"五福"两个鎏金大字，下面镌刻着钟鼎、大篆、小篆、汉隶、正楷五种字体书写的五个"福"字。

门外排列着一尊尊贺颂开张的大花篮，向两旁伸展着，绵延了足有数十米。

自打凌晨 5 点头班公共汽车刚上路，蹲在五福楼楼顶上的两组大功率有源音箱便开始播放音乐，所造成的声势已达到了极限，如果没有"治理噪声污染"和"禁止燃放鞭炮"的两项指示，还不知道会热闹到什么程度呢。

洪元瀚是主管部门的负责人，上午 10 点整他剪断了两名娉婷小姐手里捧着的红绸之后，放下剪刀，举起双臂，高声郑重宣布："五福楼饭庄正式开业啦!"

接着，音箱便响起了《我们走在大路上》的铿锵旋律。

盛宴开始，宾客纷纷入座，街道、城管、税务、交管、环卫、市容、防疫、保险、工商、金融、计生委……各方人士，一应俱全。我则是作为公安界的代表出席的，而且被邀为座上之客，受到了特殊的礼遇，用洪元瀚的话说，"你是我们最铁的关系户，又是我的私人朋友，怎么能一般相待？这五福楼如果是人民大会堂，你就是外国总统。"

客人坐定，洪元瀚起立宣布："现在，请五福楼首任经理徐承柱先生致词!"

这个徐承柱经理 30 多岁，身魁体粗，宽长脸庞，面色黧黑，筋肉爆满，留着一头齐刷刷的"板寸"，很有些匪气，唯有那副明晃晃的金丝眼镜。给他添了几分斯文。

我很奇怪，问洪元瀚："你怎么没当经理?"

"咱是吃行政饭的，哪懂得经商?"

"现如今，下海可是时尚。"我开导着他。

"不瞒老弟你说，我倒是也想过，时运没到，等等再说。"

"徐经理是何许人?"我问洪元瀚。

"他是我特聘来的，原本是乐口餐厅的老板，就在西街北口，办餐饮他是行家，乐口餐厅开张刚半年，就挣出辆'大发'小货车来，到一年头上徐承柱自己又置了辆'奥拓'，真有派，进进出出比我们主任还牛气呢。"洪元瀚颇有遗憾地说，"上级倒是给我出钱上了驾校，'大卡'的本子都拿到手啦，可又有什么用?什么时候能开上自己的'小客'就美喽。"

一阵掌声过后，便开始祝酒、敬酒，喧闹非常。

我低头一看，面前的餐桌上已于不知不觉之间摆得满满，都是难得一见的时令清凉小菜：麻辣藕片、多味茄泥、珊瑚菜花、糖醋苤蓝、盐水口条、姜汁毛豆、雪菜笋丝……简少而诱人垂涎，我真佩服徐承柱的经营之才。

六

于鹏和丁佐的劳教生活结束了，洪元瀚非拉着我到监管所去接他们。

"挽救失足者是咱们的责任，我早就想好啦，五福楼正缺人手，徐经理早就让我帮他物色人呢，于鹏那样聪明伶俐，干服务小姐不正合适?丁佐嘛，我也考虑好啦，让他到美家装修工程队去，那儿缺瓦工，边干边学，准能成。"一路上，洪元瀚唠叨个不停，唯恐我不理解他的好意，反反复复地论证着，"再者说，他俩又是下岗职工，现在不正实施战略性的再就业工程吗?给他们安排个工作，也符合这个精神。雷鸣老弟，你说是吧?"

洪元瀚已有四十出头，思考问题。处理事务确实比我们年轻人老练得多，我知道，搞行政管理工作的人，特别是有点儿领导资格的，大都具有深谋远虑、思慎行谨的行业品格。

于鹏和丁佐蔫头耷脑地从灰色大门里走出来，闻听到洪元瀚的安排自然是高兴万分。两个人同时紧紧握住洪元瀚的，一个劲儿地喊"恩人"。

"什么时候去报到?"于鹏问。

"唉，不忙，不忙，"洪元瀚用着关切的口吻，"休息几天，娱乐娱乐再说，好吗?”

“干吗要休息？我们又没受大累、吃大苦，”丁佐满不在意，“在那里面，我们天天都有娱乐。”

“我看，直接去您说的那个五福楼，怎样?”于鹃扯着洪元瀚的胳膊非要马上走。

“咱实话实说吧，”丁佐抖着上衣的衣兜，道出了真情，“空空如也呀，我们俩连吃饭的钱都没啦，不赶紧上班干活儿，成吗?”

“好，咱先去五福楼。”

五福楼里景象不凡，一桌一个火锅，处处升腾着白色的水汽，顾客之多，用“座无虚席”、“宾客满堂”来形容一点儿也不过分，要知道，当今街头上饭摊、饭馆、小吃店、餐厅、饭店多如牛毛，可吃客能有多少？上座率保持六成就算是兴旺喽，有几个能像五福楼这样的？几乎是百分之百。

洪元瀚引着我们直上二楼的经理办公室。

徐承柱一见姿色标致的于鹃，欣喜万分，连连夸赞：“行，错不了，准能撑得起门面来。”

洪元瀚的“挽救失足者”的计划和于鹃重新就业的愿望，就这样于分秒之间得以实现啦。

下楼来，我才注意到，不少吃客都在仰面望着正面的房梁，还嘁嘁喳喳地议论着什么。

“有兴趣吗?”洪元瀚向上指着，要我看。

我抬头往房梁上一看，高高悬吊着的红幅上贴着用黄纸剪成的一个斗大的“文”字，注有“打《红楼梦》中一人名”。红幅旁边的柱子上贴着张红纸，上面写着“本主人以字谜候教，猜中者，奉送京味佳肴‘什锦火锅’一档”，下面写有一首打油诗作为提示：“未到巫山已有情，空留‘文’字想虚名，可怜一夜潇湘雨，洒上芙蓉便是卿。”

这个谜语我是不屑一猜的，只是问洪元瀚：“以这样的方式吸引顾客，是出于谁的设计?”

“当然是徐承柱啦，经营之事咱可是门外汉呀，”洪元瀚告诉我，“这次猜中，再换一个，长此以往，总是吊着顾客的兴趣，买卖不就好做啦?”

“这个谜语肯定不是出自他的大脑，”我蛮有把握地说，“你找来的，对吧?”

“对，正是鄙人。徐承柱的文化底子差点儿，哪能动这个脑子?”他很奇怪，问，“你干吗要说‘找来的’，难道就没可能是我自己编的？”

“你有这样的水平吗？”我直率地“揭露”着，“这谜语是出自作家端木蕻良之手，说起来就远啦，那还是1940年的事呢，广西桂林有家川菜馆开张，为了吸引顾客，特请端木先生给编了这个谜语，我没说错吧？”

“这么说，谜底你也知道啦？”

“晴雯，”我解释着，“‘晴’是无雨，‘雯’字要是去掉‘雨’，岂不就是‘文’吗？”

“这道‘什锦火锅’你吃上啦，”说完，洪元瀚自觉失了口，忙把嘴捂上，小声说，“保密，保密，请协助。”

五福楼的兴旺就是凭着这条谜语吗？我很怀疑。吃客图的是什么？吃饭和购物一样，也是追求“物美价廉”。吃饭首先要求个味美可口，再者是价位合理，我想，五福楼肯定是遵从了这两点。我翻过这儿的菜单，价位一般，并不明显低于其他同级的餐馆，难道是菜肴有什么特殊的味道？我没品尝过，也许是吧。

七

我的怀疑并非过敏，五福楼所以能招徕那样多的吃客，而且长时间保持着兴旺的势头，果然是有绝密的招数。

一个多月后的一天中午，我接到个电话，一个自称“一顾客”的人，举报说五福楼的火锅调料里掺了罂粟粉。这事可非同小可，缉毒、禁毒是当前工作的一大重点，这样的事岂能放过？对匿名举报，我们一向十分谨慎，因为其中多有谎报和诬告的事。

“怕搞错了？”我去请示队长，他指示说，“讲点儿策略不就成啦？”

“讲点儿策略”是什么意思？我明白，这是指“不宜明察，只能暗访”，不公开行动意图，即使查不出什么情况，也好有个退路嘛。

“暗”，也不是绝对保密，需要透露还是得透露，我的行动意图对洪元瀚就不能隐瞒着，没有他的配合，我一个人去五福楼，岂不是太引人注目？

已是临近吃晚饭的时间，是先吃饭还是先行动？当然是先行动。我给洪元瀚打了个电话，约他一同去五福楼，还向他说明了我们队长那个“不宜明察，只能暗访”的策略。

“营业时间去，总不大好吧？动作过大，难免陷入被动，”洪元瀚比我想得周到，出着主意，“等那儿关门下班再去，岂不是更稳妥？”

洪元瀚说的不无道理，莽撞行事的确难免造成“打不到狐狸，闹一身臊”的被动结局，再说，查罂粟粉的确未必非得在营业时间不可，只要取来顾客用过的火锅、碗筷，一查验上面的残留物。不就能知道了？

五福楼9点关门，我及时驾上“奥迪”去接洪元瀚。

一路上，我俩商量着行动的策略。像这样突然袭击式的暗访，我干过许多次，既要达到目的又要不露意图，是很不容易的，除非是发现了痕迹、抓到了把柄，否则只能若无其事一般。出于这样的考虑，我和洪元瀚做了分工，他去找徐承柱，装作关心、了解经营情况的样子和他闲聊，把他稳住。我直接去厨房，寻找疑点，取得证据。

9点刚过，正当吃客完全散尽之时，我俩赶到了五福楼。

餐桌上的杯盘碗筷已收拾完毕，只有两位服务小姐在抹着桌面上的残渣、油渍。按照预定的分工，洪元瀚直上二楼去找徐承柱。

我穿过店堂，径直进入挂有“制作间”牌子的厨房。厨房里一片繁忙，灶火已然全部熄灭，厨师们正在擦拭灶台，收拾锅、盆、刀、勺之类的炊具。

我的兴趣不在这儿，而是在洗碗间。

洗碗间里有位小姐在忙碌着，碗筷已大部洗刷完毕，她正往碗柜里摆放呢。我最关注的火锅已整整齐齐地排列在木架子上，个个锃光瓦亮。我不禁失望，痕迹都没啦？

“于鹃？”那小姐一回头，我认了出来。

熟人相见自然感到近乎，特别是在此时，我不能不把更多的希望寄托在面前的于鹃身上，在痕迹已被大部清除的情况下，借助调查询问也许能得到更有价值的证据呢。

我直率地提出要求：“耽误你一点儿时间，可以吗？”

于鹃没回答我，用抹布擦着手，一转身，把我引进隔壁一间不足10平米的小屋里，这儿是她们的休息室。

“需要我做什么？”她也很直率，一副真诚的情态。

“哦，”我竟不知从何说起，摆出了搭讪的样子，扯着闲话，“听说这里生意不错？”

“是的，所以我们的收入也还不算少，”她摸不清我的来意，也搭讪着，

“我非常感谢洪主任给我的安排，不然，我还不知道在哪儿胡跑乱撞呢。”

我总算找到个可以引入话题的突破口，问她：“这儿生意所以兴旺，听说主要是靠着火锅系列？”

“对，街上许多家饭馆都有火锅，专营火锅的‘火锅城’也很不少，五福楼所以能形成优势，是因为味道独特。”

我引着她继续说：“怎么个独特法儿？”

“喔，这我可是说不清，味道独特，是顾客说的。”

“徐经理有绝招儿？”

“我想是的。”

“没向你们透露过？”

“没。”

“你也没想想？”

“当然想过，”于鹃理着额头上的头发，思考、推论着，“你想啊，肉呀、菜呀的，能和别的各家有什么两样？炒菜讲火候、讲作料，火锅不也就是凭着这？”

由“火锅”而至“作料”，没想到竟如此顺利，只三言两语便使话题纳入了我的思路。为不致引起她的过敏，我暂时放弃了“作料”的话题，分散一下注意力。

我提起了进门时所见到的情景：“9点关门，到现在还不到半个小时，怎么这样快就收拾干净啦？”

“啊呀，你可不知道，今天晚上的生意清淡得很，没有多少客人上座，刚8点多，人就走得差不多了。”

“为什么？”

“下午4点半钟，我们开了门，火锅也摆好了，徐经理突然从楼上下来，发下个命令，说‘今天晚上不上火锅’……”于娟似有难言之处，说到半截，把后面的话又咽了回去。

“为什么？”我再次催她。

于鹃压低了声音：“我也挺纳闷，就问徐经理是怎么回事，他说：‘刚才我去了库里，发现作料用光了。’倒也是，没有作料怎么上火锅？”

“作料真的是用完了？”

“这我可就说不清了，小仓库是徐经理亲手管的，”于鹃指着屋顶，“这事，你去问徐经理不就清楚啦？”

看来，我只能去问徐承柱了。

“谢谢你。”

我站起身刚要走，于鹃一下把我拦住：“唉，雷鸣先生，你到底想知道什么，我怎么闹不明白？”

“我想知道的，你已经都告诉了我，所以我才感谢你。”

“不，我还是弄不懂，警察登门总是有大事的，你哪有工夫来找我闲聊？”她很热情，表示着，“说明白点，也许我还能帮助你呢。”

人家如此真诚，我却含而不露，也是不大合适，我临时改了主意，索性向她稍有透露，以求得她进一步的帮助。

“我对你所说的火锅作料很感兴趣。”

“哦，原来是这么回事，”于鹃果然机警，推测着，“作料引起了警察的注意，肯定是用了什么不该用的东西，用你们的话说，就是用了违法的东西，对吧？”

怎样答她？我一下哽住。

“作料里能放什么违法的东西？”于鹃似乎没在意我的尴尬，继续推论着，“雷鸣先生呀，这样的事我可是听说过，云南、广西那边的个体餐馆，尽在汤里、菜里放鸦片，让人上瘾，来招揽回头客。”

她说的是事实，我们内部通报上登载过，她是从哪儿知道的？我追问着：“你是听谁说的？”

“这个人你认识。猜猜看？”其实，她根本没有让我猜的意思，“告诉你吧，是我们徐经理。”

还有什么可隐瞒的？全部的“底儿’都被她猜透了，我的“暗访”，由于于鹃的积极支持而变成了“明察”。

一不做，二不休，我来了个随机应变，顺水推舟：“那作料，还能找到吗？”

“啊呀，我刚才说了，去问徐经理不就都解决啦？”

她在推托，是不是有话不好说？

我进逼着她：“你有顾虑？”

她终于吐了真言：“我是怕徐经理怪罪我，丢了饭碗可不是小事，你千万别说是我告诉了你什么。”

“放心吧，你支持了我们工作，怎么能把你卖出去呢？为合作者保密，是我们的纪律，懂吗？”

“警察挽救过我，我总该站在警察一边不是？换个人，还未必对你说实话呢，”于鹃诚挚地问我，“你非要？”

“是的，”我启发着她，“吃火锅用的用具也成。”

“都刷干净啦，”她眉头一皱，“哎，中午，有个顾客打碎个饭碗，我还没扔呢，有用吗？”

“可以，可以。”

于鹃从碗柜的下面摸出个碎成两半的饭碗，递给了我。

证据已然到手，还有什么必要找徐承柱？不过，我还是得上楼去一趟，洪元瀚还在那里等着我呢。

刚上二楼，便听到屋里传出来哈哈大笑的声音，我暗暗感谢洪元瀚，他还真麻痹了徐承柱的警觉，把他稳住了。

临到经理室的门前，我停住了脚步，进去我说什么？洪元瀚是徐承柱老熟人，随时都可以来探望、闲聊，我是个警察，无缘无故地登门怎么解释？一想这，我又退了下来。

我总不能把洪元瀚一个人晒在那儿吧？出了五福楼，我跑到路边的电话亭里往里面打了个电话，假称是社区机关的，请洪元瀚立刻返回单位。

没过两分钟。洪元瀚便出来了，我忙迎上去，举起手里那个装有破碗的塑料袋：“手到擒来。”

“果然有事？”

“哦，这得看我们的技术专家怎么说喽。”

八

龙翎对破碗上沾附着的残存物，进行了化验，果然在里面发现了罂粟的成分。

第二天一早，队长便派庞龙和尹大麓把徐承柱请到我们正义大街 1 号院来。

洪元瀚是主管干部，我去把他接了来。

我来了个单刀直入，质问徐承柱：“昨天下午开门以后，为什么突然撤掉了火锅？”

面对警容威严的警察，他已显出慌张，经我这一问，立时冒出汗珠来，大张着嘴，直瞪着眼，活像一条死鱼。

洪元瀚劝着他："对警察有什么不好说的？做了亏心的事，老实承认不就成啦？谁还能揪住你不放？"

徐承柱这才开口："不瞒你们说，昨天刚开门我就接到个电话，是谁来的，我听不出，声音很耳生。我问'您是谁?'他说是我这儿的主顾，还说在我的火锅里吃出了罂粟的味儿。他想敲诈我……"

案中有案？举报人就是那个敲诈者？案情越发迷离。

"怎么个敲诈法儿?"

"要我今天午夜之后至凌晨 2 点之间，把 1 万元塞到木樨园立交桥下面水泥柱顶上的缝里. 还告诉我说那缝隙的旁边有个'专擦抽油烟机'的小广告。"

"如果不从呢?"

"就去向警察举报。"

洪元瀚问："你打算怎么办?"

"我当然不能上他的套儿，给他 1 万元，凭什么?"徐承柱颇为自信，"所以我才临时撤掉了火锅，不管谁来查，也查不出什么来。"

我明知故问："那作料呢?"

"哪还敢留着，都偷偷扔了。"

洪元瀚问："这么说，作料里的确是有罂粟?"

"不，我不知道，"徐承柱否认着，"我把那作料扔了，不是因为知道里面有罂粟，我只是怕那里面有。"

他在装傻，于鹏说，那作料是徐承柱自己配制的，他心里能不明"戏"吗?

我问："作料是你自己配的，所以味道才与众不同，这你不否认吧?"

"是的，"徐承柱勉强承认着，"可原料是别人送来的，我尝了尝，觉得味道挺鲜美，就这样配了。其实，罂粟粉是什么味道，我也不知道。"

"供货方是谁?"

"不，不认识，你们也知道，五福楼刚开业没多久，我刚刚配了一批作料，怎么也够用一年半年的，还没开始建立固定的供货关系呢"

证据虽有，但数量微少，再说他的口供又无法查证，是不是属于"不明真相者"，很是难说，怎样追究刑事责任？不过，教育一番还是必要的，五福楼的经理自然也就不能当了。

徐承柱送走了，可我的思考并没有停止，总觉得里面还有许多蹊跷。

举报者和敲诈者是同一个人吗？恐怕不是，先举报，而后又敲诈，并且还要以“举报”进行恐吓，这不合情理。

然而，这还不能完全排除同一个人所为的可能，先报了警，而后才想到利用这个把柄进行敲诈。这样的可能就没有吗？

于鹊的表现也有些蹊跷，她的主动似乎有些过分，我本都要离开了，可她还要把我拦住。我没问两句，她就把话题扯到了“作料”上，莫非她预先就知道了我此行的意图？更令我怀疑的是，摔碎的破碗干吗要藏在柜子下面而不扔到垃圾箱去？似乎她早已就有了准备。

她预先就知道了有人举报的事？她的行动是在配合着那个举报人？如果这个猜测成立，那个举报人极大可能就是丁佐，搭档嘛。这次的合作和上次有本质的不同，那次是图谋不轨，这次是做好事、行义举。

我的思考始终也没能理出个头绪来，只能结束于这个富于遐想性的幻觉之中。

九

五福楼由谁来支撑？我很关心。

一天早晨，洪元瀚来了电话，告诉我他接手了五福楼，今天正式上任，特请我和我的队友们前去助兴。

这个月，我受到点儿表扬，多得了点儿奖金，麦鸥、庞龙和尹大麓他们正觊觎着呢，既然洪元瀚有意求助，我就去为他捧捧场。

五福楼依然是原貌，只是在门楣上增添了一条红布横额，上面写着“庆重阳，火锅八折优惠酬宾”。

麦鸥奚落着：“九九重阳，也值得庆祝？”

“促销嘛，什么说辞不能找？”尹大麓反驳着。

庞龙说：“重要的是那个‘八折’，这下雷鸣老弟就可以省下几十块，这才是真格的呢。”

走进店门一看，以猜谜吸引顾客的经营方式依然坚持着，店堂四面的栏杆上挂着不少的纸条，上面各写着一条谜语，全部谜底都是该店所制作的主副食品，翻开菜单便可以找到答案。既然难度大为降低，馈赠也就自然减少，只是拌黄瓜、茴香豆、花生米之类。

“雷鸣老弟，又猜上啦?”洪元瀚走过来招呼我们。

“难度和奖品怎么都降档次啦?”我开着玩笑。

“唉，难度可没降低，”洪元瀚认真地作着说明，“这是系列猜谜，连中三次，才给奖呢。”

“这有何难?不用翻菜单，也能猜得出，”我指着眼前的一串，“‘颜似冰霜’是‘冷面’、‘含苞待放’是‘花卷’、‘阿谀奉承拍马屁’是‘熘三样’……”

“打住，打住，老弟，咱们有君子协定，保密，还是保密，奖品我白白奉送，千万别把这机关说破。”

说完谜语，我问洪元瀚：“怎么，不吃行政饭啦?时运到啦?下海的机会成熟啦?”

“哪儿呀，纯属‘赶鸭子上架’，逼到这份上了，能不干吗?这好端端的五福楼总不能关门吧?”

“雷鸣先生，你可是稀客呀。”脆生生的女声响过后，于鹃挤到桌前来，“想吃什么，吩咐吧!”

“首先，得感谢你上次对我的支持。”她曾经要我为她的合作保密，所以我只能采取这样隐含的方式表扬她。

“不说这，不说这，”于鹃摆着手，“吃自助火锅，还是要吃炒菜?”

“我们就是冲火锅来的，”已是饥肠辘辘的庞龙抢先给定了局，“就来‘自助’吧。”

于鹃领着我们到食品架前推荐了一番。羊肉、鹿肉、兔肉、鲜贝、鱿鱼、百叶、海虾、海螺、蟹柳、银耳、香菇……贪婪的我们人人都拣拾了一大盘。

“一般，”麦鸥的嘴最尖，一边嚼着鹿肉，一边摇头咕哝着，“味道一般”。

尹大麓质问着我：“雷鸣，你说的特色在哪儿呢?”

我做了个鬼脸，道出了关键：“你们忘啦?没放那玩意儿，能有特色吗?”

庞龙不依不饶，向我提出警告：“以后你少吹五福楼，虚假广告必须禁止。”

洪元瀚本来就不通晓经营之道，如今又全没了罂粟的魅力，只靠着那几条乏味而一猜就中的谜语，五福楼能支撑几天?我很为他担心。

十

我的预料很快便得到了证实，自那以后没多久，五福楼就显出了衰落迹象，吃客日渐稀少，终日门庭冷落，远没了当初盛世时的火爆景象。

事态发展还不止于此。那是大约半年多之后，我有幸被领导安排到京北雁栖湖度假村去休养，钓鱼、泛舟、划水、捞河贝、攀山崖、采酸枣、抓蝈蝈……玩得好不痛快。谁想，最后一天正在举行盛大的篝火晚会时，白玉从队里来了电话，说队长调我马上回队。什么事，电话里没说，这是规矩，不过，只那“马上”二字，就足以显示出此事的分量。

北京有句俗话“黄鼠狼单咬病鸭子”，作盗行抢的歹徒竟然看中了已然亏损殆尽的五福楼，对它进行了洗劫。

白玉是在午夜之时接到报案的，报案人是五福楼的于鹃和正在值班的汪成。

我忙给洪元瀚打了个电话，不巧，他去了天津。

我和麦鸥去了五福楼。

汪成介绍案情：“晚上，我正坐在休息室里看电影《没有国籍的女人》，突然听到有人按门铃，就忙出去开门。没想到我刚开一道门缝，外面的人就闯了进来……”

麦鸥提示着他：“什么模样？”

“什么模样，看不见，他戴着个大墨镜，顶着个小礼帽，也是黑的，帽檐压得还很低。”

“请继续。”

“一见他，我吓得不成，一边喊着‘抓坏人’，一边往里面跑。那人从背后一下把我的脖子勾住，使劲儿勒着，勒得我透不过气来，还冲我吼着：‘钱在哪儿？交出来！’……”

于鹃插进来说：“那时，我正在楼上的会计室里结账，听到汪成的喊声，我从楼上跑了下来，一看这情景，腿都软了。”

汪成说：“那人一见来了援兵，掏出一把贼亮的刀子，指着我的胸口威胁着说‘拿钱来，不然，我就杀死他’。”

于鹃说：“我一下没了主意。”

汪成说：“我灵机一动。抬起右胳膊，摸了摸耳朵，示意于鹃去打电话。”

于鹃说：“看明白了他的意思，说了声‘我去拿’，转身要上楼。谁知，我们的默契被那个坏蛋看了出来，他冲我喊着‘不许报警，不然，连你一起杀’。”

汪成说：“同时，他使劲一勾我的脖子，把我拽上了楼梯。”

于鹃说：“他还用刀子指着我，让我也上楼。”

汪成说：“我一看，会计室的门正开着，事情不好，就死命地喊‘找警察’，那坏蛋又一勒我的脖子，还用胳膊肘使劲一磕我的脑袋，我觉得两眼一阵发白，就瘫了下去。”

“接着就模模糊糊地听见于鹃‘嗷’地尖叫了一声，后来的事，我就不知道了。”

说到这儿，汪成低下头，拨开头发，让我们看他的头顶，果然是有块红肿。

于鹃说：“那坏蛋把汪成打倒，回过身就给了我一拳，正打在脸上，接着又是一拳，打在了脑门上，顿时，我觉得天旋地转起来，就倒在了地上。”

于鹃的脑门上的确有一块青紫痕迹，肿得还挺高呢。

汪成说：“等我醒过来的时候，看见于鹃倒在门的旁边，嘴角还流着血呢。我拿了条毛巾，到脸盆里蘸了凉水，敷在脑门上，把她冰醒了。”

汪成是个浙江籍的小伙子，清瘦、矮小，颇有几分俊气，要是从背后看，准会被人误认成小姑娘，难怪他在歹徒面前那样束手无策。

“失盗情况怎样？”麦鸥问。

于鹃说：“铁柜里有个钱箱丢了，里面装着23453元，是这个月的经营收入，我刚结算完收好。保险柜下层有一捆百元钞也丢啦，总共是20万，是前几天刚从银行贷的款。保险柜上层是锁着的，里面有2万元，是我们职工的风险抵押金，没丢。”

汪成补充着：“餐厅的吧台里丢了三瓶‘人头马’，一瓶‘轩尼诗’，四瓶‘茅台’，加在一块怎么也得值2000多。”

“除了这，还丢了什么别的吗？”麦鸥问。

“没发现。”

“那20万元贷款是怎么回事？”我问。

“唉！”于鹃叹着气，“你还不知道，两个多月来，五福楼越来越不景气，一直处于入不敷出的困难状态，没办法，洪经理贷了这笔款，想来个起死回生。”

“那歹徒有什么特征？”

汪成答：“我刚才说了，戴着墨镜和礼帽，实在看不见他的长相，身高嘛，大概有1米70左右，不算胖也不算瘦。上身穿着夹克，是深棕色的，下面穿的是藏蓝色的老板裤，什么鞋，我没注意。”

“说话的声音？”

“我听着陌生，肯定不是熟人。声音呜里呜涂的，好像舌头不好使，吐字很不清楚。口音嘛，不是纯北京话，有点儿怯味，什么地方的，我听不出，反正相声和喜剧小品里经常学那样的腔调……”

“是唐山腔儿，”于鹃接过话茬儿来，“那人是长脸，两腮有点儿大，鼓鼓的，脸上有络腮胡子。”

汪成说：“对，脸上是有点儿黑乎乎的。”

于鹃又补充：“胡子不长，好像是前几天刚刮过。”

两个人交替描绘着，至此，那个歹徒的形象已经在我脑海里初步形成。

于鹃和汪成带着我和麦鸥去查看现场。

果然如他俩所说，会计室被翻得一塌糊涂，特别是柜子里和翻屉里，几乎所有东西都被翻了出来，桌面上、地面上到处丢弃着单据和表格。

麦鸥蹲下身到作案人所触摸过的地方去取指纹。

“那儿什么也没有，”汪成看懂了麦鸥的行动意图，说明着，“那坏蛋戴着手套呢，是白色的。”

看来，依据指纹辨认作案人的打算肯定是枉然了。

除了指纹，还有什么可取的？我查看着全屋，铁柜、保险柜都是打开着的，没有丁点儿拨撬的痕迹。

我和麦鸥赶回队里一汇报，队长一句话就把我俩问傻了：“痕迹呢？”

“没……没有。”

“无痕无迹，就凭着人家两张嘴一说？那案子到底是作出来的，还是说出来的？”

“怎么没痕迹？他俩都是负了伤的。”麦鸥不服，道出个并无说服力的证据。

白玉为队长帮着腔：“苦肉计，更能迷惑人。”

难道案子真是于鹃和汪成自编、自演出来的？

我总觉得队长的推测太玄乎。

十一

洪元瀚刚从天津回来我便给他打了电话，请他来详谈。没出十分钟，他便赶到我们正义大街1号院来。

“你的五福楼遭了抢……”麦鸥通报着情况。

“啊？丢了多少钱？”他又惊又急，很觉意外，“会计室有于鹏值班，钱怎么会丢？”

听了我的介绍之后，他一脸懊丧地发泄起满腹的委屈来。

“真是败了我的兴，要知道，我是在承包合同上签了名的，是要承担风险责任的，本来经营就不景气，又闹这么一档子事。我总不能看着国家企业倒闭吧？就想了个招儿，追时尚，搞联营。这回上天津就是为的这，我想把天津的风味小吃引到五福楼来，叫‘分店’也成，叫‘连锁店’更好。也别说，人家还真有兴趣，堂堂的首都能没有吸引力吗？一贫如洗，怎么搞联营？咱不能让人家看不起，打肿脸充胖子呗，事先我到银行借了20万，加上那2万多块钱经营收入，怎么也能撑住面子吧？这回倒好，全丢啦，资金没了，穷光蛋，还怎么跟人家联营？”

麦鸥安慰着他：“那笔资金未必能丢，只要破了案，不就追回来了吗？”

洪元瀚用近乎绝望的眼神望着我俩：“有希望？”

我不能不如实相告：“那只是个美好的愿望，非常遗憾，直到目前我们还没有获得有力的证据呢。”

“唉!”我的话使他更加懊丧，他叹着气，发泄着，“当贼的哪个不精？怎么单这个贼不长眼，非要来偷我这个半死不活的小店？”

我选择了那20万元作为思考的突破口。

“有谁知道你借了20万元？”

“我，于鹏，”他紧皱眉头，回忆着，“对，还有徐承柱，那天我到银行借钱的时候，碰见了他。”

麦鸥问：“于鹏经常晚上结账吗。”

“不，一月一结，都是在月末的最后一天。”

盗金库、抢会计室，不少都是采取刀锛斧凿的“强攻”方式，遇到有人把守，还难免要大开杀戒呢。这次行动，正赶上于鹃结账的时候，柜门、抽屉门都开着，岂不是手到擒来，如探囊取物一般？作这样的大案，选择时机这样的准确，肯定经过精心的寻机踩点儿。

我问洪元瀚："有谁知道昨天晚上于鹃结账吗？"

"店里的人都知道。"

麦鸥问："店外的人呢？"

"徐承柱知道，月末结账是老规矩，这规矩还是他当经理的时候立下的呢。"

我分析说："胡翻乱找，表明作案人对目的物的存放地点是不清楚的，可是钱就放在铁柜和保险柜里，地点明显得很，干吗还胡翻乱找？甚至连那个根本不放钱的纸篓都给翻倒在地上。他干吗要这样做？肯定是在故意制造陌生人盲目作案的假象，从反面来推论，不正表明他是个知根知底的熟人吗？"

洪元瀚已急不可待，催问着我："你说是徐承柱？"

其实到底是谁，我还真没想准呢，只是在尽量将作案人的形象描绘得真切一些。

我没理会他，继续描绘着："身高 1 米 70 左右，不胖不瘦，长脸，两腮肌肉较厚，长着络腮胡子，刚刮过没几天，操着带有唐山腔儿的普通话……"

"就是徐承柱，错不了，"洪元瀚一口咬定，"从哪个角度说也是他。"

麦鸥问："他有作案动机？"

"当然有，充分得很。他在罂粟粉的事儿上栽了个大跟斗。一直对于鹃怀恨在心，是她坏了他的事嘛，她要是不把那破碗交给你们警察，不就没事了吗？"

"他还怨恨我呢，埋怨我没在那事儿上帮他一把，掺用毒品是违法的大事呀，我怎么能庇护他？"

"看见五福楼一天比一天萧条，他幸灾乐祸得很，逢人就说'五福楼'一福都没了，我看改名叫'无福楼'最好。他恨不能五福楼马上一垮到底。这不，上个礼拜，他把那个乐口餐厅改成了'百福斋'，这不是明摆着跟我唱对台戏吗？"

麦鸥很感兴趣："他就一定能占上风？"

"没准，至少开业这几天看好，"洪元瀚义愤满腔，"他还真有高招儿，洋玩意儿不要了，改成了‘海南风味’，独家经营，全北京都难找。其实，海南有什么独特风味？那菜谱我看了，都是广式、港式的，蒙人呗。也别说，情愿上当的还真是不少，自打一开张，百福斋天天爆满，把我这五福楼的主顾一下都给抢走了。”

洪元瀚没让我失望，总算帮助我们把徐承柱挖了出来。

十二

我和麦鸥去百福斋造访徐承柱。

百福斋果然有气派，高耸的黄瓦顶，斗拱、雀替具备，两边的飞檐高高翘起，显示着凌人的傲气。门前的右侧竖立着一根望杆，顶上挑着一个黄缎酒幌子，写着“百福齐天”四个大字。雕檐下横着一块镂雕镶边的匾额，上有华世奎体书写的店名“百福斋”。匾额下两旁的门柱上，挂着一副骇人的对子，上联是“美味珍馐香飘塞北三千里”，下联是“明堂雅座威震江南十二楼”。门里竖着一扇黄杨木雕的屏风，上面镌刻着用篆体书写的一百个形体各异的“福”字。

麦鸥没见过徐承柱，可她一眼就认了出来，全凭着对那个作案者形象的描绘，身高 1 米 70 左右、不胖不瘦、宽长的脸庞、两腮鼓鼓的……

徐承柱在他豪华的经理办公室接待了我们俩。

“五福楼遭了抢，听说啦?”我开了头。

“这可不是什么新闻，一条街都传遍了，要论先后，恐怕我应该算是最早知道的呢，街上的哥们儿谁不知道我跟五福楼有矛盾？一听到信儿就来向我‘报喜’了。”

这我才注意到，徐承柱的普通话里果然夹杂着唐山音。

麦鸥引入正题：“案发那天的晚上，你在哪里?”

“怎么，你们怀疑是我?”

“不，别误会，”每当进行这样的提问，都会引起人们的不悦，我忙说明，“这是例行提问，凡是与五福楼有关的人，甚至对那里的常客，我们都会这样问。”

徐承柱终究是进出过班房的人，他很敏感：“噢，我明白了，你们认定行抢的是五福楼的熟人?”

“请你不要回避，”我很不喜欢他这种带有挑衅性的反问，严肃地提着要求，“最好正面回答我们的问题。”

“没做亏心事，干吗要回避？”他反而愈加强硬，指着隔壁，“那边是我的卧室，整整一夜我都在酣睡，沉得很，晚上10点躺下的，早晨6点起来的。二位还想知道什么？”

他依然在回避，案发时间是晚上9点多，可他偏偏不说那段时间。

“10点以前你在干什么？”

“看电视。”

我紧逼着，不给他喘息的间隙：“什么节目？”

“电视剧《没有国籍的女人》，”他故作多情，“唉，那个女的真值得同情，可惜我不认识她……”

这确实不假，案发的时候就是在播这个节目，那个汪成不也在看吗？

麦鸥问：“有谁和你一起看？”

“不，没有人，就我一个，我不喜欢别人在我旁边胡评乱评的，让人心烦。”

麦鸥说：“那就是说没有旁证？”

“是的，”徐承柱颇为得意，“没有旁证就难免让人怀疑是真是假，对吧？我何尝不想找个旁证，可事实就是这样，我总不能编造伪供吧？”

谈话至此，一下卡住。

我忙转换角度：“你对这桩案子怎么看？”

“一看上座率，我就知道五福楼是在亏本经营，可听说洪元瀚还要重振雄风呢，他要想实现这，没有资金成吗？资金从哪儿来？只能贷款，而且数目还不会小呢，贼能不惦记着吗？”徐承柱自然而流畅地分析着，“再者说，于鹃是娇小姐，那个姓汪的比小姐强不了多少，又是新雇的生手，破门而入岂不是太容易啦？”

此次调查的收获是什么？徐承柱对案发时间、案发过程和作案条件是那样的熟悉，能排除对他的怀疑吗？

十三

怀疑远远不等于认定，既是怀疑，就不能囿于一种成见去钻牛角尖，如果这样去思考，岂不就等于是认定啦？“纵向思维”是不利于摆脱这种误区的，每当此时，我都要借助于心理学家所倡导的“水平思维”。思路得拓宽，必须沿水平方向展开，寻找新的岔口，开辟新的通道。可是岔口在哪里？疑点，还是疑点，再寻新的疑点，岂不就可以有新的发现？

知道于鹏结账日期的就只有徐承柱吗？身高1米70左右的人多得很；会说唐山话的人也很不少，即使不会也可以学呀；那络腮胡子就一定是真的？在此类案件中伪装作案的比不加伪装的要多得多……一想到这些，我的眼前豁亮起来，思路也宽阔了许多。

然而，我的思路依然难于摆脱已有的思维定势，因为有一个个人特征是无法否定的，于鹏和汪成都认定那个作案人脸部肌肉较厚，两腮是鼓鼓的，用北京话说是“大腮帮子”，这样长相的人并不多，而且正是徐承柱的特征。

“大腮帮子”能伪装吗？我联想着我所见、所闻、所经历的各个伪装作案的事例，终于想起一部法国电影《勇探寻凶》，描述的是一个私人侦探协助警方侦破一起银行抢劫案的故事，那个抢匪为改变自己的面貌特征，在嘴里夹了两个牙医镶牙用的卡子，于是便变成了个“大腮帮子”。

汪成说过，那个歹徒吐字很不清楚，呜里呜涂的，好像舌头不好使，那歹徒会不会也是在嘴里塞了东西？“舌头不好使”如果不借助异物是无法伪装的，嘴里有东西，妨碍着舌头的动作，岂不是要“不好使”？

思路的岔口找到啦！唐山口音可以学，吐字也可以变得不清，但是音质是无法改变的。

我向麦鸥道出最新想法。

“啊呀，你干吗不早说？”麦鸥埋怨着我，“询问徐承柱的时候要是录下音来，有多好？”

我也有些后悔，再去录，有什么借口？师出无名，平白无故地录人家的谈话是侵权行为。

“这有何难？”正在抄写材料的白玉，解了我的燃眉之急，“咱们有他的录音资料呀，你们忘啦，那回为罂粟粉的事，不是讯问过他吗？”

我和麦鸥连忙跑到档案室，把那次讯问的录音复制下来一小段。带上录音带，我俩又去五福楼。

“不，我听不出，那时我站得很远，在楼梯上，当时又吓得不成，两个耳朵嗡嗡直响，实在听不出。”于鹏很为难，不敢贸然肯定。

“我离得近，那坏蛋的喊声就在我的耳朵边上，”汪成细听一阵，肯定着，“不，这和那个坏蛋的声音不一样。”

“请你再确认一下。”麦鸥把录音又重放一遍。

“不一样，肯定不一样，”汪成肯定着，“那个坏蛋的嗓音比这细，比这高。”

行抢的人不是徐承柱？

十四

排除了徐承柱，我的脑海里立时呈现一片空白，那滋味实在难耐，就像坐在考场上的考生，面对试卷上的作文题目无从下笔，更像一位率军作战的将领眼看着自己的军队败下阵来而束手无策。抓耳挠腮地干着急，能好受吗？

每当陷于这样难耐的处境，我所采取的应付措施便是“暂停”、“稍息”，无病呻吟、无中生有地勉强下笔，能写出什么好文章？还不如“袖手”一段时间，使自己的头脑冷静下来，而后再另起思路，作全新的思考。

为此，我下定决心，毅然“搁笔”，着着实实地睡了个中午觉。

醒来之后，跑到医院去探望一个早就该去探望的受害者。她是个纺织厂的女工，那天下夜班的路上遇到了瓢泼大雨，站在屋檐下避雨的她，见来了一辆出租车，就招手把它叫住。车开到一处工地，突然停了下来，司机把前排座椅放平，爬到后排来。女工已意识到即将要发生什么，开始她只是忍耐，挡着、推着，还劝他、求他不要胡来。可是，那司机就是不听，上来便解她的腰带。她已忍无可忍，便连咬带抓地反抗起来，兽性难抑的司机顺手抄起后货厢里的扳手，猛击她的头部，把她打昏，而后得了逞，发泄完兽欲之后，把她抛出车外，逃之夭夭。

队长把这差事摊到了我的头上，谁想竟是不侦自破，那女工很有心计，上车之前注意看了那辆车的牌号，上车之后还特意看了插在驾驶台上的运营执照，那司机的名字和编号记得一清二楚。

行凶的歹徒已被拘捕，法庭就要进行审理。只是在等着受害人伤愈之后去出庭作证呢。

我的这次探视很令她激动，情不自禁地又把遭受不幸的过程说了一遍，最后，问我怎样到法庭去作证。我怎么敢多嘴多舌，只能告诉她“那是律师的事”。

然而，我的“搁笔”还不到半天便告结束，从医院一回来，我的思绪就躁动起来。纺织女工的叙述，在我的耳际反复萦绕着：开始她只是忍耐着，后来实在忍无可忍时发起了反抗，于是招来了歹徒的袭击……

汪成是怎么说的？他倒地之后便听见于鹃“嗷”的一声尖叫，他醒来时见于鹃倒在门边……

于鹃是怎么说的？“那歹徒把汪成打倒，回过身就给了我一拳，正打在脸上，接着又是一拳，打在了脑门上……”

那纺织女工是因为进行激烈的反抗才遭到了歹徒的袭击，汪成一直处于反抗状态，还呼喊着“找警察”，遭到袭击是必然的。于鹃呢？她没任何反抗表现，本就是站在门边，又倒在门边，原地没动、身上无伤，表明她与歹徒没有任何搏斗，歹徒干吗要打昏她？那歹徒会不会是她引来的？

我总觉得这不像是汪成与于鹃合演的戏，而是于鹃另有搭档，他是谁？我自然而然地想到了那个丁佐，他也是身高 1 米 70 左右，语声比徐承柱细。

汪成是新雇来的，处于被利用的地位，他没见过丁佐，也不熟悉他的语声，这岂不是个再合适不过的目击证人？

十五

队长认可了我的猜测，下令立即拘传丁佐和于鹃。

“请”于鹃，警察出面没有必要，我打电话给洪元瀚委托他到五福楼去办。

我和麦鸥去美家装修工程队找丁佐。

“不巧，不巧，”一个自称是队长的人接待了我们，“我实话实说，前天他就请假走了。”前天，不正是案发之后的第二天吗？是畏罪潜逃？

“去了哪里？”

“说是到深圳探亲去。”

“什么时候回来？”

“请了一个月的假，什么时候回来，很难说，我们没有正规的请假制度，全承包，记工作日，干一天活儿给一天钱。”

丁佐不明不白地离去，岂不更加让人怀疑？

返回的路上，天色突然黑暗下来，我一看表，才刚4点半。接着，豆大的雨点儿便射了下来。

回到队里一汇报，队长即刻命令白玉与深圳警方联系，把丁佐的照片电传过去，请求协助查找。

这事刚撂下，洪元瀚撑着把大号雨伞赶到我们1号院来。

“于鹃没在五福楼，”他气喘吁吁，“两层楼我都找了，没见她的影儿。”

“汪成知道不?”

“他也不在，”洪元瀚解释说，“一出了遭抢的事，五福楼就关门停业了，于鹃和汪成轮流看摊儿，一人一天，今天正好是于鹃的班。”

“于鹃的亲戚朋友多吗?”

“我也想到了这，”洪元瀚从兜里掏出个小本本，“这是她的电话本，从会计室的抽屉里找到的。”

这小本本儿作用可大啦，我们就经常利用通讯录、电话本寻找线索，我暗暗感谢洪元瀚的细心。

按照电话本上的顺序逐个拨叫，这可是大工程，我哪有时间，只好请洪元瀚代劳。

洪元瀚立刻忙碌起来，吃晚饭的时候，麦鸥给他端来一碗四川担担面，他始终也没顾上吃，只是不停地拨号、呼叫，直拨到天色完全黑下来。结果非常令人失望，所得都是“不知道”、“没听说”、“没见”、“没有来”之类的否定回答。

全无音信，精疲力竭的洪元瀚失望地倒靠在沙发上，脑门直冒虚汗，他看了一眼墙上的石英钟：“没什么事，我暂时先撤，回家吃口饭，歇歇气儿，有事给我打电话，成吗?”

何止是他? 8点啦，我都想歇会儿呢。

“实在不该这样劳累您。”麦鸥把他扶起。

我站到窗前去目送客人，此时雨已停歇，洪元瀚踏着汪汪泥水走出了我们1号院的大门。

办公室里一片死寂，大有窒息之感，大家都垂头闷坐。静候着各方的信息。

半个多小时过去，刺耳的电话铃声突然响起，“110”传来了信息，黄榆园发现一具女尸，在她的衣袋里发现一张胸卡，标着的姓名是“于鹃”，单位是“五福楼”。

于鹃死啦？我的思绪顿时沸腾起来。

十六

路上一片汪洋，由我的“奥迪”开路，一串警车呼啸着直奔黄榆园。

路上，我想起件事，抽出腰间的手机，递给麦鸥：“叫洪元瀚来。”

“对，”麦鸥按着号码键，“勘查现场应该有地方负责人在场这还是条规矩呢。”黄榆国虽说是个街头公园，可是规模并不小。三分之二是水面，百草丰茂，绿树成荫，中间穿插着彩砖铺成的甬路，甬路边设置了供路人小憩的长椅。黄榆园东面、西面有一大一小两个门。陈尸地点就在距西门不远的长椅上。死者“坐”在长椅上，查看尸征，没见有任何创伤，两颊、耳轮、口唇，均呈樱红色，这是典型的中毒征象。在场的人，一致认为是中毒而死。

死者呈坐姿，头部、颈部僵挺，躯干靠在椅背上，两腿下垂，和正常的坐姿没有两样。

报案人是两位来这里遛弯儿的老太太。

“我们每天都到这儿来遛弯儿，这回我们俩一来，就看见这姑娘坐在这儿，遛了一圈回来，见她还坐在这儿，连姿势都没改。我们俩可就起了疑心，嘀咕着：这么晚了一个姑娘孤零零地坐在这儿，肯定是遇到了想不开的事。谁想，我们上去一问，她不理，一扶她的胳膊，僵硬僵硬的，凉得很……”

“你们第一次见到她时是几点？”

“一停下雨，我们就出来了，”一位老人说，“到这儿大概是 8 点半过一点吧。”

“差不多，”另一个说，“我们 8 点半出门，到这儿得走五六分钟。”

我们正说着，洪元瀚骑着自行车喘着粗气赶了来，直奔到长椅前，望着“坐着”的于鹃一下愣住，问：“她怎么会死在了这儿？”

“一无所知，”我正无可奈何呢，只能这样答，“要弄清这恐怕还得费好大的劲儿呢。”

麦鸥继续问那两位大妈：“第二次见到她是什么时候？”

“遛一圈整一个小时，也就是 9 点半呗。”

“看见有什么人接近过她吗?”.

“头一回从这儿过的时候，看见有个小伙子迎面朝我们跑来，看着是挺慌张的。”

“从椅子那边跑来?”

“对呀。”

洪元瀚问：“会不会是看见了死尸吓的?”

老人答：“不会，从身边过，只一看，谁能知道是死尸?”

我问：“您认为那人知道她死了，所以才慌?”

“我可不是这意思，要是看出来是死人，他怎么不叫人?”

麦鸥问：“那人什么样?”

一个老人指着我身旁的队友尹大麓：“身量高矮、胖瘦和这位警察差不多，长脸，小眼睛，留分头。”

“是长脸，还是长方脸?”

“长脸，说准点儿，是瘦长脸。”

是丁佐？越描越像。难道他此时在北京?

现场勘查收获甚少，除了在椅子前发现有大号皮鞋的鞋痕之外，几乎一无所获。

十七

返回队里已是午夜，龙翎剖解尸体，王川查验痕迹，都在忙碌着，我干吗？去寻捕丁佐？可他此时在哪里呢?

何必作无事忙？我倒在沙发上呼呼大睡起来。

一觉醒来，已是大亮，我正在卫生间洗脸，麦鸥跑来叫我：“走，接待客人去。”

“什么客?”

“大人物，”麦鸥故作神秘，遮掩着嘴，“姓丁名佐。”

啊？送上门来啦？我腾地一下跳起，三蹦两跳，下到一楼的接待室。

丁佐耷头缩脑地坐在凳子上发愣，一见我俩进屋，扑通一声跪在了地上，嘶声喊着：“我有罪，我有罪，可我没杀她，我爱她。”

我毫无同情之意，冷冷地喝斥着：“你来这儿，就是想告诉我们这?”

麦鸥给了他一个台阶："你有罪，有什么罪？说吧。"

"我和于鹃勾结着在街上骗钱，她装成尼姑……"

我打断了他："说新鲜的，干吗搅这陈谷子烂芝麻？"

"进了五福楼，她想搞掉徐承柱，自己当经理，让我打电话举报，说徐承柱在火锅里使用罂粟粉……"

原来如此，正如我的预料。

此时说这事，是不是有意在避重就轻？

"难道这也叫'罪'？"我冷嘲着，"你要是早点儿说，还得受到表扬呢，协助禁毒工作，有功嘛。"

我这一嘲讽倒使他轻松了许多。他咳嗽一声，道出了我最想知道的情况。

"最近，五福楼的生意不成了，于鹃看着没什么前途，想借机会捞一把，就让我到五福楼去行抢，还特意假装成徐承柱的模样，好把罪名栽到他的头上。"

"那钱呢？"

"我都带来了，"他扭身从挎包里掏出个大信封，摆在了茶几上，"都在这儿呢。"

"多少？"

"2 万"

麦鸥问："就这么点儿？"

"于鹃就给了我这么多。"

"你抢了多少？"

"不知道。"

"你要老实点儿！"我拍了桌子。

"那钱反正是不少，可我根本没拿走，当时于鹃就藏在了她专门放卫生巾的小纸箱里，"丁佐又提起了一个情节，"临走的时候，她让我给了她一拳，还说，劲儿大点儿。"

于鹃可真会做戏，开始那"嗷"的一声，原来是假装的。

他到底去没去深圳？两位老人在黄榆园见到的那个"小伙子"，是他吗？

我问："后来，你去了哪里？"

"我总得躲避一下吧？就假称说是去深圳，实际上我哪儿也没去，还在北京呢。"

“刚才你说‘我没杀她’，是怎么回事？”

“昨天中午，于鹃给我打电话，跟我说警察让汪成辨认了声音，放了徐承柱说话的录音，汪成一口咬定不是歹徒的声音，引起了警察的注意，看来这回是露了馅儿，警察肯定会怀疑你。于是，我俩商量好，晚上到黄榆园的长椅碰面，商量下一步怎么办。谁想，我到那里，她根本不理我，细一看，她已经死了。”

他在以退为进，以守为攻？主动表白没杀人，实际正是杀人者，这样的事例我见得多了。抢去了 20 多万，可他说于鹃只给了他 2 万，是真的吗？于鹃已死，如何对证？交出小头，留下大头，借着“坦白从宽”的政策，闹个免于刑事处分，那 20 万巨款他不就独吞啦？

“你怎么想到要来找我们？”

“我爱于鹃，都是我害了她，总是逼着她多弄钱，把她逼上绝路，寻了短见。我对不起她，她没了，我拿着这不干不净的钱，也不好受呀。我总不能为这 2 万元东躲西藏吧？再说，警察肯定会怀疑是我杀了于鹃，一辈子背着黑锅，当通缉犯，何必呢？我还想好好活着呢。”

丁佐所供出的是真是假一时难于分辨。

十八

王川的鉴定结果出来了，现场长椅前的鞋痕是 26 号的皮鞋印，一查对，正是丁佐脚上穿着的这双。这一痕迹的发现毫无意义，丁佐已经承认自己到过案发现场。

“没发现死者的鞋痕？”我问。

“没有，”王川递我一张现场地面的照片，“于鹃穿的是半高跟皮鞋，如果有，鞋痕会极其清楚，你看，的确没有。”

“那就是说，她不是自己走到那里去的？”

“坐车？很有可能，”王川很不以为然，“这年代，谁出门还走着？”

“我想的是，有没有可能是移尸？”我申述着理由，“即使是坐车去的，椅子前面也应该有她的鞋痕呀？”

“不，不能服人，仅凭着‘没鞋痕’就推断是移尸？”王川摆着手，“不充分，实在不充分。”

我的猜测有着极大的直觉成分，直觉是不能成为证据的，我只好暂时罢战、退却。

我的猜测很快便从龙翎的法医鉴定中找到了佐证。

“于鹃的确是中毒而死，”白玉取来了法医鉴定报告，告诉我说，“所服的是氰化钾。”

“这可不算什么新发现，”查看现场的时候，我凭直观就已经猜出了这些，“请继续说。”

白玉念着材料：“死亡时间在发现尸体前三至四个小时。”

麦鸥推算着：“于鹃是死于下午五点至六点之间?”

“鄙人的猜测证实啦，”我兴奋地高声喊着，“那长椅是移尸现场。”

白玉问：“根据?”。

麦鸥抢先说出个根据：“下午5点多服毒而死，在那儿坐了长达三个小时，大白天的，能没人看见吗?”

“意外情况就不能有?”白玉不服，“偏偏就没人到那边去呢?”

“不，不是这么回事，”我列举出个证据，“想想看，4点多开始下雨，我们到达现场的时候，大雨刚刚停歇不久……”

机警的麦鸥抢过我的话茬儿：“对，死者的身上不是湿漉漉的，是干的。”

白玉使劲儿捶着脑袋：“我怎么就没想到这呢?对，是移尸，是雨停之后移到那里的。”

我死死盯着现场的照片上于鹃那自然的坐姿，越发感到蹊跷，突然生出一个念头。

我一把拉住麦鸥：“走!”

“去哪儿?”她不肯走。

“找徐承柱去。”

“理由?”

“车上说。”

行动紧急，为节省时间，我们常这样。

十九

麦鸥主动坐到驾驶座上，为了让我说话。

“人死了以后，会出现硬挺现象，对吧？”

“这也算高见？”麦鸥很不以为然，“谁不知道？用咱们的话说，叫尸僵。”

“可于鹃怎么会是典型的坐姿？你想，如果她是在长椅上服的毒，身体多少应该直挺些，对吧？”

“啊呀，你真絮叨，”麦鸥已有点儿不耐烦，“她不是死在那个长椅上，是移尸，这不已经得出结论了吗？”

我推进着：“移尸也应该是僵直的呀？”

“你认为有人故意把她弯成了这个样子？”

“能把一个僵尸弯成这个样子吗？我可没听说过。”我后退一步，“再说，她身上的衣服十分舒展，没有丁点儿皱褶，肯定不会是死后弯成的。”

“你可真把我弄糊涂了，”麦鸥很是不满于我的分析，“自然形成和人为形成，只有这两种可能，既不是这也不是那，莫非还存在着第三种力量？”

“怎么没有？”我想象着，“她死的时候，那个空间过于狭小，根本不允许她把身子挺直。”

“是狭小的空间给‘塑造’成的？高见，高见！”麦鸥明白了我的结论，“你认为是……她死在汽车里？”

“而且是小客车，相当狭小的小客车，肯定不会是加长‘凯迪拉克’，对吧？”

“徐承柱的确是有一辆‘奥拓’，又窄又小，那就一定是他？”麦鸥不服，“有什么根据？”

“无根无据。”我来了个转折，“即使说有也是情理的，不是事实的。徐承柱在调料里掺罂粟粉，是于鹃揭露的，结果让他蹲了班房，他能不怀恨吗？”

“倒也是，目前只能去找徐承柱，”麦鸥勉强地表示理解，“人得了病，讲究‘有病乱投医’，这道理咱倒是也能套用，走投无路嘛，只能乱‘投’喽。”

“就是这个意思。不是认定了他，只是首选了他，谁让他有那样一辆小‘奥拓’呢?”我后退一步，“到底是怎么回事，还得走着瞧呢。”

“怎么个问法?”麦鸥和我商量着策略，“还是老主意，先问作案时间?”

“就这么办。”

于鹏已死的事是不宜透露的，这样才可以察言观色，发现异常。

“昨天下午 5 点一开门，我就开始在店里忙乎着，一直到晚上睡觉，根本就没出百福斋的门儿。”徐承柱挑着高音，坦然得很，一副满不在乎的样子，“这回我可是有旁证，多得很，二位不信，可以去问店里的伙计，谁都能作证。”

伙计当然要访，经过一一单独询问，都说徐经理始终没出店门。

徐承柱送我们俩出门，一个劲儿地问：“你们来找我，到底想干吗?出了什么事?”

“十分感谢你的协助，”我仍不想透露，“其他的，到时候我们会告诉你的。”

“你们瞒不住我，”徐承柱扯着脖子喊，“街上的哥们儿，天一亮就会来找我汇报。”

转过街角，树荫下停着辆墨绿色的“奥拓”，看车号，是徐承柱的。

我走过去，蹲下身，观察着轮子上的泥痕，抠下了一小块。

“看，”麦鸥有所发现，“路那边。”

我扭头一看，汪成正急匆匆朝百福斋走去，手里拎着个大提包。他去找徐承柱干吗?

二十

我俩去向队长汇报。

队长很感意外：“怎么，徐承柱没有作案时间?”

“我们也希望不是这样，可偏偏就是这样。”

队长问：“别人呢?”

“你说谁?”

白玉发表着见解：“丁佐?就没他的事啦?”

“把思路敞开，”队长提醒着，“还有那个汪成呢?就不值得怀疑?”

这下，我和麦鸥只好暂时分手，各奔一路，她去调查汪成，我去找王川，请他帮忙查验泥土痕迹。

我捶着王川："但愿能有突破性的发现。"

"但愿。"王川很同情我。

半个多小时过后，王川到办公室来找我。

我已是急不可待，迎面问着："突破性的？"

"我只能说是有发现，是不是突破性的，就得看你大脑的运作功夫喽。"查验车轮上的泥土痕迹是我们辨认一辆车曾经去过哪里的主要方式。黄榆园的陈尸现场周围是新铺的草坪，连带的土皮也是移植来的，和附近其他地方的土质当然不同。由于一场大雨的浇淋，草皮的土随着雨水漫溢到甬路上。王川在"奥拓"车轮黏附的泥痕中，发现有陈尸现场甬路上的土质成分。

"奥拓"曾经去过陈尸现场!

"这算是突破性的吗？"王川问我。

"不，不能算，这只是证实了我的一个猜测，"我很不满足，摇着头，"没什么新意。"

"喏，看这。"王川又递给我一份记录。

我认真地读着："在死者的前身发现微量雨水浸过的痕迹，分布普遍、均匀。"

"现场所见的死者身上可是没有雨水的。"

"是的，"王川进一步说明着，"那时，这些雨水痕迹已经干涸。"

我明白了："这雨水是移尸到现场之前淋的？"

"就是这么回事。"

我颇感兴趣，问："背后没有？"

"没发现。"

"等等，让我想一想，微量的、在移尸之前淋上的，而且全部分布在前身……"

我捏着脑门在屋里徘徊着。

坐在屋里的人们在小声取笑我。

白玉说："看，下神儿啦。"

王川说："三仙姑？"

"要我看，"尹大麓也搭着碴儿，"倒是挺像七星坛台上借东风的诸葛亮。"

庞龙最尖刻，呵呵笑着："我看最像苗寨里的巫婆，装神弄鬼，跳大神的。"

我不理他们，只管想自己所想。

庞龙提出个疑点："这场雨来得挺快，一开始就挺大，怎么会只在她身上淋上了微量的雨水？"

好个开头，正扣上我的思路。

"那就是说，死者曾经暴露在雨淋之下，只是时间极其短暂。几乎是一瞬而已，也就是说，她只是在几秒之间，就从一个没有雨淋的地方转移到另一个没有雨淋的地方，比如从一间屋里出来立即钻进了一辆车里……"

"为什么一定是从屋里钻到车里？"庞龙提出异议，"从这间屋跑进那间屋，就没可能？"

尹大麓反驳着："哪有那样近的屋子，只几秒钟就能跑过去？"

"啊呀，肯定是进了车，而且是小客车，"白玉用那个已有的结论证明着，"庞龙先生，看到尸僵的'造型'了吧？恐怕只有在狭小的小客车里才能形成那样弯曲状的坐姿。"

我反驳庞龙的另一说法："你说的'钻'、'跑'也不准确，如果是这样，那雨水应该是浇淋在她的头顶上，不可能只淋到前身上。要淋到前身，只能是仰面朝上……"

尹大麓说："她是被人抱上车的？"

"被人抱着，她的身体必然呈蜷曲状，雨水只能淋在突起的部分，不可能是普遍的、均匀的……"

白玉替我说出了结论："身体展开，平躺着，那只能是两个人抬着喽。"

"干吗要抬上车？肯定是失去了自己行走的能力，比如昏了，甚至也许是死了。"我向前推进着，"氰化物的致死效用大家都清楚……"

"立即致死，容不得几十秒，"尹大麓抢着说，"所以她不可能是昏着的，是这个意思吧？"

"对，只能是死了的，"我继续分析，"而且是刚死的，趁着尸僵还没有形成，不然怎么能让她'坐'进车里？"，

"这两个人能是谁呢？"庞龙是急性子，想快点儿得出结论，"龙翎推算的死亡时间是 5 点至 6 点之间，可至今所掌握的可疑人，都没有作案时间呀。"

"4 点半的时候，雨可就下起来了，"我提出个新的看法，"那个时间不是

也能作案吗?”

王川非常重视科学鉴定的结论，所以很难接受我的说法，质问着：“你认为龙翎的推算不准确?”

我没直接回答他，问各位：“现场所见的死者身上是干的，没有雨水，对吧?”

“是的，有目共睹。”

“那就是说，在移尸之前，死者不是处在露天之下的，如果刚才那个‘被抬上车’的结论各位都能认可的话，那死者就是在封闭状态的汽车里坐了长达三个小时，”我这才回答王川的质询，“龙翎是按照现场的露天环境推算死亡时间的，可封闭的汽车里温度湿度与露天大不相同，会延缓尸体现象的变化过程，所以，死亡时间肯定要比龙翎推算的时间长些，应该在5点以前，不是吗?”

白玉接受了我的分析：“这样推算，徐承柱可就有作案时间啦，他是5点的时候才到百福斋去的。”

“移尸，他可是没有时间呀，”尹大麓问我，“你不是找到许多旁证吗?”

“就不能是别的人? 说出来，恐怕你还未必相信呢……”

二十一

我正要答他，前去调查汪成的麦鸥跑了回来。

“你猜汪成找徐承柱去干吗?”麦鸥和我卖着关子。

我对此不感兴趣，信口猜着：“闲扯，还是搓麻将?”

“不，是去给他送东西，当时徐承柱卸任时，不少东西丢在了五福楼没拿走。”

“无能，无能，”庞龙斜睨着麦鸥，故作不满地逗着她，“去了半天儿，就这点儿收获?”

“要是你去，恐怕连这点儿收获都弄不来呢，”麦鸥冲庞龙甩了一句之后，转向大家，“汪成告诉我，他今天早晨上班的时候，看见地面上有鞋印……”

“哦，伟大的发现，”一提鞋印，王川来了兴致，站起身，“带我去看看?”

麦鸥双手一摊："非常遗憾，他都给擦掉了。"

"破坏现场?"庞龙一副自信模样，"准是有意的。"

"要是有意破坏，他能告诉我吗?"麦鸥瞥了庞龙一眼，又继续说着，"我想到于鹃的会计室，问汪成，他说那屋的门是锁着的，没打扫过，就带着我去看。屋里的地面上果然也有鞋印，大号鞋、男性的，而且是两双。"

"马上去勘查。"白玉下了指示。

"何必要劳累大家?"麦鸥举起"玛米亚"，"都在这里面呢。"

两个男人的鞋痕，岂不正和我刚才那个"抬尸进车"的推想相符?

有鞋痕就不难找到它的主人。议论暂时中止，大家期待着王川从那照片中能有所发现。

然而，我无所谓。

二十二

洪元瀚忙里忙叨地赶来找我，报告一个消息："今天下午汪成找我，说想辞职，到别处找活儿干去。我问他要去哪儿，他说'还没找准呢'。没找准就辞职，是不是可疑?再说，案子还没弄清他就要走，这里面会不会有鬼?"

刚才如果不是被麦鸥突然打断，我正要提到洪元瀚呢，他来得正好。

时间是宝贵的，我没理会他提供的信息，问着："徐承柱在火锅调料里掺罂粟粉，是于鹃向警察提供了证据，这只有你我知道，徐承柱怎么会知道啦?"

我这当头一棒，把洪元瀚打傻了。

我又问："你从天津回来，我们向你通报了五福楼遭抢的事，你反问我丢了多少钱，你怎么知道是丢了钱?你还说：'有于鹃在会计室值班，钱怎么会丢呢?'请问，你怎么知道是会计室遭了抢?"

洪元瀚依然愣着，只是额头增添了几珠汗滴。

"于鹃答应给丁佐 2 万元，谁不知道他俩是一体?2 万只是被盗现款的零头，余下的 20 万要给谁?"

其实，洪元瀚的行动早就留有多个破绽，因为我始终对他深信不疑，所以也就未予注意，直到我已濒临山穷水尽之时，案发当晚他的一个异常表现使我警觉起来，思维方向产生个逆转，勾起了以往的诸多印象，疑点、破绽便连连显现出来。

我问起那个使我的思考产生突变的印象："昨天晚上8点过后，你从我们这儿走，说是回家去吃饭、休息。我站到窗口目送着你走出大门。你上了一辆从东面驶来的出租车。据我所知，你的家在西边，继续向前走才对，那出租车怎么到前方路口调了个头，又往东去了，难道你没有回家？"

"是的，你想，回家再做饭有多麻烦？我想在街上吃点儿再回去。"

即将涉及人命大案，他能痛痛快快地合作吗？

我进逼着："在哪儿吃的？吃的什么？花了多少钱？"

"……卤煮火烧，小摊儿上吃的，3块。"

"卖卤煮火烧的小摊到处都是，往西的路边也有，干吗非要往东去？"

……洪元瀚颤着嘴唇，没发出声来。

"要知道，8点过后，那正是移尸的时间，"我继续说，"后来，在黄榆园发现了于鹃的尸体，我们去勘查，路上打了个电话请你来现场。你家在黄榆园南边，按理说，应该走大路从东边大门进来才是，可你却是走小路从西边小侧门进来的，案发地点正是在小西门附近，那是从你家到陈尸现场的一条捷径，可我并没告诉你陈尸的地点在哪里呀？你怎么知道是在西门里的那个长椅上？"

……

"好，咱们往前推几个小时，再来说说案发那天下午的情况。"我转入另一话题，"4点刚过，我打电话请你去五福楼把于鹃接来，你到我们这儿来的时间是5点，对吧？"

"是的，我没见到她，只拿到了她的电话本。"

"那就是说，4点半前后你去了五福楼。"

"……是……是的。"

"于鹃就是那时在五福楼被毒杀的。"

"不，我到那儿的时候，真的没见到她。"

这样的辩解能有什么用？

说来也巧，正这时麦鸥送来了刚冲洗出的鞋痕照片。

"我们在五福楼的地面上发现了鞋印，是两个男人的，"我把照片举到洪元瀚眼前，指着他脚上的皮鞋，"技术检查，愿意接受吗？"

他已无法抵赖，只得承认，趁着去"请"于鹃的机会，他和徐承柱合谋毒死了她，而后将尸体放进“奥拓”，隐蔽了起来。本来想入夜之后移尸到郊外去，洪元瀚想起了于鹛说过晚上8点半在黄榆园和丁佐有个约会，这不正是栽赃的好机会吗，就把尸体移到了那儿。

最后，洪元瀚痛不欲生地道出了自己的怪异心理。

“徐承柱是无赖，我清楚，他这样的人能发大财，我能看着不气吗？谁不想发财？我只能利用手里有限的权力，借助徐承柱，多给他点儿便利。我让他当了五福楼的经理，没想到让于鹛给坏了事。我知道，于鹛是想篡位，这怎么成？”

“所以，你就自任了经理？”

“是的。我接手五福楼是想做个发财美梦，可是，事实并不如我想象的那样美好，发财梦没成，却闹了个连连亏损，濒临倒闭。我是得承担经济风险责任的，所以，我就和徐承柱商量出个抢贷款的主意，让于鹛动员丁佐，还请徐承柱充当可疑人，来迷惑你们的视线，没想到你们怀疑到了于鹛，没办法，只能设法封住她的口……”

原载《警坛风云》，1998年第8期

后　记

当我在电脑里敲下“后记”两个字时，脑子里即刻闪现出唐代诗人罗隐的《蜂》里的诗句：

采得百花成蜜后，
为谁辛苦为谁甜？

这蕴含哲理的诗句正是我此刻心情的写照。

2010年6月我申请到国家社科基金项目《中国现当代侦探小说研究》。虽说我对中国侦探小说并不陌生，但要真正整理百年中国侦探小说作品谈何容易。遇到的第一个难题就是现有文献的匮乏，对侦探小说研究的文献本就稀少，而对中国侦探小说的研究则更显贫弱。因此，只能去寻觅原始文献。于是，开始了两载的艰辛历程。

北京师范大学图书馆的馆藏报刊几乎被我们翻了个底，尘封在地库里的民国报刊散发出浓烈的“芳香”，就在那独特的“芳香”里细数被时光染黄的文字……国家图书馆、首都图书馆、北京大学图书馆、中国人民大学图书馆、上海图书馆等都留下了我们伏案的身影。1896—2011年间的近千份报刊杂志逐一打手上过，被岁月淹没了的作家作品逐个在眼前闪现，刘半农、张天翼、袁寒云……这些流光的名字都是中国侦探小说的倡导者与实践者。冬去春来，近千部侦探作品渐渐聚集在相机里、电脑里，录入、断句、繁化简的文字处理，使这些被时光磨损了的文字重新散发出诱人的芳香。其中的“辛苦”与“甜蜜”岂是三言两语可道尽的?!

而今，触摸着“百年中国侦探小说精选（1908—2011）”丛书的校样，多少辛劳亦成往事。

此刻，我的心里装满了感激与感动，这份情感真切地流淌在每一处文字里。

感谢我的研究生高媛为本丛书的付梓所做的劳动，她曾独自埋头于上海图书馆，寻到了北京各大图书馆未存的珍贵资料。感谢谭东春、卜岩焯、张曼莉、郭美艳、李思静、杜欣芯在删选作品、录入文稿时给予的帮助。

感谢作家蓝玛、郑炳南、李迪、张策、谢鑫等为推荐作家作品、查询联系方式给予的帮助。感谢入选丛书的所有作家，是你们的智慧与执著让读者与研究者领略到中国侦探小说的别样风采。

最后，要特别感谢北京师范大学出版社的领导同志与编辑同志为本丛书的问世给予的大力支持。

任翔

2012 年 8 月 18 日于北京养木轩